Plaute

# Théâtre complet

I



Gallimard

CE VOLUME CONTIENT :

# PRÉFACE

*On admet généralement, pour de bonnes raisons, que Plaute fit représenter sa première comédie en 212 av. J.-C. C'était, croit-on, l'*Asinaria, *la « Comédie des ânes ». Mais cela est loin d'être sûr, car nous ne possédons aucune biographie antique de Plaute, dont le souvenir était déjà environné de brume au premier siècle av. J.-C., lorsque les érudits se préoccupaient d'établir les « annales » de la littérature latine. À cette époque, tout un* corpus *de comédies attribuées à Plaute s'était constitué, des pièces apocryphes mêlées à celles qui étaient authentiques. Ce* corpus *finit par comprendre jusqu'à cent trente pièces. Il appartint à Varron, le contemporain de Cicéron et de César, de réduire ce nombre à vingt et une, celles qu'il jugea répondre aux critères stylistiques caractéristiques de Plaute. C'est ce* corpus *varronien que nous suivons ici, négligeant la vingt et unième, la* Vidularia, *ou Comédie de la valise, dont il ne subsiste que de misérables fragments.*

*Plaute était né vers 255 av. J.-C., au cours de la première guerre punique, qui opposait Rome à Carthage. Son lieu de naissance nous est connu. Il vint au monde à Sarsina, une cité du versant adriatique, appartenant à l'Ombrie. Celle-ci formait un vaste territoire, qui avait longtemps appartenu à une population de langue indo-européenne, donc apparentée aux Latins et aussi aux Osques (qui occupaient la Campanie et les pays montagneux du Sud), mais s'était trouvé réduit sous la poussée des Étrusques et des Gaulois. À la fin du IVe siècle, ils avaient combattu les Romains, qui élargissaient leur domaine en direction du nord, mais, depuis 280, s'étaient soumis à Rome. La puissance de celle-ci s'étend alors aussi bien dans la région de l'actuelle Romagne, où, en 268, est fondée la colonie d'Ariminum (Rimini), que dans le pays des Samnites, avec la fondation de Bénévent, où Pyrrhus, le roi grec venu pour se tailler un domaine en Italie, avait été vaincu, en 275. La prééminence militaire, politique et culturelle de Rome est sensible dans toute l'Italie péninsulaire. Et cela explique que*

Plaute, bien qu'il ne fût pas romain de naissance, fit jouer ses comédies à Rome et les écrivit en latin, avec une maîtrise totale de la langue. Cela laisse supposer, aussi, qu'il fut sensible à des influences venues du terroir italique et extérieures à Rome elle-même.

On a pu montrer en effet qu'il existait en Italie, fort probablement, et longtemps avant la naissance de Plaute, un théâtre populaire, avec des troupes itinérantes de bateleurs qui, dans les villages, jouaient des farces dont les personnages représentaient des types plus ou moins conventionnels, engagés dans la vie quotidienne. Ces farces semblent avoir existé, dans les colonies grecques du Sud (Naples, Tarente) et en Sicile (à Syracuse), à côté des comédies « régulières » venues d'Attique. Nous savons, par exemple, que, dès le premier quart du IIIe siècle av. J.-C., un poète tarentin nommé Rhinton (d'autres sources le disent syracusain) composait ce qu'on appelait des « hilarotragédies », ou des « phlyaques », montrant des personnages du répertoire tragique dans des situations ridicules et tenant des propos indignes de leur majesté. De telles parodies unissaient au théâtre littéraire grec une très ancienne tradition italique, qui se plaisait à la représentation de scènes empruntées à la vie familière, à celle du village. Naturellement ces pièces n'étaient pas écrites, et nous n'en possédons aucun vestige, mais leur réalité n'est pas niable. Elles sont à l'origine du genre appelé par les Romains « atellane », parce qu'il était venu à Rome depuis la petite ville campanienne d'Atella. Dans l'atellane, les acteurs, masqués, personnifiaient, par exemple, le vieillard sentencieux, le mari trompé, le niais du village, etc. C'est déjà la *commedia dell' arte* en formation.

Plaute est l'héritier de ces divers courants « pré-littéraires », et, bien que l'intrigue et les personnages de ses comédies lui soient fournis par la comédie nouvelle grecque, il devra à la farce populaire un certain style, un mouvement, une gaieté qui font son originalité. Son nom romain, Titus Maccius Plautus, suggère précisément ce monde de la farce, puisque Maccius semble dériver de *Maccus*, appellation du personnage de l'atellane qui figurait l'idiot du village, et que *Plautus* s'appliquait à un individu ayant des pieds plats. Ce rapprochement n'est certainement pas accidentel. Plaute est venu à la comédie littéraire à partir du théâtre populaire, et ce que nous savons de sa vie le confirme.

C'est Aulu-Gelle qui, dans les *Nuits attiques* où, sous le règne de Marc Aurèle, vers 160 de notre ère, il rassemble toutes sortes de dissertations sur des sujets divers, nous rapporte que Plaute, au dire de Varron, avait commencé par exercer le métier d'acteur, ou celui d'entrepreneur de spectacles, puis avait tenté de faire fructifier l'argent qu'il avait ainsi gagné en l'investissant dans des opérations commer-

*ciales, mais ces opérations avaient été désastreuses et Plaute avait été ruiné. Il avait emprunté de l'argent, n'avait pu le rendre et, pour vivre, avait dû se louer à un boulanger qui l'aurait utilisé à tourner la meule. C'est pendant cette période, dit Varron, qu'il aurait composé trois comédies, l'une, intitulée* Saturio *(le Rassasié), la seconde* Addictus *(le Prisonnier pour dettes), et une troisième, citée par Varron, mais dont Aulu-Gelle a oublié le nom.*

*Certains critiques modernes ont estimé que le récit emprunté par Aulu-Gelle à Varron n'était qu'une légende, formée à partir des titres des deux premières comédies, suggérant que le poète, n'ayant plus de quoi vivre, s'était effectivement trouvé « affamé », puis qu'il avait été vendu comme esclave, pour payer ses dettes. Cette interprétation n'emporte pas l'adhésion. Il reste hautement probable que Plaute fit ses débuts sur les tréteaux des bateleurs, où il incarnait le personnage du niais, qu'il voulut échapper à cette vie précaire en faisant du commerce mais qu'après son échec, il revint au théâtre, cette fois comme auteur en même temps qu'acteur, et à Rome, où l'on avait besoin, pour les Jeux publics, de pièces toujours nouvelles. Dans cette carrière, ainsi reconstituée, une seule indication chronologique. Lorsqu'il tourna la meule du boulanger, Plaute devait être dans la force de l'âge. Il avait donc tout au plus trente ans, probablement moins. Cela se passait par conséquent avant 225, six ans au moins avant le début de la seconde guerre punique. Aucune des dates que l'on peut attribuer à ses comédies ne contredit à cette reconstruction. Il apparaît en effet que, dans l'ensemble, l'œuvre de Plaute fut composée pendant la seconde moitié de la guerre menée contre Hannibal, c'est-à-dire après 212 av. J.-C. et durant la vingtaine d'années qui suivit la victoire. Lui-même mourut en 184, l'année même où Caton fut censeur.*

*Pendant cette période Rome surmonte la crise provoquée par la guerre. Le temps des défaites, de Trasimène, de Cannes, l'abandon de Tarente est déjà dépassé. Capoue, Syracuse, Tarente sont à nouveau dans le camp romain. Hannibal est vaincu au Métaure, en 207. Il doit quitter l'Italie, et son aventure s'achève sur le champ de bataille de Zama, en Afrique, en 202. Rome est désormais la première puissance militaire du monde méditerranéen. Les rois d'Orient doivent compter avec elle. Il y avait un siècle qu'une ambassade romaine avait été envoyée à Alexandrie, dans le royaume des Ptolémées, en 272. Bientôt ce seront les légions qui pénétreront en Macédoine et leur chef proclamera la « liberté » des cités grecques. Puis, en 191, le Séleucide Antiochos III fut vaincu aux Thermopyles, subit une seconde défaite, deux ans plus tard, et la paix d'Apamée consacra une sorte de protectorat virtuel de Rome sur l'Asie Mineure et le bassin de l'Égée.*

Tout cela ne pouvait rester sans effet sur l'esprit des Romains, qui accueillent, non sans réticences, la culture, les mœurs, les richesses de l'Orient, ou du moins commencent à le faire. Si Rome émerge de l'archaïsme, elle en conserve encore beaucoup de traits, notamment dans le domaine religieux, avec lequel le théâtre soutient des rapports étroits. Plaute participe de cette double tendance, qui le porte, d'une part, à respecter certaines formes héritées des générations précédentes et, d'autre part, à présenter à son public une image relativement fidèle de la société mise en scène par les poètes de la comédie nouvelle, des idéologies diverses dont ils s'étaient inspirés et qui contrastaient avec le *mos maiorum*, la tradition des ancêtres sur laquelle s'appuyait la morale romaine.

Lorsque Plaute fait jouer l'*Asinaria*, il y a près de trente ans que des pièces de théâtre, tragédies et comédies, directement imitées de celles que l'on jouait dans les villes grecques depuis le Ve siècle av. J.-C., avaient commencé d'être représentées à Rome. Cela s'était produit après la fin de la première guerre contre Carthage, en 240, lorsque le roi Hiéron de Syracuse, allié de Rome, était venu dans la Ville. Pour honorer leur hôte, les sénateurs avaient pensé à faire figurer dans les *Ludi Magni* du mois de septembre, cette année-là, des « jeux scéniques » semblables à ceux que l'on donnait à Syracuse, dans le magnifique théâtre qui subsiste encore. Ces représentations s'insérèrent tout naturellement dans le programme, traditionnel depuis au moins un siècle (en fait, depuis 364), des jeux consacrés à Jupiter. Tite-Live nous apprend en effet que, en 364, une terrible épidémie se répandit dans le Latium. Tous les remèdes, humains et religieux, avaient été tentés, en vain. On imagina, sans doute sur le conseil des devins, d'instituer une nouvelle sorte de Jeux. Rome ne connaissait encore que les courses de chevaux, dans le Cirque. On fit venir d'Étrurie des acteurs (appelés *ludiones*), qui, au son de la flûte, dansaient, sans accompagner leur mimique d'aucun texte, d'aucun poème. L'épidémie s'apaisa, et le rite demeura. Puis, toujours selon Tite-Live, les jeunes Romains s'en emparèrent, l'imitèrent, entremêlèrent les danses de propos plaisants qu'ils échangeaient entre eux et composèrent des vers en rapport avec leur gesticulation. Ils avaient ainsi créé une sorte de théâtre, ou de mime, qui fut comme le matériau utilisé lorsque, en 240, on décida d'imiter, en latin, les pièces du théâtre grec.

Cette histoire de la scène romaine a été vivement critiquée par beaucoup de modernes et elle est certainement trop théorique et schématique pour avoir correspondu totalement à la réalité. On doit toutefois en retenir l'existence de représentations que l'on pourrait qualifier de « pré-théâtrales », dans lesquelles la danse et la musique prédomi-

*naient et qui ne furent jamais oubliées. Tragédies et comédies gardèrent leur empreinte. Lorsque Livius Andronicus, le poète, fut chargé d'organiser les jeux de 240, il utilisa la tradition existante, pour plusieurs raisons que nous pouvons entrevoir : les acteurs dont il disposait étaient ces* ludiones *accoutumés à la forme des jeux qu'ils connaissaient ; d'autre part, le public, qui se plaisait à ces spectacles, aurait été tout à fait dépaysé si, brusquement, on lui avait présenté des tragédies de style purement grec et les dieux ne l'auraient pas été moins ! Aussi Livius développa-t-il les parties chantées, confiées à un acteur et non à l'ensemble du chœur. Il est même probable que, contrairement à l'usage du théâtre grec, un même personnage était représenté par deux acteurs, un qui mimait le rôle, un autre qui psalmodiait le* carmen, *le texte du rôle. On était bien loin de la mise en scène athénienne ou même hellénistique.*

*Le premier poète comique de Rome fut, aussi, Livius Andronicus, qui usa tout naturellement des mêmes procédés qu'il utilisait dans ses tragédies. Mais avec d'importantes différences. Tandis que la tragédie tendait, de plus en plus, à être jouée par des acteurs professionnels, le genre comique vivait d'une vie propre, cultivé par des amateurs et aussi ces bateleurs dont nous avons parlé et au nombre desquels, peut-être, il faut ranger Plaute. Si bien que la comédie littéraire latine fut moins docile que la tragédie dans l'imitation des modèles grecs qu'on lui imposait. C'est ainsi que la tragédie conservait le chœur traditionnel dans le genre. La comédie nouvelle comportait, elle aussi, des chœurs, mais nous ne les retrouvons pas dans les comédies latines. Les parties chantées, ce que l'on appelait les* cantica, *étaient confiées aux acteurs eux-mêmes, et étaient totalement intégrées dans le dialogue. Ces* cantica, *écrits en mètres divers, étaient souvent utilisés pour traduire ce qui, dans le modèle, était un dialogue simplement parlé. On voit, par conséquent, que la comédie grecque et la comédie latine, même de sujet grec, ne répondent pas à la même esthétique, que la seconde développe des effets qui sont absents de la première. C'est donc, avec Livius, puis, surtout, avec Plaute, une génération plus tard, un genre nouveau qui surgit en Latium, issu en grande partie des profondeurs de la tradition populaire (et religieuse) répandue dans l'ensemble du monde italique. On peut admettre, sans risque de se tromper beaucoup, que Plaute plaisait à son public romain, dans la Ville où avaient afflué des étrangers venus de toute la péninsule, d'Ombrie, d'Étrurie, de Campanie, de Lucanie, du Bruttium ou de Sicile, chassés par la guerre. Il lui plaisait non par ses bouffonneries qui sont, tout compte fait, assez mesurées, mais par le mouvement musical, lyrique, rythmique qui animait ses comédies. Telle est bien l'impression produite par son œuvre, et que résume l'épitaphe qui lui fut consacrée, où on lisait : « ... Rire, Jeu, Plaisanterie et Rythmes en nombre innombrable, tous, à la fois, ont pleuré. »* Les cantica, *étrangers à la comédie grecque, sont bien un élément essentiel de l'esthétique plautinienne et l'une des raisons de son succès. Cette esthétique, Térence ne la conservera qu'en partie, en réduisant la place accordée chez lui aux formes les plus lyriques du* canticum, *mais sans les supprimer totalement.*

*Plaute était si conscient de cet aspect de son art et des effets qu'il voulait ainsi produire qu'il en vint à multiplier les parties lyriques dans ses comédies, à mesure que passaient les années. Au point que l'on a pu, avec succès, fonder sur la proportion des* cantica *de mètres variés dans chaque pièce une chronologie de son œuvre. Mais la multiplication des parties lyriques, aux dépens du simple dialogue parlé, entraînait une conséquence : la comédie latine s'éloignait ainsi de tout réalisme, elle se situait dans un univers plus rêvé que vécu, et véritablement poétique. Mouvement inverse de celui qu'avait suivi la comédie grecque depuis le monde irréel d'Aristophane, où l'on voyait intervenir des divinités (comme dans la tragédie) et où l'on entendait parler et chanter des guêpes et des grenouilles, pour parvenir à celui de Ménandre, essentiellement humain et vraisemblable. La comédie de Plaute restitue le rêve, peut-être parce qu'elle est encore proche du théâtre spontané, instinctif, qui est précisément issu du besoin de créer un autre monde que celui où l'on vit, un monde de Carnaval ou de Saturnales. Les conditions mêmes dans lesquelles se déroulaient, à Rome, au temps de Plaute déjà, les représentations théâtrales tendaient à matérialiser cette distance entre les spectateurs et les acteurs.* L'orchestra *des théâtres grecs, cet espace circulaire, ménagé au pied des gradins et où évoluait le chœur, avait été réduite à un demi-cercle et occupée par le public. Les acteurs jouaient sur une estrade surélevée. Ils n'appartenaient pas à la vie réelle. Ce qui aurait pu être un inconvénient si la comédie avait conservé l'esprit réaliste des poètes grecs de la comédie nouvelle, devenait ainsi un avantage, puisque le spectacle que l'on proposait était celui d'une société étrangère à Rome, une société où l'on pensait autrement, où l'on ne suivait pas toujours les mêmes règles morales.*

*Pourtant les différences apparentes dissimulent mal des analogies profondes, à mesure que la société romaine issue de la seconde guerre punique accueille, ainsi que nous l'avons dit, les influences venues du monde hellénisé. En cette période d'équilibre culturel instable, il est encore possible de ressentir les différences, et de s'en réjouir, mais il est impossible, aussi, de ne pas être séduit par les tentations qui se présentent. À cet égard, encore, Plaute est « sur le fil », et cette ambivalence a certainement contribué à séduire son public.*

*Dans Athènes s'était développée, pendant les dernières décennies du IV^e siècle, une forme de comédie, à laquelle nous avons fait allusion, qui fut appelée la comédie nouvelle. Les sujets qu'elle portait à la scène étaient empruntés à la vie quotidienne, les personnages étaient ceux que l'on rencontrait chaque jour : jeunes gens à peine sortis de l'adolescence, vieillards que l'expérience n'a pas assagis, ou qui se laissent berner par leurs esclaves. L'esclave trompeur, qui essaie, par tous les moyens, de compenser par la ruse son infériorité sociale, est souvent le moteur de l'intrigue. C'est sur lui que le « jeune homme » compte pour parvenir à ses fins, qui consistent, en général, à obtenir les faveurs d'une fille. Celle-ci est proche de la condition servile, ou bien esclave d'un* leno, *un entremetteur qui la loue à des amants de passage, ou encore elle est de condition libre, mais ne peut compter que sur elle-même pour se procurer les moyens de subsister, ce qui l'amène à se donner au plus offrant. Fort peu de « femmes honnêtes » : parfois une mère, qui intervient à l'occasion des aventures d'un fils, ou encore la figure, à peine esquissée, d'une fille de famille, qui joue quelque rôle dans l'intrigue. La vie familiale elle-même est absente de ce théâtre ; elle n'est entrevue que de façon occasionnelle, lorsqu'un incident vient y jeter le trouble. Au dénouement, tout s'arrange.*

*Pas plus que la vie familiale dans son déroulement normal, la vie politique n'est représentée dans les intrigues de la comédie nouvelle. On n'y voit jamais le citoyen participant à une assemblée, siégeant au tribunal, alors que, dans la comédie ancienne, ces activités étaient essentielles. Mais, depuis que les rois de Macédoine, Philippe II puis Alexandre, ont établi leur hégémonie sur les cités, les institutions démocratiques sont en sommeil. L'intérêt du public se porte sur ce qui doit assurer la survie de la cité, c'est-à-dire essentiellement la solidité de la famille, que menacent les incartades des jeunes gens ou celles des vieillards débauchés, ou encore les bizarreries et les humeurs de quelques misanthropes, comme le héros du* Dyscolos *de Ménandre, ce vieillard asocial qui refuse de participer à la vie commune. Pour toutes ces raisons, la comédie nouvelle est un théâtre de l'amour, sentiment qui, jusque-là, tenait assez peu de place dans la littérature. Le désir charnel qui s'empare des jeunes gens est considéré, dans ce théâtre, comme un phénomène de nature, que l'on ne saurait condamner en lui-même, mais il faut que sa satisfaction ne compromette pas la pureté de la descendance, à l'intérieur de chaque maison. Les amours juvéniles sont tolérées, avec des courtisanes, pendant la période où le jeune homme n'est pas encore chef de famille et n'exerce pas de responsabilité importante dans la cité. En revanche, les poètes se montrent sévères pour les amours des vieillards. Le vieillard amoureux est un type fréquent dans ces comédies, mais il est toujours berné.*

*Il est moqué, aussi, lorsqu'il se montre d'une excessive sévérité envers son fils.*

*Parmi les personnages de la comédie nouvelle se trouvent certains types caractéristiques du monde hellénistique. Le plus important est le « soldat », qui n'est plus l'hoplite, le soldat combattant pour sa patrie, comme aux siècles précédents, mais un mercenaire, au service d'un roi ou d'une cité, un aventurier qui risque sa vie pour s'enrichir. À côté de ces aventuriers, la comédie nouvelle faisait une large place aux « marchands », ces négociants qui allaient d'île en île, de cité en cité, dans le bassin oriental de la Méditerranée, pour acheter et vendre au meilleur cours.*

*Parmi ces personnages, certains étaient tout à fait étrangers au monde romain. Ainsi les mercenaires, qui n'avaient pas leur place, normalement, dans l'armée romaine, levée par conscription parmi les citoyens et complétée par des contingents venus des cités alliées. Mais les Romains les connaissaient, malgré cela. Il y en avait dans les armées de Carthage. Il y en avait eu en Italie même, ces Mamertins qui avaient occupé Messine et créé un État indépendant, une génération avant la naissance de Plaute. Le « soldat fanfaron » de celui-ci rappellera bien des souvenirs aux spectateurs tout en restant un personnage issu d'un autre monde.*

*De même, le marchand. L'économie romaine est fondée sur l'agriculture, l'élevage et, surtout, le labourage. Rome ne se trouve pas sur la mer, et elle n'est venue qu'assez tard à la navigation, sous la contrainte, en raison de la guerre contre Carthage. Les « marchands », qui existent dans le monde italique, ne sont pas des Romains, mais des gens des cités côtières, des Volsques d'Antium, sur la Tyrrhénienne, ou des Picéniens d'Ancône, sur l'Adriatique, qui assuraient les relations commerciales avec Syracuse et les ports de la côte balkanique. Ces négociants sont des « alliés », dont les Romains sont les protecteurs, notamment contre les pirates venus d'Illyrie, mais ils ne sont pas intégrés dans la société romaine.*

*Certaines absences n'étaient pas moins importantes : nous avons dit le rôle prêté aux vieillards. Ceux-ci ne ressemblaient en rien aux* senes *romains, aux sénateurs, sur qui reposait la politique de la cité. Aussi ne trouvera-t-on, chez Plaute, aucune allusion aux institutions de Rome. Le lieu même où la pièce est située n'est pas Rome, mais une ville grecque, le plus souvent Athènes, parfois Éphèse, ou ailleurs, mais, en général, sans rien de bien typique, à part quelques indications de détail, la présence, par exemple, dans le* Charançon (Curculio)*, d'un temple d'Esculape où le* leno *Cappadox va consulter l'oracle qui doit lui rendre la santé. Mais aucune description, rien qui ait pour intention de dépayser le spectateur, de le transporter loin de*

Rome. Le lieu de l'action est presque totalement abstrait, une sorte de schéma de ville antique où l'on ne reconnaît que ce qui se trouve un peu partout, un temple, une place centrale, agora ou forum, que l'on ne voit d'ailleurs pas, mais dont il est question, inévitablement.

Ce cadre est assez général pour que l'imagination du spectateur reste libre et ne soit ni indûment gênée ni, non plus, sollicitée hors de propos. Et l'on comprend qu'il eût été fâcheux de situer dans un paysage qui eût été typiquement romain des personnages qui portaient des noms et un costume grecs. Aussi tout reste-t-il, en principe, dans le vague. Il existe pourtant une exception. Une comédie, le Charançon, que nous venons de citer, contient, bien qu'elle soit censée se passer à Épidaure, des allusions extrêmement précises aux lieux et aux monuments de Rome. Un personnage qui ne joue par ailleurs aucun rôle dans l'action, prononce, seul, sur la scène, un assez long discours où il évoque le Forum romain, avec ses temples, ses boutiques, les promeneurs que l'on y rencontre. On peut penser qu'il s'agit là d'une interpolation introduite à l'occasion d'une reprise de la pièce, et qu'elle n'est pas de Plaute. Mais cela n'est pas certain. Il reste possible que ce « hors-d'œuvre » ait été mis par lui en cet endroit. Ce serait alors un exemple, et non le seul, de cette ambiguïté que nous avons signalée, de ce passage incessant, dans l'esprit du poète, du monde grec au monde romain.

D'une manière générale d'ailleurs, le cadre de l'action est moins la ville, prise dans son ensemble, que la maison privée, où se déroule l'existence quotidienne des personnages, ce qui est parfaitement logique dans l'esthétique de la comédie nouvelle. Cette maison présente les caractéristiques des demeures grecques, comme celles que l'on a découvertes à Olynthe, et qui reproduisaient celles de l'Athènes classique. On le voit clairement dans la Comédie du fantôme (la Mostellaria), où il est beaucoup question d'architecture. Tous les détails que donne le poète montrent qu'il est resté fidèle à son modèle, une comédie de Philémon, et que, dans la majeure partie de la pièce, il n'a pas cherché à romaniser la disposition des lieux. Mais voici que, dans le dernier acte, que l'adaptation de Plaute a visiblement beaucoup raccourci par rapport à ce qu'il était dans la pièce grecque, cette même maison est dotée d'un jardin, comme l'étaient les maisons romaines, à la différence des maisons grecques. Il y a là, visiblement, une inadvertance de Plaute, qui rend concevable que le monologue du Curculio, que nous avons cité, soit l'œuvre du poète et non celle d'un interpolateur. L'imagination du poète le transporte en un lieu ambigu, qui n'est ni tout à fait grec ni tout à fait romain. Cette ambiguïté ne fait que traduire celle de la culture, de la mentalité, de la pensée tout entière de Rome au cours de la période où écrit Plaute.

S'il est vrai que le décor et le milieu matériels de ce théâtre hésitent entre le monde grec et le monde romain, qu'en est-il du milieu moral que nous y rencontrons ? Les poètes de la comédie nouvelle, en particulier Ménandre, avaient subi l'influence des philosophes dont la pensée était prédominante dans l'Athènes de leur temps. Ménandre est disciple d'Aristote et de Théophraste, et il existe une convergence évidente entre un théâtre qui met en scène des types humains bien définis, repris d'une pièce à l'autre, et un ouvrage comme les *Caractères* de Théophraste, qui se présente comme une véritable histoire naturelle de l'homme. Dans quelle mesure Plaute est-il resté fidèle, du fait même qu'il imitait des œuvres grecques, à cette position et a-t-il importé à Rome les thèses aristotéliciennes, ou telles autres, dont s'étaient inspirés ses modèles ? Ou bien faut-il penser qu'il a cherché à donner, à travers les adaptations qu'il composait, des leçons de morale adressées à un public romain, celles que celui-ci était préparé à entendre, dans la mesure où elles étaient conformes au *mos maiorum* ? Le problème, nous l'avons dit, se trouvait posé par l'histoire de ce temps. Plaute a-t-il choisi ?

Sur les grands thèmes de la vie morale, Plaute est loin de proposer des solutions cohérentes. Ainsi, dans le *Trinummus*, les deux jeunes gens, Lesbonicus et Lysitélès, s'accordent à condamner les amours que l'on achète bien cher, ce qui entraîne ceux qui s'y abandonnent à gaspiller leur patrimoine et les conduit au déshonneur. Et la même thèse est soutenue par le héros de la *Mostellaria*, contraint de vendre sa maison à cause de ses folies. En revanche, dans d'autres pièces, Plaute se montre plus indulgent. Ainsi dans le *Soldat fanfaron* (le *Miles*) non seulement l'esclave, Palestrion, approuve la passion que son maître éprouve pour une courtisane, mais on voit un « bourgeois » estimable, le vieux Périplectomène, s'ingénier à favoriser ces mêmes amours. De la même façon le *Mercator* (le *Marchand*) accepte, comme une chose toute naturelle, que les jeunes gens soient amoureux des femmes indépendantes, dont c'est le rôle et le métier de les accueillir. Laquelle, de ces deux « morales », reçoit l'approbation du poète ?

Apparemment aucune des deux. Ce n'est pas lui qui a institué ce débat. Il était déjà posé par ses modèles, puisque ceux-ci lui offraient des arguments pour l'une et l'autre thèse — conformément à la méthode des sophistes et des philosophes, qui accoutumaient leurs élèves à parler, successivement, en faveur d'une même proposition et pour la combattre. La conclusion qui en est tirée par les poètes grecs est évidente, et acceptée par Plaute : en soi, ces amours ne sont pas moralement condamnables. Ce qui l'est, ce sont les conséquences désastreuses qu'elles peuvent entraîner, mais qui ne sont pas fatales. On entrevoit la conception aristotélicienne du « juste milieu ».

En fait, la morale, à ce moment, comporte deux domaines totalement distincts. Il y a une morale qui relève de la cité, et une autre, qui règle la conduite privée, personnelle, de chacun. Dans le premier domaine, les impératifs sont stricts. Dans le second existent plus de souplesse et de tolérance. On le voit clairement à propos de la conduite des femmes : la « vertu » d'une femme, sa *castitas*, c'est-à-dire la pureté de sa conduite est sous la dépendance de ses devoirs envers le sang de la famille où elle est entrée par son mariage. Mais si elle ne s'est pas engagée, par celui-ci, à perpétuer une lignée, si son rang social ne fait pas d'elle un chaînon d'une *gens*, alors sa conduite personnelle est relativement libre. Sur ce point la morale romaine est identique à celle du monde grec, car l'une et l'autre reposent sur le sentiment de ce que l'on doit à la cité, à la famille, aux ancêtres, et non sur ce que l'on se doit à soi-même. Le temps où la vie intérieure sera dominée par l'invention de la « personne », considérée dans son autonomie et sa liberté, n'est pas encore venu. Il est proche, certes, mais cette révolution n'a pas encore pénétré la conscience commune. Et les comédies de Plaute dont le modèle remonte à des poètes chez qui l'influence de l'aristotélisme est dominante poseront les problèmes moraux dans les termes que nous avons dits, c'est-à-dire en fonction des impératifs sociaux.

Pourtant, il existe une comédie, dans le *corpus* plautinien, qui nous entraîne vers d'autres horizons, celle des *Prisonniers*, les *Captiui*. Le sujet ne comporte aucune intrigue amoureuse. La question est de savoir si un père pourra arracher son fils à l'esclavage. Les intérêts de la cité ne sont ici nullement en jeu. Le Destin dispose de nous, il peut nous précipiter dans l'esclavage, et nous n'y pouvons rien, mais il existe un dieu, qui connaît et voit nos actions et fait triompher la justice. Cette doctrine est celle que répandait le stoïcisme. Au stoïcisme aussi appartient l'idée que les choses extérieures sont des accidents, qui ne sauraient entamer la sérénité du sage. On trouve dans cette pièce des mots comme : « pourvu que je ne meure pas en criminel, peu m'importe (de mourir) ! » Pour le héros de la pièce, l'esclave Tyndare, il est clair que le seul mal est le mal moral, et mourir pour une juste cause mérite de rester mémorable.

De tels discours n'ont pas été imaginés, bien évidemment, par Plaute lui-même. Il les trouvait dans son modèle, et celui-ci ne peut avoir été écrit par un poète d'obédience aristotélicienne, mais seulement être l'œuvre d'un auteur imprégné de stoïcisme. Nous avons suggéré, autrefois, qu'il s'agissait de Poseidippos, un poète comique dont l'activité se place pendant la première moitié du IIIe siècle av. J.-C., donc assez peu de temps avant la naissance de Plaute.

Quoi qu'il en soit, et ce qui nous importe ici, il est clair que Plaute, sans qu'il se soit préoccupé de la doctrine dont s'était inspiré l'auteur de *son modèle, a apporté à Rome les premiers linéaments du stoïcisme. Et l'on sait que l'école de Zénon et de Chrysippe devait exercer une influence durable sur la pensée romaine. Plaute ne prêche pas une morale théorique déterminée. Il s'en tient aux réflexes romains traditionnels, mais, sans qu'il l'ait voulu, il a contribué à élargir l'horizon, un peu étroit, des hommes de son temps. Il a servi d'intermédiaire entre les deux mondes qui se trouvaient face à face. Il a préparé l'avènement d'une pensée romaine originale, tout en restant fidèle aux formes anciennes de la comédie, en les pérennisant, ce qui ne diminuait en rien leur force persuasive, au contraire !*

Pierre Grimal

## NOTE SUR LE TEXTE

Cette édition du *Théâtre complet* de Plaute reproduit la traduction publiée dans la Bibliothèque de la Pléiade (*Œuvres complètes* de Plaute et de Térence, 1971), d'après le texte latin (avec quelques modifications de détail) de l'édition des Belles-Lettres (1932-1940) procurée par Alfred Ernout.

L'ordre dans lequel sont placées les pièces est celui qui résulte des indications données par les didascalies, brèves notices rédigées dès l'Antiquité concernant les conditions dans lesquelles furent représentées les comédies (mention de la fête, des magistrats ayant organisé les jeux, du directeur de la troupe, du compositeur de la musique, de l'original grec adapté par Plaute).

# AMPHITRYON

(*Amphitruo*)

# NOTICE

*La comédie d'*Amphitryon, *que l'ordre alphabétique place en tête du recueil des pièces de Plaute, est peut-être la plus mystérieuse de toutes. Elle ne ressemble guère aux autres, elle ne met pas en scène des jeunes gens amoureux, ni des esclaves ingénieux à former des intrigues, ni des pères avares, rien de ce qui forme le monde habituel de la Comédie nouvelle des Grecs. Nous y trouvons une légende, qui raconte la naissance d'*Hercule. *C'est un sujet emprunté au domaine de l'épopée, et les personnages, comme dans une épopée, sont des dieux et des héros. L'atmosphère est celle d'un conte merveilleux, dont la donnée même échappe au cours ordinaire des choses humaines. Plaute, dans le prologue, hésite sur le nom à donner à une pièce aussi extraordinaire : c'est une tragédie, par son sujet, mais aussi une comédie, parce que l'on y voit des quiproquos, on y assiste à des empoignades plus amusantes que violentes. Ce sera donc une « tragicomédie ». Le poète latin n'a pas inventé ce genre; il existait dans le répertoire grec, sur le sol italien même. Il consiste dans une parodie de la tragédie. Si l'on veut lui trouver des ancêtres plus lointains, on pensera aux* Grenouilles *d'Aristophane, par exemple, où les personnages se meuvent dans le monde du divin, descendent aux Enfers, interrogent les Morts, et où le protagoniste,* Héraclès, *est le même héros dont l'*Amphitryon *raconte la naissance prodigieuse.*

*Mais, en même temps, les éléments de la légende traditionnelle sont modifiés; seule la donnée générale est empruntée au domaine héroïque; un grand nombre de détails sont différents, au point que l'on a peine à retrouver l'antique* saga *du héros argien. Il y a une évidente volonté de moderniser le sujet, d'expliquer rationnellement des situations qui, dans la tradition, sont imposées, et apparaissent, de l'extérieur, comme absurdes ou du moins arbitraires. Selon la légende épique, Amphitryon est un* héros argien, et c'est à Argos, en Péloponnèse, qu'il épouse Alcmène, fille d'Électryon. Mais le mariage n'est pas aussitôt consommé. Un accident fait qu'Amphitryon cause la mort d'Électryon, et Alcmène ne se donnera à son mari que lorsqu'il se sera racheté, et qu'il aura été purifié de son meurtre involontaire. Dans cette même version, les Téléboens ont attaqué Argos et emmené les troupeaux. Amphitryon se rachètera aux yeux d'Alcmène en les obligeant à rendre gorge. Son expédition aura lieu à partir de Thèbes, où il a cherché refuge (aux temps légendaires, tout meurtrier, même moralement innocent, était chassé de sa cité, à laquelle il apportait une souillure religieuse), et c'est avec l'aide du roi Créon qu'il organisait l'expédition punitive contre les pillards. Dans la pièce de Plaute, la scène est bien à Thèbes — ce qui était nécessaire pour respecter la tradition qui faisait naître Hercule dans cette ville — mais Amphitryon est considéré comme un chef de mercenaires au service du roi Créon qui, incapable de défendre lui-même son peuple, est menacé de perdre son pouvoir sur ses sujets. Amphitryon est accompagné d'une troupe d'Argiens, qui servent comme mercenaires sous ses ordres, et il n'est plus question de souillure religieuse, du meurtre d'Électryon, du refus d'Alcmène de se donner à lui. L'atmosphère est complètement transformée : si la situation évoque le monde hellénistique, où les rois avaient à leurs services des « capitaines » étrangers[1], le personnage d'Amphitryon, et celui d'Alcmène, sont tout à fait romains. Amphitryon se conduit et parle comme un imperator, il observe les rites que doit observer un chef romain[2], il ne doit pas pénétrer dans la ville avant d'avoir rendu ses comptes (ici au roi; dans la pratique romaine, au sénat), il intervient personnellement dans la bataille, mais il est investi du commandement suprême — ce que n'était pas un chef de mercenaires, soumis au roi pour le compte duquel il combattait, et c'était le roi qui, le plus souvent, commandait les opérations personnellement sur le terrain, le capitaine étranger se contentant d'entraîner ses hommes. Pour toutes ces raisons, il n'y a aucune pièce qui soit plus romaine que l'Amphitryon, et l'on peut penser que ces traits ne sont pas de simples placages ajoutés par Plaute sur un original grec qu'il traduit. On peut se demander s'il n'a pas construit sa comédie de toutes pièces, comme une sorte de divertissement transposant à la scène une situation comme il s'en était trouvé

1. Voir, par exemple, *Le Soldat fanfaron*, p. 529.
2. Voir la note 1 de la page 18.

*beaucoup pendant la seconde guerre punique : le retour à* Rome *d'un* imperator *victorieux : que ce soient les généraux qui avaient commandé au Métaure, en 207, ou Scipion, le vainqueur d'*Hannibal *à* Zama. *Cette comédie est toute pleine des notions de « valeur »* (virtus), *de gloire et de victoire. Elle est pleine aussi de l'esprit héracléen, et célèbre la puissance de Jupiter; son atmosphère religieuse est précisément celle qui imprégnait* Rome *au temps de la guerre contre* Hannibal.

*Pour ces raisons, on sera sensible à certains aspects de cette comédie, qui passent parfois inaperçus : la dignité aimante d'Alcmène, les traits accusés de sa personnalité, qui la distinguent si nettement des épouses et des mères des autres comédies, où l'esprit grec l'emporte et tend à donner de la femme une image caricaturale. Alcmène est une* Romaine *respectée, qui s'élève aisément au-dessus des facéties vulgaires de Sosie.*

*Malheureusement, une assez grande partie de la pièce est perdue. Les pauvres fragments qui ont été conservés, par des citations éparses, ne suffisent pas à nous rendre le contenu des lacunes. Nous ne les avons pas reproduits ici.*

## PERSONNAGES

MERCURE, dieu.
SOSIE, esclave d'Amphitryon.
JUPITER, dieu.
ALCMÈNE, femme d'Amphitryon.
AMPHITRYON, général.
BLÉPHARON, pilote.
BROMIE, servante d'Amphitryon.

## ARGUMENT I

Jupiter, ayant pris l'apparence d'Amphitryon, tandis que celui-ci fait la guerre contre les Téléboens, ennemis de Thèbes, lui emprunte Alcmène, son épouse. Mercure revêt les traits de l'esclave Sosie, absent lui aussi; sur quoi Alcmène est victime de leur ruse. À leur retour, le véritable Amphitryon et le véritable Sosie sont bernés tous les deux d'une manière admirable. D'où une querelle et des scènes de ménage entre le mari et la femme, jusqu'à ce que, faisant entendre sa voix au milieu du tonnerre du haut du ciel, Jupiter avoue avoir été adultère.

## ARGUMENT II

Brûlant d'amour pour Alcmène, Jupiter a revêtu la forme du mari de la dame, Amphitryon, pendant que celui-ci combat les ennemis. Mercure se fait son serviteur, sous l'apparence de Sosie. Lorsque reviennent l'esclave et le maître, Mercure les berne tous les deux. Amphitryon fait une scène de ménage à sa femme; et, tour à tour, le dieu et le mari s'accusent d'adultère. Blépharon, pris pour arbitre, ne peut décider lequel est Agamemnon. Enfin on apprend toute l'affaire; Alcmène met au monde deux jumeaux.

# AMPHITRYON

*La scène est à Thèbes. C'est la nuit. Le dieu Mercure est seul sur la scène. Il s'avance pour exposer le sujet de la comédie.*

## PROLOGUE

### Mercure

S'il est vrai que vous désiriez, dans vos affaires de commerce, pour vos achats et pour vos ventes, que je vous fasse généreusement faire des bénéfices, que je vous aide en tout ce que vous faites, si vous désirez que vos activités et vos calculs à vous tous se révèlent heureux, à l'étranger comme en ville, que de bons et amples profits, sans interruption, accroissent ce que vous avez entrepris et ce que vous entreprendrez, si vous désirez que je vous apporte à vous et à tous les vôtres de bonnes nouvelles, que je ne sois porteur, que je ne sois messager que de ce qui servira le mieux votre commune république — car vous savez que les autres divinités m'ont accordé et cédé le privilège de présider aux nouvelles et au profit —, s'il est vrai que vous désirez que je vous exauce, que je m'efforce d'obtenir que sans cesse vous ayez abondance de profits, vous ferez silence pour cette comédie, et vous serez ici des arbitres équitables et justes, tous, tant que vous êtes.

Et maintenant je vais vous dire le nom de celui qui m'a ordonné de venir et la raison de ma venue, et en même temps je vous donnerai mon nom. C'est sur l'ordre de Jupiter que je viens; et mon nom à moi est Mercure. Mon père m'a envoyé ici pour vous adresser une prière, bien qu'il sût que ce qu'il aurait dit serait pour vous un ordre, car il a compris que vous le respectez et le redoutez, comme il sied envers Jupiter. Pourtant, n'en doutez pas, il m'a ordonné de vous adresser cette prière, gentiment, et en termes polis. Car le Jupiter sur l'ordre de qui je viens ne redoute pas moins les coups de bâton que n'importe lequel d'entre vous : il est né d'une mère mortelle, d'un père mortel, et l'on ne saurait s'étonner qu'il ressente quelque crainte pour lui-même. D'ailleurs moi-même aussi, qui suis le fils de Jupiter, je crains — c'est un mal que je tiens de mon père — les coups de bâton. C'est pourquoi je viens pacifiquement vous apporter la paix. Je désire obtenir de vous une chose juste et facile. J'ai été envoyé justement pour présenter une juste requête à des justes; chercher à obtenir une chose injuste auprès de justes ne convient pas, de même demander une chose juste à des hommes injustes est de la déraison, car, dans leur injustice, ils ignorent le droit et ne l'observent point.

Et maintenant, donnez toute votre attention, tous, à ce que je vais dire. Vous devez vouloir ce que nous voulons; nous avons rendu, mon père et moi, des services à vous-mêmes et à votre république. Pourquoi rappellerais-je, comme je l'ai vu faire à tant d'autres dans les tragédies, Neptune, Valeur, Victoire, Mars, Bellone, et mentionner tous les bienfaits qu'ils vous ont rendus, toutes bonnes actions dont mon père, le roi des dieux, est l'initiateur[1] ? Mais jamais il n'a été dans le caractère de mon père de reprocher le bien qu'il faisait aux braves gens. Il estime que vous lui en avez de la reconnaissance, et que vous méritez qu'il vous fasse le bien qu'il vous fait.

Maintenant je vais d'abord vous dire ce que je suis venu vous demander. Après quoi, je vous raconterai le sujet de cette tragédie... Pourquoi avez-vous plissé le front ? Parce que j'ai dit que ce serait une tragédie ? Je suis dieu, je la transformerai. Cette même pièce, si vous le souhaitez, j'en ferai d'une tragédie une comédie, sans qu'un seul vers en soit changé. Voulez-vous qu'il en soit ainsi, ou non ? Mais je suis bien sot de faire semblant de ne pas savoir que vous le désirez, moi qui suis un dieu. Je connais parfaitement votre souhait sur ce point. Je ferai que ce soit une pièce mêlée, une tragi-comédie. Transformer d'un bout à l'autre en comédie une pièce où paraissent des dieux et des rois, j'estime que cela n'est pas convenable. Alors ? Puisque ici aussi un esclave tient un rôle, je ferai en sorte, comme je l'ai dit, que ce soit une tragi-comédie. Bon! Jupiter m'a ordonné de vous demander ceci : que des inspecteurs aillent, sur chaque banc[1], dans toute l'assistance, parmi les spectateurs; s'ils voient des agents délégués pour intriguer en faveur de tel ou tel, qu'ils saisissent sur-le-champ leur toge en gage, et que ceux qui auraient cherché déloyalement à faire obtenir la palme à des acteurs, ou à un autre artiste quel qu'il soit[2], tant par documents écrits que par intervention personnelle, que par intermédiaire, ou si les édiles la décernent injustement à quelqu'un, Jupiter a ordonné qu'on leur applique la même loi que s'ils avaient brigué déloyalement une magistrature pour eux-mêmes ou pour un autre. Il a dit que c'est la valeur qui assure chez vous la victoire, et non la brigue ni la déloyauté; pourquoi ne serait-ce pas la même loi pour un acteur que pour un grand personnage ? C'est par la valeur qu'il faut rechercher la victoire, non par la cabale. On a toujours assez de partisans lorsque l'on agit bien, si les gens dont cela dépend sont des gens loyaux. Et voici encore l'une des instructions que m'a données Jupiter : que l'on désigne des surveillants pour les acteurs. Si l'un d'eux a chargé quelqu'un de l'applaudir, ou de faire en sorte qu'un autre acteur n'ait point de succès, qu'on lui mette en pièces son costume et sa peau. Je ne voudrais pas que vous vous demandiez pourquoi Jupiter aujourd'hui s'intéresse aux acteurs. Ne vous en étonnez pas : lui-même, Jupiter, va jouer cette comédie. Pourquoi êtes-vous surpris, comme si c'était là une chose nouvelle, que Jupiter fasse métier d'acteur ? Ici même, l'an dernier, lorsque sur cette scène des comédiens invoquèrent Jupiter, il vint, il leur porta secours[3]. De plus, il est certain qu'il paraît dans les tragédies. Donc, cette pièce, je le répète, Jupiter aujourd'hui va la jouer lui-même, et moi en même temps que lui. Et maintenant écoutez-moi bien.

Cette ville-ci est Thèbes; dans cette maison, là-bas, habite Amphitryon, qui est né à Argos d'un père argien[4];

il a pour femme Alcmène, fille d'Électryon. Cet Amphitryon est à la tête des légions; car le peuple thébain est en guerre avec les Téléboens[1]. En quittant le pays pour se rendre à l'armée, il a rendu enceinte Alcmène son épouse. Vous savez aussi comme est mon père, je crois, comme en pareilles matières il a peu de scrupules, à quel point il peut être amoureux de ce qui l'a une fois attiré. Il s'est donc mis à aimer Alcmène à l'insu du mari de celle-ci, il s'est assuré ses faveurs, et il l'a rendue enceinte de ses œuvres. Maintenant, pour que vous soyez bien renseignés au sujet d'Alcmène, elle est lourde d'un double fruit, de son mari et du grand Jupiter. Et mon père, en ce moment, est ici, dans la maison, au lit avec elle, et pour cette raison la nuit a été rendue plus longue, pendant le temps qu'il prend son plaisir avec celle qu'il désire. Mais il a fait semblant d'être Amphitryon. Quant à vous, ne soyez pas étonnés du costume que je porte, de me voir venu ainsi habillé en esclave[2]; c'est une vieille histoire, très ancienne, que nous vous présenterons, en la rendant nouvelle; c'est pourquoi je me présente sous un aspect qui m'est nouveau. Mon père est là, dans la maison, je veux dire Jupiter. Il s'est donné l'apparence d'Amphitryon, et tous les esclaves qui le voient le prennent pour celui-ci, tant il excelle à se métamorphoser, quand il lui plaît. Pour moi, j'ai pris l'apparence de l'esclave Sosie, qui est parti à l'armée avec Amphitryon, de manière à pouvoir servir les amours de mon père, sans que les serviteurs se demandent qui je suis, en me voyant aller et venir sans cesse ici dans la maison. Me prenant pour un esclave, et l'un de leurs camarades, aucun ne demandera qui je suis et pourquoi je suis venu. Pendant ce temps mon père, à l'intérieur, fait ce dont il a envie. Il est au lit, tenant dans ses bras celle qu'il désire plus que tout. Et mon père raconte à Alcmène ce qui s'est passé là-bas, à l'armée. Elle croit qu'il est son mari, alors qu'elle est avec un amant. En ce moment même, mon père lui raconte comment il a mis en fuite les légions de l'ennemi, et de quelle façon il a reçu force récompenses. Ces récompenses, qui ont été données là-bas à Amphitryon, nous les avons dérobées; il est aisé à mon père de faire ce qu'il lui plaît. Donc, aujourd'hui, Amphitryon reviendra ici de l'armée, accompagné de l'esclave dont j'ai revêtu l'aspect. Mais, pour qu'il vous soit plus facile de faire la différence entre nous, moi je porterai toujours ces plumes au chapeau; d'autre part mon père aura sous le chapeau un cercle d'or, et Amphitryon n'aura pas cet insigne. Ces marques, aucun des gens de leur maison ne pourra les voir, mais vous, vous les verrez. Mais voilà Sosie, l'esclave d'Amphitryon; il arrive, maintenant, du port, portant une lanterne. Je vais, quand il arrivera, l'écarter de la maison. Écoutez; cela vaudra la peine, pour les spectateurs, ici, de voir Jupiter et Mercure jouer la comédie.

# ACTE PREMIER

## *SCÈNE PREMIÈRE*

### SOSIE, MERCURE

SOSIE : Y a-t-il un autre individu plus audacieux, plus courageux que moi, alors que je connais les habitudes de la jeunesse[1], pour marcher seul aussi tard dans la nuit! Que ferais-je, si maintenant les triumvirs[2] me fourraient en prison? D'où demain l'on me tirerait, comme d'un garde-manger, pour me conduire au fouet? Et on ne me laisserait pas plaider ma cause, et je ne trouverais en mon maître aucun secours, et il n'y aurait personne qui ne juge que c'est bien fait pour moi, tandis que sur mon pauvre dos, comme sur une enclume, s'acharneraient huit hommes valides. Tel est l'accueil qu'à mon retour de l'étranger me ferait le gouvernement! Voilà ce à quoi m'a réduit l'impatience de mon maître, qui, à cette heure de la nuit, m'a envoyé, malgré moi, du port jusqu'ici. N'aurait-il pas pu me donner ce message le jour une fois levé? Voilà pourquoi, auprès d'un grand, le service est plus dur, et plus malheureux est l'esclave d'un riche, car nuit et jour sans arrêt il y a toujours tant à faire et à dire, que jamais l'on n'est en repos. Le maître lui-même, riche et ne connaissant ni la peine ni le travail, croit que tout ce qui lui passe par la tête est possible; il pense que c'est normal, et ne réfléchit pas aux efforts que cela représente; il ne se demandera pas si son ordre est juste ou non. Eh oui, un esclave est en butte à bien des ennuis! Il faut prendre sa charge, et la porter, avec la peine.

MERCURE, *à part :* C'est plutôt moi qui devrais me plaindre ainsi d'être esclave; aujourd'hui, j'étais libre, et maintenant mon père m'a réduit en esclavage; tandis que cet individu, né esclave, va se plaindre!

SOSIE, *sans le voir ni l'entendre :* Mais je suis un grand coquin d'esclave : ai-je eu seulement l'idée de rendre, en arrivant, grâces aux dieux pour leurs bienfaits, et de les invoquer ? Certes, par Pollux, s'ils voulaient me récompenser comme je le mérite, ils délégueraient ici un individu pour me labourer proprement la figure à mon arrivée, puisque tout le bien qu'ils m'ont fait n'a trouvé en moi qu'ingratitude et indifférence.

MERCURE, *à part :* Il fait ce qu'on ne fait pas en général; il sait ce qu'il mérite.

SOSIE, *continuant :* Ce que je n'aurais jamais osé espérer, ni moi ni, pour lui-même, aucun citoyen de Thèbes, est arrivé : nous rentrons sains et saufs dans la patrie; les légions reviennent victorieuses après avoir vaincu l'ennemi, une très grande guerre est terminée et les ennemis sont massacrés. La ville qui a causé au peuple thébain tant de deuils prématurés, la voici, grâce à la vaillance et à la valeur de nos soldats, vaincue et prise d'assaut, sous le commandement et les auspices[1] de mon maître Amphitryon précisément. Butin, terres, gloire, il a donné tout cela à ses concitoyens, et a consolidé le trône du roi de Thèbes Créon[2]. Quant à moi, il m'a envoyé en avant du port à la maison, pour porter les nouvelles à sa femme, lui dire comment il a conduit les affaires de la république, sous son commandement et ses auspices. Je vais réfléchir maintenant à la manière dont je lui dirai tout cela, une fois arrivé là-bas. Si je raconte des mensonges, je ne ferai que comme à mon habitude; car, au moment où l'on combattait le plus, moi j'étais le plus loin. Mais je ferai semblant d'avoir été présent et je raconterai ce que j'ai entendu dire. Mais de quelle manière, en quels termes je dois faire ce récit, voilà ce à quoi j'ai l'intention de réfléchir d'abord ici. Je commencerai ainsi :

Dès que nous fûmes arrivés là-bas, aussitôt que nous eûmes mis le pied sur la terre, sans attendre, Amphitryon choisit l'élite des chefs et en fait ses ambassadeurs; il leur donne mission de faire connaître aux Téléboens ses intentions : s'ils consentent, sans violence, et sans guerre, à livrer ce qui a été enlevé et les ravisseurs[1], s'ils rendent ce qu'ils ont pris, lui-même sur-le-champ ramènera l'armée chez elle, les Argiens[2] évacueront le territoire, ils les laisseront en paix et en repos; mais s'ils ont d'autres intentions, et ne donnent pas ce qu'il réclame, alors, de toute sa force et de tous ses hommes, il attaquera leur cité. Lorsque les hommes à qui Amphitryon avait confié cette mission eurent répété exactement ce message aux Téléboens, ce peuple fier, confiant en sa valeur et en ses forces, tient à nos ambassadeurs un langage orgueilleux et insolent; ils répondent qu'ils sont capables de se défendre par les armes, eux et les leurs, aussi, que les nôtres aient à retirer au plus tôt leur armée de leur pays. Lorsque les ambassadeurs eurent rapporté cette réponse, Amphitryon, sans plus tarder, fait sortir toute l'armée du camp; en face, les Téléboens conduisent hors de la ville leurs légions magnifiquement armées. Une fois que des deux côtés l'on est sorti en force, les hommes s'alignent, les rangs s'alignent; nous, nous disposons nos légions selon notre coutume; de même l'ennemi devant nous dispose ses légions. Ensuite, les deux commandants en chef sortent entre les deux armées et, en dehors des rangs, s'entretiennent ensemble. On convient que le parti qui sera vaincu dans ce combat livrera sa ville, son territoire, ses autels, ses foyers et soi-même[3]. Cela fait, les trompettes sonnent dans les deux armées; la terre résonne, les deux partis poussent le cri de guerre. Le commandant en chef, de part et d'autre, adresse des vœux à Jupiter, de part et d'autre, exhorte ses troupes. Chacun pour son compte fait tout ce qu'il peut, tout ce dont il est capable, et frappe avec le fer; les armes se brisent; le ciel mugit du vacarme que font les hommes, les respirations haletantes forment un nuage, les soldats tombent sous la violence des coups. Enfin, comme nous le désirions, notre armée l'emporte; les ennemis tombent en grand nombre; les nôtres, de leur côté, se font pressants. Nous avons vaincu de vive force des soldats farouches. Mais personne ne prend l'initiative de fuir ni ne recule, personne qui ne combatte sur place; ils perdent la vie plutôt que d'abandonner leur poste; à l'endroit où il se trouve, chacun tombe et conserve son rang. Dès que mon maître Amphitryon a vu cela, aussitôt il ordonne de faire donner la cavalerie par la droite. Les cavaliers obéissent immédiatement, ils arrivent à toute bride, de la droite, avec un grand cri, d'un élan irrésistible; ils taillent en pièces, ils abattent les troupes ennemies — le bon droit a raison de l'injustice.

MERCURE, *à part :* Jusqu'ici, il n'a encore pas dit un seul mot de travers; car j'étais moi-même sur les lieux, ainsi que mon père, pendant le combat[1].

SOSIE, *continuant le récit :* Les ennemis prennent la fuite; sur quoi l'ardeur s'accroît chez nos soldats. Les Téléboens tournent le dos et sont accablés de traits, et Amphitryon lui-même tua de sa main le roi Ptérélas. Voilà le combat qui se livra là-bas depuis le matin jusqu'au soir; je m'en souviens d'autant mieux que, ce jour-là, je restai sans déjeuner. Mais le combat enfin fut interrompu par l'apparition de la nuit. Le lendemain, dans le camp, viennent vers nous de la ville les notables, en larmes, qui, les mains chargées de bandelettes[2], nous prient de pardonner leur faute; ils se livrent à nous, eux-mêmes, le profane et le sacré, leur ville, leurs enfants, à notre discrétion, à la merci du peuple thébain. Après quoi, en raison de sa vaillance, on fait présent à mon maître Amphitryon d'une coupe d'or dans laquelle avait coutume de boire le roi Ptérélas. Voilà ce que je dirai à la maîtresse. Et maintenant, je vais exécuter les ordres de mon maître et me rendre à la maison.

MERCURE, *à part :* Alerte! le voici qui vient ici; je vais aller au-devant de lui, et d'aujourd'hui je ne permettrai pas à cet individu d'approcher cette maison. Maintenant que j'ai pris son apparence, je suis bien décidé à me jouer de lui. Et d'ailleurs, puisque j'ai revêtu son aspect et son allure, il convient que je me conduise comme lui et que j'aie son caractère. Je dois donc être un vaurien, rusé, complètement hypocrite, et me servir de ses propres armes contre lui, le mensonge, pour l'éloigner de notre porte. Mais que se passe-t-il ? Il regarde le ciel. Je vais observer ce qu'il fait.

SOSIE : Par Pollux, une chose est sûre, s'il en est une que je sache et dont je sois certain, c'est, je crois, que, cette nuit, Nocturnus[3] s'est endormi après avoir trop bu. Car les étoiles de l'Ourse ne changent pas de place dans le ciel, la lune ne va nulle part, et reste comme elle s'est levée, ni Orion, ni Vesper, ni les Pléiades ne baissent sur l'horizon. Les constellations demeurent immobiles, et la nuit, nulle part, ne cède devant le jour.

MERCURE, *à part :* Continue, Nuit, comme tu as commencé; obéis à mon père. Tu fais au mieux en prêtant ton meilleur concours au meilleur des dieux, et ton service te sera rendu!

SOSIE, *continuant :* Jamais, je crois bien, je n'ai vu de nuit plus longue si ce n'est une, peut-être, lorsque, après avoir été fouetté, je suis resté attaché au poteau du soir au matin; mais cette nuit-là elle-même est de beaucoup surpassée en durée par celle-ci. Je crois, par Pollux, que le Soleil s'est endormi, et qu'il a joliment bu. Cela m'étonnerait fort s'il ne s'était pas un peu trop bien traité à dîner!

MERCURE, *à part :* Ah vraiment, coquin ? Tu crois que les dieux te ressemblent ? Par Pollux, pour ce que tu viens de dire, et pour tes méfaits, gibier de potence, je vais te faire un bel accueil; viens donc seulement ici, s'il te plaît, et tu trouveras une mauvaise aventure.

SOSIE : Où sont-ils, ces coureurs de filles, qui ne couchent seuls qu'à regret ? Cette nuit-ci est bien faite pour donner de la besogne à une belle louée trop cher.

MERCURE, *à part :* Donc mon père, à l'en croire, agit comme il faut, et sagement, en restant au lit à faire l'amour avec Alcmène, comme il en a envie.

SOSIE : Allons apporter à Alcmène les nouvelles que m'a ordonnées mon maître. *(Il aperçoit Mercure.)* Mais quel est cet individu, que je vois devant chez nous à cette heure de la nuit ? Cela ne me plaît pas.

MERCURE, *à part :* Il n'est personne d'aussi peureux que lui.

SOSIE : Une idée me vient : cet individu veut aujourd'hui tisser de nouveau mon manteau[1].

MERCURE, *à part :* Il a peur; je vais m'en amuser.

SOSIE : Je suis perdu, les dents me démangent[2]. Certainement, cet homme-ci va, à mon arrivée, m'accueillir avec des coups de poings comme bienvenue. Mais, je pense, c'est qu'il est pitoyable; voyant que mon maître m'a empêché de dormir, il va maintenant faire en sorte, avec ses poings, que je dorme. Je suis bel et bien perdu. Je vous en prie, par Hercule, qu'il est grand, et qu'il est fort!

MERCURE, *à part :* Je vais parler en face de lui, et à

voix haute; il entendra ce que je dirai, et, de cette façon, sa peur augmentera. *(D'une voix forte, à la cantonade.)* Allons, mes poings; il y a longtemps que vous n'avez donné de quoi vivre à mon ventre. Il me semble qu'il s'est passé un siècle depuis que, hier, vous avez endormi ces quatre hommes tout nus[1].

SOSIE : J'ai grand-peur que mon nom ici ne change, et de devenir, de Sosie, Quintus[2] ! Il déclare qu'il a endormi quatre hommes; j'ai peur d'accroître leur nombre.

MERCURE, *relevant ses manches et remontant sa tunique :* Là, voilà, comme je veux être.

SOSIE : Il remonte sa ceinture[3]; c'est visible, il se met en tenue.

MERCURE, *à part :* Il ne s'en tirera pas sans une rossée.

SOSIE : Qui donc ?

MERCURE : Quiconque viendra ici mangera mes poings.

SOSIE : Pas de ça ! Je n'ai pas envie de manger si tard dans la nuit; je viens de dîner; aussi, va offrir ce dîner, si tu m'en crois, à ceux qui ont faim.

MERCURE : Mon poing pèse un assez bon poids.

SOSIE : Je suis mort. Il pèse ses poings.

MERCURE : Et si je commençais par lui faire un massage qui l'endorme ?

SOSIE : Tu me sauverais la vie; car j'ai passé trois nuits de suite sans dormir.

MERCURE : Non, ça ne va pas. Nous n'y allons pas comme il faut. Ma main apprend bien mal à battre une mâchoire. Il faut qu'un visage ait changé de forme quand on l'a caressé du poing.

SOSIE : Cet individu va me remettre à neuf et me remodeler la figure.

MERCURE : Il ne doit plus rester un os dans un visage, quand on a frappé comme il faut.

SOSIE, *à part :* Je crois bien que cet homme a l'intention de me désosser comme une murène. Arrière, toi qui désosses les hommes ! Je suis mort, s'il m'aperçoit.

MERCURE : Je sens ici un homme, et il va lui en cuire !

SOSIE, *à part :* Hélas ! ai-je donc laissé échapper une odeur ?

MERCURE : Et même il ne doit pas être loin, mais il revient de loin.

SOSIE, *à part :* Cet individu a des dons surnaturels !

MERCURE : Les poings me démangent.

SOSIE, *à part :* Si c'est sur moi que tu doives les exercer, je t'en prie, calme-les d'abord contre un mur.

MERCURE : Une voix est venue dans l'air jusqu'à mes oreilles.

SOSIE, *à part :* Quel pauvre homme je suis, de ne pas lui avoir coupé les ailes : j'ai une voix qui vole!

MERCURE : Cet individu est venu chercher auprès de moi, sur sa propre bête, une mauvaise histoire[1].

SOSIE, *à part :* Mais je n'ai jamais eu de bête!

MERCURE : Il me faut lui donner sa pleine charge de coups de poings.

SOSIE, *à part :* Je suis déjà fatigué, par Hercule, de mon voyage sur mer; j'ai encore le cœur chaviré. J'ai peine à avancer sans rien porter, ne t'imagine pas que je pourrais marcher avec un fardeau!

MERCURE : En tout cas, il y a ici je ne sais qui qui parle.

SOSIE, *à part :* Je suis sauvé; il ne me voit pas. Il prétend que c'est « je ne sais qui » qui parle; moi, en tout cas, je m'appelle Sosie.

MERCURE : De ce côté, à droite, une voix, ce me semble, frappe mon oreille.

SOSIE, *à part :* J'ai peur de recevoir aujourd'hui une rossée, à la place de cette voix qui le frappe.

MERCURE, *à part :* Parfait! le voici qui se dirige vers moi.

SOSIE, *à part :* J'ai peur, je suis tout paralysé. Non, par Pollux, je ne sais plus en quel endroit de la terre je me trouve, si on me le demandait, et je ne puis, pauvre de moi, me remuer tant je suis effrayé. C'est fini! La commission de mon maître est perdue, en même temps que Sosie. *(Il essaie de se rassurer.)* Mais j'ai l'intention d'aborder hardiment cet individu et de lui parler hardiment. Ainsi, j'aurai l'air brave devant lui, et il ne me frappera point.

MERCURE, *s'adressant à Sosie :* Où vas-tu, toi, qui portes Vulcain enfermé dans une corne[2] ?

SOSIE : Que viens-tu chercher, toi, qui de tes poings désosses le visage des gens ?

MERCURE : Es-tu esclave ou libre ?

SOSIE : C'est selon le bon plaisir que j'en ai!

MERCURE : Ah oui ?

SOSIE : C'est comme je le dis.

MERCURE : Rossard !

SOSIE : Tu ne dis pas la vérité[1].

MERCURE : Mais je vais tout à l'heure faire en sorte que tu dises que c'est la vérité.

SOSIE : En quoi est-ce utile ?

MERCURE : Puis-je savoir où tu vas, à qui tu appartiens, et pourquoi tu es venu ?

SOSIE : Je viens ici, je suis l'esclave de mon maître. Est-ce que tu es mieux renseigné maintenant ?

MERCURE : Je saurai bien, crapule, venir à bout de ta sale langue !

SOSIE : Impossible ; on la garde à l'abri des mauvaises rencontres[2].

MERCURE : Tu continues à faire de l'esprit ? Qu'as-tu à faire près de cette maison ?

SOSIE : Mais, et toi ?

MERCURE : Le roi Créon y met toutes les nuits un garde.

SOSIE : Il a raison ; comme nous étions absents à l'étranger, il nous a fait protéger chez nous. Mais maintenant, va-t'en, dis que les gens de la maison sont revenus.

MERCURE : Je ne sais pas si tu es de la maison ; mais si tu ne t'en vas pas sur-le-champ, l'homme de la maison, je te réserve une réception... maison !

SOSIE : Mais c'est ici, te dis-je, que j'habite, et je suis esclave des maîtres d'ici.

MERCURE : Eh bien, sais-tu ce que je vais faire ? Je ferai de toi un grand seigneur, si tu ne t'en vas pas d'ici.

SOSIE : Et comment cela ?

MERCURE : Ce sont des porteurs qui t'emmèneront, tu ne t'en iras pas tout seul, si je prends un bâton.

SOSIE : Malgré tout, je maintiens que je suis quelqu'un de cette maison.

MERCURE : Prends garde à ne pas recevoir tout de suite une rossée, si tu ne disparais pas d'ici sans délai.

SOSIE : Tu voudrais m'empêcher de rentrer chez moi alors que je reviens de l'étranger ?

MERCURE : C'est ici ta maison ?

SOSIE : Oui, certes.

MERCURE : Alors, quel est ton maître ?

SOSIE : Amphitryon, qui est maintenant à la tête des légions thébaines. Il a pour femme Alcmène.

MERCURE : Que dis-tu ? Quel est ton nom ?

SOSIE : Les Thébains m'appellent Sosie, fils de Dave[1].

MERCURE : Ah, certes, ce sera pour ton malheur que tu seras venu aujourd'hui, avec tes mensonges préparés, comble d'impudence, et cousu de ruses.

SOSIE : Mais non, c'est avec des tuniques cousues, que je viens, et non des ruses.

MERCURE : Tu mens encore! C'est avec tes pieds, et non des tuniques que tu viens.

SOSIE : Cela, c'est vrai.

MERCURE : Aussi, sans manquer, tu seras rossé, pour ton mensonge.

SOSIE : Mais, par Pollux, sans manquer, je ne le veux point!

MERCURE : Mais, par Pollux, tu le seras malgré toi; ce « sans manquer »-là est certain, il ne dépend de personne. *(Il le bat.)*

SOSIE : Je t'en supplie, de grâce!

MERCURE : Tu as l'audace de dire que tu es Sosie, alors que c'est moi?

SOSIE : Je suis mort.

MERCURE : Tu restes bien en deçà de ce qui va t'arriver! Quel est ton maître, maintenant?

SOSIE : Toi, car je t'appartiens du droit de tes poings. Au secours, citoyens de Thèbes!

MERCURE : Tu cries encore, bourreau? Parle, pourquoi es-tu venu?

SOSIE : Pour que tu aies quelqu'un à frapper de tes poings.

MERCURE : Quel est ton maître?

SOSIE : Amphitryon, te dis-je, je suis Sosie.

MERCURE : Eh bien, tu en recevras davantage, pour ne pas dire la vérité. C'est moi Sosie, ce n'est pas toi.

SOSIE, *à part :* Plaise aux dieux, que ce soit toi, et que moi je te donne les coups!

MERCURE : Et tu marmonnes quelque chose?

SOSIE : Je vais me taire.

MERCURE : Quel est ton propriétaire?

SOSIE : Celui que tu voudras.

MERCURE : Et maintenant, comment t'appelles-tu?

SOSIE : Mon nom sera celui que tu voudras.

MERCURE : Tu disais que tu étais Sosie, esclave d'Amphitryon.

SOSIE : Je me suis trompé; je voulais dire « associé d'Amphitryon ».

MERCURE : Je savais bien qu'il n'y avait chez nous d'autre esclave Sosie que moi-même. Tu n'as pas toute ta raison.

SOSIE : Si seulement il en allait de même pour tes poings!

MERCURE : Et moi je suis ce Sosie que tout à l'heure tu me prétendais être.

SOSIE : Je t'en prie, permets-moi de te parler sans que je sois battu.

MERCURE : Eh bien, faisons une trêve pour quelque temps, si tu veux me dire quelque chose.

SOSIE : Je ne parlerai qu'une fois la paix faite, puisque tes poings sont les plus forts.

MERCURE : Dis-moi ce que tu veux; je ne te ferai pas de mal.

SOSIE : J'ai confiance en toi ?

MERCURE : Tu le peux.

SOSIE : Et si tu me trompes ?

MERCURE : Dans ce cas, que la colère de Mercure tombe sur Sosie!

SOSIE : Écoute-moi : maintenant, je puis te dire librement n'importe quoi. Je suis Sosie, esclave d'Amphitryon.

MERCURE : Tu recommences ?

SOSIE : J'ai conclu la paix, signé un traité, je dis la vérité.

MERCURE, *il le bat :* Tiens, reçois ça!

SOSIE : Comme il te plaît, fais ce que tu voudras, puisque tes poings sont plus forts que les miens. Mais, quoi que tu puisses me faire, je ne pourrai point ne pas dire cela.

MERCURE : Toi vivant, aujourd'hui, tu ne feras pas en sorte que je ne sois pas Sosie.

SOSIE : Mais, par Pollux, tu ne m'empêcheras pas d'être moi-même, et d'appartenir à mon maître; d'ailleurs chez nous, à part moi, il n'y a pas d'esclave qui s'appelle Sosie. Moi, qui, avec Amphitryon, étais parti d'ici pour aller à l'armée.

MERCURE : Cet individu n'a pas tout son bon sens.

SOSIE : Le compliment que tu me fais, te revient. Quoi, malheur, je ne suis pas Sosie, l'esclave d'Amphitryon ?

Est-ce que, cette nuit même, notre bateau ne m'a pas amené ici, depuis le port Persique[1] ? Est-ce que mon maître ne m'a pas envoyé ici ? Est-ce que je ne me trouve pas maintenant devant notre maison ? N'ai-je pas une lanterne à la main ? Ne parlé-je pas ? Ne suis-je pas éveillé ? Est-ce que cet individu ne vient pas de me frapper à coups de poings ? Il l'a fait, par Hercule, et, pauvre de moi, j'en ai encore mal aux mâchoires. Pourquoi douter ? Pourquoi ne rentrerai-je pas dans notre maison ?

MERCURE : Quoi, votre maison ?

SOSIE : Eh bien oui.

MERCURE : Tout ce que tu viens de dire, c'est autant de mensonges. Oui, Sosie, l'esclave d'Amphitryon, c'est moi. Certes, cette nuit même notre bateau a appareillé du port Persique, et nous avons pris d'assaut la ville où régnait le roi Ptérélas, et nous avons défait de vive force les légions des Téléboens, et Amphitryon lui-même a tué le roi Ptérélas dans le combat.

SOSIE, *à part :* Je ne m'en crois pas moi-même, lorsque je l'entends raconter tout cela; sans aucun doute, il rapporte, sans erreur, ce qui s'est passé là-bas. *(À Mercure.)* Mais, dis-moi ? Quel présent les Téléboens ont-ils fait à Amphitryon ?

MERCURE : La coupe d'or dans laquelle buvait d'habitude le roi Ptérélas.

SOSIE, *à part :* Il l'a dit! *(À Mercure.)* Et cette coupe, où est-elle maintenant ?

MERCURE : Dans un coffret, qui est scellé du sceau d'Amphitryon.

SOSIE : Et ce sceau, dis-moi quel il est ?

MERCURE : Le Soleil se levant avec le quadrige. Pourquoi cherches-tu à m'attraper, bourreau ?

SOSIE, *à part :* Les preuves lui ont donné raison; il me faut chercher un autre nom pour moi. Je ne sais d'où il a pu regarder tout cela. Mais maintenant je vais bien l'attraper. Ce que j'ai fait tout seul, sans aucun témoin, dans la tente, cela, jamais il ne pourra le dire. *(À Mercure.)* Si toi tu es Sosie, au moment où les légions combattaient le plus fort, qu'as-tu fait dans la tente ? Je me rends, si tu le dis.

MERCURE : Il y avait un tonneau de vin; j'en ai rempli une bouteille.

SOSIE, *à part :* Il est sur la bonne route.

MERCURE : Et cette bouteille, j'en bus tout le vin, tel qu'il était issu de sa mère, tout pur.

SOSIE, *à part :* C'est un fait, que j'ai bu là-bas une bouteille de vin pur. Je serais fort étonné s'il ne s'était dissimulé là-bas, dans la bouteille !

MERCURE : Eh bien ? T'ai-je donné des preuves suffisantes, que tu n'es pas Sosie ?

SOSIE : Tu dis que je ne suis pas moi ?

MERCURE : Comment pourrais-je dire le contraire, puisque je le suis moi-même ?

SOSIE : Par Jupiter, je jure que c'est moi, et que je ne mens pas.

MERCURE : Et moi, je jure par Mercure que Jupiter ne te croit pas ; car, je le sais, il me croit davantage sans que je jure que toi quand tu prêtes serment.

SOSIE : Qui suis-je donc, alors, si je ne suis pas Sosie ? Je te pose la question ?

MERCURE : Dès que je ne voudrai plus être Sosie, alors, sois-le toi-même. Mais, lorsque je le suis, tu seras rossé si tu ne t'en vas pas d'ici sans avoir de nom.

SOSIE, *à part :* Par Pollux, lorsque je l'examine, et que je me rappelle mon apparence, tel que je suis — car je me suis souvent regardé dans le miroir — il est vraiment tout pareil à moi-même. Il a le même chapeau et le même vêtement ; il me ressemble tout à fait. Mollet, pied, allure, coiffure, regard, nez et lèvres, joues, menton, barbe, col, tout y est. Bref, si son dos est marqué de cicatrices, on ne peut rien imaginer de plus semblable. Mais, en y réfléchissant, je suis certainement le même que j'ai toujours été. Je connais mon maître, je connais notre maison ; je suis certes dans mon bon sens, je suis conscient. Je ne tiens pas compte de ce qu'il dit. Je vais frapper à la porte.

MERCURE : Et où vas-tu ?

SOSIE : Chez nous.

MERCURE : Quand bien même tu monterais maintenant sur le quadrige de Jupiter, pour t'enfuir d'ici, tu ne pourrais même pas ainsi échapper à la rossée.

SOSIE : Ne m'est-il pas permis d'annoncer à ma maîtresse les nouvelles dont m'a chargé mon maître ?

MERCURE : À ta maîtresse, annonce ce que tu voudras ; mais je ne te laisserai pas aller trouver la nôtre, ici. Si tu me mets en colère, tu t'en retourneras d'ici, aujourd'hui, les reins en compote.

SOSIE : J'aime mieux m'en aller. Dieux immortels, je vous implore, où suis-je mort ? Où me suis-je transformé ? Où ai-je quitté mon apparence ? Me serais-je laissé là-bas, en m'y oubliant ? Car cet individu possède toute l'image de moi-même, celle que j'avais avant. De mon vivant il m'arrive ce que personne ne me fera après ma mort[1]. Je vais aller au port et je dirai à mon maître tout ce qui s'est passé ici ; mais peut-être lui non plus va-t-il ne pas me reconnaître. Que Jupiter fasse qu'il en soit ainsi, et qu'aujourd'hui, rasé, le crâne chauve, je coiffe le bonnet de l'affranchi !

## *SCÈNE II*

### MERCURE

Voilà une affaire qui a bien, très bien marché aujourd'hui pour moi. J'ai éloigné de notre porte le pire des contretemps, pour permettre à mon père d'embrasser tranquillement sa belle. L'individu en question, maintenant, quand il sera revenu auprès d'Amphitryon, va lui raconter qu'un esclave du nom de Sosie l'a éloigné de la porte ; et Amphitryon croira qu'il lui raconte un mensonge, et ne voudra pas croire qu'il est venu ici, comme il le lui avait ordonné. Je vais tous les deux les plonger dans l'erreur, leur faire perdre la tête, à eux et à toute la maisonnée d'Amphitryon, jusqu'à ce que mon père soit rassasié de celle qu'il aime. Alors seulement, tout le monde saura ce qui s'est passé. Finalement, Jupiter ramènera entre Alcmène et son mari leur ancienne entente. Car Amphitryon va bientôt chercher des noises à sa femme et l'accusera de s'être déshonorée. Mais ensuite mon père changera cet orage en beau temps. — Quant à Alcmène, ce que je n'ai pas dit tout à l'heure, elle mettra aujourd'hui au monde deux fils jumeaux : l'un des enfants naîtra dix mois, l'autre sept mois après avoir été conçu. L'un a pour père Amphitryon, l'autre Jupiter. Mais l'enfant le plus petit a le père le plus grand, et l'enfant le plus grand le père le plus petit[2]. Vous savez ce que je veux dire ? Par égard pour leur mère Alcmène, mon père a prévu que les deux naissances aient lieu ensemble, que, d'un seul travail, elle mette un terme à deux grossesses, à la fois pour éviter qu'on ne la soupçonne d'avoir commis une faute, et aussi que son union secrète ne soit pas révélée. Pourtant, comme je l'ai dit tout à l'heure, Amphitryon saura toute l'affaire. Et puis après ? Personne n'en blâmera Alcmène, assurément; car il ne semblerait pas juste qu'un dieu laissât retomber sur une mortelle le blâme de sa propre faute. Mais je vais arrêter ce discours; la porte a craqué[1]. Voici le faux Amphytrion qui sort avec Alcmène, son épouse d'emprunt.

## *SCÈNE III*

### Jupiter, Alcmène, Mercure

JUPITER : Porte-toi bien, Alcmène, occupe-toi de la maison, comme tu le fais, mais aussi ménage-toi, je t'en prie; tu vois que ton terme est bientôt achevé. Pour moi, je dois m'en aller; mais que l'enfant qui naîtra soit élevé comme légitime[2].

ALCMÈNE : Quelle est donc cette affaire, mon mari, qui te force à partir si tôt de chez nous ?

JUPITER : Par Pollux, ce n'est pas que je m'ennuie près de toi et à la maison; mais lorsque le commandant en chef n'est pas présent à l'armée, il s'y fait plus vite ce qu'il ne faut pas que ce qu'il faudrait.

MERCURE, *à part :* Quel habile hypocrite, que mon père. Regardez bien comme il va gentiment cajoler la dame!

ALCMÈNE : Las, je constate le peu de cas que tu fais de ta femme!

JUPITER : Cela ne te suffit pas, de savoir qu'il n'y a aucune femme que j'aime autant que toi ?

MERCURE, *à part :* Par Pollux, si celle de là-haut savait que tu t'occupes à cela, je parierais que tu aimerais mieux être Amphitryon que Jupiter[3].

ALCMÈNE : J'aimerais mieux constater ce que tu dis plutôt que de te l'entendre dire. Tu t'en vas avant même que ne soit réchauffée la place que tu occupais dans le lit. Hier, tu es venu en pleine nuit, et maintenant tu t'en vas. C'est là ton plaisir ?

MERCURE, *à part :* Je vais m'approcher, adresser la parole à la dame et jouer auprès de mon père le rôle du parasite[1]. *(À Alcmène.)* Jamais, par Pollux, n'a existé, je crois, mortel éperdument plus amoureux de sa femme que ne l'est cet homme-ci, qui se meurt pour toi.

JUPITER : Bourreau! Ne sais-je pas ce que tu vaux? Veux-tu disparaître de ma vue. Qu'as-tu à te mêler de cette affaire, rossard, et à dire un seul mot? Avec ce bâton...

ALCMÈNE : Ah, je t'en prie!

JUPITER, *à Mercure :* Un seul mot, et...!

MERCURE, *à part :* Cela a bien failli mal finir, avec ma première tentative comme parasite.

JUPITER, *à Alcmène :* Quant à ce que tu dis, ma femme, tu ne dois pas te fâcher contre moi. Je suis parti en secret de l'armée, j'ai manqué pour toi à mon devoir, pour que tu apprennes de moi, la première, tout de suite, les succès que j'avais remportés. Je t'ai tout raconté. Si je ne t'aimais pas extrêmement, ferais-je cela?

MERCURE, *à part :* Est-ce qu'il n'agit pas comme je l'ai dit? Elle est farouche, mais il la flatte.

JUPITER : Maintenant, pour qu'à l'armée on ne s'aperçoive de rien, il me faut y revenir sans me faire voir, afin que l'on ne dise pas que j'ai préféré ma femme aux affaires de l'État.

ALCMÈNE : Tu fais si bien que tu laisses ta femme en larmes de ton départ.

JUPITER : Ne dis pas cela; n'abîme pas tes yeux; je serai bientôt de retour.

ALCMÈNE : Ce « bientôt » est bien long!

JUPITER : Ce n'est pas de gaieté de cœur que je te laisse seule ici et que je te quitte.

ALCMÈNE : Je m'en aperçois; la même nuit où tu es venu à moi, tu t'en vas.

JUPITER : Pourquoi chercher à me retenir? C'est le moment; je veux sortir de la ville avant que le jour ne se lève. Et maintenant, tiens : cette coupe, qui m'a été donnée en prix de ma vaillance, celle où buvait le roi Ptérélas, que j'ai tué de ma main, tiens, Alcmène, je t'en fais cadeau.

ALCMÈNE : Ah, c'est bien là ta manière. Certes, le cadeau est digne de celui qui le fait.

MERCURE, *intervenant :* Dis plutôt que le cadeau est digne de celle à qui il est fait.

JUPITER : Tu recommences? Ne sais-tu pas, pendard, que je puis te faire périr?

ALCMÈNE : Je t'en prie, Amphitryon, ne te fâche pas contre Sosie à cause de moi.

JUPITER : Je ferai comme tu le désires.

MERCURE, *à part :* Comme l'amour le rend méchant!

JUPITER, *à Alcmène :* Veux-tu encore quelque chose ?

ALCMÈNE : Je veux qu'en mon absence tu m'aimes, moi qui suis toute à toi en ton absence, malgré tout.

MERCURE : Allons, Amphitryon; le jour se lève déjà.

JUPITER : Marche devant, Sosie. Je viens tout de suite. *(À Alcmène.)* Veux-tu quelque chose ?

ALCMÈNE : Oui, que tu reviennes bientôt.

JUPITER : Accordé. Je serai ici plus tôt que tu ne le penses. Bon courage. *(Jupiter, resté seul.)* Et maintenant, Nuit, toi qui m'as attendu, je te permets de céder la place au jour, pour qu'il verse aux mortels sa lumière brillante et claire. Et tout le temps, Nuit, dont tu as été plus longue que la nuit précédente, je le retirerai au jour qui vient, pour rétablir l'égalité. Va, que le jour succède à la nuit. Je m'en vais, sur les pas de Mercure.

# ACTE II

## *SCÈNE PREMIÈRE*

AMPHITRYON, SOSIE

AMPHITRYON : Allons, toi, suis-moi!

SOSIE : Je te suis, je ne te quitte pas.

AMPHITRYON : Je crois que tu es le dernier des coquins.

SOSIE : Mais pourquoi ?

AMPHITRYON : Parce que tu me racontes une chose qui n'existe pas, n'a jamais été et ne sera jamais.

SOSIE : Voilà bien comme tu es; jamais tu n'as confiance dans tes gens.

AMPHITRYON : Quoi ? Comment ? Par Hercule, je ne vais pas tarder à t'arracher, crapule, ta sale langue.

SOSIE : Tu es mon maître; comme tu voudras, comme il te plaira, tu peux me traiter. Mais jamais tu ne pourras m'empêcher de te dire les choses comme elles se sont passées.

AMPHITRYON : Scélérat, tu oses me soutenir que tu es maintenant à la maison alors que tu es ici ?

SOSIE : Je dis la vérité.

AMPHITRYON : La rossée que t'enverront les dieux, et moi-même aujourd'hui : voilà la vérité.

SOSIE : Cela dépend de toi : car je suis ton esclave.

AMPHITRYON : C'est toi, rossard, qui as l'audace de te moquer de son maître ? Toi qui oses dire une chose que jamais personne jusqu'ici n'a vue, qui ne peut se faire, qu'au même moment le même individu soit à la fois en deux endroits différents ?

SOSIE : Sans mentir, c'est comme je le dis.

AMPHITRYON : Que Jupiter te confonde !

SOSIE : Quel tort, maître, ai-je eu envers toi ?

AMPHITRYON : Tu le demandes, mauvais garçon, alors que tu te moques de moi ?

SOSIE : Tu aurais raison de me parler aussi durement, si cela ne s'était point passé ainsi. Mais je ne mens point, et je dis la chose telle qu'elle est arrivée.

AMPHITRYON : Cet individu est ivre, je crois.

SOSIE : Ah, si seulement je l'étais !

AMPHITRYON : Tu souhaites une réalité !

SOSIE : Moi ?

AMPHITRYON : Oui, toi. Où as-tu bu ?

SOSIE : Moi ? je n'ai bu nulle part.

AMPHITRYON : Quelle sorte d'homme est-ce donc là ?

SOSIE : Je te l'ai dit dix fois ; je suis à la maison, te dis-je ; entends-tu ? Et, auprès de toi, me voici, moi, Sosie, le même. Est-ce que je te semble avoir parlé assez clairement, assez éloquemment, mon maître ?

AMPHITRYON : Allez, éloigne-toi de moi.

SOSIE : Mais pourquoi donc ?

AMPHITRYON : La peste te tient.

SOSIE : Mais pourquoi dis-tu cela ? Je suis en bonne santé, et parfaitement bien portant, Amphitryon.

AMPHITRYON : Eh bien, je ferai en sorte aujourd'hui que, comme tu l'as mérité, tu te portes mal et te sentes moins bien, si je reviens sain et sauf à la maison. Maintenant, suis-moi, s'il te plaît, toi qui veux te moquer de ton maître avec des propos délirants, et qui, parce que tu n'as pas exécuté l'ordre que t'avait donné ton maître, viens maintenant te moquer par-dessus le marché de ton seigneur ; ce sont des choses qui ne peuvent pas arriver, dont personne n'a jamais entendu parler, que tu me débites, bourreau. Et c'est sur ton dos que je ferai retomber aujourd'hui tes mensonges.

SOSIE : Amphitryon, il n'est pas de pire malheur, pour un esclave honnête qui dit la vérité à son maître, que de voir cette vérité vaincue par la violence.

AMPHITRYON : Comment diantre se peut-il — raisonne un peu avec moi — que tu sois maintenant à la fois ici et à la maison ? Je veux que tu me le dises.

SOSIE : Je suis, sans erreur, à la fois ici et là-bas; chacun peut s'en étonner, et cela ne te semble aucunement plus étrange à toi qu'à moi.

AMPHITRYON : Comment ?

SOSIE : Non, te dis-je, et cela ne peut t'étonner plus que moi; les dieux me protègent, je ne croyais pas non plus d'abord ce moi-même, Sosie, jusqu'à ce que ce Sosie, moi-même, ait fait en sorte que je le croie. Il m'a raconté en ordre tout ce qui s'est passé pendant tout le temps où nous sommes restés chez les ennemis; puis il m'a dérobé mon apparence en même temps que mon nom. Une goutte de lait n'est pas plus pareille à une goutte de lait, qu'il n'est pareil à moi. Tiens, tout à l'heure, avant le jour, lorsque tu m'as envoyé en avant, du port à la maison...

AMPHITRYON : Eh bien ?

SOSIE : Je me tenais devant la maison longtemps avant d'y être arrivé.

AMPHITRYON : Quelle sottise, vaurien, me dis-tu ? As-tu toute ta raison ?

SOSIE : Tu le vois toi-même.

AMPHITRYON : Cet individu a reçu de la male main je ne sais quel mal, après qu'il m'eut quitté.

SOSIE : Ah, ça oui; car j'ai été fort malement meurtri à coups de poings.

AMPHITRYON : Qui t'a frappé ?

SOSIE : Moi-même, le moi qui est maintenant à la maison.

AMPHITRYON : Prends garde de ne répondre qu'à ce que je te demande. D'abord, quel est ce Sosie dont tu parles, je veux que tu me le dises.

SOSIE : Ton esclave.

AMPHITRYON : Avec toi tout seul, c'est plus que je n'en veux. D'ailleurs, depuis que j'existe, je n'ai eu d'autre Sosie que toi, comme esclave.

SOSIE : Eh bien, moi, maintenant, Amphitryon, je te dis ceci : il est un autre Sosie, ton esclave, te dis-je, que tu trouveras, je te le promets, à la maison, né du même père, Dave, que moi, avec le même aspect, le même âge que moi. Bref, ce Sosie que tu vois s'est multiplié par deux !

AMPHITRYON : Ce que tu me dis est vraiment étrange. Mais as-tu vu ma femme ?

SOSIE : Mais, c'est que je n'ai jamais eu la permission d'entrer dans la maison !

AMPHITRYON : Qui t'en a empêché ?

SOSIE : Ce Sosie en question, dont je te parle depuis un moment, celui qui m'a battu.

AMPHITRYON : Qu'est-ce que c'est que ce Sosie dont tu parles ?

SOSIE : C'est moi, te dis-je. Combien de fois faut-il te le répéter ?

AMPHITRYON : Que dis-tu donc ? Tu ne t'es pas endormi, tout à l'heure ?

SOSIE : Pas le moins du monde.

AMPHITRYON : C'est qu'alors peut-être tu aurais vu ce certain Sosie dans tes rêves.

SOSIE : Je n'ai pas l'habitude d'exécuter en dormant les ordres de mon maître. C'est éveillé que je l'ai vu, éveillé que je te vois maintenant, éveillé que je te parle, et j'étais éveillé, et il était éveillé lorsqu'il m'a tout bosselé avec ses poings, tout à l'heure.

AMPHITRYON : De qui parles-tu ?

SOSIE : De Sosie, te dis-je, cet autre moi. Dis-moi, ne comprends-tu pas ?

AMPHITRYON : Comment, parbleu, peut-on y comprendre quoi que ce soit ! Tu débites de telles idioties !

SOSIE : Eh bien, tu sauras tout à l'heure ce qu'il en est, lorsque tu feras la connaissance de cet esclave Sosie.

AMPHITRYON : Viens donc avec moi par ici. Il faut d'abord que je m'enquière de ce qu'il en est. Mais veille à ce que l'on apporte du bateau tout ce que j'ai ordonné.

SOSIE : J'ai de la mémoire, et du zèle, pour que ce que tu ordonnes soit exécuté. Je n'ai pas avalé tes ordres dans un verre de vin.

AMPHITRYON : Fassent les dieux que ce que tu as dit ne se réalise pas[1] !

## *SCÈNE II*

ALCMÈNE, AMPHITRYON, SOSIE

ALCMÈNE, *sortant de chez elle, sans voir les autres :* N'est-ce pas peu de chose, dans la vie et le temps que l'on passe ici-bas, que les plaisirs que l'on a, au prix de tous les ennuis ! C'est le lot qui attend chacun des humains. Ainsi l'ont voulu les dieux, que le chagrin soit le compagnon du plaisir ; bien plus, il y aura aussitôt plus de désagrément et de douleur s'il vous est arrivé quelque chose de bon. Cela, j'en fais l'expérience chez moi, et je le sais par moi-même, qui ai eu un peu de plaisir, le temps qu'il m'a été donné de voir mon mari, une nuit seulement ; sur quoi il est brusquement parti, avant le jour. Et me voici maintenant comme seule, puisqu'il n'est pas là, celui que j'aime plus que n'importe qui. J'ai eu plus de peine du départ de mon mari que je n'ai eu de plaisir à le voir arriver. Mais je suis bien aise, pourtant, de ce qu'il ait vaincu les ennemis, et qu'il soit revenu plein de gloire à la maison. Cela me console. Qu'il soit loin de moi, pourvu qu'il revienne à la maison couvert de gloire ; je supporterai, j'endurerai toujours son absence d'une âme courageuse et forte si j'ai au moins cette récompense, que mon mari soit proclamé le vainqueur à la guerre ; je trouverai que cela me suffit. La vaillance est la meilleure des récompenses. La vaillance, assurément, l'emporte sur toute chose. Liberté, sécurité, vie, fortune et parents, patrie et enfants lui doivent protection et salut. La vaillance a tout en elle, on a tous les biens si l'on possède la vaillance.

AMPHITRYON : Par Pollux, je crois que mon arrivée est attendue de ma femme, à la maison : elle m'aime, et moi je l'aime, en retour ; surtout que la campagne a été heureuse, les ennemis vaincus. Jamais personne n'aurait pensé que nous pouvions les battre, mais sous mes auspices et mon commandement au premier choc nous les avons vaincus. Assurément, je sais bien qu'elle nous attend et que notre retour comblera ses souhaits.

SOSIE : Eh quoi ? Tu ne penses pas que mon amie aussi[1] attend mon arrivée ?

ALCMÈNE, *voit Amphitryon :* Tiens, voici mon mari !

AMPHITRYON, *à Sosie :* Viens par ici avec moi.

ALCMÈNE : Mais, pourquoi revient-il, lui qui, tout à l'heure, se disait pressé ? Veut-il donc me mettre à l'épreuve, et voir combien je regrette son départ ? Certes, je ne me plains pas de le voir revenir à la maison.

SOSIE, *à Amphitryon :* Amphitryon, je crois qu'il vaudrait mieux que nous revenions au bateau.

AMPHITRYON : Et pourquoi ?

SOSIE : Parce qu'à la maison personne ne nous donnera à manger, pour notre retour.

AMPHITRYON : Quelle idée as-tu de me dire cela ?

SOSIE : Parce que nous arrivons trop tard.

AMPHITRYON : Comment cela ?

SOSIE : Parce que je vois bien qu'Alcmène, là, devant la maison, a la panse pleine !

AMPHITRYON : Je l'ai laissée enceinte, à mon départ.

SOSIE : Ah, malheur de moi !

AMPHITRYON : Qu'est-ce qui te prend ?

SOSIE : Je suis juste revenu à la maison pour tirer de l'eau, au dixième mois, d'après le calcul que je te vois faire.

AMPHITRYON : Bon courage !

SOSIE : Tu n'imagines pas le courage que j'ai ! Une fois que j'aurai pris le seau, je veux bien que tu ne me fasses plus jamais confiance à partir d'aujourd'hui, si je n'épuise pas, quand j'aurai commencé, toute l'âme du puits !

AMPHITRYON : Suis-moi donc seulement. Je chargerai quelqu'un d'autre de ce travail, n'aie pas peur.

ALCMÈNE, *à part :* Il serait sans doute plus convenable de ma part que je m'avance vers lui, je pense.

AMPHITRYON, *à Alcmène :* Amphitryon salue avec joie sa femme tant attendue, celle qu'il considère comme la meilleure de toutes les épouses thébaines, et dont tous les citoyens de Thèbes s'accordent à proclamer la vertu. Tu t'es toujours bien portée ? Attendais-tu mon retour ?

SOSIE, *à part :* Je n'en ai jamais vu de plus attendu. Ce mari attendu, elle ne le salue pas plus qu'on ne fait à un chien.

AMPHITRYON : Te voir ainsi enceinte, et si heureusement dans l'attente, me fait plaisir.

ALCMÈNE : Ah, je t'en prie, pourquoi te moques-tu de moi en me saluant et en m'interpellant ainsi, comme si tu ne m'avais pas vue depuis longtemps, comme si c'était maintenant la première fois que tu rentrais à la maison après la guerre ? Et voici maintenant que tu m'abordes comme s'il y avait longtemps que tu ne m'avais vue[1] ?

AMPHITRYON : Mais non, je ne t'ai pas vue du tout, sinon aujourd'hui !

ALCMÈNE : Pourquoi dire non ?

AMPHITRYON : Parce que j'ai appris à dire la vérité.

ALCMÈNE : Ce n'est pas bien agir que de désapprendre ce que l'on a appris. Venez-vous faire l'épreuve de mes sentiments ? Pourquoi revenez-vous si vite ? Est-ce la prise des auspices qui t'a retardé[2], ou le mauvais temps qui te retient et t'a empêché d'aller rejoindre les légions, comme tu le disais tout à l'heure ?

AMPHITRYON : Tout à l'heure ? Cela fait combien de temps que cela s'est passé ?

ALCMÈNE : Tu veux m'éprouver; tout à l'heure, il y a un instant.

AMPHITRYON : Comment ce que tu dis a-t-il pu se faire, je te prie, comme tu l'affirmes, tout à l'heure, il y a un instant ?

ALCMÈNE : Qu'est-ce que tu veux donc ? Que je réponde par des plaisanteries à celles que tu me fais, toi qui prétends que tu viens d'arriver pour la première fois, alors que tu sors seulement d'ici ?

AMPHITRYON : Elle délire !

SOSIE : Attends un peu, qu'elle ait terminé son premier sommeil.

AMPHITRYON : Elle rêve tout éveillée !

ALCMÈNE : Oui, certes, je suis éveillée, et c'est bien éveillée que je vous dis ce qui s'est passé. Oui, tout à l'heure, avant le jour, je vous ai vus tous deux, lui et toi.

AMPHITRYON : Mais où ?

ALCMÈNE : Ici, dans cette maison, où tu habites.

AMPHITRYON : Impossible !

SOSIE : N'insiste pas ! Et si le navire nous avait amenés du port ici pendant que nous dormions ?

AMPHITRYON : Par-dessus le marché, tu dis comme elle !

SOSIE : Que veux-tu faire ? Tu ne sais pas ? Si l'on veut contrarier une bacchante dans son délire[3], on la rendra encore plus enragée qu'elle n'est, elle redoublera de coups. Si on dit comme elle, on en sera quitte pour un coup.

AMPHITRYON : Non, par Pollux, je suis bien décidé à

lui faire une scène : aujourd'hui, à mon arrivée dans la maison, elle refuse de me saluer!

SOSIE : Tu vas exciter les frelons!

AMPHITRYON : Tais-toi. Alcmène, je veux te poser une seule question.

ALCMÈNE : Pose-moi la question que tu voudras.

AMPHITRYON : Es-tu devenue complètement folle, ou est-ce l'orgueil qui t'emporte ?

ALCMÈNE : Comment l'idée a-t-elle pu te venir, mon cher mari, de me poser cette question ?

AMPHITRYON : Parce que, jusqu'ici, tu avais coutume de me saluer lorsque je revenais, de m'adresser la parole comme le font les honnêtes femmes à leur mari. Et ce sont des manières que tu n'as plus, je le constate, en te trouvant à la maison.

ALCMÈNE : Mais, parbleu, hier, dès que tu es arrivé, je t'ai aussitôt salué, je t'ai demandé immédiatement si tu te portais bien, mon cher mari, je t'ai pris la main, je t'ai embrassé de moi-même[1].

SOSIE, *à Alcmène :* Tu l'as salué, lui, hier ?

ALCMÈNE : Et toi aussi, Sosie.

SOSIE : J'espérais qu'elle te donnerait un fils, mais ce n'est pas un enfant qu'elle porte en elle.

AMPHITRYON : Et quoi donc ?

SOSIE : La folie.

ALCMÈNE : Non, certes, je suis dans mon bon sens, et je prie les dieux de mettre heureusement au monde un fils; mais toi, tu recevras une bonne rossée, si mon mari fait ce qu'il doit. Pour ce mauvais présage, prophète de malheur, tu recevras ce que tu mérites[2].

SOSIE : Oui bien, c'est le traitement qui convient à une femme enceinte — un bon traitement, quelque chose à grignoter, si elle se sent mal au cœur[3].

AMPHITRYON : Voyons, tu m'as vu ici hier soir ?

ALCMÈNE : Oui, te dis-je, si tu veux que je te le répète dix fois.

AMPHITRYON : En rêve, peut-être ?

ALCMÈNE : Non, nous étions éveillés tous les deux.

AMPHITRYON : Malheur de moi!

SOSIE : Qu'est-ce que tu as ?

AMPHITRYON : Ma femme est folle!

SOSIE : Elle a un accès de bile noire. Il n'y a rien qui fasse si vite délirer.

AMPHITRYON : Dis-moi, femme, quand as-tu ressenti pour la première fois que tu avais une crise ?

ALCMÈNE : Mais, parbleu, je suis dans mon bon sens, et en bonne santé.

AMPHITRYON : Alors, pourquoi prétends-tu que tu m'as vu hier, alors que nous n'avons abordé au port que cette nuit ? C'est là-bas que j'ai dîné, là-bas que j'ai dormi, à bord, pendant toute la nuit. Et je n'ai pas encore mis le pied dans la maison, depuis que je suis parti d'ici avec l'armée contre les Téléboens, et que nous les avons vaincus.

ALCMÈNE : Non, tu as dîné avec moi, et tu as couché avec moi.

AMPHITRYON : Quoi, que dis-tu ?

ALCMÈNE : La vérité.

AMPHITRYON : Ah non, pas sur ce point là; pour les autres, je ne sais.

ALCMÈNE : Dès le point du jour tu es parti à l'armée.

AMPHITRYON : Et comment ?

SOSIE : Elle raconte exactement ce qu'elle se rappelle; elle te raconte un rêve. Mais, femme, une fois que tu as été éveillée, tu aurais dû offrir à Jupiter des Prodiges, avec des prières, ou de la bouillie salée ou de l'encens[1].

ALCMÈNE : Le malheur soit sur toi !

SOSIE : Sur toi-même... que retombe ce soin[2].

ALCMÈNE : Voilà une seconde fois qu'il me parle grossièrement, et cela sans qu'il lui en cuise.

AMPHITRYON, *à Sosie :* Toi, tais-toi. *(À Alcmène.)* Et toi, dis-moi : est-ce que je t'ai vraiment quittée, aujourd'hui, au petit matin ?

ALCMÈNE : Qui d'autre, si ce n'est vous, m'a raconté comment s'est passé là-bas le combat ?

AMPHITRYON : Et tu sais cela aussi ?

ALCMÈNE : Oui, pour avoir appris de toi-même que tu as pris d'assaut une ville considérable et tué de ta main le roi Ptérélas.

AMPHITRYON : C'est moi qui t'ai dit cela ?

ALCMÈNE : Toi-même, et de plus Sosie était présent.

AMPHITRYON, *à Sosie :* M'as-tu entendu raconter cela aujourd'hui ?

SOSIE : Où t'aurais-je entendu ?

AMPHITRYON : Demande-le-lui, à elle.

SOSIE : Pas en ma présence du moins, en tout cas, que je sache.

ALCMÈNE : Je serais bien étonnée s'il te contredisait !

AMPHITRYON : Sosie, allons, regarde-moi.

SOSIE : Je te regarde.

AMPHITRYON : Je veux que tu me dises la vérité, et non que tu dises comme moi pour me faire plaisir. Est-ce que tu m'as entendu aujourd'hui lui raconter ce qu'elle nous dit ?

SOSIE : Je t'en prie, par Pollux, es-tu devenu fou, toi aussi, pour me poser pareille question, alors que moi-même je la vois maintenant, comme toi, pour la première fois, en ta compagnie ?

AMPHITRYON : Eh bien, femme ? Tu entends ce qu'il dit ?

ALCMÈNE : Oui, et c'est un mensonge.

AMPHITRYON : Tu ne veux pas le croire, lui, pas plus que moi, ton mari ?

ALCMÈNE : Exactement, car c'est en moi que j'ai le plus confiance, et je sais que cela s'est passé comme je te le dis.

AMPHITRYON : Tu affirmes que je suis arrivé hier ?

ALCMÈNE : Et toi tu assures que tu n'es point parti aujourd'hui ?

AMPHITRYON : Oui, je le dis, et j'ajoute que c'est maintenant seulement que je rentre pour la première fois auprès de toi, chez nous.

ALCMÈNE : S'il te plaît, nieras-tu aussi que tu m'as fait présent aujourd'hui d'une coupe d'or, que, dis-tu, l'on t'a offerte là-bas ?

AMPHITRYON : Par Pollux, je ne te l'ai point donnée, et ne te l'ai point dit non plus ; mais j'en avais l'intention, et je l'ai toujours, de te faire cadeau de cette coupe. Mais qui t'a dit cela ?

ALCMÈNE : C'est toi qui me l'as appris, et c'est de ta main que j'ai reçu cette coupe.

AMPHITRYON : Attends, attends un peu, s'il te plaît. Je me demande vraiment, Sosie, comment elle peut savoir que l'on m'a offert là-bas une coupe d'or, si tu ne l'as pas déjà rencontrée et si tu ne lui as pas raconté toute la chose.

SOSIE : Non, par Pollux, je ne lui ai rien dit, et je ne l'ai pas vue avant de la voir avec toi, et en même temps.

AMPHITRYON : Quelle espèce d'être est-elle donc[1] ?

ALCMÈNE : Tu veux que je te montre la coupe ?

AMPHITRYON : Montre-la-moi.

ALCMÈNE : Soit! Toi, Thessala, va dans la maison et sors la coupe que mon mari m'a donnée aujourd'hui.

AMPHITRYON : Viens par ici, toi, Sosie. Oui, ce sera de toute cette étonnante histoire le plus étonnant si elle possède cette coupe-là.

SOSIE : Le crois-tu vraiment, alors que la coupe est dans cette boîte-ci, scellée de ton sceau ?

AMPHITRYON : Le sceau est intact ?

SOSIE : Regarde.

AMPHITRYON : Bien : il est comme je l'ai mis.

SOSIE : Dis-moi, pourquoi ne la fais-tu pas exorciser, comme une possédée ?

AMPHITRYON : Certes, ce serait utile; car elle est hantée.

ALCMÈNE, *présentant la coupe :* Faut-il tant parler : tiens.

AMPHITRYON : Donne-la-moi.

ALCMÈNE : Allons, regarde ici, maintenant, toi qui nies ce qui est, pour que je te convainque publiquement ici! Est-ce bien la coupe dont on t'a fait présent là-bas ?

AMPHITRYON : Très grand Jupiter, que vois-je ? Oui, voici bien la coupe en question. Je suis mort, Sosie.

SOSIE : Il faut que cette femme soit une puissante sorcière, ou que la coupe se trouve dans cette cassette-ci.

AMPHITRYON : Allons, ouvre la cassette.

SOSIE : Pourquoi l'ouvrirais-je ? Elle est parfaitement cachetée. L'affaire est bien menée; toi tu as mis au monde un autre Amphitryon, et moi un autre Sosie. Et maintenant, si la coupe a mis au monde une coupe, nous avons tous notre jumeau.

AMPHITRYON : Je veux ouvrir et voir l'intérieur.

SOSIE : Regarde, je te prie, le sceau, pour ne pas, tout à l'heure, faire retomber la faute sur moi.

AMPHITRYON : Allons, ouvre. Elle cherche à nous rendre tous fous avec ses discours.

ALCMÈNE : D'où vient donc cette coupe-ci, si ce n'est pas celle que tu m'as donnée ?

AMPHITRYON : C'est ce que je veux savoir.

SOSIE : Jupiter, oh, Jupiter!

AMPHITRYON : Qu'as-tu ?

SOSIE : Il n'y a pas de coupe dans le coffret.

AMPHITRYON : Qu'est-ce que j'entends ?

SOSIE : La vérité.

AMPHITRYON : Cela te vaudra la croix, si elle ne se retrouve pas.

ALCMÈNE : Mais elle est toute trouvée !

AMPHITRYON : Qui te l'a donnée ?

ALCMÈNE : Celui qui me le demande.

SOSIE, *à son maître :* Tu veux m'attraper, tu as quitté secrètement le bateau et, par un autre chemin, secrètement, tu as couru ici avant moi, tu as retiré toi-même la coupe du coffret et tu la lui as donnée, et puis, après, tu as remis le sceau, sans rien dire.

AMPHITRYON : Hélas, voici que tu te fais le complice de sa folie ? *(À Alcmène.)* Tu affirmes que, hier, nous sommes venus ici ?

ALCMÈNE : Je l'affirme, et, dès ton arrivée, tu m'as saluée, je t'ai salué, et je t'ai donné, de moi-même, un baiser.

SOSIE : Ce début ne me plaît pas, avec ce baiser.

AMPHITRYON : Continue, je te prie.

ALCMÈNE : Tu as pris ton bain.

AMPHITRYON : Et après mon bain ?

ALCMÈNE : Tu t'es mis à table.

SOSIE : Très bien, parfait. Pose encore une question !

AMPHITRYON, *à Sosie :* Ne m'interromps pas. *(À Alcmène.)* Continue à me raconter.

ALCMÈNE : On a servi le dîner. Tu as dîné avec moi, et je me suis mise à table avec toi[1].

AMPHITRYON : Sur le même lit ?

ALCMÈNE : Le même.

SOSIE : Voilà un festin qui ne nous plaît pas !

AMPHITRYON, *à Sosie :* Laisse-la donc donner sa version de l'affaire. *(À Alcmène.)* Et après que nous eûmes dîné ?

ALCMÈNE : Tu disais que tu avais sommeil; on a emporté la table; après quoi nous sommes allés nous coucher.

AMPHITRYON : Et toi, où as-tu couché ?

ALCMÈNE : Dans le même lit que toi, dans notre chambre.

AMPHITRYON : Ah, c'est le coup fatal !

SOSIE : Qu'est-ce que tu as ?

AMPHITRYON : Elle vient de me tuer.

ALCMÈNE : Pourquoi, s'il te plaît ?

AMPHITRYON : Ne me parle pas.

SOSIE : Qu'as-tu ?

AMPHITRYON : Je suis mort, pauvre de moi, car on a séduit ma femme en mon absence.

ALCMÈNE : Je t'en prie, pourquoi ces paroles de ta part, mon mari ?

AMPHITRYON : Moi, que je sois ton mari ? Ne me donne pas, femme trompeuse, ce nom trompeur !

SOSIE : Situation délicate, si la femme est devenue maintenant ici le mari !

ALCMÈNE : Qu'ai-je fait, pour que tu me tiennes de pareils propos ?

AMPHITRYON : Tu me racontes toi-même ce que tu as fait, et tu me demandes quelle faute tu as commise ?

ALCMÈNE : Quelle faute ai-je commise, si j'ai passé la nuit avec toi, qui es mon époux ?

AMPHITRYON : Ah, tu as passé la nuit avec moi ? Y a-t-il audace plus impudente ? Au moins, si tu n'as pas de honte, empruntes-en.

ALCMÈNE : L'acte dont tu m'accuses ne convient pas à ma race. Si tu peux m'accuser de manquement à l'honneur, tu ne peux m'en convaincre.

AMPHITRYON : Oh, dieux immortels ! Me reconnais-tu, toi, du moins, Sosie ?

SOSIE : À peu de chose près.

AMPHITRYON : J'ai dîné, hier, à bord du bateau, dans le port Persique, n'est-ce pas ?

ALCMÈNE : Moi aussi, j'ai des témoins pour confirmer mon histoire.

SOSIE : Je ne sais que dire de cela, sinon peut-être qu'il y ait là un autre Amphitryon, qui, peut-être, en ton absence, s'occupe de tes affaires et, en ton absence, joue ton rôle[1]. Car, l'histoire du Sosie substitué, tout à l'heure, était déjà bien étrange, et en tout cas, celle de cet Amphitryon-ci l'est plus encore.

AMPHITRYON : C'est quelque magicien qui trouble cette femme !

ALCMÈNE : Par la royauté du roi suprême, et par Junon, patronne des femmes mariées, que je dois respecter et craindre par-dessus tout, je jure qu'aucun mortel à part toi n'a approché son corps du mien, pour attenter à mon honneur.

AMPHITRYON : Si seulement c'était vrai !

ALCMÈNE : Je dis la vérité, mais en vain, puisque tu ne veux pas me croire.

AMPHITRYON : Femme, tu n'as pas peur de proférer un serment!

ALCMÈNE : Quand on est innocent, il convient d'oser, et de parler pour soi-même avec confiance et hardiesse.

AMPHITRYON : De l'audace, tu en as.

ALCMÈNE : Comme il convient à une honnête femme.

AMPHITRYON : Honnête, oui, en paroles.

ALCMÈNE : Non, je ne considère pas comme ma dot ce qu'on appelle de ce nom : ma dot, ce sont la pureté, l'honneur, la maîtrise sur mes sens, la crainte des dieux, l'amour pour mes parents, la bonne entente dans la famille, être pour toi une épouse docile, généreuse pour les gens de bien, serviable à qui le mérite.

SOSIE : Certes, cette femme, si elle dit la vérité, est parfaite en tout point!

AMPHITRYON : Elle a raison de ma colère, au point que je ne me connais plus!

SOSIE : Tu es Amphitryon, c'est certain; prends bien garde de te prêter à personne, tant les hommes se transforment ici, depuis que nous sommes rentrés de l'étranger!

AMPHITRYON : Femme, j'ai la ferme intention de ne pas laisser cette affaire sans l'éclaircir.

ALCMÈNE : Certes, tu me seras agréable, si tu le fais.

AMPHITRYON : Que dis-tu ? Réponds-moi : si je t'amène du bateau ici ton cousin Naucratès, qui a fait la traversée avec moi, sur le même navire, et s'il affirme que ce que tu dis n'est pas vrai, que mérites-tu ? Peux-tu me donner une raison valable pour que je ne rompe pas notre mariage[1] ?

ALCMÈNE : Si je suis coupable, aucune.

AMPHITRYON : Entendu! Toi, Sosie, fais entrer ces gens. Moi, je vais au bateau ramener ici Naucratès.

SOSIE, *Amphitryon étant parti :* Maintenant, il n'y a plus que nous deux; dis-moi réellement la vérité : y a-t-il à l'intérieur un autre Sosie, qui me ressemble ?

ALCMÈNE : Veux-tu t'en aller loin de moi, esclave digne de ton maître!

SOSIE : Je m'en vais, si tu me l'ordonnes.

ALCMÈNE, *restée seule :* Voilà une étrange aventure, qui fait que mon mari ait pris fantaisie de m'accuser à tort d'une aussi mauvaise action. Quoi qu'il en soit, j'en connaîtrai la raison par mon cousin Naucratès.

# ACTE III

## *SCÈNE PREMIÈRE*

JUPITER

Je suis l'Amphitryon qui a pour esclave Sosie, le Sosie qui redevient Mercure, quand cela est commode; j'habite l'appartement d'en haut[1], et de temps en temps je deviens Jupiter, selon ma fantaisie. Mais dès que j'arrive ici, aussitôt, je deviens Amphitryon, et je change de costume. Maintenant, je viens ici à cause de vous, pour ne pas laisser cette comédie inachevée, et, en même temps, je suis venu pour porter secours à Alcmène, que son mari accuse, bien qu'elle soit innocente, d'avoir commis une faute. Car ce serait mal de ma part, si je laissais à Alcmène la responsabilité de ce que j'ai moi-même commis. Maintenant, je vais prendre, comme je l'ai déjà fait, l'apparence d'Amphitryon, et jeter toute la maison de ces gens dans la plus extrême confusion. Après quoi, je m'arrangerai pour que toute l'affaire soit tirée au clair; j'apporterai, le moment venu, mon aide à Alcmène et je ferai en sorte qu'elle soit délivrée, en une seule fois, et sans douleur, et du fruit qu'elle tient de moi et de celui qu'elle tient de son mari. J'ai ordonné à Mercure de me suivre aussitôt, au cas où j'aurais un ordre à lui donner. Et maintenant, je vais avoir une conversation avec elle.

## *SCÈNE II*

ALCMÈNE, JUPITER

ALCMÈNE : Je ne puis plus me supporter dans cette maison. Être ainsi accusée de déshonneur, de débauche, d'infamie par mon mari! Il soutient que ce qui s'est passé n'est pas vrai, et ne fait que crier; ce qui n'a pas eu lieu, ce que je n'ai pas commis, il m'en accuse, et il pense que cela ne me fera rien ? Non, je ne tolérerai pas que l'on m'accuse faussement de m'être déshonorée : je le quitterai ou bien il me fera des excuses et de plus déclarera solennellement qu'il voudrait effacer les paroles qu'il a prononcées contre moi, qui suis innocente.

JUPITER : Il me faut faire ce qu'elle demande, si je veux retrouver son amour et sa faveur. Puisque ma conduite a fait du tort à Amphitryon et que mon amour lui a causé bien du tracas, bien qu'il n'y fût pour rien, maintenant, bien que je n'y sois pour rien, c'est moi qui dois subir les conséquences de sa colère et de ses insultes envers Alcmène.

ALCMÈNE : Mais le voici, celui qui m'a accusée, malheureuse que je suis, de débauche et de déshonneur.

JUPITER : Je veux, ma femme, te dire quelque chose. Pourquoi te détournes-tu ?

ALCMÈNE : Telle est ma nature. J'ai toujours eu horreur d'avoir devant mes yeux mes ennemis.

JUPITER : Hélas, tes ennemis ?

ALCMÈNE : Eh oui, je dis la vérité. Mais peut-être vas-tu m'accuser de mentir sur ce point aussi ?

JUPITER : Tu te mets trop facilement en colère.

*Il essaie de l'attirer à lui.*

ALCMÈNE : Veux-tu bien retirer ta main ? Assurément, si tu as quelque raison, ou quelque bon sens, tu ne saurais, avec une femme que tu juges et que tu proclames infidèle, avoir le moindre entretien, ni pour rire, ni sérieusement, ou alors, tu es le plus grand sot du monde.

JUPITER : Ce que j'ai dit ne te rend pas moins honnête, et je ne te crois pas moins innocente pour autant, et si je suis revenu ici vers toi, c'est pour me disculper à tes yeux. Car jamais je n'ai eu tel chagrin dans mon cœur que de savoir que tu étais en colère contre moi. Alors, pourquoi as-tu parlé ainsi, diras-tu ? Je vais te l'expliquer. Ce n'était point, par Pollux, que je te croie infidèle; mais j'ai voulu mettre tes sentiments à l'épreuve, savoir ce que tu ferais, de quelle manière tu réussirais à prendre la chose. En vérité, je t'avais dit tout cela par jeu, pour plaisanter. Tiens, demande à Sosie!

ALCMÈNE : Pourquoi n'amènes-tu pas ici mon cousin Naucratès, que tu devais, disais-tu, amener avec toi pour témoigner que tu n'étais pas encore venu ?

JUPITER : Ce qui a été dit par plaisanterie ne doit pas être pris au sérieux par toi.

ALCMÈNE : Mais moi, je sais bien ce que cette plaisanterie a été douloureuse à mon cœur.

JUPITER : Au nom de ta main droite, Alcmène, je te prie, je te supplie, accorde-moi ton pardon, oublie tout, ne sois pas en colère.

ALCMÈNE : J'ai fait, par ma vertu, que tes paroles fussent vaines. Mais, comme je me suis abstenue de toute action infâme, je veux aussi être à l'abri de toute parole infâme. Adieu, reprends tes biens, et rends-moi les miens[1]. Veux-tu me donner une escorte[2] ?

JUPITER : Tu as toute ta raison ?

ALCMÈNE : Si tu ne veux pas, je m'en irai seule, j'emmènerai la Pureté comme compagne.

JUPITER : Attends, je prononcerai le serment que tu voudras, que je te considère comme une femme honnête, et, si j'y manque, alors, que le souverain Jupiter soit, à tout jamais, l'ennemi d'Amphitryon[3].

ALCMÈNE : Ah, qu'il lui soit plutôt propice !

JUPITER : Je suis certain qu'il le sera. Car le serment que j'ai prononcé devant toi est véritable. Tu n'es plus en colère maintenant ?

ALCMÈNE : Non.

JUPITER : Tu as raison. Car, dans une vie humaine, il arrive bien des choses de cette sorte : on trouve des plaisirs, et puis, on trouve des peines ; on se met en colère, parfois, et puis l'on se réconcilie. Mais s'il survient des brouilles, entre des gens comme nous, si, ensuite, on se réconcilie, on est deux fois plus amis que par le passé.

ALCMÈNE : Il aurait fallu commencer par ne pas dire ce que tu as dit ; mais si toi-même tu me demandes de t'en excuser, il faut que j'en passe par là.

JUPITER : Fais donc préparer les vases rituels, pour que je puisse accomplir les vœux que j'ai formulés à l'armée, au cas où je rentrerais sain et sauf chez nous.

ALCMÈNE : Je vais y veiller.

JUPITER : Fais sortir Sosie ; qu'il fasse venir Blépharon, le pilote de notre bateau, pour qu'il dîne avec nous. *(À part.)* Il n'aura rien à manger, et il sera bien mystifié lorsque je prendrai Amphitryon au collet pour le chasser d'ici !

ALCMÈNE : Je me demande ce qu'il se raconte tout seul, en secret. Mais la porte s'ouvre ; voici Sosie.

## *SCÈNE III*

### SOSIE, JUPITER, ALCMÈNE

SOSIE : Amphitryon, me voici ; si tu désires quelque chose, ordonne, et j'accomplirai ton ordre.

JUPITER : Sosie, tu arrives tout à fait à point.

SOSIE : Maintenant, vous avez fait la paix, tous les deux ? En vous voyant calmes, je suis heureux, cela me fait plaisir. C'est d'ailleurs ainsi que doit, à mon sens, se conduire un esclave honnête : tels seront ses maîtres, tel il sera lui-même ; il modèlera son visage sur le leur ; il sera triste si les maîtres sont tristes ; il sera gai s'ils sont joyeux. Mais, voyons, réponds-moi ; maintenant, vous voici d'accord ?

JUPITER : Tu te moques de moi, tu sais que tout à l'heure je plaisantais.

SOSIE : Vraiment, tu plaisantais ? J'ai bien cru que tu parlais sérieusement, et pour de vrai !

JUPITER : J'ai pu me justifier. La paix est faite.

SOSIE : C'est très bien.

JUPITER : Je vais offrir un sacrifice à l'intérieur, un vœu que j'ai fait.

SOSIE : Je t'approuve.

JUPITER : Toi, va inviter en mon nom le pilote de notre navire, Blépharon, pour qu'après le sacrifice il vienne déjeuner avec nous.

SOSIE : Je serai de retour, tandis que tu me croiras encore là-bas !

JUPITER : Reviens vite.

ALCMÈNE : Veux-tu quelque chose, ou puis-je rentrer, pour préparer tout ce qu'il faut ?

JUPITER : Va, je t'en prie, et occupe-toi de tout préparer au plus vite.

ALCMÈNE : Tu peux venir quand tu voudras. Je veillerai à ce qu'il n'y ait aucun retard.

JUPITER : Tu te conduis comme il faut, et en bonne épouse. *(Alcmène rentre.)* En voilà deux, l'esclave et la maîtresse, qui sont dupés, et qui me prennent pour Amphitryon. Ils se trompent bel et bien. Et maintenant, à toi, Sosie divin, de m'aider. Tu entends ce que je dis, bien que tu ne sois pas là. Arrange-toi pour chasser

Amphitryon de cette maison, quand il viendra; imagine le moyen que tu voudras. Je veux qu'on se moque de lui, tandis que je prendrai mon plaisir avec cette épouse d'emprunt. Tâche d'exécuter ces instructions, telles que tu les entends, n'est-ce pas ? Et viens m'assister pendant le sacrifice que je m'offre à moi-même.

## SCÈNE IV

MERCURE, *entrant en courant.*

Arrière, allez-vous-en tous, tirez-vous de mon chemin, qu'il n'y ait mortel assez audacieux pour se mettre sur ma route! Pourquoi ne me permettrait-on pas, à moi qui suis un dieu, de menacer les gens, si l'on ne me cède pas la place, alors qu'on le permet à n'importe quel esclave de comédie ? Lui, il annonce l'heureuse arrivée d'un navire, ou le retour d'un vieillard irrité; et moi j'obéis à un ordre de Jupiter, c'est sur ses instructions que je m'amène ici. Aussi, il n'est que plus juste qu'on me laisse la place, qu'on se retire devant moi. Mon père m'appelle, je vais vers lui; j'obéis à son commandement. Comme un bon fils doit être pour son père, tel je suis à l'égard du mien. Quand il est amoureux, je lui sers de parasite[1], je l'encourage, je me tiens près de lui, je lui donne des conseils, je me réjouis avec lui. Si mon père éprouve quelque plaisir, j'en éprouve, moi, le plus grand bonheur. Il fait l'amour, il a raison; il fait bien, puisque c'est là son plaisir. C'est ce que tout le monde devrait faire, à condition que cela ne fasse pas de mal. Maintenant, mon père veut que l'on se moque d'Amphitryon; je me moquerai de lui bel et bien, spectateurs, et sous vos yeux. Je vais poser une couronne sur ma tête[2], et je ferai semblant d'être ivre. Puis je monterai là-haut, et de là il me sera facile de repousser l'homme, quand, d'en bas, il essaiera de monter jusqu'à moi; je ferai si bien qu'il soit ivre sans avoir rien bu. Et puis, ce sera Sosie, son esclave, qui, bientôt, en supportera les conséquences. L'autre l'accusera d'avoir fait ce que moi j'aurai fait; que m'importe ? Mon devoir est d'obéir à mon père; je dois être au service de sa passion. Mais voici Amphitryon; il arrive. On va maintenant bien se moquer de lui, si vous voulez bien m'écouter avec attention. Je vais rentrer, et me mettre dans la tenue d'un homme qui a bu. Puis, je monterai là-haut, sur le toit, pour l'empêcher d'entrer ici.

## *SCÈNE V*

### AMPHITRYON

Naucratès, que je voulais rencontrer, n'était pas au bateau. Ni chez lui ni en ville je ne trouve personne qui l'ait vu; j'ai parcouru toutes les rues principales, les gymnases, les boutiques de parfums; sur le port, au marché, à la palestre et au forum, chez les médecins et chez les barbiers, dans tous les sanctuaires, j'ai cherché, jusqu'à n'en plus pouvoir[1], et nulle part je ne puis trouver Naucratès. Mais maintenant je vais aller à la maison, et continuer à interroger ma femme, pour savoir auprès de qui elle a consommé son déshonneur. Plutôt que d'abandonner cette enquête, j'aimerais mieux mourir. Mais ils ont fermé la maison. Bravo! C'est la suite du reste. Je vais frapper à la porte. Ouvrez! Hé, là, y a-t-il quelqu'un? Quelqu'un pour ouvrir la porte?

## *SCÈNE VI*

### MERCURE, AMPHITRYON

MERCURE : Qui est à la porte? *(Il parle de la terrasse.)*

AMPHITRYON : C'est moi.

MERCURE : Qui cela, moi?

AMPHITRYON : Moi, te dis-je.

MERCURE : Jupiter et tous les dieux sont contre toi, pour que tu veuilles ainsi briser notre porte[2].

AMPHITRYON : Comment cela?

MERCURE : Comment? Sans aucun doute, tu es bien à plaindre.

AMPHITRYON : Sosie!

MERCURE : Eh bien oui; je suis Sosie, à moins que tu ne croies que je ne m'en souvienne pas. Que veux-tu?

AMPHITRYON : Crapule, qu'est-ce que je veux, en vérité, et tu me le demandes?

MERCURE : Oui, je te le demande. Tu as presque arraché, imbécile, les pivots du battant! Crois-tu qu'on nous fournisse des portes aux frais de l'État ? Pourquoi restes-tu à me regarder, stupide ? Qu'est-ce que tu veux maintenant, et qui donc es-tu ?

AMPHITRYON : Rossard, tu vas jusqu'à me demander qui je suis, cimetière des ormeaux[1] ? Certes, aujourd'hui, pour ces paroles que tu viens de dire, je vais te peler le dos à coups de fouet.

MERCURE : Il faut que tu aies été bien prodigue en ta jeunesse, autrefois.

AMPHITRYON : Et pourquoi?

MERCURE : Pour venir, en ta vieillesse, mendier une rossée auprès de moi.

AMPHITRYON : Ce sera pour ta perte, esclave, que tu m'auras, aujourd'hui, parlé de la sorte!

MERCURE : Je veux te faire une offrande.

AMPHITRYON : Quoi ?

MERCURE : Je veux t'offrir une bonne rossée...

[Ici, la pièce présente une lacune, qu'il est impossible de combler d'une manière satisfaisante. Il semble que le véritable Amphitryon ait vu arriver Blépharon, le pilote, qu'il avait fait convier à déjeuner, et qui vient avec le véritable Sosie. Alcmène puis Jupiter intervenaient, et entre le véritable et le faux Amphitryon se renouvelait, mais cette fois en plein jour, et devant des témoins, la dispute du premier acte, qui avait opposé Mercure et Sosie. Blépharon, dont les deux rivaux invoquaient le témoignage, ne savait que répondre, et c'est au moment où le malheureux se retire que reprend le texte conservé.]

## ACTE IV

### *SCÈNE PREMIÈRE*

BLÉPHARON, AMPHITRYON, JUPITER

BLÉPHARON : Décidez entre vous; moi, je m'en vais, j'ai affaire. Jamais, je crois bien, nulle part je n'ai vu pareil prodige.

AMPHITRYON : Blépharon, je te prie de m'assister et de ne pas t'en aller.

BLÉPHARON : Adieu. Pourquoi aurais-je besoin de les

assister, puisque je ne sais auquel des deux je sers de second ?

JUPITER : Moi, je rentre. Alcmène accouche.

AMPHITRYON : Je suis mort, pauvre de moi ! Que puis-je faire, si mes seconds et mes amis m'abandonnent ? Mais, par Pollux, cet individu, quel qu'il soit, ne se jouera pas de moi impunément. Je vais aller tout droit trouver le roi et je lui raconterai ce qui s'est passé. Oui, par Pollux, je tirerai aujourd'hui vengeance de ce sorcier thessalien, qui a méchamment bouleversé l'esprit de toute ma maisonnée. Mais où est-il ? Certes, il est rentré ! Je crois bien, et pour aller voir ma femme ! Y a-t-il à Thèbes quelqu'un de plus malheureux que moi ? Que puis-je faire maintenant ? Nul mortel ne me reconnaît, et tous se jouent de moi, à leur guise. Mais c'est décidé, je vais pénétrer de force dans la maison : dès que j'aurai aperçu un être, quel qu'il soit, servante, esclave, épouse, amant, père, grand-père, je le tuerai dans la maison même. Et ni Jupiter ni aucun des dieux ne m'empêcheront, même s'ils le veulent, de faire ce que j'ai décidé; allons, entrons maintenant dans la maison.

*À ce moment, retentit un coup de tonnerre, et Amphitryon tombe évanoui.*

## ACTE V

### SCÈNE PREMIÈRE

BROMIE, AMPHITRYON

BROMIE : Tout l'espoir, tout le secours de ma vie gisent enfouis dans mon cœur, et il n'est plus dans mon âme aucune confiance en l'avenir, tant il me semble que tout, la mer, la terre, le ciel me poursuivent maintenant pour m'écraser, m'anéantir. Malheureuse que je suis ! Je ne sais que faire. Tant il s'est passé de prodiges dans la maison. Pauvre misérable, je défaille, je voudrais un peu d'eau; je suis effondrée, engloutie. J'ai mal à la tête, je suis sourde, mes yeux ne voient plus clair. Il n'y a pas de femme plus malheureuse, ce n'est pas concevable. Tout ce qui est arrivé aujourd'hui à ma maîtresse : dès qu'elle sent les douleurs, elle invoque les dieux; alors, fracas, vacarme, grondements, coups de tonnerre. Et quel tonnerre soudain, proche, violent! À l'endroit même où chacun se trouvait, il s'effondre au bruit. Alors je ne sais quelle voix effroyable s'écrie : « Alcmène, voilà de l'aide, n'aie pas peur; pour te protéger, toi et les tiens, voici qu'arrive un habitant du ciel. Relevez-vous, dit la voix, vous tous qui, de frayeur, vous êtes effondrés, à cause de la peur que je vous ai inspirée. » J'étais par terre, je me suis relevée; j'ai cru que la maison était en flammes, tant elle était brillante d'éclairs. Alors Alcmène m'appelle à grands cris; j'étais toute pénétrée d'épouvante, mais le souci de ma maîtresse l'emporte, j'accours, pour savoir ce qu'elle veut; et je vois qu'elle a mis au monde deux fils jumeaux. Et aucune d'entre nous ne s'était aperçue du moment où elle les avait mis au monde, et n'avait pu le prévoir. *(Elle aperçoit Amphitryon évanoui.)* Mais qu'est ceci ? Quel est ce vieillard qui est ainsi couché devant notre maison, sur le sol ? Jupiter l'a-t-il frappé ? Par Pollux, je le crois bien. Mais, par Jupiter, il est enseveli comme s'il était mort! Je vais aller voir qui c'est. *(Elle retourne le corps.)* Mais c'est Amphitryon, mon maître! Amphitryon!

AMPHITRYON : Je suis mort!

BROMIE : Lève-toi!

AMPHITRYON : Je suis défunt!

BROMIE : Donne-moi la main!

AMPHITRYON : Qui me tient ?

BROMIE : Ta servante, Bromie.

AMPHITRYON : Je suis tout craintif. Jupiter m'a frappé de sa foudre. Et c'est tout comme si je revenais de l'Achéron... Mais pourquoi es-tu sortie ?

BROMIE : C'est la même terreur qui nous a toutes entraînées, dans la même épouvante. Dans la maison où tu habites, j'ai vu d'étranges prodiges. Pauvre de moi, Amphitryon; je me sens encore maintenant toute faible!

AMPHITRYON : Allons, dis-moi : es-tu sûre que je suis bien ton maître, Amphitryon ?

BROMIE : Sûre.

AMPHITRYON : Regarde encore une fois.

BROMIE : Sûre!

AMPHITRYON : C'est la seule qui, de toute ma maisonnée, ait l'esprit comme il faut.

BROMIE : Non, tout le monde est dans son bon sens, sans mentir.

AMPHITRYON : Mais moi, ma femme me rend fou, par sa vilaine conduite.

BROMIE : Mais je te ferai tenir un autre langage, Amphitryon; sache bien que ta femme est sage, honnête, et je vais brièvement t'en donner des preuves certaines. D'abord, Alcmène a mis au monde deux fils jumeaux.

AMPHITRYON : Tu dis bien, des jumeaux ?

BROMIE : Des jumeaux.

AMPHITRYON : Les dieux me sont favorables!

BROMIE : Laisse-moi parler, pour que tu saches que tous les dieux vous sont favorables, à toi et à ta femme.

AMPHITRYON : Parle.

BROMIE : Après qu'aujourd'hui ta femme eut commencé de sentir les douleurs, lorsque son ventre se mit à lui faire mal, comme il arrive aux femmes en couches, elle invoque les dieux immortels pour qu'ils lui donnent leur secours, après s'être purifié les mains et mis un voile sur la tête. Alors, aussitôt, le tonnerre retentit, avec un grand fracas. D'abord, nous pensions que ta maison s'écroulait; ta maison tout entière était lumineuse, comme si elle avait été en or.

AMPHITRYON : Je t'en prie, débrouille-moi tout ceci au plus tôt, quand tu te seras assez moquée de moi. Que se passa-t-il ensuite ?

BROMIE : Pendant ce temps, aucun d'entre nous n'a entendu de ta femme ni gémissement ni pleur; ainsi, à n'en pas douter, elle a accouché sans douleur.

AMPHITRYON : Je m'en réjouis, quels que soient ses torts envers moi.

BROMIE : N'y pense plus, et écoute ce que je vais te dire. Quand elle eut accouché, elle nous dit de baigner les enfants. Nous obéîmes. Mais l'enfant que je baignai, qu'il était grand, et fort! Personne n'a été capable de l'attacher dans son berceau.

AMPHITRYON : Ce que tu me racontes est bien étonnant. Si cela est vrai, on ne peut douter que les dieux ne soient venus en aide à ma femme.

BROMIE : Et tu vas être plus étonné encore. Une fois le petit couché dans le berceau, voici que s'abattent dans l'impluvium[1] deux serpents à crête, énormes; et aussitôt ils redressent la tête.

AMPHITRYON : Malheur!

BROMIE : Ne crains rien. Les serpents nous regardent tous, avec leurs yeux. Dès qu'ils ont aperçu les petits, ils s'élancent vers les berceaux. Et moi, je me mets à tirer les berceaux en arrière, à les ramener vers moi, car j'avais peur pour les enfants, je craignais pour moi-même, et les serpents n'en continuaient que de plus belle. Mais, dès qu'il aperçut les serpents, l'enfant dont je t'ai parlé, bien vite, saute de son berceau, s'élance droit contre les serpents, et prend chacun dans une main, et avec quelle violence!

AMPHITRYON : Quelle merveille tu me racontes! L'histoire que tu dis me fait vraiment trembler. L'horreur me prend tout le corps, pauvre de moi, à t'écouter parler. Et après, qu'arrive-t-il ? Allons, parle.

BROMIE : Le petit tue les deux serpents. Pendant ce temps, une voix forte appelle ta femme...

AMPHITRYON : La voix de qui ?

BROMIE : Le maître suprême des dieux et des hommes, Jupiter. Il dit qu'il a eu avec Alcmène des relations secrètes, que cet enfant est son fils, celui qui a vaincu les serpents. L'autre, dit-il, c'est ton fils.

AMPHITRYON : Par Pollux, j'en suis bien aise, si je puis partager à moitié avec Jupiter. Rentre à la maison, dis que l'on me prépare des vases rituels, pour implorer, par de nombreuses victimes, la grâce du très haut Jupiter. Je vais faire venir le devin Tirésias[1], et lui demander ce qu'il croit que je doive faire. En même temps, je lui raconterai toute cette aventure, telle qu'elle est arrivée. Mais que se passe-t-il ? Quel violent coup de tonnerre! Dieux, je vous implore, aidez-moi!

## *SCÈNE II*

### JUPITER, AMPHITRYON

JUPITER : Rassure-toi; je viens t'aider, Amphitryon, toi et les tiens. Tu n'as pas lieu de craindre; renvoie tous les devins et les haruspices; je vais te dire ce qui va arriver et ce qui est arrivé. Et beaucoup mieux qu'eux, car je suis Jupiter. D'abord, avant tout, j'ai profité des faveurs d'Alcmène, et, de mon union, elle a conçu un fils. Toi, tu lui as donné aussi un enfant, lorsque tu es parti pour l'armée; en une seule fois, elle a mis deux enfants au monde. L'un des deux, celui qui est issu de ma semence, te vaudra, par ses exploits, une gloire immortelle. Toi, cependant, retrouve, avec Alcmène, votre affection d'autrefois. Elle n'a pas mérité que tu lui fasses des reproches; c'est moi qui lui ai fait violence. Et maintenant, je remonte au ciel.

AMPHITRYON : Je ferai ce que tu m'ordonnes, et je te supplie de tenir tes promesses. Je vais rentrer auprès de ma femme; je renverrai le vieux Tirésias. Et maintenant, spectateurs, en l'honneur du grand Jupiter, applaudissez bien fort!

# LA COMÉDIE DES ÂNES

*(Asinaria)*

# NOTICE

*Sous le titre d'*Asinaria *(c'est-à-dire* asinaria fabula, *la comédie des ânes), nous possédons une pièce de Plaute, dont il nous dit lui-même qu'elle est imitée d'un poète grec nommé Démophile, mais cela ne nous avance guère, car, jusqu'à présent, nous ignorons tout de ce Démophile, sinon qu'il a certainement existé, et qu'il écrivait à Athènes, vers le même temps que les principaux poètes de la comédie nouvelle, c'est-à-dire à la fin du IV*e *siècle avant Jésus-Christ ou au début du III*e*. D'après ce qui transparaît de ce modèle dans la pièce de Plaute, nous pouvons deviner que* L'Ânier *de Démophile, dont est tiré l'*Asinaria, *avait subi l'influence de Ménandre et aussi celle de Théophraste. Le portrait de la parfaite entremetteuse, et de sa victime l'amoureux*[1], *évoque le célèbre recueil des* Caractères. *Démophile s'est évidemment appliqué à tracer de vives esquisses, plutôt qu'il n'a cherché à monter une intrigue savante.*

*En réalité, l'intrigue elle-même est assez faible ; elle ne comporte aucun rebondissement. Nous savons, dès le début, que le père, Déménète, est bien décidé à se laisser tromper, pour procurer de l'argent à son fils, Argyrippe, qui est amoureux d'une jeune fille, à qui sa mère, la vieille Cléérète, fait faire le métier d'amoureuse professionnelle. L'argent, on le trouvera, grâce à l'arrivée, opportune, mais non préparée, d'un messager qui apporte le prix d'un convoi d'ânes. Le messager fait des difficultés pour donner l'argent ; mais l'intervention du maître de maison le décide (en dehors de la scène, d'ailleurs). À ce moment, les deux esclaves qui servent (assez inutilement) à Déménète pour faire verser l'argent à la vieille entremetteuse, se livrent à une scène de facéties, humiliant leur jeune maître de toutes les façons.*

1. V. 177 et suiv., p. 71.

*À la fin, nous découvrons que le vieux Déménète n'a pas travaillé gratuitement, ni seulement pour son fils ; il désire passer une nuit avec Philénie, la jeune amoureuse qu'il a procurée à celui-ci, et il l'exige, sans aucune vergogne. Mais un rival d'Argyrippe, furieux d'avoir été évincé, dénonce l'affaire à la femme du vieillard, qui survient pendant le banquet et emmène son mari, bien décidée à lui faire payer cher les propos peu flatteurs qu'elle lui a entendu tenir sur elle, tandis qu'il était en compagnie de Philénie et d'Argyrippe.*

*Intrigue décousue, jusqu'à l'absurde, mais que soutiennent des caractères pittoresques : chaque scène est destinée à mettre ceux-ci en valeur ; la jeune courtisane est une véritable amoureuse ; le couple heureux conquiert notre sympathie d'autant plus sûrement que, derrière lui, se dessine la figure de Diabole, qui, lui, n'éprouve pour Philénie aucun sentiment tendre. Plaute a accepté cette intrigue, qui lui permettait de composer des scènes de farce, comme celle où les deux esclaves bernent leur jeune maître et où la matrone outragée par son vieux mari tourne celui-ci en ridicule et lui fait perdre la face publiquement.*

*Il est probable que la pièce de Démophile fut composée vers 311 avant Jésus-Christ, c'est-à-dire au moment où le roi de Macédoine, Cassandre, s'empara de l'Arcadie. C'est l'événement auquel ferait allusion la vente des ânes arcadiens au marchand de Pella*[1]*. C'est aussi la période où Démétrios de Phalère, qui gouvernait dans Athènes, établissait toute une législation des mœurs et des lois somptuaires, politique à laquelle feraient allusion quelques vers de la comédie*[2]*.*

*La comédie de Plaute, elle, daterait de l'année 212 avant Jésus-Christ : cette année-là, P. Cornélius Scipion, le futur Africain, exerçait l'édilité curule, et, à ce titre, organisait les jeux. C'est lui que désigne, croit-on, l'expression employée par le poète au vers 124*[3]*. Si cela est vrai,* La Comédie des ânes *est l'une des premières que Plaute ait écrites. Aussi est-ce l'une des moins riches en rythmes variés ; nous y trouvons peu de jeux rythmiques ; la part du spectacle, si l'on en excepte la bouffonnerie entre les deux esclaves et leur jeune maître, est fort restreinte ; la mise en scène, dans la dernière partie, où se place le banquet interrompu, est difficile à concevoir, puisque la fête, qui est censée se dérouler dans la maison de Philénie, est pourtant visible pour le spectateur, ce qui implique beaucoup d'artifice et de convention.*

1. Voir la note 1 de la page 77.
2. V. 599 et suiv., p. 89, et la note 1 de cette même page.
3. Voir la note 2 de la page 69.

## PERSONNAGES

LIBAN, esclave de Déménète.
DÉMÉNÈTE, vieillard.
DIABOLE, jeune homme qui aime Philénie.
CLÉÉRÈTE, marchande de filles.
LÉONIDAS, esclave de Déménète.
UN MARCHAND, en chlamyde.
PHILÉNIE, courtisane, fille de Cléérète.
ARGYRIPPE, jeune homme, fils de Déménète et amant de Philénie.
UN PARASITE.
ARTÉMONE, femme de Déménète.

*La scène est à Athènes.*

## ARGUMENT

Un vieillard, qui a un fils amoureux, voudrait bien aider celui-ci de son argent, mais il est soumis au pouvoir absolu d'une épouse; aussi a-t-il fait verser à son esclave favori, Léonidas, l'argent que l'on avait porté à Sauréa, pour payer des ânes. Cet argent est versé à la maîtresse; le fils consent à céder à son père une nuit de la belle. Un rival, furieux, parce qu'on lui a soufflé la dame, envoie son parasite tout raconter à l'épouse. L'épouse accourt, et arrache son mari au mauvais lieu.

# LA COMÉDIE DES ÂNES

## PROLOGUE

Écoutez-moi, s'il vous plaît, maintenant, spectateurs; puisse-t-il s'ensuivre du bien et pour moi et pour vous, et pour cette troupe, et ceux qui la possèdent et ceux qui l'ont louée. Et maintenant, toi, le héraut, fais en sorte que tout le public ouvre ses oreilles... Ça va comme cela, assieds-toi; veille seulement à ne pas avoir fait cela pour rien. Voici pourquoi je me suis avancé jusqu'ici, et ce que je veux faire; je vais vous le dire : c'est pour que vous sachiez le titre de cette pièce. Quant au sujet lui-même, il est fort simple. Mais je vais vous dire ce que je vous ai dit que je voulais vous dire : cette pièce s'appelle, en grec, *L'Ânier*. Elle a été écrite par Démophile, Maccus l'a traduite en langue barbare[1]; il veut qu'elle s'appelle *La Comédie des ânes,* avec votre permission. Il y a du charme et de l'amusement dans cette comédie; la matière prête à rire. Soyez assez aimables pour me donner votre attention, et que, comme naguère, aujourd'hui, pareillement, Mars vous soit en aide!

## ACTE PREMIER

### *SCÈNE PREMIÈRE*

LIBAN, DÉMÉNÈTE

LIBAN : Aussi vrai que tu souhaites que ton fils unique te survive, en force et en santé, aussi vrai je te supplie, au nom de ta vieillesse, et au nom de celle que tu redoutes, je veux dire ta femme, si tu me dis aujourd'hui quelque mensonge, puisse ta femme te survivre de toute une vie humaine, et, elle vivante, puisses-tu, en pleine vie, mourir de male mort!

DÉMÉNÈTE : Tu m'interroges là au nom de la Bonne Foi elle-même[1]; je vois bien que je dois répondre à toutes tes questions sous la foi du serment. Tu m'as attaqué si vivement que je n'oserais pas me dérober à ce que tu me demandes et ne pas tout t'avouer. Aussi, dépêche-toi, que désires-tu savoir ? Allons, parle : tout ce que je saurai, je ferai en sorte que tu le saches toi aussi.

LIBAN : Dis-moi, je t'en prie, sérieusement, ce que je te demande : et garde-toi de me débiter quelque mensonge!

DÉMÉNÈTE : Pourquoi ne me le demandes-tu pas ?

LIBAN : Mais tu ne vas pas me conduire, là-bas..., là où la pierre frotte contre la pierre[2] ?

DÉMÉNÈTE : De quoi parles-tu, où cet endroit, au monde, peut-il bien se trouver[3] ?

LIBAN : À l'endroit où pleurent les vauriens, qui moulent sans cesse la semoule, près de Bastonnade, dans les îles de Sonne-Fer, à l'endroit où les hommes vivants sont poursuivis par les bœufs morts[4].

DÉMÉNÈTE : Par Pollux, je viens de comprendre, Liban, de quel endroit tu parles : c'est le lieu où l'on fabrique la semoule, dont tu veux peut-être parler ?

LIBAN : Ah! non, par Hercule, je ne parle pas de cela, je ne veux pas que l'on en parle, et je t'en supplie, par Hercule, recrache ce mot que tu as prononcé[5].

DÉMÉNÈTE : Bien; faisons ce que tu veux!

LIBAN : Allons, allons, continue à cracher!

DÉMÉNÈTE : Encore ?

LIBAN : Allons, s'il te plaît, vas-y, jusqu'au fond de ta gorge! Encore plus fort!

DÉMÉNÈTE : Eh bien, jusqu'à quand ?

LIBAN : Jusqu'à la mort, je le souhaite.

DÉMÉNÈTE : Prends garde à la rossée.

LIBAN : La mort de ta femme, je veux dire, non la tienne.

DÉMÉNÈTE : Pour cette parole, je te fais grâce, et je veux que tu n'aies rien à craindre.

LIBAN : Puissent les dieux t'accorder tout ce que tu peux souhaiter!

DÉMÉNÈTE : Et maintenant, à toi de m'écouter. Pourquoi te poserais-je cette question, pourquoi te menacerais-je pour ne pas m'avoir mis au courant ? Pourquoi, aussi, finalement, me mettrais-je en colère contre mon fils, comme font les autres pères ?

LIBAN : Quelle est cette chose étrange ? *(À part.)* Je me demande ce qu'il en est, et je me demande avec angoisse ce que cela présage.

DÉMÉNÈTE : Eh oui, je sais déjà que mon fils est amoureux de la courtisane notre voisine, Philénie. Ai-je bien raison, Liban ?

LIBAN : Tu es en bon chemin. C'est la vérité même; mais il a été pris d'une violente maladie.

DÉMÉNÈTE : Quelle sorte de maladie ?

LIBAN : Que ce qu'il donne ne répond pas à ce qu'il dit.

DÉMÉNÈTE : Est-ce que tu viens maintenant à son secours dans ses amours ?

LIBAN : Oui, et j'ai avec moi notre Léonidas.

DÉMÉNÈTE : Par Hercule, vous faites bien, et je vous en récompenserai. Mais ma femme, Liban, tu ne sais pas quel être c'est !

LIBAN : Tu en es la première victime; mais nous, nous en savons aussi quelque chose.

DÉMÉNÈTE : Je dois convenir qu'elle est désagréable et peu commode.

LIBAN : Tu as moins vite fait de le dire que moi de le croire.

DÉMÉNÈTE : Tous les pères, Liban, qui voudront m'en croire, se montreront complaisants pour leurs enfants; ainsi ils seraient plus amis de leur enfant, qui leur voudrait plus de bien. C'est ce que je m'efforce de faire moi-même; je veux être aimé des miens, je veux ressembler à mon père, qui, pour me rendre service, se déguisa en négociant[1] et eut recours à une ruse afin d'enlever de chez le marchand de filles celle que j'aimais, qui ne rougit pas, à l'âge qu'il avait, de monter toute une tromperie et de mériter à force de bontés pour moi la reconnaissance de son fils. J'ai décidé d'agir comme faisait mon père. Oui, aujourd'hui, mon fils Argyrippe m'a demandé de lui fournir de l'argent pour l'aider dans ses amours; et je veux, sur ce point, absolument, complaire à mon enfant. Je veux complaire à son amour, je veux qu'il m'aime, moi son père. Et pourtant, sa mère le tient serré, la bride ferme, comme font ordinairement les pères; moi, je ne m'en soucie point; surtout, étant donné qu'il m'a considéré comme digne d'être son confident, il est séant que je sache reconnaître son bon naturel; puisqu'il est venu me trouver, comme un fils respectueux doit agir envers son père, je souhaite qu'il ait de l'argent à donner à son amie.

LIBAN : Le souhait que tu formes, je vois bien que tu le formes en vain; ta femme a amené ici, dans sa dot, l'esclave Sauréa, et elle lui est plus soumise qu'elle ne l'est à toi!

DÉMÉNÈTE : J'ai touché de l'argent; au prix d'une dot, j'ai vendu mon autorité. Mais je vais, en quelques mots, te dire ce que j'attends de toi. Mon fils a maintenant besoin de vingt mines; tâche qu'il les trouve immédiatement.

LIBAN : Et où ça ?

DÉMÉNÈTE : Escroque-moi.

LIBAN : Tu dis de grosses bêtises; tu m'ordonnes de dépouiller un homme nu. Que je t'escroque, moi ? Allons, vas-y, vole sans ailes! Que je t'escroque, toi, qui ne possèdes rien, sinon ce que tu auras pu escroquer à ta femme ?

DÉMÉNÈTE : Soit moi-même, soit ma femme, soit l'esclave Sauréa, selon ce que tu pourras, emmène-nous en bateau, vole-nous; je te promets que tu ne t'en trouveras pas mal, si tu réussis aujourd'hui à le faire.

LIBAN : Tu pourrais aussi bien m'ordonner de pêcher en l'air ou d'aller à la chasse en jetant l'épervier en pleine mer.

DÉMÉNÈTE : Prends avec toi, comme second, Léonidas; invente ce que tu voudras, imagine ce que tu voudras; trouve le moyen que mon fils ait aujourd'hui de l'argent pour le donner à son amie.

LIBAN : Eh bien, dis donc, Déménète ? Et si par hasard je tombe dans une embuscade ? Tu paieras ma rançon, si les ennemis me font prisonnier ?

DÉMÉNÈTE : Je paierai ta rançon.

LIBAN : Dans ce cas, tu peux t'occuper de ce que tu voudras d'autre. Moi, je vais au forum, à moins que tu n'aies besoin de moi.

DÉMÉNÈTE : Va; bonne route! Mais, écoute encore un peu!

LIBAN : Présent!

DÉMÉNÈTE : Si j'ai quelque chose à te dire, où seras-tu ?

LIBAN : N'importe où, où j'aurai fantaisie d'être. Non, il n'y a personne à craindre pour moi désormais, qui puisse me faire quelque mal, maintenant que tu m'as révélé, par ces propos, le fond de ta pensée. Bien plus, je me moque pas mal de toi, pourvu que j'obtienne ce que tu me dis. Je vais aller où j'ai entrepris de me rendre, et, là-bas, je commencerai à bâtir un plan.

DÉMÉNÈTE : Écoute donc! Moi, je serai chez le banquier Archibule.

LIBAN : Par conséquent, au forum[1] ?

DÉMÉNÈTE : Oui, si tu as besoin de moi.

LIBAN : Je m'en souviendrai.

DÉMÉNÈTE, *resté seul :* Il ne peut y avoir plus mauvais sujet que cet esclave, pas de plus rusé, aucun contre qui il soit plus difficile de se défendre. Mais en même temps, si vous voulez qu'une chose soit bien faite, confiez-la-lui; il préférera mourir plutôt que de ne pas exécuter ce qu'il a promis. Je suis sûr que l'argent en question est déjà trouvé pour mon fils, aussi sûr que de voir ce bâton devant moi[2]. Mais je traîne, au lieu d'aller au forum, comme j'en ai l'intention; j'y vais, et je resterai là-bas, chez le banquier.

## *SCÈNE II*

DIABOLE, *sortant de chez Cléérète.*

Ah, c'est comme cela ? Me faire jeter à la porte de la maison ? Après tout ce que j'ai fait pour elle, voilà comment on me paie ? On te traite bien, et tu es méchante, on te traite mal, et tu es gentille. Mais ce sera à tes dépens; d'ici, je vais aller tout droit chez les triumvirs[3], et je vais vous dénoncer; j'aurai votre tête, à toi et à ta fille, séductrices, poisons, perte des jeunes gens! La mer, ce n'est pas la mer, c'est vous, la plus cruelle de toutes. J'avais fait fortune sur la mer, et ici, j'ai été nettoyé de tout ce que j'avais. Je comprends que tout ce que j'ai donné, tout le bien que j'ai fait, tout a été en pure perte, sans aucun résultat; mais dorénavant, tout le mal que je pourrai te faire, je te le ferai, et ce sera bien fait pour toi. Par Pollux, je te ramènerai là d'où tu es sortie, au dernier degré de la misère. Et je ferai en sorte, par Pollux, que tu saches ce que tu es maintenant, et ce que tu as été. Avant que je sois venu trouver ta fille, et que je ne lui aie donné mon amour et mon cœur, tu te régalais de pain noir, tu étais en haillons, sans le sou, et si tu avais tout cela, tu en étais grandement reconnaissante à tous les dieux. Et toi, maintenant, quand ta situation est meilleure, moi, grâce à qui elle est meilleure, méchante, tu ne me connais plus ? Je t'affamerai, mauvaise bête, pour t'apprivoiser; fais bien attention à moi. Car je ne puis me fâcher contre elle, elle ne le mérite pas. Elle agit sur ton ordre, elle obéit à ton autorité; tu es sa mère et en même temps sa maîtresse. C'est de toi que je me vengerai, c'est toi que je punirai comme tu le mérites, et comme tu te conduis envers moi. Mais, voyez comme cette abominable femme ne juge même pas que je vaille la peine qu'elle vienne me trouver, me parler, essayer de calmer ma colère par des supplications! Ah, la voici qui sort, finalement, la sirène; je pense qu'ici, devant la porte, je pourrai lui dire ce que je voudrai, comme je le voudrai, puisque, à l'intérieur, je n'en ai pas eu la permission.

## *SCÈNE III*

### Cléérète, Diabole

CLÉÉRÈTE : Il n'y a pas un des mots que tu viens de dire que je vendrais à quiconque contre un philippe d'or chacun[1], s'il se présentait un acquéreur! Tout ce que tu dis contre nous, c'est de l'or et de l'argent, tout purs. Ton cœur est cloué ici chez nous, du clou de l'Amour. À force de rames, à force de voiles, tu auras beau, tant que tu pourras, te dépêcher de fuir, plus tu chercheras à gagner le large, plus le flot te ramènera au port.

DIABOLE : Et moi, par Pollux, je ne verserai pas le droit de péage au douanier de ton port. Dorénavant, je vais me mettre à te traiter comme tu nous a traités, moi et ma bourse, puisque tu ne me traites pas comme je le mérite, et que tu m'as chassé de chez toi.

CLÉÉRÈTE : Tu parles, et nous savons bien que ta langue en dit plus que tu ne feras.

DIABOLE : À moi seul, je t'ai tiré de la solitude et de

la misère; si j'étais son seul client, tu ne pourrais pas, même alors, me remercier suffisamment.

CLÉÉRÈTE : Sois son seul client, si tu peux toujours, à toi seul, payer ce que je demanderai. Tu pourras avoir toujours ce qu'on t'a promis, à cette condition que tes cadeaux l'emportent sur les autres.

DIABOLE : Quelle limite à ces cadeaux ? Non, jamais tu ne peux être satisfaite. Quand tu viens de recevoir quelque chose, tu n'es pas longue à recommencer à demander encore.

CLÉÉRÈTE : Quelle limite à tes visites, à tes amours ? Tu ne peux donc jamais être satisfait ? À peine l'as-tu laissée aller que, sans désemparer, tu me demandes de te la renvoyer.

DIABOLE : En tout cas, je t'ai versé ce que tu m'avais demandé.

CLÉÉRÈTE : Et moi, je t'ai envoyé la fille : poids pour poids, le règlement est égal, on t'a servi pour ton argent.

DIABOLE : Tu n'es pas gentille avec moi.

CLÉÉRÈTE : Pourquoi m'accuses-tu, si je fais mon métier ? Il n'y a nulle part ni sculpture ni peinture ni aucune poésie où il soit question d'une marchande de filles qui soit bienveillante à l'égard d'aucun amant, si elle veut faire correctement ce qu'elle doit.

DIABOLE : Mais il serait naturel que tu aies envers moi quelque ménagement, pour que je puisse te durer plus longtemps.

CLÉÉRÈTE : Tu ne sais pas ? Celle qui ménage un amant, se ménage mal elle-même. Pour une marchande de filles, l'amant, c'est comme un poisson : il ne vaut rien s'il n'est pas fraîchement pêché. Frais, il a du suc, il a un goût agréable; on peut l'assaisonner comme on veut, à la casserole ou au gril; on peut le retourner à sa fantaisie. Il aspire à payer, à ce qu'on lui demande quelque chose; alors, l'argent coule d'une poche pleine; il ne sait pas ce qu'il donne, ce qu'il gaspille; il ne souhaite qu'une chose, il veut plaire à son amie, il veut plaire à moi-même, plaire à la suivante, plaire aux domestiques, plaire même aux servantes, et même mon petit chien est l'objet des caresses d'un amant nouveau, pour qu'il ait plaisir à le voir. Je ne mens pas; chacun met toute son ingéniosité à gagner son argent et c'est juste.

DIABOLE : J'ai appris que tout ce que tu dis est vrai, et cela m'a coûté assez cher!

CLÉÉRÈTE : Si, par Castor, tu avais aujourd'hui de quoi payer, tu tiendrais un autre langage. Mais, comme tu n'as rien, tu essaies de faire qu'on te la cède pour des injures.

DIABOLE : Ce n'est pas mon habitude.

CLÉÉRÈTE : Ni la mienne, par Pollux, de te l'envoyer gratis. Mais, vu ton âge et l'estime que j'ai pour toi, voici ce que je ferai : comme tu nous a rapporté à nous plus d'argent qu'à toi de l'honneur, si l'on me donne deux talents d'argent, comptés à moi-même, je te céderai la nuit qui vient, par considération pour toi, gratuitement, en cadeau.

DIABOLE : Et si je ne les ai pas ?

CLÉÉRÈTE : Je t'en croirai sur parole; et elle n'en ira pas moins avec un autre.

DIABOLE : Où est tout ce que je t'ai donné déjà ?

CLÉÉRÈTE : Terminé; si j'en avais encore, je t'enverrais la fille, jamais je ne te demanderais quoi que ce fût. Le temps, l'eau, le soleil, la lune, la nuit, tout cela, je l'ai sans argent. Le reste, quand nous en avons besoin, nous l'achetons sans crédit[1]. Lorsque nous allons chercher du pain chez le boulanger, du vin chez le marchand de vin, si on leur donne des sous, ils nous baillent la marchandise. Nous, nous usons de la même méthode; nos mains ont toujours des yeux au bout des doigts, elles croient seulement ce qu'elles voient. On dit depuis longtemps : « Nul étant l'encaissement[2]... »; tu sais ce que je veux dire; je n'ajoute rien.

DIABOLE : Le langage que tu me tiens, maintenant que je suis sans rien, n'est plus le même qu'avant. Tu n'es pas celle que tu étais, dis-je, autrefois, lorsque je pouvais payer, ni, autrefois encore, lorsque tu cherchais à m'attirer par des flatteries et de bonnes paroles. En ce temps-là la maison elle-même était tout sourire, lorsque je venais te voir. Tu prétendais que, seul entre tous, j'étais votre bien-aimé, à ta fille et à toi. Dès que j'avais donné quelque chose, vous étiez comme deux jeunes colombes, toutes les deux, à me donner des baisers, ce qui me plaisait à moi était seul à vous plaire. Vous me suiviez partout; ce que j'ordonnais, ce que je souhaitais, vous le faisiez; ce que je ne voulais pas, ce que j'avais défendu, vous

vous appliquiez à l'éviter, et vous vous gardiez bien de le faire. Maintenant, ce que je veux et ce que je ne veux pas vous importe peu, méchantes!

CLÉÉRÈTE : Tu ne sais pas. Notre métier est exactement comme celui de l'oiseleur. Quand l'oiseleur a préparé un endroit, qu'il a répandu de la nourriture, les oiseaux s'habituent à venir; il faut engager des fonds, quand on veut gagner quelque chose. Les oiseaux viennent souvent manger; une fois qu'ils sont pris, ils paient leur dette à l'oiseleur. C'est la même chose, ici, chez nous; notre maison, c'est le terrain de chasse; moi, je suis l'oiseleur; l'appât, c'est la fille; le lit est l'appeau, les amants sont les oiseaux. Les paroles de bienvenue les apprivoisent, et puis les mots charmeurs, les baisers, les discours gentils et tendres. Si un amant caresse le bout d'un sein, cela fait l'affaire de l'oiseleur; s'il prend un baiser, on peut le prendre, lui, sans filet. Dire que tu as oublié tout cela, toi qui as été si longtemps à l'école!

DIABOLE : C'est ta faute; tu renvoies ton élève à demi instruit.

CLÉÉRÈTE : Reviens hardiment, quand tu auras trouvé le prix de la leçon; pour l'instant, disparais.

DIABOLE : Attends, attends! Écoute! Dis-moi, quel prix crois-tu que je doive te donner pour l'avoir pendant une année, et qu'elle n'aille avec personne d'autre?

CLÉÉRÈTE : Toi? Vingt mines[1], et à la condition suivante : si un autre m'apporte l'argent avant toi, alors, toi, adieu.

DIABOLE : Et moi, avant que tu ne t'en ailles, j'ai encore quelque chose à te dire.

CLÉÉRÈTE : Dis ce que tu voudras.

DIABOLE : Je ne suis pas encore tout à fait perdu; il me reste de quoi me perdre davantage. Je sais où trouver de quoi te donner ce que tu demandes; mais je te le donnerai en fixant mes conditions, afin que cela soit bien clair pour toi, à savoir qu'elle soit à mon service pendant une année entière, qu'elle ne reçoive, pendant ce temps, absolument aucun autre homme que moi.

CLÉÉRÈTE : Bien plus, si tu le souhaites, je ferai châtrer tous les serviteurs mâles que j'ai à la maison. Enfin, fais-nous apporter le contrat spécifiant ce que tu attends de nous. Impose-nous les conditions que tu voudras, à ta fantaisie. Pourvu que tu apportes l'argent avec toi, j'accepterai aisément le reste. Les portes des maisons de filles sont toutes pareilles aux barrières des péages; si on paie, elles s'ouvrent; si l'on n'a rien à donner, la maison ne s'ouvre pas.

*Elle sort.*

DIABOLE : Je suis mort si je ne trouve pas ces vingt mines; et assurément, si je n'ai pas cet argent à perdre, c'est moi qui serai perdu. Et maintenant je vais me rendre au forum, tout mettre en œuvre, tous les moyens : je supplierai, j'adjurerai tous les amis que je verrai; braves gens, canailles, je suis décidé à aborder tout le monde, et à tenter ma chance auprès d'eux. Si je ne peux trouver un prêt, c'est décidé, j'emprunterai à usure.

## ACTE II

### *SCÈNE PREMIÈRE*

LIBAN, *seul.*

Oui, par Hercule, Liban, tu ferais bien de t'éveiller un peu et d'imaginer quelque ruse pour trouver de l'argent. Voici déjà longtemps que tu as quitté ton maître pour aller au forum[1]. Et là-bas, jusqu'à l'heure qu'il est, tu as dormi sans rien faire. Allons, secoue ta paresse, cesse de te laisser aller, et retrouve ton vieux naturel astucieux. Sauve ton maître; garde-toi de faire ce que font souvent les autres esclaves, qui montrent du talent et de l'ingéniosité seulement pour détrousser leur maître. Où trouver l'argent ? Qui rouler ? Où diriger ma barque ? Les augures sont pris, les présages ont décidé; les oiseaux permettent toutes les directions[2]. Un pic-vert et une corneille à gauche, un corbeau et une orfraie à droite s'accordent à m'engager; je suis bien décidé à suivre votre avis. Mais qu'est cela ? Le pic-vert frappe un ormeau ? Ce n'est pas sans signification. Par Hercule, autant que je puis comprendre l'augure et le présage, il y a des verges qui nous attendent, ou moi ou l'intendant Sauréa. Mais qu'est-ce donc ? Voici Léonidas qui arrive ici en courant, hors d'haleine ? J'ai bien peur que, là-bas, il n'apporte un mauvais présage pour la ruse et la tromperie que je médite.

## *SCÈNE II*

### LÉONIDAS, LIBAN

LÉONIDAS, *entrant par la droite :* Où puis-je trouver maintenant Liban, ou le jeune maître, pour les rendre plus joyeux que la Joie même ? Je leur apporte un grand profit et un beau triomphe, en venant ici. Puisqu'ils ne boivent pas sans moi, qu'ils ne courent pas les filles sans moi, je vais partager à égalité avec eux le butin que je viens de faire.

LIBAN, *sans être vu de Léonidas :* Cet individu a pillé une maison, selon son habitude. Malheur à l'autre, qui a mis tant de négligence à garder sa porte[1] !

LÉONIDAS : Je consentirais à être esclave toute ma vie, pourvu seulement que je puisse rencontrer Liban.

LIBAN : S'il ne tient qu'à moi, par Hercule, il ne deviendra pas libre de si tôt !

LÉONIDAS : Et même je donnerai, de mon propre dos, deux cents raclées, prêtes à faire des petits.

LIBAN : Il gaspille son pécule : tout ce qu'il a, il le porte sur son dos.

LÉONIDAS : Car s'il laisse échapper le moment de profiter de cette occasion, jamais, par Pollux, il ne la rattrapera plus tard, fût-ce avec un quadrige blanc[2]. Il laissera son maître assiégé, il relèvera le moral de l'ennemi. Au contraire, s'il fait tout pour attraper au vol l'occasion qui nous arrive, il vaudra, ainsi que moi, à nos maîtres, père et fils, de grasses moissons, bourrées de joie, de telle sorte que lui et moi, nous serons leurs obligés à tous deux pendant toute notre vie, et qu'ils nous seront enchaînés par le service que nous leur aurons rendu.

LIBAN : Il parle de gens enchaînés, je ne sais qui. Je n'aime pas cela; j'ai peur qu'il n'ait commis, en notre nom à tous deux, quelque canaillerie.

LÉONIDAS : Je suis perdu, tout à fait, si je ne trouve pas tout de suite Liban, où qu'il soit au monde.

LIBAN : Cet individu cherche un compagnon pour partager une rossée. Je n'aime pas cela. C'est présage de malheur, quand on sue et qu'on tremble à la fois[3].

LÉONIDAS : Mais pourquoi, pressé comme je le suis, donner du repos à mes jambes et lâcher les rênes à ma langue ? Pourquoi ne pas contraindre celle-ci à se taire, alors qu'elle gaspille le temps à bavarder ?

LIBAN : Ah, le malheureux, par Pollux : le voici qui va violer sa meilleure amie et protectrice[1]. Quand il commet quelque canaillerie, c'est elle qui le tire d'affaire par ses parjures.

LÉONIDAS : Dépêchons-nous, pour ne pas mettre trop tard le butin en sûreté.

LIBAN : De quel butin parle-t-il ? Je vais l'aborder et lui faire raconter ce qu'il en est. *(À Léonidas.)* Je te dis bien le bonjour, de toute ma voix, aussi fort que je peux.

LÉONIDAS : Champ de manœuvre du fouet, salut !

LIBAN : Comment vas-tu, pilier de prison ?

LÉONIDAS : Ô soutien des chaînes !

LIBAN : Ô délice des verges !

LÉONIDAS : Combien crois-tu que tu pèses, tout nu ?

LIBAN : Par Pollux, je ne sais pas.

LÉONIDAS : Je savais que tu ne le savais pas ; mais, par Pollux, moi qui t'ai fait contrepoids, je le sais. Nu et enchaîné, tu pèses cent livres, lorsque tu es pendu par les pieds.

LIBAN : Quelle preuve en as-tu ?

LÉONIDAS : Je vais te dire ma preuve, et la raison de mon calcul. Quand on a attaché à tes pieds un poids de cent livres, lorsque tes mains sont prises dans les menottes et accrochées à la poutre, tu pèses juste le poids, ni plus ni moins, qu'il faut pour faire une canaille et un vaurien.

LIBAN : Va te faire pendre !

LÉONIDAS : C'est là précisément le legs que, dans son testament, te fait Esclavage.

LIBAN : Mets un terme à cette escrime de mots, s'il te plaît. Qu'est-ce que tu fabriques ici ?

LÉONIDAS : Tu crois que je suis décidé à te le dire ?

LIBAN : Tu le peux, sans crainte.

LÉONIDAS : Si tu veux venir au secours du jeune maître, qui est amoureux, une aubaine imprévue nous en donne juste le moyen, mais elle est mêlée de risques ; plus un jour les bourreaux ne cesseront de s'exercer à nos dépens. Liban, il nous faut maintenant trouver de l'audace et de la ruse. J'ai imaginé tout à l'heure un tour tel que l'on dira que nous méritons tous les deux largement d'attirer sur nous tous les supplices.

LIBAN : Voilà pourquoi je me demandais ce qui faisait que, depuis quelque temps, les épaules me démangeaient : elles ont commencé à annoncer qu'il y avait une raclée qui les attendait. Quoi que ce soit, dis-le.

LÉONIDAS : Il y a un beau profit en perspective, et aussi une belle rossée.

LIBAN : Quand bien même tout le monde, conjuré, amasserait sur moi les supplices, j'ai, je pense, un dos solide, un héritage de famille, sans aller chercher plus loin.

LÉONIDAS : Si tu conserves cette fermeté d'âme, nous sommes sauvés.

LIBAN : S'il faut payer de mon dos, je veux bien enlever l'argent de l'État ! Je nierai obstinément, je m'entêterai, je ferai tous les faux serments possibles.

LÉONIDAS : Voilà de la valeur, que de supporter courageusement la souffrance, en cas de besoin. Qui supporte courageusement la souffrance rencontre plus tard sa récompense.

LIBAN : Pourquoi ne m'as-tu pas encore tout raconté ? J'ai hâte de mériter ma raclée.

LÉONIDAS : Alors, tranquillement, pose-moi une question après l'autre, que je puisse me remettre. Ne vois-tu pas que je suis encore tout essoufflé de ma course ?

LIBAN : Soit, soit, j'attendrai, comme tu le voudras, même jusqu'à ce que tu meures.

LÉONIDAS : Où donc est le maître ?

LIBAN : Le vieux est au forum, le jeune est ici, dans la maison.

LÉONIDAS : Voilà qui me suffit.

LIBAN : Tu es donc devenu riche ?

LÉONIDAS : Trêve de plaisanteries.

LIBAN : Bien... Mes oreilles attendent ce que tu m'apportes.

LÉONIDAS : Alors écoute-moi, et tu en sauras aussi long que moi.

LIBAN : Je me tais.

LÉONIDAS : J'en suis bien aise. Tu te rappelles ces ânes d'Arcadie, que notre intendant a vendus à un négociant de Pella[1] ?

LIBAN : Je m'en souviens. Et après ?

LÉONIDAS : Eh bien, l'acheteur a envoyé ici l'argent

pour le donner à Sauréa, en paiement des ânes; un jeune homme est arrivé tout à l'heure, et il apporte cet argent.

LIBAN : Où est le personnage ?

LÉONIDAS : Tu veux n'en faire qu'une bouchée, dès que tu l'apercevras ?

LIBAN : Certes oui. Mais, dis-moi, tu veux bien parler de ces ânes vieillots, boiteux, dont les sabots étaient usés jusqu'aux cuisses ?

LÉONIDAS : Précisément les mêmes, ceux qui apportaient si souvent pour toi ici, de la campagne, des verges d'ormeau.

LIBAN : J'y suis; ce sont eux, aussi, qui t'ont emmené, enchaîné, d'ici à la campagne ?

LÉONIDAS : Tu as bonne mémoire. Donc, tandis que j'étais assis dans la boutique du barbier, le jeune homme se met à me demander si je ne connaissais pas un certain Déménète, fils de Straton. Je réponds aussitôt que je le connais, j'ajoute que je suis l'un de ses esclaves, et je lui indique le chemin de notre maison.

LIBAN : Et ensuite ?

LÉONIDAS : Il dit qu'il apporte l'argent des ânes à l'intendant Sauréa, vingt mines; mais qu'il ne connaît pas Sauréa; en revanche, il connaît fort bien Déménète. Une fois qu'il m'a raconté tout cela, de la sorte...

LIBAN : Qu'est-ce qui s'est passé ?

LÉONIDAS : Écoute donc, tu le sauras. Aussitôt, je me mets à faire le malin, et le grand seigneur; je dis que l'intendant, c'est moi. Sur quoi il me répond : « Par Pollux, ce Sauréa, je ne le connais pas, je ne sais pas à quoi il ressemble. Tu aurais tort de te fâcher. Si tu veux bien faire venir ton maître, Déménète, que je connais, tu pourras emmener l'argent aussitôt. » Moi, je dis que j'allais faire venir le maître et que je serais à sa disposition à la maison. Lui, il doit aller aux bains, et, de là, il reviendra ensuite ici. Quel plan devons-nous maintenant adopter ? Dis-moi ?

LIBAN : Hem, c'est bien à quoi je pense, à la manière de rafler l'argent à la fois au messager et à Sauréa. C'est cela, le point à travailler; si l'étranger apporte l'argent ici avant que je ne sois prêt, nous sommes roulés, toi et moi. Car, aujourd'hui, le vieux m'a pris à part tout seul, à l'écart de la maison; il nous a menacés, toi et moi, de nous transformer en bois d'ormes si aujourd'hui même

Argyrippe ne touchait vingt mines d'argent. Il nous a donné l'ordre d'escroquer l'intendant ou encore sa propre femme; il a ajouté qu'il nous y aiderait. Maintenant, toi va au forum chercher le maître et raconte-lui comment nous allons jouer le coup; comment toi, de Léonidas, tu deviendras l'intendant Sauréa, jusqu'à ce que le marchand apporte l'argent des ânes.

LÉONIDAS : Je ferai ce que tu m'ordonnes.

LIBAN : Moi, pendant ce temps, j'amuserai l'autre, s'il arrive par hasard le premier.

LÉONIDAS, *le retenant :* Dis donc!

LIBAN : Que veux-tu ?

LÉONIDAS : Si je te donne un coup de poing sur la figure, tout à l'heure, quand je jouerai le rôle de Sauréa, tâche de ne pas te fâcher!

LIBAN : Par Hercule, c'est toi qui tâcheras de ne pas me toucher, si tu es sage, sans quoi cela ne t'aura pas porté chance de changer de nom, aujourd'hui.

LÉONIDAS : Je t'en prie, laisse-toi faire gentiment!

LIBAN : Laisse-toi faire toi-même, lorsque je te rendrai le coup.

LÉONIDAS : Je te dis la chose comme elle est indispensable qu'on la fasse.

LIBAN : Et moi, par Hercule, je te la dis comme j'ai l'intention de la faire.

LÉONIDAS : Ne dis pas non!

LIBAN : Bien sûr, je te promets, te dis-je, de te rendre exactement ce que tu m'auras fait.

LÉONIDAS : Eh bien, je m'en vais; quant à toi, je suis sûr que tu te laisseras faire. Mais, qui est là ? C'est lui, c'est lui en personne. Je reviens tout de suite; toi, pendant ce temps, retiens-le ici. Je veux raconter la chose au vieux.

LIBAN : Allons, fais ce que tu as à faire et sauve-toi!

## *SCÈNE III*

### LE MARCHAND, LIBAN

LE MARCHAND : D'après ce qu'on m'a dit, ce doit être cette maison-ci, où il paraît qu'habite Déménète. Allons, petit[1], frappe et fais appeler ici l'intendant Sauréa, s'il est chez lui.

LIBAN, *se précipitant :* Qui est en train de briser ainsi

notre porte ? Ohé, je vous parle, vous m'entendez ?

LE MARCHAND : Personne n'y a encore touché; tu n'es pas fou ?

LIBAN : Je croyais qu'on y avait touché, parce que tu te dirigeais justement par là. Je ne veux pas que tu frappes cette porte, ma camarade d'esclavage; oui, certes, j'aime notre maison.

LE MARCHAND : Par Pollux, il n'y a pas de danger que l'on fasse sauter les gonds de votre porte, si tu fais pareille réponse aussitôt à tous ceux qui viennent demander quelque chose.

LIBAN : Notre porte a cette habitude : elle appelle aussitôt le portier, si elle voit approcher d'elle quelque décocheur de coups de pied. Mais pourquoi viens-tu ? Que réclames-tu ?

LE MARCHAND : Je voulais voir Déménète.

LIBAN : S'il était à la maison, je te le dirais.

LE MARCHAND : Eh bien, et son intendant ?

LIBAN : Il n'est pas ici davantage.

LE MARCHAND : Où est-il ?

LIBAN : Il a dit qu'il allait chez le barbier.

LE MARCHAND : Et après y être allé, il n'est pas revenu ?

LIBAN : Non, certes. Que lui voulais-tu ?

LE MARCHAND : S'il avait été là, il aurait reçu vingt mines d'argent.

LIBAN : Et pourquoi cette somme ?

LE MARCHAND : Il a vendu des ânes à un marchand de Pella, au marché.

LIBAN : Je sais; et c'est toi qui nous apportes l'argent ? Je crois qu'il ne va pas tarder à revenir.

LE MARCHAND : A quoi ressemble votre Sauréa ? Si c'est lui, je pourrai le reconnaître.

LIBAN : Les joues maigres, quelque peu rousseau[1], du ventre, les yeux mauvais, assez grand, l'air sombre.

LE MARCHAND : Un peintre n'aurait pas pu mieux dessiner son aspect.

LIBAN : Tiens, par Hercule, voici précisément que je l'aperçois; il marche en hochant la tête. Quiconque se trouvera sur son chemin, quand il est ainsi en colère, sera rossé.

LE MARCHAND : Quand bien même il arriverait gonflé de menaces et de courroux comme le descendant d'Éaque[2], si, en colère, il me touche, en colère il sera rossé.

## *SCÈNE IV*

### LÉONIDAS, LIBAN, LE MARCHAND

LÉONIDAS, *entrant par la gauche :* Qu'est-ce que c'est que cette affaire ? Personne ne tient compte de ce que je dis ? J'avais donné à Liban l'ordre de venir chez le barbier, et il n'est pas venu. Certes, il n'a pas pensé suffisamment à son dos et à ses jambes !

LE MARCHAND, *à part :* Quel tyran !

LIBAN : Malheur à moi !

LÉONIDAS : Ai-je donc aujourd'hui fêté l'affranchissement de Liban ? Est-il déjà devenu un homme libre ?

LIBAN : Je t'en supplie !

LÉONIDAS : Eh bien oui, il t'en cuira beaucoup de ne pas être venu à ma rencontre. Pourquoi n'es-tu pas venu, comme je t'en avais donné l'ordre, chez le barbier ?

LIBAN, *montrant le marchand :* C'est lui qui m'a retardé.

LÉONIDAS : Non, par Hercule, quand bien même tu dirais que c'est le grand Jupiter qui t'a retenu, et qu'il vînt intercéder pour toi, tu n'en échapperais pas pour autant à la rossée. Ainsi, pendard, tu n'as tenu aucun compte de mon ordre ?

LIBAN : Étranger, je suis perdu !

LE MARCHAND : Je t'en prie, Sauréa, par Hercule, ne bats pas cet homme à cause de moi.

LÉONIDAS : Ah, si seulement j'avais un aiguillon à la main...

LE MARCHAND : Calme-toi, je t'en prie.

LÉONIDAS : Pour te labourer les côtes, durcies comme elles le sont par les coups. *(Au marchand.)* Écarte-toi et laisse-moi régler le compte de celui-ci, qui toujours me met dans des rages folles, ce voleur à qui je ne puis me contenter de donner un ordre une seule fois, sans avoir à le lui répéter cent fois, à le lui ressasser ; aussi, par Hercule, à force de crier et de me mettre en colère, je ne puis plus bientôt suffire à la peine. Ne t'ai-je pas ordonné, vaurien, d'enlever le fumier de devant cette porte ? Ne t'ai-je pas ordonné de faire tomber de ces colonnes le travail des araignées ? Ne t'ai-je pas ordonné de faire briller les clous de notre porte ? Rien n'est fait ; c'est comme si j'étais boiteux, il me faut marcher le bâton à la main; et parce que, une fois entre autres, il m'arrive de passer trois jours de suite sur le forum, à tâcher, sans discontinuer, de trouver quelqu'un pour emprunter de l'argent à intérêt, ici, vous, pendant ce temps, vous dormez, à la maison, et le maître habite dans une porcherie, et non dans une maison. *(Il bat Léonidas.)* Tiens, voilà pour toi!

LIBAN : Étranger, je t'en supplie, défends-moi.

LE MARCHAND : Sauréa, je t'en prie, pour me faire plaisir, laisse-le aller.

LÉONIDAS : Eh bien, quelqu'un est-il venu payer le transport de l'huile ?

LIBAN : C'est payé.

LÉONIDAS : À qui a-t-on donné l'argent ?

LIBAN : À Stichus, ton homme de confiance, lui-même.

LÉONIDAS : Bah, tu cherches à m'amadouer; je sais que j'ai un homme de confiance, et qu'il n'y a pas un esclave dans la maison du maître qui vaille plus que lui. Mais le vin que j'ai vendu hier au marchand Exérambe, a-t-il été payé à Stichus ?

LIBAN : Je suppose que cela a été fait; car j'ai vu Exérambe lui-même amener ici un banquier[1].

LÉONIDAS : Je ne vendrai plus que comme cela; ce que je lui avais cédé, autrefois, à crédit, il m'a fallu presque une année pour rentrer dans mes fonds. Maintenant, il se presse, il amène même chez nous un banquier, sans qu'on le lui demande, et il fait un virement. Dromon a rapporté son salaire[2] ?

LIBAN : La moitié seulement, je crois.

LÉONIDAS : Et le reste ?

LIBAN : Il a dit qu'il le verserait dès qu'on le lui aurait versé à lui-même; qu'on le lui retenait jusqu'à ce qu'il ait terminé le travail pour lequel il avait été engagé.

LÉONIDAS : Et les coupes que j'ai prêtées à Philodamus, les a-t-il rapportées ?

LIBAN : Pas encore.

LÉONIDAS : Quoi ? Non ? Si tu veux perdre quelque chose, prête-le à un ami.

LE MARCHAND : Je n'en peux plus, par Hercule; il ne va pas tarder à me faire fuir d'ici, tant il est insupportable.

LIBAN, *à Léonidas et à part :* Dis donc, en voilà assez. Tu entends ce qu'il dit ?

LÉONIDAS : J'entends, j'arrête les frais.

LE MARCHAND : Enfin, je crois qu'il se tait. Le mieux, maintenant, c'est de l'aborder avant qu'il ne recommence son raffut. Quand vas-tu bien vouloir m'écouter ?

LÉONIDAS : Tiens ? Très bien; depuis combien de temps es-tu là ? Par Hercule, je ne t'avais pas vu. S'il te plaît, ne crois pas que je l'ai fait exprès, la colère m'avait aveuglé.

LE MARCHAND : C'est tout naturel. Mais, si Déménète est chez lui, je voudrais le voir.

LÉONIDAS : Celui-ci *(il montre Liban)* dit qu'il n'est pas là; mais si tu veux, malgré cela, me verser l'argent à moi-même, je t'assure qu'en retour ta dette sera réglée.

LE MARCHAND : Je préférerais que le versement soit fait en présence de ton maître Déménète.

LIBAN : Le maître le connaît, et il connaît bien son maître.

LE MARCHAND : Je le paierai en présence de son maître.

LIBAN : Paie-le, à mes risques et périls; je m'engage à ce que l'affaire soit correcte. Car si notre vieux apprend que l'on n'a pas eu confiance en celui-ci, il sera furieux; il lui fait entière confiance en tout et pour tout.

LÉONIDAS : Je m'en moque. Qu'il ne me paie pas, s'il refuse. Laisse-le là tout seul.

LIBAN : Donne l'argent, je te le répète; hélas, pauvre de moi, j'ai bien peur qu'il ne pense que c'est moi qui t'ai conseillé de ne pas avoir confiance en lui. Donne l'argent, je t'en prie, et n'aie pas peur. Il sera en bonnes mains.

LE MARCHAND : Je suis sûr qu'il le sera, aussi longtemps qu'il restera dans la mienne. Je suis étranger; je ne connais pas Sauréa.

LIBAN : Eh bien, fais sa connaissance!

LE MARCHAND : Que ce soit lui, que ce ne le soit pas, par Pollux, je n'en sais rien. Si c'est lui, il faut bien que ce soit lui; ce que je sais, moi, en tout cas, c'est que je ne donnerai pas cet argent à un homme dont je ne suis pas sûr qu'il soit le bon.

LÉONIDAS : Par Hercule, que tous les dieux le confondent! *(À Liban.)* Abstiens-toi d'ajouter un mot de prière! Il ne se sent plus, d'avoir en mains vingt mines. *(Au marchand.)* Personne ne peut les recevoir; rentre chez toi, va-t'en d'ici, ne nous ennuie pas.

LE MARCHAND : Tu t'emportes trop! Il ne convient pas à un esclave de montrer tant d'orgueil.

LÉONIDAS, *à Liban :* Il t'en cuira fort, si tu ne lui dis pas son fait.

LIBAN : Crapule, vaurien, tu ne vois pas qu'il est en colère ?

LÉONIDAS : Continue, allons!

LIBAN : Sale individu, donne-lui l'argent, je t'en prie, qu'il ne te couvre pas d'injures.

LE MARCHAND : Par Hercule, vous cherchez une rossée ?

LÉONIDAS : On te brisera les jambes, par Hercule, si tu ne malmènes pas cette canaille.

LIBAN : Je suis mort, par Hercule! Allons, canaille, coquin, tu n'as pas le cœur de me secourir, moi qui suis un coquin comme toi ?

LÉONIDAS : Tu continues à supplier un être aussi méchant ?

LE MARCHAND : Quoi donc ? Toi, un esclave, tu insultes un homme libre ?

LÉONIDAS : Va te faire rosser.

LE MARCHAND : C'est ce qui va t'arriver à toi-même, par Hercule, de te faire rosser, dès que j'aurai vu Déménète, tout à l'heure. Je t'assigne en justice[1].

LÉONIDAS : Je refuse.

LE MARCHAND : Tu refuses ? Penses-y bien!

LÉONIDAS : J'y pense.

LE MARCHAND : On vous punira, à ma demande, sur votre dos.

LÉONIDAS : Malheur à toi! On nous punirait pour te plaire, bourreau ?

LE MARCHAND : Oui, et même, pour vos injures, vous serez châtiés, à cause de moi, sans tarder.

LÉONIDAS : Quoi, pendard ? C'est toi qui le dis, gibier de potence ? Tu crois donc que nous ne voulons pas voir notre maître ? Viens, tout de suite, le trouver, mon maître, où tu m'appelles, et où tu voulais aller depuis si longtemps.

LE MARCHAND : Ah, tu te décides! De toute façon, tu n'auras pas de moi une seule pièce d'argent, si Déménète ne m'invite pas à te payer.

LÉONIDAS : À ta guise. Allons, marche. Tu insulterais les gens, et on ne te répondrait pas ? Je suis homme, aussi bien que toi.

LE MARCHAND : Oui, c'est vrai.

LÉONIDAS : Suis-moi, viens par ici. Soit dit sans offense, personne encore ne m'a accusé justement, et il n'y a personne à Athènes à qui l'on pense que l'on puisse faire autant confiance.

LE MARCHAND : Peut-être; mais pourtant, tu ne m'amèneras pas, aujourd'hui, à te confier cet argent, alors que je ne te connais pas. L'homme est pour l'homme un loup, non un homme, quand on ne sait pas quel il est.

LÉONIDAS : Maintenant, tu deviens plus aimable avec moi. Je savais bien que tu réparerais envers ton humble serviteur le tort que tu lui as fait. Quoique ma tunique soit sombre[1], je n'en suis pas moins quelqu'un de bien, et on ne peut compter mon pécule.

LE MARCHAND : Peut-être!

LÉONIDAS : Encore aujourd'hui, Périphane, le riche négociant rhodien, en l'absence de mon maître, et sans témoin, m'a versé un talent d'argent de la main à la main. Il a eu confiance en moi, et il n'a pas eu tort.

LE MARCHAND : Peut-être.

LÉONIDAS : Et toi-même, aussi, si tu t'étais renseigné sur moi auprès des gens, je sais bien, par Pollux, que tu me confierais maintenant l'argent que tu apportes.

LE MARCHAND : Je ne dirais pas non.

*Ils sortent tous deux vers la gauche.*

# ACTE III

## *SCÈNE PREMIÈRE*

CLÉÉRÈTE, PHILÉNIE

CLÉÉRÈTE : Alors, il m'est impossible de te faire obéir, quand je te défends quelque chose? Sans doute es-tu bien décidée à te dispenser de l'autorité de ta mère?

PHILÉNIE : Comment prier la Piété, si je cherchais à te complaire de la manière que tu me dis, ma mère?

CLÉÉRÈTE : C'est donc pratiquer la Piété, que de refuser d'obéir à sa mère? Est-ce bien, de t'opposer à mes instructions?

PHILÉNIE : Comment cela ? Je ne blâme pas les filles qui agissent bien, et je n'approuve pas non plus celles qui agissent mal.

CLÉÉRÈTE : Tu sais bien parler, l'amoureuse !

PHILÉNIE : Mère, c'est mon métier. La langue demande, le corps gagne, l'esprit demande, la circonstance conseille.

CLÉÉRÈTE : Je voulais te faire des reproches, et c'est toi qui viens m'accuser ?

PHILÉNIE : Non, par Pollux, je ne t'accuse pas, et je ne crois pas avoir le droit de le faire. Mais je déplore mon infortune, alors que je suis empêchée de voir celui que j'aime.

CLÉÉRÈTE : Me sera-t-il permis à moi de parler, à un moment quelconque de la journée ?

PHILÉNIE : Je te cède et mon tour de parole et le tien. Pour parler et pour me taire, c'est à toi de commander la cadence. Mais, par Pollux, si j'abandonne la rame, si je me retire seule dans la cabine, toute la marche de la maisonnée s'arrête !

CLÉÉRÈTE : Qu'est-ce que tu dis ? Ai-je jamais vu une seule fille plus effrontée ? Combien de fois t'ai-je interdit d'appeler Argyrippe, le fils de Déménète, de le caresser, ou de lui parler, voire de le regarder ? Que t'a-t-il donné ? Qu'a-t-il fait apporter chez nous ? Penses-tu que des paroles tendres soient de l'or, que des grands mots soient des cadeaux ? Tu es amoureuse de lui, tu vas le chercher, tu le fais venir près de toi. Et ceux qui paient, tu te moques d'eux ; de ceux qui se jouent de nous, tu es folle. Crois-tu devoir attendre, si quelqu'un te promet de te rendre riche une fois sa mère morte ? Par Castor, nous risquons fort, nous et toute la maisonnée, en attendant qu'elle meure, de mourir nous-mêmes de faim. Aussi, maintenant, s'il ne m'apporte pas vingt mines d'argent, par Castor, on le mettra à la porte, ce généreux donneur de larmes. Aujourd'hui est le dernier jour où il peut prétexter son dénuement.

PHILÉNIE : Je ne protesterai pas, si tu m'ordonnes de me passer de nourriture, ma mère.

CLÉÉRÈTE : Je ne te défends pas d'avoir pour amants ceux qui paient pour que tu fasses l'amour avec eux.

PHILÉNIE : Mais si mon cœur est pris, ma mère, que puis-je faire ? Dis-le-moi !

CLÉÉRÈTE : Tiens, regarde ma tête, si tu penses vraiment à ce qui est ton intérêt.

PHILÉNIE : Même le berger, ma mère, qui fait paître les brebis d'autrui, en possède une en propre, pour conserver l'espérance. Permets que j'aime Argyrippe, et lui seul, pour mon plaisir, c'est lui que je veux.

CLÉÉRÈTE : Rentre; jamais je n'ai rien vu de plus effronté que toi.

PHILÉNIE : Tu as habitué ta fille, ma mère, à obéir à ta parole.

## *SCÈNE II*

### LIBAN, LÉONIDAS

LIBAN : Louons et remercions grandement Mauvaise Foi : elle le mérite, au moment où par nos escroqueries, nos ruses et nos astuces, confiants en nos épaules, forts de la valeur des verges d'orme[1]... Nous qui, en face des aiguillons, des lames ardentes, des croix, des entraves, des fers, des chaînes, des cachots, des colliers, des boulets et des garrots, des masseurs vigoureux, qui connaissent notre dos et qui souvent dans le passé ont laissé sur nos épaules des cicatrices... Voici que ces légions, ces troupes et ces armées qu'ils forment, après une lutte acharnée, de vive force, devant nos faux serments, ont dû prendre la fuite. Ce résultat, nous le devons à la valeur de mon collègue ici présent et à l'aide que je lui ai portée[2]. Est-il un héros plus courageux que moi pour endurer les coups ?

LÉONIDAS : Par Pollux, tu ne saurais louer tes exploits aussi bien que moi, tout ce que tu as fait de mal en paix comme en guerre. Ah oui, par Pollux, on peut en raconter beaucoup, sur tes titres de gloire : chaque fois que tu as trompé quelqu'un qui se fiait à toi, chaque fois que tu as été infidèle à ton maître, chaque fois qu'en termes solennels, sciemment, délibérément, tu as prononcé un faux serment, chaque fois que tu as percé un mur, que tu as été pris en flagrant délit de vol, toutes les fois où tu as plaidé ta cause, les pieds pendants, en face de huit forts gaillards bien décidés, de solides fouetteurs.

LIBAN : J'avoue sans détour, Léonidas, que ce que tu dis là est bien vrai; mais, par Pollux, on peut aussi énumérer bien des méfaits de ta part, et en toute vérité : chaque fois que, sciemment, tu as trompé qui te faisait confiance, où tu as été pris en flagrant délit de vol, et fouetté, où tu as fait un faux serment, où tu as porté la main sur un objet consacré, où tu as valu aux maîtres dommage, ennui, déshonneur, mille fois, où tu as nié avoir reçu un dépôt à toi confié, où tu as été plus fidèle à ta petite amie qu'à ton ami, où tu as épuisé, mille fois, par la dureté de ton cuir, huit solides licteurs, munis de souples verges d'orme! Ai-je mal témoigné ma reconnaissance en louant mon collègue ?

LÉONIDAS : Tu t'en es tiré comme il convenait à moi, à toi, et à nos talents.

LIBAN : Ne pense plus à cela et réponds à ma question.

LÉONIDAS : Pose-moi celle que tu voudras.

LIBAN : Les vingt mines d'argent, tu les as ?

LÉONIDAS : Tu es devin. Par Pollux, le vieux Déménète a été gentil pour nous! Comme il s'est prêté à faire semblant que j'étais Sauréa! J'ai eu toutes les peines du monde à ne pas éclater de rire lorsqu'il a attrapé l'étranger parce qu'en son absence il avait refusé de me faire confiance. Comme il s'est bien souvenu de m'appeler Sauréa, et intendant!

LIBAN : Attends un peu.

LÉONIDAS : Qu'y a-t-il ?

LIBAN : N'est-ce point Philénie qui sort de chez elle, avec Argyrippe ?

LÉONIDAS : Boucle-la; c'est lui; espionnons-les un peu.

LIBAN : Elle pleure, il pleure et elle le retient par le pan de son manteau. Qu'est-ce que cela signifie ?

LÉONIDAS : Ne disons rien, écoutons.

LIBAN : Tt, tt, je viens d'avoir une idée; j'aurais bien voulu avoir une gaule.

LÉONIDAS : Et pour quoi faire.

LIBAN : Pour taper sur les ânes, si par hasard ils se mettaient à braire, ici, dans ma bourse.

## *SCÈNE III*

### ARGYRIPPE, PHILÉNIE, LIBAN, LÉONIDAS

ARGYRIPPE : Pourquoi me retiens-tu ?

PHILÉNIE : Parce que je t'aime et que quand tu n'es pas là tu me manques.

ARGYRIPPE : Adieu.

PHILÉNIE : Ah, je me porterais bien mieux si tu restais avec moi !

ARGYRIPPE : Bonne santé.

PHILÉNIE : Tu veux que je sois en bonne santé, alors que ton départ me rend malade ?

ARGYRIPPE : Ta mère a fait mon oraison funèbre; elle m'a enjoint de retourner chez moi.

PHILÉNIE : Elle enterrera sa fille avant l'âge, si je dois vivre sans toi.

LIBAN, *à Léonidas :* Par Hercule, notre homme vient d'être mis à la porte !

LÉONIDAS : Sans aucun doute.

ARGYRIPPE : Laisse-moi aller, je te prie.

PHILÉNIE : Où t'en vas-tu, maintenant ? Pourquoi ne restes-tu pas ici ?

ARGYRIPPE : Toute la nuit, si tu le veux, je resterai.

LIBAN : Tu entends comme il est généreux de son service de nuit ? Pendant la journée, on le voit occupé, comme un nouveau Solon, à rédiger des lois pour contraindre le peuple[1]. Niaiseries ! Ceux qui se plieraient à obéir à ses lois, assurément ne seraient jamais des gens rangés, ils passeraient leurs jours et leurs nuits à boire.

LÉONIDAS : Par Hercule, il ne la quitterait pas d'une semelle, s'il en avait le pouvoir, bien qu'il ait l'air pressé et menace de la laisser seule.

LIBAN : Cesse donc de bavarder, que je puisse entendre ce qu'il dit.

ARGYRIPPE : Adieu !

PHILÉNIE : Où vas-tu si vite ?

ARGYRIPPE : Porte-toi bien; je te verrai chez Orcus[2]; car, pour moi, je vais au plus tôt abandonner cette vie.

PHILÉNIE : Pourquoi, je t'en supplie, souhaites-tu me voir mourir, moi qui ne t'ai rien fait ?

ARGYRIPPE : Moi, que je... ? Toi pour qui, si je te savais en danger, je sacrifierais ma vie, et prendrais sur la mienne pour ajouter à la tienne !

PHILÉNIE : Pourquoi, alors, menaces-tu de quitter cette vie ? Que crois-tu que je ferai, si tu fais ce que tu dis ? Je suis décidée à faire moi-même pour moi tout ce que tu feras pour toi.

ARGYRIPPE : Oh, tu m'es plus douce que le miel doux !

PHILÉNIE : Et toi, tu es ma vie pour moi. Prends-moi dans tes bras.

ARGYRIPPE : Je le fais bien volontiers !

PHILÉNIE : Puissions-nous entrer ainsi dans la mort !

LÉONIDAS, *à part :* Ô Liban, comme on est à plaindre, quand on aime !

LIBAN : Dis plutôt, par Hercule, qu'on est encore plus à plaindre, attaché à la poutre.

LÉONIDAS : Je le sais, j'en ai fait l'expérience. Encerclons-les ; l'un par ici, l'autre par là, abordons-les. — Maître, salut ! Est-ce que, par hasard, c'est une femme de fumée que tu tiens là dans tes bras ?

ARGYRIPPE : Comment cela ?

LÉONIDAS : Parce que tes yeux sont tout larmoyants ; d'où ma question.

ARGYRIPPE : Celui qui devait un jour devenir votre patron, vous ne l'avez plus !

LÉONIDAS : Pour ma part, je n'ai rien perdu, parce que je n'ai jamais eu de patron[1].

LIBAN : Philénie, salut !

PHILÉNIE : Puissent les dieux vous donner tout ce que vous pouvez souhaiter !

LIBAN : Une nuit avec toi et un tonneau de vin : voilà ce que je voudrais, si on exauce les vœux.

ARGYRIPPE : N'ajoute pas un mot, pendard !

LIBAN : C'est pour toi, non pour moi, que je forme ce vœu.

ARGYRIPPE : Dans ce cas, dis ce qui te plaît.

LIBAN : Par Hercule, ce serait de fouetter cet individu. *(Il montre Léonidas.)*

LÉONIDAS : Qui pourrait donc t'écouter, mignon frisé ? Tu me fouetterais, toi, dont le régime est d'être fouetté ?

ARGYRIPPE : Comme votre sort, Liban, l'emporte de loin sur le mien ; car je ne vivrai pas jusqu'à la fin du jour présent !

LIBAN : Et pourquoi cela, s'il te plaît ?

ARGYRIPPE : Parce que je suis amoureux d'elle, et qu'elle est amoureuse de moi ; et que je n'ai rien, absolument pas un sou à lui donner. Aussi sa mère, en dépit de mon amour, m'a mis à la porte de chez elle. Et ce sont vingt mines d'argent qui m'ont acculé à la mort, vingt mines qu'aujourd'hui le jeune Diabole a promis de lui donner, à la condition qu'elle n'envoie sa fille chez personne d'autre que chez lui, pendant tout un an. Tu vois le pouvoir de vingt mines, ce qu'elles peuvent faire ? Celui qui les perd est sauvé; moi qui ne peux les perdre, je suis perdu!

LIBAN : Il a déjà donné l'argent ?

ARGYRIPPE : Non.

LIBAN : Aie bon espoir; ne crains rien.

LÉONIDAS : Viens un peu à l'écart, Liban, j'ai besoin de toi.

LIBAN : À ton service.

ARGYRIPPE : Je vous en prie, tant que vous y êtes, embrassez-vous, vous serez mieux pour causer!

LIBAN : Les mêmes choses ne sont pas toujours aussi agréables pour tout le monde, sache-le, maître. Vous, les amants, vous avez plaisir à parler enlacés; moi, les enlacements de cet individu ne me tentent pas, et lui, il ne se plaît guère aux miens. Aussi, fais donc toi-même ce que tu nous conseilles de faire.

ARGYRIPPE : Certes, et bien volontiers; pendant ce temps, si vous le voulez, retirez-vous par là.

LÉONIDAS, *à l'écart, à Liban :* Tu veux qu'on s'amuse un peu du maître ?

LIBAN : Il le mérite bien.

LÉONIDAS : Veux-tu que je m'arrange pour que, en sa présence, Philénie me prenne dans ses bras ?

LIBAN : J'aimerais bien!

LÉONIDAS : Suis-moi par là!

*Ils reviennent vers les jeunes gens.*

ARGYRIPPE : Y a-t-il un espoir de salut ? Vous avez assez bavardé.

LÉONIDAS : Écoutez-moi, faites attention à ce que je vous dis, buvez mes paroles! d'abord, nous ne nions pas être tes esclaves; mais si l'on te procure vingt mines d'argent, comment nous appelleras-tu ?

ARGYRIPPE : Affranchis!

LÉONIDAS : Pas tes patrons ?

ARGYRIPPE : Si, plutôt.

LÉONIDAS : Il y a vingt mines, ici, dans cette sacoche : si tu le veux, je te les donnerai.

ARGYRIPPE : Puissent les dieux veiller sur toi à jamais, sauveur de ton maître, honneur du peuple, source de richesses, salut des hommes, général des amours ! Pose cette sacoche, mets-la tout simplement à mon cou.

LÉONIDAS : Ah non, je ne veux pas, toi qui es mon maître, que tu portes ce fardeau à ma place.

ARGYRIPPE : Mais non, décharge-toi de ce que tu portes et donne-le-moi.

LÉONIDAS : Non, je serai le porteur et toi, comme il sied à un maître, tu marcheras devant, sans rien porter.

ARGYRIPPE : Eh bien ?

LÉONIDAS : Quoi ?

ARGYRIPPE : Tu ne me donnes pas la sacoche, que je sente son poids sur mon épaule ?

LÉONIDAS : Dis-lui plutôt à elle, à qui tu vas la remettre, de me la demander et de s'adresser directement à moi ; car c'est un endroit bien glissant, où tu m'invites à déposer ce sac.

PHILÉNIE : Mon petit cœur, ma rose, ma vie, mon bonheur, Léonidas, donne-moi cet argent ; nous nous aimons, ne nous sépare pas.

LÉONIDAS : Dis-moi donc que je suis ton petit moineau, ta poule, ta caille, ton agnelet, que je suis ton petit chevreau, ou ton petit veau ; prends-moi par les oreilles, place tes lèvres sur mes lèvres.

ARGYRIPPE : Qu'elle te donne un baiser, pendard ?

LÉONIDAS : Qu'est-ce que tu as à y redire ? Eh bien, par Pollux, tu n'auras pas la bourse, si on ne me frotte les genoux.

ARGYRIPPE : La pauvreté impose tous les sacrifices : frottons-les. Tu me donnes ce que je te demande ?

PHILÉNIE : Allons, mon petit Léonidas, je t'en supplie, donne le salut à ton maître amoureux : achète-lui ta liberté au prix de ce bienfait, fais de lui ton propre esclave, avec cet argent.

LÉONIDAS : Tu es trop gentille et trop charmante, et si cet argent était à moi, tes prières ne me laisseraient pas sourd ; mais c'est lui qu'il vaut mieux prier *(montrant Liban)* ; c'est lui qui m'a donné cette sacoche à garder. Va, ma toute belle, vas-y bellement. *(Il jette la bourse à Liban.)* Attrape, s'il te plaît, Liban.

ARGYRIPPE : Gibier de potence, tu viens encore de me rouler ?

LÉONIDAS : Je m'en garderais bien, par Hercule, si tu ne me frottais aussi mal les genoux. *(À Liban.)* Vas-y, maintenant, à ton tour, de ridiculiser celui-ci et d'embrasser la fille.

LIBAN : Ne dis rien; regarde-moi!

ARGYRIPPE : Allons trouver l'autre, Philénie : c'est un brave garçon, et qui ne ressemble pas à l'autre, qui est un voleur.

LIBAN : Promenons-nous de long en large[1]. Maintenant, ils vont venir me supplier, à mon tour.

ARGYRIPPE : Je t'en prie, Liban, si tu veux que ton maître soit sauvé grâce à toi, donne-moi ces vingt mines que tu as : tu vois que je suis amoureux et que je n'ai rien à donner.

LIBAN : On verra; je veux bien; mais reviens ici à la nuit tombante. Pour le moment, dis à celle-ci de m'adresser sa demande et de s'entendre avec moi.

PHILÉNIE : Faut-il que je sois gentille avec toi, pour obtenir ce que je veux, ou que je te donne un baiser ?

LIBAN : À vrai dire, les deux.

PHILÉNIE : Alors, je t'en supplie, toi aussi, sauve-nous, tous les deux.

ARGYRIPPE : Ô Liban, ô mon patron, donne-moi ce que tu tiens; il est plus convenable que ce soit l'affranchi qui porte les paquets, en chemin, plutôt que le maître.

PHILÉNIE : Mon cher Liban, mon petit œil en or, présent, trésor d'amour, s'il te plaît, je ferai ce que tu voudras, donne-nous cet argent.

LIBAN : Alors, dis que je suis ton petit canard, ta petite colombe, ton petit chien, ton hirondelle, ta petite corneille, ton poussin de moineau; transforme-moi en serpent rampant, pour que j'aie la langue double, fais-moi un collier de tes bras, accroche-toi à mon cou.

ARGYRIPPE : Qu'elle se pende à ton cou, bourreau ?

LIBAN : Qu'y trouves-tu tant à redire ? Tu ne m'auras pas ainsi outragé en vain; tu seras mon cheval, si tu espères obtenir cet argent!

ARGYRIPPE : Que je sois ton cheval ?

LIBAN : Et moi que je te cède l'argent autrement ?

ARGYRIPPE : Je suis perdu, par Hercule! Mais si tu trouves convenable qu'un maître serve de cheval à un esclave, monte!

LIBAN : C'est comme cela qu'on dompte les orgueilleux! Mets-toi comme autrefois, comme tu faisais lorsque tu étais petit : tu sais ce que je veux dire ?

*(Argyrippe se met à quatre pattes.)* Voilà, comme cela! Allons, bravo! Il n'y a pas de cheval qui soit plus brave cheval que toi.

ARGYRIPPE : Monte vite!

LIBAN : Oui, je vais le faire. Hein ? Qu'est-ce que c'est ? C'est comme cela que tu marches ? Je réduirai ton picotin d'orge, si tu ne prends pas le trot.

ARGYRIPPE : S'il te plaît, Liban, ça suffit!

LIBAN : Non, je ne céderai pas, aujourd'hui, à tes prières; je vais, à coups d'éperons, te faire monter la côte au galop; ensuite, je te donnerai aux gens du moulin, pour qu'on te fasse courir de force. Arrête! Que je descende maintenant sur la pente, bien que tu ne vailles rien.

ARGYRIPPE : Et maintenant, s'il te plaît ? Puisque vous vous êtes amusés de nous autant que vous l'avez voulu, est-ce que vous nous donnez l'argent ?

LIBAN : Oui, si tu m'élèves une statue et un autel, et si, comme à un dieu, tu m'immoles ici un bœuf; car je suis le dieu Salut!

LÉONIDAS : Non, maître, éloigne cet individu et viens me trouver, moi, donne-moi, à moi, les honneurs qu'il réclame, et adresse-moi tes prières.

ARGYRIPPE : Et en tant que quel dieu t'invoquerai-je ?

LÉONIDAS : Sous le nom de la Fortune, et de la Fortune obéissante!

ARGYRIPPE : Alors, tu vaux mieux que lui.

LIBAN : Mais qu'y a-t-il de meilleur pour l'homme que le Salut ?

ARGYRIPPE : On peut louer la Fortune sans décrier pour cela le Salut.

PHILÉNIE : Par Castor, ce sont deux bonnes divinités.

ARGYRIPPE : J'en serai sûr, une fois qu'elles m'auront accordé quelque bienfait.

LÉONIDAS : Dis ce que tu veux qu'il t'arrive de bien.

ARGYRIPPE : Et si je forme un vœu ?

LÉONIDAS : Tu seras exaucé.

ARGYRIPPE : Je souhaite que, pendant une année entière, elle demeure avec moi!

LÉONIDAS : Exaucé!

ARGYRIPPE : Vraiment ?

LÉONIDAS : Sans aucun doute, te dis-je.

LIBAN : Viens me trouver à mon tour, et recommence

l'expérience. Souhaite ce que tu désires le plus obtenir; et ça arrivera!

ARGYRIPPE : Que pourrais-je souhaiter de plus que ce dont je suis dépourvu ? Vingt mines d'argent comptant, pour les donner à sa mère.

LIBAN : Tu les auras. Tâche d'avoir bon espoir : ce que tu as souhaité te sera accordé.

ARGYRIPPE : Comme de coutume, Salut et Fortune déçoivent les hommes.

LÉONIDAS : C'est moi qui ai été la tête, aujourd'hui, pour trouver cet argent!

LIBAN : Et moi le pied.

ARGYRIPPE : À ce que vous dites, on ne voit ni queue ni tête. Et je ne puis comprendre ni ce que vous dites ni pourquoi vous vous amusez de moi.

LIBAN : Assez joué, pour l'instant, je pense; maintenant, disons la chose comme elle est. Écoute-moi, s'il te plaît, Argyrippe; ton père nous a dit de t'apporter l'argent que voici.

ARGYRIPPE : Comme vous avez bien choisi le moment et l'occasion pour me l'apporter!

LIBAN : Tu trouveras là-dedans vingt mines bien sonnantes, et mal acquises. Il nous a dit de te les donner, à certaines conditions.

ARGYRIPPE : Quelles conditions, je vous prie ?

LIBAN : Que tu lui accordes une nuit de la belle et que tu l'invites à dîner.

ARGYRIPPE : Dis-lui de venir, je te prie; il aura bien mérité que nous fassions ce qu'il souhaite, car notre amour était en déroute, et il l'a remis en bon ordre.

LÉONIDAS : Tu toléreras, Argyrippe, que ton père tienne ton amie dans ses bras ?

ARGYRIPPE : Cette sacoche fera en sorte que je prenne patience. Léonidas, cours, s'il te plaît; va dire à mon père qu'il vienne ici.

LÉONIDAS : Il y a longtemps qu'il est là-dedans. *(Il montre la maison de Philénie.)*

ARGYRIPPE : En tout cas, il n'est point passé par ici.

LÉONIDAS : Il a pris la ruelle, et a fait le tour par le jardin, en cachette, pour que personne de la maisonnée ne l'aperçoive en train de se rendre ici. Il a eu peur que sa femme ne l'apprenne. Si ta mère savait, au sujet de l'argent, ce qui s'est passé...

ARGYRIPPE : Hé là! pas de paroles imprudentes!
LIBAN : Entrez vite.
ARGYRIPPE : Portez-vous bien!
LÉONIDAS : Et vous, aimez-vous bien.

# ACTE IV

## *SCÈNE PREMIÈRE*

### Diabole, le Parasite

DIABOLE : Voyons, montre-moi le contrat que tu as rédigé, entre moi, ma maîtresse et la marchande de filles. Lis-m'en toutes les clauses; car, en de pareilles matières, il n'y a pas d'artiste comparable à toi.

LE PARASITE : Je vais donner le frisson à la marchande, quand elle entendra les clauses.

DIABOLE : Allons, je t'en prie, lis-moi bien tout, par Hercule.

LE PARASITE : Tu écoutes ?

DIABOLE : J'écoute.

LE PARASITE : « Diabole, fils de Glaucus, a donné à Cléérète, la marchande de filles, vingt mines d'argent, à titre gratuit, pour que Philénie demeure avec lui nuit et jour pendant toute l'année à courir. »

DIABOLE : Et avec personne d'autre.

LE PARASITE : Je l'ajoute ?

DIABOLE : Ajoute-le, et prends garde d'écrire nettement et comme il faut.

LE PARASITE : « Qu'aucun étranger ne soit admis dans la maison. Qu'elle l'appelle un ami, ou un patron, ou qu'elle prétende que c'est l'amant d'une amie[1], que la porte soit fermée pour tout le monde, sauf pour toi; qu'elle écrive sur la porte qu'elle est prise. De même, dirait-elle qu'on vient de lui apporter une lettre de l'étranger, qu'il n'y ait aucune lettre dans la maison, ni non plus aucune tablette de cire; et s'il y a dans la maison une peinture hors d'usage[2], qu'elle la vende; si, dans les trois jours, elle ne s'en est pas débarrassée, après qu'elle aura touché l'argent, tu auras pleine et entière liberté : tu la brûleras, si tu le souhaites, de façon qu'elle n'ait pas de cire pour y écrire une lettre. Qu'elle n'invite personne à dîner; c'est toi qui feras les invitations. Qu'elle ne lève les yeux vers aucun des convives; si son regard tombe sur un autre, qu'elle devienne aussitôt aveugle. Que dorénavant elle ne boive qu'à la même coupe que toi, qu'elle recevra de ta main, elle boira à ta santé, et tu boiras ensuite, pour qu'elle n'en sache ni plus ni moins que toi-même[1]. »

DIABOLE : Cela me plaît beaucoup.

LE PARASITE : « Elle se gardera d'éveiller tout soupçon; elle ne posera son pied sur celui de personne, quand elle se lèvera; et non plus, quand elle montera sur le lit voisin, et quand elle en descendra, elle ne donnera la main à personne. Qu'elle ne fasse voir à personne sa bague, qu'elle ne demande celle de personne. Elle ne présentera les osselets à personne, sinon à toi. En les jetant, qu'elle ne dise pas " à toi ", mais qu'elle donne ton nom. Qu'elle invoque la déesse qu'elle voudra, pour se la rendre propice, mais pas de dieu : si elle a des scrupules, qu'elle te le dise; toi, tu formuleras au dieu les prières qui le concilieront. Elle ne fera à âme qui vive aucun signe de tête, clin d'œil, geste d'acquiescement. Ensuite, si la lampe vient à s'éteindre, qu'elle ne bouge aucune partie du corps dans l'obscurité. »

DIABOLE : Excellent! C'est ce qu'elle doit faire... mais, dans la chambre... raye cela; pour moi, j'ai bonne envie qu'elle bouge. Je ne veux pas qu'elle ait un prétexte et dise que c'est défendu.

LE PARASITE : Je comprends, tu crains les chicanes.

DIABOLE : Certes.

LE PARASITE : Bien, comme tu le veux, je vais le rayer.

DIABOLE : Naturellement.

LE PARASITE : Écoute le reste.

DIABOLE : Parle, j'écoute.

LE PARASITE : « Qu'elle ne prononce jamais un mot à double entente, qu'elle ne sache parler que la langue attique. Si par hasard elle se met à tousser, qu'elle ne tousse pas comme cela, en tirant la langue à quelqu'un en toussant. Si elle fait semblant d'avoir le nez qui coule, qu'elle ne fasse pas ainsi : c'est toi qui essuieras sa lèvre, sans lui permettre d'envoyer à quelqu'un un baiser publiquement. Et que sa mère et entremetteuse ne soit pas admise pendant ce temps à boire notre vin, et qu'elle ne dise d'injures à personne. Si elle en dit, qu'on la punisse en la privant de vin pendant vingt jours. »

DIABOLE : Jolie rédaction; habile contrat!

LE PARASITE : « Ensuite, si elle ordonne à une servante de porter des couronnes ou des parfums à Vénus ou à l'Amour, qu'un esclave surveille si c'est bien à Vénus qu'elle les remet, ou à un homme. Si elle dit qu'elle veut rester chaste, qu'elle rende autant de nuit d'amour qu'elle en aura eu de chastes. » Ce ne sont pas là des plaisanteries, ni des propos de funérailles[1].

DIABOLE : Ces clauses me plaisent parfaitement. J'entre, viens avec moi.

LE PARASITE : Je te suis.

*Ils entrent chez Cléérète.*

## *SCÈNE II*

DIABOLE, LE PARASITE, *ressortant de la maison.*

DIABOLE : Viens avec moi. Moi, je laisserais passer cela ? Je ne dirais rien ? J'aimerais mieux mourir, plutôt que de ne pas dénoncer l'affaire à sa femme. Dis donc, toi *(il interpelle Déménète, dans la maison de Philénie)*, tu ferais le jeune homme chez une maîtresse, à ta femme tu dirais non, et tu alléguerais ton âge ? Tu enlèverais une fille à son amant, et tu jetterais de l'argent à l'entremetteuse ? Tu pillerais subrepticement ta femme dans ta propre maison ? Je me pendrais plutôt que de te laisser te tirer de tout cela sans scandale. Par Hercule, je vais de ce pas chez celle que, si l'on ne t'en empêche pas, tu auras vite fait de ruiner, je le sais, pour suffire aux dépenses de tes débauches.

LE PARASITE : C'est bien ce qu'il faut faire, à mon avis; mais il convient mieux que ce soit moi plutôt que toi qui accomplisse ouvertement cette démarche, pour qu'elle n'aille pas penser que c'est ta passion qui te fait agir de la sorte, plutôt que le souci de son intérêt à elle.

DIABOLE : Par Pollux, tu as grandement raison! Arrange-toi pour provoquer des ennuis à cet individu, lui soulever des histoires, en avertissant la dame qu'en compagnie de son fils, chez leur commune maîtresse, il boit, en plein jour[2], et qu'il la dépouille, elle!

LE PARASITE : J'y veillerai.
DIABOLE : Moi, je vais t'attendre à la maison.

# ACTE V

## *SCÈNE PREMIÈRE*

### ARGYRIPPE, DÉMÉNÈTE, PHILÉNIE

ARGYRIPPE : Allons, mettons-nous à table, mon père.
DÉMÉNÈTE : Comme tu voudras, mon enfant; allons-y!
ARGYRIPPE : Petits, apportez la table[1].
DÉMÉNÈTE : Cela ne t'est pas désagréable, mon fils, si elle prend place à côté de moi ?
ARGYRIPPE : La piété, mon père, épargne le chagrin à mes yeux; j'ai beau être amoureux d'elle, je puis cependant me résigner à ne pas être fâché qu'elle soit auprès de toi.
DÉMÉNÈTE : Il faut qu'un jeune homme soit respectueux, Argyrippe!
ARGYRIPPE : Certes, mon père, et tu mérites bien que je le sois.
DÉMÉNÈTE : Allons, dans ces conditions, passons un repas plaisant, à boire et à converser agréablement; je ne veux pas qu'il y ait de la crainte, je préfère qu'il y ait de l'affection, mon fils, entre toi et moi.
ARGYRIPPE : Mais, par Pollux, j'éprouve l'une et l'autre, comme le doit un fils.
DÉMÉNÈTE : Je te croirai, si je te vois joyeux.
ARGYRIPPE : Tu crois peut-être que je suis triste ?
DÉMÉNÈTE : Je le crois, en voyant que tu es aussi chagrin que si l'on venait de te signifier une assignation!
ARGYRIPPE : Ne dis pas cela.
DÉMÉNÈTE : Ne sois pas ainsi, et aussitôt je me tairai.
ARGYRIPPE : Regarde-moi, tiens, je ris.
DÉMÉNÈTE : Puissent ceux qui me veulent du mal rire de la sorte!
ARGYRIPPE : Je sais bien, mon père, pourquoi tu crois que maintenant je suis triste avec toi : parce qu'elle est auprès de toi. Eh bien, certes, par Hercule, mon père, à

te dire vrai, cela me tracasse; non que je ne souhaite pas ce que tu désires toi-même; mais je suis amoureux d'elle; si une autre était avec toi, je pourrais m'en consoler le plus aisément du monde!

DÉMÉNÈTE : Mais c'est celle-ci que je désire.

ARGYRIPPE : Donc, tu as ce que tu souhaites; moi, je voudrais bien avoir ce que je souhaite!

DÉMÉNÈTE : Pour aujourd'hui, résigne-toi, puisque je t'ai donné le moyen d'être avec elle une année entière, et que j'ai fourni l'argent pour tes amours.

ARGYRIPPE : Ah, qu'en agissant ainsi, tu m'as fait ton obligé!

DÉMÉNÈTE : Alors, pourquoi ne me montres-tu pas un visage riant ?

## *SCÈNE II*

ARTÉMONE, LE PARASITE, DÉMÉNÈTE, ARGYRIPPE, PHILÉNIE

ARTÉMONE, *entrant avec le Parasite :* Ainsi, tu m'assures que mon mari est ici à boire, s'il te plaît, avec mon fils, et qu'il a versé à la fille vingt mines d'argent, et que mon fils est au courant de la conduite scandaleuse de son père ?

LE PARASITE : Qu'il s'agisse d'hommes ou de dieux, ne me crois plus jamais à partir de maintenant, Artémone, si tu constates que je t'ai menti dans cette affaire.

ARTÉMONE : Nigaude que j'étais, de penser que mon mari était, entre tous, un homme sérieux, sobre, économe, tempérant, et fort épris de sa femme!

LE PARASITE : Maintenant, sache désormais que c'est un individu sans aveu, ivrogne, vaurien, débauché, et qui déteste sa femme.

ARTÉMONE : Par Pollux, si ce que tu dis n'était pas vrai, jamais il ne ferait ce qu'il fait maintenant.

LE PARASITE : Et moi aussi, par Hercule, jusqu'ici je l'avais toujours considéré comme un homme sérieux; mais en agissant de la sorte il se montre tel qu'il est, en buvant avec son fils, en fréquentant avec lui la même maîtresse, lui, un vieillard décrépit!

ARTÉMONE : Voilà donc, par Castor, la raison pour laquelle il va chaque jour dîner en ville! Il prétend qu'il va chez Archidémos, Chaeréa, Chaerestratos, Clinias, Chrémes, Cratinos, Dinias, Démosthène; et il est chez des filles, à donner le mauvais exemple à ses fils, il fréquente les bouges.

LE PARASITE : Pourquoi n'ordonnes-tu pas à tes servantes de le prendre et de le ramener sur leurs épaules à la maison ?

ARTÉMONE : Tais-toi un peu; je saurai, par Castor, lui faire la vie dure.

LE PARASITE : Cela, je le sais, qu'il aura la vie dure, aussi longtemps qu'il sera ton époux.

ARTÉMONE : C'est aussi mon avis. Et je croyais que cet individu se fatiguait au sénat, ou pour ses clients; qu'il s'y épuisait et que, pour cette raison, il ronflait toute la nuit. C'est pour s'être fatigué en se dépensant au-dehors que, chaque nuit, il vient près de moi n'en pouvant plus; il laboure le champ d'autrui, il laisse inculte le champ familial. Et ce débauché, de plus, débauche son propre fils.

LE PARASITE : Viens donc avec moi; je te le ferai prendre en flagrant délit.

ARTÉMONE : Il n'est rien, par Castor, qui puisse me faire plus de plaisir.

LE PARASITE : Attends un peu!

ARTÉMONE : Quoi ?

LE PARASITE : Pourrais-tu, si tu venais à voir ton mari installé à table, une couronne sur la tête et tenant une maîtresse dans les bras, pourrais-tu le reconnaître ?

ARTÉMONE : Je le pourrais, par Castor!

LE PARASITE, *il la conduit devant la maison de Philénie :* Tiens, voici l'homme!

ARTÉMONE : Je suis morte!

LE PARASITE : Attends encore un peu : tâchons de surprendre, de notre embuscade, sans bruit, ce qu'ils font.

ARGYRIPPE : As-tu fini, mon père, de l'embrasser ?

DÉMÉNÈTE : J'avoue, mon fils...

ARGYRIPPE : Qu'avoues-tu ?

DÉMÉNÈTE : Que je suis éperdu d'amour pour elle.

LE PARASITE : Tu entends ce qu'il dit ?

ARTÉMONE : J'entends.

DÉMÉNÈTE : Je ne déroberais pas chez nous à ma femme le manteau qu'elle préfère, et je ne te le porterais pas ?

Non, certes, on ne pourrait m'en empêcher, même en me faisant grâce d'un an de la vie de ma femme!

LE PARASITE : Crois-tu que c'est aujourd'hui la première fois qu'il va dans un mauvais lieu ?

ARTÉMONE : C'est lui, par Castor, qui me dépouillait, et moi qui soupçonnais mes servantes, et qui les faisais torturer, les pauvres, qui n'avaient rien fait.

ARGYRIPPE : Père, fais donner du vin; il y a bien longtemps que j'ai bu la première coupe.

DÉMÉNÈTE : Petit, donne à boire, en commençant par le haut[1]; et toi *(à Philénie)*, pendant ce temps, d'en bas, donne-moi un baiser.

ARTÉMONE : Je suis morte, pauvre de moi! Comme il lui donne un baiser, le bourreau, digne ornement du cercueil!

DÉMÉNÈTE : Par Pollux, tu as l'haleine autrement douce que ma femme.

PHILÉNIE : Dis-moi, s'il te plaît, ta femme a mauvaise haleine ?

DÉMÉNÈTE : Pouah, j'aimerais mieux boire de l'eau de sentine, s'il le fallait, plutôt que de l'embrasser.

ARTÉMONE : Par Castor, il me paiera tout cela avec usure; s'il revient aujourd'hui à la maison, la principale vengeance que j'en tirerai sera de lui donner des baisers.

PHILÉNIE : Tu es bien malheureux, par Castor.

ARTÉMONE : Par Castor, il le mérite.

ARGYRIPPE : Que dis-tu, mon père ? Aimes-tu ma mère ?

DÉMÉNÈTE : Moi ? Je l'aime pour l'instant, parce qu'elle n'est pas là.

ARGYRIPPE : Et quand elle est là ?

DÉMÉNÈTE : Je souhaite qu'elle soit morte.

LE PARASITE : Cet individu t'aime, autant qu'il le dit.

ARTÉMONE : Tiens, tiens! Par Pollux, ce que tu viens de dire de moi te coûtera cher. Laisse faire; reviens seulement chez nous, je te montrerai le danger qu'il y a à parler mal d'une femme qui possède une dot[2]!

ARGYRIPPE : Jette les osselets, mon père, que nous les jetions à notre tour.

DÉMÉNÈTE : Volontiers. Que tu sois à moi, Philénie, et le mort pour ma femme! Voilà le coup de Vénus[3].

Petits, applaudissez, et donnez-moi, pour ce beau coup, un canthare de vin au miel !

ARTÉMONE : Je ne puis plus refouler...

LE PARASITE : Si tu n'as pas appris le métier de foulon, rien d'étonnant ; le mieux, c'est de lui sauter au visage...

ARTÉMONE, *elle entre chez Philénie :* Par Pollux, je vivrai ; et toi, aujourd'hui, tu te repentiras d'avoir formulé de pareils souhaits !

LE PARASITE, *à la cantonade :* Quelqu'un veut-il aller chercher le croque-mort ?

ARGYRIPPE : Mère, salut !

ARTÉMONE : Assez de salut !

LE PARASITE : Déménète est mort ! *(À part.)* Il est temps de m'en aller d'ici ; le combat s'engage d'une jolie façon. Je vais trouver Diabole, je lui dirai que j'ai fait ce qu'il m'avait demandé, et, en attendant, je lui conseillerai de nous mettre à table, tandis que les gens se disputent, ici. Et puis, demain, je l'emmènerai chez la marchande de filles, pour qu'il lui donne vingt mines, afin d'avoir, lui aussi, sa part des faveurs de la fille qu'il aime. J'espère qu'Argyrippe pourra se laisser fléchir et lui permettra de passer avec elle une nuit sur deux ; si je n'y parviens pas, j'aurai perdu mon seigneur ; l'amour le dévore si totalement...

ARTÉMONE, *à Philénie :* Qu'est-ce que c'est que cette façon de recevoir mon mari chez toi ?

PHILÉNIE : Par Pollux, il m'a presque fait mourir de dégoût !

ARTÉMONE : Debout, l'amoureux, rentre à la maison.

DÉMÉNÈTE : Je suis perdu.

ARTÉMONE : Oui, ne dis pas non, tu es assurément le plus grand vaurien du monde ; il est encore couché, le coucou ; debout, l'amoureux, rentre à la maison !

DÉMÉNÈTE : Malheur à moi !

ARTÉMONE : Tu devines juste. Debout, l'amoureux, rentre à la maison.

DÉMÉNÈTE, *à Philénie :* Écarte-toi un peu, s'il te plaît.

ARTÉMONE : Debout, l'amoureux, rentre à la maison.

DÉMÉNÈTE : Je t'en supplie, ma femme...

ARTÉMONE : Ah, maintenant tu te souviens que je suis ta femme ? Tout à l'heure, tandis que tu te répandais en insultes contre moi, j'étais ta bête noire, et non ta femme !

DÉMÉNÈTE : Je suis totalement mort!

ARTÉMONE : Eh bien ? Est-ce que l'haleine de ta femme sent mauvais ?

DÉMÉNÈTE : Elle sent la myrrhe.

ARTÉMONE : Tu n'as pas encore dérobé mon manteau pour le donner à la fille ?

PHILÉNIE : Par Castor, il a bien promis de te dérober ton manteau.

DÉMÉNÈTE : Veux-tu te taire ?

ARGYRIPPE : Et moi, je cherchais à l'en dissuader, ma mère!

ARTÉMONE : Gentil garçon! Ce sont là les manières qu'un père doit enseigner à ses enfants ? Tu n'as donc aucune honte ?

DÉMÉNÈTE : Eh bien, si je n'en ai pas d'autre, j'en ai à cause de toi, ma femme.

ARTÉMONE : Toi, coucou à tête blanche, il faut que ta femme t'arrache du mauvais lieu!

DÉMÉNÈTE : Je ne puis pas rester ? Le dîner est en train de cuire... Le temps, au moins, de dîner ?

ARTÉMONE : Par Castor, tu dîneras, aujourd'hui, d'une bonne raclée.

DÉMÉNÈTE : Triste coucher, pour moi, ce soir; jugé, je suis emmené à la maison par ma femme[1].

ARGYRIPPE : Je te disais bien, mon père, de ne pas mal penser de ta femme.

PHILÉNIE : N'oublie pas le manteau, s'il te plaît.

DÉMÉNÈTE, *à Argyrippe :* Veux-tu dire à cette fille de s'en aller ?

ARTÉMONE, *à Déménète :* Allons, à la maison!

PHILÉNIE : Donne-moi encore un baiser, avant que vous ne partiez!

DÉMÉNÈTE : Va te faire pendre!

PHILÉNIE : Vas-y plutôt toi-même! *(À Argyrippe.)* Viens ici avec moi, mon petit cœur.

ARGYRIPPE : Oui, je te suis.

LE CHEF DE LA TROUPE

Si le vieux que vous avez vu a cherché du bon temps en cachette de sa femme, il n'a rien fait de nouveau ni d'extraordinaire, il a simplement fait comme les autres;

et personne n'a le cœur si dur, la volonté si ferme que, l'occasion se présentant, il ne se donne du plaisir. Maintenant, si vous voulez intercéder pour que ce vieillard ne soit pas battu, nous pensons que vous pouvez l'obtenir, à condition que vous applaudissiez bien fort.

# LA COMÉDIE
# DE LA MARMITE

*(Aulularia)*

## NOTICE

*L'une des plus célèbres comédies de Plaute, assurément pour avoir été l'objet d'une imitation dans* L'Avare *de Molière. Nous ne la possédons pas entièrement : toute la fin a disparu, mais nous en connaissons le dénouement par les arguments qui nous ont été transmis.*

*L'intrigue est assez complexe — nous en verrons la raison : un vieil homme, Euclion, a découvert une marmite pleine d'or qu'un de ses ancêtres avait dissimulée dans le foyer de la maison familiale ; depuis ce temps, il ne vit plus et est devenu insupportable à tout le monde autour de lui, et notamment à sa vieille servante, Staphyla, qui est aussi la nourrice de sa fille. La fille d'Euclion, Phédrie, a été victime, quelques mois plus tôt, des violences du jeune Lyconide, qui, au cours d'une fête nocturne de Cérès, l'a rendue enceinte. Avec l'aide de Staphyla, la chose est restée secrète ; mais Lyconide sait qui est Phédrie, et il l'aime, attendant pour se déclarer que la jeune femme soit sur son terme. Cependant, Lyconide a un oncle, le vieux et riche Mégadore, qui habite à côté de la maison d'Euclion, et, précisément, Mégadore s'est mis en tête d'épouser Phédrie. Mégadore fait sa demande à Euclion, et celui-ci est d'abord très réticent ; il croit que l'autre n'en veut qu'à son or ; à la fin il consent, mais, au moment où le mariage va être célébré, voici qu'un esclave de Lyconide vole l'or du pauvre homme. L'entendant hurler, Lyconide s'imagine qu'il a eu connaissance de l'aventure survenue à Phédrie ; il vient s'accuser de tout ; Euclion pense qu'il est l'auteur du vol ; lorsque le quiproquo est enfin éclairci, le vieillard consent en principe à donner la main de Phédrie (qui, d'ailleurs, vient juste de mettre au monde un fils) au séducteur repentant. La partie conservée de la pièce s'achève au moment où l'esclave de Lyconide, auteur du vol, est contraint d'avouer son larcin à son maître. Nous savons que Lyconide restituera la pré-*

*cieuse marmite, et qu'Euclion, dans sa joie, lui donnera et Phédrie et au moins une partie de l'or, cause de tout ce petit drame. Ainsi se trouve réalisée l'intention du dieu Lare, protecteur de la maison, qui avait déclaré, dès le début, qu'il entendait bien faire profiter du trésor la fille d'Euclion, si douce et si pieuse envers lui.*

*Cette comédie présente des caractères contradictoires : tantôt, on croit discerner un souci extrême du détail, de la vraisemblance. Par exemple, Eunomie explique à son frère pourquoi elle vient avec lui discuter sur la place publique leurs affaires familiales, ce qui nous paraît aujourd'hui invraisemblable, mais se justifie dans l'antiquité plus aisément que de nos jours. De la même façon, dans la dernière partie de la pièce, Euclion précise la direction dans laquelle se trouve le temple de Silvain, ce qui explique sa sortie par la droite*[1]*. En revanche, Plaute a laissé, dans sa pièce, des invraisemblances criantes : à un moment, nous apprenons que Mégadore est le voisin d'Euclion, puis, lorsque l'intérêt se porte sur Lyconide, on nous dit que celui-ci habite près d'Euclion, ce qui n'empêche pas le jeune homme d'éprouver le besoin de se présenter au vieillard avec beaucoup de détails. De même, le sanctuaire qui se trouve sur le théâtre est attribué, selon les scènes, à deux divinités différentes : la Fortune d'abord, puis la Bonne Foi, dans la seconde partie de la comédie. On aurait aussi bien du mal à expliquer comment Phédrie, en état de grossesse si avancée qu'elle accouche pendant la durée de la pièce, a dissimulé sa situation à son père. Mais il y a plus grave : Strobile est, dans la première partie de la comédie – celle où figure Mégadore – un esclave de celui-ci ; dans la seconde, le même nom est porté par un autre esclave, au service de Lyconide, et qui est évidemment différent du premier. Toutes ces inadvertances et contradictions laissent à penser que Plaute a « contaminé » (c'est-à-dire mélangé) au moins deux pièces grecques pour ne faire qu'une comédie. Et l'on pensera que les précautions minutieuses destinées à établir quelque vraisemblance sont le fait du ou des poètes grecs qui ont fourni les modèles.*

*Naturellement, il serait fort difficile de déterminer la part de chaque pièce grecque, toute tentative pour le faire devient très vite arbitraire. Ce que nous pouvons dire, c'est que la pièce « de base » (celle à laquelle appartient l'essentiel de l'intrigue, c'est-à-dire le personnage de l'avare Euclion, avec ses propos pittoresques, sa brusquerie, sa misanthropie soupçonneuse) est*

1. Voir la note 1 de la page 142.

*une pièce athénienne (un vers de la dernière partie précise qu'il s'agit bien d'Athènes). Et, en fait, deux répliques au moins ne se comprennent bien que comme des allusions à des institutions athéniennes : la mention des gynaeconomes*[1] *et celle du trésor des* stratiotica[2], *dans deux passages proches l'un de l'autre. Les premiers furent institués à partir de 317 avant Jésus-Christ, au plus tôt ; le trésor des* stratiotica *cessa d'exister précisément à cette date, pour n'être rétabli qu'après 307. On pensera que la comédie dont Plaute a fait son modèle principal date des environs de cette dernière date. Bien que l'on ait pensé à plusieurs originaux grecs, notamment* Le Défiant (Apistos) *de Ménandre, il est tentant de penser que ce modèle était l'œuvre du poète athénien Diphile, dont les fragments conservés permettent d'entrevoir une œuvre assez proche des caractères que nous présente la pièce de Plaute : un souci de moralité (le Lare récompense la jeune fille de sa piété, mais punit les avares), un certain goût pour les tirades politiques et philosophiques, une prédilection pour les rôles de cuisiniers, etc. Mais les autres éléments introduits par Plaute dans l'intrigue principale ont une origine indiscernable pour nous.*

*Il est difficile, aussi, de dater la pièce de Plaute elle-même. On a pensé que l'épisode du coq, à qui Euclion fait la guerre avec acharnement, s'expliquerait bien en un temps où Rome était engagée dans des luttes sévères contre les Gaulois (dont le nom est le même que celui du coq!) en Italie du Nord. De même, l'emploi du mot de colonie (vers 576) suggère l'idée que Plaute se réfère à une réalité contemporaine ; or, c'est seulement à partir de 194 avant Jésus-Christ que les Romains recommencent à fonder des colonies. De la combinaison de ces deux remarques, on déduit que* La Comédie de la marmite *fut composée par Plaute vers l'an 194. L'allusion évidente aux Bacchanales ne contredit pas cette datation, car il fallut de longues années avant que, les Bacchanales se généralisant, éclatât le scandale de 186 avant Jésus-Christ.*

L'Aulularia *est très riche en* cantica *: les variations de rythmes y sont nombreuses, et fréquentes. La mimique y était donc très importante, et l'on peut admettre que Plaute a surtout développé les scènes qui permettaient des confrontations comiques entre les personnages : entre Mégadore et Euclion, entre celui-ci et Lyconide.*

1. Voir la note 1 de la page 135.
2. Voir la note 2 de la page 135.

PERSONNAGES

LE LARE DE LA MAISON, prologue.
LE VIEIL EUCLION.
STAPHYLA, une vieille servante.
EUNOMIE, sœur de Mégadore.
MÉGADORE, vieillard, voisin d'Euclion.
STROBILE, esclave.
ANTHRAX } cuisiniers.
CONGRION }
PHRYGIE } joueuses de flûte.
ÉLEUSIE }
PYTHODICUS, esclave.
STROBILE, esclave de Lyconide.
LYCONIDE, un jeune homme.
PHÉDRIE, jeune fille.

*La scène est à Athènes.*

ARGUMENT

Un vieil avare, Euclion, qui n'a même pas confiance en lui-même, a trouvé, enterrée dans sa maison, une marmite contenant un trésor; il l'a tout de suite enterrée à nouveau et, pâle d'inquiétude, l'esprit perdu, il veille sur elle. Lyconide avait violé la fille d'Euclion. Pendant ce temps, le vieux Mégadore, à qui sa sœur a persuadé de se marier, demande la main de la fille de l'avare. Le vieux, rétif, a du mal à donner sa parole et, craignant pour sa marmite, l'enlève de chez lui et la cache en plusieurs endroits successivement. Il est guetté par un esclave de ce Lyconide qui avait violé la jeune fille; et Lyconide lui-même supplie son oncle Mégadore de lui laisser prendre pour épouse celle qu'il aime. Euclion, après avoir perdu sa marmite, qui lui a été subrepticement enlevée, la retrouve, contre tout espoir, et, joyeux, donne sa fille à Lyconide.

## AUTRE ARGUMENT

Euclion, qui a trouvé une marmite pleine d'or, la garde avec la plus grande vigilance, tout en souffrant mille maux. Lyconide viole la fille du vieillard. Mégadore veut épouser la jeune fille sans dot, et pour y faire consentir Euclion, fournit les cuisiniers et de quoi manger. Euclion craint pour son or; il le cache hors de chez lui. Ayant vu la chose, un esclave du séducteur dérobe le trésor; Lyconide rapporte à Euclion son bien, et il en reçoit et l'or, et la femme et l'enfant.

# LA COMÉDIE DE LA MARMITE

## PROLOGUE

### LE LARE DE LA MAISON [1]

Afin que personne ne se demande qui je suis, je vais vous le dire en peu de mots. Je suis le dieu Lare de cette maison, de la maison d'où vous venez de me voir sortir. Cette demeure, il y a bien des années que j'y suis installé, que j'y habite, pour protéger le père et l'aïeul de l'homme qui maintenant vit ici. L'aïeul de celui-ci m'a confié, à grand renfort de prières, une cassette d'or, à l'insu de tous; il l'a enterrée au milieu du foyer, me suppliant de la lui conserver intacte. Lorsqu'il mourut — il était d'un naturel avare à ce point — il se refusa absolument à en révéler le secret à son propre fils. Il aima mieux voir celui-ci sans ressources plutôt que de confier l'existence du trésor à ce fils. Il lui légua un peu de terrain, pas beaucoup, juste de quoi vivre, au prix d'un grand travail, et pauvrement. Dès que fut mort celui qui m'avait confié cet or, je commençai à me demander si son fils aurait pour moi de plus grands égards que n'en avait eus son père. Or, lui, il se souciait de moins en moins de moi et m'accordait toujours moins d'honneurs. En retour, j'agis de la même façon envers lui; il mourut comme il était venu[2]. Cet homme laissa un fils, celui qui vit maintenant ici, et qui a le même caractère que son père et son aïeul.

Mais il a une fille unique; chaque jour elle m'adresse des prières, elle m'offre, sans manquer, ou de l'encens, ou du vin, ou quelque chose; elle m'apporte des couronnes. Par égard pour elle, j'ai fait en sorte que l'homme dont je parle, Euclion, trouve le trésor, afin qu'il puisse plus aisément la marier, s'il le voulait. Car un jeune homme de la plus haute noblesse a fait violence à cette fille; le jeune homme sait qui il est et le père ignore qu'elle a été violée. Et moi, je vais m'arranger, aujourd'hui, pour que le vieillard qui habite à côté la demande en mariage. Je le ferai seulement pour que celui qui l'a violentée puisse plus facilement l'épouser. Car le vieillard qui va la demander en mariage est l'oncle du jeune homme en question, qui l'a déshonorée pendant la nuit, au cours de la veillée de Cérès[1]. Mais notre vieillard à nous braille déjà dans la maison, comme à son habitude. Il chasse au-dehors la vieille, pour qu'elle ne voie rien; je crois qu'il a l'intention d'aller regarder son or, pour savoir si on ne le lui a pas dérobé.

## ACTE PREMIER

### *SCÈNE PREMIÈRE*

EUCLION, STAPHYLA

EUCLION : Sors, te dis-je, allons, sors! Je te ferai bien, par Hercule, sortir de chez nous, toi qui regardes partout, avec tes yeux qui furettent!

STAPHYLA : Mais pourquoi me bats-tu, malheureuse que je suis!

EUCLION : Pour que tu sois malheureuse, pour que tu passes une méchante vieillesse, digne de la méchante que tu es!

STAPHYLA : Mais pour quelle raison m'as-tu mise à la porte de la maison ?

EUCLION : Faut-il que je te rende des comptes, champ à aiguillons[2] ? Écarte-toi de la porte, jusqu'ici! Jusqu'ici, s'il te plaît. Regarde, comme elle marche! Sais-tu bien ce qui te pend au nez ? Par Hercule, si je prends un bâton ou un aiguillon à la main, je te ferai allonger, je t'assure, ce pas de tortue!

STAPHYLA, *à part :* Que les dieux me donnent le courage de me pendre, plutôt que de continuer à être esclave chez toi de la sorte!

EUCLION : Eh bien, cette coquine murmure toute seule, à part elle! Par Hercule, je t'arracherai les yeux, pour que tu ne puisses pas m'espionner, et guetter ce que je fais. Éloigne-toi encore un peu, encore, encore... là! Arrête-toi et reste ici. Si, par Hercule, tu bouges de cet endroit d'un travers de doigt ou de la largeur d'un ongle, ou si tu regardes en arrière avant que je ne te l'aie permis, immédiatement, par Hercule, je chargerai une croix de te mettre à la raison... Je n'ai jamais vu de vieille plus mauvaise que celle-ci, j'en suis sûr, et j'ai grand-peur que, tandis que je ne me méfie pas, elle ne machine quelque piège pour m'attraper, et qu'elle ne subodore l'endroit où est caché mon or. Car elle a des yeux jusque derrière la tête, la coquine! Maintenant, je vais aller voir si mon or est bien comme je l'ai caché, cet or qui me rend malheureux et me tourmente de mille manières.

### *SCÈNE II*

STAPHYLA, *seule.*

Je ne puis, par Castor, imaginer quel malheur est arrivé à mon maître, quelle maladie, quelle folie; il me maltraite, comme vous voyez, et, dix fois par jour, me met à la porte de la maison. Je ne sais certes pas quel dérèglement le tient; il reste sans dormir des nuits entières; et puis, pendant le jour, comme un savetier boiteux, il reste à la maison toute la journée. Je ne puis imaginer le moyen de cacher plus longtemps le déshonneur de la fille du maître, car le moment de l'accouchement est proche, et je ne vois point pour moi de meilleure solution, je crois, que de me transformer en I majuscule, en me serrant le cou dans un lacet!

### *SCÈNE III*

EUCLION, STAPHYLA

EUCLION, *se parlant à lui-même :* Voilà, je sors enfin de la maison, l'esprit soulagé, après avoir constaté qu'il ne manquait rien à l'intérieur. *(À Staphyla.)* Toi, maintenant, rentre et garde la maison.

STAPHYLA : Mais comment donc! Que je garde la maison ? Sans doute pour que personne n'enlève les murs ? Car, chez nous, il n'y a pas d'autre butin pour les voleurs, tant le logis est plein de vide et de toiles d'araignées.

EUCLION : Je me demande vraiment pourquoi Jupiter, pour te plaire, ne fait pas de moi un Philippe ou un Darius[1], triple empoisonneuse! Ces toiles d'araignées, je veux qu'on me les garde. Je suis pauvre, je l'avoue, je le supporte. Ce que les dieux m'envoient, je l'accepte. Rentre, ferme la porte, je vais bientôt revenir. Garde-toi de faire entrer un étranger. Au cas où quelqu'un viendrait chercher du feu, je veux qu'on l'éteigne[2], pour que personne n'ait plus de raison de t'en demander. Si le feu n'est pas mort, c'est toi qui le seras sur-le-champ. Et puis, dis que l'eau a disparu, si on t'en demande. Couteau, hache, pilon, mortier, tous les ustensiles que les voisins viennent toujours emprunter, dis que des voleurs sont venus et les ont emportés. Je veux assurément que personne, en mon absence, ne soit introduit chez moi! Et je te dis encore ceci : quand bien même viendrait la Fortune[3], ne la fais pas entrer.

STAPHYLA : Par Pollux, elle se gardera bien d'elle-même de venir ici! Jamais elle n'a approché de chez nous, bien qu'elle ne soit pas loin[4]!

EUCLION : Tais-toi, et rentre!

STAPHYLA : Je me tais, et je m'en vais.

EUCLION : Ferme la porte, s'il te plaît, avec les deux verrous. Je reviens tout de suite. *(Staphyla disparaît.)* Je suis au supplice d'être obligé de m'éloigner de chez moi. C'est bien à contre-cœur, par Hercule, que je m'en vais. Mais je sais ce que je dois faire. Le président de notre curie[5] a dit qu'il distribuerait un denier d'argent par tête. Si je laisse cet argent et ne vais pas le chercher, tout le monde, aussitôt, je le sais bien, me soupçonnera d'avoir de l'or chez moi. Car il n'est pas vraisemblable qu'un homme pauvre dédaigne une pièce, aussi petite soit-elle. Maintenant même, alors que j'essaie de tenir mon secret caché à tout le monde, tout le monde a l'air au courant, tout le monde me salue plus aimablement qu'on ne faisait autrefois. On m'aborde, on s'arrête, on me serre la main. On me demande avec insistance comment je vais, ce que je fais, comment vont les affaires. Mais continuons notre chemin! Après quoi, je reviendrai à la maison, aussi vite que je pourrai.

# ACTE II

## *SCÈNE PREMIÈRE*

EUNOMIE, MÉGADORE

EUNOMIE : Je voudrais que tu penses bien, mon frère, que ce que je te dis, c'est par affection pour toi et pour ton bien, comme il convient à une sœur aimante[1]. Pourtant, je ne me fais pas d'illusion, je sais qu'on nous considère comme insupportables; on nous regarde toutes comme des bavardes terribles, et l'on n'a pas tort; il est certain que l'on dit qu'il ne s'est jamais trouvé aucune femme muette, en aucun temps. Pourtant, mon frère, réfléchis à une chose; tu es mon plus proche parent, et moi je suis ta plus proche parente; il est donc naturel que, sur les points que nous jugeons importants et pour toi et pour moi, nous nous donnions l'un à l'autre conseils et avertissements, que nous ne nous cachions rien, que nous n'ayons pas peur de parler, que nous échangions nos idées toi et moi, pareillement. Voilà pourquoi je t'ai fait venir ici, dehors, pour parler avec toi des affaires de ta maison.

MÉGADORE : Serre-moi la main, la meilleure des femmes!

EUNOMIE : Où est-elle? Qui est la meilleure des femmes?

MÉGADORE : Toi.

EUNOMIE : Vraiment?

MÉGADORE : Si tu dis non, je dirai non moi aussi!

EUNOMIE : Tu te dois de dire la vérité. Une excellente femme, on ne peut en trouver nulle part; chacune est pire que sa voisine!

MÉGADORE : C'est bien mon avis, et je suis bien décidé à ne pas te contrarier jamais sur ce point, ma sœur.

EUNOMIE : Écoute-moi, s'il te plaît.

MÉGADORE : Je t'écoute; je suis à ta disposition, commande, dis ce que tu veux.

EUNOMIE : Une chose qui est, je crois, excellente pour tes intérêts, et c'est pour te la conseiller que me voici.

MÉGADORE : Ma sœur, tu es bien toujours la même!

EUNOMIE : Tant mieux!

MÉGADORE : Et de quoi s'agit-il, ma sœur ?

EUNOMIE : Une chose qui doit t'assurer à jamais ton bonheur, en ayant des enfants [1]...

MÉGADORE : Les dieux le veuillent!

EUNOMIE : Je veux que tu prennes une épouse.

MÉGADORE : Eh là, je suis mort!

EUNOMIE : Et pourquoi ?

MÉGADORE : Parce que tes paroles me font sauter la cervelle, pauvre de moi; ma sœur, autant de mots autant de pierres!

EUNOMIE : Allons, fais ce que ta sœur t'invite à faire.

MÉGADORE : Si j'en ai envie, je le ferai.

EUNOMIE : Mais c'est ton intérêt.

MÉGADORE : Oui, de mourir plutôt que de me marier. Je consens à épouser une femme, si tu en as une pour moi, à cette condition : si, demain, elle entre à la maison, qu'après-demain on l'en sorte pour le cimetière. À cette condition, donne-moi celle que tu veux me donner; prépare tout pour les noces.

EUNOMIE : Je pourrais, mon frère, t'en procurer une avec une dot énorme; mais elle est un peu âgée, une femme entre deux âges. Si tu m'autorises, mon frère, à la demander pour toi, je le ferai.

MÉGADORE : Tu ne me défendras pas de te poser une question ?

EUNOMIE : Mais non, si tu veux me demander quelque chose, fais-le.

MÉGADORE : Un homme qui, passé le milieu de sa vie, épouse une femme du même âge, s'il se trouve que ce vieil homme fasse un enfant à sa vieille, ne crois-tu pas que le petit a un nom tout trouvé, qu'il faut l'appeler Postume[2] ? Mais en fait je puis, ma sœur, t'éviter cette peine et t'en dispenser. Grâce aux dieux et à nos ancêtres, je suis suffisamment riche. Ces grandes alliances, leur orgueil, les dots magnifiques, les cris, les manières impérieuses, les voitures ornées d'ivoire, les grands châles, la pourpre, tout cela ne m'intéresse pas, parce que, avec leurs dépenses, elles réduisent les maris en servitude.

EUNOMIE : Dis-moi donc, je te prie, quelle est la femme que tu souhaites épouser ?

MÉGADORE : Je vais te le dire. Tu connais le vieil Euclion, le pauvre homme d'à côté ?

EUNOMIE : Je le connais; par Castor, ce n'est pas un méchant homme.

MÉGADORE : C'est sa fille, une jeune fille, dont je souhaite que l'on m'accorde la main. Pas un mot, ma sœur. Je sais ce que tu vas dire : qu'elle est pauvre. Mais cette fille pauvre me plaît.

EUNOMIE : Les dieux te bénissent !

MÉGADORE : Ainsi soit-il !

EUNOMIE : Tu n'as plus besoin de moi ?

MÉGADORE : Adieu. Porte-toi bien.

EUNOMIE : Et toi aussi, mon frère.

*Elle sort.*

MÉGADORE : Je vais donc aller trouver Euclion, s'il est chez lui. Mais le voici; il vient de je ne sais où et rentre au logis.

## *SCÈNE II*

### EUCLION, MÉGADORE

EUCLION : Un pressentiment me disait bien que j'allais là-bas pour rien, en quittant la maison; et c'est pour cela que j'y allais à regret. Car pas un des membres de la curie n'est venu, pas plus que le président qui devait répartir l'argent. Et maintenant, je me dépêche de rentrer au plus vite, car, si je suis ici, mon esprit est à la maison.

MÉGADORE : Puisses-tu, Euclion, être toujours en santé et bonheur !

EUCLION : Que les dieux te soient propices, Mégadore.

MÉGADORE : Et toi-même ? Te portes-tu bien, et comme tu le désires ?

EUCLION, *à part :* Ce n'est pas sans raison qu'un riche aborde aimablement un pauvre. Cet individu sait que j'ai de l'or, et c'est pour cela qu'il est si aimable !

MÉGADORE : Ainsi, vraiment, tu vas bien ?

EUCLION : Ma foi, pas très bien, en ce qui concerne l'argent!

MÉGADORE : Bah, si tu veux bien régler tes désirs[1], tu possèdes assez pour vivre décemment.

EUCLION, *à part :* La vieille, par Hercule, lui a raconté que j'avais de l'or; c'est clair comme le jour; je lui couperai la langue et je lui arracherai les yeux, quand je serai rentré!

MÉGADORE : Qu'as-tu à parler comme cela, tout seul ?

EUCLION : Je déplore ma pauvreté. J'ai une fille déjà grande, mais sans aucune dot et impossible à caser; je ne puis la marier nulle part.

MÉGADORE : Ne parle pas ainsi; aie bon espoir, Euclion. On te prêtera, je t'aiderai; dis, si tu as besoin de quelque chose, commande.

EUCLION, *à part :* Le voici qui demande, sous couleur de promettre; il a la bouche ouverte, pour dévorer mon or. D'une main il tient une pierre, il montre un pain de l'autre[2]. Je n'ai pas confiance, lorsqu'un riche est d'une si extrême amabilité avec un pauvre. Lorsqu'il lui tend gentiment la main, c'est qu'il lui ménage quelque rosserie. Ah, je les connais bien, ces pieuvres, qui restent attachées à ce qu'elles ont touché!

MÉGADORE : Écoute-moi un peu; je veux te dire quelques mots sur une affaire qui nous concerne, toi et moi.

EUCLION, *à part :* Las, malheur à moi! On m'a raflé l'or, chez moi, et lui, il essaie maintenant que nous fassions une transaction; mais je vais aller voir chez moi ce qu'il en est.

*Il se dirige vers sa maison.*

MÉGADORE : Où vas-tu ?

EUCLION : Je vais revenir tout de suite; j'ai quelque chose à voir chez moi.

MÉGADORE, *resté seul :* Je crois bien, par Pollux, que lorsque je mentionnerai sa fille, en lui demandant de me la promettre, il s'imaginera que je me moque de lui; il n'y a personne de plus timide, à cause de sa pauvreté.

EUCLION, *rentrant :* Les dieux sont avec moi! Mon bien est sauf! Est sauf ce qui n'a point péri. Mais j'ai eu vraiment peur. Avant d'entrer chez moi, j'étais comme mort. *(Haut.)* Je reviens te trouver, Mégadore, si tu as besoin de moi...

MÉGADORE : Je t'en suis reconnaissant. Je te prie de bien vouloir répondre à la question que je vais te poser.

EUCLION : Pourvu que tu ne me demandes rien que je n'aie pas envie de te dire!

MÉGADORE : Dis-moi, que penses-tu de ma naissance ?

EUCLION : Excellente.

MÉGADORE : De mon crédit ?

EUCLION : Excellent.

MÉGADORE : Et de ma vie ?

EUCLION : Ni mauvaise ni malhonnête.

MÉGADORE : Tu connais mon âge.

EUCLION : Je sais qu'il est considérable, comme ta fortune.

MÉGADORE : En tout cas, je t'ai toujours considéré, toi, comme un citoyen d'une parfaite honnêteté, et c'est toujours mon avis.

EUCLION, *à part :* Il a senti mon or! *(Haut.)* Que veux-tu de moi maintenant ?

MÉGADORE : Puisque toi et moi nous savons ce que nous sommes, je te demande, et que ce soit pour ton bonheur, le mien et celui de ta fille, je te demande ta fille comme épouse. Donne-moi ta parole!

EUCLION : Hé là, Mégadore, tu agis d'une façon indigne de toi, en te moquant d'un miséreux, de quelqu'un qui n'a jamais fait aucun mal ni à toi ni aux tiens. Ni par mes actions ni par mes paroles je n'ai mérité que tu agisses envers moi comme tu le fais...

MÉGADORE : Aussi, par Pollux, je ne viens pas me moquer de toi, et je ne m'en moque pas. Ce serait, je crois, chose indigne.

EUCLION : Alors, pourquoi me demandes-tu ma fille en mariage ?

MÉGADORE : Pour que, grâce à moi, tu aies un meilleur sort, et moi aussi, grâce à toi et aux tiens.

EUCLION : Je me dis, Mégadore, que tu es un homme riche, puissant, et que moi, au contraire, je suis le plus pauvre des pauvres. Eh bien, si je te donnais ma fille, je me dis que tu serais le bœuf et moi l'âne[1]; lorsque je serais attelé avec toi, comme je ne pourrais porter la même charge que toi, moi, l'âne, je m'étalerais dans la boue, et toi, le bœuf, tu ne me regarderais pas plus que si je n'étais jamais venu au monde. Et tu me traiterais de haut, et les gens de ma classe se moqueraient de moi. Ni d'un côté ni de l'autre je n'aurais de crèche stable. Les ânes me déchireraient à belles dents, et les bœufs m'attaqueraient à coups de cornes. C'est là le grand danger que l'on court, en passant des ânes aux bœufs!

MÉGADORE : Plus étroitement l'on s'allie aux honnêtes gens, mieux cela vaut. Accepte donc mon alliance; écoute-moi, et promets-moi ta fille.

EUCLION : Mais je n'ai pas de dot à lui donner!

MÉGADORE : N'en donne pas. Pourvu qu'elle vienne avec un bon caractère, elle est assez dotée.

EUCLION : Je dis cela pour que tu ne croies pas que j'ai des trésors!

MÉGADORE : Je sais; inutile de me le dire; donne-moi ta parole.

EUCLION : Soit. *(Il entend un bruit suspect.)* Mais, au nom de Jupiter, suis-je un homme mort ?

MÉGADORE : Que t'arrive-t-il ?

EUCLION : Quel est ce bruit, on dirait un outil ?

MÉGADORE : C'est chez moi; j'ai ordonné que l'on bêche mon jardin. *(S'apercevant qu'Euclion est parti.)* Mais où est-il passé ? Il est parti sans me donner de réponse; il me dédaigne, parce qu'il voit que je souhaite obtenir son amitié; il est bien comme tout le monde! Si un riche va demander son amitié à un plus pauvre que lui, le pauvre a aussitôt peur de le rencontrer; par crainte, il perd une bonne occasion. Et puis, lorsque l'occasion est partie, il regrette, et c'est trop tard.

EUCLION, *sortant de chez lui et parlant à Staphyla :* Si je ne te fais pas arracher la langue jusqu'à la racine, je t'autorise, oui, je veux que tu me fasses châtrer par qui tu voudras.

MÉGADORE : Je vois bien, par Hercule, Euclion, que tu me considères comme quelqu'un dont on peut se payer la tête, en son grand âge, sans que j'aie rien fait pour cela.

EUCLION : Mais, par Pollux, Mégadore, ce n'est pas mon cas, et, si je le désirais, je ne pourrais y mettre le prix[1].

MÉGADORE : Eh bien donc, est-ce que tu m'accordes ta fille ?

EUCLION : Aux conditions, et avec la dot que j'ai dites ?

MÉGADORE : Tu t'y engages ?

EUCLION : Je m'y engage.

MÉGADORE : Fassent les dieux que ce soit pour notre bonheur!

EUCLION : Ainsi soit-il! Mais aie bien soin de te souvenir que nous sommes d'accord sur ce point, que ma fille ne t'apporte pas de dot.

MÉGADORE : Je m'en souviens.

EUCLION : C'est que je sais de quelle manière vous avez coutume de nous embrouiller : ce qui a été convenu cesse de l'être, ce qui ne l'a pas été le devient, selon votre bon plaisir.

MÉGADORE : Je n'aurai avec toi aucune contestation. Mais vois-tu un inconvénient à ce que nous fassions le mariage aujourd'hui même ?

EUCLION : Pas du tout; aucun obstacle.

MÉGADORE : Je vais donc aller faire les préparatifs. As-tu encore besoin de moi ?

EUCLION : Non. D'accord. Au revoir!

MÉGADORE : Hé, Strobile, dépêche-toi de me suivre au marché, et ne traîne pas...

*Il sort.*

EUCLION : Le voilà parti! Dieux immortels, je vous prie, voyez comme l'or est puissant! Je suis certain qu'il a dès maintenant entendu dire que j'avais un trésor chez moi; il le dévore en pensée, et c'est pour cela qu'il veut absolument cette alliance.

## *SCÈNE III*

EUCLION, STAPHYLA

EUCLION : Où es-tu, toi qui es allée déjà raconter à tous les voisins que je donnerai une dot à ma fille ? Hé, Staphyla, je t'appelle. Tu entends ? Nettoie vite, dans la maison, le peu de vaisselle que nous avons, et lave-la. Je viens de fiancer ma fille. Aujourd'hui, je la donne en mariage à Mégadore.

STAPHYLA : Les dieux fassent que tout soit pour le bien! Mais, par Castor, ce n'est pas possible; c'est trop précipité.

EUCLION : Tais-toi, et va-t'en; veille à ce que tout soit achevé lorsque je reviendrai du forum à la maison. Et ferme les portes; je serai revenu bientôt.

*Il sort.*

STAPHYLA : Que puis-je faire, maintenant ? Nous sommes sur le bord de la catastrophe, moi et la fille du maître ; le moment de l'accouchement est proche, et celui où sa honte sera publique. Ce que nous avons caché et dissimulé jusqu'ici ne peut plus l'être. Allons, je rentre, pour que le maître, quand il reviendra, trouve tous ses ordres exécutés. Par Castor, je crains bien de boire aujourd'hui bien des maux mêlés d'amertume !

## *SCÈNE IV*

STROBILE, ANTHRAX, CONGRION, PHRYGIE, ÉLEUSIE

STROBILE : Après avoir fait le marché et loué au forum les cuisiniers et les joueuses de flûte que vous voyez, le maître m'a ordonné de partager ici en deux parts tout ce qu'il a acheté.

ANTHRAX : Quant à moi, par Hercule, je te le dis en face, tu ne me fendras pas ; si tu veux que j'aille tout entier quelque part, je suis prêt.

CONGRION : Le mignon, le pudique ornement de trottoir ! Si quelqu'un voulait de toi, tu ne refuserais certainement pas de te laisser fendre.

STROBILE : Ce que j'avais dit, Anthrax, avait pour moi un autre sens, et non pas celui que tu me prêtes. Mon maître célèbre aujourd'hui ses noces.

ANTHRAX : La fille de qui épouse-t-il ?

STROBILE : Celle de notre plus proche voisin, Euclion. C'est pour cela qu'il m'a commandé de donner à celui-ci la moitié de ce que nous avons acheté au marché, ainsi que l'un des cuisiniers et l'une des deux joueuses de flûte.

ANTHRAX : Alors, tu dis la moitié ici, l'autre moitié chez toi ?

STROBILE : C'est comme tu dis.

ANTHRAX : Mais l'autre vieux ne pouvait-il acheter à ses frais de quoi manger pour le mariage de sa fille ?

STROBILE : Bah !

ANTHRAX : Et pourquoi pas ?

STROBILE : Tu demandes pourquoi pas ? La pierre ponce n'est pas aussi sèche que le vieux en question.

ANTHRAX : Sérieusement ?

CONGRION : C'est bien comme tu dis ?

STROBILE : Juge toi-même [lacune]... Il assure que son bien est perdu, qu'il est ruiné jusqu'au dernier sou; et il prend à témoins les dieux et les hommes dès que quelque fumée sort du sommet de son toit. Mieux, quand il va dormir, il met un sac devant sa bouche.

ANTHRAX : Pourquoi ?

STROBILE : Pour ne pas risquer de perdre un souffle en dormant.

ANTHRAX : Est-ce qu'il se bouche aussi l'orifice du bas, pour ne pas risquer de perdre un souffle en dormant ?

STROBILE : Sur ce point, il te faut me croire, comme je te croirais toi-même, le cas échéant.

ANTHRAX : Mais bien sûr, je te crois !

STROBILE : Et sais-tu encore ce qu'il fait ? Il pleure de renverser de l'eau quand il se baigne.

ANTHRAX : Crois-tu qu'on pourrait obtenir de ce vieux-là, en le suppliant, un grand talent[1], pour racheter notre liberté ?

STROBILE : La Famine même, si tu lui demandais de te la prêter, il te la refuserait. Bien plus : l'autre jour le barbier lui avait coupé les ongles; il a recueilli toutes les rognures et les a emportées.

ANTHRAX : Par Pollux, l'homme que tu décris est terriblement serré.

STROBILE : Crois-tu vraiment que l'on puisse être aussi serré, et vivre aussi misérablement ? L'autre jour, un milan lui vola un ragoût; le bonhomme se précipite, en larmes, chez le préteur; là, il se met à réclamer, en pleurant, en hurlant, qu'on lui permette d'assigner le milan[2]. Il y a mille histoires que je pourrais te raconter, si nous avions le temps. Mais lequel de vous deux est le plus rapide ? Dis-moi.

ANTHRAX : Moi, et bien meilleur cuisinier.

STROBILE : Ce que je demande, c'est un cuisinier, non un voleur[3].

ANTHRAX : C'est bien d'un cuisinier que je parle.

STROBILE, *à Congrion :* Et toi, que dis-tu ?

CONGRION : Je suis comme tu me vois.

ANTHRAX : C'est un cuisinier de foire; il va faire la cuisine une fois tous les neuf jours[4].

CONGRION : Individu de six lettres[5], tu m'insultes ? Voleur !

ANTHRAX : Voleur toi-même, triple pendard !

STROBILE : Tais-toi, maintenant; prends le plus gras des deux agneaux, et rentre chez nous [lacune]...

ANTHRAX : D'accord.

STROBILE : Et toi, Congrion, prends l'autre agneau, et va dans la maison là-bas. Les autres, venez chez nous, par ici.

CONGRION : Ton partage n'est pas juste. Vous avez pris l'agneau le plus gras.

STROBILE : Eh bien, on va te donner la plus grasse des joueuses de flûte. Va donc avec lui, Phrygie, et toi, Éleusie, entre ici avec nous.

CONGRION : Ah, rusé Strobile, c'est donc ici que tu m'expédies, chez le vieil avare! Si je demande quelque chose chez lui, je devrai m'enrouer à le supplier avant que l'on me donne quoi que ce soit.

STROBILE : Tu es un sot, et l'on n'a pas avantage à t'obliger : ce que l'on fait ne sert à rien.

CONGRION : Comment cela ?

STROBILE : Tu le demandes ? D'abord, dans cette maison-là, tu auras tes coudées franches; si tu veux un instrument, apporte-le de chez toi, et ne perds pas ton temps à le demander. Chez nous, au contraire, il y a beaucoup de bousculade et de valets, des meubles, des objets d'or, des étoffes, de l'argenterie, et si quelque chose disparaît — et je sais bien que tu peux ne toucher à rien, si rien ne se trouve sur ton chemin — on dira : les cuisiniers l'ont emporté, arrêtez-les, enchaînez-les, frappez-les, enfermez-les dans la citerne[1]. Là-bas, rien de tout cela ne se produira, étant donné qu'il n'y a rien que tu puisses dérober. Viens avec moi par ici.

CONGRION : Je viens.

## *SCÈNE V*

STROBILE, STAPHYLA, CONGRION

STROBILE : Holà, Staphyla, arrive, et ouvre-nous la porte.

STAPHYLA, *de l'intérieur :* Qui m'appelle ?

STROBILE : Strobile.

STAPHYLA : Que veux-tu ?

STROBILE : Que tu fasses entrer les cuisiniers, une joueuse de flûte et les provisions pour la noce. Mégadore m'a ordonné de faire parvenir tout cela à Euclion.

STAPHYLA : Est-ce la noce de Cérès, Strobile, que l'on va célébrer[1] ?

STROBILE : Comment ?

STAPHYLA : Parce que je vois que l'on n'a pas apporté de vin.

STROBILE : On va en apporter, quand le maître sera rentré du forum.

STAPHYLA : Il n'y a pas de bois ici chez nous.

CONGRION : Vous avez des chevrons ?

STAPHYLA : Évidemment, nous en avons.

CONGRION : Alors, il y a du bois, ne va pas en chercher ailleurs.

STAPHYLA : Dis donc, ignoble, tu as beau être dévot de Vulcain, tu crois que, pour préparer ce dîner ou pour te faire gagner ton salaire, nous allons mettre le feu à notre maison ?

CONGRION : Je ne le demande pas.

STROBILE : Fais entrer tout le monde.

STAPHYLA : Suivez-moi.

## *SCÈNE VI*

PYTHODICUS, *sortant de la maison de Mégadore.*

Au travail ! Moi, pendant ce temps, j'irai surveiller ce que font les cuisiniers, et par Pollux, aujourd'hui, c'est un rude travail que de les avoir à l'œil. Une seule solution possible : leur faire préparer leur cuisine dans la citerne; puis, tout une fois cuit, nous le remonterions dans des corbeilles. Mais d'autre part, s'ils mangent, en bas, ce qu'ils auront fait cuire, ceux d'en haut se passeront de dîner, et ceux qui dîneront, ce seront ceux d'en bas[2]. Mais je bavarde, ici, comme si je n'avais rien à faire, alors qu'il y a tant de rapaces à la maison !

## *SCÈNE VII*

EUCLION, CONGRION

EUCLION, *seul :* J'ai voulu aujourd'hui avoir le courage de me bien traiter, pour le mariage de ma fille. J'arrive au marché, je demande le prix des poissons, on me les fait cher, l'agneau cher, le bœuf cher, le veau, le thon, le porc, tout est cher, et d'autant plus cher que je n'avais pas un sou. Je m'en vais, furieux, puisque je n'avais pas de quoi acheter. De cette façon, je leur ai joué le tour, à toutes ces crapules. Après quoi, je me suis mis à réfléchir, chemin faisant : si l'on est prodigue un jour de fête, le reste du temps on peut se mettre la ceinture, si l'on n'a pas été économe. Après avoir ainsi raisonné mon ventre et mon désir, mon esprit s'est rangé à cet avis, de célébrer le mariage de ma fille aux moindres frais. Sur quoi j'ai acheté ce petit peu d'encens et des couronnes de fleurs; on mettra tout cela sur l'autel du foyer, en l'honneur de notre Lare, pour qu'il bénisse le mariage de ma fille. Mais pourquoi vois-je ouverte la porte de chez nous ? Et ce vacarme à l'intérieur ? Est-ce qu'on serait en train de me piller, malheureux que je suis ?

CONGRION, *parlant à l'intérieur de la maison :* Va chez le voisin chercher, si c'est possible, une marmite plus grande; celle-ci est trop petite, elle n'a pas la contenance nécessaire.

EUCLION : Hé là ! Malheur à moi; on me vole mon or, on va chercher une marmite. Je suis un homme mort, si je ne me hâte de courir à la maison. Apollon, je t'en prie, viens à mon secours; aide-moi. Frappe de tes flèches ces voleurs de trésors, si jamais tu as été secourable en pareille aventure. Mais je tarde à courir, avant d'être tout à fait ruiné ?

## *SCÈNE VIII*

ANTHRAX, *sortant de chez Mégadore.*

Dromon, écaille les poissons, toi, Machérion, enlève la grosse arête au congre et à la murène, le plus vite possible. Moi, je vais emprunter à côté, à Congrion, un moule à pain[1]. Quant à toi, tu feras bien, dans ton intérêt, de t'arranger pour que ce coq soit aussi lisse qu'un danseur épilé! Mais quels sont ces cris qui sortent de la maison d'à côté ? Ce sont les cuisiniers, je pense, qui font des leurs, comme d'habitude. Rentrons vite, pour qu'il n'arrive pas ici la même chose.

# ACTE III

## *SCÈNE PREMIÈRE*

CONGRION, *sortant en courant de la maison d'Euclion.*

Au secours, citoyens, gens de la ville, habitants d'ici et de la banlieue, vous tous, laissez-moi passer, que je me sauve; dégagez-moi toutes les avenues. Jamais, avant aujourd'hui, je ne suis venu faire la cuisine chez des possédés, dans un bacchanal[1], tant nous avons de malheur, moi et mes aides, qu'ils ont vilainement roués à coups de bâton. Je suis tout endolori, je suis tout à fait mort, tant ce vieillard s'est fait les muscles sur moi. Jamais au monde je n'ai vu bailler plus généreusement du bois, tant il nous a chassés, eux et moi, le dos chargé de bâton! Hé là, par Hercule, je suis mort; il ouvre le bacchanal; il est là, il me suit. Mais je sais ce que je vais faire; c'est lui-même qui me l'a enseigné.

## *SCÈNE II*

EUCLION, CONGRION

EUCLION : Reviens! Où fuis-tu ? Arrêtez-le, arrêtez-le!

CONGRION : Qu'est-ce que tu as à crier, imbécile ?

EUCLION : Parce que je vais te dénoncer aux triumvirs[2].

CONGRION : Et pourquoi ?

EUCLION : Parce que tu as un couteau.

CONGRION : C'est un outil de cuisinier.

EUCLION : Pourquoi m'en as-tu menacé ?

CONGRION : J'ai seulement eu tort de ne pas t'en percer le flanc.

EUCLION : Il n'y a pas au monde homme vivant qui soit pire crapule que toi, et que j'aurais plus de plaisir à rosser tout à loisir!

CONGRION : Par Pollux, même si tu ne le disais pas, c'est assez évident par soi-même; les faits le prouvent. Ton bâton m'a rendu le corps plus souple qu'un mignon. Mais pourquoi portes-tu la main sur nous, espèce de mendiant ?

EUCLION : Pourquoi ? Et tu le demandes, par-dessus le marché ? Est-ce parce que je ne t'ai pas donné toute la ration à laquelle tu avais droit ?

CONGRION : Laisse aller! Mais, par Hercule, cela te coûtera très cher, si j'ai la tête sur les épaules.

EUCLION : Par Pollux, je ne sais pas ce qui arrivera par la suite, mais, pour l'instant, elle est à sa place[1]. Mais, qu'est-ce que tu avais à faire dans ma maison, en mon absence, et sans autorisation de ma part ? Je voudrais le savoir.

CONGRION : Alors, tais-toi. C'est que nous sommes venus faire cuire le dîner de mariage.

EUCLION : Qu'est-ce que cela peut te faire, bon Dieu, que je mange cru ou cuit ? Tu n'es pas mon tuteur ?

CONGRION : Je voudrais savoir, si, oui ou non, tu me permets de faire cuire ici le dîner ?

EUCLION : Et moi, de même, je voudrais savoir si ce que j'ai demeurera intact chez moi.

CONGRION : Je ne souhaite qu'une chose : rapporter de chez toi, intact, ce que j'y ai apporté. J'en serai satisfait, et je ne vais pas convoiter ton bien.

EUCLION : Je sais; inutile de me le dire; je suis au courant.

CONGRION : Pour quelle raison veux-tu nous empêcher de faire ici cuire le dîner ? Qu'avons-nous fait ? Qu'avons-nous dit qui ne t'a pas plu ?

EUCLION : Et tu le demandes, coquin ? Vous qui pénétrez dans tous les recoins de ma maison et de mes chambres ? Si tu étais resté à l'endroit où tu avais à faire, près du foyer, tu n'aurais pas la tête fendue; c'est bien fait pour toi. Et maintenant, je vais te dire ma décision : si tu approches davantage de cette porte sans que je t'y invite, je ferai de toi le plus misérable de tous les mortels. Tu sais maintenant quelle est ma décision.

*Il rentre.*

CONGRION : Où vas-tu ? Reviens. Aussi vrai que je souhaite la protection de Laverna[2], aussi vrai, si tu ne me fais pas rendre mes instruments, je ferai le charivari devant ta porte[3]. Et maintenant, que faire ? Par Pollux, je suis venu ici sous de bien mauvais auspices; on m'a loué pour un denier; mais le médecin m'en demandera bien davantage!

## *SCÈNE III*

### EUCLION, CONGRION

EUCLION, *sortant de chez lui, sa marmite dans les bras :* Partout où j'irai, par Hercule, je prendrai ceci avec moi. Je ne me risquerai plus à le laisser ici, exposé à de tels dangers. *(Il s'adresse aux cuisiniers.)* Et maintenant, entrez, vous tous, cuisiniers et joueuses de flûte. Et même faites entrer, si vous le désirez, un troupeau d'esclaves à vendre[1]. Cuisinez, travaillez, hâtez-vous autant qu'il vous plaira, maintenant.

CONGRION : C'est bien temps, une fois que tu m'as empli le crâne de fissures !

EUCLION : Allez, entre; on vous a engagés pour travailler, non pour faire des discours.

CONGRION : Dis donc, le vieux, je te demanderai une indemnité pour avoir été battu. J'ai été engagé pour faire la cuisine, non pour recevoir des coups.

EUCLION : Fais-moi un procès, et ne m'agace pas. Va, fais cuire le dîner, ou quitte ma maison, et va te faire pendre.

CONGRION : Vas-y donc toi-même !

*Il entre dans la maison.*

## *SCÈNE IV*

### EUCLION

Le voilà parti ! Dieux immortels, quelle entreprise hardie, pour un pauvre, d'avoir commerce avec un riche, d'entreprendre avec lui quelque affaire ! Voyez comme Mégadore cherche par tous les moyens à me circonvenir, malheureux que je suis, et il a fait semblant d'envoyer chez moi, pour me faire honneur, des cuisiniers, alors qu'il ne les a envoyés que pour me dérober ceci ! Pour en faire autant, jusqu'à mon coq, dans ma propre maison, ou plutôt le coq favori de la vieille, qui a conspiré pour me perdre, et y est presque parvenu. À l'endroit même où la marmite était enterrée, il s'est mis à gratter de ses ongles, tout autour. Bref, je me suis échauffé; je prends un bâton, j'assomme le coq, comme un voleur en flagrant délit. Je crois bien que les cuisiniers ont promis un salaire au coq, s'il leur révélait ma cachette. Mais je leur ai ôté l'outil de la main. Enfin, la bataille s'est soldée par la mort du coq. Mais voici mon gendre Mégadore qui revient du forum. Maintenant, je ne saurais le rencontrer sans m'arrêter et lui parler un peu.

## *SCÈNE V*

### MÉGADORE, EUCLION

MÉGADORE, *à part :* J'ai communiqué à beaucoup de mes amis le projet que j'avais de me marier ici; ils font tous l'éloge de la fille d'Euclion, disent que l'idée est sage, le projet excellent. Et oui, à mon sens, si tout le monde en faisait autant, si les riches épousaient les filles des pauvres sans dot, il y aurait d'abord bien plus de concorde dans la cité, ensuite nous serions bien moins enviés que nous ne le sommes, et les femmes nous craindraient plus qu'elles ne le font, et nous, nous dépenserions moins que maintenant. Pour la plus grande partie des citoyens, ce serait là la meilleure solution; mais une minorité d'avares s'y opposera, dont l'esprit avide, insatiable, ne peut être ramené à la mesure par aucune loi, et par aucun cordonnier. Il y en aura pour dire : « Avec qui se marieront les filles riches et dotées, si l'on donne ce droit aux pauvres ? » Qu'elles se marient à leur guise, pourvu que leur dot ne les accompagne pas. Si tout se passe de la sorte, elles seront de meilleur caractère pour remplacer la dot qu'elles apportent maintenant. Et je vous promets que les mulets, dont le prix dépasse celui des chevaux, seraient meilleur marché que des bidets gaulois.

EUCLION : Les dieux me bénissent. Comme j'ai plaisir à l'entendre; il est par trop éloquent sur le chapitre de l'économie.

MÉGADORE : Il n'y en aurait plus pour dire : « Je t'ai apporté une dot bien plus importante que ta propre fortune. Il est donc juste que l'on me donne de la pourpre et de l'or, des servantes, des mulets, des muletiers, des valets de pied, des petits chasseurs, des voitures pour me porter. »

EUCLION : Comme il connaît bien les manières des grandes dames ! Je voudrais bien qu'il fût chargé de l'inspection des femmes[1] !

MÉGADORE : Maintenant, où que tu ailles, tu verras plus de chariots dans une maison de ville qu'à la campagne, quand tu vas dans une ferme. Mais cela, ce n'est encore rien, au prix des autres dépenses qu'elles veulent faire. On trouve le foulon, le brodeur, l'orfèvre, le tisserand de lin, des artisans frangiers, des chemisiers, des teinturiers en rose, en orange, en violet ou en jaune, des colporteurs en lingerie, en chaussures, des cordonniers de boutique, des fabricants de sandales, on trouve aussi les teinturiers en mauve, et les foulons réclament, les raccommodeurs réclament; on trouve les marchands de soutien-gorge, et on trouve à côté d'eux les marchands de corsets. Tu t'imagines que tu as payé leurs notes ; il y en a mille autres qui se présentent et réclament, et tu as, plantés dans ton atrium, les maroquiniers, les passementiers, les fabricants de coffrets. On les introduit, tu payes; et tu penses en avoir fini des dettes, lorsque tu vois entrer les teinturiers en safran. Bref, il y a toujours quelque fléau à venir demander de l'argent !

EUCLION, *à part :* Je l'aborderais bien, mais je crains d'interrompre ce tableau des mœurs féminines ; je vais le laisser faire !

MÉGADORE : Une fois réglés tous ces marchands de rien du tout, finalement se présente un soldat qui réclame de l'argent. On va chez le banquier, on examine le compte. Le soldat reste là, sans déjeuner, il croit qu'on va lui donner de l'argent[2]. Une fois les calculs bien au clair, avec le banquier, c'est toi qui, finalement, te trouves le débiteur de celui-ci. On promet au soldat qu'on le paiera un autre jour. Voilà tous les inconvénients — et il y en a encore bien d'autres — que présentent les grandes dots et les dépenses effroyables qu'elles entraînent. La femme épousée sans dot dépend totalement de son mari; les femmes à dot sont la ruine, la perte de leurs maris. Mais voici mon beau-père devant chez lui. — Comment vas-tu, Euclion ?

## *SCÈNE VI*

### EUCLION, MÉGADORE

EUCLION : J'ai eu bien du plaisir à entendre ce que tu disais.

MÉGADORE : Tu m'as donc entendu ?

EUCLION : Tout, depuis le début.

MÉGADORE : Eh bien, m'est avis que tu ferais bien de te mettre un peu plus élégant, pour le mariage de ta fille.

EUCLION : Être élégant selon sa fortune, paraître selon ses ressources, c'est se souvenir d'où l'on sort ! Et puis, par Pollux, Mégadore, chez moi, et chez tous les pauvres d'ailleurs, les affaires ne sont pas plus brillantes qu'on ne le croit.

MÉGADORE : Bah, elles ne vont pas si mal, plaise aux dieux, et qu'ils veuillent aussi, en y ajoutant un peu, te conserver ce que tu possèdes.

EUCLION, *à part :* Voilà une expression qui ne me plaît pas. Ce que tu possèdes ! Il sait, aussi bien que moi, que je possède quelque chose ; c'est la vieille qui le lui a dit.

MÉGADORE : Qu'est-ce que tu as à te prêcher tout seul[1] ?

EUCLION : Je m'apprêtais, par Pollux, à te faire les reproches que tu mérites.

MÉGADORE : Et lesquels ?

EUCLION : Pourquoi me le demander ? Toi qui as rempli tous les recoins, chez moi, de voleurs, pauvre que je suis ; tu as fait entrer dans ma maison cinq cents cuisiniers, chacun avec six mains, de l'espèce des Géryons[2]. Si Argus, celui qui était tout en yeux, celui que Junon donna autrefois comme gardien à Io, avait à les surveiller, il n'y parviendrait pas[3]. Et puis une joueuse de flûte, capable d'épuiser, à elle seule, la fontaine Peiréné, à Corinthe, si elle donnait du vin. Quant à tes provisions...

MÉGADORE : Par Pollux, il y en aurait assez pour une légion ! J'ai même envoyé un agneau.

EUCLION : Un agneau qui est plus curion, je le vois bien, que jamais animal au monde.

MÉGADORE : Je voudrais que tu me dises ce que c'est qu'un agneau curion.

EUCLION : Il est tout en os et en peau, tant il a eu cure

de maigrir[1]. On peut lui examiner les entrailles au soleil, tout vivant : il est transparent comme une lanterne de Carthage[2].

MÉGADORE : Je l'ai acheté pour qu'on le tue.

EUCLION : Eh bien, il aurait mieux valu payer pour le faire enterrer; il est, je crois bien, déjà mort.

MÉGADORE : Mais je veux, aujourd'hui, Euclion, boire en ta compagnie.

EUCLION : Moi, je ne boirai point, par Hercule.

MÉGADORE : Eh bien, moi, je ferai apporter de chez moi un tonneau de vin vieux.

EUCLION : Non, je t'en prie; j'ai décidé de ne boire que de l'eau.

MÉGADORE : Et moi, aujourd'hui, je te ferai boire bel et bien, si je vis, toi qui as décidé de ne boire que de l'eau.

EUCLION, *à part :* Je sais ce qu'il manigance. Il veut me rendre ivre mort, c'est le moyen qu'il veut employer; ensuite, ce que je possède changera de domicile. Mais je prendrai mes précautions; je cacherai la marmite quelque part, dehors. Je m'arrangerai pour qu'il perde et son temps et son vin.

MÉGADORE : Avec ta permission, je vais au bain, pour me préparer à offrir le sacrifice[3].

*Il sort.*

EUCLION : Par Pollux, vraiment, marmite, vous avez bien des ennemis, toi et l'or qui t'a été confié. Maintenant, pour moi, le mieux serait que je t'emmène d'ici, marmite, pour te mettre dans le temple de la Bonne Foi. Là, je te cacherai bien. Bonne Foi, tu me connais, et moi je te connais. Garde-toi de changer de nom, une fois que je t'aurai confié ceci. Je vais à toi, confiant, Bonne Foi, dans ta loyauté.

## ACTE IV

### *SCÈNE PREMIÈRE*

STROBILE[4]

C'est agir en esclave honnête et vaillant que de faire ce que je fais, de ne pas mettre de retard ni de mauvais vouloir à exécuter les ordres de son maître. L'esclave qui cherche à servir son maître comme celui-ci le désire doit penser d'abord à son maître, et plus tard seulement à lui-même. S'il dort, qu'il dorme en se disant qu'il est esclave. Et celui qui est esclave d'un homme amoureux, comme c'est mon cas, s'il voit son maître vaincu par l'amour, son devoir d'esclave est, je pense, d'essayer de sauver son maître, et non de le pousser dans la direction où il penche déjà. Comme les enfants qui apprennent à nager, à qui on met une claie d'osier pour qu'ils aient moins de mal, qu'ils nagent plus aisément et puissent bien remuer les bras, de la même façon j'estime que l'esclave doit être le flotteur de son maître amoureux, le soutenir, l'empêcher de couler comme une pierre de sonde. Qu'il sache ce que lui commande le maître, que ses yeux sachent lire ses volontés sur son front. Qu'un ordre, une fois reçu, soit exécuté plus vite que ne va un quadrige au galop! L'esclave qui se conduira de la sorte s'épargnera la sanction des lanières et ne fera jamais briller le fer des entraves. Mon maître est amoureux de la fille d'Euclion, le miséreux qui habite ici; et l'on vient de lui annoncer qu'elle a été donnée en mariage à Mégadore. Il m'a envoyé ici comme observateur, pour savoir lui aussi ce qui se passe. Et maintenant, sans éveiller les soupçons de personne, je vais m'asseoir près de cet autel consacré. De là, je pourrai voir également ce que l'on fera d'un côté comme de l'autre.

## *SCÈNE II*

### EUCLION, STROBILE

EUCLION, *sortant du temple de la Bonne Foi :* Garde-toi bien de révéler à quiconque que mon or est ici, Bonne Foi. Je ne crains pas que personne ne le trouve, tant il est bien dissimulé dans sa cachette. Par Pollux, il ferait un joli butin, celui qui découvrirait cette marmite pleine d'or; mais je te demande d'empêcher cela, Bonne Foi. Et maintenant, je vais au bain, pour me préparer à offrir le sacrifice, et ne pas retarder mon gendre, mais faire en sorte que, dès qu'il viendra la chercher, il puisse emmener ma fille chez lui. Veille bien, Bonne Foi, je te le répète, à ce que je puisse ramener la marmite intacte de chez toi. J'ai confié l'or à ta loyauté; il est dans ton bois sacré, dans ton sanctuaire.

STROBILE : Dieux immortels, qu'ai-je entendu dire à cet homme ? Qu'il avait dissimulé une marmite pleine d'or là-dedans, dans le sanctuaire de la Bonne Foi ? Tâche, je t'en prie, déesse, d'être plus loyale envers moi qu'envers lui. Cet homme est, je crois bien, le père de la fille qu'aime mon maître. Je vais entrer, je vais fouiller le sanctuaire, pour voir si je trouverai cet or, tandis que le bonhomme est occupé ailleurs. Et si je le trouve, ô Bonne Foi, je t'offrirai un flacon d'un conge plein de vin miellé. Oui, certes, je le ferai... et puis je le boirai, une fois l'offrande faite.

*Il pénètre dans le sanctuaire.*

## SCÈNE III

EUCLION, *ressortant de chez lui.*

Ce n'est point par hasard qu'un corbeau a crié tout à l'heure sur ma gauche. Il grattait la terre de ses pattes et croassait à toute voix; aussitôt mon cœur s'est mis à faire des bonds et à sauter dans ma poitrine. Mais je tarde à courir là-bas!

## SCÈNE IV

EUCLION, STROBILE

EUCLION, *sortant du temple de la Bonne Foi, et traînant Strobile :* Allons, dehors, ver de terre, qui viens de sortir du sol; tout à l'heure, on ne te voyait pas; maintenant, on te voit, et tu es mort. Ah, par Pollux, faiseur de tours, je vais te traiter d'une belle façon!

STROBILE : Quel mal te tourmente ? Qu'ai-je à faire avec toi, vieillard ? Pourquoi me maltraites-tu ? Pourquoi m'arrêtes-tu ? Pourquoi me frappes-tu ?

EUCLION : Roi des rossards, tu le demandes; voleur, non! triple voleur!

STROBILE : Qu'est-ce que je t'ai dérobé ?

EUCLION : Rends-le-moi, s'il te plaît!

STROBILE : Que veux-tu que je te rende ?

EUCLION : Tu le demandes ?

STROBILE : Mais je ne t'ai rien dérobé.

EUCLION : Allons, donne-moi ce que tu m'as dérobé. Tu le fais ?

STROBILE : Que je fasse quoi ?

EUCLION : Tu ne peux pas l'emporter.

STROBILE : Mais qu'est-ce que tu veux dire ?

EUCLION : Lâche l'objet.

STROBILE : Tu me sembles bien habitué à te faire mettre l'objet quelque part, vieillard ?

EUCLION : Lâche cet objet, s'il te plaît, et ne discute pas; je ne suis pas d'humeur à plaisanter.

STROBILE : Qu'est-ce que tu veux que je lâche ? Pourquoi ne dis-tu pas de quoi il s'agit, en l'appelant par son nom ? Par Hercule, je n'ai jamais rien pris, ni rien touché.

EUCLION : Montre-moi tes mains ?

STROBILE : Tiens, les voici; elles sont là.

EUCLION : Je les vois; allons, montre aussi la troisième!

STROBILE : Ce sont les esprits malins, un dérèglement des humeurs et la folie, qui troublent ce vieillard. Tu cherches à me faire une mauvaise querelle, ou non ?

EUCLION : Mauvaise, j'en conviens, puisque tu n'es pas encore pendu. Mais cela aussi viendra bientôt, si tu n'avoues pas.

STROBILE : Que veux-tu que j'avoue ?

EUCLION : Qu'as-tu volé ici ?

STROBILE : Les dieux me confondent, si je t'ai volé quoi que ce soit *(bas)* et si je n'ai pas eu l'intention de te voler.

EUCLION : Allons, secoue donc ton manteau.

STROBILE : À ton gré.

EUCLION : Tu ne l'aurais pas entre tes tuniques[1] ?

STROBILE : Tâte où tu voudras.

EUCLION : Ah, le coquin, quelle amabilité, pour que je ne puisse savoir qu'il m'a volé. Je connais ces manières hypocrites. Allons, encore une fois, montre-moi ta main droite.

STROBILE : Tiens!

EUCLION : Maintenant, montre-moi la gauche!

STROBILE : Tiens, je te les montre toutes les deux.

EUCLION : Je renonce à te fouiller; rends-le-moi.

STROBILE : Que je te rende quoi ?

EUCLION : Ah, tu fais l'imbécile; sans aucun doute, tu l'as.

STROBILE : Je l'ai, moi ? Qu'est-ce que j'ai ?

EUCLION : Je ne le dis pas; tu voudrais le savoir. Ce qui est à moi, quoi que ce soit, rends-le-moi.

STROBILE : Tu es fou; tu m'as fouillé à ta guise, et tu n'as rien pu trouver sur moi qui t'appartienne.

EUCLION : Attends, attends. Qui est là-bas ? Qu'y avait-il avec toi, tout à l'heure, dans le sanctuaire ? Je suis mort, par Hercule; l'autre, maintenant, met tout sens dessus dessous à l'intérieur. Si je laisse partir celui-ci, il va disparaître. Mais, au bout du compte, je l'ai déjà fouillé; il n'a rien. Va-t'en où tu voudras !

STROBILE : Que Jupiter et les dieux te confondent !

EUCLION : Ce n'est pas mal, comme remerciement. Je vais entrer là-dedans et serrer le cou à ton complice ! Veux-tu bien disparaître de ma vue ? Tu t'en vas, oui ou non ?

STROBILE : Je m'en vais.

EUCLION : Et que je ne te revoie plus !

## *SCÈNE V*

STROBILE

Je consens à périr de male mort plutôt que de ne pas jouer aujourd'hui à ce vieillard un bon tour. Il ne va plus oser cacher son or ici; je suis sûr qu'il va l'emmener avec lui et changer d'endroit. Eh, eh, la porte a grincé; voici le vieux qui sort avec son or. Écartons-nous un moment, dans l'embrasure de cette maison.

## *SCÈNE VI*

EUCLION, STROBILE

EUCLION : Je croyais qu'on pouvait se fier aveuglément à la Bonne Foi; et voici qu'elle m'a presque floué. Si le corbeau n'était pas intervenu, j'étais perdu, pauvre de moi. Oui, je serais bien heureux si ce corbeau revenait me voir, lui qui m'a averti; je lui donnerai de bonnes paroles; quant à de la nourriture, tant vaut donner que perdre. Pour l'instant, ce qui m'occupe, c'est de trouver un endroit désert où cacher cette marmite. Il y a, hors les murs, un bois de Silvain, impénétrable, rempli d'un épais fourré de saule : c'est là que je vais trouver une cachette. Je suis décidé à me confier à Silvain plutôt qu'à la Bonne Foi.

*Il sort, vers la droite*[1].

STROBILE, *seul :* Bravo, bravo! Les dieux veulent mon salut et ma félicité! Je vais courir pour le précéder là-bas, grimper dans un arbre et observer l'endroit où le vieux va cacher son or. Le maître m'avait bien dit de l'attendre ici, mais je préfère m'exposer à la rossée, si cela doit me rapporter!

## *SCÈNE VII*

### LYCONIDE, EUNOMIE, PHÉDRIE

LYCONIDE : Voilà, je t'ai tout dit, ma mère; tu connais l'aventure aussi bien que moi-même, en ce qui concerne la fille d'Euclion. Et maintenant je t'en prie, je t'en supplie, ma mère, comme je t'en ai supplié tout à l'heure, mets mon oncle au courant, ma chère maman!

EUNOMIE : Tu sais que je souhaite exactement tout ce que tu souhaites; et je suis certaine d'obtenir de mon frère ce que tu me demandes. C'est une cause juste, s'il en est bien comme tu me le dis, si tu as fait violence à cette jeune fille alors que tu étais pris de vin.

LYCONIDE : Comment pourrais-je te raconter un tel mensonge, mère chérie ?

PHÉDRIE, *de l'intérieur de la maison d'Euclion :* Je suis morte, nourrice, je t'en supplie, le ventre me fait mal. Junon Lucine[2], au secours!

LYCONIDE : Tiens, mère chérie, la réalité vaut mieux que les paroles; elle pousse des cris, elle est en train d'accoucher.

EUNOMIE : Viens avec moi, mon enfant, chez mon frère, pour que j'obtienne pour toi, de lui, ce que tu me demandes.

LYCONIDE : Va, je te suis, mère chérie. Mais je me demande où peut bien être mon esclave Strobile; je lui avais donné l'ordre de m'attendre ici. Mais j'y réfléchis : s'il travaille pour moi, j'aurais tort de me mettre en colère contre lui. Je vais entrer : on juge dans cette maison une affaire capitale pour moi!

## *SCÈNE VIII*

STROBILE, *entrant par la droite, avec la marmite.*

Les griffons qui habitent des montagnes d'or[1] sont moins riches que moi. Je ne veux même pas mentionner les autres rois, qui sont des mendiants auprès de moi. Je suis le roi Philippe[2]. Ô l'heureux jour! Comme je suis parti d'ici à temps, je suis arrivé le premier, et bien avant qu'il n'arrive je me suis mis dans un arbre, et là j'attendais pour savoir où le vieux cacherait son or. Dès qu'il est parti, je descends de l'arbre, et je déterre la marmite pleine d'or; et puis je me sauve aussitôt. Je vois le vieux qui revient sur ses pas; il ne me voit pas. Car je m'étais mis un peu en dehors du chemin. Hé là! le voici lui-même. Je m'en vais dissimuler ceci dans notre maison.

## *SCÈNE IX*

EUCLION, LYCONIDE

EUCLION : Je suis fini, je suis mort, je suis assassiné. Où courir, où ne pas courir? Arrêtez-le! arrêtez-le! Qui? Et par qui? Je ne sais, je ne vois rien, je suis aveugle; où vais-je, où suis-je, qui suis-je, je ne suis plus certain de rien. Je vous en supplie, je vous le demande, je vous en conjure, secourez-moi, et montrez-moi l'homme qui me l'a enlevée. Que dis-tu, toi? Je veux te croire; je vois à ton visage que tu es un honnête homme. Qu'y a-t-il? Pourquoi riez-vous? Je vous connais tous; je sais qu'il y a ici beaucoup de voleurs qui, sous un vêtement blanchi, se dissimulent et sont assis à leur place, comme s'ils étaient de braves gens. Eh bien, personne, parmi les gens d'ici, ne l'a prise? Tu m'as assassiné. Dis-moi, donc, qui est-ce qui l'a? Tu ne le sais pas? Ah, malheureux que je suis, tout est fini! Je suis vraiment fini, et bien mal en point, tant ce jour m'a apporté de gémissements, de malheurs et de tristesse! Et la faim, et la misère! Je suis, de tous les vivants, le plus abandonné. À quoi me sert de vivre? J'ai perdu tout l'or que je gardais si soigneusement! Je me suis privé moi-même, moi, mon âme et mon génie[3]; et maintenant d'autres se réjouissent de mon malheur et de ma perte. Je ne puis le supporter!

LYCONIDE : Qui donc, devant notre maison, pousse de tels cris, se lamente et se désole ? Mais c'est Euclion, je crois. C'en est fait de moi; l'affaire est découverte. Il sait maintenant, j'en suis certain, que sa fille a accouché. Et je ne sais si je dois m'en aller ou rester, aller le trouver ou le fuir. Par Pollux, je ne sais que faire!

## *SCÈNE X*

### EUCLION, LYCONIDE

EUCLION : Qui parle, ici ?

LYCONIDE : C'est moi, un malheureux!

EUCLION : Le malheureux, c'est moi, tristement perdu, moi, à qui sont arrivés tant de chagrins et de maux!

LYCONIDE : Aie bon courage.

EUCLION : Mais, je t'en prie, comment cela est-il possible ?

LYCONIDE : Parce que l'acte qui tourmente ton cœur, c'est moi qui l'ai commis, et je l'avoue.

EUCLION : Qu'est-ce que tu m'apprends ?

LYCONIDE : La vérité.

EUCLION : Quel mal t'ai-je donc fait, jeune homme, pour que tu agisses ainsi et que tu me ruines, moi et mes enfants ?

LYCONIDE : C'est un dieu qui m'a poussé, c'est lui qui m'a entraîné vers elle.

EUCLION : Comment ?

LYCONIDE : J'avoue que j'ai eu tort et je sais que j'ai commis une faute; c'est pour cela que je viens maintenant te prier, te demander de me pardonner, sans te fâcher.

EUCLION : Pourquoi as-tu eu l'audace de toucher à ce qui ne t'appartenait pas ?

LYCONIDE : Que veux-tu ? C'est fait, maintenant; on ne peut le défaire. Je suis sûr que les dieux l'ont voulu; je sais bien que, s'ils ne l'avaient pas voulu, cela ne serait pas arrivé.

EUCLION : Et moi je suis sûr que les dieux ont voulu que je te fasse mourir chez moi dans les fers.

LYCONIDE : Ne parle pas ainsi!

EUCLION : Pourquoi as-tu porté la main, sans mon aveu, sur ce qui était à moi ?

LYCONIDE : C'est la faute du vin et de l'amour, si je l'ai fait.

EUCLION : Roi des impudents, tu as l'audace de venir me trouver en me tenant un pareil discours, individu sans pudeur ! Si l'on accepte la règle que tu poses, si l'on admet l'excuse que tu te donnes, nous déroberions en plein jour les bijoux des dames, et après, si nous étions pris, nous dirions, comme excuse, que nous étions ivres, que nous avons agi par amour. Le vin et l'amour ne sont vraiment pas cher, si, parce qu'on est ivre et amoureux, on a le droit de faire ce que l'on veut.

LYCONIDE : Mais je viens moi-même te supplier, à cause de l'étourderie que j'ai commise.

EUCLION : Je n'aime pas les gens qui, après avoir commis une faute, viennent présenter leurs excuses. Tu savais qu'elle n'était pas à toi, il ne fallait pas la toucher.

LYCONIDE : Eh bien, puisque j'ai osé la toucher, je n'ergote pas, je ne refuse pas de la garder, de préférence à toute autre.

EUCLION : Tu voudrais la garder, sans mon aveu, alors qu'elle est à moi ?

LYCONIDE : Je ne demande pas que ce soit sans ton aveu, mais j'estime qu'elle doit m'appartenir. Bien mieux, tu vas te rendre compte bientôt, te dis-je, Euclion, qu'elle doit être à moi.

EUCLION : Et moi je vais bientôt t'emmener chez le préteur et t'intenter un procès, si tu ne rapportes pas...

LYCONIDE : Que je te rapporte quoi ?

EUCLION : Ce que tu m'as volé, et qui m'appartient.

LYCONIDE : Ce que je t'ai volé, et qui t'appartient ? Mais où ? De quoi s'agit-il ?

EUCLION : Que Jupiter te protège, aussi vrai que tu ne sais pas de quoi il s'agit ?

LYCONIDE : À moins que tu ne me dises toi-même ce que tu cherches.

EUCLION : Une marmite d'or, te dis-je, voilà ce que je te réclame, celle que tu m'as avoué toi-même avoir volée.

LYCONIDE : Mais je ne t'ai rien volé, et je n'ai rien avoué.

EUCLION : Tu nies ?

LYCONIDE : Je nie absolument ! Je ne sais pas ce que

c'est que cet or ni que cette marmite, et je ne l'ai jamais su.

EUCLION : Celle que tu as enlevée dans le bois de Silvain. Donne-la, allons! Je t'en céderai plutôt la moitié; bien que tu m'aies volé, je ne te ferai pas d'ennui. Allons, rapporte-la.

LYCONIDE : Tu n'es pas dans ton bon sens, pour me traiter de voleur. Je croyais, Euclion, que tu avais eu vent d'une autre affaire qui me concerne. C'est une chose importante, et je voudrais t'en entretenir à loisir, si tu as ce loisir.

EUCLION : Dis-moi, sincèrement : ce n'est pas toi qui as volé cet or?

LYCONIDE : Sincèrement.

EUCLION : Et tu ne sais pas non plus qui l'a volé?

LYCONIDE : Cela non plus, sincèrement.

EUCLION : Et si tu viens à savoir qui l'a volé, tu me le révéleras?

LYCONIDE : Je le ferai.

EUCLION : Et si tu y manques?

LYCONIDE : Alors, que le grand Jupiter me fasse ce qu'il voudra!

EUCLION : Cela me suffit; maintenant, dis-moi ce que tu veux me dire.

LYCONIDE : Si tu ne sais pas de quelle famille je suis issu, il y a ici mon oncle Mégadore; mon père était Antimaque, moi je m'appelle Lyconide, et ma mère est Eunomie.

EUCLION : Je connais ta famille, et maintenant, que veux-tu? C'est ce que je souhaite savoir.

LYCONIDE : Tu as une fille.

EUCLION : Oui, elle est là, chez nous.

LYCONIDE : Tu as promis de la marier, je crois, à mon oncle?

EUCLION : Tu es parfaitement au courant.

LYCONIDE : Mon oncle m'a demandé de te faire savoir qu'il rompt les fiançailles.

EUCLION : Rompre quand tout est prêt, que les noces sont sur le point de se faire? Que tous les dieux immortels et toutes les déesses, autant qu'il en est, le confondent, lui par la faute de qui j'ai perdu aujourd'hui tout mon or, pauvre de moi, infortuné que je suis!

LYCONIDE : Prends courage. Ne prononce que des mots de bon augure! Et maintenant, que tout cela tourne au mieux pour toi et pour ta fille. Dis : « Ainsi soit-il ! »

EUCLION : Ainsi soit-il !

LYCONIDE : Et qu'il en soit de même aussi pour moi ! Écoute, maintenant. Lorsqu'un homme a commis une faute, il n'en est aucun d'assez vil pour ne pas avoir honte, et ne pas chercher à se disculper. Maintenant, je t'en supplie, Euclion, si j'ai commis, sans le vouloir, quelque faute contre toi, et contre ta fille, pardonne-moi, et donne-la-moi pour femme, comme les lois l'ordonnent. J'avoue que j'ai fait violence à ta fille pendant la nuit de Cérès[1], poussé par le vin et l'emportement de la jeunesse.

EUCLION : Malheur, quelle histoire terrible tu me racontes là ?

LYCONIDE : Pourquoi gémis-tu, toi que j'ai rendu grand-père, pour le mariage de ta fille ? Car ta fille a mis un enfant au monde, au dixième mois[2] : fais le compte ! Et c'est la raison pour laquelle, à cause de moi, mon oncle te fait signifier la rupture. Va chez toi, et demande s'il n'en est pas comme je te le dis.

EUCLION : Je suis tout à fait mort ! tant les malheurs s'accumulent sur moi pour mon infortune. Je vais chez moi, pour savoir ce qu'il y a de vrai là-dedans.

LYCONIDE : Je vais avec toi. Enfin, nous avons bien l'air de toucher au port et au salut. Mais je me demande bien où peut se trouver mon esclave Strobile ; je n'ai qu'une chose à faire, l'attendre ici un moment ; après quoi, je suivrai l'autre dans sa maison. Ainsi, pendant ce temps, je lui laisserai le loisir d'aller s'enquérir de ce que j'ai fait, auprès de la vieille nourrice de sa fille ; elle connaît toute l'histoire.

## ACTE V

### *SCÈNE PREMIÈRE*

STROBILE, LYCONIDE, EUCLION

STROBILE : Dieux immortels, de quelle immense joie vous me comblez ! Je possède une marmite contenant quatre livres d'or ; qui est plus riche que moi ? Qui donc, à Athènes, est plus que moi aimé des dieux ?

LYCONIDE : Oui, j'ai bien l'impression d'avoir entendu la voix de quelqu'un qui parlait, par ici.

STROBILE : Tiens, n'est-ce pas mon maître que je vois ?

LYCONIDE : C'est bien là Strobile, mon esclave ?

STROBILE : C'est bien lui.

LYCONIDE : Ce n'est pas un autre.

STROBILE : Je l'aborde !

LYCONIDE : Allons vers lui. Je crois qu'il est allé trouver, comme je le lui avais ordonné, la vieille femme, la nourrice de la jeune fille.

STROBILE : Pourquoi ne pas lui dire que j'ai fait cette trouvaille ? [Lacune.] Et puis je le prierai de m'affranchir. Je vais aller lui parler. *(À Lyconide.)* J'ai trouvé...

LYCONIDE : Qu'as-tu trouvé ?

STROBILE : Pas ce que crient les enfants, qu'ils ont trouvé dans une fève[1].

LYCONIDE : Tu recommences à te moquer de moi, comme d'habitude ?

STROBILE : Maître, attends ; je vais te le dire, écoute.

LYCONIDE : Allons, dis-le !

STROBILE : J'ai trouvé, aujourd'hui, d'immenses richesses.

LYCONIDE : Où cela ?

STROBILE : Une marmite, te dis-je, pleine de quatre livres d'or.

LYCONIDE : Qu'est-ce que tu me racontes, qu'as-tu fait là ?

STROBILE : Je l'ai dérobée au vieil Euclion.

LYCONIDE : Où est cet or ?

STROBILE : Dans un coffre, chez moi. Maintenant, je souhaite que tu m'affranchisses.

LYCONIDE : Moi, que je t'affranchisse, toi, le plus parfait des scélérats ?

STROBILE : Va, maître, je sais ce que tu veux faire ; je t'ai bien fait parler ! Tu te préparais déjà à me l'enlever ? Qu'aurais-tu fait, si je l'avais trouvé ?

LYCONIDE : Tes balivernes ne prennent pas. Allons, rends l'or.

STROBILE : Que je rende l'or ?

LYCONIDE : Rends-le-moi, te dis-je, que je le lui rende à lui.

STROBILE : De quel or s'agit-il ?

LYCONIDE : De celui que tu m'as dit tout à l'heure être dans ton coffre.

STROBILE : Il m'arrive de parler pour ne rien dire...

LYCONIDE : Sais-tu bien que...

STROBILE : Tue-moi, par Hercule, si tu le veux. Tu ne tireras rien de moi.

[La fin de la pièce manque.]

# LES BACCHIS

*(Bacchides)*

## NOTICE

*Cette comédie a comme titre le nom de deux courtisanes, deux sœurs, qui portent le même nom. Elle est imitée d'une comédie grecque de Ménandre, dont le titre était* Le Double Trompeur (Δὶς ἐξαπατῶν). *Nous ne savons pas comment s'appelaient les deux sœurs dans le modèle grec, qui a presque totalement disparu ; en choisissant d'appeler sa comédie du nom des deux Bacchis, Plaute se révèle préoccupé, une fois de plus, par le problème de l'introduction et de la propagation du culte de Bacchus-Dionysos en Italie*[1].

*Le début de la pièce manque*[2], *mais l'intrigue n'en est pas moins fort claire. Deux jeunes gens, Pistoclère et Mnésiloque, vivent à Athènes. Le premier est fils du vieux Philoxène, le second celui du vieux Nicobule. Les deux vieillards sont deux amis, comme le sont leurs enfants. Mnésiloque a été envoyé par son père à Éphèse, pour recouvrer une dette ; il était accompagné dans ce voyage par son esclave Chrysale. Mais Mnésiloque a laissé son cœur à Athènes ; il est amoureux d'une jeune courtisane, nommée Bacchis, qui a disparu. Il a chargé son ami Pistoclère de la retrouver, et la pièce commence au moment où les événements vont se précipiter.*

*D'abord, Pistoclère a retrouvé la jeune Bacchis : elle arrive de Samos, et vit chez sa sœur, appelée aussi Bacchis ; mais elle a conclu un contrat d'un an avec un militaire, un mercenaire, qui veut la garder chez lui, et espère en faire sa servante, à l'expiration du contrat. Pour exécuter la mission que lui a confiée Mnésiloque, Pistoclère va trouver les Bacchis, mais, en courtisane avertie, la Bacchis d'Athènes l'attire chez elle, et en fait son*

1. Voir la note 1 de la page 131.
2. Voir ci-dessous, p. 159.

*amant. Au moment où se passent ces événements, Mnésiloque et Chrysale rentrent d'Éphèse ; ils rapportent l'argent de Nicobule et, précisément, Pistoclère rencontre Chrysale. Il lui apprend dans quelle situation se trouve la Bacchis de Samos, aimée de Mnésiloque : pour être libérée du soldat, elle doit verser un dédit de deux cents philippes d'or. — Qu'à cela ne tienne, dit Chrysale. Et il raconte à Nicobule une histoire rocambolesque : l'hôte d'Éphèse a refusé de verser l'argent ; il y a été contraint par la loi, mais il a tenté d'arraisonner le bateau sur lequel Chrysale et Mnésiloque repartaient ; finalement, l'argent a été confié en dépôt au temple d'Artémis, la Diane d'Éphèse — moins une petite somme, que Mnésiloque a rapportée. Nicobule se désole, mais que faire ?*

*Sur ces entrefaites, Mnésiloque arrive sur la scène, et il apprend, de Lydus, le vieux précepteur de Pistoclère, que celui-ci vient d'être saisi par la débauche ; il est l'amant d'une certaine Bacchis, et Lydus, avec une complaisance suspecte, décrit la scène dont il a été le témoin. Mnésiloque n'a aucun doute : Pistoclère lui a ravi sa maîtresse. De dépit, il va raconter à son père le tour que Chrysale a voulu lui jouer, et il lui rend tout le dépôt. Mais quand, après cet exploit, il rencontre Pistoclère, et qu'il éclate en reproches, il doit reconnaître la vérité : Pistoclère ne l'a point trahi, et lui-même a été un grand sot. Mais qu'à cela ne tienne. Chrysale a plus d'un tour dans son sac.*

*Et, en effet, Chrysale sauve son jeune maître, en inventant une seconde tromperie. Lorsque le soldat vient réclamer Bacchis la Samienne, Chrysale fait en sorte que Nicobule soit présent ; le soldat parle de tuer Mnésiloque, et Chrysale fait croire au vieillard que la courtisane est en réalité la femme légitime du soldat. Mnésiloque risque la mort, mais tout s'arrange... pour deux cents philippes.*

*Chrysale ne s'arrête pas en si bon chemin ; sous prétexte d'éloigner Bacchis, il fait si bien que le vieillard insiste pour donner deux cents autres écus d'or à l'esclave. Mais voici que Nicobule se rend au forum, pour verser au soldat la somme convenue, et apprend toute l'histoire. Dans sa colère, il entraîne son vieil ami Philoxène chez les courtisanes ; ils vont, tous les deux, leur faire rendre gorge, retirer de leurs griffes Mnésiloque et Pistoclère, châtier Chrysale comme il le mérite et faire triompher la morale. Ils ont compté sans les charmes des deux filles, qui commencent par se moquer d'eux, puis s'entendent pour les séduire, leur promettre d'être complaisantes à leur désir, malgré le dégoût qu'elles en éprouvent et, finalement, en leur rendant deux cents philippes, obtiennent le pardon de tous les coupables.*

*Sujet peu moral, dont Plaute croit devoir s'excuser à la fin, en disant qu'il n'a fait que porter sur la scène des faits souvent arrivés dans la réalité.*

*Plaute ne nous dit pas qu'il a imité Ménandre, mais deux vers, qui ont subsisté de la comédie de celui-ci*[1]*, se retrouvent, traduits, dans* Les Bacchis, *et, de plus, la situation, la double (même triple !) tromperie de Chrysale, répond au titre de la comédie grecque. Plaute a certainement conservé beaucoup de son modèle ; comme de coutume, les allusions historiques, par exemple la présence à Élatée d'une garnison de mercenaires*[2]*, ou la mention de Samos, qui demeura possession athénienne jusqu'en 322 avant Jésus-Christ. Une jeune Athénienne demeurant à Samos, quoi de plus naturel à cette époque ? C'est aussi l'actualité politique qui a sans doute suggéré de choisir Éphèse comme lieu du dépôt fait par Nicobule. Éphèse, vers cette époque, est l'objet de plusieurs attaques, et change de mains. Enfin, l'allusion à la législation somptuaire de Démétrios de Phalère*[3] *nous reporte, au plus tôt, en 317. C'est la date la plus vraisemblable pour la pièce de Ménandre. On replacera dans ce contexte politique — une certaine réaction aristocratique contre les mœurs relâchées de la démocratie athénienne — les tirades moralisantes de Lydus, sur l'éducation que doivent recevoir les jeunes gens. Tout cela n'est pas romain, mais athénien, et reflète les préoccupations qui étaient celles de la cité dans ce dernier quart du siècle, après la mort d'Alexandre et la tentative malheureuse des démocrates pour secouer le joug macédonien.*

*Les éléments plautiniens sont malaisément discernables ; ils consistent sans doute surtout dans l'introduction de* cantica *— nombreux —, de scènes de pure farce, comme le long monologue de Chrysale, à l'acte IV, lorsque l'esclave se compare interminablement au vainqueur de Troie. On n'oubliera pas que la légende troyenne, dans ses moindres détails, est bien connue à Rome, où elle a repris vie et vigueur au III*e *siècle avant Jésus-Christ ; les tragédies la mettent en scène, et la tradition nationale se l'est rendue familière, par les œuvres d'art, les vases, etc. La version des « destins » de Troie, les conditions nécessaires pour*

1. Voir les notes 3 et 4 de la page 190.
2. Voir la note 1 de la page 181.
3. Voir la note 1 de la page 194.

*que la ville soit prise, n'est pas celle qui avait cours en Orient ; sans doute la prise de Palladium figure là aussi, mais on dit, plus couramment, dans le monde grec, que la ville ne pouvait être prise sans l'intervention de Philoctète, l'ami d'Héraclès, et sans le concours de Néoptolème, fils d'Achille. Il n'est pas sans intérêt de constater que Plaute ait pu intéresser si longtemps ses spectateurs avec l'histoire de Troie ; cela est significatif pour notre connaissance du milieu intellectuel de Rome au début du IIe siècle avant Jésus-Christ.*

*La date de la pièce de Plaute n'est pas exactement connue ; postérieure à* Épidicus[1], *c'est-à-dire, probablement, à 194 avant Jésus-Christ, elle date d'une période au cours de laquelle les triomphes ne furent pas rares (si l'on en juge par la plaisanterie contenue aux vers 1070-1073, qui est, sans aucun doute, une addition de Plaute). Or, entre 191 et 189, chaque année fut marquée par un triomphe au moins; parfois, il y en eut jusqu'à quatre ; et, en 187, de nouveau, on en célébra deux autres. On ajoutera enfin que la campagne des deux Scipions en Orient, contre Antiochus, les avait amenés, en 190, à opérer dans la région de Troie, et l'on peut penser que le* canticum *de Chrysale, auquel nous avons fait allusion, s'explique en partie pour cette raison. C'est pourquoi l'année 189, qui a été souvent proposée, apparaît comme très vraisemblable. Nous sommes alors trois ans avant le scandale des Bacchanales, que l'on commence à entrevoir ici même, nous l'avons dit. La lutte entre Caton et les Scipions est dans sa phase aiguë : l'antithellénisme de celui qui, bientôt, deviendra le plus grand censeur de son siècle, tente de s'opposer aux « façons grecques » du vainqueur de Zama et de son frère, suspects de montrer une excessive complaisance envers les nouveautés venues d'Orient. Sans doute la pièce ne contient pas une satire politique, mais elle évoque des problèmes familiers à tous les esprits : la fascination du luxe et des plaisirs ne s'exerce pas seulement sur les jeunes gens, même des vieillards peuvent y succomber, et Plaute a soin de souligner, dans les derniers mots de la comédie, qu'il a vu les générations successives se rencontrer en de bien mauvais lieux, en une rivalité dégradante. Cette intention moralisante — ce « signal d'alarme » que tire le poète — explique peut-être pourquoi l'intrigue de la pièce ne conduit pas à une reconnaissance, comme cela est habituel dans les comédies de Ménandre. Nous ne savons pas, à la vérité, s'il en était ainsi dans* La Double Tromperie, *si, par exemple, les*

1. Voir la note 1 de la page 167.

*deux Bacchis se révélaient des femmes de condition libre, citoyennes dignes d'être épousées par les jeunes gens ; mais un tel dénouement, s'il était celui de la pièce de Ménandre, ne convenait pas au dessein de Plaute, qui voulait montrer les ravages de la débauche, et non pas seulement raconter une histoire rassurante.*

## PERSONNAGES

PISTOCLÈRE, jeune homme, ami de Mnésiloque et amant de Bacchis I.
BACCHIS I, courtisane athénienne, aimée de Pistoclère.
BACCHIS II, courtisane, aimée de Mnésiloque.
UN ESCLAVE.
LYDUS, esclave, précepteur de Pistoclère.
CHRYSALE, esclave.
NICOBULE, vieillard, père de Mnésiloque.
MNÉSILOQUE, jeune homme, ami de Pistoclère, amant de Bacchis II.
PHILOXÈNE, vieillard, père de Pistoclère.
UN PARASITE.
UN JEUNE ESCLAVE.
ARTAMON, esclave gardien.
CLÉOMAQUE, soldat.

*La scène est à Athènes.*

[Pas d'argument[1].]

# LES BACCHIS[1]

## ACTE PREMIER

[Le début de la pièce a disparu.]

### *SCÈNE PREMIÈRE*

BACCHIS I, BACCHIS II, PISTOCLÈRE

BACCHIS I : Ne pourrait-on pas faire ceci, que toi tu ne dises rien, et que ce soit moi qui parle ?

BACCHIS II : Très bien; d'accord!

BACCHIS I : Au cas où la mémoire me ferait défaut, alors, viens à mon secours, ma sœur.

BACCHIS II : Par Pollux, j'ai bien plutôt peur de ne savoir que dire pour te souffler.

BACCHIS I : Et moi, par Pollux, j'aurais plutôt peur que le rossignol ne sache plus sa chanson! Viens par ici avec moi.

PISTOCLÈRE, *les abordant :* Comment vont les deux sœurs, les deux courtisanes qui portent le même nom ? Qu'avez-vous décidé dans votre conseil ?

BACCHIS I : De sages conseils!

PISTOCLÈRE : Bah, ce n'est point là agir en courtisane!

BACCHIS I : Rien n'est plus malheureux qu'une femme.

PISTOCLÈRE : Et qui donc, crois-tu, le mérite davantage ?

BACCHIS I : Ma sœur me demande de lui trouver quelqu'un qui la protège contre le soldat, et, une fois qu'elle aura fini son temps chez celui-ci, la ramène chez elle. Fais cela pour elle, veux-tu, tu me feras plaisir ?

PISTOCLÈRE : Quel service dois-je lui rendre ?

BACCHIS I : Veiller à ce qu'elle puisse revenir chez elle, une fois qu'elle aura fait ce qu'elle doit auprès du soldat, veiller à ce qu'il ne la garde pas auprès de lui comme servante. Si elle avait de l'argent pour lui verser tout de suite un dédit, elle le ferait volontiers.

PISTOCLÈRE : Où eſt cet individu, maintenant ?

BACCHIS I : Il ne va pas tarder à venir, je pense. Mais il vaudra mieux que tu règles cette affaire chez nous; jusqu'à son arrivée, tu seras assis à ton aise pour l'attendre. En même temps, tu auras à boire, et puis, quand tu auras bu, moi, je te donnerai un baiser.

PISTOCLÈRE : Ce n'eſt ni plus ni moins que de la glu, vos manières insinuantes!

BACCHIS I : Comment cela ?

PISTOCLÈRE : Je comprends bien : à vous deux, vous voulez attraper un pigeon, tout seul. Je suis mort, le gluau touche déjà mes ailes. Non, l'affaire dont tu parles ne me convient pas, la belle.

BACCHIS I : Et pourquoi, dis-moi, je t'en prie ?

PISTOCLÈRE : Parce que, Bacchis, je crains les Bacchantes et ton bacchanal[1].

BACCHIS I : Mais pourquoi ? De quoi as-tu peur ? Qu'un dîner chez moi ne te donne de mauvaises idées ?

PISTOCLÈRE : Ce sont tes appas que je crains, plus que ton repas[2]; tu es un animal rusé! À l'âge que j'ai, la belle, il faut éviter les lieux secrets!

BACCHIS I : Et moi, si tu avais des velléités de faire des sottises chez moi, je t'en empêcherais. Mais la raison pour laquelle je souhaite que tu sois chez moi lorsque viendra le soldat, c'eſt que, toi présent, personne n'osera nous faire de tort, ni à elle ni à moi. Tu l'empêcheras, et, en même temps, tu rendras service à ton ami[3]. Le soldat, quand il arrivera, s'imaginera que tu es mon amant. Pourquoi ne dis-tu rien, chéri ?

PISTOCLÈRE : Parce que ce que tu dis eſt bien doux à entendre; mais quand on passe à l'exécution et qu'on le met en pratique, ce sont autant d'aiguilles, qui vous percent l'âme, ravagent votre fortune, ruinent conduite et réputation.

BACCHIS II : Que crains-tu de sa part à elle ?

PISTOCLÈRE : Ce que je crains ? Tu le demandes ? Que moi, un jeune homme, je pénètre dans une paleſtre comme celle-ci[1], où l'on transpirera à se ruiner, où, en fait de disque, je lancerai mes sous, en guise de course, j'irai vers le déshonneur ?

BACCHIS II : Joliment dit !

PISTOCLÈRE : Où, en guise de sabre, je prendrais... ma colombe[2], où on me mettrait dans la main, en guise de ceste, l'anse d'un canthare[3], sur la tête, en guise de casque, une cuvette[4], pour aigrette une couronne de fleurs, comme lance, des osselets[5], où je prendrais, en guise de cuirasse, un manteau douillet, où l'on me donnerait, en guise de cheval, un lit, où, au lieu d'un bouclier, une fille s'allongerait sur mon flanc ? Arrière, arrière, loin de moi !

BACCHIS II : Ah, tu es trop sérieux !

PISTOCLÈRE : C'est mon affaire.

BACCHIS II : Il faut que l'on t'apprivoise. C'est un service que je veux te rendre moi-même.

PISTOCLÈRE : Non, tes services coûtent trop cher.

BACCHIS I : Fais semblant d'être amoureux de moi.

PISTOCLÈRE : Dois-je faire semblant pour plaisanter, ou sérieusement ?

BACCHIS I : Eh bien, il vaut mieux y aller sérieusement. Lorsque le soldat arrivera, je veux que tu me prennes dans tes bras.

PISTOCLÈRE : Pour quelle raison ?

BACCHIS I : Je veux qu'il te voie. Je sais ce que je veux faire.

PISTOCLÈRE : Et moi je sais ce dont j'ai peur. Mais dis-moi...

BACCHIS I : Et quoi donc ?

PISTOCLÈRE : Si tout d'un coup il y avait chez toi un déjeuner, ou une beuverie, ou un dîner, comme cela se fait dans vos réunions, où serait ma place ?

BACCHIS I : Près de moi, mon cœur, pour que le joli garçon soit près de la belle fille. Il y a toujours une place pour toi, chez nous, même si tu viens à l'improviste. Chaque fois que tu voudras t'amuser, ma rose, dis-moi : « Donne-moi de quoi faire la fête », et je te donnerai un endroit où tu te trouveras joliment bien.

PISTOCLÈRE : Le courant est rapide, ici ; il faut prendre des précautions pour le traverser !

BACCHIS I : Et, par Castor, tu ne le traverseras pas sans y perdre quelque chose ! Donne-moi la main, viens avec moi.

PISTOCLÈRE : Non, pas du tout!

BACCHIS I : Et pourquoi cela ?

PISTOCLÈRE : Parce qu'on ne peut pas imaginer pire tentation : l'obscurité, une femme, le vin, pour un jeune homme...

BACCHIS I : Eh bien, va-t'en; moi, je m'en moque, c'est seulement pour toi. Le soldat emmènera ma sœur; toi, ne nous aide pas, si cela ne te dit rien.

PISTOCLÈRE, *à part :* Ne suis-je pas un parfait bon à rien, de ne pouvoir me dominer ?

BACCHIS I : Mais que crains-tu donc ?

PISTOCLÈRE : Rien du tout; sottises! Ma belle, je me livre à ton pouvoir; je suis à toi, je ferai ce que tu voudras pour toi.

BACCHIS I : Tu es bien gentil. Maintenant, voici ce que je veux que tu fasses : je veux offrir aujourd'hui à ma sœur un repas de bienvenue; je vais dire que l'on aille chercher de l'argent chez moi; toi, va acheter ce qu'il faut pour que nous ayons un excellent repas.

PISTOCLÈRE : C'est moi qui ferai le marché. Ce serait déshonorant pour moi que, pour me faire plaisir, tu prennes toute cette peine et que, de plus, ce soit avec ton argent que tu le fasses.

BACCHIS I : Mais moi je ne veux pas que tu me donnes rien.

PISTOCLÈRE : Je t'en prie!

BACCHIS I : Eh bien, soit, si cela te fait plaisir. Dépêche-toi, je t'en prie.

PISTOCLÈRE : Je serai de retour plus vite que je ne cesserai de t'aimer!

*Il sort.*

BACCHIS II : Tu me fais un bel accueil, pour mon arrivée, ma sœur.

BACCHIS I : Comment cela, dis-moi ?

BACCHIS II : Parce que, m'est avis que tu as fait bonne pêche, aujourd'hui[1].

BACCHIS I : Oui, il est à moi. Mais je veux t'aider à propos de Mnésiloque, ma sœur, et faire en sorte que tu trouves de l'argent et que tu n'aies pas à aller avec le soldat.

BACCHIS II : Je le voudrais bien!

BACCHIS I : Je m'arrangerai; mais l'eau est chaude;

rentrons, tu prendras ton bain; car, après la traversée, j'imagine, tu dois te sentir pauvrette.

BACCHIS II : Oui, assez, ma sœur. Et en même temps, voici quelqu'un qui vient ici faire du vacarme; allons-nous-en.

BACCHIS I : Viens avec moi, rentrons; tu t'étendras, pour te remettre de ta fatigue.

## *SCÈNE II*

### LYDUS, PISTOCLÈRE

LYDUS : Voilà un moment, Pistoclère, que je te suis sans rien dire, en me demandant ce que tu fabriques, dans cette tenue[1]. Que les dieux me confondent si Lycurgue lui-même[2] ne me semblerait pas dans cette ville devoir succomber à la débauche! Où vas-tu, droit devant toi, avec toute cette procession[3] ?

PISTOCLÈRE : Ici.

LYDUS : Quoi, ici ? Qui habite ici ?

PISTOCLÈRE : L'Amour, le Plaisir, Vénus, la Grâce, la Joie, le Badinage, les Jeux, et Doux-Propos, et Doux-Baisers.

LYDUS : Qu'as-tu à faire avec ces dieux coûteux ?

PISTOCLÈRE : Ce sont les mauvaises gens qui disent du mal des gens de bien, et toi tu parles mal même des dieux! Tu as grand tort.

LYDUS : Mais existe-t-il un dieu Doux-Baiser ?

PISTOCLÈRE : Tu n'as jamais pensé qu'il existait ? Ô Lydus, quel barbare tu es! Et dire que je m'imaginais que tu étais plus savant que Thalès[4], alors que tu es plus ignorant qu'un barbare en bas âge, puisque, à ton âge, tu ne connais pas le nom des dieux.

LYDUS : L'équipage où je te vois ne me plaît pas.

PISTOCLÈRE : Aussi personne ne l'a préparé pour toi; c'est pour moi, à qui il plaît, qu'on l'a préparé.

LYDUS : Et tu oses raisonner en face de moi ? Même si tu avais dix langues, ton devoir serait de te taire.

PISTOCLÈRE : Ce n'est pas à tout âge, Lydus, que l'on va à l'école[5]. Je me préoccupe aujourd'hui plutôt seulement de savoir si le cuisinier saura préparer toutes ces bonnes choses d'une façon digne d'elles.

LYDUS : Tu t'es perdu, et moi avec, et tous mes efforts

pour toi, alors que je t'ai si souvent montré le bon chemin, sans aucun succès.

PISTOCLÈRE : J'ai perdu moi aussi tous mes efforts, tout comme toi. Tes leçons sont sans effet aussi bien pour moi que pour toi.

LYDUS : Ô l'esprit obstiné!

PISTOCLÈRE : Tu m'ennuies. Tais-toi et viens avec moi, Lydus.

LYDUS : En voilà des façons! Il ne m'appelle plus « précepteur », mais simplement « Lydus »!

PISTOCLÈRE : Il ne serait pas normal, ni logique, alors que je serais dans la maison, couché près de ma maîtresse, lorsque je l'embrasserais et que tous les autres convives seraient installés à table, qu'en leur présence à tous il y eût avec moi mon précepteur!

LYDUS : C'est donc pour cela que tu es allé faire tout ce marché, dis-moi ?

PISTOCLÈRE : Du moins c'est mon plus cher désir; quelle en sera l'issue, cela est entre les mains des dieux.

LYDUS : Et tu auras une maîtresse ?

PISTOCLÈRE : Quand tu le verras, tu le sauras.

LYDUS : Non, tu n'en auras pas, et je ne le permettrai pas; je vais rentrer à la maison...

PISTOCLÈRE : N'en fais rien, Lydus, et gare aux coups!

LYDUS : Quoi, « gare aux coups » ?

PISTOCLÈRE : Je suis maintenant assez grand pour que tu ne sois plus à me régenter.

LYDUS : Ô abîmes de la terre, où êtes-vous ? Comme je m'y jetterais volontiers! Je vois aujourd'hui beaucoup plus de choses que je ne l'aurais voulu. Il me vaudrait beaucoup mieux avoir fini de vivre que de vivre encore. Un élève menacer son maître ? Ah, je me passerais bien que mes élèves aient autant de vigueur; celui-ci est si énergique qu'il me maltraite, moi qui n'ai plus de forces.

PISTOCLÈRE : Je deviendrais, j'en suis sûr, Hercule, et toi Linus[1].

LYDUS : Par Pollux, j'ai bien plutôt peur de devenir, à cause de toi, Phénix, et d'avoir à annoncer ta mort à son père[2].

PISTOCLÈRE : Assez de souvenirs historiques!

LYDUS : Il n'a plus aucun respect : tu as acquis là une bien mauvaise qualité pour ton âge, par Pollux, en acquérant cette impudence. C'est un homme perdu. Ne te souviens-tu pas que tu as un père ?

PISTOCLÈRE : Est-ce moi qui suis ton esclave, ou toi qui es le mien ?

LYDUS : C'est un très mauvais maître qui t'a appris ce que tu dis là, et non pas moi. Et tu n'as que trop tendance à écouter ces leçons-là plutôt que celles que je te donnais, bien en vain. Par Pollux, tu as agi en bien méchant hypocrite, en me cachant ta vilaine conduite, à moi et aussi à ton père.

PISTOCLÈRE : Jusqu'à présent je t'ai laissé parler, Lydus ; mais en voilà assez. Suis-moi, et tais-toi.

# ACTE II

## *SCÈNE PREMIÈRE*

CHRYSALE, *entrant par la droite.*

Patrie de mon maître, salut ! Je ne t'ai pas vue depuis deux ans, depuis que je suis parti pour Éphèse, et je suis heureux de te revoir. Je te salue aussi, Apollon notre voisin[1], toi qui habites si près de chez nous, et je t'adresse cette prière : ne permets pas que Nicobule, notre vieux maître, me rencontre avant que j'aie pu voir Pistoclère, l'ami de Mnésiloque, à qui Mnésiloque envoie une lettre au sujet de sa maîtresse Bacchis.

## *SCÈNE II*

PISTOCLÈRE, CHRYSALE

PISTOCLÈRE, *il sort de chez Bacchis, à qui il parle encore :* Je me demande pourquoi tu insistes aussi vivement pour que je revienne vers toi, car je ne saurais m'en éloigner, quand bien même je le voudrais : tant je suis retenu à toi par une assignation d'amour, tant je te suis enchaîné[2].

CHRYSALE : Ô, dieux immortels, c'est Pistoclère que j'aperçois ! Pistoclère, salut.

PISTOCLÈRE : Salut, Chrysale.

CHRYSALE : Je t'épargnerai un long discours ; tu me dis

que tu es heureux de me voir de retour, et je suis sûr que tu dis vrai[1]. Offre-moi l'hospitalité et un dîner, comme il convient, à qui arrive d'un long voyage; et moi j'accepte ton invitation. Je t'apporte un grand bonjour de ton camarade. Tu me demanderas où il est : il est en vie.

PISTOCLÈRE : Mais bien portant, n'est-ce pas ?

CHRYSALE : C'est précisément ce que je voulais te demander à toi.

PISTOCLÈRE : Comment puis-je le savoir ?

CHRYSALE : Mieux que quiconque.

PISTOCLÈRE : Et comment cela ?

CHRYSALE : Parce que, si l'on a retrouvé celle qu'il aime, il est en bonne santé; si on ne l'a pas retrouvée, il est malade, il est à l'agonie. Son âme, c'est, pour un amant, sa maîtresse; si elle est absente, il n'existe plus. Si elle est là, c'est l'argent qui s'en est allé, et lui-même... c'est un vaurien et un malheureux. Mais toi, qu'as-tu fait, au sujet de la mission qu'il t'avait confiée ?

PISTOCLÈRE : Comment veux-tu que, du moment où j'avais reçu son message, je n'aie pas tout fait pour qu'il trouve la chose accomplie à son retour ? J'aimerais mieux séjourner aux rives d'Achéron !

CHRYSALE : Alors, as-tu trouvé Bacchis ?

PISTOCLÈRE : Oui, celle de Samos.

CHRYSALE : Veille, je te prie, à ce qu'on ne la manie pas sans précaution; tu sais comme un vase de Samos a vite fait de se casser[2].

PISTOCLÈRE : Tu n'as pas changé.

CHRYSALE : Dis-moi, où est-elle, je t'en prie ?

PISTOCLÈRE : Ici, dans la maison d'où tu m'as vu sortir, tout à l'heure.

CHRYSALE : Cela tombe joliment bien ! Elle est notre plus proche voisine. Se souvient-elle de Mnésiloque ?

PISTOCLÈRE : Tu le demandes ? Tu veux dire qu'il est ce qu'elle aime le plus au monde.

CHRYSALE : Excellent !

PISTOCLÈRE : Mieux, à l'en croire, elle se consume d'amour à l'attendre.

CHRYSALE : Parfait, cela !

PISTOCLÈRE : Mieux, Chrysale, il ne se passe pas un petit moment sans qu'elle prononce son nom.

CHRYSALE : Tant mieux, par Hercule, tant mieux !

PISTOCLÈRE : Mieux...

CHRYSALE : Mieux, par Hercule, j'aime mieux m'en aller...

PISTOCLÈRE : Cela te fâche, peut-être, d'entendre comme les affaires de ton maître vont bien ?

CHRYSALE : Ce n'est pas la pièce, c'est l'acteur qui m'indispose. Même *Épidicus,* une pièce que j'aime autant que moi-même[1], je n'en déteste aucune au même point lorsque c'est Pellion qui la joue. Mais Bacchis t'a semblé une fille bien ?

PISTOCLÈRE : Quelle question ! Si je n'avais obtenu Vénus, je dirais que c'est Junon.

CHRYSALE : Par Pollux, Mnésiloque, telle que je vois la chose, vous avez ce qu'il vous faut pour faire l'amour, mais ce qui est à trouver, c'est de quoi payer. Vous avez peut-être bien besoin d'or ?

PISTOCLÈRE : Oui, et des philippes[2].

CHRYSALE : Et peut-être bien que vous en avez besoin tout de suite.

PISTOCLÈRE : Et même plus tôt encore; car le soldat ne va pas tarder à arriver...

CHRYSALE : Le soldat, dis-tu ?

PISTOCLÈRE : Il réclame de l'argent pour laisser sa liberté à Bacchis.

CHRYSALE : Qu'il vienne quand il voudra, et qu'il ne me fasse pas attendre. Nous avons de quoi; je n'ai rien à craindre, ni besoin de supplier personne, aussi longtemps que l'esprit que voici sera fertile en inventions perfides. Allons, rentre; je reste ici pour régler l'affaire. Et toi, dans la maison, dis à Bacchis que Mnésiloque arrive.

PISTOCLÈRE : Je t'obéirai.

CHRYSALE : Le problème de l'or me regarde. Nous avons apporté mille deux cents philippes d'or d'Éphèse, qu'un hôte devait à notre vieux. Sur cette somme, je vais m'arranger pour trouver le moyen de prélever de l'or pour le jeune maître amoureux. Mais notre porte a fait du bruit; qui est-ce qui sort ?

## *SCÈNE III*

NICOBULE, CHRYSALE

NICOBULE : Je vais au Pirée; je vais aller voir s'il n'est pas arrivé au port quelque navire marchand venant d'Éphèse. Je suis inquiet en moi-même que mon fils s'attarde si longtemps là-bas et ne revienne pas.

CHRYSALE : Je vais le plumer comme il faut, si les dieux le permettent. Ce n'est pas le moment de dormir; Chrysale a besoin d'or[1]. Je vais l'aborder et le transformer maintenant en bélier de Phrixos[2]; et puis je lui tondrai l'or jusqu'au vif. *(À Nicobule.)* Son esclave Chrysale salue Nicobule.

NICOBULE : Par les dieux immortels, Chrysale, où est mon fils ?

CHRYSALE : Tu ne me rends pas le salut que je t'ai adressé le premier ?

NICOBULE : Salut. Mais où est donc Mnésiloque ?

CHRYSALE : Il est vivant, et en bonne santé.

NICOBULE : Il est de retour ?

CHRYSALE : Il est de retour.

NICOBULE : Bravo ! Tu me rafraîchis. Il a toujours été en bonne santé ?

CHRYSALE : Comme un lutteur, comme un athlète.

NICOBULE : Et l'affaire pour laquelle je l'avais envoyé à Éphèse ? A-t-il reçu l'or de notre hôte Archidémide ?

CHRYSALE : Hélas, mon cœur et mon cerveau se fendent, Nicobule, chaque fois que l'on prononce le nom de cet individu. Tu appelles hôte celui qui est en fait ton ennemi ?

NICOBULE : Comment cela, je t'en prie, par Hercule ?

CHRYSALE : Parce que je sais bien, par Pollux, que Vulcain, la Lune, le Soleil, le Jour, ces quatre divinités, n'ont jamais éclairé personne de plus scélérat !

NICOBULE : Qu'Archidémide ?

CHRYSALE : Oui, certainement, qu'Archidémide.

NICOBULE : Qu'a-t-il fait ?

CHRYSALE : Qu'est-ce qu'il n'a pas fait, devrais-tu plutôt me demander. D'abord, il a commencé par dire à ton fils qu'il ne devait pas un sou. Aussitôt, Mnésiloque convoqua notre ancien hôte, le vieux Pélagon; en la présence de celui-ci, il montra sans autre délai à notre homme le reçu que tu avais donné à ton fils pour le lui présenter.

NICOBULE : Et lorsqu'on lui eut montré le reçu ?

CHRYSALE : Il se mit à prétendre que c'était un faux, que ce n'était pas un reçu; et que d'injures il a dites à notre pauvre innocent ! Il prétendait que c'était un faussaire en toutes choses.

NICOBULE : Avez-vous l'or ? C'est ce que je veux que tu me dises.

CHRYSALE : Une fois que le préteur nous eut donné des récupérateurs[1], l'autre dûment condamné, et sous la contrainte, nous a rendu les mille deux cents philippes.

NICOBULE : C'était ce qu'il devait.

CHRYSALE : Mais écoute encore la manière dont il a essayé de riposter.

NICOBULE : Qu'est-ce qui s'est passé encore ?

CHRYSALE : Écoute, c'est maintenant le coup de l'épervier.

NICOBULE : Comme j'ai été trompé ; j'ai confié mon or à un nouvel Autolycos[2].

CHRYSALE : Allons, écoute.

NICOBULE : Non, je ne connaissais pas l'avidité de mon hôte

CHRYSALE : Une fois que nous eûmes reçu l'or, nous nous embarquâmes, pressés de revenir ici. Il se trouva que, tandis que j'étais assis sur le pont du navire, j'aperçus une chaloupe allongée, effilée, l'air méchant, que l'on était en train de parer.

NICOBULE : Je suis mort, par Hercule ; cette chaloupe me perce le flanc.

CHRYSALE : Elle appartenait à la fois à ton hôte et à des pirates.

NICOBULE : Faut-il que j'aie été stupide pour me fier à un individu qui s'appelait Archidémide et dont le nom, à lui seul, me criait que ce serait un archi-tricheur[3], si je lui faisais confiance.

CHRYSALE : La chaloupe se préparait à attaquer notre navire. Je me mis en devoir d'observer leur manège. Pendant ce temps, notre bateau lève l'ancre et quitte le port. Une fois que nous fûmes sortis du port, les autres nous suivent à la rame. Ni les oiseaux ni les vents ne sont plus rapides. Comprenant ce qui se préparait, nous mettons aussitôt le bateau en panne. Nous voyant immobiles, ils se mettent à tourner en rond, dans le port[4].

NICOBULE : Par Pollux, les canailles ! Finalement, que faites-vous ?

CHRYSALE : Nous rentrons au port.

NICOBULE : C'était une sage décision. Et eux, après cela ?

CHRYSALE : Ils reviennent à terre à la nuit tombée.

NICOBULE : Ils avaient voulu, par Hercule, enlever l'or; c'est cela qui était leur but.

CHRYSALE : Je ne m'y suis pas trompé; je m'en suis aperçu; et j'en étais tout saisi. Voyant que l'on en veut à notre or, nous délibérons sans tarder; le lendemain, nous déchargeons tout l'or, sous leurs yeux, ouvertement, sans nous cacher, pour qu'ils sachent bien ce que nous avions fait.

NICOBULE : Habile, par Hercule! Dis-moi, et eux ?

CHRYSALE : Désolés, sur-le-champ, en voyant que nous quittons le port en emportant l'or. Ils tirent leur chaloupe à terre, en hochant la tête. Nous, nous déposons l'or entièrement chez Théotime, qui est prêtre de Diane à Éphèse[1].

NICOBULE : Qui est ce Théotime dont tu parles ?

CHRYSALE : Le fils de Mégalobule, l'homme le plus cher dans Éphèse à tous les Éphésiens.

NICOBULE : Par Hercule, il me serait beaucoup plus cher à moi, s'il parvenait à me rafler tout cet or!

CHRYSALE : Mais on l'a déposé dans le temple même de Diane. Il y est sous la garde des autorités.

NICOBULE : Tu me tues; il serait mieux ici, sous ma propre garde; mais vous n'avez rien rapporté, de cet or, ici ?

CHRYSALE : Si, mais la somme qu'il a rapportée, je l'ignore.

NICOBULE : Comment, tu l'ignores ?

CHRYSALE : Parce que Mnésiloque est allé, pendant la nuit, secrètement, chez Théotime, et il n'a voulu me faire aucune confidence, ni à personne au port, et pour cela je ne sais quelle somme il a avec lui; mais il n'a pas rapporté beaucoup.

NICOBULE : La moitié, crois-tu ?

CHRYSALE : Réellement, je ne sais pas, mais je ne le pense pas.

NICOBULE : Rapporte-t-il le tiers ?

CHRYSALE : Non, par Hercule, je ne crois pas; mais... mais, je ne sais pas. Assurément, de cet or, je ne sais rien, sinon que je ne sais rien. Et maintenant, il te faudra t'embarquer toi-même et te mettre en route pour aller chercher cet or chez Théotime et le ramener chez toi. Ah, et puis, dis-moi!

NICOBULE : Que veux-tu ?

CHRYSALE : Tâche de ne pas oublier d'emporter l'anneau de ton fils.

NICOBULE : Pourquoi faire, cet anneau ?

CHRYSALE : Parce que c'est le signe convenu avec Théotime : qu'il donne l'or à celui qui lui apportera cet anneau.

NICOBULE : Je m'en souviendrai; tu as raison de me le dire. Mais ce Théotime, est-il riche ?

CHRYSALE : Tu le demandes ? Il met de l'or à la semelle de ses souliers.

NICOBULE : Pourquoi en fait-il si peu cas ?

CHRYSALE : Il est si riche ! Il ne sait que faire de son or.

NICOBULE : Il devrait me le donner. Mais en présence de qui cet or a-t-il été remis à Théotime ?

CHRYSALE : En présence de tout le monde; il n'y a personne, à Éphèse, qui ne soit au courant.

NICOBULE : En cela, au moins, mon fils a agi sagement. On pourra le reprendre aussitôt que l'on voudra.

CHRYSALE : Non, il ne te fera pas attendre un instant, tu pourras l'avoir le jour même de ton arrivée.

NICOBULE : Je pensais que j'en avais fini avec les voyages sur mer et qu'à mon âge, dans ma vieillesse, je n'aurais plus à m'embarquer. Mais je comprends bien que je n'ai pas le choix, que je le veuille ou non. C'est le travail de mon cher hôte Archidémide. Mais où est maintenant mon fils Mnésiloque ?

CHRYSALE : Il est allé saluer les dieux et ses amis, au forum.

NICOBULE : Je vais le trouver, là-bas, et le rencontrer au plus tôt.

*Il sort.*

CHRYSALE : Le voilà bien bâté, et il a plus que sa juste charge ! J'ai ourdi une jolie trame, n'est-ce pas, pour apporter des ressources au fils du maître. J'ai réussi à faire qu'il puisse prendre autant d'or qu'il voudra, et en rendre à son père autant qu'il lui plaira. Le vieux s'en ira à Éphèse chercher son or; et ici, nous passerons notre temps à la douce, à condition toutefois qu'il nous laisse ici, le vieux, et ne nous emmène pas avec lui, Mnésiloque et moi. Quelle histoire je vais soulever ici ! Mais qu'arrivera-t-il, lorsque le vieux l'apprendra ? Lorsqu'il saura qu'il a couru là-bas pour rien, que nous avons dépensé l'or, que m'arrivera-t-il alors ? Je crois, par Hercule, qu'à son arrivée il me changera de nom et me fera, de Chrysale, Croisale. Je m'enfuirai, par Hercule, si cela devient nécessaire. Si je suis repris, je l'enverrai au diable; s'il a des verges à sa ferme, moi j'ai un dos épais sur moi. Et maintenant, allons, je vais raconter au fils du maître toute la ruse au sujet de l'or et lui dire que son amie Bacchis est retrouvée.

## ACTE III

### *SCÈNE PREMIÈRE*

LYDUS, *sortant de chez Bacchis.*

Ouvrez-moi la porte, vite, ouvrez-moi, je vous en conjure, cette porte de l'Enfer; je crois que je ne puis employer un autre nom; car on n'y entre pas sans abandonner en même temps tout espoir de rester honnête. Ces Bacchides ne sont pas des Bacchides, mais des Bacchantes déchaînées. Éloigne de moi ces sœurs, qui sucent le sang des hommes. Toute cette maison est organisée pour la perte des gens, d'une manière parfaite et magnifique. En voyant tout cela, je me suis mis en devoir de fuir aussitôt. Et il faudrait que je garde pour moi ce secret ? Que je cache à ton père, Pistoclère, tes débauches, tes dépenses, ta paresse, qui ont pour effet de nous infliger à tous, ton père, moi, toi, tes amis, la honte, la ruine, le scandale à la fois, et de nous perdre tous ! Tu n'as pas rougi, ni pour toi, ni pour moi, de faire là-dedans ce que tu y fais, de faire retomber sur ton père, sur toi, sur tes amis et sur tes parents le poids de ton infamie ? Mais, avant que tu ne mettes le comble au mal que tu fais, je suis décidé à tout dire à ton père. Je veux écarter de moi la responsabilité de l'affaire et je la révélerai au vieillard, pour qu'il vienne t'arracher à cette boue épaisse où tu es et te sorte d'ici !

## SCÈNE II

MNÉSILOQUE, *entrant par la gauche.*

J'ai réfléchi, retourné la chose en tous sens à part moi, et voici, je crois, ce qu'il en est : pour un ami, un ami véritable, digne de ce nom, est à peine au-dessous des dieux; j'en ai fait l'expérience, et c'est vrai. Quand je suis parti d'ici pour Éphèse — cela fait maintenant presque deux ans — j'ai envoyé d'Éphèse à mon camarade Pistoclère, ici, une lettre lui demandant de trouver mon amie Bacchis. Je vois qu'il l'a trouvée, à ce que m'a fait savoir mon esclave Chrysale. Et comme celui-ci a imaginé un bon tour, un tour admirable, au sujet de l'or, pour berner mon père, afin que j'aie de quoi satisfaire à mes amours[1]... Par Pollux, il n'y a pas âme plus vile que celle d'un ingrat, à mon sens. Il vaut mieux laisser aller un malfaiteur plutôt que d'abandonner un bienfaiteur. J'aime beaucoup mieux que l'on me dise prodigue plutôt qu'ingrat. Un prodigue sera loué par les braves gens, l'ingrat, au contraire, sera blâmé par les méchants. C'est la raison pour laquelle je dois redoubler d'attention, et veiller de près! Maintenant, Mnésiloque, on va te voir à l'œuvre, c'est maintenant que se décide la question de savoir si tu es ou non ce que tu dois être : méchant ou bon, comme tu voudras; juste ou injuste; avare ou généreux, aimable ou désagréable. Prends garde, s'il te plaît, à ne pas te laisser surpasser par un esclave dans la générosité. Quel que tu sois, je t'en préviens, tout le monde le saura. Mais voici que je vois arriver le père de mon camarade et son précepteur; je vais écouter, d'ici, de quoi ils parlent.

## SCÈNE III

LYDUS, PHILOXÈNE, MNÉSILOQUE

LYDUS : Maintenant, je vais savoir si tu as quelque chose dans le ventre[2]! Viens avec moi!

PHILOXÈNE : Que j'aille avec toi ? Mais où me mènes-tu ?

LYDUS : Chez la femme qui a perdu ton fils, qui l'a mené à l'abîme, ton fils unique, aimé comme pas un!

PHILOXÈNE : Hé là, Lydus, il faut, si l'on est sage, modérer sa colère! Il n'est pas étonnant qu'à son âge il ait fait quelque chose comme cela, moins que s'il ne l'avait pas fait; j'ai fait la même chose, moi, en ma jeunesse.

LYDUS : Malheur de moi! C'est cette faiblesse, chez toi, qui a causé sa perte. Si ce n'avait été de toi, je l'aurais conduit droit sur le bon chemin; mais aujourd'hui, par ta faute, parce qu'il se sent soutenu par toi, le voilà perverti, ton Pistoclère.

MNÉSILOQUE, *à part :* Dieux immortels, c'est le nom de mon camarade qu'il prononce! Que se passe-t-il, que Lydus parle ainsi de son maître Pistoclère?

PHILOXÈNE : Il y a un moment, Lydus, où l'on aime suivre son plaisir; bientôt viendra le jour où il se condamnera lui-même. Sois complaisant; pourvu que l'on veille à ce qu'il ne commette pas de faute exagérée, laisse-le faire.

LYDUS : Non, je ne le laisserai pas faire, et je ne permettrai pas, moi vivant, qu'il se débauche. Mais toi, qui plaides la cause de ton fils si débauché, est-ce de cette manière que tu as été élevé, lorsque tu étais jeune? Je prétends que, pendant tes vingt premières années, tu n'as pas eu la permission de t'éloigner d'un pouce de ton précepteur, lorsque tu mettais le pied hors de chez toi. Si tu n'étais pas arrivé à la palestre avant le lever du soleil, le maître du gymnase te donnait une solide correction. Et après cette première punition, il s'en ajoutait une autre : le précepteur et l'élève étaient considérés comme fautifs. Là on s'entraînait à la course, à la lutte, à la lance, au disque, à la boxe, à la balle, au saut, plutôt qu'à faire l'amour et à embrasser; c'est là qu'on passait son temps, et non dans des lieux ténébreux. Puis, au retour de l'hippodrome et de la palestre, une fois à la maison, bien serré dans ta petite tunique, tu t'asseyais sur ton tabouret, près de ton précepteur; et lorsque tu lisais, si tu te trompais d'une syllabe, ta peau devenait plus marbrée que le corsage d'une nourrice.

MNÉSILOQUE, *à part :* C'est à cause de moi que l'on dit tout cela, maintenant, de mon camarade, et j'en suis désolé; il est innocent, mais c'est par ma faute qu'il est soupçonné de la sorte.

PHILOXÈNE : Les mœurs, aujourd'hui, Lydus, ne sont pas les mêmes.

LYDUS : Ah, certes, je le sais bien. Autrefois, on commençait à briguer les magistratures et les voix des électeurs avant d'être émancipé et de ne plus avoir à obéir à son précepteur. Mais, aujourd'hui, un enfant qui n'a pas encore sept ans, si on le touche, le voici qui, d'un coup de tablette, casse la tête de son précepteur. Et lorsqu'on va se plaindre au père, le père dit au petit : « Tu seras bien de notre race, aussi longtemps que tu sauras te défendre contre les injures ! » Et l'on s'en prend au précepteur : « Dis donc, vieux bon à rien, ne touche pas à cet enfant, qui a montré du cœur ! » Et le précepteur s'en va, la tête entourée d'un linge huilé, comme une lanterne[1]. On lève l'audience, la cause est jugée. Est-ce de la sorte que le précepteur peut conserver son autorité, s'il est le premier à être battu ?

MNÉSILOQUE, *à part :* Voilà un violent réquisitoire. En l'écoutant, je serais fort étonné si Pistoclère n'a pas assommé Lydus à coups de poings.

LYDUS, *voyant Mnésiloque :* Mais qui est-ce que je vois, là, debout, devant la porte ? Ô, Philoxène, voici celui que je préfère voir, plutôt même que la faveur des dieux !

PHILOXÈNE : Qui est-ce donc ?

LYDUS : Mnésiloque, le camarade de ton fils Pistoclère; ah, il n'a pas le même caractère, lui, il n'est pas comme l'autre, qui passe son temps dans un mauvais lieu ! Bienheureux Nicobule, d'avoir un tel fils !

PHILOXÈNE : Salut, Mnésiloque; je suis content de te voir sain et sauf.

MNÉSILOQUE : Les dieux te protègent, Philoxène !

LYDUS : Ce garçon a été élevé comme il faut par son père; il navigue, il s'occupe de son patrimoine, il conserve sa fortune; il est docile, obéissant aux volontés et aux ordres de son père. Il fut, depuis l'enfance, le camarade de Pistoclère; il n'est pas son aîné de trois jours; mais il a plus de trente ans d'âge en sagesse de plus que l'autre.

PHILOXÈNE : Prends garde à toi ! Cesse de parler mal injustement de mon fils.

LYDUS : Tais-toi; tu es un sot, de ne pas vouloir que l'on parle mal d'un garçon qui agit mal. J'aimerais mieux le voir administrer mes infortunes plutôt que mon pécule !

PHILOXÈNE : Comment cela ?

LYDUS : Parce que, s'il gaspillait ainsi mes infortunes, il les diminuerait un peu chaque jour.

MNÉSILOQUE : Pourquoi blâmes-tu ainsi mon camarade, Lydus, ton élève ?

LYDUS : Tu n'as plus de camarade.

MNÉSILOQUE : Les dieux veuillent le contraire !

LYDUS : C'est comme je le dis. Tiens, je l'ai vu, alors qu'il se perdait, et je n'en parle point par ouï-dire.

MNÉSILOQUE : Qu'est-il arrivé ?

LYDUS : Il meurt vilainement d'amour pour une courtisane.

MNÉSILOQUE : Ne dis pas cela !

LYDUS : Une fille qui est un gouffre sans fond ; elle avale quiconque s'approche d'elle.

MNÉSILOQUE : Où cette femme habite-t-elle ?

LYDUS : Ici.

MNÉSILOQUE : Et d'où dit-on qu'elle vient ?

LYDUS : De Samos.

MNÉSILOQUE : Et on l'appelle ?

LYDUS : Bacchis.

MNÉSILOQUE : Tu te trompes, Lydus ; moi, je connais toute l'histoire et ce qu'il en est ; toi, tu accuses Pistoclère à tort, alors qu'il est innocent. Il ne fait qu'exécuter fidèlement une mission que lui a confiée l'un de ses amis, un camarade dévoué. Lui-même, il n'est pas amoureux, ne te l'imagine pas.

LYDUS : Faut-il donc que, pour exécuter fidèlement la mission confiée par un ami, il tienne sur ses genoux la fille qui l'embrasse ? Ne peut-il s'acquitter de sa commission autrement qu'en lui mettant sans cesse la main à la poitrine, et en conservant ses lèvres collées aux siennes ? Je rougirais de raconter ce que je l'ai vu faire, comment, passant la main sous le vêtement de Bacchis, il lui touchait le corps, en ma présence, sans aucune pudeur... Que puis-je dire encore ? J'ai perdu mon élève, toi ton camarade, lui son fils. Je considère comme perdu celui qui a perdu tout sens de l'honneur. Que puis-je dire encore ? Si j'avais voulu attendre encore un petit moment, pour avoir plus de loisir à l'observer, j'en aurais vu plus qu'il n'eût convenu, et qu'il n'eût été séant, et pour lui et pour moi.

MNÉSILOQUE, *à part :* Ah, mon camarade, tu m'as tué ! Et moi, je ne me vengerais pas terriblement de cette femme ? J'aimerais mieux mourir d'une mort affreuse. Faut-il ainsi ne pas savoir qui sera loyal envers vous, et à qui se fier ?

LYDUS, *à Philoxène :* Regarde comme cela lui fait de la peine, de savoir ton fils, son camarade, pareillement débauché, quel tourment c'est pour lui !

PHILOXÈNE : Mnésiloque, je te demande de tâcher de diriger sa passion, de modérer sa nature. Sauve ton camarade et pour moi mon fils.

MNÉSILOQUE : Je le souhaite.

LYDUS : Il vaudrait mieux que tu me laisses moi aussi avec lui.

PHILOXÈNE : Il suffit à la tâche. Mnésiloque, veille à bien morigéner celui qui nous déshonore, toi, moi, et tous nos amis, par ses débauches. Je te laisse ce soin, tout entier, à toi seul. Lydus, viens avec moi.

LYDUS : Je viens.

## *SCÈNE IV*

MNÉSILOQUE, *avec une suite d'esclaves, portant ses bagages.*

Lequel des deux dois-je considérer désormais comme mon pire ennemi, mon camarade ou Bacchis ? Je ne le saurais dire. Elle l'a préféré à moi ? Qu'elle le garde. C'est très bien. Mais cela lui coûtera cher, par Hercule. Je consens à ce que personne ne me croie désormais sur parole, si, d'une façon exemplaire, je ne... suis pas amoureux d'elle. Je m'arrangerai pour qu'elle ne puisse dire qu'elle a rencontré un homme à berner. Je vais de ce pas chez moi... dérober quelque chose à mon père, pour le lui donner à elle. Je me vengerai d'elle de mille manières. Je la mettrai au point que... au point que mon père en soit à la mendicité. Mais ai-je l'esprit bien à sa place pour aller dire ici ce que je dis et de quoi sera fait l'avenir ? Je suis amoureux, certes, autant que je sois sûr de quelque chose; quant à l'enrichir, elle, sur mon argent, de la valeur d'une plume, je préférerais être plus misérable que le dernier des mendiants. Jamais, par Pollux, elle ne se moquera, vivante, de moi. Oui, j'y suis décidé, je vais rendre tout l'or à mon père. Et ainsi, quand je n'aurai plus rien, que je serai sans le sou, elle viendra me faire des mamours, et cela ne me fera pas plus d'effet que si l'on racontait des histoires à un mort auprès de son tombeau[1]. Oui, je suis décidé à rendre l'or à mon père. En même temps, je supplierai mon père de ne pas punir Chrysale à cause de moi, de ne pas se mettre en colère contre lui, pour l'avoir berné à propos de cet argent, dans mon intérêt à moi. Il est juste que je me préoccupe de lui, puisqu'il a menti pour me servir. Vous, venez avec moi.

## *SCÈNE V*

PISTOCLÈRE, *sortant de chez Bacchis, et continuant de lui parler.*

Je ferai passer, Bacchis, avant toute autre chose, la commission que tu me donnes : d'aller chercher Mnésiloque et de te le ramener en revenant. Je me demande vraiment, s'il a reçu mon message, ce qui le retient. Je vais aller voir chez lui s'il est là.

## *SCÈNE VI*

MNÉSILOQUE, PISTOCLÈRE

MNÉSILOQUE, *sans voir Pistoclère :* J'ai rendu tout l'or à mon père. Et maintenant, je voudrais bien la rencontrer, elle, maintenant que je n'ai plus rien, elle, qui me dédaigne. Mais que mon père a eu de mal à m'accorder la grâce de Chrysale ! Finalement, j'ai obtenu qu'il ne se fâchât pas contre lui.

PISTOCLÈRE : Mais n'est-ce pas là mon camarade ?

MNÉSILOQUE : N'est-ce pas mon ennemi, que je vois ?

PISTOCLÈRE : C'est bien lui.

MNÉSILOQUE : C'est lui, je l'aborde de front.

PISTOCLÈRE : Je vais vers lui. Salut, Mnésiloque !

MNÉSILOQUE : Salut !

PISTOCLÈRE : Pour fêter ton retour, viens dîner avec moi.

MNÉSILOQUE : Je ne veux pas d'un dîner qui m'échaufferait la bile.

PISTOCLÈRE : As-tu eu quelque contrariété, à ton arrivée ?

MNÉSILOQUE : Oui, et grave.

PISTOCLÈRE : Et de la part de qui ?

MNÉSILOQUE : De quelqu'un que j'avais jusque-là considéré comme un ami.

PISTOCLÈRE : Il en est beaucoup comme cela, qui se conduisent de la sorte : alors que tu les crois tes amis, ils se révèlent hypocrites et trompeurs, prenant ton parti en paroles, incapables d'aider, d'une loyauté incertaine! Il n'est personne dont les succès ne les chagrinent, mais eux-mêmes leur paresse leur évite de donner jamais à personne motif de chagrin.

MNÉSILOQUE : Par Pollux, tu décris admirablement leurs manières. Mais ajoute encore ceci : leur méchant naturel les conduit à une méchante fin. Ils n'ont pas d'amis, ils n'ont en tout le monde que des ennemis. Et, alors qu'ils se trompent eux-mêmes, ils s'imaginent, les idiots, tromper les autres. Tel est celui que je prenais pour un ami, comme un autre moi-même. Et lui, autant qu'il l'a pu, s'est attaché à me faire tout le mal possible et à s'emparer de tout ce que je possédais.

PISTOCLÈRE : Il faut que ce soit un bien malhonnête homme.

MNÉSILOQUE : C'est bien ce que je pense.

PISTOCLÈRE : Je t'en prie, par Hercule, dis-moi qui c'est.

MNÉSILOQUE : C'est quelqu'un qui t'est cher. Si ce n'était pas le cas, je te prierais de lui faire tout le mal que tu pourrais.

PISTOCLÈRE : Dis-moi seulement qui c'est; si je ne lui cause pas quelque mal, considère-moi comme le plus lâche de tous les hommes.

MNÉSILOQUE : C'est un méchant homme, mais, par Hercule, il est de tes amis.

PISTOCLÈRE : Raison de plus pour que tu me dises qui c'est; d'un méchant homme, l'amitié ne me tente guère.

MNÉSILOQUE : Je vois que je ne puis faire autrement que de te dire son nom : Pistoclère, tu m'as perdu, moi, ton camarade, ruiné totalement.

PISTOCLÈRE : Que dis-tu ?

MNÉSILOQUE : Quoi ? Ne t'ai-je pas envoyé d'Éphèse une lettre au sujet de ma maîtresse, en te demandant de la retrouver pour moi ?

PISTOCLÈRE : Certes, et je l'ai retrouvée.

MNÉSILOQUE : Eh bien, n'avais-tu pas un assez grand

nombre de courtisanes, à Athènes, pour faire l'amour avec elles, sans te mettre à aimer celle que je t'avais confiée, et me jouer ce vilain tour ?

PISTOCLÈRE : Tu es dans ton bon sens ?

MNÉSILOQUE : J'ai su toute l'affaire de ton précepteur; ne nie pas. Tu m'as perdu !

PISTOCLÈRE : Tu continues à me couvrir d'injures ?

MNÉSILOQUE : Quoi ? Tu es l'amant de Bacchis ?

PISTOCLÈRE : Mais, il y a deux Bacchis, ici, dans la maison...

MNÉSILOQUE : Quoi, deux ?

PISTOCLÈRE : Ce sont les deux sœurs.

MNÉSILOQUE : Tu me racontes des histoires, méchamment.

PISTOCLÈRE : Mais enfin, si tu continues à ne pas vouloir me croire, je vais te prendre sur mes épaules et t'emmener là-bas, dans leur maison.

MNÉSILOQUE : Non, je vais y aller; attends-moi.

PISTOCLÈRE : Je n'attends pas, et tu ne me soupçonneras pas à tort ainsi !

MNÉSILOQUE : Je te suis.

## ACTE IV

### *SCÈNE PREMIÈRE*

LE PARASITE, UN PETIT ESCLAVE, PISTOCLÈRE

LE PARASITE : Je suis le parasite d'un individu sans foi ni loi, un soldat qui a amené avec lui de Samos sa maîtresse. Il m'a dit d'aller la trouver et de lui demander ce qu'elle comptait faire, ou bien lui rendre la somme versée, ou bien venir avec lui. Toi, petit, puisque, tout à l'heure, tu l'as accompagnée jusqu'ici, frappe à la porte de sa maison; va tout de suite à cette porte. Reviens, immédiatement. Quelle manière de frapper, le sale gosse ! Tu es capable de manger un pain de trois pieds de diamètre[1], et tu ne sais pas frapper à une porte ? Eh là, quelqu'un dans la maison ? Holà, il n'y a personne ? Quelqu'un ne va pas ouvrir la porte ? Personne ne vient ?

PISTOCLÈRE, *sortant* : Qu'est-ce que cela ? Qu'est-ce

que c'est que cette manière de frapper ? Quel mal t'a pris, pour venir faire ta gymnastique de cette façon sur la porte d'autrui ? Tu as presque enfoncé le battant. Qu'est-ce que tu veux ?

LE PARASITE : Jeune homme, salut !

PISTOCLÈRE : Salut. Mais qui cherches-tu ?

LE PARASITE : Bacchis.

PISTOCLÈRE : Laquelle, donc ?

LE PARASITE : Je ne sais que cela : Bacchis. En deux mots : Cléomaque, le soldat, m'a envoyé lui dire ou bien de rendre les deux cents philippes d'or ou bien de partir d'ici pour Élatée aujourd'hui avec lui[1].

PISTOCLÈRE : Elle ne part pas. Elle dit qu'elle n'ira pas. Va l'annoncer. Elle en aime un autre, et pas le soldat. Tire-toi de cette maison !

LE PARASITE : Tu n'es guère aimable !

PISTOCLÈRE : Tu ne peux savoir à quel point je ne suis pas aimable. Assurément, ton museau n'est pas loin, par Hercule, devoir quelque malheur lui arriver, tant il est vrai que j'ai deux casse-dents qui me démangent, au bout de mes bras.

LE PARASITE, *à part :* Si je comprends bien ce qu'il dit, je dois faire attention qu'il ne me fasse pas sauter le casse-noix de mes mâchoires. *(Haut.)* Je lui ferai ta commission, à tes risques et périls.

PISTOCLÈRE : Que veux-tu dire par là ?

LE PARASITE : Que je lui répéterai ce que tu m'as dit.

PISTOCLÈRE : Dis-moi, qui es-tu ?

LE PARASITE : Je suis la cuirasse de son corps.

PISTOCLÈRE : Il faut que ce soit un grand vaurien, pour avoir une aussi vilaine cuirasse !

LE PARASITE : Il viendra ici plein de colère.

PISTOCLÈRE : Je voudrais qu'il en éclate !

LE PARASITE : C'est tout ?

PISTOCLÈRE : Va-t'en, plus tu iras vite, mieux ce sera.

LE PARASITE : Adieu, casse-dents.

PISTOCLÈRE : Et toi, la cuirasse, adieu. *(Le Parasite sort.)* Les choses en sont au point où je ne sais plus quel conseil donner à mon camarade au sujet de sa maîtresse ; dans sa colère, il a rendu tout l'or à son père, et il n'a plus un sou à rendre au soldat. Mais écartons-nous un peu par ici, la porte a craqué. Voici Mnésiloque qui sort, tout triste.

## *SCÈNE II*

### Mnésiloque, Pistoclère

mnésiloque, *parlant seul :* Impulsif, brutal, irascible, sans mesure, sans réflexion, sans modération ni mesure, voilà ce que je suis; je méprise le bon droit, l'honneur, je ne veux rien écouter, incapable de me maîtriser, désagréable, odieux, né avec un naturel malveillant; bref, j'ai tout ce que je voudrais attribuer aux autres. Pourrait-on le croire ? Il n'y a personne de plus méchant, qui mérite moins que lui que les dieux lui fassent du bien ni que quiconque l'aime ou le fréquente. Je devrais avoir plus d'ennemis que d'amis. Il serait juste que les méchants m'aident, plutôt que les honnêtes gens. Toutes les injures que méritent les vauriens, je les mérite plus que personne, moi qui, étant amoureux, ai rendu tout l'or à mon père, de l'or qui était sous ma main. Ne suis-je pas un malheureux ? Je me suis perdu, j'ai réduit à néant le travail de Chrysale.

pistoclère, *à part :* Il me faut le consoler; je vais l'aborder. *(Haut.)* Mnésiloque, comment vas-tu ?

mnésiloque : Je suis mort.

pistoclère : Aux dieux ne plaisent!

mnésiloque : Je suis mort.

pistoclère : Veux-tu te taire, idiot!

mnésiloque : Que je me taise ?

pistoclère : Tu n'es certes pas dans ton bon sens.

mnésiloque : Je suis mort. Je souffre maintenant dans mon cœur mille maux cruels et violents. Fallait-il que je croie en la calomnie ? Je me suis fâché contre toi, et tu ne le méritais pas.

pistoclère : Allons, aie du courage!

mnésiloque : Et où le prendre ? Un cadavre est plus utile que moi!

pistoclère : Le parasite du soldat est venu tout à l'heure réclamer l'argent; mais je l'ai reçu avec de telles paroles que je l'ai fait déguerpir de devant la porte et de cet endroit; je l'ai expulsé!

mnésiloque : À quoi cela me sert-il ? Que puis-je faire ? Je ne peux rien, malheureux que je suis ; il l'emmènera, je le sais bien.

PISTOCLÈRE : Si j'avais de quoi, je ne me contenterais pas de promesses !

MNÉSILOQUE : Je sais, tu me donnerais ; je te connais. Mais, si tu n'étais pas amoureux, je n'aurais pas autant confiance en toi. Maintenant, tu as assez de t'occuper de tes propres affaires. Comment pourrais-je espérer que tu me portes secours, alors que tu es toi aussi sans ressources ?

PISTOCLÈRE : Tais-toi, seulement : quelque dieu aura pitié de nous.

MNÉSILOQUE : Balivernes !

PISTOCLÈRE : Attends.

MNÉSILOQUE : Quoi ?

PISTOCLÈRE : Je vois ton bon sauveur, voici Chrysale !

## *SCÈNE III*

CHRYSALE, MNÉSILOQUE, PISTOCLÈRE

CHRYSALE, *sans voir les deux autres :* L'homme que je suis devrait être payé son poids d'or, on devrait lui élever une statue en or ! Car, aujourd'hui, j'ai accompli un double exploit. Comme j'ai joliment berné mon vieux maître, comme il a été mis dedans ! Vieillard rusé, je l'ai eu par de jolies ruses, et l'ai contraint à me faire confiance. Et maintenant, à mon autre maître, l'amoureux, le fils du vieux, en compagnie de qui je bois, je mange et fais l'amour, je lui ai procuré une fortune royale, en or, pour qu'il ait de quoi prendre chez lui, sans aller chercher dehors. Ah, je n'aime pas ces Parménons, ces Syrus, qui escroquent à leur maître deux ou trois mines. Rien n'est plus méchant qu'un esclave dépourvu de jugement ; il faut une tête bien faite ; chaque fois que c'est nécessaire, qu'il puise dans son propre esprit. Il n'est pas d'homme de valeur si ce n'est celui qui sait également faire le bien et le mal. Qu'il soit méchant avec les méchants, qu'il sache piller avec les voleurs, qu'il dérobe ce qu'il peut. Il faut que l'homme de valeur sache changer de peau, si c'est quelqu'un de bon sens. Honnête avec les honnêtes gens, malin avec les malins, et, quelle que soit la situation, qu'il sache s'y adapter. Mais j'aimerais bien savoir combien d'or mon maître a prélevé pour lui et quelle somme il a remise à son père. S'il vaut quelque chose, il aura fait de son père un Hercule : il lui a donné la dîme[1], et gardé pour lui neuf autres dixièmes. Mais l'homme que je cherche, le voici qui vient justement à ma rencontre. *(À Mnésiloque.)* As-tu perdu quelques pièces, maître, que tu regardes aussi obstinément à terre ? Pourquoi avez-vous l'air aussi tristes et funèbres, tous les deux ? Je n'aime pas cela, il y a quelque raison. Pourquoi ne me répondez-vous pas ?

MNÉSILOQUE : Chrysale, je suis mort !

CHRYSALE : Est-ce que par hasard tu n'aurais pas prélevé assez d'or ?

MNÉSILOQUE : Ah oui, malheur, pas assez ? Dis plutôt bien moins encore, et de beaucoup, que pas assez.

CHRYSALE : Mais pourquoi, idiot, puisque tu avais eu cette occasion, que t'avait ménagée mon mérite, de prendre autant que tu voudrais, pourquoi n'as-tu puisé ainsi qu'une pincée, du bout des doigts ? Ne savais-tu pas comme une occasion de cette sorte arrive rarement à un homme ?

MNÉSILOQUE : Tu te trompes.

CHRYSALE : C'est plutôt toi qui t'es trompé, en ne puisant pas largement.

MNÉSILOQUE : Ah, tu serais encore plus sévère pour moi, si tu savais mieux la vérité. Je suis perdu !

CHRYSALE : Je devine, en entendant ces mots, que le mal est encore plus grave.

MNÉSILOQUE : Je suis perdu.

CHRYSALE : Comment cela ?

MNÉSILOQUE : Parce que j'ai tout rendu à mon père, jusqu'au dernier sou.

CHRYSALE : Tu lui as rendu ?

MNÉSILOQUE : Je le lui ai rendu.

CHRYSALE : Tout ?

MNÉSILOQUE : Intégralement.

CHRYSALE : Nous sommes morts ! Quelle idée as-tu eue d'accomplir une action si abominable ?

MNÉSILOQUE : Je soupçonnais Bacchis et l'homme que voici, Chrysale, sur une fausse accusation, de m'avoir trahi ; et pour cette raison, dans ma colère, j'ai rendu tout l'or à mon père.

CHRYSALE : Et, en rendant l'or, qu'as-tu dit à ton père ?

MNÉSILOQUE : Que j'avais reçu cette somme immédiatement de notre hôte Archidémide.

CHRYSALE : Hum, en disant cela, tu as envoyé aujourd'hui Chrysale au gibet. Car, dès que le vieillard me verra, sans plus attendre, il m'emmènera au bourreau.

MNÉSILOQUE : Mais j'ai obtenu de mon père, à force de prières...

CHRYSALE : Qu'il ferait ce que je dis, n'est-ce pas ?

MNÉSILOQUE : Non, qu'il ne te fasse aucun mal et qu'il ne se fâche pas contre toi à cause de cette affaire; j'ai eu du mal à l'obtenir. Mais il te faut maintenant te mettre, Chrysale, à cette tâche...

CHRYSALE : Quelle tâche veux-tu dire ?

MNÉSILOQUE : Que tu attaques le vieux par une autre voie. Imagine, fabrique, invente ce que tu voudras, tends tes pièges, pour arriver à tromper savamment ce savant vieillard, et lui enlever son or.

CHRYSALE : Cela ne me semble guère possible.

MNÉSILOQUE : Essaie, et tu y parviendras facilement.

CHRYSALE : Comment, facile, misère, alors qu'il vient de me prendre en flagrant délit de mensonge ? Quand bien même je le supplierais de ne pas me croire, il n'oserait pas m'en croire !

MNÉSILOQUE : Bien mieux, si tu avais entendu ce qu'il m'a dit contre toi !

CHRYSALE : Qu'a-t-il dit ?

MNÉSILOQUE : Que si tu lui disais que le soleil, là-haut, est le soleil, il croirait que c'est la lune, et que ce qui est maintenant le plein jour est la nuit.

CHRYSALE : Par Hercule, je vais le moucher proprement, aujourd'hui, pour qu'il n'ait pas parlé en vain !

PISTOCLÈRE : Et maintenant, que veux-tu que nous fassions ?

CHRYSALE : Mais, rien d'autre que de vous inviter à faire l'amour. Pour le reste, demandez-moi autant d'or que vous voudrez, je vous le donnerai. À quoi bon m'appeler Chrysale, si je ne prouve pas mon nom par mes actes[1] ? Mais, de combien d'or as-tu besoin, Mnésiloque ? Dis-moi !

MNÉSILOQUE : J'ai déjà besoin de donner au soldat deux cents écus, pour Bacchis.

CHRYSALE : Je te les procurerai.

MNÉSILOQUE : Et puis nous avons besoin, pour nos dépenses...

CHRYSALE : Ah, je veux que nous allions doucement,

une chose après l'autre; une fois la première réglée, je passerai à la suivante. Je vais commencer, pour les deux cents écus, à mettre ma baliste en batterie contre le vieillard. Si, avec cette baliste, je parviens à abattre la tour et les défenses extérieures, je pénètre tout droit, par la porte, dans cette place antique et archaïque[1]. Si j'enlève la forteresse, je veux que vous emportiez à vos amies l'or à pleines corbeilles, comme je l'espère bien.

PISTOCLÈRE : C'est toi qui es notre espoir, Chrysale.

CHRYSALE : Maintenant, va dans la maison, Pistoclère, trouver Bacchis et ramène aussitôt...

PISTOCLÈRE : Quoi ?

CHRYSALE : Un stylet, de la cire, des tablettes, du fil de lin

PISTOCLÈRE : Je vais te procurer tout cela.

MNÉSILOQUE : Que veux-tu faire, dis-le-moi ?

CHRYSALE : Le déjeuner est cuit ? Vous serez là vous deux, et ta maîtresse fera la troisième.

MNÉSILOQUE : C'est comme tu le dis.

CHRYSALE : Pistoclère n'a pas de maîtresse ?

MNÉSILOQUE : Mais si, et elle est là. Il aime l'une des deux sœurs, et moi l'autre; elles s'appellent toutes les deux Bacchis.

CHRYSALE : Qu'est-ce que tu dis ?

MNÉSILOQUE : Je te dis la compagnie que nous serons.

CHRYSALE : Votre salle à manger à deux lits, où est-elle préparée ?

MNÉSILOQUE : Pourquoi veux-tu le savoir ?

CHRYSALE : Parce que! je veux le savoir. Tu ne sais pas ce que je vais faire, ni quel beau coup je prépare.

MNÉSILOQUE : Donne-moi la main et approche-toi de cette porte avec moi. Regarde à l'intérieur.

CHRYSALE : Parfait! C'est un endroit bien joli, et juste comme je le souhaitais.

PISTOCLÈRE, *revenant :* Voici ce que tu as demandé; un ordre correctement donné à des gens corrects est aussitôt exécuté!

CHRYSALE : Que m'apportes-tu ?

PISTOCLÈRE : Ce que tu m'as demandé, tout.

CHRYSALE : Prends vite le stylet et les tablettes que voici.

MNÉSILOQUE : Et après ?

CHRYSALE : Écris dessus ce que je te dirai. Je veux que ce soit toi qui écrives, pour que ton père reconnaisse ton écriture, lorsqu'il lira. Écris.

MNÉSILOQUE : Que dois-je écrire ?

CHRYSALE : Salue ton père, comme tu le voudras.

PISTOCLÈRE : S'il lui souhaitait d'abord une maladie mortelle ? Cela vaudrait mieux.

CHRYSALE : Ne nous trouble pas.

MNÉSILOQUE : Ce que tu m'as dit d'écrire est déjà inscrit sur la cire !

CHRYSALE : En quels termes, dis-moi ?

MNÉSILOQUE : « Mnésiloque salue son père. »

CHRYSALE : Après, écris vite ceci : « Chrysale ne cesse de me rebattre les oreilles, et bien à tort, mon père, parce que je t'ai rendu l'or et que je ne t'ai pas escroqué. »

PISTOCLÈRE : Laisse-lui le temps d'écrire.

CHRYSALE : Quand on aime, il faut avoir la main prompte !

PISTOCLÈRE : Oui, par Hercule, il l'a plus prompte à dépenser qu'à écrire.

MNÉSILOQUE : Continue; j'ai fini d'écrire.

CHRYSALE : « Maintenant, mon cher père, fais bien attention à lui, il prépare quelque mauvais tour pour te dérober ton or. Et il a dit que, sans manquer, il y parviendrait. » — Allons, écris tout cela !

MNÉSILOQUE : Continue à dicter.

CHRYSALE : « Et il me promet de me donner cet or pour que je le donne aux filles, que je dîne dans les mauvais lieux, et mène la vie grecque[1], mon père; mais, mon père, prends garde qu'il ne te trompe aujourd'hui, je t'en prie, prends garde ! »

MNÉSILOQUE : Continue à dicter.

CHRYSALE : Écris encore...

MNÉSILOQUE : Dis-moi seulement ce que je dois écrire.

CHRYSALE : « Mais, mon père, je te prie de te souvenir de ce que tu m'as promis; ne le frappe pas, mais attache-le seulement et garde-le près de toi à la maison. » Donne-moi vite la cire et le fil. Allons, attache le fil, et dépêche-toi de mettre ton cachet.

MNÉSILOQUE : Mais, dis-moi, je t'en prie, quel besoin as-tu de lui faire écrire de cette façon, pour qu'il se défie de toi et te garde, attaché, à la maison ?

CHRYSALE : Parce que cela me chante. Veux-tu bien t'occuper de toi et ne pas te faire de souci pour moi ? J'ai pris l'entreprise parce que je suis sûr de moi, et je mène l'affaire à mes risques et périls.

MNÉSILOQUE : Tu as raison.

CHRYSALE : Donne-moi ces tablettes.

MNÉSILOQUE : Tiens, les voilà.

CHRYSALE : Écoute-moi bien, Mnésiloque, et toi, Pistoclère; allez vite dans la salle à manger, que chacun prenne place avec son amie — voilà ce que vous avez à faire; et, à l'endroit même où les lits sont maintenant préparés, commencez vite à boire.

PISTOCLÈRE : Tu ne veux rien d'autre ?

CHRYSALE : Ah si, encore ceci : dès que vous aurez pris place, ne vous levez sous aucun prétexte, jusqu'à ce que je vous donne le signal.

PISTOCLÈRE : Ô l'excellent général!

CHRYSALE : Vous devriez avoir déjà bu deux fois!

MNÉSILOQUE : Fuyons.

CHRYSALE : Vous, faites ce que vous avez à faire; moi, je ferai ce que j'ai à faire.

## *SCÈNE IV*

CHRYSALE

L'affaire que j'entreprends est drôlement difficile. Et j'ai peur de ne pouvoir aujourd'hui la mener à bien. Mais j'ai besoin maintenant que le vieillard soit en colère, furieux contre moi. Il ne faudrait pas, pour réaliser cette ruse, que le vieux demeure calme quand il me verra. Je vais le faire tourner en bourrique, bel et bien, aujourd'hui, si je vis. Je vais le mettre sur le gril autant que peut faire un pois chiche[1]. Je vais faire les cent pas devant la porte, de telle façon que, lorsqu'il sortira, je puisse, aussitôt qu'il arrivera, lui mettre ces tablettes dans la main.

## *SCÈNE V*

NICOBULE, CHRYSALE

NICOBULE, *monologuant :* Oui, c'est un grand sujet de contrariété pour moi, que Chrysale, aujourd'hui, m'ait échappé.

CHRYSALE, *à part :* Je suis sauvé : le vieux est en colère. C'est le moment pour moi de l'aborder.

NICOBULE : Qui parle, près de moi ? Tiens, mais c'est précisément Chrysale, je crois.

CHRYSALE : Approchons !

NICOBULE : Excellent esclave, salut ! Et alors ? Dans combien de temps dois-je m'embarquer pour Éphèse, pour aller chercher l'or chez Théotime et le ramener ici ? Tu ne dis rien ? Par tous les dieux, je te jure que, si je n'aimais tant mon fils et ne souhaitais tout ce qu'il veut, tes flancs seraient bel et bien déchirés par les verges, et, les fers aux pieds, tu terminerais tes jours au moulin[1]. Mnésiloque m'a raconté toutes tes supercheries.

CHRYSALE : Il m'a accusé ? Très bien ; je suis un vaurien, je suis un être abominable, criminel. Mais examine l'affaire ; moi, je ne dirai rien.

NICOBULE : Et, par-dessus le marché, bourreau, tu menaces ?

CHRYSALE : Tu apprendras bientôt à connaître ton fils. Pour l'instant, il m'a dit de t'apporter ces tablettes ; il te prie de faire ce qui est écrit là.

NICOBULE : Donne !

CHRYSALE : Tu reconnais le cachet ?

NICOBULE : Je le reconnais. Où est-il lui-même ?

CHRYSALE : Je l'ignore, et je n'ai nul besoin de le savoir. J'ai tout oublié. Je sais que je suis un esclave ; j'ignore même ce que je sais. *(À part, tandis que Nicobule lit la lettre.)* Voilà la grive qui va chercher le ver au piège ; il sera pris joliment, aujourd'hui, car le piège est bien tendu.

NICOBULE : Attends un peu, Chrysale, je reviens te trouver.

CHRYSALE : Comme il cherche à me tromper ! Comme si je ne savais pas ce qu'il est en train de faire ! Il est allé chercher dans la maison des esclaves pour m'attacher. La manœuvre se déroule bien, mon bateau aborde le sien comme il faut. Mais ne disons rien ; j'entends que l'on ouvre la porte.

## *SCÈNE VI*

NICOBULE, CHRYSALE, ARTAMON

NICOBULE : Attache-lui les mains, tout de suite, Artamon.

CHRYSALE : Qu'est-ce que j'ai fait ?

*On lui attache les mains.*

NICOBULE : Flanque-lui un coup de poing, s'il dit un mot. *(À Chrysale.)* Qu'y a-t-il, dans cette lettre ?

CHRYSALE : Pourquoi me le demandes-tu ? Je te l'ai remise cachetée, comme je l'ai reçue de ton fils.

NICOBULE : Alors, tu n'as cessé de tenir de méchants propos à mon fils, parce qu'il m'avait rendu l'or, et tu as dit que tu trouverais bien une ruse pour m'enlever cet or ?

CHRYSALE : Moi, j'ai dit cela ?

NICOBULE : Oui.

CHRYSALE : Quel est l'homme qui prétend que j'ai dit cela ?

NICOBULE : Tais-toi. Personne ne le dit; c'est cette lettre qui t'accable, celle que tu as apportée toi-même; tiens, c'est elle qui te fait attacher.

CHRYSALE : Ah, ton fils a fait de moi un Bellérophon[1]. C'est moi qui ai apporté les tablettes pour me faire attacher... Mais, patience !

NICOBULE : Si je le fais, c'est pour t'apprendre à donner à mon fils le conseil de mener la vie à la grecque avec toi, triple empoisonneur !

CHRYSALE : Ô idiot, idiot, tu ne sais pas qu'on est en train de te vendre; et pourtant tu es debout sur la pierre, tandis que le crieur fait son annonce[2].

NICOBULE : Dis-moi : qui est en train de me vendre ?

CHRYSALE : Celui qu'aiment les dieux meurt jeune, en santé, sens et raison[3]. Si un dieu quelconque avait eu cet homme en affection, il y a plus de dix ans, plus de vingt qu'il devrait être mort. Il est odieux à tous[4]; il n'a plus de raison ni de bon sens; il n'est ni plus ni moins qu'un champignon pourri.

NICOBULE : Ah, tu prétends que je suis odieux à tous ? *(Aux esclaves.)* Emmenez-le dedans, attachez-le solidement à la colonne. Jamais, là, tu ne me déroberas cet or !

CHRYSALE : Pourtant, tu me le donneras.

NICOBULE : Je te le donnerai ?

CHRYSALE : Et tu seras le premier à me prier de le prendre, lorsque tu sauras dans quel danger se trouve mon accusateur et comme il est près de sa perte. Alors, tu offriras la liberté à Chrysale, et moi, je ne l'accepterai jamais!

NICOBULE : Dis-moi, scélérat, dis-moi, dans quel danger se trouve mon fils Mnésiloque ?

CHRYSALE : Viens avec moi; je te le ferai savoir.

NICOBULE : Et où allons-nous ?

CHRYSALE : À trois pas d'ici.

NICOBULE : À dix, si tu veux.

CHRYSALE : Dis donc, Artamon, ouvre un petit peu cette porte *(il désigne la maison de Bacchis)*; doucement, qu'elle ne grince pas. Suffit! *(À Nicobule.)* Viens ici, toi. Tu vois le banquet ?

NICOBULE : Je vois en face de moi Pistoclère et Bacchis.

CHRYSALE : Et qui y a-t-il sur l'autre lit ?

NICOBULE : Malheur, je suis perdu!

CHRYSALE : Tu sais qui c'est ?

NICOBULE : Oui.

CHRYSALE : Dis-moi, s'il te plaît, la fille te semble jolie ?

NICOBULE : Très.

CHRYSALE : Qu'en dis-tu, tu la prends pour une courtisane ?

NICOBULE : Évidemment!

CHRYSALE : Tu te trompes.

NICOBULE : Qu'est-elle donc, je te prie ?

CHRYSALE : Tu le sauras; mais aujourd'hui, certes, ce n'est pas moi qui te le dirai.

## *SCÈNE VII*

### CLÉOMAQUE, NICOBULE, CHRYSALE

CLÉOMAQUE : Est-il vrai que Mnésiloque, le fils de Nicobule, retient ici de force une femme qui m'appartient ? Qu'est-ce que c'est que ces façons!

NICOBULE, *bas à Chrysale :* Qui est-ce ?

CHRYSALE, *à part :* Le soldat arrive à temps pour m'aider!

CLÉOMAQUE : Il s'imagine que je ne suis pas un soldat, mais une femme, et que je ne puis me défendre, ni moi ni les miens ? Que ni Bellone, ni Mars, désormais, ne me croient, si je ne lui arrache l'âme, dès que je l'aurai rencontré, si je ne le dépouille de sa vie!

NICOBULE : Chrysale, quel eﬆ cet homme, qui menace mon fils ?

CHRYSALE : C'eﬆ le mari de la femme avec laquelle il eﬆ couché.

NICOBULE : Quoi, son mari ?

CHRYSALE : Son mari, te dis-je !

NICOBULE : C'eﬆ donc une femme mariée, dis-moi ?

CHRYSALE : Tu ne vas pas tarder à le savoir.

NICOBULE : Je suis mort, pauvre de moi !

CHRYSALE : Et maintenant, Chrysale te paraît encore un scélérat ? Allons, attache-moi, écoute ton fils. Ne t'ai-je pas dit que tu allais t'apercevoir de ce qu'il eﬆ ?

NICOBULE : Que dois-je faire maintenant ?

CHRYSALE : Fais-moi d'abord détacher au plus vite ; car, si l'on ne me détache pas, l'autre ne va pas tarder à surprendre ton fils.

CLÉOMAQUE : Rien ne me ferait autant plaisir aujourd'hui que de le surprendre couché auprès d'elle, pour pouvoir les tuer tous les deux.

CHRYSALE : Tu entends ce qu'il dit ? Pourquoi ne me fais-tu pas détacher ?

NICOBULE, *aux esclaves :* Détachez-le. Je suis mort ; je suis terrifié à en mourir.

CLÉOMAQUE : Et puis cette femme, qui se proﬆitue à tout venant, je ferai si bien qu'elle ne pense plus qu'elle a trouvé une bonne poire !

CHRYSALE : Tu peux peut-être arranger les choses avec lui grâce à un peu d'argent ?

NICOBULE : Arrange les choses, je t'en prie, à ta guise, pourvu qu'il ne prenne pas mon fils en flagrant délit et ne le tue pas.

CLÉOMAQUE : Si l'on ne me rend pas les deux cents philippes, je leur arracherai l'âme à tous deux, sur-le-champ.

NICOBULE : Tiens, arrange la chose pour cette somme, si tu le peux. Dépêche-toi, je t'en prie ; arrange tout, à n'importe quel prix.

CHRYSALE : Je vais y aller, et m'y employer. *(Au soldat.)* Qu'as-tu à crier ?

CLÉOMAQUE : Où eﬆ ton maître ?

CHRYSALE : Nulle part ; je ne sais pas. *(À part, au soldat, de manière à ne pas être entendu de Nicobule.)* Veux-tu que l'on te promette les deux cents écus, pour que tu ne viennes pas faire ici de scandale ni de tapage ?

CLÉOMAQUE : Rien ne me plairait mieux.

CHRYSALE : Et que je t'expédie, par-dessus le marché, une bordée d'injures ?

CLÉOMAQUE : Comme tu voudras.

NICOBULE, *à part :* Comme il est aimable avec lui, le bourreau !

CHRYSALE : Voici le père de Mnésiloque; viens avec moi, il te donnera la promesse en question. Toi, demande-lui l'or; et cela suffit !

NICOBULE : Qu'est-ce qu'on fait ?

CHRYSALE : J'ai réglé l'affaire pour deux cents philippes.

NICOBULE : Ah, Bonne Déesse, tu m'as sauvé : quand dois-je m'engager ?

CHRYSALE, *au soldat :* Présente ta requête, toi; *(à Nicobule)* et toi, engage-toi.

NICOBULE, *au soldat :* Je m'engage; demande.

CLÉOMAQUE : Tu me donneras deux cents écus, des philippes de bon aloi ?

CHRYSALE : Réponds : « On les donnera. »

NICOBULE : Je les donnerai.

CHRYSALE : Et maintenant, sale individu ? Te doit-on encore quelque chose ? Pourquoi viens-tu l'ennuyer ? Pourquoi le menaces-tu de mort ? Lui et moi, nous te voulons du mal. Si tu as un sabre, nous, nous avons une broche, chez nous; et si tu me mets en colère, je t'en larderai comme un boudin. Depuis longtemps, par Hercule, je vois bien qu'un soupçon te tracasse : tu penses qu'il se trouve en compagnie de cette femme.

CLÉOMAQUE : Mais il y est bien !

CHRYSALE : J'en atteste Jupiter, Junon, Cérès, Minerve, Latone, Espérance, Abondance, Vertu, Vénus, Castor, Pollux, Mars, Mercure, Hercule, Summanus, le Soleil, Saturne et tous les dieux[1], il n'est pas avec elle, ni au lit ni en promenade, il ne l'embrasse pas, il ne lui fait pas... tu sais comment cela s'appelle.

NICOBULE, *à part :* Quels serments il prononce ! Il me sauve, par ses parjures !

CLÉOMAQUE : Où est donc Mnésiloque, alors ?

CHRYSALE : Son père l'a envoyé à la campagne; elle, de son côté, s'en est allée sur l'Acropole, voir le temple de Minerve. Il est ouvert, maintenant[2]; va, renseigne-toi si elle est là-bas !

CLÉOMAQUE : Bon, je vais au forum.

CHRYSALE : Ou si tu préfères, par Hercule, te faire pendre!

CLÉOMAQUE : C'est aujourd'hui que je pourrai toucher cet argent ?

CHRYSALE : Touche-le, et va te faire pendre; ne pense pas qu'on te suppliera, individu de rien! *(Cléomaque sort.)* Le voilà parti. Permets-moi, je t'en supplie, maître, au nom des dieux immortels, d'aller dans cette maison rejoindre ton fils.

NICOBULE : Pourquoi veux-tu y aller ?

CHRYSALE : Pour lui faire des reproches sanglants, au sujet de la conduite qu'il tient!

NICOBULE : Je te prie de le faire, Chrysale, et, je t'en supplie, ne l'épargne pas dans tes reproches!

CHRYSALE : Tu n'as pas besoin de me le dire. Sera-ce suffisant, s'il entend de ma part aujourd'hui plus de paroles dures que n'en a jamais entendues Clinias de Démétrios[1] ?

NICOBULE, *seul :* Cet esclave est tout pareil à un œil malade; si on ne l'a pas, on ne le souhaite pas, et on n'en veut pas; si on l'a, on ne peut s'abstenir d'y toucher. Si, par un coup du sort, Chrysale ne s'était trouvé là aujourd'hui, le soldat aurait surpris Mnésiloque avec sa femme et il l'aurait tué, en flagrant délit d'adultère. En fait, j'ai acheté, en quelque sorte, mon propre fils au prix de deux cents philippes, que j'ai promis de verser au soldat; je ne les donnerai pas à la légère, ni avant d'avoir vu mon fils. Jamais, par Pollux, je ne me fierai en quoi que ce soit à Chrysale sans mûre réflexion. Mais j'ai envie de relire ces tablettes; il faut ajouter foi à des tablettes scellées!

## *SCÈNE VIII*

### CHRYSALE

On répète partout que les deux frères, fils d'Atrée, ont accompli un exploit immense, parce que, attaquant Pergame, la patrie de Priam, qu'une main divine avait fortifiée, et menant l'attaque avec des armes, des chevaux, une armée, et l'élite des guerriers, et un millier de navires, ils l'ont prise au bout de dix ans! Ils ne se sont rien foulé, à côté de l'assaut que je vais lancer contre mon maître, sans flotte, sans armée ni une telle foule de soldats. J'ai déjà pris, de force, pour mon jeune maître, qui est amoureux, de l'or à son père. Et maintenant, avant que le vieux ne revienne, j'ai envie de chanter un chant funèbre, en attendant qu'il sorte.

Ô Troie, ô ma patrie, ô Pergame, vieillard, tu es mort; on va te soutirer lamentablement quatre cent philippes d'or. Car ces tablettes scellées et cachetées, que je porte, ne sont pas des tablettes, mais le cheval de bois que les Achéens firent pénétrer dans la ville. Pistoclère est Épius[1]; c'est lui qui me les a données. Mnésiloque est Sinon[2], qu'on laisse derrière. Il est là; il est étendu, non sur le tombeau d'Achille, mais sur un lit, et il a Bacchis avec lui. Sinon, autrefois, alluma un feu pour donner le signal; mais, aujourd'hui, Mnésiloque brûle lui-même. Et moi je suis Ulysse, selon les plans de qui tout cela s'exécute. Et puis, les lettres qui sont écrites ici, ce sont les soldats cachés dans le cheval, armés, et pleins de courage. L'affaire a bien tourné pour moi, jusqu'à présent. Et ce cheval n'attaquera pas une citadelle, mais un coffre. C'est la ruine, la fin, la désolation que ce cheval va porter aujourd'hui dans l'or du vieux. Notre vieil idiot, lui, je l'appelle carrément Ilion. Le soldat est Ménélas, et moi, je suis Agamemnon, et en même temps Ulysse, fils de Laërte; Mnésiloque est Alexandre[3], qui causera la perte de sa maison; il a enlevé une Hélène, à cause de qui je mets maintenant le siège devant Ilion. J'ai entendu dire que, là-bas, Ulysse a été, comme je le suis moi-même, plein d'audace et de ruse. J'ai été surpris en flagrant délit de tromperie; et lui, que l'on a surpris déguisé en mendiant, a failli périr, tandis qu'il cherchait là-bas le destin d'Ilion[4]. Une aventure tout à fait semblable m'est arrivée aujourd'hui. J'ai été attaché, mais, grâce à mes ruses, je m'en suis tiré, et, de la même façon, il s'est sauvé grâce à ses ruses. J'ai entendu dire qu'il y avait trois conditions mises par le destin à la perte de Troie : si la statue[5] disparaissait de la citadelle; puis, si Troïlus mourait[6]; en troisième lieu, lorsque le linteau serait démoli au-dessus de la porte Phrygienne[7]. De la même façon, trois événements marquent le destin de notre Ilion. En premier lieu, il y a longtemps, lorsque j'ai raconté à notre vieillard le mensonge concernant l'hôte, et l'or et la chaloupe, à ce moment, j'ai enlevé la statue de la citadelle. Il restait encore deux conditions à remplir, avant que je n'aie emporté cette place. Ensuite, lorsque j'ai apporté les tablettes au vieillard, alors, j'ai tué Troïlus. Lorsqu'il a cru que Mnésiloque était depuis longtemps avec la femme du soldat, là, j'ai eu peine à me tirer d'affaire, et je compare ce danger à celui que courut, dit-on, Ulysse, lorsqu'il fut reconnu par Hélène et dénoncé à Hécube. Mais de même qu'Ulysse, autrefois, sut se tirer d'affaire par des paroles flatteuses, et persuader à la reine de le laisser aller, de la même façon, par mes ruses, je me suis tiré de ce mauvais pas, et j'ai trompé le vieillard. Après quoi, avec ce soldat magnifique, qui prend, sans armes, les cités, je suis entré en conflit et j'ai repoussé l'adversaire. Puis j'ai engagé le combat avec le vieux; je l'ai vaincu par un seul mensonge, d'un seul coup; sur-le-champ, j'ai conquis les dépouilles! Il va maintenant donner au soldat mes deux cents philippes qu'il a promis. Et nous avons encore besoin de deux cents autres, pour les dépenser à la prise d'Ilion et payer du vin sucré aux soldats du triomphe. Mais notre Priam à nous, qu'il l'emporte sur l'autre! Il n'a pas cinquante fils, mais bien quatre cents, et tous choisis, triés, sans défaut. Et moi, aujourd'hui, je les massacrerai tous, en deux coups seulement. Et si notre Priam trouve acheteur, je le vendrai par-dessus le marché; il sera à vendre dès que j'aurai emporté la place. Mais c'est Priam que j'aperçois, debout devant la porte. Je vais l'aborder et lui parler.

## *SCÈNE IX*

### NICOBULE, CHRYSALE

NICOBULE : Quelle est la voix que j'entends près de moi ?

CHRYSALE : Ô Nicobule!

NICOBULE : Eh bien, que se passe-t-il ? As-tu fait ce que je t'avais demandé ?

CHRYSALE : Quelle question ? Viens près de moi.

NICOBULE : Je viens.

CHRYSALE : Je suis un excellent orateur; j'ai tiré des larmes du garçon, en lui adressant des reproches, en le blâmant, tout ce que j'ai pu imaginer.

NICOBULE : Que dit-il ?

CHRYSALE : Il ne dit rien; il m'écoutait en larmes, silencieux, tandis que je parlais. Silencieux, il a écrit sur ces tablettes et, après les avoir scellées, me les a données. Il m'a dit de te les remettre; mais je crains qu'elles ne disent la même chanson que les autres. Tu reconnais le sceau ? C'est bien le sien ?

NICOBULE : Je le reconnais. Je suis pressé de lire sa lettre.

CHRYSALE : Lis à ton aise. *(À part.)* Voici que le linteau, au-dessus de la porte, se lézarde; voici la ruine d'Ilion. Le cheval de bois fait un joli gâchis!

NICOBULE : Chrysale, reste ici, tandis que je lis cette lettre.

CHRYSALE : Pourquoi as-tu besoin de moi ?

NICOBULE : Je veux que tu sois là pour exécuter mes ordres, et que tu saches ce qui est écrit là-dessus.

CHRYSALE : Peu m'importe, je ne veux pas le savoir.

NICOBULE : Pourtant, reste ici.

CHRYSALE : À quoi bon ?

NICOBULE : Tais-toi; fais ce que je te dis!

CHRYSALE : Je reste!

NICOBULE : Là, là! Quelle écriture minuscule!

CHRYSALE : Oui, si l'on n'y voit goutte; mais quand on a bonne vue, elle est assez grande.

NICOBULE : Écoute, je te prie.

CHRYSALE : Je ne le veux pas, te dis-je.

NICOBULE : Et moi, je le veux, te dis-je.

CHRYSALE : À quoi bon ?

NICOBULE : Mais, pour obéir à mes ordres.

CHRYSALE : C'est juste, que ton esclave exécute tes ordres à ta guise.

NICOBULE : Fais ce que je te dis, voyons!

CHRYSALE : Lis, quand tu le voudras; je t'assure que mes oreilles sont à ton service.

NICOBULE : Il n'a économisé ni la cire ni le stylet. Mais, quoi que ce soit, je veux lire jusqu'au bout. « Mon père, donne, je t'en prie, deux cents philippes à Chrysale, si tu veux que je sois sauvé et que je vive pour toi. » Une bonne rossée, par Hercule!

CHRYSALE : À toi, oui[1].

NICOBULE : Quoi ?

CHRYSALE : Il n'a pas commencé par te saluer ?

NICOBULE : Je ne vois rien de tel.

CHRYSALE : Tu ne les lui donneras pas, si tu es sage; mais, même si tu les lui donnes, il ira se chercher un autre commissionnaire, s'il est sage; car moi je ne les porterai pas, même si tu me l'ordonnes. J'ai déjà été assez soupçonné, bien qu'innocent.

NICOBULE : Écoute donc, pendant que je te lis ce qui est écrit ici.

CHRYSALE : Dès le début, cette lettre est déjà impudente.

NICOBULE : « J'ai honte de reparaître à tes yeux, mon père; je sais que tu as appris le scandale que j'ai commis, en couchant avec la femme du soldat étranger. » Ce n'est pas une plaisanterie, par Pollux; il m'en a coûté deux cents philippes d'or pour racheter ta vie, compromise par ta débauche!

CHRYSALE : Rien, là-dedans, que je ne lui aie déjà dit.

NICOBULE : « Je me suis conduit sottement, je l'avoue; mais je te demande, mon père, de ne pas m'abandonner, même si j'ai péché, dans ma sottise. Je me suis laissé aller à la passion, je n'ai pas su contrôler mes regards; et je me suis permis une action dont j'ai maintenant honte. » Tu aurais dû réfléchir, avant, au lieu de rougir après!

CHRYSALE : Tout cela, je le lui ai dit il y a longtemps.

NICOBULE : « Je te prie de te contenter, mon père, des reproches que m'a faits Chrysale, en grand nombre; il a contribué à me corriger, par ses conseils, et il est juste que tu lui en saches grand gré. »

CHRYSALE : C'est bien écrit là-dedans ?

NICOBULE : Tiens, regarde, tu le sauras.

CHRYSALE : Quand on se sent coupable, on se fait aisément suppliant de tout le monde!

NICOBULE : « Et maintenant, si j'ai le droit de t'adresser une prière, donne-moi deux cents philippes, je t'en supplie. »

CHRYSALE : Pas un seul, par Hercule, si tu as ton bon sens!

NICOBULE : Laisse-moi lire tout. « Je me suis engagé par un serment solennel à donner cette somme aujourd'hui à cette femme, avant le soir, avant qu'elle ne me quitte. Donc, mon père, ne me force pas à me parjurer, éloigne cette femme de moi autant que tu le pourras, elle qui est la cause de toutes les dépenses et de tout le scandale que j'ai faits. Et ne te fais pas de mauvais sang pour les deux cents philippes, je t'en rendrai mille fois autant, si je vis. Adieu, fais ce que je te demande. » Quel est ton avis, Chrysale ?

CHRYSALE : Je ne saurais aujourd'hui te donner le moindre avis, et je ne me mettrai pas dans le cas que tu puisses dire, si quelque chose va mal, que c'est de ma faute. Mais, à mon sens, si j'étais à ta place, je donnerai l'argent plutôt que de laisser ton fils aller à sa perte. Deux hypothèses sont possibles, vois laquelle tu préfères : ou bien dépenser l'argent, ou bien faire que l'amoureux se parjure. Moi, je ne te dis pas de faire ou de ne pas faire ceci ou cela, je ne te donne aucun conseil.

NICOBULE : J'ai pitié de lui.

CHRYSALE : C'est ton fils; rien d'étonnant. Même s'il faut dépenser encore davantage, il vaut mieux se ruiner que de laisser se répandre partout le bruit de ce scandale.

NICOBULE : Certes, j'aimerais mieux, par Pollux, et de beaucoup, qu'il se trouvât encore à Éphèse, pourvu qu'il y fût en bonne santé, plutôt que de le voir revenu ici. Mais qu'y puis-je ? Dépêchons-nous de débourser l'argent qu'il faut débourser. Je vais aller chercher tout de suite deux fois deux cents philippes : ceux que j'ai promis tout à l'heure au soldat, malheureux que je suis, et les deux cents autres. Attends-moi ici, Chrysale, je reviens tout de suite près de toi.

CHRYSALE, *seul :* Voilà Troie saccagée, les chefs ravagent Pergame. Je savais bien, depuis longtemps, que je causerais la perte de Pergame. Par Pollux, si l'on me disait que je mérite les pires supplices, je n'aurais pas l'audace de parier le contraire! Je fais tant de gâchis! Mais la porte a grincé. Voici le butin de Troie qui sort. Chut, maintenant!

NICOBULE : Prends cet or, Chrysale; va, porte-le à mon fils. Moi, je vais me rendre au forum, pour payer le soldat.

CHRYSALE : Je n'en veux pas; cherche quelqu'un d'autre pour le porter; je ne veux pas que tu te fies à moi.

NICOBULE : Allons, prends-le; ne sois pas insupportable.

CHRYSALE : Non, je ne le prendrai pas.

NICOBULE : Mais je te le demande.

CHRYSALE : Je te dis quelle est ma position.

NICOBULE : Tu nous fais perdre le temps !

CHRYSALE : Je refuse, te dis-je, de recevoir cet or ; ou bien donne-moi quelqu'un pour me surveiller.

NICOBULE : Oh ! tu es insupportable !

CHRYSALE : Alors, donne, si l'on ne peut faire autrement.

NICOBULE : Règle cette affaire. Je reviendrai bientôt.

CHRYSALE, *seul :* C'est une affaire réglée... de faire de toi le plus à plaindre de tous les vieillards. C'est ce qui s'appelle une entreprise heureusement terminée, comme maintenant, où je reviens triomphant et chargé de butin. Sain et sauf, la ville prise par ruse, je ramène l'armée intacte dans ses foyers. Quant à vous, spectateurs, ne vous étonnez pas de ce que je ne célèbre pas un triomphe : c'est chose vulgaire, et je n'y tiens pas. Mais les soldats recevront tout de même une ration de vin doux, et, sur ce, je vais apporter tout ce butin au questeur[1].

## ACTE V

### *SCÈNE PREMIÈRE*

PHILOXÈNE, *seul.*

Plus je passe et repasse en moi-même tous les désordres de mon fils, la vie qu'il mène, les habitudes qu'il prend, tête baissée, comme un étourdi, plus mon souci augmente et plus je crains qu'il ne se perde ou ne se débauche complètement. Je sais bien ; j'ai eu l'âge qu'il a et j'ai fait la même chose, mais avec modération. J'ai eu des maîtresses, j'ai bu, donné de l'argent, fait des cadeaux ; mais enfin, rarement. Et je n'approuve pas les façons que je vois chez les parents à l'égard de leurs fils. J'ai pour règle de donner de l'argent à mon fils, pour qu'il puisse faire ce dont il a envie ; je pense que c'est normal. Mais je refuse de laisser libre carrière à sa paresse. Sur ce, allons voir si Mnésiloque a fait ce que je lui ai demandé, s'il l'a engagé sur la voie de la vertu et de la sagesse ; s'il l'a trouvé, je sais qu'il l'aura fait ; il est comme cela !

## *SCÈNE II*

### NICOBULE, PHILOXÈNE

NICOBULE, *se croyant seul :* Tous les idiots, où que ce soit, qui existent, qui ont existé, qui existeront dans l'avenir, les sots, les imbéciles, les gourdes, les baudets, les crétins, les demeurés, tous, je les dépasse tous, et de beaucoup, en idiotie et en naïveté! Je suis pris, et je rougis! À l'âge que j'ai, m'être laissé mettre dedans par deux fois, aussi vilainement! Plus j'y repense, et plus je suis furieux des dérèglements de mon fils. Je suis ruiné, je suis à la torture, tous les supplices me déchirent! Tous les malheurs s'acharnent sur moi, je meurs de mille morts. Chrysale m'a aujourd'hui mis en pièces, Chrysale m'a dépouillé, à faire pitié. Ce vaurien m'a raflé tout mon or, par ses ruses savantes, et moi, pauvre naïf, je me suis laissé faire comme il a voulu. Le soldat m'a raconté que celle que l'on a fait passer pour sa femme est une courtisane, et il m'a raconté point par point comment la chose a été menée : qu'il l'avait engagée pour l'année, et que le reste de la somme payée était précisément cet or que je lui avais promis, en triple idiot que je suis. Voilà, voilà ce qui me point le cœur, voilà, finalement, ce qui me met au supplice, c'est, à l'âge que j'ai, de me laisser berner, par Pollux, d'avoir été joué de la sorte, la tête chenue et la barbe blanche, pauvre de moi, que j'aie été ainsi mouché de mon argent! Je suis mort de penser que c'est mon esclave, qui ne vaut pas un clou, qui a osé faire le coup! Oui, si j'avais perdu davantage, d'une autre façon, cela me serait moins pénible, et la perte m'en serait plus légère.

PHILOXÈNE : Mais, tout près de moi, j'ai l'impression que quelqu'un parle. Qui vois-je ? C'est le père de Mnésiloque.

NICOBULE : Courage, je vois le compagnon de mon infortune et de mon malheur. Philoxène, salut!

PHILOXÈNE : Salut à toi. D'où viens-tu ?

NICOBULE : D'où vient un homme malheureux, infortuné!

PHILOXÈNE : Par Pollux, c'est moi qui suis où doit être un homme malheureux et infortuné!

NICOBULE : Nous avons donc pareille infortune, comme nous avons le même âge ?

PHILOXÈNE : Certes. Mais toi, qu'est-ce qui t'arrive ?

NICOBULE : Par Pollux, la même chose exactement qu'à toi.

PHILOXÈNE : Est-ce que par hasard ton chagrin est en rapport avec ton fils ?

NICOBULE : Précisément.

PHILOXÈNE : J'ai dans le cœur le même mal !

NICOBULE : Et moi c'est Chrysale, l'excellent Chrysale, qui a perdu et mon fils et moi-même et toute ma fortune.

PHILOXÈNE : Mais quel est le chagrin que te cause ton fils ?

NICOBULE : Tu vas le savoir; ceci : il se perd avec le tien; tous les deux, pareillement, ont une maîtresse.

PHILOXÈNE : Comment le sais-tu ?

NICOBULE : Je l'ai vu.

PHILOXÈNE : Malheur à moi, je suis mort !

NICOBULE : Pourquoi hésitons-nous à frapper ici et à les faire sortir tous les deux ?

PHILOXÈNE : Allons-y.

NICOBULE, *frappant à la porte :* Hé, Bacchis, fais-nous ouvrir la porte immédiatement, si tu ne veux pas que nous fassions abattre les montants à coups de hache.

## *SCÈNE III*

### LES DEUX BACCHIS, NICOBULE, PHILOXÈNE

BACCHIS I : Qui m'appelle en faisant tout ce bruit et tout ce tumulte, et frappe ainsi chez moi ?

NICOBULE : Lui et moi.

BACCHIS I : Qu'est-ce qui vous amène donc, je vous pris ? *(À sa sœur.)* Qui nous a amené ces brebis ?

NICOBULE : Elles nous appellent brebis, les coquines !

BACCHIS II : Leur berger s'est endormi, qu'elles errent ainsi, loin du troupeau ?

BACCHIS I : Par Pollux, elles ont le poil luisant; elles n'ont pas l'air mal en point, toutes deux.

BACCHIS II : Mais elles ont été tondues de près, toutes les deux.

PHILOXÈNE : Comme elles ont l'air de se moquer de nous !

NICOBULE : Laisse-les faire, tant qu'elles voudront.

BACCHIS I : Crois-tu qu'on les tond trois fois par an ?

BACCHIS II : Ce qui est sûr, c'est que l'une d'elles a été déjà tondue aujourd'hui deux fois.

BACCHIS I : Elles sont vieillottes, et leur ventre est flasque.

BACCHIS II : Pourtant, je crois qu'elles ont été de belles bêtes.

BACCHIS I : Tu vois comme elles nous regardent de travers, je t'en prie!

BACCHIS II : Par Castor, elles ont l'air bien inoffensives!

PHILOXÈNE : C'est bien fait pour nous, puisque nous sommes venus ici.

BACCHIS I : Faisons-les entrer.

BACCHIS II : Je ne crois pas que ce soit la peine; elles n'ont plus ni lait ni laine; laisse-les donc là! Elles ont remboursé le prix qu'elles ont coûté; elles ne rapportent plus rien; ne vois-tu pas qu'on les laisse aller seules, où elles veulent ? Bien plus, je crois que l'âge leur a fait perdre la voix. Elles ne bêlent même pas, alors qu'elles sont loin du reste du troupeau; elles ont l'air stupides, mais pas méchantes.

BACCHIS I : Rentrons, ma sœur.

NICOBULE : Hé là, vous deux, attendez; ces brebis veulent vous parler.

BACCHIS II : Mais c'est un prodige! Les brebis nous parlent, comme des êtres humains.

PHILOXÈNE : Ces brebis vous donneront la bonne rossée que vous méritez.

BACCHIS II : Si je l'ai méritée, je te dispense de me la donner; garde-la, je ne viendrai jamais la réclamer. Mais, pour quelle raison nous menacez-vous d'une correction ?

PHILOXÈNE : Parce que l'on dit que vous tenez ici enfermés deux agneaux qui nous appartiennent.

NICOBULE : Et en plus des agneaux, il y a, ici, un chien méchant, qui est à moi; si vous ne les faites pas sortir maintenant et si vous ne les mettez pas à la porte, nous deviendrons des béliers vicieux et nous vous donnerons des coups de corne!

BACCHIS I, *à sa sœur :* Ma sœur, je veux te dire un mot à part.

BACCHIS II : Bien, je t'en prie.

NICOBULE, *à Philoxène :* Où vont-elles ?

BACCHIS I : Je te livre le vieux qui est là-bas, tâche de l'apprivoiser bellement; moi, je vais aller vers l'autre, qui est en colère; essayons de les inciter à pénétrer chez nous.

BACCHIS II : Je m'acquitterai au mieux de ma tâche. Mais qu'il est pénible de prendre un cadavre dans les bras!

BACCHIS I : Prends sur toi de le faire!

BACCHIS II : Ne dis rien. Toi, fais seulement ce que je te demande; moi, je ferai exactement ce que j'ai dit.

NICOBULE : Qu'est-ce qu'elles mijotent, là-bas, toutes les deux, dans leur conseil secret ?

PHILOXÈNE : Dis donc, mon vieux!

NICOBULE : Que veux-tu ?

PHILOXÈNE : Je veux t'avouer quelque chose, mais j'ai honte!

NICOBULE : De quoi as-tu honte?

PHILOXÈNE : Mais tu es mon ami, et je suis bien décidé à te faire une confidence; je suis un vaurien.

NICOBULE : Il y a longtemps que je le sais; mais pourquoi es-tu un vaurien ? Dis-moi ?

PHILOXÈNE : Je suis atteint, gravement, par leur glu; mon cœur est transpercé par un aiguillon.

NICOBULE : Par Pollux, tu mériterais plutôt qu'il te pique les côtes ? Hein, que dis-tu ? Je crois bien comprendre de quoi il s'agit, mais j'ai envie de te l'entendre dire à toi-même.

PHILOXÈNE : Tu vois cette fille ?

NICOBULE : Je la vois.

PHILOXÈNE : Ce n'est pas un méchant brin!

NICOBULE : Si, par Pollux, elle est méchante, et toi, tu es un vaurien.

PHILOXÈNE : Que veux-tu de plus ? Je suis amoureux.

NICOBULE : Ah, tu es amoureux ?

PHILOXÈNE : Oui, et oui[1]!

NICOBULE : Eh bien, individu puant, tu oses être encore amoureux, à l'âge que tu as ?

PHILOXÈNE : Pourquoi pas ?

NICOBULE : Parce que c'est une honte.

PHILOXÈNE : Est-il besoin de le dire ? Je ne suis plus en colère contre mon fils, et il n'est pas juste que tu le sois contre le tien; s'ils sont amoureux, ils ont raison.

BACCHIS I, *à sa sœur :* Viens avec moi.

NICOBULE : Ah, les voici, enfin, ces pourvoyeuses du vice, ces conseillères de débauche. Eh bien ? Nous rendez-vous nos fils et notre esclave ? Ou bien faut-il que je te contraigne par la force ?

PHILOXÈNE : Veux-tu t'en aller ? Tu n'as rien d'humain, pour t'adresser aussi peu gentiment à une aussi gentille petite.

BACCHIS I : Vieillard excellent, autant que personne au monde, laisse-moi obtenir de toi que tu renonces à t'en prendre si violemment à ceux qui ont commis la faute que tu dis.

NICOBULE : Si tu ne t'en vas pas, quelque jolie que tu sois, je ne t'en rosserai pas moins.

BACCHIS I : Je me laisserai faire. Je n'ai pas peur que les coups que tu me donneras me fassent mal.

NICOBULE : Comme elle parle gentiment ! Las, j'ai bien peur pour moi !

BACCHIS II : L'autre est plus calme.

BACCHIS I, *à Nicobule :* Viens chez moi, là, tu seras plus à l'aise, si tu le veux, pour adresser des reproches à ton fils.

NICOBULE : Veux-tu me lâcher, coquine ?

BACCHIS I : Mon bon monsieur, laisse ma prière te fléchir !

NICOBULE : Que je cède, pour toi, à ta prière ?

BACCHIS II : Celui-ci, c'est sûr, va céder à la mienne !

PHILOXÈNE : C'est moi-même qui te demande de m'emmener chez toi.

BACCHIS II : Que tu es gentil !

PHILOXÈNE : Mais tu sais à quelle condition tu m'emmènes chez toi ?

BACCHIS II : Pour que je sois à toi ?

PHILOXÈNE : Tu dis exactement ce que je souhaitais.

NICOBULE : J'ai vu bien des vauriens, mais de plus vaurien que toi, jamais.

PHILOXÈNE : C'est vrai.

BACCHIS I, *à Nicobule :* Viens donc avec moi, on te soignera bien : bons plats, vin, parfums.

NICOBULE : J'en ai soupé, oui, soupé, de votre dîner ! Votre réception m'a tout à fait comblé; quatre cents philippes m'ont été soutirés par mon fils et par Chrysale; ah, celui-ci, quand bien même il m'offrirait le double, je ne renoncerais pas à le mettre en croix !

BACCHIS I : Mais enfin, si l'on te rend la moitié de l'argent, entreras-tu avec moi ? Et leur pardonneras-tu ?

PHILOXÈNE : Naturellement, il le fera.

NICOBULE : Pas du tout, je refuse; je m'en moque. Laisse-moi. Je veux les punir tous les deux.

PHILOXÈNE : Mais, être stupide, prends garde de perdre par ta faute ce que les dieux t'envoient de bon à prendre. On te rend la moitié de l'or; prends-le, bois, couche avec la fille.

NICOBULE : Moi, à l'endroit même où mon fils s'est débauché, que j'aille boire ?

PHILOXÈNE : Il faut boire !

NICOBULE : Allons, de toute façon, même si c'est indécent, je l'accepterai, je prendrai sur moi de le faire. Mais, tandis qu'elle sera auprès de lui, moi je regarderai ?

BACCHIS I : Mais non, par Pollux, c'est toi qui seras près de moi. Je serai gentille avec toi, et je te prendrai dans mes bras.

NICOBULE : La tête me démange ! Je suis perdu; je ne puis plus dire non.

BACCHIS I : Tu ne te dis donc pas, je t'en prie, que, si tu te donnes du bon temps durant ta vie, cela ne dure pas longtemps, et que, si aujourd'hui tu laisses passer l'occasion, elle ne se reproduira pas, une fois que tu seras mort ?

NICOBULE : Que faire ?

PHILOXÈNE : Que faire ? Tu le demandes ?

NICOBULE : Je suis tenté, mais j'ai peur !

PHILOXÈNE : De quoi as-tu peur ?

NICOBULE : D'être à la merci de mon fils et de mon esclave.

BACCHIS I : Mon petit chéri, écoute-moi, même si cela arrive, c'est ton fils; où crois-tu qu'il pourra trouver de l'argent, sinon celui que tu lui donneras ? Accorde-moi, je t'en prie, leur pardon !

NICOBULE : Comme elle perce mes défenses ! J'avais beau être bien décidé, malgré cela, elle parviendra à me fléchir ? C'est par ta faute, à cause de toi, que je me laisse corrompre.

BACCHIS I : À cause de moi ? C'est ce que je veux le plus au monde. Mais es-tu bien décidé à faire ce que je t'ai demandé ?

NICOBULE : Ce que j'ai dit une fois, je ne m'en dédirai pas.

BACCHIS I : Le jour passe; venez prendre place à table. Vos fils vous attendent chez nous.

NICOBULE : Oui, ils attendent que nous mourions au plus tôt.

BACCHIS II : Voici le soir; suivez-nous.

NICOBULE : Menez-nous où vous voudrez; nous sommes en votre puissance[1].

BACCHIS I, *à la cantonade :* Les voici joliment pris, eux qui venaient essayer de prendre leurs fils!

LE CHEF DE LA TROUPE

Si ces vieillards n'avaient pas été des vauriens dans leur jeunesse, ils ne déshonoreraient pas ainsi aujourd'hui leurs cheveux blancs; et nous n'aurions pas, nous-mêmes, représenté ce spectacle si nous n'avions constaté déjà que ces choses arrivent, que, chez le marchand de filles, il est des pères qui se trouvent les rivaux de leurs fils. Spectateurs, nous vous souhaitons bonne santé, et applaudissez-nous bien fort!

# LES PRISONNIERS

*(Captivi)*

# NOTICE

Les Prisonniers (Captivi) *n'est certainement pas l'une des meilleures comédies de Plaute : dépourvue d'action véritable — le seul coup de théâtre qui introduit quelque imprévu dans l'évolution de la situation ne résulte pas de l'action même, mais est un simple accident, imprévisible — sans intrigue amoureuse, sans aucun personnage féminin, bourrée d'intentions moralisantes, elle présente au demeurant une intrigue assez complexe et dépourvue d'unité. La scène se passe dans une ville d'Étolie, sans doute Pleuron, la capitale fédérale. La Ligue étolienne se trouve, au début de la pièce, en guerre avec les Éléens, dont le territoire, situé en Péloponnèse, est fort éloigné de l'Étolie. Au début de la pièce, nous apprenons qu'un vieillard, nommé Hégion, avait autrefois deux fils : l'un a été enlevé par un esclave à l'âge de quatre ans, et n'a jamais reparu, l'autre, Philopolème, vient d'être fait prisonnier par les Éléens et il est esclave dans leur pays. Hégion a décidé de tout faire pour le libérer et le ramener dans sa patrie ; à cette fin, il achète les prisonniers éléens vendus par les autorités étoliennes, espérant se procurer de la sorte une monnaie d'échange. Il a ainsi en sa possession deux hommes, Philocrate et Tyndare, deux prisonniers étoliens, le maître et l'esclave. Tous deux sont convenus entre eux d'échanger leur personnalité : le maître, Philocrate, se fera passer pour l'esclave et prendra le nom de Tyndare. Celui-ci se fera appeler Philocrate et jouera le personnage de son maître. C'est dans ces conditions que commence la comédie.*

*Nous voyons Hégion interroger le faux Tyndare sur la condition sociale et la fortune du prétendu maître. Ces renseignements se révèlent intéressants pour le vieillard, qui décide que Philocrate est l'homme susceptible d'être échangé contre Philopolème. Pour cela, il chargera l'esclave (le faux Tyndare) de se rendre en Élide pour négocier l'affaire. Et, sans plus tarder, il laisse* partir, bien plus, il met en route celui qui est, à son insu, son otage le plus précieux, le jeune Philocrate, tandis qu'il garde avec lui, et fait jalousement surveiller, le faux Philocrate. Mais voici qu'un ami de Philocrate figure parmi les autres prisonniers éléens achetés par Hégion, et cet ami, nommé Aristophonte, demande à son nouveau maître la permission de rencontrer l'homme que l'on croit être Philocrate. La rencontre a lieu et Aristophonte, sans tenir compte des mots à double entente que lui adresse l'esclave déguisé, découvre à Hégion la substitution. Hégion, furieux d'avoir lâché la proie pour l'ombre, condamne le faux Philocrate à travailler, enchaîné, dans une carrière de pierre. Les choses en sont là lorsque voici revenir le vrai Philocrate, accompagnant Philopolème ; il a honnêtement conclu l'échange. Bien plus, un navire de guerre des Éléens ramène, sans que rien ait laissé prévoir ce rebondissement, un certain Stalagme, l'esclave fugitif qui avait autrefois enlevé le fils d'Hégion. Stalagme est livré enchaîné à son ancien maître et celui-ci se met à l'interroger sur l'enfant qu'il avait enlevé. En deux ou trois répliques, il apparaît que cet enfant n'est pas mort, qu'il n'est autre que Tyndare, l'esclave de Philocrate. Tyndare est aussitôt rappelé de sa carrière, il est reconnu par Hégion, son ravisseur prend sa place aux travaux forcés, et tout finit dans les réjouissances de ces doubles retrouvailles.

Une certaine unité, assez artificielle, est mise dans cette action décousue par le personnage du parasite Ergasile, dont les propos sont des plus joyeux, parfois jusqu'à la bouffonnerie, et nous rappellent qu'il s'agit d'une comédie, non d'un drame bourgeois. C'est son intervention qui sert à introduire chacun des grands épisodes et prépare, notamment, le retour, fort inattendu, et peu vraisemblable, de Philocrate.

Nous ignorons de quel modèle s'est inspiré Plaute. Certaines ressemblances avec deux autres comédies plautiniennes, Charançon et Les Ménechmes, laissent supposer que ce modèle a pu être une comédie de Poseidippos (voir l'introduction à Charançon, p. 343). La situation serait celle qui exista effectivement vers 271 avant Jésus-Christ, lorsqu'une expédition étolienne aida les bannis éléens à rentrer dans leur patrie par la force. À cette époque, les cités grecques se livraient des guerres incessantes, où les hommes libres étaient réduits en servitude ou massacrés. Nous aurions affaire ici à un plaidoyer par l'exemple en faveur des devoirs d'humanité, une incitation à ne pas maltraiter les esclaves, à respecter la parole donnée dans les relations internationales. Ces leçons, très nécessaires dans le monde de la

*Grèce hellénistique, ont sans doute séduit Plaute qui souligne, à la fin de sa pièce, le caractère moral, voire édifiant, de cette comédie.* Les Prisonniers *datent de la dernière partie de sa vie ; on admet généralement que cette comédie fut composée vers 190, pour diverses raisons. Il est certain qu'à cette époque les Étoliens étaient « à l'ordre du jour » dans les affaires romaines, et, sous l'influence de Caton (qui allait exercer la censure six ans plus tard, l'année même où mourut Plaute), l'atmosphère morale dans laquelle vivait* Rome *tendait à mettre l'accent sur l'idée de loyauté, de fidélité à la parole donnée et sur le droit des gens — tout ce qu'offrait précisément la pièce grecque d'où est tirée la comédie des* Prisonniers.

## PERSONNAGES

ERGASILE, un parasite.
HÉGION, un vieillard.
ESCLAVES GARDIENS.
PHILOCRATE, jeune homme, prisonnier.
TYNDARE, esclave, prisonnier.
ARISTOPHONTE, jeune homme, prisonnier.
JEUNE ESCLAVE.
PHILOPOLÈME, jeune homme.
STALAGME, esclave.

*La scène est en Étolie.*

## ARGUMENT

Au cours d'un combat fut fait prisonnier le fils d'Hégion; un autre fils, âgé de quatre ans, fut jadis vendu par un esclave fugitif. Le père se met à faire le commerce des prisonniers éléens, dans le seul désir de récupérer son fils, et voici que, dans cette affaire, il a acheté le fils qu'il a autrefois perdu. Mais celui-ci, ayant changé, avec son maître, et d'habit et de nom, a permis à ce maître de s'échapper; ce dont il est puni. Mais on ramène à la fois et le prisonnier et l'esclave fugitif, dont les aveux permettent de reconnaître l'autre fils.

# LES PRISONNIERS

## PROLOGUE

LE CHEF DE LA TROUPE, TYNDARE, PHILOCRATE

*La scène représente une place, devant la maison d'Hégion. Au fond, deux prisonniers enchaînés, Tyndare et Philocrate.*

LE CHEF DE LA TROUPE : Ceux que vous voyez ici, ces deux prisonniers, les deux hommes debout, là-bas... ils ne sont pas assis! Sur ce point, vous m'êtes témoins que je dis la vérité. Le vieillard qui habite dans cette maison, Hégion, est le père de celui-ci *(il montre Tyndare)*; quant à la raison qui fait qu'il est esclave chez son propre père, je vais vous l'exposer avant de commencer la pièce, si vous voulez bien m'écouter. Le vieillard eut autrefois deux fils; l'un d'eux fut, à l'âge de quatre ans, enlevé par un esclave qui s'enfuit d'ici et le vendit en Élide au père de l'homme que voici *(il montre Philocrate)*. Vous avez bien compris ? Très bien!... Il y en a un, là-haut, qui dit que non. Viens un peu! Si tu n'as pas de place pour t'asseoir, tu en as pour te promener, toi qui veux faire d'un acteur un mendiant! Mais moi, je ne vais pas, pour t'empêcher de te tromper, me rompre les côtes. Vous, qui avez, par votre fortune, le droit de vous faire recenser[1], voici le reste, je vous le donne : je ne suis pas homme à user de ce qui ne m'appartient pas. Donc l'esclave fugitif en question, comme je l'ai déjà dit tout à l'heure, vendit au père de cet homme-ci *(il montre Philocrate)* son jeune maître qu'il avait enlevé en s'enfuyant. Le père en question, quand il l'eut acheté, en fit cadeau à son fils, parce que tous deux étaient à peu près du même âge. Et maintenant le voici esclave chez son propre père, et ce père n'en sait rien; ah oui! les dieux se jouent de nous, les humains, comme de balles! Et voilà la manière dont Hégion a perdu l'un de ses fils.

Tandis que les Étoliens faisaient, plus tard, la guerre aux Éléens, il se trouva, comme cela arrive à la guerre, que l'autre fils fut fait prisonnier. Le médecin Ménarque, là-bas, l'achète, en Élide. Alors l'homme en question se met à faire le commerce des prisonniers éléens, avec l'intention d'en trouver un qu'il puisse échanger contre son propre fils — celui qui est prisonnier, bien sûr, car l'autre, celui que voici et qui est chez lui, il ne sait pas que c'est son fils. Et comme, hier, il a entendu dire qu'on avait fait prisonnier un chevalier éléen de la plus haute situation et de la plus haute noblesse, il n'a pas regardé au prix, puisque c'était pour éviter à son fils d'être esclave. Afin qu'il lui fût plus facile de ramener celui-ci chez lui, il a acheté sur le butin aux questeurs les deux hommes que voici. Mais ces deux-là ont entre eux combiné une ruse permettant à l'esclave de renvoyer son maître dans sa patrie; ils ont donc changé entre eux de nom et de vêtements; celui-là se fait appeler Philocrate, celui-ci Tyndare; le premier prend, pour aujourd'hui, l'apparence du second, le second celle du premier. Et celui-ci, aujourd'hui, mènera habilement sa ruse à bonne fin; il fera en sorte que son maître obtienne la liberté, et, du même coup, il sauvera son propre frère, qu'il ramènera, libre, dans sa patrie, à son père, sans le savoir — de la même façon que, en bien des circonstances, l'on a souvent fait plus de bien à son insu qu'en voulant en faire. Mais, sans le savoir, par leur propre ruse, ils ont fait si bien, en combinant leur plan, que l'autre, volontairement, doive rester comme esclave chez son propre père. Ainsi, sans le savoir, il est l'esclave de son père. Pauvres humains, comme ils sont peu de chose, quand j'y pense! Voilà le sujet que nous allons jouer, et pour vous la comédie. Mais voici encore un point sur lequel je voudrais en quelques mots vous donner une indication. Assurément vous ne regretterez pas d'accorder votre attention à cette pièce; elle n'est pas faite avec des procédés rebattus, elle ne ressemble pas aux autres, il n'y a pas de vers grossiers, que l'on n'ose répéter. Ici, ni marchand de filles malhonnête, ni méchante courtisane, ni soldat vantard. N'ayez pas peur, parce que j'ai dit qu'il y avait la guerre entre les Étoliens et les Éléens; les combats se dérouleront loin d'ici, hors de la scène. Car ce serait vraiment hors de propos, avec une troupe comique, de se mettre brusquement à représenter une tragédie! Aussi, si quelqu'un s'attend à des batailles, qu'il garde ses reproches pour lui; s'il trouve un adversaire plus valeureux, je ferai en sorte qu'il assiste à un combat qui ne lui plaira point, et qui lui fasse passer à l'avenir le goût d'en regarder aucun. Je m'en vais. Adieu, juges très justes dans la paix, et, dans la guerre, très valeureux guerriers!

## ACTE PREMIER

### *SCÈNE PREMIÈRE*

ERGASILE

La jeunesse m'a surnommé « la maîtresse », parce que je me trouve toujours dans les banquets sans que l'on m'ait invité[1]. Je sais bien que c'est pour se moquer de moi que l'on a imaginé ce nom absurde, mais moi je dis qu'il est bien trouvé; car un amoureux, dans un banquet, lorsqu'il lance les osselets, invoque sa maîtresse. Et cette maîtresse, est-elle invoquée ou non ? Bien sûr que oui. Mais, par Hercule, nous les parasites, nous le sommes bien plus sûrement encore, nous que personne jamais n'invoque ni n'invite. Pareils aux souris, nous mangeons toujours la nourriture des autres. Quand vient le temps où l'on suspend les affaires, lorsque les gens vont à la campagne, du même coup les affaires sont suspendues pour nos mâchoires. De même que, lorsqu'il fait chaud, les escargots restent cachés dans leur trou et vivent de leur propre substance, si la rosée ne tombe pas, eh bien, de la même façon, les parasites, au moment des vacances, se dissimulent, vivent malheureux dans leur trou et se nourrissent de leur propre substance, tandis qu'à la campagne se mettent au vert les gens dont ils pourraient faire leurs choux gras. Pendant les vacances, nous, les parasites, nous sommes comme les chiens de chasse; quand les affaires reprennent, nous sommes des molosses, redoutables et fort peu commodes. Ici, à la vérité, le parasite qui ne sait pas supporter les gifles ni se laisser casser des marmites sur la tête, il n'a qu'à prendre la besace et aller en dehors de la Porte Trigémina[1]. Cela pourrait bien m'arriver, je le sais bien. Car depuis que mon patron[2] a été fait prisonnier par l'ennemi (les Étoliens sont en effet actuellement en guerre avec les Éléens — ici, nous sommes en Étolie, et, là-bas, les Éléens ont fait prisonnier Philopolème, le fils d'Hégion, le vieillard qui habite dans la maison que voici, une maison qui est pour moi cause de lamentations, et que je ne peux voir sans pleurer), Hégion donc a entrepris, pour retrouver son fils, un commerce déshonorant et fort peu en accord avec son caractère; il achète des prisonniers, dans l'espoir d'en trouver un qu'il puisse échanger contre son fils. Ce en quoi je souhaite plus que tout qu'il réussisse; car s'il ne le retrouve pas, moi je me retrouverai sans personne où aller. Rien à espérer des jeunes gens : ils n'aiment qu'eux-mêmes. Il n'y avait que celui-ci qui conservât les vieilles coutumes. Jamais je n'ai ramené la sérénité sur son visage sans en être récompensé. Et son père est tout comme lui pour pratiquer les mêmes façons. Maintenant, je vais chez lui. Mais le voici qui ouvre cette porte, qui m'a vu souvent sortir rassasié et ayant bu tout mon soûl.

## *SCÈNE II*

### HÉGION, ESCLAVE GARDIEN, ERGASILE

HÉGION, *à l'esclave gardien :* Écoute-moi bien, s'il te plaît; tu vois les deux prisonniers, que j'ai achetés hier aux questeurs sur le butin, mets-leur à chacun une chaîne, enlève-leur les deux grosses chaînes qui les attachent maintenant ensemble. Permets-leur de se promener, aussi bien dehors que dans la maison, comme ils le voudront. Mais aie le plus grand soin de bien les garder. Un prisonnier que l'on laisse libre est semblable à un oiseau sauvage; si, une seule fois, on lui offre l'occasion de se sauver, c'est assez; jamais, après cela, on ne pourra le rattraper.

L'ESCLAVE GARDIEN : Tout le monde, bien sûr, aime mieux être libre qu'esclave.

HÉGION : Toi, tu n'en as pas l'air.

L'ESCLAVE GARDIEN : Si je n'ai pas de quoi me racheter, tu voudrais que je te laisse te payer sur mes chevilles[1] ?

HÉGION : Si tu le fais, j'aurai aussitôt de quoi te payer!

L'ESCLAVE GARDIEN : Je ferai alors comme l'oiseau sauvage dont tu parles.

HÉGION : C'est comme tu dis; si tu le fais, je te mettrai en cage. Mais assez parlé. Exécute l'ordre et va-t'en. Moi je vais aller chez mon frère voir mes autres prisonniers; je vais me rendre compte s'ils n'ont pas causé quelque désordre la nuit dernière. Puis, tout de suite après, je reviendrai à la maison.

ERGASILE, *à part :* Cela me fait de la peine de le voir faire ce métier de garde-chiourme, le pauvre vieux, à cause du malheur de son fils. Mais s'il peut, par un moyen quelconque, le faire revenir ici, je suis de taille à accepter qu'il fasse même le métier de bourreau.

HÉGION, *l'entendant :* Qui parle ici ?

ERGASILE : Moi, qui me consume de ton chagrin, qui en suis miné, qui en vieillis, qui dépéris, pauvre de moi; malheureux, qui ne suis plus qu'os et peau, à force de maigreur! Non, rien ne me profite de ce que je mange à la maison; tandis que si peu que ce soit, la moindre bouchée dehors me rend parfaitement heureux.

HÉGION : Ergasile, salut!

ERGASILE : Que les dieux te protègent, Hégion!

HÉGION : Ne pleure pas!

ERGASILE : Et comment pourrais-je ne pas le pleurer ? Comment ne pas déplorer la perte d'un si bon jeune homme ?

HÉGION : J'ai toujours bien vu que tu aimais mon fils, et j'ai compris qu'il te le rendait.

ERGASILE : Les humains ne comprennent leur bonheur qu'une fois qu'ils ont perdu ce qu'ils avaient! Ainsi moi, depuis que ton fils est prisonnier de l'ennemi, je me suis aperçu de tout ce qu'il représentait, et maintenant, je le regrette !

HÉGION : Lorsque toi, qui n'es pas de la famille, tu ressens aussi vivement son malheur, que ne dois-je pas faire, moi, son père, qui n'ai pas d'autre fils que lui ?

ERGASILE : Pas de la famille ? Moi, je ne suis pas de sa

famille ? Ah, Hégion, ne dis jamais cela, ne te mets pas cela dans la tête. Pour toi, c'est un fils unique, mais pour moi, il est plus unique que n'importe quoi d'unique.

HÉGION : C'est très bien de considérer comme ton propre malheur celui qui frappe un ami. Mais reprends courage.

ERGASILE : Hélas ! C'est celui-ci *(il montre son ventre)* qui souffre de la démobilisation du train de mangeaille.

HÉGION : Et pendant tout ce temps tu n'as trouvé personne qui ait pu remobiliser le train qui a été démobilisé, comme tu dis ?

ERGASILE : Qu'est-ce que tu crois ? Tout le monde refuse cette mission, depuis que ton fils Philopolème, à qui elle était échue, a été fait prisonnier.

HÉGION : Ce n'est certes pas étonnant qu'ils refusent cette mission ; il te faut tant de soldats, et de tant de sortes : d'abord, tu as besoin des gens de Boulange et, parmi eux, il y en a de beaucoup de catégories ; tu as besoin des gens de Pain, et tu as aussi besoin des gars de Galette, tu as besoin des gens de Griverie, tu as besoin des Bec-figuiens. Et puis il y a tous les soldats de mer dont tu as aussi besoin.

ERGASILE : Comme souvent les plus grands génies demeurent cachés dans l'ombre ! Ainsi, moi, quel général je fais, sans commandement !

HÉGION : Aie seulement bon courage ; je suis sûr de le faire revenir chez nous dans les jours qui viennent. Voici précisément un jeune prisonnier éléen, issu d'une grande maison, et fort riche ; je suis certain que je pourrai l'échanger contre mon fils.

ERGASILE : Que le veuillent les déesses et les dieux ! Mais es-tu invité quelque part à dîner ?

HÉGION : Nulle part, que je sache. Pourquoi me demandes-tu cela ?

ERGASILE : Parce que, aujourd'hui, c'est mon anniversaire ; et pour cette raison je voudrais me faire inviter chez toi à dîner.

HÉGION : Joliment tourné ! Oui, à la condition que tu te contentes de très peu.

ERGASILE : À condition que ce ne soit pas de vraiment très peu ; car c'est là le régime qui est mon régal quotidien chez moi. Allons, si tu le veux bien, adjugé ! À moins que quelqu'un ne propose une condition meilleure, qui plaise davantage à moi ou à mes amis[1], je me vends comme un fonds de terre, je m'adjuge aux conditions stipulées ci-dessus.

HÉGION : C'est un trou sans fond, et non un fonds que tu me vends ! Mais, si tu veux venir, viens de bonne heure.

ERGASILE : Tiens, je suis libre tout de suite.

HÉGION : Non, va ; tâche de lever un lièvre ; pour l'instant, tu n'as qu'un hérisson, car mon régime suit une route pierreuse !

ERGASILE : Ce n'est pas cela qui me fera reculer, Hégion ; n'y compte pas. Malgré tout, je viendrai les dents solidement chaussées.

HÉGION : Mon régime est bien rude !

ERGASILE : Manges-tu des ronces ?

HÉGION : Tout y vient de la terre[2].

ERGASILE : Le porc est un animal terrestre !

HÉGION : Beaucoup de légumes...

ERGASILE : Va soigner les malades chez toi ! Tu as besoin de moi ?

HÉGION : Que tu viennes de bonne heure.

ERGASILE : Je n'oublierai pas ta recommandation.

HÉGION : Je vais rentrer et, à la maison, je ferai mon petit compte, pour savoir ce qui me reste d'argent chez le banquier. J'irai ensuite chez mon frère, où j'avais dit que je voulais aller.

## ACTE II

### *SCÈNE PREMIÈRE*

ESCLAVES GARDIENS, PHILOCRATE, TYNDARE

L'ESCLAVE GARDIEN : Puisque les dieux immortels ont voulu que vous enduriez cette épreuve, il vous faut la supporter avec patience ; si vous le faites, votre peine sera plus légère. Dans votre patrie, vous étiez, je crois, libres ; si maintenant vous voici esclaves, votre devoir est de vous y prêter et, par votre obéissance aux ordres du maître, spontanément, la rendre légère. Ce que le maître fait de mal doit être tenu pour bon.

LES PRISONNIERS : Hou! hou! hou!

L'ESCLAVE GARDIEN : Pas besoin de vous lamenter[1]... Dans le malheur, si l'on a du courage, cela rend service!

TYNDARE : Mais nous avons honte, parce que nous sommes enchaînés.

L'ESCLAVE GARDIEN : Mais il en cuirait à notre maître ensuite, s'il vous enlevait vos liens et s'il laissait sans entraves des hommes qu'il a achetés de son argent.

TYNDARE : Que craint-il de nous ? Nous savons bien, nous, quel est notre devoir, même s'il nous enlevait nos entraves.

L'ESCLAVE GARDIEN : Oui, vous préparez votre évasion; je vois bien ce que vous voulez faire.

TYNDARE : Notre évasion ? Et nous évader où ?

L'ESCLAVE GARDIEN : Dans votre patrie.

TYNDARE : Bah! ce serait indigne de nous que d'imiter les esclaves fugitifs!

L'ESCLAVE GARDIEN : Eh bien, par Pollux, si l'occasion se présente, ce n'est pas moi qui vous le déconseillerai.

TYNDARE : Permettez-moi seulement d'obtenir de vous une grâce.

L'ESCLAVE GARDIEN : Quelle est-elle ?

TYNDARE : La permission de parler entre nous sans que ceux-ci *(il montre les spectateurs)* ni vous-mêmes vous nous écoutiez.

L'ESCLAVE GARDIEN : Soit! Éloignez-vous d'ici; et nous, retirons-nous par là; mais que votre discours soit bref!

TYNDARE : C'est bien mon intention. *(À Philocrate.)* Viens par ici!

L'ESCLAVE GARDIEN, *aux autres esclaves :* Éloignez-vous d'eux.

TYNDARE : Nous vous sommes très obligés tous deux pour la permission que vous voulez bien nous donner de faire ce que nous voulons.

PHILOCRATE, *seul avec Tyndare sur le devant de la scène :* Écarte-toi un peu, maintenant, je te prie, pour qu'aucun témoin ne puisse entendre nos paroles et que rien de notre stratagème ne transpire au-dehors; car une ruse n'est plus une ruse si on ne la conduit avec habileté; c'est la pire des catastrophes si elle vient à être révélée. Bon, te voici devenu mon maître; moi je me fais passer pour ton esclave, il n'en faut pas moins ouvrir l'œil, il faut prendre des précautions, pour que l'affaire soit menée de sang-froid, sans indiscrétion, avec soin, habilement et exactement. Ce que nous entreprenons est d'une telle importance; il ne faut pas le faire en dormant à moitié.

TYNDARE : Je serai tel que tu me voudras.

PHILOCRATE : Je l'espère.

TYNDARE : Tu vois maintenant que, pour te sauver, toi que j'aime, je risque ma propre personne, que j'aime aussi.

PHILOCRATE : Je le sais.

TYNDARE : Souviens-t'en encore, une fois que tu auras ce que tu désires. Car la plupart des hommes sont ainsi faits : jusqu'à ce qu'ils obtiennent ce qu'ils veulent, ils sont gentils. Mais dès qu'ils l'ont obtenu, de gentils les voici de parfaits méchants et prêts à toutes les tromperies.

PHILOCRATE : Et maintenant je vais te dire comment je veux que tu sois envers moi. Ce que je vais te suggérer, je le suggérerais à mon propre père. Par Pollux, si j'osais, je t'appellerais mon père; car, après mon père, tu en es presque un pour moi.

TYNDARE : Je comprends.

PHILOCRATE : Et pour cela je te le répète, afin que tu t'en souviennes; je ne suis plus ton maître, je suis ton esclave. Et maintenant je ne te demande qu'une chose : puisque les dieux immortels nous ont montré leur intention, de vouloir que moi qui ai été ton maître je devienne maintenant ton compagnon d'esclavage, ce qu'autrefois j'avais le droit de t'ordonner, je te le demande maintenant par prière; au nom de la fortune incertaine et de la bonté de mon père envers toi, au nom de cette commune servitude qui nous est imposée par la force de l'ennemi, n'aie pas moins d'égards pour moi que lorsque tu étais mon serviteur, n'oublie pas de te souvenir de ce que tu étais et de ce que tu es encore aujourd'hui.

TYNDARE : Je sais bien, moi, qu'aujourd'hui je suis toi et que tu es moi.

PHILOCRATE : Eh bien, si tu peux t'en souvenir sans défaillance, j'ai confiance dans le stratagème que nous montons.

## SCÈNE II

HÉGION, PHILOCRATE, TYNDARE

HÉGION, *sortant de chez lui et parlant à un serviteur :* Je vais bientôt rentrer, si j'apprends d'eux ce que je veux. Où sont-ils, ceux que j'ai ordonné de faire sortir et d'amener ici, devant la maison ?

PHILOCRATE : Par Pollux, apparemment tu as fait en sorte de ne pas avoir à nous chercher, tant tu nous as entourés d'un rempart de chaînes et de gardiens.

HÉGION : Quand on prend ses précautions pour ne pas être trompé, on n'en prend jamais assez; même lorsque l'on croit les avoir bien prises, souvent on est soi-même pris. N'ai-je pas une bonne raison pour vous garder de près, vous que j'ai achetés contre tant d'argent comptant ?

PHILOCRATE : Nous n'avons pas le droit de te faire des reproches, si tu nous surveilles, pas plus que toi de nous en faire si, l'occasion se présentant, nous nous évadons.

HÉGION : Vous êtes gardés ici comme mon fils l'est chez vous, là-bas.

PHILOCRATE : Il a été fait prisonnier ?

HÉGION : Oui.

PHILOCRATE : Nous n'avons donc pas été les seuls à manquer de courage ?

HÉGION, *à Philocrate :* Viens un peu par ici; il y a quelques questions que je veux te poser à toi seul, et sur lesquelles je ne veux pas que tu me racontes des mensonges.

PHILOCRATE : Je ne t'en ferai point, pour ce que je sais; s'il y a quelque chose que je ne saurai pas, je te dirai que je ne le sais pas.

TYNDARE, *à part :* Voici le vieux chez le barbier! Et l'autre a déjà le rasoir en main. Il n'a même pas été jusqu'à lui mettre un peignoir, pour ne pas tacher ses vêtements. Va-t-il le tondre à vif ou à travers un peigne ? Je l'ignore; mais si c'est un bon ouvrier, il l'écorchera bel et bien.

HÉGION : Eh bien, aimerais-tu mieux être libre ou esclave, dis-moi ?

PHILOCRATE : Ce qui se rapproche le plus du bien, et

ce qui s'éloigne le plus du mal, voilà ce que je souhaite. Bien que l'esclavage ne m'ait pas été bien pénible, et que pour moi c'eût été à peu près comme si j'étais le fils de la maison.

TYNDARE, *à part :* Hurrah! Je n'achèterais pas pour un talent Thalès de Milet. Au prix de l'habileté de cet homme, Thalès n'était qu'un farceur. Avec quel savoir-faire il s'est mis à parler comme un esclave!

HÉGION : De quelle famille est issu Philocrate, là-bas ?

PHILOCRATE : Des Gros-Richards; c'est la famille la plus puissante et la plus considérée du pays.

HÉGION : Et lui-même, qu'en est-il ? En quelle estime le tient-on là-bas ?

PHILOCRATE : Très grande, et auprès des plus grands.

HÉGION : Eh bien alors, puisqu'il est aussi considéré chez les Éléens que tu le dis, que penses-tu de sa richesse ? Est-elle grasse ?

PHILOCRATE : Assez pour que le vieux en fasse son beurre.

HÉGION : Quoi ? Son père est vivant ?

PHILOCRATE : Il était vivant lorsque nous sommes partis de là-bas. Est-il vivant ou non, il n'y a qu'Orcus qui puisse évidemment le savoir[1].

TYNDARE, *à part :* Tout va bien! Le voici maintenant qui fait le philosophe, il ne se contente plus de mentir.

HÉGION : Comment s'appelait-il ?

PHILOCRATE : Trésor-doré-sur-tranches[2] !

HÉGION : C'est apparemment à cause de sa richesse qu'on lui a donné ce nom ?

PHILOCRATE : C'est bien plutôt à cause de son avarice et de son impudence. Car, de son nom véritable, il s'appelait Théodoromédès[3].

HÉGION : Que veux-tu dire ? Son père est plutôt... serré ?

PHILOCRATE : Serré ? Et drôlement, encore! Tiens, pour te le faire mieux connaître, quand il offre un sacrifice à son Génie[4], il n'emploie, pour les besoins de la cérémonie, que des vases de Samos[5], de crainte que le Génie ne lui vole quelque chose; c'est te dire comment il est prêt à faire confiance aux autres!

HÉGION, *allant vers Tyndare et s'adressant à lui :* Viens avec moi de ce côté-ci. *(À part.)* Je vais demander à celui-ci aussi ce que je veux savoir. *(Haut.)* Philocrate, ce garçon a agi en honnête homme. Maintenant, je sais de quel sang tu es issu; il me l'a dit. Si tu veux me confirmer ce qu'il m'a dit, tu y gagneras. De toute façon, sache bien que je le sais déjà de lui-même.

TYNDARE : Il a fait ce qu'il devait, en te disant la vérité; pourtant, j'aurais bien voulu te dissimuler ma noblesse, mon origine et mes richesses, Hégion. Mais, puisque j'ai perdu ma patrie et ma liberté, j'estime qu'il doit te craindre toi plutôt que moi. La force de l'ennemi a rendu ma condition égale à la sienne. Je me souviens du temps où il n'osait pas m'adresser la parole; maintenant, il a le droit même de me maltraiter en action. Vois-tu, la Fortune façonne le sort des hommes et l'abaisse à son gré. De moi, qui étais un homme libre, elle a fait un esclave, d'un grand personnage, un homme du rang le plus bas. Moi qui avais coutume de parler en maître, maintenant j'obéis aux ordres d'autrui. Et, à la vérité, si j'avais un maître semblable à celui que j'étais pour mes gens, je ne craindrais pas que l'on me commande avec injustice ou brutalité. Hégion, voilà ce dont je voulais t'informer, avec ta permission.

HÉGION : Parle sans crainte.

TYNDARE : J'étais, auparavant, un homme libre, comme ton fils; et, comme à lui, le bras de l'ennemi m'a ravi la liberté; il est maintenant esclave chez nous comme moi, maintenant, je suis esclave chez toi. Il est assurément un dieu qui entend et voit ce que nous faisons; et ce dieu, selon la manière dont tu me traiteras ici, fera en sorte que ton fils soit traité là-bas. À la bienveillance il répondra par la bienveillance, aux mauvais traitements il rendra la pareille. Et autant tu regrettes ton fils, autant mon père à moi me regrette.

HÉGION : Je sais bien tout cela; mais confirmes-tu tout ce que ce garçon m'a dit ?

TYNDARE : Je reconnais que mon père possède de grandes richesses et que je suis de la plus haute naissance. Mais je t'en conjure, Hégion, que mes richesses ne fassent pas naître la convoitise dans ton cœur, de crainte que mon père, bien que je sois son fils unique, ne juge préférable de me laisser être esclave, rassasié et vêtu à tes frais, plutôt que, là-bas, où il serait déshonorant pour lui de me faire vivre en mendiant.

HÉGION : Quant à moi, grâce aux dieux et à nos

ancêtres, je suis suffisamment riche. Je ne pense pas que tout profit soit bon à prendre; je le sais parfaitement, il y a bien des gens que le profit a totalement souillés. Il est même des cas où il vaut mieux subir une perte que de faire un profit. Pour moi, je déteste l'or; souvent il a donné à beaucoup des conseils pernicieux. Et maintenant écoute-moi, que je te fasse connaître mes intentions. Mon fils est esclave, comme prisonnier de guerre, chez vous, en Élide; si tu me le fais rendre, tu n'auras pas un sou à me donner; je vous laisserai partir d'ici, et toi, et le garçon que voici. À aucune autre condition tu ne pourras être libéré.

TYNDARE : Ta demande est fort bonne et fort juste, et tu es toi-même le meilleur des hommes. Mais ton fils, est-il là-bas esclave de la cité ou d'un particulier ?

HÉGION : D'un particulier, le médecin Ménarque.

TYNDARE : Par Pollux! c'est précisément un client de mon père; ton affaire tombe à pic, comme la pluie par une averse.

HÉGION : Fais en sorte que mon fils puisse être racheté.

TYNDARE : Je le ferai, mais je te demande ceci, Hégion...

HÉGION : Je ferai ce que tu voudras, pourvu que tu ne me demandes rien contre mon intérêt.

TYNDARE : Écoute, tu en jugeras ensuite. Je ne demande pas à être libéré avant que ton fils ne soit revenu. Mais ce que je souhaite, c'est que tu me donnes ce garçon-ci, après avoir fixé un prix, pour que je l'envoie à mon père, afin de faire racheter ton fils par celui-ci.

HÉGION : Non, je préfère en envoyer un autre d'ici, quand il y aura une trêve, trouver ton père dans votre pays et lui transmettre le message dont tu l'auras chargé, comme tu le souhaites.

TYNDARE : Mais il est inutile de lui envoyer un inconnu; tu perdrais ton temps. Envoie ce garçon-ci, il aura réglé toute l'affaire dès qu'il sera arrivé. Tu ne peux envoyer messager plus fidèle, ni quelqu'un en qui mon père ait plus de confiance, ni qui soit de meilleur cœur à son service, personne, précisément, à qui il confie aujourd'hui son fils avec moins d'hésitation. N'aie pas peur; c'est à mes propres risques que je vais éprouver sa loyauté, et je suis bien sûr de lui, car il sait que je ne lui veux que du bien.

HÉGION : Je le laisserai donc partir, une fois fixé un prix, sous ta caution, si tu le désires.

TYNDARE : J'accepte. Et je désire que l'on réalise la chose aussi rapidement que possible.

HÉGION : Veux-tu convenir que, s'il ne revient pas, tu me verseras en dédommagement la somme de vingt mines ?

TYNDARE : Je suis d'accord.

HÉGION, *s'adressant aux autres esclaves :* Enlevez les fers de cet homme, ou plutôt à tous les deux.

TYNDARE : Que tous les dieux t'accordent tout ce que tu désires, pour me traiter avec tant d'égards et pour me retirer mes liens. Voilà qui ne me déplaît pas du tout, de ne plus avoir de carcan au cou.

HÉGION : Le bien que l'on fait aux gens de bien, entraîne toujours du bien. Maintenant, si tu dois l'envoyer là-bas, fais-lui savoir, explique-lui, dis-lui bien d'avance ce que tu veux qu'il dise à ton père. Veux-tu que je le fasse venir ici près de toi ?

TYNDARE : Oui.

## *SCÈNE III*

### HÉGION, PHILOCRATE, TYNDARE

HÉGION : Que la chose tourne bien, et pour moi et pour mon fils et pour vous-mêmes ! *(S'adressant à Philocrate.)* Ton nouveau maître veut que tu obéisses à celui qui était autrefois ton maître, exactement, dans ce qu'il te commandera. Je viens de te donner à lui, pour un prix convenu de vingt mines ; et lui, il dit qu'il a l'intention de t'envoyer trouver son père pour qu'il rachète mon fils à moi, afin qu'entre lui et moi, nous puissions échanger nos fils.

PHILOCRATE : Mon esprit est prêt à vous servir aussi bien l'un et l'autre, toi et lui ; servez-vous de moi comme de la roue d'un tour. J'irai dans un sens ou dans l'autre comme vous me l'ordonnerez.

HÉGION : Ta propre nature te rend le plus grand service en te faisant accepter l'esclavage comme il doit l'être. Suis-moi *(il l'emmène vers Tyndare) :* tiens, voici l'homme en question.

TYNDARE : Je te remercie de me donner la possibilité

et le moyen d'envoyer ce garçon comme messager à mes parents, pour leur dire ce que je fais ici, et ce que je souhaite qu'ils fassent, et qu'il expose point par point toute l'affaire à mon père. *(Se tournant vers Philocrate.)* Voici ce qui a été convenu entre lui et moi, Tyndare : que je t'envoie, en Élide auprès de mon père, sous caution; si tu ne reviens pas, je devrai donner vingt mines à titre d'indemnité.

PHILOCRATE : La convention est régulière, je crois. Ton père attend ou bien ma venue, ou celle de quelque messager envoyé d'ici vers lui.

TYNDARE : Alors, écoute bien, s'il te plaît, ce que je veux que tu ailles dire à mon père dans ma patrie.

PHILOCRATE : Philocrate, comme je l'ai fait en tout temps jusqu'ici, je mettrai tout mon zèle à rechercher tout ce qui sera le plus conforme à tes intérêts, à m'efforcer de l'obtenir de tout mon esprit, de tout mon cœur, de toutes mes forces[1].

TYNDARE : Ce faisant, tu fais ton devoir. Maintenant, écoute-moi, s'il te plaît. Avant tout, salue ma mère et mon père, et mes cousins, et tous ceux que tu verras qui me veulent du bien; dis-leur que, moi, ici, je me porte bien, et que je suis esclave chez un homme excellent, qui m'a toujours traité et me traite de la manière la plus honorable.

PHILOCRATE : Sur ce point, pas besoin de me le dire; je m'en souviendrai bien de toute façon.

TYNDARE : Car, si ce n'est qu'il y a quelqu'un pour me garder, je m'imagine être libre. Dis à mon père la convention que nous avons conclue avec notre maître au sujet du fils de celui-ci.

PHILOCRATE : Puisque je sais tout cela, c'est pure perte de temps que de me le rappeler.

TYNDARE, *sans se soucier de lui :* Dis-lui qu'il le rachète et qu'il le renvoie ici, en échange de nous deux.

PHILOCRATE : Je m'en souviendrai.

HÉGION : Le plus tôt possible; c'est aussi important pour lui que pour moi.

PHILOCRATE : Tu ne désires pas voir ton fils avec plus d'impatience qu'il ne désire voir le sien.

HÉGION : Mon fils m'est cher, chacun aime le sien.

PHILOCRATE : As-tu autre chose à faire dire à ton père ?

TYNDARE : Dis-lui que je suis en bonne santé ici, et, tu

peux le dire sans hésiter, Tyndare, que nos caractères ne se sont jamais mal accordés, que tu n'as jamais rien commis de mal, et que j'ai toujours eu de bons sentiments envers toi, que, même dans le malheur, tu as toujours été déférent pour ton maître, que tu ne m'as jamais abandonné, ni en acte ni en intention, dans l'adversité, ni dans le dénuement. Lorsque mon père saura, Tyndare, de quels sentiments tu as témoigné envers son fils et envers lui-même, il ne sera pas assez avare pour ne pas t'affranchir gratuitement; et de mon propre chef, si je reviens d'ici, je ferai en sorte qu'il le fasse plus volontiers. Car c'est grâce à toi, à ta gentillesse, à ton courage, à ta sagesse qu'il me sera donné de revoir mes parents, puisque c'est toi qui as révélé à notre maître mon origine et ma richesse; de cette façon tu as arraché ton maître à ses chaînes, par ta sagesse.

PHILOCRATE : Oui, j'ai fait tout ce que tu dis et que tu t'en souviennes me fait grand plaisir. Mais tu avais bien mérité que je te traite ainsi, car si maintenant, Philocrate, je voulais rappeler tout ce que tu as fait de bien envers moi, nous en aurions jusqu'au soir; car tu aurais été mon esclave que tu n'aurais pas eu plus de prévenances envers moi.

HÉGION : Grands dieux! Quelle noble nature, chez ces gens! Comme ils me font venir les larmes aux yeux. On voit bien qu'ils s'aiment sincèrement. Quel éloge l'esclave a fait de son maître!

PHILOCRATE : Par Pollux, il ne me donne pas la centième partie des éloges qu'il mérite lui-même.

HÉGION, *à Philocrate :* Ainsi donc, puisque tu lui as été si dévoué, voici l'occasion de mettre le comble à tes bienfaits, en menant, dans son intérêt, cette affaire avec fidélité.

PHILOCRATE : Il est impossible de souhaiter davantage sa réalisation que je n'essaierai de l'obtenir par tous mes efforts; et, sache-le, j'en atteste Jupiter Souverain, Hégion, je ne serai pas infidèle à Philocrate...

HÉGION : Tu es un brave homme.

PHILOCRATE : ... et j'agirai toujours en tout à son égard comme envers moi-même.

TYNDARE : Je souhaite que ton zèle et tes actes vérifient tes paroles! Et, comme je n'ai pas encore dit tout ce que j'attendais de toi, écoute-moi, s'il te plaît. Et ne va pas t'irriter contre moi pour ce que je vais dire. Réfléchis bien, je te prie, que c'est sous ma caution que l'on t'envoie dans notre patrie, estimation faite, et que ma propre vie est ici laissée en gage pour toi. Ne va donc pas m'oublier dès que tu ne seras plus sous mes yeux, et, comme tu m'as laissé ici, esclave, à ta place, ne va pas t'imaginer que tu es libre, abandonner ta caution, et ne pas te soucier de ramener ici le fils de notre maître, en échange de moi-même. Sache bien que l'on t'a estimé à vingt mines, pour t'envoyer là-bas. Sois fidèle à qui t'est fidèle, et garde-toi de manquer à ta parole. Quant à mon père, il fera, je le sais, tout ce qu'il doit faire. Conserve en moi, pour toujours, un ami, et gagne l'amitié de celui-ci, que tu as acquise. Au nom de ta main droite que je tiens dans la mienne, je t'en conjure, ne me sois pas moins fidèle que je te suis fidèle. Agis de la sorte; tu es maintenant pour moi un maître, un patron, un père. Je te remets mes espérances et tout ce que j'ai au monde.

PHILOCRATE : Tu m'en as assez dit. Tu seras satisfait, si je reviens une fois tes instructions accomplies ?

TYNDARE : Parfaitement.

PHILOCRATE, *se tournant successivement vers les deux autres :* Je reviendrai pourvu de la manière que vous souhaitez, et toi, et toi. C'est tout ?

TYNDARE : Reviens le plus vite que tu le pourras.

PHILOCRATE : Naturellement!

HÉGION : Viens avec moi, que je te fasse remettre par mon banquier de l'argent pour le voyage. En même temps, je prendrai chez le Président[1] un laissez-passer.

TYNDARE : Quel laissez-passer ?

HÉGION : Qu'il devra emporter avec lui pour aller à l'armée, afin de pouvoir se rendre d'ici jusque dans sa patrie. Et toi, rentre.

TYNDARE, *à Philocrate :* Bon voyage!

PHILOCRATE : Porte-toi bien!

HÉGION, *resté seul :* Par Pollux, j'ai fait une excellente affaire lorsque j'ai acheté ces deux là aux questeurs. J'ai tiré mon fils d'esclavage, s'il plaît aux dieux. Et dire que j'ai hésité longtemps pour savoir si j'achèterais ou non ces deux hommes! *(Se tournant vers sa maison.)* Gardez-moi bien cet homme à la maison, s'il vous plaît, qu'il ne mette pas un pied dehors sans un gardien. Je vais revenir. Je vais seulement rendre visite à mes autres prisonniers chez mon frère, et je vais en même temps m'informer si l'un d'entre eux ne connaît pas ce jeune homme que j'ai ici. *(À Philocrate.)* Suis-moi, toi, que je te mette en chemin. C'est la première chose que je veux faire, avant tout.

## ACTE III

### *SCÈNE PREMIÈRE*

ERGASILE, *seul.*

C'est un malheureux que celui qui cherche pour lui-même de quoi manger et ne le trouve qu'à grand-peine! Mais un plus malheureux, celui qui se tue à chercher et ne trouve rien. Le plus malheureux de tous c'est celui qui, voulant manger, n'a rien à se mettre sous la dent. Par Hercule, comme, si je le pouvais, je crèverais les yeux de ce jour-ci, et de bon cœur, tant il a mis en tous les mortels de dureté à mon égard! Je n'en ai jamais vu plus fertile en jeûnes, de plus fécond en famine, aucun où rien réussît moins de ce qu'on entreprend, tant mon ventre et mon gosier chôment ces vacances de mangeaille! À tous les diables le métier de parasite, tant la jeunesse éloigne d'elle ceux qui n'ont d'autres ressources que de faire rire. Ils n'ont pas de temps à perdre pour ces Spartiates de tabouret[1], ces souffre-douleur, qui ne possèdent que leur langue, sans provision ni argent. Les gens que l'on invite, ce sont ceux qui, après avoir bien mangé, vous le rendent chez eux. L'on fait soi-même son marché, ce qui était autrefois le rôle du parasite; on va, le front découvert, du forum chez le marchand de filles, tout comme, dans sa tribu, l'on condamne le front découvert les accusés reconnus coupables. Quant aux gens qui font rire, on n'en tient aucun compte; chacun n'aime que soi. Ainsi, moi, tout à l'heure, en partant d'ici, j'ai abordé des jeunes gens au forum : « Salut, leur dis-je; où allons-nous dîner tous ensemble ? » Eux, ils ne disent rien. « Qui dit : " Chez moi! " Qui se propose ? » dis-je encore. Comme s'ils étaient muets, ils se taisent et ne me sourient pas. « Avec qui soupons-nous ? » je reprends. Et eux se défilent tous. Je leur dis alors un bon mot, de mes meilleurs, qui d'habitude, autrefois, me valait un mois de bons repas. Personne ne rit. J'ai compris qu'il s'agissait d'une conjuration. Il n'y en eut pas un qui ait consenti à faire comme un chien en colère, à défaut de répondre par un sourire, à montrer du moins les dents. Je les quitte, quand je vois que l'on se moque ainsi de moi. Je vais en trouver d'autres, puis j'en aborde d'autres, et d'autres encore : même chose. Ils agissent tous comme sur un mot d'ordre, à la manière des marchands d'huile, au Vélabre[1]. Alors je suis parti de là-bas, puisque je voyais que l'on s'y moquait de moi. Il y avait, de même, d'autres parasites, qui se promenaient çà et là, sans succès, sur le forum. Mais je suis bien décidé à aller jusqu'au bout de mon droit, selon la loi barbare[2]. À ceux qui ont formé le projet de nous couper les vivres et de nous empêcher de vivre, je lancerai une assignation, je les ferai condamner à une amende, à savoir dix soupers à ma discrétion, lorsque les cours du marché seront au plus haut. Voilà ce que je ferai, tout à l'heure; pour l'instant, je vais d'ici au port. C'est là-bas que réside mon seul espoir de souper; s'il s'envole, je reviendrai chez le vieux monsieur d'ici, pour un souper austère.

*Il sort.*

## *SCÈNE II*

### HÉGION, ARISTOPHONTE

HÉGION : Qu'y a-t-il de plus doux que de faire une bonne affaire, qui profite à tout le monde, comme j'ai fait hier, en achetant les prisonniers en question ? Dès que quelqu'un me voit, on vient vers moi, et on me félicite de ce que j'ai fait; pauvre que je suis, à force de m'arrêter et de me retenir, ils m'ont épuisé! J'ai eu du mal à m'arracher, pauvret, à leurs éloges. Finalement, je suis allé chez le Président. Là, sans désemparer, je demande un laissez-passer; on me le donne aussitôt; je l'ai donné à Tyndare, et lui est parti pour son pays. Après quoi, immédiatement, je me hâte de revenir chez moi, cette affaire faite. Puis, tout de suite après, je suis reparti chez mon frère, où sont les autres prisonniers qui m'appartiennent. Je demande si, parmi eux tous, il y en a un qui connaît Philocrate d'Élide. Finalement, l'homme que voici s'écrie que c'est son camarade. Je lui dis qu'il est chez moi; et lui, aussitôt, me prie et me supplie de lui permettre de le voir. J'ai aussitôt donné l'ordre de lui ôter ses chaînes. *(À Aristophonte.)* Allons, suis-moi, tu vas avoir ce que tu m'as demandé, et rencontrer l'homme en question.

## *SCÈNE III*

TYNDARE, *sortant de chez Hégion.*

Le moment est venu où j'aimerais mieux, de beaucoup, n'être plus que d'être encore; c'est le moment où l'espérance, les moyens, les secours s'éloignent de moi, et m'abandonnent. Aujourd'hui est le jour où je ne puis espérer aucun salut pour ma vie; pas d'issue que fatale, plus d'espoir qui puisse éloigner de mon cœur cette crainte; pour mes mensonges et mes tromperies, il n'est plus de manteau, ni pour mes intrigues, ni pour mes fourberies, plus de voile qui les couvre, plus rien pour excuser mes mauvais tours, pas de moyen d'éviter les conséquences de mes méfaits; plus d'asile nulle part pour mon audace, ni d'auberge pour mes ruses. Ce qui était caché est maintenant au grand jour, mes tours de passe-passe sont découverts. Toute l'affaire est révélée; et il n'est aucun moyen en cette aventure pour que je ne périsse misérablement et ne subisse le châtiment, pour mon maître... et pour moi. Celui qui m'a perdu, c'est cet Aristophonte, qui vient d'entrer. Il me connaît; il est le camarade de Philocrate, et son cousin. Maintenant même Salus[1], le voudrait-elle, ne pourrait me sauver. C'est impossible, à moins que je n'imagine quelque astuce dans ma tête. Mais laquelle, malheur! Qu'imaginer? Qu'inventer? Ah, quelle belle sottise, quelle belle stupidité d'avoir commencé! Me voilà coincé[2]!

## *SCÈNE IV*

HÉGION, TYNDARE, ARISTOPHONTE

HÉGION, *sans voir Tyndare :* Où donc cet individu a-t-il pu aller en quittant la maison?

TYNDARE, *à part :* Et maintenant, c'est vraiment la fin! L'ennemi marche sur toi, Tyndare. Que vais-je dire ? Que vais-je raconter ? Que vais-je nier, et que vais-je avouer ? Ma situation est bien embarrassante; quelle assurance puis-je avoir ? Ah, si les dieux t'avaient ôté de cette vie, avant de t'enlever à ta patrie, Aristophonte, toi qui mets par terre une combinaison si bien combinée! Tout est perdu, si je ne trouve quelque effroyable astuce.

HÉGION, *apercevant Tyndare ; à Aristophonte :* Viens avec moi; tiens, voici l'homme. Va le trouver et parle-lui.

TYNDARE, *à part :* Est-il au monde un homme plus malheureux que moi ?

ARISTOPHONTE : Qu'est-ce qui te prend, Tyndare, on dirait que tu cherches à fuir mes regards, et que tu te détournes comme si tu ne me connaissais pas, comme si tu ne savais pas qui je suis! Pourtant, je suis aussi esclave que toi, et pourtant, j'ai été un homme libre, chez moi. Toi, c'est depuis ton enfance que tu as été esclave, en Élide.

HÉGION : Par Pollux, je ne suis pas du tout étonné qu'il cherche à t'éviter ou qu'il ne te témoigne aucune sympathie, si tu l'appelles Tyndare au lieu de Philocrate!

TYNDARE : Hégion, cet individu a toujours été considéré en Élide comme un fou furieux. Garde-toi d'écouter les propos qu'il tient! Dans son pays, il a poursuivi, la lance à la main, sa mère et son père. Et il a des attaques, parfois, du mal que l'on guérit en crachant dessus[1]. Aussi, éloigne-toi de lui.

HÉGION : Qu'on commence par l'éloigner de moi!

ARISTOPHONTE : Tu prétends, pendard, que je suis fou furieux, que j'ai poursuivi la lance à la main mon père et que je suis atteint du mal qui oblige les gens à me cracher dessus ?

TYNDARE : N'aie pas peur; la même maladie atteint bien des gens, qui ont été sauvés parce qu'on a craché sur eux, à qui cela a fait du bien.

ARISTOPHONTE, *à Hégion :* Et toi ? Tu le crois ?

HÉGION : Qu'est-ce que je dois croire ?

ARISTOPHONTE : Que je suis fou ?

TYNDARE, *à Hégion :* Vois-tu comme il a une expression féroce pour nous regarder ? Le mieux, c'est de nous retirer, Hégion; il arrive précisément ce que je t'ai dit, sa rage monte... Prends garde à toi.

HÉGION : J'ai bien vu tout de suite qu'il était fou, dès qu'il t'a appelé Tyndare.

TYNDARE : Bien plus! Il lui arrive parfois d'oublier son propre nom, et de ne pas savoir qui il est.

HÉGION : Pourtant, il disait que tu étais son camarade.

TYNDARE : Pas du tout; Alcméon, Oreste, Lycurgue[1], par-dessus le marché, sont mes camarades autant que lui.

ARISTOPHONTE : Encore, vaurien, tu as l'audace de m'insulter ? Je ne te connais pas ?

HÉGION : Mais c'est bien évident, que tu ne le connais pas, puisque tu l'appelles Tyndare au lieu de Philocrate! Tu ne reconnais pas l'homme que tu vois, tu lui donnes le nom de celui que tu ne vois pas.

ARISTOPHONTE : Mais non! c'est celui-ci qui prétend être l'homme qu'il n'est pas et nie être ce qu'il est vraiment.

TYNDARE : Il faut que ce soit toi qui sois plus véridique que Philocrate!

ARISTOPHONTE : Et il faudra que ce soit toi apparemment, qui réfutes la vérité par tes mensonges. Mais, s'il te plaît, par Hercule, regarde-moi un peu.

TYNDARE : Voici!

ARISTOPHONTE : Dis-moi donc; tu nies être Tyndare ?

TYNDARE : Je le nie, te dis-je.

ARISTOPHONTE : Et tu prétends être Philocrate ?

TYNDARE : Oui, te dis-je.

ARISTOPHONTE, *à Hégion :* Et toi, tu le crois ?

HÉGION : Oui, certes, plus que toi ou moi-même; car l'homme que tu prétends être celui-ci est parti aujourd'hui pour l'Élide, trouver le père de celui-ci.

ARISTOPHONTE : Quel père ? C'est un esclave[2]!

TYNDARE : Et toi, sans doute, tu es esclave, après avoir été un homme libre; et j'ai bon espoir d'être libre aussi, si je ramène ici le fils de cet homme-ci, pour lui rendre la liberté.

ARISTOPHONTE : Que dis-tu, pendard ? Tu prétends être né libre ?

TYNDARE : Libre, non, sans doute, je dis seulement que je suis Philocrate[3].

ARISTOPHONTE : Eh bien ? Comme ce vaurien, Hégion, se moque de toi ! Car il est lui-même esclave et n'a jamais eu que lui-même pour le servir.

TYNDARE : Parce que tu es un miséreux dans ta patrie

et que tu n'as pas chez toi de quoi vivre, tu veux que tout le monde te ressemble. Ce n'est pas étonnant; il est naturel que les malheureux soient méchants et qu'ils jalousent les gens de bien.

ARISTOPHONTE : Hégion, je t'en prie, garde-toi de continuer à le croire à la légère; car, à ce que je crois comprendre, il a assurément déjà livré quelque bataille; ce qu'il dit, qu'il est en train de racheter ton fils, cela ne me plaît pas du tout.

TYNDARE : Je sais que tu ne voudrais pas que cela se fît; pourtant j'y parviendrai, si les dieux m'aident. Je rendrai son fils à cet homme, et lui, d'autre part, me renverra en Élide, à mon père. C'est pour cela que j'ai envoyé Tyndare à mon père.

ARISTOPHONTE : Mais ce Tyndare, c'est toi; et il n'y a que toi en Élide comme esclave de ce nom.

TYNDARE : Tu continues à me reprocher d'être esclave, une condition que m'inflige la victoire de nos ennemis ?

ARISTOPHONTE : À ce coup, je ne puis plus me contenir.

TYNDARE, *à Hégion :* Eh bien, tu entends ce qu'il dit ? Pourquoi ne t'enfuis-tu pas ? Tout à l'heure, il va nous poursuivre à coups de pierres, si tu ne donnes pas l'ordre de l'arrêter.

ARISTOPHONTE : Je suis au supplice.

TYNDARE : Ses yeux lancent des flammes; c'est urgent, Hégion ! Ne vois-tu pas comme tout son corps est marqué de taches livides ? Une bile noire le tourmente !

ARISTOPHONTE : Et toi, par Pollux, si ce vieillard avait le sens commun, c'est une poix noire qui te tourmenterait, chez le bourreau, et qui illuminerait ta tête.

TYNDARE : Le voici qui délire; les esprits le possèdent, Hégion !

HÉGION : Et si je le faisais arrêter ?

TYNDARE : Tu serais sage.

ARISTOPHONTE : Je suis au supplice de ne pas avoir une pierre pour faire sauter la cervelle à ce gibier de potence, qui me fait perdre l'esprit, avec ses paroles !

TYNDARE : Tu entends, il cherche une pierre !

ARISTOPHONTE : Je veux te parler seul à seul, Hégion !

HÉGION : Parle d'où tu es, si tu veux me dire quelque chose; je t'entendrai aussi bien de loin.

TYNDARE : Oui, et si tu t'approches un peu trop, par Pollux, il t'enlèvera le nez d'un coup de dents.

ARISTOPHONTE : Ne crois pas certes, Hégion, que je suis fou, que je l'aie jamais été, ni que je souffre de la maladie dont il parle. Mais si tu redoutes quelque chose de moi, fais-moi attacher, j'y consens, pourvu qu'il soit attaché lui aussi.

TYNDARE : Bien plutôt, Hégion, qu'on l'attache, lui, puisqu'il le veut !

ARISTOPHONTE : Tais-toi, seulement ; moi, faux Philocrate, je ferai en sorte que l'on découvre que tu es le vrai Tyndare. Pourquoi me fais-tu des signes pour me faire taire ?

TYNDARE : Moi, je te fais signe de te taire ? *(À Hégion.)* Que peut-il faire, si tu restes assez loin ?

HÉGION : Que dis-tu ? Et si je m'approchais de ce fou ?

TYNDARE : Balivernes ! Il se moquera de toi, il te racontera des choses qui n'auront ni queue ni tête. Il ne lui manque que le costume ; lorsque tu le vois, c'est Ajax même que tu vois[1].

HÉGION : Tant pis ! je vais quand même près de lui.

TYNDARE, *à part :* Maintenant, je suis bel et bien fini, me voici maintenant entre le marteau et l'enclume[2], et je ne sais que faire.

HÉGION : Je suis à toi, Aristophonte, si tu as quelque chose à me dire.

ARISTIPHONTE : Tu entendras, de ma bouche, la vérité, que tu considères maintenant comme un mensonge, Hégion. Mais d'abord je veux me justifier auprès de toi : je ne suis nullement fou, et je n'ai d'autre maladie que d'être esclave. Mais aussi vrai que je souhaite que le roi des dieux et des hommes me rende ma patrie, aussi vrai cet homme-ci n'est pas plus Philocrate que toi ou moi.

HÉGION : Eh bien, dis-moi, qui est-il donc ?

ARISTOPHONTE : Ce que je t'ai dit, dès le début, qu'il était. S'il s'avère qu'il en est autrement, je consens à renoncer chez toi et à ma naissance et à ma liberté.

HÉGION, *à Tyndare :* Qu'as-tu à répondre ?

TYNDARE : Que je suis ton esclave et que tu es mon maître.

HÉGION : Ce n'est pas ce que je te demande. As-tu été un homme libre ?

TYNDARE : Oui.

ARISTOPHONTE : Mais non, ce n'est pas vrai. Ce sont des balivernes.

TYNDARE : Comment le sais-tu ? Mais peut-être as-tu servi de sage-femme à ma mère, pour pouvoir affirmer cela avec autant de confiance ?

ARISTOPHONTE : Je t'ai vu enfant, dans mon enfance.

TYNDARE : Eh bien moi, devenu grand, je te vois, devenu grand toi-même. Voilà une réponse pour toi! Tu devrais ne pas t'occuper de mes affaires, si tu voulais être sage. Est-ce que moi je m'occupe des tiennes ?

HÉGION : Est-ce qu'il a bien pour père Trésor-doré-sur-tranches ?

ARISTOPHONTE : Certes non, et je n'ai jamais entendu prononcer ce nom avant aujourd'hui. Philocrate a pour père Théodoromédès[1].

TYNDARE, *à part :* Je suis bel et bien perdu! Allons, du calme, mon cœur, arrête-toi! Tu bondis, et moi c'est à peine si je me tiens debout, tant j'ai peur.

HÉGION : Je puis être bien assuré que cet individu était esclave en Élide, et qu'il n'est pas Philocrate ?

ARISTOPHONTE : Assez pour être sûr de ne jamais en avoir le démenti. Mais l'autre, où est-il maintenant ?

HÉGION : Là où je ne voudrais pas qu'il fût, et où il est trop heureux d'être! Et par conséquent moi, j'ai été égorgé, j'ai été mis en pièces, malheureux, par les machinations de cette crapule, qui m'a conduit par le bout du nez avec ses ruses. Mais, prends garde, s'il te plaît!

ARISTOPHONTE : Ce que je te dis, c'est après examen et mûre réflexion.

HÉGION : Assurément ?

ARISTOPHONTE : Non, te dis-je, tu ne trouveras rien de plus certain que cette certitude. Philocrate a été mon ami depuis le temps de son enfance et de la mienne.

HÉGION : Mais à quoi ressemble ton camarade Philocrate ?

ARISTOPHONTE : Je vais te le dire; le visage maigrelet, le nez pointu, le teint blanc, les yeux noirs, les cheveux un peu roux, frisés, avec des boucles[2].

HÉGION : Cela s'accorde!

TYNDARE, *à part :* Oui, par Hercule, pour que je sois sorti ce matin du mauvais pied! Pauvres bâtons, qui vont mourir aujourd'hui sur mon dos!

HÉGION : Je vois bien que l'on m'a trompé.

TYNDARE, *à part :* Allons, dépêchez-vous, entraves, de

courir vers moi et d'embrasser mes jambes, pour que je vous prenne sous ma protection!

HÉGION : Ces coquins de prisonniers m'ont-ils assez trompé aujourd'hui, avec leur ruse ? L'autre faisait semblant d'être l'esclave, celui-ci d'être l'homme libre. J'ai perdu la noix, je n'ai comme gage que la coquille; sot que je suis, ils m'ont barbouillé la face de toutes les couleurs! Mais celui-ci au moins ne rira plus de moi. Colaphos, Cordalion, Corax[1], sortez vite, apportez des courroies.

COLAPHOS, *sortant de la maison :* Est-ce qu'on nous envoie faire des fagots ?

## SCÈNE V

HÉGION, TYNDARE, ARISTOPHONTE, ESCLAVES GARDIENS

HÉGION : Mettez vite les menottes à ce gibier de fouet!

TYNDARE : Qu'est-ce que cela veut dire ? Quel crime ai-je commis ?

HÉGION : Tu le demandes, semeur, sarcleur et moissonneur de crimes comme pas un ?

TYNDARE : Tu n'avais pas le courage de m'appeler d'abord herseur ? Car les paysans commencent par herser, avant de sarcler.

HÉGION : Ah, quelle audace tu as à me braver!

TYNDARE : Il convient qu'un esclave innocent, et sans reproche, soit hardi, surtout en face de son maître.

HÉGION, *aux esclaves :* Attachez-lui, s'il vous plaît, les mains, et serrez fort!

TYNDARE : Tu es mon maître. Tu peux même me les faire couper. Mais qu'est-ce que cela veut dire ? Pourquoi es-tu en colère contre moi ?

HÉGION : Parce que, dans tout ce qui dépendait de toi, par tes mensonges et tes tromperies, tu as détruit et moi-même et ma fortune, que tu as démembré mes ressources, réduit à néant tous mes plans, tous mes calculs. Ainsi, tu m'as enlevé Philocrate par tes tromperies. J'ai cru qu'il était esclave, et toi homme libre; vous me l'affirmiez vous-mêmes et vous aviez changé de nom entre vous.

TYNDARE : J'avoue que tout s'est passé comme tu le dis, et que c'est grâce à une tromperie que Philocrate a pu s'évader de chez toi, grâce à moi, et à mon astuce. Est-ce cela, je te le demande, par Hercule, qui fait que tu es en colère contre moi ?

HÉGION : Et cela te coûtera cruellement cher, de l'avoir fait !

TYNDARE : Pourvu que je ne meure pas pour avoir commis un crime, cela m'importe peu. Si moi je meurs ici, et si lui, il ne revient pas, comme il l'a promis, je n'en aurai pas moins, dans la mort, accompli une action mémorable, d'avoir arraché mon maître prisonnier à l'esclavage, de l'avoir rendu à sa patrie, à son père, libre, et d'avoir préféré exposer ma propre tête au danger plutôt que de le voir périr.

HÉGION : Va donc profiter de ta gloire dans l'Achéron !

TYNDARE : Quiconque périt pour son courage, celui-là ne meurt pas !

HÉGION : Lorsque je t'aurai soumis aux pires supplices et, à cause de tes canailleries, envoyé à la mort, on pourra, à son gré, dire que tu as péri ou que tu es mort ! Pourvu que tu disparaisses, je n'empêche pas que l'on dise que tu vis.

TYNDARE : Par Pollux, si tu le fais, tu ne seras pas sans t'en repentir, si Philocrate revient ici, comme je suis sûr qu'il reviendra.

ARISTOPHONTE, *à part :* Dieux immortels ! Maintenant je comprends, maintenant je sais de quoi il retourne ; mon camarade Philocrate est en liberté, auprès de son père, dans sa patrie[1]... Tant mieux, car il n'est personne à qui je veuille plus de bien. Mais je suis fâché d'avoir si mal servi ce garçon-ci ; le voici maintenant, à cause de moi et de ce que j'ai dit, mis aux fers.

HÉGION : Ne t'avais-je pas défendu aujourd'hui de me faire des mensonges ?

TYNDARE : C'est vrai.

HÉGION : Pourquoi as-tu osé me mentir ?

TYNDARE : Parce que la vérité aurait nui à celui au secours de qui je venais. Maintenant, mes mensonges lui sont utiles.

HÉGION : Mais à toi, ils te nuiront.

TYNDARE : Tant mieux ! J'ai du moins sauvé mon maître, dont le salut me remplit de joie, lui que le vieux maître m'avait donné à garder. Et toi, estimes-tu que j'aie mal agi ?

HÉGION : Fort mal.

TYNDARE : Eh bien, moi, je dis : très bien, et je ne suis pas de ton avis. Songe en effet un peu à ceci : si l'un de tes esclaves agissait de la sorte envers ton fils, quelle reconnaissance lui aurais-tu ? Est-ce que tu affranchirais cet esclave, ou non ? Ne serait-il pas auprès de toi l'un de tes esclaves les plus chers ? Réponds !

HÉGION : Oui, je crois.

TYNDARE : Alors, pourquoi es-tu irrité contre moi ?

HÉGION : Parce que tu lui as été plus fidèle qu'à moi.

TYNDARE : Eh quoi ? Toi, tu aurais voulu qu'une seule nuit, un seul jour t'aient suffi à apprendre à un prisonnier récemment capturé, un nouveau, de la veille, à faire passer tes intérêts à toi avant ceux de l'homme auprès duquel s'est déroulée ma vie, depuis mon enfance ?

HÉGION : Eh bien, demande-lui à lui de t'en prouver sa reconnaissance. *(Aux esclaves.)* Vous, conduisez-le à l'endroit où on lui mettra des entraves lourdes et épaisses. Après quoi, vous vous rendrez aux carrières de pierre. Là, tandis que les autres extraient chacun huit blocs, si, chaque jour, tu ne fais pas la moitié plus de travail, on t'appellera « six cents coups »[1].

ARISTOPHONTE : Au nom des dieux et des hommes, je t'en supplie, Hégion, n'envoie pas cet homme à la mort !

HÉGION : On veillera sur lui. La nuit, on le gardera à l'entrave, et le jour il extraira des pierres sous la terre. Je le torturerai longtemps. Je ne l'achèverai pas en un seul jour.

ARISTOPHONTE : Ta décision est bien prise ?

HÉGION : Aussi sûr que la mort ! *(Aux esclaves.)* Emmenez-le tout de suite chez le forgeron Hippolyte, dites qu'on lui fixe des entraves épaisses. Ensuite, conduisez-le hors de la ville à mon affranchi Cordalus, qu'on l'envoie à la carrière. Et dites bien que mon désir est qu'il ne soit pas traité plus mal que celui qui l'est le moins bien.

TYNDARE : Pourquoi demanderai-je à avoir la vie sauve alors que tu ne le veux point ? Le danger où je suis de ma vie est à tes propres risques. Après la mort, il n'est, dans la mort, rien de mal que je puisse craindre[2]. Quand bien même je vivrais jusqu'à un très grand âge, cela ne fait pas moins un temps très court pour supporter ce dont tu me menaces. Adieu, porte-toi bien, quoique tu mérites un autre souhait que celui-ci! Quant à toi, Aristophonte, que ta vie soit en accord avec le service que tu m'as rendu. Car c'est à cause de toi que tout ceci m'arrive.

HÉGION : Emmenez-le!

TYNDARE : Je ne demande qu'une chose : si Philocrate revient ici, accorde-lui la possibilité de me voir.

HÉGION, *aux esclaves :* Vous êtes morts si vous ne l'emmenez tout de suite loin de ma vue.

TYNDARE : C'est de la violence, par Hercule, d'être poussé et entraîné à la fois!

HÉGION, *une fois Tyndare emmené :* Le voilà emmené tout droit à la boîte, comme il le mérite! Cela servira de leçon aux autres prisonniers, pour qu'il n'y en ait pas un autre qui ait l'audace de monter un coup pareil. Si ce n'avait été celui-ci *(il désigne Aristophonte)*, qui m'a tout révélé, ils n'auraient pas cessé de me mener en bride, avec leurs ruses. Mais maintenant je suis bien décidé à ne me fier à personne; il suffit que j'aie été trompé une fois. J'avais espéré, malheureux, avoir arraché mon fils à la servitude; cet espoir s'est évanoui. J'avais déjà perdu un premier fils, un enfant de quatre ans qu'un esclave m'a enlevé, et je n'ai jamais retrouvé ni l'esclave ni l'enfant. L'aîné est tombé au pouvoir de l'ennemi. Quel est mon crime? On dirait que je n'ai eu des enfants que pour les perdre. *(À Aristophonte.)* Suis-moi; je vais te reconduire d'où tu viens. Je suis décidé à n'avoir pitié de personne, puisque personne n'a pitié de moi.

ARISTOPHONTE : J'avais dit adieu à mes chaînes, je vois bien maintenant qu'il me faut de nouveau leur dire bonjour[1]!

## ACTE IV

### *SCÈNE PREMIÈRE*

ERGASILE

Souverain Jupiter, tu es mon sauveur, et tu fais ma fortune; tu m'envoies d'opulentes et succulentes dépouilles[2] : gloire, gain, plaisir, plaisanteries, gaieté, fêtes, cortège, provisions, beuveries, ventre plein, réjouissances. Désormais, je suis bien décidé à n'aller supplier personne. Car je puis aussi bien servir un ami que perdre un ennemi, tant ce jour délicieux m'a comblé des plus délicieuses délices. Il m'est advenu un héritage des plus magnifiques, sans les charges[1]. Maintenant, il me faut prendre ma course pour aller chez ce vieillard-ci, Hégion, à qui j'apporte autant de bien qu'il peut en souhaiter lui-même de la part des dieux, et même plus encore. Maintenant, c'est décidé; comme le font les esclaves de comédie, je vais relever mon manteau sur mon cou pour que ce soit de moi, d'abord, qu'il apprenne la chose; et j'espère que cette nouvelle me vaudra d'être à jamais nourri!

## *SCÈNE II*

### HÉGION, ERGASILE

HÉGION, *revenant, et entrant du côté opposé :* Plus je tourne et retourne cette affaire dans ma tête, et plus la colère s'accroît dans mon cœur. M'être laissé ainsi barbouiller aujourd'hui! Et je n'ai pas pu m'en apercevoir! Lorsqu'on le saura, dans toute la ville on rira de moi. Aussitôt que j'arriverai au forum, tout le monde dira : « Voilà ce vieillard si sage, qui s'en est laissé conter! » Mais n'est-ce pas Ergasile que je vois, là-bas ? Il a renvoyé son manteau sur son dos. Que va-t-il donc faire ?

ERGASILE, *de son côté :* Ne te laisse pas retarder; allons, Ergasile, au travail! Je préviens, et solennellement, que personne ne se mette sur ma route, à moins que l'on n'en ait assez de vivre. Quiconque me fera obstacle sera culbuté.

HÉGION : Cet individu commence un combat de boxe ?

ERGASILE : Oui, je le ferai! Aussi, que chacun suive son chemin; que personne sur cette place ne s'arrête pour parler de ses affaires. Car mon poing est une baliste, mon coude une catapulte, mon épaule un bélier. Et si je frappe quelqu'un du genou, je le jette à terre. Je ferai des brèche-dents de toutes les personnes que je heurterai.

HÉGION : Qu'est-ce que c'est que toutes ces menaces ? J'en suis muet d'étonnement!

ERGASILE : Je ferai en sorte que quiconque m'aura

arrêté dans ma course se souvienne à jamais de ce jour, de ce lieu et de moi-même, je ferai que, sur-le-champ, sa vie aussi se trouve arrêtée.

HÉGION : Qu'est-ce que cet homme se prépare à faire de si important, avec toutes ces menaces !

ERGASILE : C'est un édit préliminaire[1], afin que nul ne soit pris par sa faute : demeurez chez vous, mettez-vous à l'abri de mes coups !

HÉGION : Je serais bien étonné si ce n'est pas de son ventre que lui vient toute son audace. Le pauvre homme, que celui qui lui a donné la nourriture qui l'a rendu aussi autoritaire !

ERGASILE : Et puis les boulangers éleveurs de truies[2], qui nourrissent avec le son des porcs dont l'odeur empêche les gens de passer devant la boutique, si je vois une de leurs truies sur la voie publique, je ferai tomber avec mes poings le son qui est sur la tête de leur maître[3].

HÉGION : Il édicte des arrêtés royaux et pleins d'autorité. Voilà un homme qui a bien mangé, et c'est dans son ventre qu'il trouve sa confiance en lui-même.

ERGASILE : Et puis les poissonniers, qui offrent aux clients des poissons puants que l'on apporte au trot anguleux d'une rosse, et dont l'odeur chasse vers le forum tous les gens de la basilique, je leur battrai le visage avec leurs paniers à poisson, pour qu'ils sachent quel tourment ils infligent au nez d'autrui. Et puis aussi les bouchers, qui enlèvent leurs petits aux brebis, qui concluent des contrats pour des agneaux à abattre et font un bénéfice du double sur la viande, qui appellent mouton engraissé un vieux bélier coriace, moi, si je rencontre sur la voie publique un mouton gras, je ferai du mouton et de son maître les êtres les plus malheureux qui soient.

HÉGION : Bravo ! Il rend des édits municipaux, et je ne serais pas étonné que les Étoliens en aient fait leur inspecteur des marchés.

ERGASILE : Non, je ne suis plus maintenant un parasite, mais de tous les rois le plus royal, si magnifique est le convoi de vivres qui est entré dans le port à destination de mon ventre. Mais je tarde trop à combler de joie le vieil Hégion, le plus heureux de tous les hommes vivants !

HÉGION : Quelle est cette joie dont il veut si largement me gratifier ?

ERGASILE, *frappant chez Hégion :* Hé là ! Où êtes-vous ? Y a-t-il quelqu'un ? Quelqu'un pour ouvrir cette porte ?

HÉGION : Le voici qui revient pour dîner chez moi.

ERGASILE : Ouvrez cette porte à deux battants, avant que je ne réduise, en frappant, cette porte en miettes !

HÉGION : J'ai bonne envie de lui dire un mot ! Ergasile !

ERGASILE : Qui appelle Ergasile ?

HÉGION : Jette un regard vers moi !

ERGASILE : C'est ce que la Fortune ne fait pas pour toi, et ne fera jamais, ce que tu me demandes de faire ! Mais qui est là ?

HÉGION : Regarde-moi. Je suis Hégion.

ERGASILE : Ô, toi, le meilleur parmi les meilleurs des hommes, tu arrives à propos.

HÉGION : Tu as trouvé je ne sais qui, au port, pour dîner chez lui ; et pour cette raison tu me dédaignes.

ERGASILE : Donne-moi ta main.

HÉGION : Ma main ?

ERGASILE : Ta main, dis-je, donne-la-moi tout de suite.

HÉGION : Tiens.

ERGASILE : Sois heureux !

HÉGION : Pourquoi serais-je heureux ?

ERGASILE : Parce que je te l'ordonne. Allons, réjouis-toi un peu !

HÉGION : Mais, par Pollux, les chagrins l'emportent pour moi sur les joies.

ERGASILE : Ne te fâche pas. Je vais bien vite effacer de ton corps toutes les taches de chagrin. Réjouis-toi hardiment.

HÉGION : Je me réjouis, bien que je ne sache pas de quoi je dois me réjouir.

ERGASILE : Tu fais bien ; ordonne...

HÉGION : Que dois-je ordonner ?

ERGASILE : Que l'on fasse un vaste feu.

HÉGION : Un vaste feu ?

ERGASILE : Oui ; que ce soit un grand feu.

HÉGION : Eh bien, tu penses, charognard, que, pour te faire plaisir, je vais mettre le feu à ma maison ?

ERGASILE : Ne te fâche pas. Veux-tu ou non ordonner que l'on mette les marmites à chauffer, que l'on nettoie les plats, que l'on réchauffe le lard et les ragoûts sur des foyers ardents, qu'un esclave aille en toute hâte acheter du poisson...

HÉGION : Il rêve tout éveillé.

ERGASILE : ... un autre du porc et de l'agneau, et des poulets...

HÉGION : Tu saurais bien manger, si tu avais les moyens !

ERGASILE : ... des coquillages et des calmars, du poisson fumé, du maquereau, de la plie, du thon, et du fromage frais ?

HÉGION : Il te sera plus facile de nommer tout cela que de le manger ici chez moi, Ergasile.

ERGASILE : Tu crois que c'est pour moi que j'énumère tout cela ?

HÉGION : On ne te laissera pas sans rien manger, chez moi, aujourd'hui, mais tu n'en auras pas beaucoup plus, ne te fais pas des idées. Aussi, n'apporte ici ton ventre que pour un menu de tous les jours.

ERGASILE : Mais je peux faire si bien que ce sera toi qui désireras te mettre en frais, même si j'essayais de t'en empêcher.

HÉGION : Moi ?

ERGASILE : Oui, toi.

HÉGION : Alors, c'est que tu es devenu mon maître ?

ERGASILE : Non, ton ami, plutôt. Veux-tu que je fasse ton bonheur ?

HÉGION : Oui, de préférence à mon malheur.

ERGASILE : Donne-moi ta main.

HÉGION : Voici ma main.

ERGASILE, *solennellement :* Tous les dieux sont pour toi !

HÉGION : Je ne sens rien.

ERGASILE : Tu n'es pas dans une sentine, et c'est pour cela que tu ne sens rien. Mais fais préparer la vaisselle rituelle, au plus vite, pour un sacrifice, et amener un agneau comme il faut[1], bien en chair.

HÉGION : Pourquoi ?

ERGASILE : Pour offrir un sacrifice.

HÉGION : À quel dieu ?

ERGASILE : À moi, par Hercule. Car je suis aujourd'hui pour toi Jupiter Souverain, et je suis aussi Salut, Fortuna, Lumière, Joie, Bonheur ; aussi aie bien soin de t'assurer les bonnes grâces de ce dieu en le nourrissant bien.

HÉGION : Tu m'as bien l'air d'avoir faim !

ERGASILE : Si j'en ai l'air, j'en ai aussi la chanson[2].

HÉGION : C'est à toi de voir ; moi, je laisse faire.

ERGASILE : Bien sûr : tu y es habitué depuis l'enfance[1] !

HÉGION : Que Jupiter et les autres dieux te confondent !

ERGASILE : C'est plutôt toi..., qui dois me remercier de la nouvelle que je t'apporte, car du port je te rapporte un immense bonheur : c'est toi que je choisis.

HÉGION : Va-t'en, idiot; tu viens trop tard, après l'heure.

ERGASILE : Oui, si j'étais venu plus tôt, tu aurais eu raison de me dire cela. Mais maintenant, écoute la raison de te réjouir que j'apporte avec moi; car je viens de voir au port ton fils Philopolème, vivant, en bonne santé, intact; il était sur un bateau de l'État, et sur le même bateau, avec lui, le petit jeune homme d'Élide, et ton esclave Stalagme qui s'enfuit autrefois de chez toi et qui t'a enlevé ton fils âgé de quatre ans.

HÉGION : Va te faire pendre, tu te moques de moi.

ERGASILE : Que la sainte Satiété me protège, Hégion, et me fasse toujours l'honneur de me laisser prendre son nom : je l'ai vu.

HÉGION : Mon fils ?

ERGASILE : Ton fils, et mon génie[2].

HÉGION : Et le prisonnier éléen ?

ERGASILE : J'en atteste Apollon[3].

HÉGION : Et mon vaurien d'esclave Stalagme, qui a enlevé mon fils ?

ERGASILE : Oui, par Cora.

HÉGION : Il y a longtemps...

ERGASILE : Oui, par Préneste.

HÉGION : ... qu'il est venu ?

ERGASILE : Oui, par Signia.

HÉGION : C'est sûr ?

ERGASILE : Oui, par Frosinone.

HÉGION : Prends bien garde...

ERGASILE : Oui, par Alatrie.

HÉGION : Pourquoi jures-tu par ces cités barbares ?

ERGASILE : Parce qu'elles sont aussi rudes[4] que le menu que tu disais.

HÉGION : Maudit sois-tu !

ERGASILE : Je le suis, puisque tu ne crois rien de ce que je te dis sérieusement. Ce Stalagme, de quelle nation était-il, quand il est parti d'ici ?

HÉGION : Sicilien.

ERGASILE : Eh bien, maintenant, il n'est plus sicilien;

il est boïen; il couche avec une Boïenne[1]. C'est pour qu'il ait des enfants à lui, je pense, qu'on lui a fait prendre épouse.

HÉGION : Dis-moi, est-ce vraiment de bonne foi que tu m'as raconté tout cela ?

ERGASILE : En toute bonne foi.

HÉGION : Dieux immortels, il me semble naître une seconde fois, si tu dis la vérité.

ERGASILE : Vraiment ? Tu doutes encore, lorsque je te fais un serment solennel ? Finalement, Hégion, si tu n'ajoutes point foi à mon serment, va-t'en voir au port.

HÉGION : J'y suis bien décidé; toi, va dans la maison faire les préparatifs nécessaires. Prends, demande, tire des réserves ce que tu voudras; je te fais mon cellérier!

ERGASILE : Par Hercule, si je ne t'ai pas fait une bonne prophétie, frappe-moi à coups de bâton.

HÉGION : Tu auras toujours ta place à ma table, si ce que tu dis est vrai.

ERGASILE : Et mes garants ?

HÉGION : Moi et mon fils.

ERGASILE : Tu me le jures ?

HÉGION : Je le jure.

ERGASILE : Eh bien, moi, je te re-jure que ton fils est arrivé.

HÉGION : Fais tout au mieux que tu pourras.

ERGASILE : Bonne route, à l'aller, et au retour!

## *SCÈNE III*

ERGASILE

Maintenant il est parti, et il m'a laissé la haute main sur le département de la mangeaille. Dieux immortels, comme je vais te couper le cou aux échines de porc, quel massacre on va faire dans les jambons, quelle débandade pour le lard! Quelle consommation de tétines[2], quel désastre pour la couenne! Quelle fatigue pour les bouchers, et pour les charcutiers! Mais si je voulais énumérer tout ce qui concerne les choses du ventre, c'est autant de temps perdu. Allons, pour exercer, comme m'y autorisent les fonctions qui me sont déléguées, ma juridiction sur le lard, et porter secours aux jambons que l'on a mis pendre sans jugement.

# ACTE V

## *SCÈNE PREMIÈRE*

UN ESCLAVE, *sortant de chez Hégion.*

Que Jupiter et les autres dieux te confondent, Ergasile, toi et ton ventre, et tous les parasites, et ceux qui à l'avenir donneront à souper aux parasites. C'est un désastre, une catastrophe, une avalanche qui viennent de s'abattre sur notre maison. Il est pareil à un loup affamé et j'ai eu peur qu'il ne se jette sur moi [lacune][1]. J'ai eu réellement grand-peur de lui, tant il grinçait des dents. En arrivant, il a bouleversé toute la réserve à viandes, avec la viande; il a pris une épée, il a coupé les ris à trois porcs entiers, il a brisé toutes les marmites, tous les vases qui avaient une capacité inférieure à un boisseau; il demandait au cuisinier si les jarres pouvaient être mises à bouillir; il a brisé les portes de toutes les resserres, dans la maison, il a ouvert l'armoire à vaisselle. Surveillez-le, je vous prie, garçons; moi je vais aller à la rencontre du vieillard. Je lui dirai de se regarnir ailleurs un cellier, s'il veut en avoir un pour lui. Car, de la façon dont l'autre arrange le nôtre, ou bien il est déjà vide, ou bien il ne va pas tarder à l'être.

## *SCÈNE II*

HÉGION, PHILOPOLÈME, PHILOCRATE, STALAGME

HÉGION, *entrant par la droite, avec Philopolème :* J'adresse à Jupiter et aux autres dieux de grands remerciements, et pour cause, puisqu'ils t'ont ramené et rendu à ton père, qu'ils m'ont tiré moi-même des maux infinis que j'endurais tandis que, seul ici, je ne t'avais pas avec moi, et puisqu'ils ont placé cet individu *(montrant Stalagme)* en notre pouvoir et que la loyauté de ce garçon *(il désigne Philocrate)* s'est révélée inébranlable envers nous.

PHILOPOLÈME : J'ai déjà assez souffert dans mon cœur, je me suis suffisamment miné de chagrin et de larmes, j'ai assez entendu le récit de tes malheurs, que tu m'as racontés au port. Pensons au présent!

PHILOCRATE : Et n'oublie pas que j'ai été fidèle à ma parole envers toi, et que je t'ai ramené ton fils et lui ai rendu la liberté!

HÉGION : Tu as fait, de la sorte, que jamais je ne pourrai assez te témoigner ma reconnaissance, à la mesure des services que tu nous as rendus, à moi et à mon fils.

PHILOPOLÈME : Mais si, tu le peux, mon père, tu le pourras, et je le pourrai aussi, et les dieux nous donneront le pouvoir de rendre à notre bienfaiteur, par nos propres bienfaits, celui que nous tenons de lui. Et tu peux, mon père, lui faire à lui un très grand plaisir.

HÉGION : Faut-il tant de mots ? *(À Philocrate.)* Je n'ai point de langue pour refuser ce que tu me demanderas, quoi que ce soit.

PHILOCRATE : Je te demande de me rendre l'esclave que j'avais laissé ici, en gage, pour répondre de moi, et qui s'est toujours sacrifié pour moi : je voudrais le récompenser de ce qu'il a fait pour moi.

HÉGION : Ce que tu as fait pour moi sera reconnu par moi; ce que tu me demandes, cela et tout ce que tu solliciteras d'autre, tu l'obtiendras; mais je ne voudrais pas que tu sois mécontent si, dans ma colère, je l'ai maltraité.

PHILOCRATE : Qu'as-tu fait ?

HÉGION : Je l'ai envoyé, enchaîné, au fond de la carrière, dès que je me suis aperçu que l'on m'avait berné.

PHILOCRATE : Malheur de moi! Dire que c'est pour me sauver la vie que le meilleur des hommes a encouru ces maux!

HÉGION : En revanche, tu n'auras pas à me donner le moindre sou pour sa liberté; emmène-le de chez moi gratuitement, pour l'affranchir.

PHILOCRATE : Par Pollux, Hégion, tu es très généreux. Mais veux-tu ordonner qu'on le fasse venir ?

HÉGION : Parfaitement. *(Aux esclaves.)* Où êtes-vous, vous autres ? Allez tout de suite! Ramenez Tyndare ici. *(À Philocrate et à Philopolème.)* Vous, rentrez; pendant ce temps je veux demander à cette cible à fouet ce qu'il a fait de mon fils cadet. Pendant ce temps, vous, prenez votre bain.

PHILOPOLÈME : Viens avec moi dans la maison, Philocrate.

PHILOCRATE : Je viens.

## *SCÈNE III*

### HÉGION, STALAGME

HÉGION : Allons, viens par ici, l'honnête homme, mon joli petit esclave!

STALAGME : Que dois-je faire, lorsque un grand personnage comme toi dit des mensonges ? J'ai été joli, mignon; mais honnête homme, jamais, et jamais je ne serai autre chose qu'un vaurien; n'espère pas que je vaudrai jamais quelque chose.

HÉGION : Tu te rends compte à peu près de l'état dans lequel sont tes affaires ? Si tu dis la vérité, tu feras que ton sort... de mauvais, devienne un tout petit peu meilleur. Parle loyalement, dis la vérité. Mais vérité, loyauté, jusqu'ici, tu n'as rien fait de cela.

STALAGME : J'en conviens, tu crois que tu m'en feras honte en le proclamant ?

HÉGION : Je t'en ferai bien honte; je te ferai rougir tout entier.

STALAGME : Bah! sans doute me menaces-tu du fouet, comme si je ne le connaissais pas ? Finis de parler ainsi, dis-moi ce que tu m'offres, et tu obtiendras ce que tu viens chercher ici.

HÉGION : Tu as la langue bien pendue; mais je veux que tu ailles au fait.

STALAGME : Qu'il en soit comme tu le désires.

HÉGION : C'était un garçon complaisant, enfant; maintenant, ce n'est plus de saison. Soyons à notre affaire. Écoute-moi, maintenant, et réponds à ce que je vais te demander. Si tu dis la vérité, tu auras quelque peu amélioré tes affaires.

STALAGME : Chansonnette! Tu ne penses pas que je sais ce que je mérite ?

HÉGION : Mais tu peux en éviter un petit peu, sinon tout.

STALAGME : J'en éviterai un petit peu, bien sûr; mais il m'en restera beaucoup, et ce sera justice. Après tout, je me suis enfui, je t'ai volé ton fils et l'ai vendu comme esclave.

HÉGION : À qui ?

STALAGME : À Théodoromédès Gros-Richard, en Élide. Pour six mines.

HÉGION : Dieux immortels ! c'est le père de notre Philocrate !

STALAGME : Eh ! je le connais mieux que toi, et je l'ai vu plus souvent.

HÉGION : Sauve-nous, Jupiter Souverain, et moi-même et mon fils. *(Appelant.)* Philocrate, par ton Génie, je t'en prie, sors, j'ai à te parler !

## *SCÈNE IV*

PHILOCRATE, HÉGION, STALAGME

PHILOCRATE, *sortant de la maison :* Hégion, me voici ; prêt à faire ce que tu me commanderas.

HÉGION : Cet individu prétend qu'il a vendu mon fils à ton père, six mines, en Élide.

PHILOCRATE : Combien de temps y a-t-il ?

STALAGME : Il y a un peu plus de dix-neuf ans.

PHILOCRATE : Ce qu'il dit est faux.

STALAGME : C'est moi ou c'est toi, le menteur ; ce qui est sûr, c'est que ton père te fit cadeau, quand tu étais petit, un enfant de quatre ans.

PHILOCRATE : Comment s'appelait-il ? Si tu dis la vérité, nomme-le-moi donc !

STALAGME : On l'appelait Paegnium[1] ; par la suite, vous lui avez donné le nom de Tyndare.

PHILOCRATE : Pourquoi ne te reconnais-je pas ?

STALAGME : Parce que les hommes ont coutume d'oublier, et de ne pas reconnaître ceux dont ils ne veulent pas les bonnes grâces.

PHILOCRATE : Dis-moi, l'enfant que tu as vendu à mon père, c'est bien le même dont celui-ci m'a fait cadeau ?

STALAGME : C'est le fils de l'homme que voici.

HÉGION, *intervenant :* Vit-il encore ?

STALAGME : J'ai reçu l'argent, je ne me suis pas occupé du reste.

HÉGION, *à Philocrate :* Et toi, que dis-tu ?

PHILOCRATE : Que ce Tyndare n'est autre que ton fils,

si l'on en croit les preuves que donne cet individu; Tyndare a été élevé avec moi, depuis l'enfance, convenablement, dans l'honneur, jusqu'à son adolescence.

HÉGION : Je suis à la fois malheureux et heureux, si vous dites la vérité. Je suis malheureux, parce que je l'ai maltraité, s'il est mon fils. Hélas, j'ai fait plus et moins que je n'aurais dû! De l'avoir maltraité me met au supplice. Si seulement je pouvais faire que le passé ne soit plus! Mais le voici qui arrive, dans un état qui ne convient pas à ses mérites.

## *SCÈNE V*

### TYNDARE, HÉGION, PHILOCRATE, STALAGME

TYNDARE : J'ai vu souvent, en peinture, représentés les supplices de l'Achéron; mais il n'existe aucun Achéron comparable à celui d'où je viens, dans la carrière. C'est un endroit où pour se délasser l'on n'a que le travail. Dès que j'y suis arrivé, comme on donne aux petits patriciens de petites corneilles, ou des canards, ou des cailles pour jouer, de même, dès mon arrivée, on m'a donné ce pic pour me distraire. Mais voici le maître devant sa porte, et aussi l'autre maître, revenu d'Élide.

HÉGION : Salut, mon enfant que j'ai tant attendu!

TYNDARE : Hein, qu'est-ce que c'est que « mon enfant » ? Tiens, je sais pourquoi tu fais semblant d'être mon père, et que je sois ton fils : parce que, comme le font les parents, tu me permets de voir le jour.

PHILOCRATE : Salut, Tyndare.

TYNDARE : Salut à toi, pour qui je souffre tous ces maux.

PHILOCRATE : Mais maintenant, tu vas devenir libre et riche : voici ton père; cet esclave, qui t'a enlevé d'ici alors que tu avais quatre ans, t'a vendu à mon père pour six mines. Et mon père, alors que tu étais tout petit, m'a fait cadeau de toi, qui avais mon âge. L'esclave que voici a tout raconté; nous le ramenons ici depuis l'Élide.

TYNDARE : Mais, et son fils... ?

PHILOCRATE : Il est dans la maison, c'est ton frère, du même père et de la même mère.

TYNDARE : Que dis-tu ? Tu as ramené le fils d'Hégion, qui était prisonnier ?

PHILOCRATE : Oui, te dis-je, il est dans la maison.

TYNDARE : Par Pollux, tu as bien et honnêtement agi.

PHILOCRATE : Et voici maintenant ton père. Et voici le voleur qui t'a enlevé d'ici alors que tu étais petit.

TYNDARE : Maintenant qu'il est vieux, je le livrerai au bourreau.

PHILOCRATE : Il l'a bien mérité.

TYNDARE : Aussi, par Pollux, je lui donnerai la récompense qu'il mérite. *(Se tournant vers Hégion.)* Mais, dis-moi, je te prie, tu es mon père ?

HÉGION : Oui, c'est bien moi, mon enfant.

TYNDARE : Maintenant, il me semble bien me souvenir, lorsque j'y réfléchis, oui, maintenant par Pollux, il me semble que je me souviens avoir entendu dire, comme dans un brouillard, que mon père s'appelait Hégion.

HÉGION : C'est moi.

PHILOCRATE : Je te demande d'alléger ton fils de ces entraves et d'en alourdir l'esclave !

HÉGION : J'ai bien l'intention de commencer par là. Entrons, faisons venir le forgeron pour qu'il t'enlève ces entraves et que je les fasse mettre à l'autre.

STALAGME : Comme je ne possède rien au monde, ton cadeau sera bienvenu.

LE CHEF DE LA TROUPE

Spectateurs, voici une pièce qui est très morale. Il n'y a dedans ni scènes d'amour, ni aucune intrigue amoureuse, ni d'enfants supposés, ni escroquerie. On n'y voit pas un jeune amoureux affranchir une fille à l'insu de son père. Des comédies de cette sorte, les poètes n'en ont pas imaginé beaucoup, pour montrer aux gens honnêtes à le devenir plus encore. Et maintenant, vous, s'il vous plaît, si nous vous avons plu et ne vous avons pas ennuyé, montrez-le en nous faisant comme cela *(il applaudit)* ; vous qui voulez que l'on récompense les bonnes mœurs, applaudissez !

# CASINA
# OU LES TIREURS DE SORT

*(Casina vel sortientes)*

# NOTICE

*Nous sommes relativement bien renseignés sur cette comédie, qui est tirée d'un modèle de Diphile, intitulé les* Cléroumenoi, *les tireurs au sort, bien que nous ne possédions point la comédie grecque ; mais nous entrevoyons, par le texte même de la pièce latine, les modifications que celle-ci a apportées à la pièce de Diphile.*

*L'histoire est simple : une jeune servante, nommée* Casina *(c'est-à-dire « celle de la cabane », comme la* Domina *est « celle de la maison » — un nom assez étrange, et inexpliqué autrement), a été élevée dans la famille d'un certain Lysidame et de sa femme Cléostrata ; c'est une « enfant exposée », recueillie dans la rue. Casina a grandi en beauté, elle a reçu une bonne éducation, et voici que, lorsqu'elle a quinze ans, les hommes, dans la maison même, commencent à s'intéresser à elle. C'est d'abord le vieux Lysidame, dont l'âge n'a pas éteint les ardeurs ; mais c'est aussi le fils de Lysidame, que nous ne verrons point paraître dans la pièce romaine, mais qui jouait un rôle dans la pièce grecque. Entre Casina et l'un ou l'autre de ces deux galants, il ne saurait être question d'un mariage en bonne et due forme ; de condition servile, Casina ne saurait devenir qu'une concubine — aussi bien du vieillard, qui est déjà marié, que du fils, homme libre qui ne peut épouser une esclave.*

*Donc, Casina est l'enjeu d'une rivalité secrète entre le père et le fils. Chacun, pour parvenir à ses fins, a imaginé un stratagème : le père veut donner la jeune fille à son intendant, Olympion, qui sera le mari, officiellement, mais laissera au vieillard l'exercice de ses prérogatives, et comme le ménage vivra à la campagne, tout pourra se passer à l'insu de Cléostrata. De son côté, le jeune homme veut donner Casina à son valet d'armes, Chalinus, qui lui rendra précisément le même service que Lysidame attend d'Olympion. Les choses en sont là lorsque commence la pièce.*

*Officiellement, la rivalité existe entre Olympion et Chalinus, l'intendant, qui vit sur le domaine rural, et le valet du fils, esclave urbain. Ce qui oppose deux types sociaux très vivants et hauts en couleur. Cléostrata, soupçonnant que l'acharnement mis par Lysidame à faire épouser Casina par Olympion a quelque raison inavouable, s'acharne, elle, à favoriser l'union de Casina avec Chalinus. Pour trancher la question, Lysidame décide de tirer au sort entre les deux rivaux. Le sort lui est favorable : Casina épousera donc Olympion. Lysidame a tout arrangé : la jeune fille partira de la maison de ville, et sera conduite à la ferme, où vit Olympion ; du moins elle aura l'air de le faire ; en fait, Olympion, Casina et Lysidame n'iront pas loin ; ils s'arrêteront chez le voisin, Alcésime, dont la maison aura été vidée à dessein, et c'est là que Lysidame obtiendra pour la première fois les faveurs de Casina.*

*Mais les choses ne vont pas comme le souhaitait Lysidame. Chalinus a surpris la vérité ; il a tout rapporté à Cléostrata, et celle-ci, aidée de la voisine Myrrhina et de la servante Pardalisca, complote pour faire échouer la belle combinaison du vieil amoureux. Non seulement il sera impossible de préparer dans la maison du voisin le dîner fin sur lequel comptait Lysidame, mais à la douce Casina on substituera Chalinus lui-même, déguisé en jeune mariée, le visage plus qu'à demi recouvert, comme l'exigeait la coutume romaine, par le voile de la mariée, le* flammeum *couleur d'aurore. On imagine ce que fut la déconvenue, et d'Olympion qui chercha à devancer son maître dans les faveurs de Casina, et de Lysidame lui-même. Ils sortent tout déconfits, guettés par les femmes, qui rient bien de leur déception et finissent par leur pardonner. Et le chef du chœur annonce que le fils de la maison épousera Casina, dont la naissance libre aura été reconnue ; elle est la fille de Myrrhina et d'Alcésime.*

*Une allusion permet de penser que la pièce de Diphile fut composée entre 317 et 308*[1]*. Mais aucune autre indication n'apporte de précision supplémentaire. Diphile écrivait dans l'Athènes gouvernée par l'aristocratie, sous Démétrios de Phalère, en un temps où les attaques politiques n'étaient pas bienvenues, et où l'on vantait les mœurs austères. Ces circonstances expliquent peut-être pourquoi les deux vieillards mauvais sujets sont si maltraités, la morale étant sauve, au*

1. Voir la note 1 de la page 270.

*dénouement. Quant aux détails scabreux, il ne convient pas, sans doute, de les attribuer tous à l'original grec.*

*Nous constatons, en effet, que la prière de Diphile était fondée sur une reconnaissance : que Casina était de naissance libre. Plaute a supprimé cette donnée, trouvant que la pièce était bien assez longue ainsi*[1]*. Cela lui permettait aussi de supprimer tout le rôle du fils de Lysidame, et, sans doute, certains épisodes. D'où quelques maladresses : par exemple, Olympion est chargé par Lysidame d'aller acheter de quoi préparer un souper fin dans la maison du voisin, secrètement, et pour célébrer les noces clandestines de Lysidame. Lorsque Olympion revient, nous le voyons installer ses cuisiniers et déposer ses provisions dans la maison de Lysidame, où l'on commence à préparer le dîner de mariage de Casina. Tout se passe comme si la donnée de l'intrigue s'était modifiée, sans que le poète ait éprouvé le besoin de le dire entre les deux moments.*

*Mais, si Plaute a donc évidemment abrégé son modèle grec, il n'en reste pas moins que sa comédie présente les dimensions attendues de toute comédie, qu'elle n'est pas sensiblement plus courte que les autres. Il faut donc qu'il ait ajouté au texte de Diphile. Les quelques allusions précises discernables à des coutumes ou des faits romains se situent dans des scènes de bouffonnerie, et c'est là, sans doute, qu'il faut chercher l'apport personnel de Plaute, qui paraît avoir insisté sur les éléments scabreux des différentes situations, et aussi développé les altercations entre les esclaves, Chalinus et Olympion, entre Lysidame et ses serviteurs, entre Lysidame et sa femme Cléostrata, entre Lysidame et son voisin Alcésime. L'hypothèse est d'autant plus vraisemblable que ces mêmes scènes comportent des* cantica, *des vers de rythmes variés, un art où Plaute excellait.*

*Nous ne serons donc pas étonnés de constater que la* Casina *fut écrite à la fin de la carrière du poète, au plus tôt en 186, puisqu'il est fait allusion dans la pièce à l'interdiction des Bacchanales*[2]*. Plaute y est totalement maître de son art, et Casina est l'une des plus vivantes, des plus scéniques des comédies qu'il a composées. Et tel fut bien le jugement des successeurs de Plaute, puisque le texte de la comédie, tel que nous le possédons, remonte à une reprise, ainsi que l'indique le prologue. La date de cette reprise est approximativement fixée par un détail :*

1. Voir les vers 1005 et suivants, p. 304.
2. Voir la note 3 de la page 303.

*les plus âgés d'entre les spectateurs, nous dit-on, ont pu voir la première représentation, mais les plus jeunes ne l'ont pu. On ne se trompera guère en supposant qu'une cinquantaine d'années, tout au plus, s'est écoulée entre les deux représentations, c'est-à-dire que la reprise daterait des environs de 140 ou 135 avant Jésus-Christ, au plus tard.*

## PERSONNAGES

OLYMPION, intendant de Lysidame.
CHALINUS, esclave personnel du fils de Lysidame.
CLÉOSTRATA, femme de Lysidame.
PARDALISCA, servante de Cléostrata.
MYRRHINA, amie de Cléostrata.
LYSIDAME, vieillard.
ALCÉSIME, vieillard, ami de Lysidame.
CITRION, cuisinier.
MUSICIEN.
CUISINIERS.

*La scène est à Athènes.*

## ARGUMENT

Une jeune esclave est désirée pour épouse par deux de ses camarades de servitude : l'un sert les intérêts du vieux maître, l'autre ceux de son fils. Le tirage au sort favorise le vieux, mais celui-ci est berné; on met à la place de la jeune fille un jeune esclave, un vaurien, qui rosse le maître et l'intendant. Le jeune maître épouse Casina, reconnue de naissance libre.

# CASINA OU LES TIREURS DE SORT

## PROLOGUE[1]

Je vous salue, vous, les meilleurs des spectateurs, vous qui avez un culte pour la Bonne Foi, et la Bonne Foi vous le rend bien. Si j'ai raison, indiquez-le-moi d'une façon évidente, afin que je sache, dès le début, que vous m'êtes favorables.

Les gens qui boivent du vin vieux sont, à mon avis, des sages, comme ceux qui aiment à voir de vieilles comédies. Puisque les œuvres et les mots d'autrefois vous plaisent, il est naturel que les vieilles comédies vous plaisent aussi, plus que les autres. Car les comédies qui sont produites maintenant sont plus méchantes encore que la nouvelle monnaie. Ayant compris, d'après la rumeur populaire, que vous souhaitiez voir des comédies de Plaute, nous avons monté cette vieille pièce, qui vous a plu, à vous, qui êtes de la vieille génération; ceux qui appartiennent à la plus jeune ne la connaissent pas, je le sais; mais nous allons faire en sorte qu'elle la connaisse. Lorsqu'elle fut jouée pour la première fois, elle l'emporta sur toutes les autres pièces. Or, en ce temps-là, vivait la fleur de nos poètes, qui sont tous allés, maintenant, dans le commun séjour. Mais, absents, ils n'en sont pas moins utiles aux présents. Vous tous, je vous demande instamment de nous donner votre attention. Éloignez de votre esprit le souci et l'idée de vos dettes; que personne ne redoute son créancier. C'est jour de jeux, c'est fête aussi pour les banquiers; le temps est serein, autour du forum, c'est le calme de l'alcyon[2]. Ce sont gens de calcul[3] : aux jeux, ils ne réclament rien à personne; après les jeux, ils ne font aucun cadeau à personne. Si vos oreilles sont libres, donnez-nous votre attention; je veux vous faire savoir le nom de la comédie. On appelle cette comédie, en grec, « Les Tireurs de sort »[1]. Diphile l'a composée, en grec; après lui, l'a composée, en latin, Plaute, au nom de chien[2]. Ici habite un vieillard marié; il a un fils. Et ce fils habite avec son père, dans la même maison. Il possède un esclave, qui est dans un triste état... je devrais dire plutôt qu'il est dans son lit, pour ne point mentir. Cet esclave, il y a déjà seize ans depuis cela, aperçut, aux premières lueurs de l'aube, une petite fille que l'on était en train d'abandonner dans la rue. Il va aussitôt trouver la femme qui l'abandonnait, lui demande de la lui donner. Il la prie, elle consent, il l'emporte droit à la maison. Il la donne à sa maîtresse, et lui demande de la faire élever. Ainsi fit la maîtresse, elle l'éleva avec de grands soins, comme si c'était sa propre fille, ou presque. Une fois que la jeune fille eut atteint l'âge où elle pouvait plaire aux hommes, le vieillard en question en tombe amoureux éperdument, et le fils, de son côté, en fait autant. Sur ce, chacun d'eux dresse ses batteries l'un contre l'autre, à leur insu à tous les deux. Le père a chargé son intendant de la demander en mariage, comme pour lui; il espère que, si la jeune fille est donnée à l'intendant, il se ménagera de la sorte, au-dehors, de bonnes soirées, sans que sa femme le sache. Le fils, de son côté, a chargé son valet d'armes[3] de demander la jeune fille en son nom à lui; il sait que, si l'autre réussit, il aura l'objet de ses amours dans sa propre bergerie. La femme du vieux s'est aperçue que son mari avait amour en tête; aussi se mit-elle du parti de son fils. Et le vieillard, dès qu'il comprit que son fils aimait la même femme que lui, et se dressait sur son chemin, envoya son fils en mission à l'étranger. Mais sa mère, bien qu'il soit absent, veille à ses intérêts. Ce fils, ne l'espérez pas, ne reviendra pas en ville aujourd'hui au cours de cette comédie; Plaute ne l'a pas voulu[4]; il a détruit un pont qui se trouvait sur la route du jeune homme.

J'entends ici des gens qui disent, je crois bien, entre eux : « Je vous en prie, par Hercule, qu'est-ce que c'est que cette histoire ? Des noces d'esclaves ? Est-ce que des esclaves vont demander la main d'une femme, ou prendront épouse légitime ? C'est une nouveauté, quelque chose qui n'arrive nulle part. » Eh bien, moi, je vous dis que cela se passe en Grèce, et à Carthage, et ici-même, dans notre pays, en Apulie[1]; et l'on célèbre, là-bas, les noces d'esclaves avec plus de solennité qu'on ne célèbre même les noces entre personnes libres. Si vous pensez que cela n'est pas vrai, parions, si quelqu'un le veut : une urne de vin doux, comme enjeu, à condition que l'arbitre soit un Carthaginois, ou un Grec, à la rigueur, ou, pour me faire plaisir, un Apulien[2]. Eh bien ? Vous ne dites rien ? Je vois, personne n'a soif ! Mais je reviens à cette fille qui a été abandonnée sur la voie publique, et que les esclaves mettent tant d'acharnement à réclamer comme épouse. On s'apercevra qu'elle est pure, et de naissance libre, fille de deux citoyens d'Athènes ; et elle ne se souillera pas, du moins au cours de cette comédie. Après, par Hercule, une fois la comédie terminée, si on lui donne de l'argent, je crois bien qu'elle ira spontanément se marier, et qu'elle n'attendra pas les auspices[3]. Voilà ! Portez-vous bien, menez bien vos affaires, et obtenez la victoire, par votre valeur véritable, comme vous l'avez fait jusqu'ici.

# ACTE PREMIER

## *SCÈNE PREMIÈRE*

### Olympion, Chalinus

OLYMPION : Ainsi, je n'ai pas la permission de rester seul, à ma guise, pour parler de mes affaires, et de réfléchir, sans que tu sois là comme témoin ? Pourquoi, malheur, me suis-tu ?

CHALINUS : Parce que je suis décidé à te suivre, toujours comme une ombre, partout où tu iras. Et même, par Pollux, si tu voulais monter sur une croix, je suis décidé à te suivre ; aussi imagine si tu pourras, à mon insu, et à force d'hypocrisie, m'enlever comme tu le souhaites Casina, que je veux épouser.

OLYMPION : Que me veux-tu ?

CHALINUS : Que dis-tu, impudent ? Pourquoi viens-tu traîner en ville, intendant de rien du tout ?

OLYMPION : Cela me chante!

CHALINUS : Pourquoi n'es-tu pas à la campagne, dans ton secteur ? Pourquoi ne travailles-tu pas à la tâche qui t'a été donnée, et ne restes-tu pas à l'écart des choses de la ville ? Tu es venu ici pour me voler ma fiancée. Rentre à la campagne, va te faire pendre dans ton canton!

OLYMPION : Chalinus, je n'ai pas oublié mes devoirs; j'ai placé à la tête du domaine quelqu'un qui y veillera bien. Si je parviens à obtenir ce pourquoi je suis venu à la ville, c'est-à-dire épouser la fille pour laquelle tu te meurs d'amour, la jolie, la délicieuse Casina, ta camarade d'esclavage, une fois que je l'aurai emmenée avec moi comme épouse à la campagne, je ne démarrerai pas de la campagne, ni de mon canton!

CHALINUS : Quoi, tu l'épouserais ? Par Hercule, j'aimerais mieux me pendre plutôt que de la savoir à toi!

OLYMPION : Elle est à moi, aussi tu n'as plus qu'à te passer le nœud coulant.

CHALINUS : Un individu qu'on a trouvé dans le fumier, c'est à cela qu'elle appartiendrait ?

OLYMPION : Tu verras que ce sera le cas.

CHALINUS : Malheur à toi!

OLYMPION : De combien de manières, si je vis, je te torturerai, le jour de mes noces!

CHALINUS : Et que me feras-tu ?

OLYMPION : Ce que je te ferai ? D'abord, c'est toi qui porteras le flambeau devant la jeune épousée[1]; ensuite, comme tu es toujours un vaurien, un individu ignoble [lacune][2]. Après quoi, une fois que tu seras venu à la ferme, on te donnera une amphore et un sentier à suivre, on t'indiquera une source, un chaudron et huit jarres; s'ils ne sont pas constamment pleins, moi, je te remplirai le dos de coups de fouet. Je ferai en sorte que, à force de porter de l'eau, tu aies le dos si courbé que l'on pourra te transformer en une sous-ventrière pour les chevaux. Et puis, à moins qu'à la campagne tu ne ronges le blé à même le tas, ou que, comme un ver, tu ne manges de la terre, tu auras beau me demander un morceau à manger, je te ferai jeûner comme le Jeûne lui-même n'a jamais jeûné. Après quoi, lorsque tu seras épuisé, famélique, on s'arrangera pour te faire un lit, la nuit, digne de toi.

CHALINUS : Que feras-tu ?

OLYMPION : On t'enfermera solidement derrière les

volets de la fenêtre, à un endroit où tu pourras entendre, lorsque je lui donnerai des baisers, lorsqu'elle me dira : « Ma petite âme, mon Olympion! ma vie, mon petit miel, ma joie, laisse-moi baiser tes jolis yeux, mon amour, laisse-moi, je t'en prie, être ton amant, mon joli jour de fête, mon petit moineau, ma colombe, mon petit lièvre », et tandis qu'on me dira tout cela, pendant ce temps, toi, pendard, tu seras comme un rat à te tourner et retourner, dans ton mur. Sur quoi, pour que tu n'essaies pas de me répondre, je rentre; j'en ai assez de parler avec toi!

CHALINUS : Je te suis; ici, en tout cas, tu ne pourras rien faire sans m'avoir comme témoin.

# ACTE II

## *SCÈNE PREMIÈRE*

CLÉOSTRATA, PARDALISCA

CLÉOSTRATA : Mettez les scellés sur les celliers, et rapportez-moi mon anneau. Je vais faire un saut tout à côté, chez la voisine. Si mon mari a besoin de moi, venez me chercher.

PARDALISCA : Le vieux maître avait demandé qu'on lui prépare à dîner.

CLÉOSTRATA : Chut! Tais-toi et va-t'en. Je ne prépare rien aujourd'hui, il n'y aura pas de cuisine. Puisqu'il s'oppose à mon fils et à moi, pour son plaisir, et pour ses amours, cet ignoble individu, je l'affamerai, je l'assoifferai, je l'accablerai d'injures, de mauvais procédés, cet amoureux, pour me venger! Oui, par Pollux, je l'étoufferai bel et bien sous mes propos amers, je veillerai à ce qu'il ait la vie que mérite ses actions, ce gibier d'Achéron, ce coureur de gueuses, ce maître débauché! Maintenant, je vais chez la voisine me plaindre de mes malheurs. Mais la porte a grincé, la voici elle-même, qui sort. Par Pollux, je n'ai pas choisi le bon moment pour venir ici.

## *SCÈNE II*

### MYRRHINA, CLÉOSTRATA

MYRRHINA, *à ses servantes :* Suivez-moi, servantes, jusqu'à la maison à côté[1]. Eh bien, vous, y en a-t-il une qui m'entend, quand je parle ? Je serai là-bas, si mon mari ou quelqu'un d'autre vient me voir. Quand je suis seule à la maison, le sommeil me paralyse les bras. N'ai-je pas demandé qu'on m'apporte ma quenouille ?

CLÉOSTRATA : Myrrhina, salut!

MYRRHINA : Salut, par Castor! Mais pourquoi es-tu si sombre, dis-moi ?

CLÉOSTRATA : C'est l'air de toutes les femmes mal mariées. Dehors comme dedans, elles ont toujours assez d'ennuis. J'allais justement chez toi.

MYRRHINA : Et moi chez toi. Mais quel sujet d'ennui as-tu maintenant ? Car tout ce qui est un ennui pour toi l'est aussi pour moi.

CLÉOSTRATA : J'en suis persuadée, par Castor; il n'est pas de voisine que j'aime plus que toi, et non sans raison, et à qui je souhaiterais davantage ressembler.

MYRRHINA : Je suis ton amie, mais je voudrais savoir ce qui t'ennuie.

CLÉOSTRATA : Mon mari me traite abominablement, à la maison.

MYRRHINA : Quoi ?

CLÉOSTRATA : Eh bien ?

MYRRHINA : Répète-moi, je t'en prie, ce que tu as dit, car je n'ai pas bien compris de quoi tu te plaignais.

CLÉOSTRATA : Mon mari me considère comme la dernière des dernières, et je n'ai même pas la possibilité d'obtenir ce à quoi j'ai droit.

MYRRHINA : Voilà une chose étrange, si ce que tu dis est vrai, car ce sont les maris qui ne peuvent obtenir de leurs femmes ce à quoi ils ont droit.

CLÉOSTRATA : Bien plus, il me réclame, malgré moi, une petite servante, qui m'appartient, qui a été élevée à mes frais, pour la donner à son intendant; mais c'est lui qui en est amoureux.

MYRRHINA : Je t'en prie, raconte-moi! Tu peux parler, ici, nous ne sommes que nous deux.

CLÉOSTRATA : C'est ainsi !

MYRRHINA : Et d'où la tiens-tu ? Une femme honnête ne doit rien posséder à l'insu de son mari, et, ce qu'elle a, elle ne peut guère l'avoir obtenu qu'en volant son mari ou en le gagnant par ses aventures galantes. J'estime que tout ce que tu possèdes appartient à ton mari[1].

CLÉOSTRATA : Ah, toi, tu prends toujours le parti opposé à celui de ton amie.

MYRRHINA : Tais-toi, sotte, et écoute-moi ; ne l'attaque pas en face ; laisse-le être amoureux, laisse-le faire ce qu'il lui plaît, pourvu que tu ne manques de rien chez toi.

CLÉOSTRATA : As-tu tout ton bon sens, pour parler ainsi contre ton propre intérêt ?

MYRRHINA : Sans cervelle, évite toujours que ton mari ne te dise le mot !

CLÉOSTRATA : Quel mot ?

MYRRHINA : Dehors, femme[2].

CLÉOSTRATA : Chut, tais-toi !

MYRRHINA : Qu'y a-t-il ?

CLÉOSTRATA : Tiens !

MYRRHINA : Qui vois-tu ?

CLÉOSTRATA : Voici mon mari. Rentre, dépêche-toi, je t'en prie.

MYRRHINA : J'obéis ; je m'en vais. Plus tard, quand nous aurons toi et moi plus de loisir, je parlerai avec toi ; maintenant, adieu.

CLÉOSTRATA : Adieu.

## SCÈNE III

LYSIDAME, CLÉOSTRATA

LYSIDAME, *se croyant seul :* Toute chose, je crois bien, est surpassée par l'amour, qui vaut mieux que tout ce qu'il y a de plus délicieux, et l'on ne saurait rien nommer qui ait plus de piquant et de charme aujourd'hui. Je suis étonné que les cuisiniers, qui se servent d'assaisonnements, n'usent pas de celui-ci, qui surpasse tous les autres. Là où se trouvera l'assaisonnement d'amour, je suis sûr que cette nourriture plaira à tout le monde, et il ne peut y avoir que fadeur, et goût insipide, si l'on n'y ajoute pas l'amour. Ce qui est amer comme fiel devient doux comme miel ; l'homme, de sinistre, devient aimable et plaisant. J'en juge par ma propre expérience bien plus que par ouï-dire, moi qui, depuis que j'aime Casina, surpasse en élégances l'Élégance même! Je donne du tracas à tous les parfumeurs; il n'est pas de parfum délicieux dont je ne me fasse enduire, pour plaire à Casina; et je lui plais, je le crois bien. Mais ma femme me met au supplice, parce qu'elle continue à vivre. Je la vois là, debout, l'air revêche; il faut que j'aie des mots aimables pour aborder cette garce! Ma petite femme, mon bonheur, comment vas-tu ?

CLÉOSTRATA : Va-t'en; ne me touche pas!

LYSIDAME : Eh là, ma Junon, il ne faut pas que tu sois si maussade avec ton Jupiter! Où t'en vas-tu ?

CLÉOSTRATA : Laisse-moi.

LYSIDAME : Attends!

CLÉOSTRATA : Je n'attends pas.

LYSIDAME : Eh bien, par Pollux, je te suivrai.

CLÉOSTRATA : Dis donc, as-tu tout ton bon sens ?

LYSIDAME : Je suis dans mon bon sens. Que je t'aime!

CLÉOSTRATA : Je ne veux pas que tu m'aimes.

LYSIDAME : Tu ne peux pas m'en empêcher.

CLÉOSTRATA : Tu me tues!

LYSIDAME, *à part :* Si tu disais vrai!

CLÉOSTRATA, *qui l'a entendu :* Là, je crois que tu dis vrai.

LYSIDAME : Regarde-moi, ma charmante!

CLÉOSTRATA : Certes, comme tu me charmes moi aussi. D'où vient, s'il te plaît, cette odeur de parfums ?

LYSIDAME, *à part :* Je suis mort! Je suis pris en flagrant délit, pauvre de moi! Allons, vite, que j'essuie ma tête avec mon manteau. Que Mercure secourable te ruine, parfumeur, qui m'a vendu ces parfums!

CLÉOSTRATA : Dis donc, toi, moustique chenu de quatre sous! Je me retiens à grand-peine de te dire tes quatre vérités. À l'âge que tu as, tu t'en vas par les rues, parfumé, bon à rien!

LYSIDAME : Par Pollux, j'ai aidé un ami qui achetait des parfums.

CLÉOSTRATA : Qu'il a eu vite fait d'imaginer une excuse! N'as-tu donc honte de rien ?

LYSIDAME : De tout ce que tu voudras.

CLÉOSTRATA : Où as-tu été te vautrer, dans quel bouge ?

LYSIDAME : Moi, dans un bouge ?

CLÉOSTRATA : J'en sais plus long que tu ne penses !

LYSIDAME : Qu'est-ce donc, que tu sais ?

CLÉOSTRATA : Que, de tous les vieux, il n'est pas un vieux qui soit plus vaurien que toi. D'où viens-tu, bon à rien ? Où as-tu été ? Où t'es-tu vautré ? Où t'es-tu enivré ? Tu es ivre, par Castor ! Regarde ton manteau, comme il est fripé !

LYSIDAME : Que les dieux nous perdent, toi et moi, si j'ai mis aujourd'hui dans ma bouche une seule goutte de vin !

CLÉOSTRATA : Non, non, fais ce que tu voudras, bois, mange, gaspille ta fortune.

LYSIDAME : Oh, là, là, en voila assez, ma femme, calme-toi, tu fais trop de bruit. Garde un peu de salive pour me faire une scène demain. Mais, dis-moi ? As-tu pris sur toi de faire ce que souhaite ton mari, au lieu de lui tenir tête ?

CLÉOSTRATA : À quel sujet ?

LYSIDAME : Tu le demandes ? Au sujet de notre servante Casina ; qu'on la donne en mariage à notre intendant, un esclave honnête, chez qui elle sera bien, où elle aura du bois, de l'eau chaude, de la nourriture, des vêtements, où elle pourra élever les enfants qu'elle lui donnera, plutôt que de la donner à ce mauvais esclave, le valet d'armes, un méchant sujet, qui n'a pas aujourd'hui pour pécule ne serait-ce qu'un écu de plomb !

CLÉOSTRATA : Je suis étonnée qu'à l'âge que tu as tu ne saches pas ce que tu dois faire.

LYSIDAME : Et quoi donc ?

CLÉOSTRATA : Que, si tu agissais comme il se doit, et d'une façon convenable, tu me laisserais m'occuper de nos servantes, car c'est mon rôle.

LYSIDAME : Mais, diantre, quelle est cette fantaisie de la donner à un porte-bouclier !

CLÉOSTRATA : Mais c'est qu'il faut bien complaire à notre fils unique.

LYSIDAME : Mais, il a beau être unique, il n'est pas plus unique pour moi comme fils que je ne suis unique pour lui comme père ; il est beaucoup plus naturel qu'il me cède à moi, plutôt que moi à lui.

CLÉOSTRATA : Toi, par Castor, mon bonhomme, tu te cherches une vilaine histoire ; je sens cela, j'en suis sûre.

LYSIDAME : Moi ?

CLÉOSTRATA : Toi; pourquoi tout ce bruit ? Pourquoi désires-tu cela si vivement ?

LYSIDAME : Qu'on la donne à un esclave honnête plutôt qu'à un vaurien.

CLÉOSTRATA : Et si j'obtiens par mes prières de l'intendant que, pour me faire plaisir, il l'abandonne à l'autre ?

LYSIDAME : Et si moi je l'obtiens du valet d'armes qu'il la cède à l'autre ? Je suis certain de pouvoir l'obtenir.

CLÉOSTRATA : Entendu ! Veux-tu que je fasse venir ici Chalinus, pour que tu lui parles ? Fais-lui la leçon, moi je la ferai à l'intendant.

LYSIDAME : J'y consens tout à fait.

CLÉOSTRATA : Il vient tout de suite; maintenant, voyons lequel de nous deux est plus persuasif.

LYSIDAME, *seul :* Qu'Hercule et tous les dieux la confondent, puisque je puis enfin parler. Je suis au supplice, malheureux, à force d'aimer, et elle, comme à plaisir, me contrarie. Ma femme se doute de ce que je machine; et voilà pourquoi elle travaille pour le valet d'armes, exprès.

## *SCÈNE IV*

### LYSIDAME, CHALINUS

LYSIDAME : Que tous les dieux et les déesses le confondent !

CHALINUS : Toi-même... Je veux dire, ta femme me disait que tu m'appelais ?

LYSIDAME : Oui, je t'ai fait appeler.

CHALINUS : Dis-moi, que me veux tu ?

LYSIDAME : D'abord, je veux que tu déplisses ton front, en me parlant[1]; c'est sottise que de se montrer maussade avec qui a tout pouvoir sur toi. Il y a longtemps que je te considère comme un brave garçon.

CHALINUS, *à part :* Je comprends ! *(Haut.)* Alors, si tu penses cela de moi, pourquoi ne m'affranchis-tu pas ?

LYSIDAME : J'en ai bien l'intention; mais il est inutile que j'aie ce désir, si tu ne m'aides pas à le réaliser.

CHALINUS : Que souhaites-tu, instruis-moi seulement ?

LYSIDAME : Écoute, je vais te le dire. J'ai promis à notre intendant de lui donner la main de Casina.

CHALINUS : Mais ta femme et ton fils me l'ont promise à moi.

LYSIDAME : Je sais. Mais préfères-tu maintenant te passer de femme et être libre, ou te marier et passer toute ta vie esclave, toi, ainsi que tes enfants ? Tu as le choix; prends l'un ou l'autre de ces partis, comme tu voudras.

CHALINUS : Si j'étais libre, je devrais vivre à mes frais; maintenant, je vis aux tiens. Quant à Casina, je suis décidé à ne la laisser à âme qui vive !

LYSIDAME : Rentre, et fais venir ma femme ici, au plus vite, devant la maison. Et qu'elle apporte aussi un seau, avec de l'eau et des sorts.

CHALINUS : Excellente solution.

LYSIDAME : Bien, je m'arrangerai pour détourner le coup, de quelque côté que ce soit. Si je ne puis rien obtenir par la persuasion, eh bien, je tirerai au sort. Et alors, je me vengerai de toi et de ceux qui soutiennent ton parti.

CHALINUS : Bah, c'est moi que le sort désignera !

LYSIDAME : Oui, pour mourir dans les supplices !

CHALINUS : Elle sera ma femme, imagine les ruses que tu voudras, comme tu voudras !

LYSIDAME : Veux-tu disparaître de ma vue !

CHALINUS : Tu n'aimes pas me voir; je n'en vivrai pas moins.

LYSIDAME, *seul :* Ne suis-je pas un malheureux ? Tout ne conspire-t-il pas contre moi ? Je crains maintenant que ma femme n'ait réussi à persuader Olympion de renoncer à épouser Casina. Si elle y réussit, alors, je suis un vieillard fini. Si elle n'a pas réussi, j'ai encore un petit espoir dans le tirage au sort. Mais si le sort me déçoit, je prendrai une épée comme matelas et je me jetterai dessus. Mais voici que s'avance Olympion, juste à propos.

## *SCÈNE V*

### OLYMPION, LYSIDAME

OLYMPION, *parlant à la cantonade :* Par Pollux, fais-moi jeter dans un four chaud, et fais que j'y rôtisse comme un pain doré, maîtresse, tu n'obtiendras pas de moi ce que tu demandes.

LYSIDAME, *à part* : Je suis sauvé; j'ai bon espoir, à l'entendre.

OLYMPION : Pourquoi cherches-tu à m'influencer, maîtresse, avec cette liberté dont tu me parles ? Non, même si tu t'y opposais, toi, ainsi que ton fils, malgré vous deux, en dépit de vous, il ne m'en coûterait qu'un petit sou pour être libre!

LYSIDAME : Qu'est-ce que c'est ? Avec qui te disputes-tu, Olympion ?

OLYMPION : Avec celle qui se dispute chaque jour avec toi.

LYSIDAME : Avec ma femme ?

OLYMPION : Comment, ta femme ? Tu m'as l'air de ressembler à un chasseur; nuit et jour, tu passes ta vie avec une chienne.

LYSIDAME : Que fait-elle, qu'est-ce qu'elle te dit ?

OLYMPION : Elle me prie, me supplie de ne pas épouser Casina.

LYSIDAME : Et toi, en réponse ?

OLYMPION : Je lui ai dit que je le refuserais même à Jupiter, s'il venait m'en adresser la prière.

LYSIDAME : Que les dieux te conservent à mon affection!

OLYMPION : La voici toute en ébullition; elle est si furieuse contre moi.

LYSIDAME : Par Pollux, je voudrais qu'elle en éclate par le milieu!

OLYMPION : Je suis persuadé que c'est déjà fait, si tu es bon à quelque chose[1]. Mais, par Pollux, tes amours commencent à me lasser; je me fais de ta femme une ennemie, de ton fils un ennemi, des gens de la maison des ennemis.

LYSIDAME : Que t'importe pourvu que ce Jupiter-ci te protège, tu n'as pas besoin de te soucier de ces dieux mineurs!

OLYMPION : Voilà de grandes sottises; comme si tu ne savais pas que les Jupiters, en ce bas monde, meurent de mort subite. Si, finalement, toi, mon Jupiter, tu venais à mourir, une fois que ton pouvoir serait passé aux mains de ces dieux mineurs, qui viendrait au secours de mon dos, de ma tête ou de mes jambes ?

LYSIDAME : Tes affaires vont mieux que tu ne le crois, si nous parvenons à faire en sorte que je couche avec Casina.

OLYMPION : Par Hercule, je ne crois pas que ce soit possible, tant ta femme s'acharne à empêcher qu'on ne me la donne.

LYSIDAME : Eh bien, voilà ce que je vais faire; je mettrai des sorts dans un seau, et je tirerai entre toi et Chalinus. Voilà comment je comprends l'affaire; il faut maintenant mener le combat à l'épée[1].

OLYMPION : Et si le sort tourne contrairement à ce que tu espères ?

LYSIDAME : Ne nous porte pas malheur! J'ai confiance dans les dieux, espérons en eux!

OLYMPION : Voilà une parole dont je ne donnerais pas un sou. Tous les humains ont confiance dans les dieux; mais j'en ai vu souvent, de ceux qui avaient confiance dans les dieux, qui étaient déçus!

LYSIDAME : Chut, tais-toi donc un peu!

OLYMPION : Que veux-tu ?

LYSIDAME : Voici Chalinus qui sort de la maison, avec un seau et des sorts; nous allons maintenant engager ouvertement la bataille.

## *SCÈNE VI*

### CLÉOSTRATA, CHALINUS, LYSIDAME, OLYMPION

CLÉOSTRATA : Apprends-moi, Chalinus, pourquoi mon mari veut me voir ?

CHALINUS : Lui, par Pollux, ce qu'il veut, c'est te voir brûler, morte, aux portes de la ville[2].

CLÉOSTRATA : Je crois bien, par Castor, qu'il le veut!

CHALINUS : Et moi, je ne fais pas que le croire, j'en suis certain.

LYSIDAME, *à part :* J'ai dans ma maison plus de gens de talent que je ne pensais. J'ai chez moi un devin, avec ce garçon. *(À Olympion.)* Et si nous marchions à l'ennemi, face à lui ? Suis-moi. *(Aux autres.)* Qu'est-ce que vous faites là ?

CHALINUS : Voici tout ce que tu as demandé : ta femme, les sorts, un seau, et moi-même.

OLYMPION : Il n'y a que toi qui soit de trop.

CHALINUS : C'est ce que tu penses; moi, je suis ici ton aiguillon; je te perce la poitrine; tu transpires déjà de peur, gibier de fouet!

LYSIDAME : Tais-toi, Chalinus.

CHALINUS : Fais-le taire, lui.

OLYMPION : Plutôt celui-là, qui a l'habitude de se montrer complaisant[1].

LYSIDAME : Pose le seau ici, donne-moi les sorts; et faites bien attention. Je pensais bien, pourtant, obtenir de toi, ma femme, que l'on me donnerait Casina pour femme, et je le pense encore.

CLÉOSTRATA : Qu'on te la donne, elle ?

LYSIDAME : À moi... ah! ce n'est pas ce que je voulais dire; je voulais dire « pour moi », et j'ai dit « pour celui-ci », et précisément comme je la veux pour moi... mais je dis tout le contraire de ce qu'il faudrait, par Hercule.

CLÉOSTRATA : Certes, et tu fais de même.

LISYDAME : Pour lui... non, par Hercule, pour moi... bah, finalement, je me retrouve, mais non sans mal, sur le bon chemin.

CLÉOSTRATA : Tu te trompes bien souvent!

LYSIDAME : Cela arrive, lorsqu'on désire quelque chose trop vivement. Mais lui et moi, nous te prions, en vertu du droit que tu possèdes...

CLÉOSTRATA : De quoi ?

LYSIDAME : Je vais te le dire, mon doux miel : que tu accordes ta Casina à notre intendant que voici.

CLÉOSTRATA : Mais, par Pollux, je ne le veux pas, et je m'y oppose.

LYSIDAME : Alors, je vais demander aux sorts de décider entre les deux ?

CLÉOSTRATA : Rien ne t'en empêche.

LYSIDAME : Je déclare solennellement que c'est le procédé le meilleur et le plus juste. Bref, si ce que nous souhaitons arrive, nous nous réjouirons; dans le cas contraire, nous nous résignerons. *(À Olympion.)* Tiens, prends ton sort; vois ce qu'il y a dessus.

OLYMPION : Un « un ».

CHALINUS : Ce n'est pas juste, on l'a fait passer avant moi.

LYSIDAME : Prends celui-ci, s'il te plaît.

CHALINUS : Donne; attends; il me vient tout de suite une idée. Prends garde qu'il n'y ait ici, dans l'eau, un autre sort!

LYSIDAME : Coquin, tu me prends pour toi ?

CLÉOSTRATA, *regardant dans le seau :* Il n'y en a pas ; sois parfaitement tranquille.

OLYMPION : Puisse le sort, heureux et favorable, m'apporter...

CHALINUS : Une bonne rossée...

OLYMPION : À toi, par Pollux, c'est toi, j'en suis certain, qui la recevras ; je connais ta piété[1]. Mais attends un peu ; ton sort, ne serait-il pas en peuplier, ou en sapin ?

CHALINUS : Qu'est-ce que cela te fait ?

OLYMPION : Parce que j'ai peur qu'il ne flotte à la surface de l'eau !

LYSIDAME : Bien, attention. Jetez maintenant tous les deux vos sorts ici. C'est fait ; mélange-les, ma femme.

OLYMION : Ne te fie pas à ta femme.

LYSIDAME : N'aie pas peur.

OLYMPION : Je suis sûr, par Hercule, qu'elle va ensorceler les sorts, si elle les touche.

LYSIDAME : Silence.

OLYMPION : Je me tais. Je souhaite que les dieux...

CHALINUS : Te fassent porter aujourd'hui le carcan et la fourche[2].

OLYMPION : Me fassent la grâce d'obtenir...

CHALINUS : Que l'on te suspende par les pieds !

OLYMPION : Et toi, que l'on te mouche de telle façon que l'on te sorte les yeux par le nez !

CHALINUS : De quoi as-tu peur ? La corde pour te pendre devrait déjà être prête.

OLYMPION : Tu es perdu !

LYSIDAME : Allons, faites attention, vous deux.

OLYMPION : Je me tais.

LYSIDAME : Maintenant, à toi, Cléostrata : pour que tu n'ailles pas dire que j'ai fait cela pour tricher, et que tu ne me soupçonnes pas, je te laisse faire ; tire les sorts toi-même.

OLYMPION : Tu me perds !

CHALINUS : Autant de gagné pour lui !

CLÉOSTRATA : Je te remercie.

CHALINUS : Je prie les dieux que ton sort ait quitté le seau !

OLYMPION : Vraiment ? Parce que tu es toi-même un esclave fugitif[3], tu veux que tout le monde fasse comme toi ?

CHALINUS : Si seulement ton sort faisait comme celui des Héraclides, et s'il fondait pendant qu'on le tire[1] !

OLYMPION : On va te faire fondre toi-même, bientôt, à la chaleur des verges !

LYSIDAME : Fais donc attention, Olympion.

OLYMPION : Oui, si cet érudit me laisse tranquille.

LYSIDAME, *au moment où Cléostrata va tirer le sort :* Que cela soit pour mon bien et ma bonne fortune !

OLYMPION : Oui, et pour les miens aussi.

CHALINUS : Non !

OLYMPION : Si, par Hercule !

CHALINUS : Non, par Hercule, pour les miens.

CLÉOSTRATA, *à Olympion :* C'est lui qui gagnera, et toi, tu vivras misérablement.

LYSIDAME, *à Olympion :* Casse-lui la figure, à ce sale type ; allons, tu y vas ?

CLÉOSTRATA : Garde-toi de le toucher !

OLYMPION : Avec le poing, je le frappe, ou à main plate ?

LYSIDAME : Fais comme tu voudras.

OLYMPION, *à Chalinus, le battant :* Et voilà pour toi !

CLÉOSTRATA : Qu'est-ce que c'est que cette façon de me toucher ?

OLYMPION : C'est l'ordre de mon Jupiter.

CLÉOSTRATA, *à Chalinus :* Frappe-lui la mâchoire, coup pour coup.

OLYMPION : Je suis mort ; on me frappe à coups de poings, Jupiter !

LYSIDAME, *à Chalinus :* Qu'est-ce qui t'a permis de le toucher ?

CHALINUS : C'est ma Junon qui m'en a donné l'ordre.

LYSIDAME : Il faut céder, si c'est, de mon vivant, ma femme qui prend le commandement .

CLÉOSTRATA : Il doit pouvoir parler, tout comme l'autre.

OLYMPION : Pourquoi cherche-t-il à faire mentir tous les présages en ma faveur ?

LYSIDAME : Je crois, Chalinus, que tu devrais te méfier d'être rossé !

CHALINUS : Il est bien temps, maintenant qu'il m'a cassé la figure à coups de poings !

LYSIDAME : Allons, ma femme, maintenant, tire les sorts ; et vous, regardez bien. J'ai si peur que je ne sais plus où j'en suis. Je suis perdu; j'ai le cœur dans la rate, je crois bien; le voici qui fait des bonds, il s'agite tellement qu'il me bat la poitrine.

CLÉOSTRATA : Je tiens un sort!

LYSIDAME : Tire-le!

CHALINUS : Suis-je mort?

OLYMPION : Montre, c'est le mien!

CHALINUS : Tu me perds!

CLÉOSTRATA : Tu as perdu, Chalinus.

LYSIDAME : Les dieux nous ont protégés, Olympion, j'en suis heureux.

OLYMPION : C'est en raison de ma piété et de celle de mes ancêtres.

LYSIDAME : Rentre, ma femme, et fais préparer la noce.

CLÉOSTRATA : Je ferai comme tu l'ordonnes.

LYSIDAME : Tu sais que la route est longue jusqu'à la campagne, pour aller avec elle à la ferme?

CLÉOSTRATA : Je le sais.

LYSIDAME : Rentre; et même si cela ne te plaît pas, veille pourtant à tout.

CLÉOSTRATA : Entendu.

LYSIDAME : Entrons nous aussi; faisons-les se hâter.

OLYMPION : Est-ce moi qui te retarde? Devant lui, je ne crois pas utile d'en dire plus long.

## *SCÈNE VII*

CHALINUS, *seul.*

Si je me pendais, je perdrais ma peine, et, outre ma peine, le prix de la corde, et je comblerais d'aise mes ennemis. Et puis, à quoi bon, puisque je suis déjà mort! J'ai été vaincu par le sort; Casina épouse l'intendant. Et ce qui m'est le plus pénible, ce n'est pas tant la victoire de l'intendant, que d'avoir vu le vieillard désirer à ce point qu'on ne me la donne pas, et qu'elle épouse l'autre. Comme il était agité, comme il se démenait, le pauvre, comme il trépignait, une fois que l'intendant eut gagné! Tiens, tiens, retirons-nous ici; j'entends que l'on ouvre la porte. Mes tendres amis sortent; dans cette embuscade, je vais leur tendre un piège.

## *SCÈNE VIII*

### OLYMPION, LYSIDAME, CHALINUS

OLYMPION, *sans voir Chalinus :* Laisse-le un peu venir à la campagne; je te renverrai l'homme en ville avec une fourche, comme un charbonnier[1].

LYSIDAME : C'est cela qu'il faut faire.

OLYMPION : J'y veillerai, sois-en sûr.

LYSIDAME : J'aurais voulu, si Chalinus avait été à la maison, l'envoyer dîner avec toi, pour que, outre son chagrin, notre ennemi ait eu encore cette peine!

CHALINUS, *sans être vu :* Marchons à reculons jusqu'au mur, à la façon des scorpions; il me faut, sans qu'ils s'en doutent, entendre leur conversation. Car l'un des deux me torture, l'autre me rend jaloux. Mais voici qu'il s'avance, tout en blanc[2], ce gibier de fouet, cet étui à aiguillon. Je diffère la mort pour moi-même; c'est décidé, je l'enverrai le premier sur l'Achéron.

OLYMPION : Comme je t'ai bien secondé! Ce que tu désirais par-dessus tout, je t'ai permis de l'obtenir; tu auras aujourd'hui la possibilité de faire l'amour à l'insu de ta femme.

LYSIDAME : Ne dis rien; j'en atteste les dieux, je puis à peine empêcher mes lèvres de te couvrir de baisers pour te remercier, mon doux plaisir!

CHALINUS, *à part :* Quoi ? Le couvrir de baisers ? Et puis encore ? Ton doux plaisir ? Le vieux a l'intention, je crois bien, d'enfoncer la vessie à l'intendant ?

OLYMPION : Tu m'aimes donc, maintenant ?

LYSIDAME : Je t'aime, par Pollux, plus que moi-même. Je puis te prendre dans mes bras ?

CHALINUS, *même jeu :* Quoi, le prendre dans ses bras ?

OLYMPION : Si tu veux.

LYSIDAME : Tiens, rien que de te toucher, je crois avoir du miel sur la langue!

OLYMPION : Dis donc, l'amoureux, retire-toi de sur mon dos!

CHALINUS, *même jeu :* Voilà, voilà pourquoi il en a fait son intendant. L'autre jour, quand je l'ai rencontré, il a voulu faire de moi son majordome, sous la voûte de l'entrée!

OLYMPION : Comme j'ai été gentil avec toi aujourd'hui, comme je t'ai fait plaisir.

LYSIDAME : Au point que, aussi longtemps que je vivrai, tu me seras plus cher que moi-même.

CHALINUS, *même jeu :* Je crois bien qu'aujourd'hui, ces deux-là vont s'emmêler les jambes ; apparemment, le vieux court après les hommes faits[1] !

LYSIDAME : Quels baisers je vais aujourd'hui donner à Casina, comme je vais me donner du plaisir, sans que ma femme le sache !

CHALINUS, *même jeu :* Tiens, tiens ! Me voilà enfin sur le bon chemin ; c'est le vieux lui-même qui est fou de Casina. Je tiens mes gaillards !

LYSIDAME : Tout de suite, par Hercule, j'ai envie de la prendre dans mes bras, et de l'embrasser, tout de suite !

OLYMPION : Permets d'abord que le mariage soit célébré. Pourquoi diantre cette hâte ?

LYSIDAME : Je suis amoureux.

OLYMPION : Mais je ne crois pas que la chose puisse se faire aujourd'hui.

LYSIDAME : Si, si tu crois toutefois que l'on puisse t'affranchir demain.

CHALINUS, *même jeu :* Voilà le moment où je dois ouvrir mes oreilles toutes grandes. Je vais prendre joliment deux sangliers dans le même fourré.

LYSIDAME : J'ai fait préparer un endroit chez mon camarade, qui est mon voisin ; je lui ai confié toute l'histoire de mon amour, et il m'a promis de me donner cet asile.

OLYMPION : Et sa femme ? Où sera-t-elle ?

LYSIDAME : J'ai eu une inspiration géniale ; ma femme l'invitera chez nous pour le mariage, pour qu'elle lui tienne compagnie, qu'elle l'aide, qu'elle passe la nuit avec elle. J'ai suggéré l'invitation, et ma femme a dit qu'elle le ferait. La dame passera la nuit chez nous, et je m'arrangerai pour que son mari ne soit pas chez lui. Toi, tu emmèneras ta femme à la campagne, et la campagne, ce sera ici, pendant tout le temps où Casina et moi nous célébrerons notre mariage. De là, tu l'emmèneras à la campagne, demain, avant le jour. Est-ce assez habile ?

OLYMPION : Très.

CHALINUS, *même jeu :* Allez, inventez des ruses ; cela ne vous réussira point, par Hercule, d'être aussi habiles.

LYSIDAME : Tu sais ce que tu vas faire maintenant ?

OLYMPION : Dis-le-moi.

LYSIDAME : Prends cette bourse. Va faire des achats, dépêche-toi, mais je veux de bonnes choses, une nourriture délicate, aussi délicate qu'elle!

OLYMPION : Entendu.

LYSIDAME : Achète des calmars, des patelles, des seiches, des orgelets...

CHALINUS, *même jeu :* Plutôt des fromentelets, si tu m'en crois[1].

LYSIDAME : Des soles...

CHALINUS, *même jeu :* Et pourquoi pas plutôt de gros godillots[2], pour te caresser le museau, vieux roquentin ?

OLYMPION : Tu ne veux pas des langues d'avocat[3] ?

LYSIDAME : Ce n'eſt pas nécessaire, puisque j'ai ma femme chez moi! Elle eſt une bonne langue elle-même, elle n'arrête jamais.

OLYMPION : Sur place, et d'après ce qu'auront les poissonniers, je verrai ce que je pourrai acheter.

LYSIDAME : Tu as raison; va. Je ne veux pas que tu sois regardant; fais bien le marché, abondamment. Pour moi, je dois aller trouver le voisin, pour qu'il exécute ce qu'il m'a promis.

OLYMPION : Alors, je m'en vais ?

LYSIDAME : Certes.

*Ils sortent.*

CHALINUS, *reſté seul :* Même au prix de trois fois ma liberté, je n'accepterais pas le marché, je ne renoncerais pas à leur ménager aujourd'hui à tous les deux une bonne leçon, et à aller immédiatement révéler toute l'affaire à ma maîtresse. Je tiens mes ennemis; ils sont pris tous deux en flagrant délit. Et si la maîtresse veut agir comme elle le doit, la cause eſt entendue en notre faveur. Je vais attraper joliment mes bonshommes. La chance change, avec le jour; vaincus tout à l'heure, nous sommes vainqueurs. Je rentre, pour que le plat qu'a préparé un autre cuisinier soit maintenant assaisonné par moi, d'une autre manière, et faire que ce qu'on a cuisiné pour lui ne soit pas pour lui, mais qu'il trouve dans son assiette quelque chose qu'il n'attendait pas.

# ACTE III

## *SCÈNE PREMIÈRE*

### LYSIDAME, ALCÉSIME

LYSIDAME : Maintenant, auras-tu pour moi, Alcésime, le visage d'un ami ou celui d'un ennemi ? Je vais le savoir; c'est maintenant que s'éprouve la preuve, maintenant que la décision se décide! Me faire des reproches parce que je suis amoureux, je t'en dispense; « avec des cheveux blancs », et « ce n'est plus de ton âge », mets-le avec ce dont je te dispense; « et tu as une femme! » cela encore fait partie de la dispense!

ALCÉSIME : De plus terriblement amoureux que toi, je n'ai jamais vu personne.

LYSIDAME : Fais en sorte que la maison soit vide.

ALCÉSIME : Mais, par Pollux, esclaves, servantes, je t'ai dit que je les envoie tous chez toi!

LYSIDAME : Oh, tu es trop merveilleusement ingénieux! Mais tâche donc de faire ce que chantent les merles. « Chacun avec ses rations, comme qui va à Sutrium[1]. »

ALCÉSIME : Je n'oublierai pas.

LYSIDAME : Tiens, il n'y a finalement aucun conseil qui soit de meilleur conseil que toi[2]. Fais les préparatifs; moi, je vais pour un moment au forum; je serai bientôt de retour.

ALCÉSIME : Bonne route!

LYSIDAME : Tâche que ta maison trouve une langue.

ALCÉSIME : Et pourquoi donc ?

LYSIDAME : Pour que, quand je reviendrai, elle m'invite[3].

ALCÉSIME : Holà, holà, tu mériterais des coups, tu fais trop le malin!

LYSIDAME : À quoi bon être amoureux, si cela ne me donnait pas de l'esprit et de la repartie ? Mais prends garde que je n'aie pas à aller te chercher.

ALCÉSIME : Je resterai tout le temps chez moi.

## *SCÈNE II*

CLÉOSTRATA, *sortant de chez elle.*

Voilà donc pourquoi, par Castor, mon mari me pressait tellement d'inviter au plus vite la voisine à venir chez nous : pour que la maison fût vide, afin d'y emmener Casina. Maintenant, je ne l'inviterai pas du tout, pour ne pas permettre à ces deux vauriens d'avoir la libre disposition des lieux, ces deux vieux béliers! Mais voici que sort ce pilier du sénat, ce rempart du peuple, mon bon voisin, qui laisse la place libre à mon mari. Par Castor, ce serait payer cher que de l'acheter pour un boisseau de sel!

## *SCÈNE III*

ALCÉSIME, CLÉOSTRATA

ALCÉSIME, *se croyant seul :* Je suis étonné qu'on ne soit pas encore venu d'à côté inviter ma femme, qui est déjà depuis longtemps prête à la maison, en attendant qu'on l'invite. Mais voici la voisine qui, je pense, vient la chercher. Salut, Cléostrata!

CLÉOSTRATA : Salut, Alcésime. Où est ta femme ?

ALCÉSIME : Dedans, elle attend que tu viennes la prendre; ton mari m'a demandé que je te l'envoie chez toi, pour t'aider. Veux-tu que je l'appelle ?

CLÉOSTRATA : Ne la dérange pas; je ne veux pas que tu l'appelles, si elle est occupée.

ALCÉSIME : Elle ne fait rien.

CLÉOSTRATA : Peu importe; je ne veux pas l'ennuyer; je la verrai plus tard.

ALCÉSIME : N'êtes-vous pas en pleins préparatifs pour une noce, chez vous ?

CLÉOSTRATA : Si, c'est moi qui les fais.

ALCÉSIME : Tu n'as besoin de personne pour t'aider ?

CLÉOSTRATA : J'ai assez de monde chez moi; une fois la noce terminée, je viendrai lui rendre visite. Maintenant, adieu, et fais-lui mes amitiés.

ALCÉSIME, *resté seul :* Que faire maintenant ? Je me suis rendu proprement ridicule, pauvre de moi, à cause de ce méchant bouc édenté, qui m'a engagé dans cette affaire. J'offre les services de ma femme à des étrangers, comme pour aller lécher les plats! Le vilain individu, il m'a dit que sa femme viendrait chercher la mienne; et elle dit qu'elle n'en a pas besoin. Par Pollux, je serais fort étonné si ma bonne voisine n'avait eu vent de quelque chose. Mais, d'autre part, en y réfléchissant, s'il y avait quelque chose comme cela, elle m'aurait demandé des explications. Je vais rentrer, pour remettre mon navire sur cales!

CLÉOSTRATA, *qui réapparaît :* Ah, en voilà un de joliment berné. Les pauvres vieux, comme ils s'agitent! Maintenant, je voudrais que l'autre vaurien, le décrépit, je veux dire mon mari, vienne aussi, pour que je me moque de lui, comme j'ai berné l'autre. Oui, j'ai bonne envie de susciter une querelle entre ces deux-là. Mais le voici qui arrive; quand on le voit aussi sévère, on penserait que c'est quelqu'un de moral!

## *SCÈNE IV*

### LYSIDAME, CLÉOSTRATA

LYSIDAME, *se croyant seul :* C'est grande sottise, à mon sens, quand on est amoureux, d'aller au forum, le jour précisément où l'on a à sa disposition l'objet de son amour. Et c'est la sottise que j'ai commise. J'ai gaspillé tout le jour à assister, comme second, un certain mien cousin[1]. Il a perdu son procès, par Hercule, et j'en suis fort aise, ainsi il ne m'a pas fait venir aujourd'hui en vain pour l'assister. Oui, à mon sens, lorsqu'on demande l'assistance de quelqu'un, il faut lui demander, auparavant, et s'enquérir si son esprit est bien là, et s'il n'a pas lui-même quelque chose qui l'appelle ailleurs. S'il dit qu'il n'est pas là, il faut renvoyer chez lui cet homme qui a perdu son esprit. Mais voici ma femme devant la porte. Malheur à moi! J'ai peur qu'elle ne soit pas sourde, et qu'elle ait entendu ce que j'ai dit.

CLÉOSTRATA, *à part :* J'ai bien entendu, par Castor, et cela te coûtera cher!

LYSIDAME : Approchons! Comment vas-tu, ma joie?

CLÉOSTRATA : Par Castor, je te cherchais.

LYSIDAME : Les préparatifs sont achevés? Es-tu allée chercher notre voisine, pour t'aider?

CLÉOSTRATA : Je suis allée la chercher, comme tu me l'avais dit; mais ton camarade, ton excellent ami, est, je ne sais pourquoi, en colère contre sa femme; il a dit que c'était impossible de l'envoyer, lorsque je suis venue la chercher.

LYSIDAME : Tu as un grave défaut; tu n'es guère aimable.

CLÉOSTRATA : Ce n'est pas le rôle des dames, mais celui des courtisanes, que de faire des avances, mon mari, aux maris des autres. Va donc la chercher toi-même; je veux m'occuper de ce qu'il y a à faire chez nous, mon mari.

LYSIDAME : Eh bien, hâte-toi.

CLÉOSTRATA : Entendu. *(À part.)* Je veux lui mettre la peur au ventre, et le rendre aujourd'hui bien misérable, l'amoureux!

## *SCÈNE V*

ALCÉSIME, LYSIDAME

ALCÉSIME, *se croyant seul :* Je viens voir si notre galant est revenu du forum chez lui; il nous a bien bernés, ma femme et moi, le vilain masque. Mais le voici devant chez lui. *(À Lysidame.)* Précisément, j'allais te voir!

LYSIDAME : Et moi j'allais aussi te voir, par Hercule. Qu'est-ce que c'est que cette histoire, individu de rien du tout ? Que t'avais-je demandé ? De quoi t'avais-je prié ?

ALCÉSIME : Comment ?

LYSIDAME : Comme tu as bien vidé la maison pour moi! Comme tu as bien envoyé chez nous ta femme! Tu as tout fait pour me perdre, et l'occasion avec moi.

ALCÉSIME : Tu vas te faire pendre ? C'est toi qui avais dit, n'est-ce pas, que ta femme viendrait chercher ma femme ?

LYSIDAME : Et alors ? Elle me dit qu'elle est venue la chercher, et que tu as répondu que tu ne voulais pas la laisser aller.

ALCÉSIME : Mais c'est elle-même qui, spontanément, m'a dit qu'elle n'avait pas besoin d'elle.

LYSIDAME : Mais c'est elle-même qui m'a envoyé la chercher!

ALCÉSIME : Mais je m'en moque.

LYSIDAME : Mais tu causes ma perte.

ALCÉSIME : Mais, tant mieux!

LYSIDAME : Mais j'attendrai aussi longtemps que nécessaire.

ALCÉSIME : Mais je te souhaite...

LYSIDAME : Mais...

ALCÉSIME : Qu'il te tombe une belle tuile.

LYSIDAME : Mais j'aimerais bien en être la cause. Jamais tu ne pourras, avec tes « mais », faire mieux que moi!

ALCÉSIME : Mais, par Hercule, que tous les dieux, enfin, te confondent!

LYSIDAME : Eh bien ? Vas-tu m'envoyer ta femme ?

ALCÉSIME : Emmène-la et va te faire pendre avec elle, avec l'autre, et avec ta maîtresse. Va, et ne t'occupe de rien; je vais dire à ma femme de passer par le jardin pour se rendre chez la tienne[1].

LYSIDAME : Ah, maintenant, tu te montres un véritable ami, de la bonne façon! *(Alcésime rentre chez lui.)* Sous quels présages m'est venu cet amour, quelle faute ai-je bien pu commettre contre Vénus, pour que tant de retards viennent se mettre à la traverse de mon amour ? Eh bien, eh bien, quels sont ces cris, s'il vous plaît, dans notre maison ?

## *SCÈNE VI*

### PARDALISCA, LYSIDAME

PARDALISCA, *sortant de la maison de Lysidame :* Je suis perdue, je suis perdue! Je suis morte, bel et bien morte. Mon cœur s'est arrêté de peur, dans mon malheur, tout mon corps tremble. Je ne sais où trouver, où demander du secours, de l'aide, un refuge, un moyen de salut! Tant de choses stupéfiantes, j'ai vu se produire, inexplicablement, dans la maison! Des actes d'une audace inouïe, incroyable. Fais attention, Cléostrata; éloigne-toi d'elle, je t'en supplie, que, dans sa rage, elle ne se laisse aller à te faire quelque mal. Arrache-lui cette épée, elle n'est plus maîtresse d'elle-même.

LYSIDAME : Que se passe-t-il pour qu'elle sorte aussi brusquement, à demi morte de peur ? Pardalisca!

PARDALISCA : Je suis morte; d'où vient le son qui frappe mes oreilles ?

LYSIDAME : Regarde donc vers moi.

PARDALISCA : Ô, mon maître!

LYSIDAME : Qu'as-tu ? Pourquoi cette frayeur ?

PARDALISCA : Je suis morte!

LYSIDAME : Pourquoi es-tu morte ?

PARDALISCA : Je suis morte, et tu es mort aussi.

LYSIDAME : Ah, je suis mort ? Et pourquoi donc ?

PARDALISCA : Malheur à toi!

LYSIDAME : Dis plutôt malheur à toi.

PARDALISCA : Soutiens-moi, je t'en prie, empêche-moi de tomber.

LYSIDAME : Quoi que ce soit, dis-le-moi tout de suite.

PARDALISCA : Soutiens ma poitrine; évente-moi, s'il te plaît, avec ton manteau.

LYSIDAME : Je me demande de quoi il s'agit, et j'ai peur, à moins que ce ne soient tout simplement les fumées de Bacchus qui lui aient dérangé le cerveau!

PARDALISCA : Tiens-moi les oreilles, s'il te plaît.

LYSIDAME : Va te faire pendre. Ta poitrine, tes oreilles, ta tête, que les dieux les confondent. Si tu ne me dis pas immédiatement de quoi il s'agit, je vais, avec ce bâton, te faire sauter la cervelle, méchante vipère, qui ne cesse de te moquer de moi.

PARDALISCA : Mon bon maître!

LYSIDAME : Que me veux-tu, ma chère servante ?

PARDALISCA : Tu te mets trop en colère.

LYSIDAME : Et tu n'as encore rien vu. Mais dis-moi de quoi il s'agit, et sois brève; qu'est-ce que c'était que ce tumulte, dedans ?

PARDALISCA : Tu vas le savoir, écoute. Quelle conduite épouvantable, abominable, tout à l'heure, chez nous, vient d'avoir ta servante, une conduite qui ne convient pas à l'éducation attique[1]!

LYSIDAME : Quelle conduite ?

PARDALISCA : La crainte paralyse ma langue.

LYSIDAME : Puis-je savoir de toi de quoi il s'agit ?

PARDALISCA : Je vais te le dire. Ta servante, celle que tu veux donner en mariage à l'intendant, là, dans la maison...

LYSIDAME : Quoi, dans la maison ? Qu'y a-t-il ?

PARDALISCA : Elle imite la conduite des pires femmes, elle se répand en menaces contre son mari; sa vie...

LYSIDAME : Quoi ?

PARDALISCA : Ah!

LYSIDAME : Qu'y a-t-il ?

PARDALISCA : Elle dit qu'elle veut la lui ôter. Une épée...

LYSIDAME : Hein ?

PARDALISCA : ... une épée...

LYSIDAME : Et après, cette épée ?

PARDALISCA : ... à la main...

LYSIDAME : Pauvre de moi, pourquoi a-t-elle une épée à la main ?

PARDALISCA : ... elle nous poursuit tous dans la maison, et ne se laisse approcher par personne; tout le monde, sous les coffres, sous les lits, se tient coi et se dissimule, de terreur.

LYSIDAME : Je suis mort, je suis enterré! Quel est ce mal qui l'a saisie soudain ?

PARDALISCA : Elle est folle.

LYSIDAME : Je suis certain d'être le plus misérable des humains!

PARDALISCA : Et si tu savais ce qu'elle a dit aujourd'hui!

LYSIDAME : Mais, je veux le savoir; qu'a-t-elle dit ?

PARDALISCA : Écoute. Par tous les dieux et les déesses, elle a juré qu'elle tuerait quiconque coucherait avec elle cette nuit.

LYSIDAME : Elle me tuerait ?

PARDALISCA : Est-ce que par hasard cela te concerne ?

LYSIDAME : Eh bien...

PARDALISCA : Qu'as-tu à faire avec elle ?

LYSIDAME : Je me suis trompé; je voulais dire l'intendant.

PARDALISCA : Tu sais bien passer de la chaussée sur le trottoir.

LYSIDAME : Est-ce qu'elle me menace, moi ?

PARDALISCA : Elle t'en veut à toi plus qu'à personne d'autre.

LYSIDAME : Et pourquoi ?

PARDALISCA : Parce que, dit-elle, tu la donnes à Olympion; et elle ajoute que ni toi, ni elle, ni son mari, elle ne vous laissera vivre jusqu'à demain. Voilà ce que l'on m'a envoyé te dire, pour que tu te méfies d'elle.

LYSIDAME : Je suis perdu, malheureux que je suis!

PARDALISCA, *à part :* Et c'est bien fait!

LYSIDAME, *à part :* Il n'y a point, il n'y a jamais eu vieillard amoureux aussi malheureux que moi.

PARDALISCA, *à part :* Je le berne joliment. Tout ce que je viens de raconter, c'est pure invention. La maîtresse et la dame d'à côté ont imaginé cette ruse; et moi, on m'a envoyée ici pour le berner.

LYSIDAME : Dis donc, Pardalisca ?

PARDALISCA : Quoi ?

LYSIDAME : Il y a...

PARDALISCA : Quoi ?

LYSIDAME : Il y a une question que je veux te poser.

PARDALISCA : Tu me retardes.

LYSIDAME : Et toi tu me chagrines. Casina a-t-elle encore son épée ?

PARDALISCA : Oui, et même deux !

LYSIDAME : Quoi, deux ?

PARDALISCA : L'une pour te tuer, elle dit, et l'autre pour tuer l'intendant, aujourd'hui.

LYSIDAME : Je suis le plus mort de tous les vivants ! Il me faut mettre une cuirasse; ce sera le plus sûr, je pense. Pourquoi ma femme n'est-elle pas allée la désarmer ?

PARDALISCA : Personne n'ose l'approcher.

LYSIDAME : Qu'elle lui adresse des prières.

PARDALISCA : Elle la prie; mais l'autre refuse absolument de lâcher l'épée si on ne lui dit pas avec certitude qu'elle n'épousera pas l'intendant.

LYSIDAME : Eh bien, ce sera malgré elle, puisqu'elle refuse, qu'elle se mariera aujourd'hui. Pourquoi n'obtiendrais-je pas ce que j'ai entrepris, qu'elle m'épouse... Je voulais dire qu'elle épouse notre intendant ?

PARDALISCA : Tu te trompes un peu bien souvent !

LYSIDAME : La peur me fait mélanger les mots. Mais, je t'en supplie, dis à ma femme que je la prie de fléchir Casina par ses prières, qu'elle lâche son épée et me permette de rentrer.

PARDALISCA : Je ferai la commission.

LYSIDAME : Prie-la toi aussi.

PARDALISCA : Je la prierai aussi.

LYSIDAME : Mais des prières persuasives, comme tu sais si bien faire. Écoute-moi : si tu réussis, je te donnerai des socques, et pour ton doigt un anneau d'or, et puis mille cadeaux.

PARDALISCA : Je le ferai.

LYSIDAME : Tâche de réussir.

PARDALISCA : J'y vais tout de suite, à moins que tu ne veuilles quelque chose encore!

LYSIDAME : Va, et fais cela. *(Olympion arrive par la gauche.)* Voici que revient mon lieutenant, avec les provisions; il mène tout un cortège[1].

## SCÈNE VII

### Olympion, Lysidame, Citrion

OLYMPION : Tâche, espèce de voleur[2], de maintenir tes ronces dans la colonne!

CITRION : Pourquoi les appelles-tu mes ronces ?

OLYMPION : Parce que tout ce qu'ils ont touché, ils l'agrippent; si on tente de le leur enlever, aussitôt ils vous déchirent. Ainsi, partout où ils arrivent, partout où ils sont, ils causent double dommage à leur employeur.

CITRION : Bah!

OLYMPION : Eh bien, je tarde à revêtir mes beaux habits de patricien, et à aller au-devant de mon maître ?

LYSIDAME : Honnête homme, salut!

OLYMPION : Honnête, certes!

LYSIDAME : Comment vas-tu ?

OLYMPION : Toi, tu es amoureux, moi j'ai faim et soif.

LYSIDAME : Que tu es élégant!

OLYMPION : Non, non, aujourd'hui [lacune][3].

LYSIDAME : Attends-moi, même si je ne te semble pas digne de toi.

OLYMPION : Hum, hum, ce que tu dis sent bien mauvais!

LYSIDAME : Quoi ?

OLYMPION : C'est comme cela.

LYSIDAME : Veux-tu rester ici.

OLYMPION : Mais tu me cherches querelle.

LYSIDAME : Je te donnerai une bonne rossée, crois-moi, si tu ne restes pas ici.

OLYMPION : Par Zeus, veux-tu bien t'éloigner de moi, si tu ne souhaites pas que je vomisse aujourd'hui[4].

LYSIDAME : Attends!

OLYMPION : Quoi ? Quel est cet individu ?

LYSIDAME : Je suis ton maître.

OLYMPION : Quel maître ?

LYSIDAME : Celui dont tu es l'esclave.

OLYMPION : Esclave, moi ?

LYSIDAME : Oui, et à moi!

OLYMPION : Je ne suis pas un homme libre ? Souviens-toi, souviens-toi!

LYSIDAME : Arrête, reste ici.

OLYMPION : Lâche-moi.

LYSIDAME : Je suis ton esclave.

OLYMPION : Très bien!

LYSIDAME : Je t'en supplie, mon petit Olympion, mon père, mon patron.

OLYMPION : Bien, te voilà sage.

LYSIDAME : Je suis entièrement à toi.

OLYMPION : Qu'ai-je besoin d'un si mauvais esclave ?

LYSIDAME : Et maintenant ? Quand vas-tu me rendre la vie ?

OLYMPION : Dès que le dîner sera cuit.

LYSIDAME : Alors, que les cuisiniers aillent à leur travail.

OLYMPION : Allons, vous, dépêchez-vous d'entrer, et faites vite. Moi, je vais venir tout à l'heure; préparez-moi un dîner à en rester sur place. Mais je veux quelque chose d'élégant, de joli; je n'ai que faire de blettes à la mode barbare[1]. *(À Lysidame.)* Tu es encore là ? Va, s'il te plaît.

LYSIDAME : Moi, je reste ici.

OLYMPION : Quelque chose te retient encore ?

LYSIDAME : On dit que, dans la maison, Casina tient une épée à la main, pour nous tuer, toi et moi.

OLYMPION : Je sais. Laisse faire; ce ne sont que sottises; je les connais, moi, ces mauvaises bêtes. Viens plutôt avec moi à la maison.

LYSIDAME : Par Pollux, j'ai peur d'un mauvais coup. Viens, toi, va voir, le premier, ce qui se passe là-dedans.

OLYMPION : Ma vie m'est aussi précieuse qu'à toi la tienne. Mais, viens.

LYSIDAME : Si tu l'ordonnes, bien, j'irai avec toi.

# ACTE IV

## *SCÈNE PREMIÈRE*

PARDALISCA, *seule.*

Non, par Pollux, ni à Némée, j'en suis sûre, pas plus qu'à Olympie, nulle part on ne donne des jeux si plaisants que ceux que l'on donne ici céans, au bénéfice de notre vieux maître et de notre intendant Olympion. Tout le monde s'agite dans la maison entière, le vieux crie dans la cuisine, il exhorte les cuisiniers : « Dépêchez-vous donc ? Servez donc, si vous devez servir. Hâtez-vous; il y a longtemps que le dîner devrait être prêt. » Et l'intendant, de son côté, une couronne sur la tête, vêtu de blanc, paré, pomponné, va et vient. Pendant ce temps, les deux dames, dans la chambre, habillent le valet d'armes, pour le donner en mariage à notre intendant à la place de Casina; elles font joliment bien semblant de ne rien savoir de ce qui va se passer. Et les cuisiniers, non moins habilement, s'arrangent pour que le vieux n'ait pas son dîner. Ils renversent les marmites, versent de l'eau sur le feu pour l'éteindre; ils agissent ainsi à la prière des deux femmes. Elles veulent chasser le vieux de la maison sans qu'il ait dîné, pour être seules, toutes les deux, à s'empiffrer. Je les connais, ce sont deux fortes mangeuses; elles pourraient dévorer une cargaison de vivres. Mais la porte s'ouvre.

## *SCÈNE II*

LYSIDAME, PARDALISCA

LYSIDAME, *sans voir Pardalisca ; il parle à sa femme :* Si vous voulez être raisonnables, vous dînerez, ma femme, dès que le dîner sera prêt; moi, je dînerai à la campagne. Car je veux accompagner à la campagne le nouveau marié et la nouvelle épousée — je connais les façons des gens et j'ai peur qu'on ne tente de l'enlever. Donnez-vous du bon temps à votre guise. Mais dépêchez-vous de les faire sortir, lui et elle, pour que nous arrivions encore de jour. Moi, je reviendrai demain; c'est demain, ma femme, que j'aurai ma part du festin.

PARDALISCA, *à part :* Tout se passe comme je l'ai dit; les deux femmes font partir le vieux à jeun.

LYSIDAME, *qui voit Pardalisca :* Que fais-tu ici, toi ?

PARDALISCA : Je vais où ma maîtresse m'envoie.

LYSIDAME : Vrai ?

PARDALISCA : Sérieusement.

LYSIDAME : Que viens-tu espionner ici ?

PARDALISCA : Je n'espionne rien.

LYSIDAME : Va-t'en; tu traînes ici, et les autres, dedans, se hâtent.

PARDALISCA : Je m'en vais.

LYSIDAME : Va-t'en donc d'ici, méchante d'entre les méchantes. Elle est partie ? On peut dire ce qu'il vous plaît de dire; quand on est amoureux, même si l'on a très faim, on n'a point d'appétit. Mais le voici qui sort, avec la couronne et le flambeau, mon complice, mon compagnon, mon collègue comme époux, mon intendant.

## *SCÈNE III*

### OLYMPION, LYSIDAME

OLYMPION, *sortant en cortège :* Allons, flûtiste, tandis que l'on fait sortir de la maison la jeune épousée, emplis toute cette place d'une douce mélodie, pour mon chant d'hyménée[1].

LE CHŒUR : Hymen, Hyménée, ô Hymen!

LYSIDAME : Comment vas-tu, mon sauveur ?

OLYMPION : J'ai faim, par Hercule, et une faim féroce.

LYSIDAME : Et moi, je suis amoureux.

OLYMPION : Voilà qui m'importe peu, par Hercule; à toi, l'amour te tient lieu de dîner. Mais moi, il y a longtemps que mon ventre gronde d'être à jeun!

LYSIDAME : Mais qu'est-ce qu'elles ont donc, ces lambines, à s'attarder tellement dans la maison ? Elles ont l'air de le faire exprès : plus je suis pressé, moins elles avancent.

OLYMPION : Et si je recommençais le chant d'hyménée, savoir si elles viendraient plus vite ?

LYSIDAME : C'est cela, et moi je t'aiderai, pour ce mariage qui est le nôtre à tous les deux.

LYSIDAME et OLYMPION : Hymen, Hyménée, ô Hymen!

LYSIDAME : Malheur de ma vie! Je puis m'éreinter à chanter l'hyménée, mais le mal dont je voudrais être éreinté, pas moyen de l'attraper!

OLYMPION : Par Pollux, si tu étais cheval, tu serais indomptable!

LYSIDAME : Et pourquoi ?

OLYMPION : Tu y vas trop fort!

LYSIDAME : En as-tu jamais fait l'expérience ?

OLYMPION : Le ciel m'en préserve! Mais la porte a grincé; on sort.

LYSIDAME : Par Hercule, les dieux veulent mon salut. Je sens déjà à distance une odeur de Casina!

## *SCÈNE IV*

PARDALISCA, CHALINUS, CLÉOSTRATA, OLYMPION, LYSIDAME

PARDALISCA : Lève un peu les pieds pour passer le seuil[1], chère nouvelle épousée. Commence bien ta route, pour que tu aies toujours le dessus sur ton mari, que tu l'emportes toujours sur lui en autorité, que tu aies raison sur lui, que tu triomphes de ton mari, que tu aies le dernier mot, et qu'il t'obéisse; que ce soit ton mari qui te vête, et toi qui le dépouilles. Que nuit et jour tu ne cesses de le rouler, souviens-t'en, je te prie!

OLYMPION : Et moi, je te dis que cela lui coûtera cher, dès qu'elle aura commis la moindre faute.

LYSIDAME : Tais-toi.

OLYMPION : Je ne veux pas me taire.

LYSIDAME : Qu'y a-t-il ?

OLYMPION : Une méchante donne une méchante leçon à une méchante.

LYSIDAME : Tu vas bouleverser tout ce que j'avais si bien réglé; c'est ce qu'elles cherchent, c'est ce qu'elles veulent, tout déranger notre plan!

PARDALISCA : Allons, Olympion, puisque tu veux une épouse, reçois celle-ci, nous te la donnons.

OLYMPION : Donnez-la-moi donc, si vous devez, oui ou non, me donner une épouse aujourd'hui.

LYSIDAME : Vous, rentrez !

PARDALISCA : S'il te plaît, elle est vierge et sans expérience, ne la brusque pas.

OLYMPION : Entendu ! Adieu !

LYSIDAME : Allez, maintenant, allez-vous-en.

CLÉOSTRATA : Eh bien, adieu.

LYSIDAME : Ma femme est-elle déjà partie ?

OLYMPION : Elle est dedans, n'aie pas peur.

LYSIDAME : Bravo ! Enfin, me voici libre ! *(À la mariée.)* Mon petit cœur, mon petit miel, mon petit printemps !

OLYMPION : Eh là, toi ! Gare à la rossée, si tu m'en crois ! Elle est à moi.

LYSIDAME : Je le sais. Mais j'en ai le premier la jouissance.

OLYMPION : Prends ce flambeau.

LYSIDAME : Je préfère la prendre elle. Toute-puissante Vénus, que de grâces tu m'as accordées, en me livrant cette fille. Ô le joli petit corps si voluptueux !

OLYMPION : Ma petite femme... Quoi ?

LYSIDAME : Qu'y a-t-il ?

OLYMPION : Elle m'a marché sur les pieds. C'est comme un éléphant.

LYSIDAME : Tais-toi, s'il te plaît. Une nuée n'est pas plus douce à toucher que ta poitrine.

OLYMPION : Par Pollux, le joli petit sein !... Malheur de moi !

LYSIDAME : Qu'y a-t-il ?

OLYMPION : Elle m'a donné dans la poitrine, non pas un coup de coude, mais un coup de bélier.

LYSIDAME : Pourquoi, aussi, je t'en prie, la touches-tu si brutalement ? Moi, qui la caresse gentiment, elle me traite gentiment... Eh bien !

OLYMPION : Qu'y a-t-il ?

LYSIDAME : Grand dieu, quelle puissance, la petite ! Elle m'a presque mis par terre d'un coup de coude.

OLYMPION : C'est qu'elle veut qu'on aille au lit.

LYSIDAME : Alors, allons-y !

OLYMPION : Va, ma jolie, viens gentiment.

# ACTE V

## *SCÈNE PREMIÈRE*

CLÉOSTRATA, MYRRHINA, PARDALISCA

MYRRHINA : Une fois bien régalées, tout à loisir, nous sortons assister ici, dans la rue, aux jeux nuptiaux. Jamais, par Castor, au grand jamais, je n'ai autant ri, et je crois que, de tout le reste de ma vie, je ne rirai davantage.

PARDALISCA : J'aimerais bien savoir ce que fait Chalinus, le nouveau marié avec son nouveau mari.

MYRRHINA : Aucun poète n'a jamais imaginé plus drôle tromperie que celle que nous avons si ingénieusement agencée nous-mêmes.

CLÉOSTRATA : Comme je voudrais voir revenir ici le vieux, le museau écrasé : il n'y en a pas au monde de plus dégoûtant, sinon, peut-être, celui qui lui prête sa maison [lacune]. S'il te plaît, Pardalisca, reste ici, celui qui sortira, tu te moqueras de lui.

PARDALISCA : Bien volontiers; et j'ai l'habitude!

[Lacune] Regarde, d'ici, tout ce qu'ils font dans la maison [lacune]. Derrière moi, s'il te plaît.

MYRRHINA : Et là-bas, tu pourras leur dire plus librement ce que tu voudras.

PARDALISCA : Tais-toi; votre porte a grincé.

## *SCÈNE II*

OLYMPION, CLÉOSTRATA, MYRRHINA, PARDALISCA

OLYMPION : Où m'enfuir, où me cacher, où, comment dissimuler ma honte? Je l'ignore. Quelle honte incroyable, pour mon maître et pour moi, que ces noces! Quelle honte pour moi, quelle terreur, et comme nous nous sommes tous les deux rendus ridicules. Mais voilà que, sans le vouloir, je fais quelque chose que je n'ai jamais fait : j'ai honte, alors que je n'avais jamais eu honte de rien. Écoutez-moi, je vais vous raconter l'aventure; cela vaut la peine, pour vos oreilles, d'entendre ce récit; c'est si comique, à entendre, et à revivre, tout le tapage qui s'est fait céans! Une fois que j'eus accompagné la mariée dans la maison, je l'emmenais tout droit dans la chambre. Mais il y faisait aussi noir qu'au fond d'un puits. Pendant que le vieux n'était pas là, je lui dis : « Couche-toi. » Je l'installe, je lui mets des coussins, je tente de l'amadouer, je lui dis des douceurs, afin de précéder le vieux dans ces noces [lacune]. Mais je ralentis un peu l'allure, parce que [lacune]. Je regarde à plusieurs reprises, pour que le vieux [lacune]. Pour commencer le jeu, je lui demande un baiser [lacune]. Elle me repousse la main, et ne me laisse pas lui donner un baiser. Sur quoi, je vais de plus en plus vite, j'ai une envie folle de me jeter sur Casina; je veux devancer le vieux en besogne. Je mets le verrou, pour que le vieux ne puisse me surprendre [lacune].

CLÉOSTRATA, *à Pardalisca :* Vas-y, aborde-le!

PARDALISCA, *à Olympion :* Dis-moi, s'il te plaît, où est ta jeune épousée ?

OLYMPION : Je suis mort, par Hercule. L'affaire est connue de tous.

PARDALISCA : Dis-moi tout en son temps. Tu dois tout me raconter. Qu'est-ce qui se passe, là-dedans ? Que fait Casina ? Est-elle docile ?

OLYMPION : Je rougis de le dire.

PARDALISCA : Dis-nous tout par ordre, comme tu avais commencé.

OLYMPION : Je rougis, par Hercule.

PARDALISCA : Allons, du courage [lacune]. Une fois que tu fus couché, c'est à partir de là que je veux que tu me racontes; que s'est-il passé ? [lacune].

OLYMPION : Un scandale!

PARDALISCA : Tant pis pour ceux qui t'auront entendu [lacune].

OLYMPION : Tu me fais mourir.

PARDALISCA : Continue donc!

OLYMPION : Dès que [lacune] je vais de l'avant, par-dessous [lacune].

PARDALISCA : Et alors ?

OLYMPION : Oh, là là!

PARDALISCA : Quoi ?

OLYMPION : Oh, dis donc!

PARDALISCA : [lacune].

OLYMPION : Oh, c'était énorme; j'ai eu peur qu'elle n'eût [lacune]; je commençai à chercher [lacune], pour voir si elle n'avait pas une arme; je saisis une poignée, mais, à la réflexion, je me dis que ce n'était pas une épée; elle aurait été froide.

PARDALISCA : Parle clairement.

OLYMPION : Je n'ose.

PARDALISCA : C'était une racine ?

OLYMPION : Non.

PARDALISCA : Un concombre, peut-être ?

OLYMPION : Sans aucun doute, par Hercule, ce n'était aucune sorte de légume. En tout cas, quoi que ce fût, il n'avait pas été arrêté dans sa croissance, tant, quoi que ce fût, c'était énorme.

PARDALISCA : Que s'est-il passé, finalement ? Raconte-moi.

OLYMPION : Alors je lui dis : « Casina, je dis, s'il te plaît, ma petite femme, pourquoi es-tu si méchante avec moi, ton mari ? Tu as grand tort, par Hercule, de me traiter ainsi, alors que je t'ai recherchée avec tant d'ardeur ! » Elle ne souffle mot, et elle met son vêtement devant ce qui fait que vous êtes femme. Dès que je vois le passage barré, je lui demande de me laisser passer par l'autre. Je veux, pour me tourner, me mettre sur le coude [lacune]. Elle grogne quelque chose [lacune], je me lève, pour la [lacune] et je la [lacune].

MYRRHINA : Il raconte fort bien ! [lacune].

OLYMPION : Un baiser [lacune]. Alors, une barbe comme des soies de porc me pique les lèvres. Et dès que je me suis redressé sur les genoux, elle me donne un coup de pied dans la poitrine. Je saute du lit en toute hâte; elle saute derrière moi, elle m'écrase la figure d'un coup de poing. Après quoi, je m'enfuis, je sors dans la tenue que tu vois, pour que le vieux boive à la même coupe que moi.

PARDALISCA : Excellent, mais où est ton manteau ?

OLYMPION : Je l'ai laissé dans la maison.

PARDALISCA : Eh bien ! ne vous a-t-on pas joliment attrapés ?

OLYMPION : C'est bien fait ! Mais la porte a grincé. Ne serait-ce pas elle qui me poursuit ?

## *SCÈNE III*

LYSIDAME, OLYMPION, CLÉOSTRATA, MYRRHINA, PARDALISCA

LYSIDAME, *se croyant seul :* Un immense sentiment de honte m'écrase, et je ne sais que faire, dans l'état où je suis, ni comment regarder ma femme en face; je suis perdu! Toutes nos misères sont révélées; de toutes manières, pauvre que je suis, je n'ai plus d'espoir [lacune], je suis si visiblement pris à la gorge [lacune]. Je ne sais comment je vais me justifier auprès de ma femme [lacune], j'ai perdu mon manteau, malheureux que je suis [lacune], ces noces clandestines [lacune]. J'estime [lacune] que le mieux pour moi [lacune] d'aller chez moi trouver ma femme et lui offrir mon dos, pour qu'elle punisse le tort que je lui ai fait. Mais peut-être y a-t-il quelqu'un ici qui consente à prendre ma place ? Que dois-je faire ? J'ai bonne envie de faire comme les mauvais serviteurs, et de m'enfuir de chez moi. Pas de salut pour mes épaules, si je rentre chez moi. Vous avez beau dire que tout cela c'est pour rire; je n'en suis pas moins très peu pressé de recevoir des coups, même si j'ai mérité la rossée. Je vais m'en aller au plus vite, par là, et m'enfuir.

CLÉOSTRATA, *qui le guettait :* Hé là, arrête, l'amoureux!

LYSIDAME : Je suis mort; elle me rappelle. Mais je vais faire semblant de ne pas entendre, et m'en aller.

## *SCÈNE IV*

CHALINUS, LYSIDAME, CLÉOSTRATA, MYRRHINA, PARDALISCA, OLYMPION

CHALINUS : Où es-tu, toi qui cherches à imiter les mœurs des gens de Marseille[1] ? Si tu veux te mettre sur mon dos, excellente occasion. Reviens donc dans la chambre. Tu es fini, par Hercule; viens un peu par ici. Je veux, sans recourir au tribunal, prendre, entre toi et moi, un arbitre équitable.

LYSIDAME : Je suis mort; cet individu va me mettre les reins en miettes, avec son bâton. Passons par l'autre côté; car, de celui-ci, je suis certain de rencontrer un brise-rein!

CLÉOSTRATA, *se dressant devant lui :* Bien le bonjour, amoureux!

LYSIDAME : Et voilà ma femme qui vient sur ma route. Me voici maintenant entre la pierre et l'autel[1], et je ne sais où fuir. D'un côté les loups, de l'autre les chiens; mais cette louve, à gauche, travaille au bâton! Je crois bien, par Hercule, que je vais changer aujourd'hui le vieux dicton[2]. Je vais aller de ce côté : la chienne, à gauche, sera, je l'espère, plus favorable.

CLÉOSTRATA : Comment te portes-tu, homme deux fois marié ? Mon cher mari, d'où viens-tu, accoutré comme cela ? Qu'as-tu fait de ton bâton ou du manteau que tu avais ?

PARDALISCA : C'est en te trompant avec Casina, je pense, qu'il les a perdus.

LYSIDAME : Je suis perdu!

CHALINUS : Alors, on ne va pas au lit ? Je suis Casina.

LYSIDAME : Va te faire pendre.

CHALINUS : Tu ne m'aimes pas ?

CLÉOSTRATA : Réponds donc : qu'as-tu fait de ton manteau ?

LYSIDAME : Ce sont des bacchantes, par Hercule, ma femme[3]...

CLÉOSTRATA : Des bacchantes ?

LYSIDAME : Des bacchantes, par Hercule, ma femme...

MYRRHINA : Il raconte volontairement des histoires. Par Castor, il n'y a plus de bacchantes.

LYSIDAME : Je l'avais oublié. Mais pourtant des bacchantes...

CLÉOSTRATA : Quoi, des bacchantes ?

LYSIDAME : Si c'est impossible...

CLÉOSTRATA : Tu as peur, par Castor!

LYSIDAME : Moi ? Tu mens, par Hercule!

CLÉOSTRATA : Tu es assez pâle!

LYSIDAME : [lacune] que me [lacune].

CLÉOSTRATA : Et tu me le demandes ?

[Lacune.]

OLYMPION : Toi qui m'as, de plus, rendu la risée de tous, par des débauches.

LYSIDAME : Veux-tu te taire!

OLYMPION : Non, par Hercule, je ne me tais point;

c'est toi qui m'as supplié, de toutes les manières, de demander pour moi Casina en mariage, parce que tu l'aimais.

LYSIDAME : Moi, j'ai fait cela ?

OLYMPION : Mais non, c'est Hector de Troie...

LYSIDAME : Puisse-t-il t'avoir étouffé! Moi, j'ai fait tout ce que vous dites là ?

CLÉOSTRATA : Et tu le demandes, par-dessus le marché ?

LYSIDAME : Si j'ai agi ainsi, j'ai eu bien tort.

CLÉOSTRATA : Rentre, maintenant, à la maison; je te rafraîchirai la mémoire, si tu oublies quelque chose.

LYSIDAME : Par Hercule, je ferais mieux de vous en croire dans ce que vous dites. Mais, ma femme, pardonne-moi, je t'en prie; Myrrhina, intercède auprès de Cléostrata. Si jamais, après cela, je tente de faire l'amour à Casina, si je l'entreprends seulement, si jamais, à l'avenir, je commets une faute semblable, je ne m'opposerai pas, ma femme, à ce que tu m'attaches à la poutre et tu me frappes de verges.

MYRRHINA : M'est avis, par Castor, qu'il faut lui pardonner.

CLÉOSTRATA : Je t'obéirai. Et puis, j'ai une autre raison qui me pousse à t'accorder plus volontiers sa grâce, c'est que je ne veux pas allonger cette comédie, qui est déjà longue.

LYSIDAME : Tu n'es pas en colère ?

CLÉOSTRATA : Je ne suis pas en colère.

LYSIDAME : Je t'en crois sur parole.

CLÉOSTRATA : Tu le peux.

LYSIDAME : Jamais personne n'a eu femme plus délicieuse que la mienne.

CLÉOSTRATA, *à Chalinus :* Allons, rends-lui son bâton et son manteau.

CHALINUS : Tiens, si cela te fait envie. Mais tout de même, par Pollux, on m'a fait une grave injure. J'ai épousé deux hommes, et aucun des deux ne m'a fait ce que l'on fait aux jeunes mariées.

LE CHEF DE LA TROUPE

Spectateurs, nous allons vous raconter ce qui se passera dans la maison. Cette Casina se révélera être la fille de notre voisin, et elle épousera Euthynicos, le fils de notre maître. Et sur ce, il est juste que vous donniez, avec vos mains, une récompense méritée aux comédiens qui ont bien joué. Qui le fera, il aura toujours la fille qu'il voudra, à l'insu de sa femme. Mais qui n'applaudira pas de toute la force de ses mains, en guise de belle on lui glissera un bouc parfumé à la fange!

# LA COMÉDIE DE LA CORBEILLE

*(Cistellaria)*

# NOTICE

*La corbeille dont il s'agit est celle dans laquelle les parents qui exposaient un enfant, à sa naissance, avaient coutume de mettre les petits hochets et autres objets qui accompagnaient l'enfant abandonné ; si celui-ci ne mourait pas, s'il était recueilli à temps, alors ces menus objets devenaient d'éventuels signes de reconnaissance, qui permettaient à l'enfant, une fois grand, de retrouver sa famille. Du moins ce qui, dans la réalité, n'était qu'un frêle espoir, une chance ultime accordée à l'enfant, devient dans la comédie le moyen de renverser le destin. Le sujet de la comédie est en effet l'histoire d'une reconnaissance : une petite fille, à sa naissance, a été enlevée; au dénouement, elle est reconnue par sa mère, et le jeune homme qu'elle aime, et dont elle risque d'être séparée, devient son mari.*

*Ce thème, traditionnel, est présenté avec des « couleurs » romanesques à souhait : Phanostrate, une jeune fille de Sicyone, a été autrefois violée par un marchand de Lemnos, au cours des fêtes de Dionysos. Elle a eu une fille, qu'elle a fait exposer à sa naissance par l'esclave Lampadion. Celui-ci a vu que la petite fille était ramassée par une courtisane qu'il n'a pu identifier. Depuis lors, quinze années ont passé ; nous savons que Phanostrate a finalement épousé le jeune Lemnien nommé Démiphon, mais celui-ci, entre-temps, a eu une première épouse, qui lui a donné une fille, puis qui est morte. La petite fille, après avoir été élevée sous le nom de Sélénie par une courtisane, nommée Mélénis, a pris le métier auquel la destinait sa mère adoptive, elle est devenue, à son tour, une courtisane ; elle ignore le secret de sa naissance, et croit que Mélénis est vraiment sa mère. Courtisane, elle l'est sans doute, mais elle n'a jamais eu qu'un seul amant, le jeune Alcésimarque, qui l'aime comme elle l'aime. Elle vit chez lui, car Alcésimarque, pour abriter ses amours avec Sélénie, a loué une maison, qui ouvre sur la place où se joue la comédie. Mais le père d'Alcésimarque entend marier son fils à une fille honorable ; il a jeté son dévolu sur la fille légitime de Démiphon, la jeune Lemnienne. En attendant les noces, il a emmené son fils à la campagne, où le jeune homme est demeuré pendant six jours. Ce qui a fort mécontenté Mélénis, aussi la vieille femme, consciente du manque à gagner, vient, lorsque la pièce commence, de rappeler Sélénie auprès d'elle, et Sélénie, obéissante, s'apprête à rentrer chez elle. Elle demande à son amie Gymnasie de garder la maison, au cas où Alcésimarque reviendrait, et elle s'en va, toute dolente.*

*Le détail de l'action nous échappe en grande partie, car une lacune considérable rend le milieu de la comédie à peu près inintelligible. Nous devinons que le père d'Alcésimarque, voulant connaître celle qui a ensorcelé son fils, vient à la maison du jeune homme et y rencontre Gymnasie, qu'il prend pour Sélénie, et qu'il trouve fort aimable. Lorsque l'on sait que Syra, la mère de Gymnasie, n'est autre que la courtisane qui a recueilli la fille de Phanostrate, que, finalement, le quiproquo est dénoué, que Sélénie est reconnue par Phanostrate comme sa fille, que le père d'Alcésimarque n'a plus aucune objection à donner son fils à une citoyenne, fille de Démiphon et demi-sœur de celle qu'il voulait avoir comme belle-fille, nous connaîtrons toute l'histoire.*

La Comédie de la corbeille *a été adaptée d'une comédie de Ménandre intitulée* Les Dîneuses *(« Synaristosai »), titre qui était fourni par la première scène de la pièce, où l'on voit Sélénie et Gymnasie dînant en compagnie de Syra. Du modèle, Plaute a certainement beaucoup conservé ; comme à l'ordinaire, les données géographiques, la mention de Sicyone et celle de Lemnos ; mais aussi la structure, caractéristique de la comédie nouvelle : une première scène expose la donnée générale, campe les principaux personnages ; puis, un prologue divin achève de révéler la situation et l'intrigue. Mais le poète latin a aussi introduit bien des modifications à son modèle. Par exemple, à la fin du prologue, nous trouvons des allusions à la situation politique et militaire de Rome au moment où est jouée la pièce. Nous devinons aussi qu'il n'en a pas respecté l'ordonnance, supprimant ici et là des scènes, de manière à reporter l'intérêt sur la donnée romanesque, la reconnaissance de Sélénie, tandis que, fort probablement, Ménandre s'intéressait aussi aux péripéties de l'événement dans la famille même de Phanostrate et de Démiphon, et tirait parti de la méprise de celui-ci, prenant Gymnasie pour Sélénie.*

*Il est possible de déterminer avec une suffisante précision la date à laquelle Plaute a composé cette comédie. Mommsen avait déjà remarqué que, au vers 200, le poète conseillait aux* Romains (*ou leur faisait conseiller par le dieu Secours,* Auxilium) *d'accroître par de justes lois leurs « auxiliaires »*[1]*, et il rapprochait de ce conseil un passage où Tite-Live nous raconte comment, en l'année 204 avant Jésus-Christ, les sénateurs avaient contraint des alliés récalcitrants à fournir les contingents qu'ils devaient. Ces contingents doivent servir à sauver les alliés, longtemps pillés par Hannibal et ses troupes — et c'est le sens que nous attribuons au vers précédent* (servate vestros socios...), *que d'autres entendent, avec moins de vraisemblance, croyons-nous : « Conservez vos alliés... » Quoi qu'il en soit, tout le monde s'accorde à placer cette comédie de Plaute au moment où* Rome, *après les désastres qui ont marqué toute la première partie de la guerre contre* Hannibal, *reprend l'avantage et va faire payer aux Puniques les années d'angoisse et les ruines immenses causées par l'équipée du jeune chef carthaginois. C'est le vœu que formule le dernier vers du prologue. L'expédition d'Afrique est proche ; le peuple, nous dit Tite-Live, vit dans l'attente de ce grand événement, et nous entendons l'écho de ses espérances dans ces vers de Plaute.*

*La comédie est trop mutilée pour que l'on puisse porter sur elle un jugement quelconque. Tout au plus sera-t-on sensible au naturel de la conversation entre les trois femmes, qui constitue la première scène, et, au dénouement, à l'émotion de Phanostrate retrouvant sa fille. Le désespoir d'Alcésimarque, sa folie sont traités avec une véhémence plus comique que tragique, mais l'ensemble de la pièce, la manière dont l'intrigue était conduite, nous échappent totalement.*

1. Voir la note 4 de la page 320.

## PERSONNAGES

SÉLÉNIE, une courtisane.
GYMNASIE, une courtisane.
SYRA, ancienne courtisane, mère de Gymnasie.
LE DIEU SECOURS, prologue.
ALCÉSIMARQUE, jeune homme, amoureux de Sélénie.
THYNISCUS, un esclave.
LE PÈRE D'ALCÉSIMARQUE.
LAMPADION, esclave de Phanostrate.
MÉLÉNIS, marchande de filles.
PHANOSTRATE, mère de Sélénie et femme de Démiphon.
HALISCA, une servante.
DÉMIPHON, un vieillard.

*La scène est à Sicyone.*

## ARGUMENT

Un jeune homme de Lemnos fait violence à une fille de Sicyone. Puis il revient dans sa patrie, se marie, et engendre une fille. De son côté, la Sicyonienne met au monde aussi une fille. Un esclave la prend et l'expose, puis il se dissimule, et reste aux aguets. Une courtisane prend l'enfant et la porte à une autre. L'homme de Lemnos, par la suite, revient, et épouse la fille qu'il avait violée, puis il fiance la fille qu'il a eue à Lemnos à un jeune homme, qui est amoureux de la jeune fille autrefois exposée. Après des recherches, l'esclave retrouve l'enfant qu'il avait exposée; aussi, reconnue comme véritable et authentique citoyenne, elle appartient à Alcésimarque, qui, déjà, était son amant.

# LA COMÉDIE DE LA CORBEILLE

## ACTE PREMIER

### *SCÈNE PREMIÈRE*

SÉLÉNIE, GYMNASIE, SYRA

SÉLÉNIE : Certes, il y a bien longtemps que je suis ton amie, et je n'ai jamais douté, ma chère Gymnasie, de votre amitié, à toi et à ta mère, mais vous me l'avez prouvé aujourd'hui, toi et elle. Même si tu étais ma sœur, comment pourriez-vous avoir plus d'égards pour moi ? Et d'ailleurs, à mon sens, je ne crois pas que cela soit possible, tant, sans vous occuper de vos propres affaires, vous m'avez donné tout votre temps et toute votre aide. Aussi avez-vous toute mon amitié, et toute ma reconnaissance.

GYMNASIE : Par Pollux, au prix que tu y mets, il n'est pas difficile de demeurer près de toi ni de te rendre service; tu nous as si bien reçues ce soir à dîner, si gentiment, que nous nous en souviendrons toujours.

SÉLÉNIE : Je l'ai fait bien volontiers, certes, et ce sera toujours bien volontiers que je tâcherai de faire ce que je penserai devoir vous être agréable.

SYRA : Comme disait celui qui voguait par bon vent sur une mer tranquille : c'est un vent bien venu qui nous a menées chez toi, tant tu nous y as bien reçues; le service mis à part, tout, chez toi, m'a fait le plus grand plaisir.

SÉLÉNIE : Que veux-tu dire, je te prie ?

SYRA : On ne servait que trop rarement à boire, et cela me gâtait mon vin.

GYMNASIE : Je t'en prie, crois-tu que ce soit une chose à dire ?

SYRA : Mais j'en ai bien le droit; il n'y a aucun étranger ici!

SÉLÉNIE : Ah, j'ai bien raison de vous aimer, tant vous êtes aimables avec moi et tant vous m'avez en estime.

SYRA : Mais il faut bien, par Pollux, ma petite Sélénie, que, dans notre milieu, nous soyons aimables les unes avec les autres, et amies entre nous, quand on voit les dames de la plus haute naissance, les femmes des grandes familles, la manière dont elles sont amies et dont elles se tiennent les unes les autres. Si nous faisons, nous, la même chose, si nous les imitons, même ainsi nous aurons de la peine à ne pas rencontrer l'hostilité de tous. Elles veulent que nous ayons besoin d'elles; elles ne veulent pas que nous puissions quoi que ce soit par nous-mêmes, mais que nous soyons sans cesse leurs obligées, afin de nous avoir toujours à leurs pieds. Et si on va les voir, on préférerait être loin, avant de les voir; tant elles se montrent, par-devant, si gentilles avec les filles comme nous, et par-derrière, si elles en ont l'occasion, elles nous arrosent subrepticement d'eau froide. Elles disent partout que nous vivons avec leurs maris; elles prétendent que nous détruisons leurs ménages; elles nous mettent plus bas que terre. C'est parce que nous ne sommes que des affranchies que, ta mère et moi, nous avons fait le métier de courtisanes; elle t'a élevée, comme moi j'ai élevé ma fille, puisque vous étiez nées d'une brève aventure. Et ce n'est point par égoïsme que j'ai poussé ma fille à exercer le métier, mais pour ne pas mourir de faim.

SÉLÉNIE : Mais il aurait mieux valu la donner en mariage à quelque mari!

SYRA : Eh là, elle a un mari chaque jour, par Castor, elle en a eu un aujourd'hui, elle en aura un cette nuit. Jamais je ne l'ai laissée se coucher sans personne. Si elle venait à ne pas se marier, toute la maisonnée périrait tristement de faim!

GYMNASIE : Il faut bien que j'agisse de la manière que tu souhaites, ma mère.

SYRA : Par Castor, je suis fort satisfaite, si tu agis comme tu le dis; car, si tu te montres telle que je le souhaite, jamais tu n'auras mon âge, tu auras toujours la tendre jeunesse où tu es maintenant, et tu coûteras cher à beaucoup, en me rapportant beaucoup, et sans rien me coûter.

GYMNASIE : Ainsi soit-il !

SYRA : Si tu n'y mets pas du tien, les dieux n'y peuvent rien.

GYMNASIE : Eh bien, par Hercule, j'y mettrai du mien, et de mon mieux. Mais toi, tandis que nous parlons ainsi, Sélénie, mon petit œil, je n'ai jamais vu personne d'aussi sombre que toi; pourquoi donc, dis-moi, as-tu perdu ainsi ta gaieté ? Et tu n'es pas aussi bien mise que d'habitude — tiens, regarde quel profond soupir elle vient de pousser — et tu es toute pâle. Dis-nous et la raison de cela, et en quoi tu as besoin de notre aide; instruis-nous. Je t'en prie, que tes larmes ne fassent pas venir les miennes !

SÉLÉNIE : Je suis au supplice, ma petite Gymnasie, mes affaires vont mal, je me mine, le chagrin me dévore, les yeux me font mal, je suis toute dolente. Que te dire, sinon que c'est ma sottise qui est la cause de cette affliction.

GYMNASIE : Renvoie ta sottise d'où elle sort et arrange-toi pour l'enterrer !

SÉLÉNIE : Que puis-je faire ?

GYMNASIE : Cache-la au plus profond de ton cœur. Arrange-toi pour être la seule au courant de cette sottise, sans que personne d'autre la connaisse !

SÉLÉNIE : Mais j'ai le cœur dolent !

GYMNASIE : Quoi ? Où est-il, ton cœur ? Dis-le-moi, je t'en prie : moi, je n'en ai pas, et pas davantage les autres femmes, à ce que disent les hommes.

SÉLÉNIE : Si nous avons quelque chose qui souffre, j'en souffre; et si nous n'en avons pas, je n'en ai pas moins mal là !

GYMNASIE : Cette fille est amoureuse !

SÉLÉNIE : Eh bien, est-ce si amer que de se mettre à aimer, dis-moi ?

GYMNASIE : Eh oui, l'amour est source de miel aussi bien que de fiel. Au goût, c'est douce saveur, mais il nous verse l'amertume jusqu'à satiété !

SÉLÉNIE : Ah, la maladie qui me consume ressemble bien à celle que tu décris, ma chère Gymnasie.

GYMNASIE : L'amour ignore toute loi !

SÉLÉNIE : C'est pourquoi il me prend pour cible de ses méfaits !

GYMNASIE : Aie bon courage, ton mal guérira.

SÉLÉNIE : Je suis sûre que oui, mais il faut que vienne le médecin qui peut apporter remède à mon mal.

GYMNASIE : Il viendra !

SÉLÉNIE : Qu'il est lent, pour qui aime, ce mot, « il viendra », jusqu'à ce qu'il vienne ! Mais c'est bien par ma faute et par ma sottise que chaque jour je me sens plus malheureuse, si j'ai fixé mon choix sur lui seul, si je souhaite passer avec lui ma vie entière.

SYRA : C'est là une idée qui convient plutôt à une dame, ma petite Sélénie, de n'aimer qu'un seul homme, et de passer sa vie entière avec celui à qui l'on est liée par le mariage. Mais une courtisane est pareille à une cité prospère : elle ne peut être opulente toute seule, il faut qu'elle soit visitée par beaucoup d'hommes !

SÉLÉNIE : Voici ce que j'attends de vous ; je vais vous dire pour quelle raison je vous ai fait venir. Ma mère, parce que je ne veux pas devenir courtisane, a bien voulu m'écouter et s'est montrée pour moi d'une grande complaisance à mes prières, en me permettant, si je devenais véritablement amoureuse d'un homme, de passer ma vie avec lui.

SYRA : Elle a fait une sottise, par Castor ; mais toi, as-tu déjà eu une liaison durable avec un homme ?

SÉLÉNIE : À part avec Alcésimarque, personne. Je ne me suis donnée qu'à lui, et à personne d'autre.

SYRA : Dis-moi, je te prie, de quelle façon ce jeune homme s'est-il présenté à toi ?

SÉLÉNIE : Pendant les Dionysies[1], ma mère me conduisit voir la procession. Tandis que nous revenions chez nous, il me suivit, sans me perdre de vue, discrètement, jusqu'à notre porte. Puis il se concilia notre amitié, à ma mère et à moi, en nous disant des mots aimables, en nous faisant des présents, en nous donnant de l'argent.

SYRA : C'est à moi que je voudrais qu'on me donnât un homme comme lui. Comme je le ferais tourner !

SÉLÉNIE : Bref, à force de le voir, je me suis mise à l'aimer, et lui, de son côté, à m'aimer aussi.

SYRA : Ô ma petite Sélénie, il faut faire semblant d'aimer ; car, si tu viens à aimer, aussitôt tu penses plus à ton amant qu'à ton propre intérêt.

SÉLÉNIE : Mais il avait juré solennellement à ma mère qu'il m'épouserait ; et maintenant il lui faut épouser une autre femme, une sienne cousine de Lemnos, qui habite ici à côté. Son père l'y a contraint. Et maintenant ma mère est en colère contre moi, parce que je ne suis pas revenue à la maison, chez elle, lorsque j'eus appris la chose et su qu'il allait en épouser une autre.

SYRA : En amour, pas de serment!

SÉLÉNIE : Et maintenant, je te demande, s'il te plaît, de permettre à Gymnasie de demeurer chez moi pendant trois jours, à partir d'aujourd'hui, et de garder la maison; car ma mère me dit de venir.

SYRA : Bien que cette absence de trois jours m'ennuie et me coûte, je donne mon consentement.

SÉLÉNIE : Tu es gentille, et une amie véritable. Mais toi, ma petite Gymnasie, si, en mon absence, Alcésimarque vient, ne lui adresse pas de reproches; quelle que soit sa conduite envers moi, il m'est cher, malgré tout. Mais, je t'en prie, parle-lui doucement; ne lui dis rien qui puisse lui faire de la peine. Tiens, voici mes clefs, si tu as besoin de quelque chose, n'hésite pas à le prendre. Maintenant, je dois m'en aller.

GYMNASIE : Comme tu me fais verser des larmes!

SÉLÉNIE : Ma petite Gymnasie, porte-toi bien!

GYMNASIE : Arrange-toi un peu, s'il te plaît; tu veux t'en aller dans une tenue aussi négligée, dis-moi ?

SÉLÉNIE : Quand on est dans un triste état, il ne convient pas de chercher la parure!

GYMNASIE : Remonte au moins un peu ton manteau[1]!

SÉLÉNIE : Laisse-le traîner, comme je me traîne moi-même.

GYMNASIE : Puisqu'il te plaît ainsi, adieu, porte-toi bien!

SÉLÉNIE : Si je le pouvais, je le voudrais bien!

GYMNASIE : As-tu besoin de moi, mère, ou puis-je rentrer ? Par Castor, elle me semble bien amoureuse!

SYRA : Je t'en rebats les oreilles : ne sois jamais amoureuse. Tu peux rentrer.

GYMNASIE : Avec ta permission ?

SYRA : Porte-toi bien.

GYMNASIE : Adieu.

## SCÈNE II

SYRA, *seule.*

J'ai un défaut que je partage avec le plus grand nombre des femmes qui font le même métier que moi; quand nous avons fait notre plein, nous voilà aussitôt prêtes à parler à tort et à travers, et nous parlons plus qu'il ne convient. Tenez, cette jeune fille, qui vient de s'en aller, toute en larmes, je l'ai ramassée, toute petite, dans cette ruelle, où elle avait été abandonnée... [Il y a ici un jeune homme de la plus haute noblesse; eh bien moi, lorsque je suis chargée à ma convenance, et quand je me suis dûment emplie de la fleur de Bacchus, je suis prise d'une envie terrible de me délier la langue; je ne puis plus, hélas, garder pour moi ce que je devrais garder... Ce jeune homme a encore son père, un Sicyonien de la grande aristocratie; il est terriblement amoureux de la petite jeune femme qui vient de s'en aller, toute en larmes[1]]... J'en fis cadeau à l'une de mes amies, une courtisane, qui habite ici, et qui m'avait souvent demandé de lui trouver quelque part un petit garçon ou une petite fille, venant de naître, et qu'elle pût faire passer pour son enfant. Dès qu'en j'eus cette possibilité, je m'empressai de lui procurer ce qu'elle m'avait demandé. Une fois qu'elle eut reçu de moi la petite fille, aussitôt, la voici qui accouche de cette enfant, que je lui avais donnée, sans l'aide d'aucune sage-femme, sans souffrances, à la différence des autres femmes, qui cherchent à se faire souffrir elles-mêmes[2]. Elle prétendait avoir un amant étranger et c'était à cause de lui qu'elle opérait cette supposition d'enfant. Nous n'étions que toutes les deux à savoir cela : moi, qui lui avais fourni l'enfant, et elle, qui l'avait reçu de moi — sans vous compter vous-mêmes. Voilà ce qui s'est passé. Au cas où cela serait nécessaire, je vous demande de bien vouloir vous en souvenir. Pour moi, je rentre chez moi.

## *SCÈNE III*

LE DIEU SECOURS, *seul.*

La vieille possède deux qualités : elle parle beaucoup et elle boit beaucoup. A-t-elle laissé quelque chose à dire au dieu ? Elle s'est tellement pressée de parler de la supposition de la jeune fille. Si elle l'avait gardé pour elle, j'allais vous en parler, et, comme je suis un dieu, vous le dire plus clairement. Car je m'appelle Bon Secours. Sur ce, écoutez-moi bien, tandis que je vous débrouille clairement le sujet de la pièce. On célébrait un jour, il y a longtemps, les Dionysies à Sicyone; vint à ces jeux un marchand de Lemnos; il fit violence à une jeune fille — il était fort jeune, pris de boisson; c'était en pleine nuit, dans la rue. Dès qu'il comprit de quoi il s'était rendu coupable, aussitôt il prend ses jambes à son cou, il s'enfuit à Lemnos, où il vivait. Après quoi, au bout du dixième mois[1], la fille qu'il avait violée mit ici au monde une fille. Ignorant quel est l'auteur de ce qui lui est arrivé, elle prend pour confident un esclave de son père; elle lui remet la petite fille pour qu'il l'expose et qu'elle meure. L'autre l'abandonne. La femme d'à côté recueille l'enfant; mais l'esclave, sans être vu, la voit faire, et observe où elle emmène la fillette, et dans quelle maison. Comme vous l'avez vous-même entendue l'avouer, elle donne la petite fille à la courtisane Mélénis, qui l'éleva en la faisant passer pour sa fille, correctement, dans l'honneur. Cependant, l'homme de Lemnos épousa l'une de ses parentes, une cousine. Celle-ci mourut : pour la première fois, elle faisait ce que son mari attendait d'elle. Dès qu'il eut célébré les obsèques de sa femme, il revint ici, sans plus tarder. Il épousa la fille qu'il avait autrefois violée, quand elle était vierge, et il reconnut que c'était elle à qui il avait fait violence. Elle lui révèle que, à la suite de sa faute, elle avait mis au monde une fille et qu'elle l'avait aussitôt donnée à un esclave pour qu'il l'expose. L'autre, sur-le-champ, ordonne à l'esclave en question de rechercher la femme qui avait ramassé la petite fille, et de faire en sorte de la retrouver. C'est la tâche à laquelle s'emploie maintenant l'esclave, sans relâche, essayer de découvrir la courtisane que, de sa cachette, il avait vue, autrefois, relever l'enfant qu'il venait lui-même d'exposer[1]. Et maintenant je veux vous liquider le reste de l'histoire, pour annuler ma dette, et être quitte avec vous. Il y a ici, à Sicyone, un jeune homme, dont le père vit encore. Il est amoureux fou de la jeune fille autrefois exposée, celle qui, tout à l'heure, est partie d'ici toute en larmes, trouver sa mère. Et elle est, de son côté, aussi amoureuse de lui; ce qui est bien l'amour le plus doux[2]. Mais, comme vont les affaires humaines, rien ne nous est donné pour toujours. Le père du jeune homme veut le marier. Lorsque la mère l'apprit, elle a fait revenir sa fille auprès d'elle. Voilà ce qui s'est passé. Portez-vous bien, soyez victorieux, grâce à votre valeur vraie, comme vous l'avez fait jusqu'ici. Protégez vos alliés, anciens et nouveaux[3], accroissez vos auxiliaires par vos justes lois[4], écrasez vos ennemis, assurez-vous gloire et lauriers, que les Carthaginois, vaincus par vous, subissent leur châtiment!

# ACTE II

## *SCÈNE PREMIÈRE*

ALCÉSIMARQUE, *seul.*

Je crois que c'est l'amour qui, le premier, parmi les humains, inventa l'art du bourreau. J'en juge par moi-même, pas besoin d'aller chercher plus loin, car je surpasse tous les mortels, je les dépasse tous par les tourments de mon cœur. Ballotté, torturé, tourmenté, transpercé, retourné sur la roue d'amour, je suis malheureux jusqu'à la mort; entraîné, disloqué, mis en pièces, écartelé, mon esprit n'est plus en moi que ténèbres. Où je suis je ne suis pas; où je ne suis pas, là va mon cœur. Tant je suis un et divers à la fois. Ce que je souhaite, soudain je ne le souhaite plus. Tant Amour de mon cœur lassé s'est fait un jouet, me chasse, me pousse, m'attire, m'entraîne, me retient, me séduit, et se fait généreux. Ce qu'il donne, il le retire et me joue. Ce qu'il me conseillait, bientôt le déconseille; ce qu'il déconseillait, il le fait miroiter. Il me fait subir les tourments de la mer orageuse; tant il brise mon cœur amoureux, et, si ce n'est de consommer mon naufrage, dans mon malheur, je n'ai plus d'autre espoir, tant ma perte est certaine. Tant mon père m'a retenu à la maison de campagne, depuis six jours, aux champs, sans relâche, et je n'ai pas eu permission, pendant ce temps, de voir ma belle. N'est-ce point là une triste infortune ?

[Lacune[1].]

## *SCÈNE* [?]

ALCÉSIMARQUE, UN ESCLAVE

ALCÉSIMARQUE : Es-tu capable, toi, d'accomplir un acte courageux ?

L'ESCLAVE : Il y en a bien assez d'autres pour le faire; moi, je ne tiens pas à passer pour un brave [lacune].

ALCÉSIMARQUE : Je veux que l'on m'accable d'injures[2].

L'ESCLAVE : Et pourquoi ?

ALCÉSIMARQUE : Parce que je vis.

L'ESCLAVE : Voilà une chose facile à faire, si tu le souhaites.

ALCÉSIMARQUE : Je le souhaite.

L'ESCLAVE : Mais ne va pas jouer des poings, tandis que je t'obéirai.

ALCÉSIMARQUE : Non, certes, je ne le ferai pas.

L'ESCLAVE : Jure-le.

ALCÉSIMARQUE : Je te donne ma parole que je ne le ferai point. Mais d'abord, n'est-il pas vrai que, pour m'être laissé séparer de celle que j'aime pendant six jours, je suis un être indigne ?

L'ESCLAVE : Indigne, certes.

ALCÉSIMARQUE : Une fille qui m'aimait si follement !

L'ESCLAVE : Tu mérites, par Hercule, une bonne rossée.

ALCÉSIMARQUE : Hélas, lui causer tant de peine en son cœur[2] !

L'ESCLAVE : Tu ne seras jamais un homme de bien.

ALCÉSIMARQUE : Surtout alors qu'elle m'avait donné sa parole et engagé sa foi...

L'ESCLAVE : Ni les dieux ni les hommes ne te viendront en aide après cela, et ce sera juste !

ALCÉSIMARQUE : Elle qui disait qu'elle voulait passer sa vie avec moi et devenir mon épouse légitime[1]!

L'ESCLAVE : Tu devrais te mettre des entraves, et ne jamais les quitter.

ALCÉSIMARQUE : Elle qui m'avait été confiée, et remise à ma loyauté!

L'ESCLAVE : Par Hercule, je pense que tu mériterais de recevoir mille coups!

ALCÉSIMARQUE : Elle m'appelait son doux miel et son baiser...

L'ESCLAVE : Pour cela, tu mériterais dix fois de porter la fourche[2].

ALCÉSIMARQUE : Ah, cela me fait du bien! Mais quel conseil me donnes-tu maintenant ?

L'ESCLAVE : Je vais te le dire; pends-toi, pour qu'elle te pardonne.

[Lacune d'au moins deux scènes[3].]

## *SCÈNE* [?]

ALCÉSIMARQUE, UN ESCLAVE, UN VIEILLARD

[Lacune.]

ALCÉSIMARQUE : Thyniscus, où es-tu ?

L'ESCLAVE : Me voici.

ALCÉSIMARQUE : Va me chercher mes armes et ma cuirasse.

L'ESCLAVE : Que je t'apporte ta cuirasse ? [lacune].

ALCÉSIMARQUE : Va, cours, et amène-moi mon cheval.

L'ESCLAVE : Par Hercule, le pauvre, il est fou!

ALCÉSIMARQUE : Va, rassemble des fantassins en foule, des vélites en foule[4], des soldats en foule, avec leur suite... Je n'irai pas les prier. Où est ce que je t'ai demandé ?

L'ESCLAVE : Ce garçon n'a certainement pas son bon sens.

LE VIEILLARD : Je pense qu'il a reçu un mauvais coup, pour agir de la sorte.

L'ESCLAVE : Délires-tu, dis-moi, ou rêves-tu éveillé, lorsque tu m'ordonnes de t'amener ton cheval, de t'apporter ta cuirasse, puis des fantassins en foule, et ensuite des vélites en foule, des soldats en foule avec leur suite ? Tu t'égares, en me racontant tout cela.

ALCÉSIMARQUE : Dis-moi, je t'en prie, t'ai-je raconté tout cela ?

L'ESCLAVE : Certes, tout à l'heure, tu m'as dit tout cela.

ALCÉSIMARQUE : J'avais perdu la tête, sans aucun doute.

L'ESCLAVE : Tu es un magicien, si tu as perdu la tête tout en la conservant[1] !

LE VIEILLARD : Je vois bien que tu es gravement atteint par le poison d'amour, jeune homme, et c'est une raison de plus pour que je t'avertisse.

ALCÉSIMARQUE : Dis !

LE VIEILLARD : Garde-toi toujours d'entrer en guerre avec l'Amour.

ALCÉSIMARQUE : Que puis-je faire ?

LE VIEILLARD : Aller trouver sa mère, chez elle : disculpe-toi, jure, prie, flatte, supplie, et obtiens qu'elle ne soit pas fâchée contre toi.

ALCÉSIMARQUE : Par Hercule, je me disculperai jusqu'à ce que j'en perde la voix !

[Lacune.]

[Nouvelle scène, dans un nouvel acte.]

UN VIEILLARD : Cela lui fait perdre de grandes richesses, une dot replète et dodue.

[Lacune.]

UN VIEILLARD *(père d'Alcésimarque)*, GYMNASIE

[Lacune.]

LE PÈRE D'ALCÉSIMARQUE : Joli brin de fille, et bien troussée ; par Hercule, elle est fort bien ; et j'ai beau n'être qu'un vieux cheval, je pense que, même encore, je pourrais hennir à cette pouliche, si on me la donnait seule à seul !

GYMNASIE, *se croyant seule :* Ah, il était temps que revienne Alcésimarque ; personne n'aime moins la solitude que moi.

LE PÈRE D'ALCÉSIMARQUE, *qui entend sans être vu :* Appelle-moi, si tu ne veux pas être seule ; je resterai avec toi, et je veux faire en sorte que tu aies toujours quelque chose à faire.

GYMNASIE, *sans le voir :* Alcésimarque a bien habilement disposé cette maison!

LE PÈRE D'ALCÉSIMARQUE : Elle est aussi belle qu'une apparition de Vénus[1]. C'est bien agréable, que d'aimer toujours!

GYMNASIE : Cette maison a une odeur d'amour, c'est un amoureux qui l'a ornée.

LE PÈRE D'ALCÉSIMARQUE : Non seulement elle est jolie, mais aussi, par Hercule, elle parle gentiment. Mais, si je comprends bien ce qu'elle dit, c'est elle, par Hercule, je crois, qui pervertit mon fils. Je me doute que c'est elle, mais je ne l'ai jamais vue; pourtant je crois ne pas me tromper. Car c'est bien mon fils qui a loué cette maison, où elle se trouve maintenant; et je suis confirmé dans mon soupçon par le fait que, tout à l'heure, elle a prononcé son nom. Pourquoi ne pas l'aborder et lui parler ? *(À Gymnasie.)* Tentatrice de mal et de ruine, salut!

[Lacune.]

GYMNASIE : Je rentre; car pour une courtisane, rester ainsi dans la rue, c'est de la prostitution[2].

[Lacune.]

LE PÈRE D'ALCÉSIMARQUE : Je veux que tu me dises ce que mon fils a fait, quoi que ce puisse être. Quel mal t'avons-nous jamais fait, moi-même ou l'un des miens, dis-moi, qui t'autorise ainsi à nous ruiner, moi, mon fils, ainsi que sa mère, et à piller notre bien ?

GYMNASIE, *à part :* Il se trompe, le pauvre, comme je le lui ai déjà dit. Amusante situation : je vais me moquer de lui; c'est l'occasion toute trouvée. *(Haut.)* Peux-tu venir en aide — en tout bien tout honneur — à une fille innocente ?

LE PÈRE D'ALCÉSIMARQUE : Mais, je t'en prie, tu n'as aucun autre amant que lui ?

GYMNASIE : Je n'ai que ton fils, que j'aime; il n'y en a pas d'autre.

LE PÈRE D'ALCÉSIMARQUE : Mais moi [lacune].

GYMNASIE : Ah non, pas de ça! ils me coûtent trop cher, les gens comme toi.

LE PÈRE D'ALCÉSIMARQUE : [lacune].

GYMNASIE : Mais c'est de la violence que cet arbitrage!

[Lacune.]

GYMNASIE : Vous savez joliment bien nous attirer des histoires, vous, les vieux!

## *SCÈNE* [?]

### SYRA, GYMNASIE, LE PÈRE D'ALCÉSIMARQUE

SYRA : Tu exiges que je réponde ? Mais c'est indigne. C'est moi, au contraire, qui ai à faire prendre aux hommes des engagements. C'est mon métier, ne rien promettre aux hommes.

[Lacune.]

LE PÈRE D'ALCÉSIMARQUE : Oui, si tu voulais bien ne donner des ordres qu'en te souvenant de ta pauvreté, et de ta condition.

[Lacune.]

SYRA, *à sa fille :* Allons, avance; tu marches vraiment trop lentement!

GYMNASIE : Mais, ma mère, je suis plus entraînée à me coucher qu'à courir; c'est pour cela que je ne vais pas vite.

## *SCÈNE* [?]

### LAMPADION, *seul.*

[Lacune] se souvenir de son devoir... Un parfum de vin doux flotte jusqu'à mes narines [lacune]. Cheveux arrachés, oreilles tailladées [lacune]. Et, comme si elle nettoyait la ruelle où habite un bourreau [lacune]. Elle n'est pas comme ces limaces que l'on voit aujourd'hui, pâles, rongées de fièvre, pauvres maîtresses, paquets d'os, filles à deux sous, parfumées à bon marché, laides à souhait, avec leurs talons durs comme de la corne et leurs mollets de coq[1].

[Lacune.]

## *SCÈNE* [?]

### ALCÉSIMARQUE, MÉLÉNIS, SÉLÉNIE

[Lacune.]

SÉLÉNIE : Tu es insupportable!

ALCÉSIMARQUE : Ma demeure a besoin de sa petite maîtresse. Laisse-moi te conduire chez moi.

SÉLÉNIE : Bas les pattes !

ALCÉSIMARQUE : Ma petite sœur, mon amie.

SÉLÉNIE : Je ne te veux plus comme frère.

ALCÉSIMARQUE, *à Mélénis :* Eh bien alors, toi, ma petite maman...

MÉLÉNIS : Je ne te veux plus comme enfant.

ALCÉSIMARQUE : Je t'en supplie !

MÉLÉNIS : Adieu.

ALCÉSIMARQUE : Permets-moi...

MÉLÉNIS : Je n'écoute rien.

ALCÉSIMARQUE : ... de me justifier.

MÉLÉNIS : Tu m'ennuies !

ALCÉSIMARQUE : Laisse-moi te dire...

MÉLÉNIS : Tes parjures parlent assez d'eux-mêmes auprès d'elle, je crois. Tu ne peux maintenant nous raconter des histoires.

ALCÉSIMARQUE : Je veux vous donner satisfaction.

SÉLÉNIE : Moi, je ne veux pas en recevoir de toi.

ALCÉSIMARQUE : Je souffrirai tout, je le jure [lacune].

SÉLÉNIE : Personne ne doit avoir pitié de toi.

MÉLÉNIS : Bien qu'un homme ait dans son ventre [lacune]. Tromper ainsi [lacune].

ALCÉSIMARQUE : Mais ce n'est pas [lacune].

MÉLÉNIS : Par Pollux, à mes yeux, qui manque de parole, il faudrait [lacune].

ALCÉSIMARQUE : Ordonne-moi ce que tu voudras [lacune].

SÉLÉNIE : [Lacune] Bien, à cette condition, je te donnerai...

ALCÉSIMARQUE : Eh bien, moi, je ne donne rien, je ne paierai rien aujourd'hui, si tu n'écoutes pas ce que je veux te dire.

## *SCÈNE* [?]

### MÉLÉNIS, ALCÉSIMARQUE

MÉLÉNIS : Pourrais-tu cesser de m'ennuyer ?

ALCÉSIMARQUE : Vois-tu, c'est comme cela que je m'appelle; tout le monde me connaît sous le nom de l'Ennuyeux.

MÉLÉNIS : Où [lacune], je t'en prie ?

ALCÉSIMARQUE : Tes prières ne servent à rien.

[Lacune.]

MÉLÉNIS : Eh bien, moi, je me garde de ton serment; le serment des amants ressemble à un ragoût espagnol[1] : on ne sait [lacune].

[Lacune.]

ALCÉSIMARQUE : Pour t'apaiser, je te donnerai des bijoux d'or, un manteau, et à elle...

[Lacune.]

MÉLÉNIS : Comment pourrais-je [lacune]. Tu as trouvé une autre maîtresse.

ALCÉSIMARQUE : [Lacune] Comme si tu ne savais pas [lacune].

MÉLÉNIS : Que les dieux et les déesses réunis la confondent!

ALCÉSIMARQUE : [Lacune] si jamais je te mens.

MÉLÉNIS : Peu m'importe. Je ne suis pas dupe, si tu essaies de me duper [lacune] ta loyauté! Enfin, même si tu réussissais à me tromper, tu ne pourrais tromper les dieux.

ALCÉSIMARQUE : Mais puisque je veux l'épouser!

MÉLÉNIS : Tu l'épouserais si [lacune] si cela t'est maintenant commode [lacune].

ALCÉSIMARQUE : Je l'ai fournie de bijoux et de vêtements.

MÉLÉNIS : Si vraiment tu l'aimais [lacune]. Mais laissons cela. Réponds à la question que je vais te poser. Tu l'as fournie [lacune].

ALCÉSIMARQUE : [Lacune]... pour toi, comme tu l'auras voulu.

MÉLÉNIS : Tu fais le malin parce que tu as une autre fiancée, la riche Lemnienne. Épouse-la. Nous ne sommes pas d'un aussi bon milieu que toi. Et nos ressources sont loin d'égaler les tiennes; mais je n'ai pas à craindre que quelqu'un vienne me reprocher de ne pas avoir tenu ma parole. Et toi, maintenant, si tu n'es pas heureux, tu sauras à qui t'en prendre.

ALCÉSIMARQUE : Que les dieux me confondent...

MÉLÉNIS : Je souhaite que ton vœu se réalise!

ALCÉSIMARQUE : ... si j'épouse jamais cette femme, à laquelle mon père m'a fiancé.

MÉLÉNIS : Et moi, si jamais je te donne ma fille pour femme.

ALCÉSIMARQUE : Tu permettras que je ne tienne pas parole ?

MÉLÉNIS : Par Pollux, bien plus facilement que de laisser aller à la ruine et moi-même et notre bien, et de permettre que l'on se moque de ma fille ! Va-t'en chercher un endroit où l'on attache quelque crédit à ta parole; ici, chez nous, Alcésimarque, tout est fini, par ta faute[1].

ALCÉSIMARQUE : Essaie encore une fois.

MÉLÉNIS : J'ai essayé souvent, et je m'en repens.

ALCÉSIMARQUE : Rends-la-moi !

MÉLÉNIS : À cette situation nouvelle, j'appliquerai le vieux proverbe : ce que j'ai donné, je le regrette; le reste, je ne le donnerai point !

ALCÉSIMARQUE : Tu ne veux pas la renvoyer chez moi ?

MÉLÉNIS : Tu viens de le dire toi-même !

ALCÉSIMARQUE : Tu ne la renverras pas ?

MÉLÉNIS : Tu connais depuis déjà longtemps quelle est mon intention.

ALCÉSIMARQUE : Mais c'est bien décidé, au fond de ton cœur ?

MÉLÉNIS : Mais je n'y songe même pas ! Je n'entends même pas ce que tu dis à ce sujet.

ALCÉSIMARQUE : Non ? Eh bien, que fais-tu ?

MÉLÉNIS : Écoute-moi bien, et tu vas savoir ce que je ferai...

ALCÉSIMARQUE : Que tous les dieux et les déesses, du ciel et des enfers, et de la région intermédiaire[2], que Junon Reine, fille de Jupiter Suprême[3], que Saturne, son oncle, père de tous les dieux, que l'Abondance opulente, sa grand-mère...

MÉLÉNIS : Mais non, sa mère. Junon est la fille, et Saturne son oncle et le père de tous les dieux[4].

ALCÉSIMARQUE : C'est toi qui me fais perdre la tête; c'est à cause de toi que je commets toutes ces erreurs.

MÉLÉNIS : Continue à parler.

ALCÉSIMARQUE : Eh bien, puis-je savoir quelle décision tu comptes prendre ?

MÉLÉNIS : Continue à bavarder. Je ne la renverrai pas. C'est décidé.

ALCÉSIMARQUE : Eh bien, que Jupiter, que Junon, et

aussi Janus et... je ne sais plus que dire... Si, maintenant, je le sais. Écoute, femme, et apprends quelle est ma résolution : que tous les dieux, les grands et les petits, et même les dieux des menues libations[1], fassent que jamais, de mon vivant, je ne donne un baiser à Sélénie, si aujourd'hui je ne vous massacre pas toutes les deux, ta fille et toi, ou si, dès l'aube, demain, je ne vous tue pas, toi et elle, et même par Hercule si, au troisième assaut, je ne vous assomme pas toutes — à moins que tu me la renvoies. Je t'ai dit ce que je pensais. J'ai fini.

*Il sort.*

MÉLÉNIS, *seule :* Il est parti en colère. Que faire maintenant ? Si la petite revient avec lui, nous en serons au même point; quand il en aura assez d'elle, il la mettra à la porte, et puis il épousera cette fille de Lemnos. Mais je vais le suivre; il faut se méfier, que, dans son égarement, il ne commette quelque sottise. Et enfin, comme la loi n'est pas la même pour le pauvre et pour le riche, il vaut mieux perdre ma peine plutôt que de perdre ma fille. Mais qui est-ce qui vient par ici en courant, droit à travers la place ? Je suis inquiète pour le premier, mais celui-ci me fait peur; ainsi, pauvre de moi, je suis dans une terreur totale !

## *SCÈNE* [?]

LAMPADION, MÉLÉNIS

LAMPADION : J'ai poursuivi la vieille par les rues en criant après elle; je lui ai fait une vie impossible. Mais comme, aujourd'hui, de quelle manière elle a su tenir sa langue, et ne se souvenir de rien ! Que de cajoleries, que de belles promesses, que j'ai imaginé de choses, que de ruses, pour mon enquête ! J'ai pu, à grand-peine, lui arracher son secret, en lui promettant une jarre de vin.

## *SCÈNE* [?]

PHANOSTRATE, LAMPADION, MÉLÉNIS

PHANOSTRATE : Je crois avoir entendu devant la maison la voix de Lampadion, mon esclave.

LAMPADION : Tu n'es pas sourde, maîtresse : tu as bien entendu.

PHANOSTRATE : Que fais-tu ici ?

LAMPADION : J'ai de quoi te réjouir.

PHANOSTRATE : Et qu'est-ce donc ?

LAMPADION : J'ai vu tout à l'heure sortir de cette maison la femme...

PHANOSTRATE : Celle qui avait recueilli ma fille ?

LAMPADION : Tu y es !

PHANOSTRATE : Et après ?

LAMPADION : Je lui dis comment je l'avais vue recueillir sur l'hippodrome la fille de notre maître[1]. Alors, elle a eu peur...

MÉLÉNIS, *sans être vue :* Mon corps frissonne, mon cœur saute; je me rappelle que l'on m'a amené de l'hippodrome une toute petite fille, et que je l'ai fait passer pour la mienne.

PHANOSTRATE : Allons, continue, s'il te plaît. Mon cœur a grande hâte de savoir comment s'est passée la chose.

MÉLÉNIS, *à part :* Si seulement tu devenais sourde !

[Lacune.]

LAMPADION : Je continue à l'exhorter : « Cette vieille femme, lui dis-je, t'enlève l'argent de la poche pour te laisser dans la misère; car elle n'est que ta nourrice[2], ne crois pas qu'elle soit ta mère. Moi, je te ramène chez les tiens, et je te donne la richesse; là-bas tu seras mise dans une famille splendide, et ton père te donnera vingt grands talents de dot[3]; tu ne trouveras pas cela ici, où, à la mode étrusque[4], tu dois te procurer toi-même ta dot, honteusement, en vendant ton corps. »

PHANOSTRATE : Mais, dis-moi, c'est une courtisane, la femme qui l'a recueillie ?

LAMPADION : C'est plutôt une ancienne courtisane; mais je vais te dire ce qu'il en est. J'étais sur le point de la persuader, par mes discours, lorsque la vieille lui a embrassé les genoux, en pleurant, en la suppliant de ne pas l'abandonner : elle me jurait que c'était bien sa fille, qu'elle l'avait mise au monde. « La fille que tu cherches, dit-elle, je l'ai donnée à une de mes amies, pour qu'elle l'élevât comme sa fille; et elle est vivante », dit-elle. — « Où est-elle ? » dis-je aussitôt.

PHANOSTRATE : Dieux, sauvez-moi, je vous en supplie !

MÉLÉNIS, *à part :* Et moi, vous me perdez !

PHANOSTRATE : C'était le nom de celle à qui elle l'avait donnée, qu'il fallait lui demander.

LAMPADION : Je le lui ai demandé, et elle m'a dit : « À la courtisane Mélénis. »

MÉLÉNIS, *à part :* Il a prononcé mon nom; je suis tout à fait perdue.

LAMPADION : Dès qu'elle m'a dit cela, je lui demande, sans désemparer : « Où habite-t-elle ? Conduis-moi chez elle, lui dis-je, montre-la-moi. » — « Elle est partie à l'étranger, dit-elle, elle a quitté le pays. »

MÉLÉNIS, *à part :* Elle me ranime d'une goutte d'eau !

LAMPADION : « Où elle est partie, nous voulons la suivre. Tu nous racontes des histoires ? Tu es morte, si [lacune]. » Par Hercule, je n'ai eu de cesse qu'à force de la presser, la vieille ne m'ait juré de me conduire à elle.

PHANOSTRATE : Mais il n'aurait pas fallu la laisser aller !

LAMPADION : On l'a à l'œil; mais elle m'a dit qu'elle voulait d'abord aller trouver une femme amie avec elle, qui avait aussi des intérêts dans cette affaire. Et je sais qu'elle va revenir.

MÉLÉNIS, *à part :* Elle va me dénoncer, et ajouter ses malheurs aux miens [lacune] son visage complice.

PHANOSTRATE : Que veux-tu que je fasse maintenant ?

LAMPADION : Rentre à la maison, et aie bon espoir. Si ton mari revient, dis-lui d'attendre à la maison, pour que je n'aie pas à le chercher, si j'ai besoin de lui. Moi, je vais vite retrouver la vieille.

PHANOSTRATE : Lampadion, je t'en prie, fais tout ce que tu peux !

LAMPADION : Je réussirai dans cette affaire.

PHANOSTRATE : J'espère dans les dieux, et en toi.

LAMPADION : J'espère aussi en eux... pour que tu rentres à la maison.

MÉLÉNIS, *abordant Lampadion :* Jeune homme, arrête, et écoute-moi.

LAMPADION : C'est moi que tu appelles, femme ?

MÉLÉNIS : Toi.

LAMPADION : De quoi s'agit-il ? Car j'ai du travail par-dessus les oreilles !

MÉLÉNIS : Qui habite dans cette maison ?

LAMPADION : Démiphon, mon maître.

MÉLÉNIS : C'est lui, n'est-ce pas, qui a fiancé sa fille à Alcésimarque, un riche parti ?

LAMPADION : C'est bien lui.

MÉLÉNIS : Eh bien, toi, quelle est cette autre fille, que vous cherchez si fort ?

LAMPADION : Je vais te le dire : elle n'est pas de sa femme, mais c'est la fille de sa femme.

MÉLÉNIS : Qu'est-ce que cela veut dire ?

LAMPADION : Elle est née d'une première femme, te dis-je, cette fille de mon maître.

MÉLÉNIS : Oui, mais tu disais que tu cherchais la fille de la femme à qui tu parlais.

LAMPADION : C'est bien sa fille que je cherche.

MÉLÉNIS : Alors, comment, je t'en prie, cette première femme est-elle sa femme d'à présent ?

LAMPADION : Tu me soûles avec tes discours, femme, qui que tu sois ! Il a épousé une autre femme dans l'intervalle, et c'est d'elle qu'est née la jeune fille que l'on donne à Alcésimarque. Et cette femme est morte. Tu sais tout, maintenant ?

MÉLÉNIS : Ce que tu dis est suffisamment clair. Mais ce qui me semble obscur, et que je voudrais savoir, c'est comment la première femme peut être la dernière, et la dernière la première ?

LAMPADION : Il a violé la première, avant d'épouser la seconde ; elle devint enceinte, et elle mit au monde une fille avant cette époque. Une fois qu'elle eut mis la fillette au monde, elle la fit exposer ; c'est moi qui l'exposai ; et une autre femme la recueillit. Et moi, j'ai tout vu. Le maître a épousé la femme plus tard. Et maintenant nous cherchons sa fille. Pourquoi lèves-tu ainsi la tête et regardes-tu le ciel ?

MÉLÉNIS : Va maintenant où tu étais si pressé d'aller ; je ne te retiens plus. J'ai compris maintenant.

LAMPADION : Par Hercule, j'en remercie les dieux ; car si tu n'avais pas compris, jamais, je crois bien, tu ne m'aurais laissé aller.

MÉLÉNIS : Maintenant, je vois qu'il me faut être honnête, bon gré mal gré, quoi que j'en aie ! Je vois bien que l'affaire est découverte. Aussi je vais plutôt tâcher de me faire bien voir d'eux, plutôt que de la laisser me dénoncer. Je rentre et je vais ramener Sélénie à ses parents.

# ACTE IV

## *SCÈNE PREMIÈRE*

MÉLÉNIS, SÉLÉNIE

MÉLÉNIS, *sortant de chez elle, avec Sélénie :* Je t'ai raconté toute l'affaire; viens avec moi par ici, Sélénie, pour que je te rende à ceux à qui tu dois appartenir, plutôt qu'à moi. Cela me fera de la peine de te perdre, mais je m'y résoudrai quand même, parce que c'est la décision qui est la plus conforme à ton intérêt. *(Elle montre une corbeille.)* Il y a là-dedans les petits hochets que tu avais lorsqu'elle t'a apportée à moi, elle me les a remis, pour que tes parents puissent te reconnaître plus facilement. Tiens, prends cette corbeille, Halisca[1] [lacune]. Et maintenant, frappe à cette porte. Dis que je demande que quelqu'un de la maison vienne au plus vite.

## *SCÈNE II*

ALCÉSIMARQUE, SÉLÉNIE, MÉLÉNIS

ALCÉSIMARQUE : Accueille-moi près de toi, Mort, je suis ton ami, et viens de mon plein gré.

SÉLÉNIE : Ma mère, nous sommes mortes, malheureuses!

ALCÉSIMARQUE, *brandissant une épée :* Me frapperai-je de ce côté, ou sur le flanc gauche ?

MÉLÉNIS, *à Sélénie :* Qu'as-tu ?

SÉLÉNIE : Ne vois-tu pas Alcésimarque ? Il a une épée à la main...

ALCÉSIMARQUE, *sans les voir :* Que fais-tu donc ? Tu hésites ? Abandonne la lumière.

SÉLÉNIE : Je vous en prie, venez vite, qu'il ne se tue pas!

ALCÉSIMARQUE, *apercevant Sélénie :* Ô, toi qui es plus salutaire que le dieu Salut[2]; c'est toi, maintenant, que je le veuille ou non, qui, seule, peux me rendre la vie.

MÉLÉNIS : Tu ne voulais pas faire cette action affreuse ?

ALCÉSIMARQUE, *à Mélénis :* Je n'ai rien de commun avec

toi; je suis mort pour toi. Mais ta fille, puisque je la tiens, je suis décidé à ne pas la perdre; par Hercule, j'ai résolu de me la rendre, désormais, inséparable. Où êtes-vous, esclaves ? Fermez la maison au verrou, avec les barres, dès que je l'aurai fait entrer dans ma demeure!

MÉLÉNIS : Il est parti; il l'a enlevée! Allons, poursuivons-le jusque chez lui, pour lui apprendre ce que je sais, et tâcher de calmer sa colère contre moi.

## ACTE V

### *SCÈNE PREMIÈRE*

LAMPADION, PHANOSTRATE

LAMPADION : Je crois que je n'ai jamais vu vieille plus digne de la potence que celle-ci; ce qu'elle m'a avoué tout à l'heure, ne vient-elle pas me dire le contraire ? Mais j'aperçois ma maîtresse. Qu'est-ce donc que cette corbeille qui es là par terre, avec de petits hochets ? Je ne vois personne dans la rue. Conduisons-nous en bon valet, penchons-nous pour ramasser la corbeille.

PHANOSTRATE : Que fais-tu, Lampadion ?

LAMPADION : Cette corbeille, est-ce qu'elle vient de chez nous ? Je l'ai trouvée par terre, devant la porte.

PHANOSTRATE : Quelles nouvelles, à propos de la vieille femme ?

LAMPADION : Qu'il n'y en a aucune au monde de plus scélérate! Elle nie maintenant tout ce qu'elle m'avait avoué tout à l'heure. Par Hercule, plutôt que de laisser cette vieille se jouer de moi, j'aimerais mieux mourir de toutes les morts qu'on voudra.

PHANOSTRATE, *ouvrant la corbeille* : Dieux, je vous implore...

LAMPADION : Pourquoi implores-tu les dieux ?

PHANOSTRATE : Protégez-nous!

LAMPADION : Qu'y a-t-il ?

PHANOSTRATE : Ces hochets, ce sont ceux qui étaient près de notre petite fille, lorsque tu l'as emmenée à la mort.

LAMPADION : Tu es dans ton bon sens ?

PHANOSTRATE : Ce sont eux, sans mentir.

LAMPADION : Tu continues ?

PHANOSTRATE : C'est bien cela !

LAMPADION : Si c'était une autre femme qui me disait cela, je dirais qu'elle est ivre.

PHANOSTRATE : Mais je dis la vérité, par Castor.

LAMPADION : Mais, je t'en prie, d'où au monde peut-elle venir, cette corbeille ? N'est-ce pas un dieu qui l'a jetée ici, devant notre porte, comme à dessein et au bon moment ?

PHANOSTRATE : Espérance divine, viens à mon aide !

## *SCÈNE II*

### HALISCA, LAMPADION, PHANOSTRATE

HALISCA : Si les dieux ne viennent à mon secours, je suis perdue, je ne sais où trouver un appui, tant mon étourderie cause aujourd'hui mon malheur [lacune]. J'ai bien peur que mon dos n'en souffre, si ma maîtresse sait à quel point j'ai été négligente. La corbeille que j'ai eue entre les mains, que j'ai reçue ici, devant la maison, je ne sais plus où elle est; il est probable, je pense, que je l'ai perdue ici ou dans les environs. Braves gens, braves spectateurs, si quelqu'un d'entre vous l'a vue, qu'il me l'indique; si quelqu'un l'a enlevée, l'a dérobée, que l'on me dise s'il est parti dans cette direction ou dans celle-là. Je n'en sais pas davantage, malgré toutes mes questions et mes instances : ils ont tant de plaisir à punir les femmes ! Mais je vais tâcher de voir s'il y a ici quelques traces de pas. Car si personne n'était passé par ici, depuis mon départ, la corbeille serait ici. Ici ? Mais où ? Je suis perdue, m'est avis. C'est fini, adieu ! Malheur de moi, et misère ! Elle a disparu, et moi avec elle. Sa perte est cause de la mienne. Mais je continue comme j'ai commencé; je vais chercher, malgré tout. Car je suis en moi tout apeurée et tout mon corps se hérisse de peur; la frayeur, de tous les côtés, me presse. Ah, les humains sont bien malheureux, les pauvres ! Il est heureux, celui, quel qu'il soit, qui possède la corbeille; et dire qu'elle ne peut lui servir à rien, tandis qu'à moi [lacune]. Mais je m'attarde, alors qu'il vaudrait mieux être à ce que je fais. Halisca, allons, regarde le sol, penche-toi, cherche du regard, délimite habilement un espace où faire porter ton examen[1].

LAMPADION : Maîtresse!

PHANOSTRATE : Quoi ?

LAMPADION : C'est elle...

PHANOSTRATE : Elle qui ?

LAMPADION : C'est bien elle.

PHANOSTRATE : Qui ?

LAMPADION : Qui a perdu cette corbeille.

PHANOSTRATE : Sans aucun doute, c'est elle; elle essaie de retrouver l'endroit où elle l'a laissé tomber; c'est évident.

HALISCA, *sans les voir :* L'homme est passé par ici; voici les traces de ses chaussures dans la poussière; je vais suivre la piste par là. À cet endroit, il s'est arrêté avec un autre. Ici, tout s'embrouille à mes yeux. Il n'est pas allé droit par là; ici, il s'est arrêté, et il est sorti de ce côté-ci. Là, il y a eu une conversation. Deux personnes sont en cause, c'est évident. Tiens, tiens, je vois les traces d'une personne seule. Mais cette personne est partie dans cette direction. Je vais examiner la chose : parti de là, il est allé par ici; mais de là, il n'est allé nulle part. Je viens trop tard. Ce qui est perdu est perdu, et ma peau avec la corbeille. Je rentre.

PHANOSTRATE, *se faisant voir :* Femme, arrête! Il y a des gens qui veulent te parler.

HALISCA : Qui m'appelle ?

LAMPADION : Une brave femme et un mauvais garçon veulent te dire un mot.

HALISCA : [Lacune] Finalement, celui qui m'appelle en sait plus long sur ce qu'il me veut que moi, qui suis appelée. Je retourne. As-tu, par hasard, vu quelqu'un, s'il te plaît, ramasser, dans les parages, une corbeille, avec des hochets, que j'ai perdue, pauvre de moi ? Tout à l'heure, lorsque nous sommes venues en toute hâte pour empêcher Alcésimarque de se tuer, je l'ai laissé tomber.

LAMPADION : C'est cette femme qui a perdu la corbeille [lacune].

HALISCA : Je suis perdue, et bien malheureuse; que vais-je dire à la maîtresse ? Elle qui m'avait commandé de la garder si attentivement; grâce à elle, Sélénie devait pouvoir reconnaître ses parents, Sélénie qui avait passé, toute petite, pour la fille de ma maîtresse, et qu'une courtisane avait donnée à celle-ci.

LAMPADION : Elle raconte notre histoire. Elle doit forcément savoir où est ta fille, d'après les preuves qu'elle donne.

HALISCA : Et maintenant elle veut, spontanément, la rendre à sa mère et à son père, dont elle est issue. *(À Lampadion.)* Dis-moi, mon cher, tu n'es pas à ce que je te dis, et moi, je te raconte mes affaires.

LAMPADION : Mais si, je suis à ce que tu dis, c'est pour moi viande céleste, ce que tu dis; mais en m'occupant de ton affaire, je répondais à une chose que m'avait demandée ma maîtresse. Maintenant, je suis à toi; si tu as besoin de moi, parle, commande, à ton tour. Que cherchais-tu ?

HALISCA : Mon cher, et toi, madame, je vous salue.

PHANOSTRATE : Et nous te saluons. Mais que cherches-tu ?

HALISCA : Je cherche une trace de quelqu'un qui s'est enfui [lacune].

LAMPADION : Et de quoi s'agit-il ? Qu'est-ce que c'est ?

HALISCA : Quelque chose qui ne lui appartient pas [lacune] et qui plonge une famille dans le chagrin.

LAMPADION : C'est une mauvaise pièce, maîtresse, que cette femme, et une rusée!

PHANOSTRATE : Elle en a bien l'air, par Castor!

LAMPADION : Elle ressemble à une méchante bête, à une bête malfaisante.

PHANOSTRATE : Et laquelle, s'il te plaît ?

LAMPADION : La chenille qui s'enroule et se cache dans une feuille de vigne; elle tortille de la même façon son tortueux discours. Que cherches-tu ?

HALISCA : Une corbeille, ici, mon cher jeune homme, qui s'est envolée.

LAMPADION : Tu aurais dû la mettre en cage!

HALISCA : Elle n'avait pas grande valeur.

LAMPADION : Étonnant qu'il n'y ait pas eu toute une troupe d'esclaves à vendre[1] dans cette unique corbeille!

PHANOSTRATE : Laisse-la parler.

LAMPADION : Oui, si elle veut bien parler.

PHANOSTRATE : Allons, parle, toi, dis-moi ce qu'il y avait dedans.

HALISCA : Seulement des hochets.

LAMPADION : Il y a quelqu'un qui assure savoir où elle est.

HALISCA : Eh bien, par Pollux, il y a une femme qui lui sera fort reconnaissante, s'il lui dit où elle est.

LAMPADION : Mais il veut qu'on lui donne une récompense.

HALISCA : Mais, par Pollux, cette femme, qui a perdu la corbeille, dit qu'elle n'a rien à donner.

LAMPADION : Mais la personne en question souhaite plutôt de l'aide que de l'argent.

HALISCA : Par Pollux, cette femme ne se fait pas rendre des services pour rien.

PHANOSTRATE : Ce que tu dis va te servir; nous avouons avoir la corbeille.

HALISCA : Ah, que le dieu Salut vous garde ! Où est-elle ?

PHANOSTRATE : La voici, intacte; mais je veux parler avec toi d'une affaire qui est pour moi d'une grande importance; je te prends pour alliée dans ce qui doit me sauver.

HALISCA : De quelle affaire parles-tu ? D'abord, qui es-tu ?

PHANOSTRATE : Je suis la mère de l'enfant qui avait sur elle ces hochets.

HALISCA : C'est là ta maison ?

PHANOSTRATE : Tu es devin ! Mais, je t'en prie, femme, pas de détours, et fais ce que je te demande; dis-moi d'où te viennent les hochets que voici.

HALISCA : C'est la fille de ma maîtresse qui les avait sur elle.

LAMPADION : Tu mens; c'est la fille de la mienne qui les portait !

PHANOSTRATE : N'interromps pas.

LAMPADION : Je me tais.

PHANOSTRATE : Femme, continue ! Où est la fille qui les avait avec elle ?

HALISCA : Ici, à côté.

PHANOSTRATE : Mais c'est là qu'habite le gendre choisi par mon mari.

LAMPADION : À ton tour de ne pas interrompre. Toi, continue : quel âge a-t-elle ?

HALISCA : Dix-sept ans.

PHANOSTRATE : C'est ma fille, à en juger par le chiffre des années.

HALISCA : [Lacune.]

PHANOSTRATE : J'ai trouvé celle que je cherchais; j'ai trouvé ma fille.

HALISCA : Il est juste de ne pas tromper qui vous a confié un secret commis à sa loyauté. Quand on rend un service, le moins est que l'on n'ait pas à s'en repentir. L'enfant que nous avons élevée est sûrement ta fille; la maîtresse veut te la rendre, et c'est pour cela qu'elle était partie de la maison. Mais interroge-la toi-même, je t'en prie; moi, je ne suis qu'une esclave.

PHANOSTRATE : Ta demande est juste.

HALISCA : Je préfère que la reconnaissance aille à elle; mais, je t'en prie, rends-moi cette corbeille.

PHANOSTRATE : Que fait-on, Lampadion ?

LAMPADION : Ton bien, garde-le.

PHANOSTRATE : Oui, mais j'ai pitié de cette fille.

LAMPADION : Voilà ce que nous avons à faire, à mon avis : donne-lui la corbeille et entre avec elle dans la maison.

PHANOSTRATE : Je ferai ce que tu me dis. Tiens, prends la corbeille. Entrons. Mais comment s'appelle ta maîtresse ?

HALISCA : Mélénis.

PHANOSTRATE : Va devant; je te suis.

## *SCÈNE III*

DÉMIPHON, LAMPADION

DÉMIPHON : Qu'est-ce que c'est que cette histoire, dont tout le monde parle dans les rues, que l'on a retrouvé ma fille, et que Lampadion me cherchait au forum ?

LAMPADION : Maître, d'où viens-tu ?

DÉMIPHON : Du sénat.

LAMPADION : Je suis heureux que, grâce à moi, tu comptes un enfant de plus.

DÉMIPHON : Eh bien, cela ne me plaît pas, à moi; je me soucie peu que le nombre de mes enfants augmente grâce aux bons soins d'un autre. Mais qu'est-ce que tu me dis là ?

LAMPADION : Dépêche-toi d'entrer chez ton futur gendre; tu y feras connaissance avec une fille à toi. Déjà, ta femme est à l'intérieur. Va vite!

DÉMIPHON : Je suis bien décidé à ne rien faire avant d'y aller!

LE CHEF DE LA TROUPE

N'attendez point, spectateurs, que ces gens sortent pour revenir vers vous; personne ne sortira; à eux tous, ils termineront l'affaire dans la maison. La chose terminée, ils ôteront leurs costumes; après quoi, celui qui aura fait une faute sera rossé, celui qui aura bien travaillé boira un coup. Maintenant, ce qu'il vous reste à faire, spectateurs, c'est, selon la coutume et la tradition, d'applaudir à la fin de la comédie.

# CHARANÇON

*(Curculio)*

# NOTICE

*Le titre de la comédie est le nom du principal personnage, un parasite dont le surnom exprime l'avidité insatiable. L'intrigue et sans doute la plus grande partie du dialogue sont empruntés à un original grec qui remonte, peut-être, si l'on en croit certains indices, à Poseidippos, un auteur d'origine athénienne qui écrivit pendant la première moitié du IIIe siècle. Son* Charançon *(quel que fût le titre qu'il avait donné à sa comédie) aurait été l'une des dernières de sa carrière et aurait été composé vers 245. Plaute en a tiré une sorte de farce, assez mal construite, dans laquelle certains passages demeurent peu compréhensibles, vestiges mal raccordés, semble-t-il, d'un modèle que l'on a abrégé, voire mutilé. Le but de Poseidippos avait été, probablement, d'accumuler des traits de satire à l'égard des rois de ce temps : Antigone Gonatas (dont le nom serait parodié dans celui du soldat Thérapontigonus) et Ptolémée III, dont la brève conquête de la Mésopotamie et des provinces orientales appartenant aux Séleucides serait évoquée dans les vers 442 et suivants. Il n'est jusqu'au sceau du soldat qui ne puisse apparaître comme la caricature d'une monnaie des Séleucides, représentant un char traîné par deux éléphants et où, effectivement, l'artiste a si maladroitement figuré l'attelage que la déesse Athéna qui est debout sur le char semble partager en deux l'un de ces animaux. Toutes ces allusions malignes ne pouvaient guère être comprises des contemporains de Plaute. Celui-ci a cherché ailleurs de quoi plaire à son public : le lyrisme appuyé de la « sérénade » de Phédrome, et sa chanson des verrous, le pittoresque du personnage de la vieille, les colères vaines du matamore, la déconfiture finale du marchand de filles, une race à qui les* Romains *répugnaient à reconnaître des droits, les pitreries de Charançon. L'intrigue n'est qu'un canevas fort mince, où il ne faut chercher ni vraisemblance ni action cohérente.*

*Plaute a toutefois ajouté à son modèle des traits romains, introduisant une sorte de parabase où il décrit la faune qui hante le forum. D'autres traits, comme la défiance envers les banquiers, les métaphores juridiques, l'insistance sur la scène des fiançailles, à la fin, appartiennent à l'adaptation latine. Cette comédie, l'une des plus courtes du recueil plautinien, est une « pochade » où Plaute ne s'est pas soucié de construire une comédie littéraire, mais a cherché avant tout les jeux de scène et le dialogue avec le public.*

*La date de la comédie romaine est inconnue ; certains indices tendent à suggérer qu'elle doit avoir été écrite pendant les premières années du II*[e] *siècle avant Jésus-Christ. Une hypothèse, formulée ci-après (cf. la note 1 de la page 368), peut, si elle est exacte, permettre de préciser quelque peu cette datation : Plaute aurait écrit son* Charançon *en 197.*

## PERSONNAGES

PALINURE, esclave de Phédrome.
PHÉDROME, jeune homme, amoureux de Planésie.
LÉÉNA, vieille femme, intendante de Cappadox.
PLANÉSIE, jeune fille, aimée de Phédrome, qu'elle aime.
CAPPADOX, marchand de filles.
UN CUISINIER, esclave chez Phédrome.
CHARANÇON, homme libre, parasite de Phédrome.
LYCON, banquier.
L'IMPRESARIO.
THÉRAPONTIGONUS, capitaine de mercenaires.

*La scène est à Épidaure.*

## ARGUMENT

Charançon, envoyé par Phédrome, se rend en Carie, chercher de l'argent. Là, il chipe son anneau au rival, écrit une lettre et la scelle de l'anneau. Lycon reconnaît, dès qu'il le voit, le sceau du soldat; pour envoyer à celui-ci sa maîtresse, il en paie le prix au marchand de filles. Le soldat assigne en justice Lycon et le marchand. Mais lui-même retrouve sa sœur qui était perdue, et, à la prière de celle-ci, la donne en mariage à Phédrome.

# CHARANÇON

*Le décor représente une place sur laquelle s'ouvrent, de part et d'autre d'un temple consacré à Esculape, deux maisons particulières. Au centre de la place, un autel de Vénus.*

## ACTE PREMIER

### *SCÈNE PREMIÈRE*

PALINURE, PHÉDROME

PALINURE : Où peux-tu donc, à cette heure de la nuit, aller maintenant dehors, vêtu comme tu l'es, et avec cette suite, Phédrome ?

PHÉDROME : Où Vénus et l'Amour me l'ordonnent, où m'invite la passion; que ce soit le plein de la nuit, que ce soit la première heure du soir, qu'un jour ait été décidé, arrêté, pour rencontrer un étranger, malgré tout il faut aller où ils t'envoient, que tu le veuilles ou non.

PALINURE : Mais pourtant, pourtant...

PHÉDROME : Pourtant, tu m'ennuies.

PALINURE : Ce que tu fais n'est pas joli, il n'y a pas de quoi s'en vanter : tu es ton propre valet, et, sur ton trente et un, tu portes toi-même le flambeau.

PHÉDROME : Et pourquoi ne porterais-je pas ce qu'ont recueilli les abeilles, cette cire de leur miel délicieux, pour aller voir celle qui est pour moi comme le miel ?

PALINURE : Mais où vas-tu donc ?

PHÉDROME : Si tu me le demandais, je te le dirais.

PALINURE : Supposons que je t'interroge, que répondrais-tu ?

PHÉDROME : Voici le temple d'Esculape.

PALINURE : Il y a plus d'un an que je le sais.

PHÉDROME : Tout à côté, la porte, là-bas, m'est plus chère que mes yeux. Bonjour, comment vas-tu, porte si bien close ?

PALINURE, *avec une feinte sollicitude :* Tu n'as pas eu la fièvre, ni hier ni avant-hier ? Hier, tu as pu dîner ?

PHÉDROME : Tu te moques de moi ?

PALINURE : Et toi, idiot, pourquoi demandes-tu à une porte si elle va bien ?

PHÉDROME : C'est qu'à mes yeux elle est la plus gentille et la plus silencieuse des portes. Jamais elle ne murmure un mot; quand on l'ouvre elle se tait; lorsque mon amie, la nuit, sort tout doucement pour me voir, elle se tait.

PALINURE : Est-ce que tu n'es pas en train de faire quelque chose qui n'est digne ni de toi ni de ta famille, et de t'embarquer dans une mauvaise affaire, Phédrome ? Tu ne cherches pas au moins à prendre au piège quelque dame honnête, ou qui devrait l'être ?

PHÉDROME : Pas du tout, et que Jupiter m'en préserve!

PALINURE : Amen! Adresse toujours tes amours, si tu es sage, à un objet tel que, si le monde vient à le savoir, tu ne sois pas déshonoré. Prends bien soin de ne jamais te faire couper... tes effets[1].

PHÉDROME : Qu'est-ce que tu veux dire par là ?

PALINURE : C'est pour que tu saches où tu mets le pied. Fais l'amour avec ce que tu aimes sans avoir à en redouter... les effets[2].

PHÉDROME : Mais c'est un marchand de filles qui habite là!

PALINURE : Personne n'interdit ni n'empêche d'acheter ce qui est offert en public, si on a de l'argent. Personne n'empêche qui que ce soit d'emprunter la voie publique, pourvu que l'on n'ouvre pas un chemin à travers une propriété enclose. À la condition que tu ne touches pas à une femme mariée, ni à une veuve, ni à une vierge, ni à un jeune homme, ni à de jeunes garçons de naissance libre, aime qui tu veux.

PHÉDROME : Cette maison appartient à un marchand de filles...

PALINURE : Et que cela porte malheur à cette maison!

PHÉDROME : Un marchand qui...

PALINURE : Parce qu'elle est la sale servante d'un sale maître.

PHÉDROME : Interromps-moi!

PALINURE : Oui, bien sûr!

PHÉDROME : Vas-tu te taire ?

PALINURE : Mais tu m'avais bien demandé de t'interrompre ?

PHÉDROME : Eh bien, maintenant, je te l'interdis. Donc, comme j'ai commencé à te le dire, il a une jeune servante.

PALINURE : Tu veux dire le marchand de filles qui habite là ?

PHÉDROME : Tu y es!

PALINURE : Comme cela, je ne craindrai pas d'être à côté[1]!

PHÉDROME : Tu m'ennuies! Il veut lui faire faire le métier; et elle meurt d'amour pour moi; et moi je ne veux pas lui devoir quoi que ce soit.

PALINURE : C'est-à-dire ?

PHÉDROME : Parce que j'y vais bon jeu bon argent; je l'aime, autant qu'elle m'aime.

PALINURE : Mauvais amour que celui qui se cache; c'est pur gaspillage.

PHÉDROME : Tu as entièrement raison.

PALINURE : Est-ce qu'elle... a vu le loup ?

PHÉDROME : En ce qui me concerne, elle est aussi pure que si elle était ma sœur, à moins que, pour quelques baisers, elle ait perdu quoi que ce soit de sa pureté.

PALINURE : Le feu, tu sais bien, n'est jamais bien loin de la fumée; la fumée ne peut rien brûler, mais le feu peut le faire. Qui veut manger la noix brise d'abord la coquille; qui veut aller au lit se fraie un chemin avec des baisers.

PHÉDROME : Mais elle est pure et ne couche pas encore avec les hommes!

PALINURE : Je le croirais, s'il y avait quelque honneur chez un marchand de filles.

PHÉDROME : Mais elle, comment la juges-tu ? Dès qu'elle a l'occasion de se glisser jusqu'à moi, à peine m'a-t-elle donné un baiser qu'elle se sauve. Tout cela parce que le marchand de filles, qui est là, couché dans le temple d'Esculape[1], malade, me fait mourir à petit feu.

PALINURE : Comment cela ?

PHÉDROME : Tantôt il me demande pour elle trente mines, tantôt un grand talent[2]; et je ne puis obtenir de lui rien de juste ni d'honnête.

PALINURE : C'est toi qui n'es pas juste, d'exiger de lui ce qu'un marchand de filles n'a jamais pu donner.

PHÉDROME : Je viens maintenant d'envoyer mon parasite en Carie pour demander à un camarade qu'il me prête de l'argent. S'il ne me l'apporte pas, je ne saurai où me tourner.

PALINURE : Si tu salues les dieux, le mieux, c'est de te tourner vers la droite.

PHÉDROME : Tu vois l'autel de Vénus qui est là-bas, devant leur porte ? J'ai fait vœu à Vénus de lui servir à déjeuner.

PALINURE : Quoi ? Tu veux servir de déjeuner à Vénus ?

PHÉDROME : Moi, toi, et tous ces gens-là *(il montre les spectateurs)*.

PALINURE : Tu veux donc que Vénus vomisse ?

PHÉDROME, *à l'esclave qui l'accompagne :* Petit, donne-moi le broc.

PALINURE : Que vas-tu faire ?

PHÉDROME : Tu vas le savoir. Pendant la nuit, la maison a, pour la garder, une vieille femme — elle s'appelle Lééna — qui boit bien, et qui boit sec.

PALINURE : Comme qui dirait un flacon où l'on met le vin de Chio ?

PHÉDROME : Bref, c'est une ivrognesse finie. Dès que j'ai aspergé la porte avec du vin, à l'odeur, elle sait que je suis là et elle ouvre aussitôt.

PALINURE : Et c'est pour elle que tu fais apporter ce broc plein de vin ?

PHÉDROME : À moins que tu ne le veuilles pas...

PALINURE : Certes non, je ne veux pas ! Ce que je veux, ce serait que celui qui le porte se casse la figure. Moi, je croyais qu'on l'apportait pour nous.

PHÉDROME : Tu vas te taire ? Si elle en a trop, ce qu'elle laissera nous suffira.

PALINURE : Quel fleuve apportes-tu, si grand que la mer ne peut le recevoir ?

PHÉDROME : Viens avec moi, Palinure, accompagne-moi jusqu'à la porte; allons, fais ce que je te dis.

PALINURE : Bien, je le fais.

PHÉDROME, *arrosant de vin les battants de la porte :* Allons, bois, gentille porte, bois tout ton soûl, sois-moi favorable et propice.

PALINURE, *sur le même ton :* Veux-tu des olives, du civet, des câpres ?

PHÉDROME : Fais paraître ta gardienne à mes yeux.

PALINURE : Tu verses du vin ? Quelle folie te tient ?

PHÉDROME : Permets. Tu vois comme elle s'ouvre, cette délicieuse porte ? Est-ce que les gonds soufflent mot ? Ils sont gentils !

PALINURE : Allons, embrasse-les !

PHÉDROME : Tais-toi ; dissimulons notre lumière et ne disons rien.

PALINURE : Comme tu voudras.

## SCÈNE II

LÉÉNA, PALINURE, PHÉDROME

LÉÉNA, *sortant de chez le marchand de filles :*

*Un bouquet de vin vieux flotte jusqu'à mon nez ;*
*Le désir que j'en ai m'attire jusqu'ici en dépit de la nuit.*
*Où qu'il puisse être, il n'est pas loin de moi.*
*Victoire ! Je le tiens.*
*Salut, ma vie, salut, ô charme de Bacchus.*
*Que ton grand âge est doux à mon désir !*
*Auprès de toi le parfum le plus suave n'est pour moi que sentine.*
*Tu es pour moi la myrrhe, le cinnamone, la rose,*
*et la fleur de safran et la cannelle et le baume.*
*Là où tu es répandu, je voudrais que l'on m'enterre.*
*Mais puisqu'encore ton parfum seul a flatté mes narines*
*donne aussi le plaisir à mon gosier lui-même.*
*Tu ne me suffis pas ; où est le vin ? C'est lui que je désire*
*toucher, dont je veux entonner le liquide en mon corps,*
*ô je t'en prie, à longs traits. Il est parti par là,*
*je vais par là le suivre.*

PHÉDROME : La vieille a soif !

PALINURE : Une soif de combien ?

PHÉDROME : Elle est modeste, elle tient un quartaut.

PALINURE : À t'en croire, par Pollux, la vendange de cette année ne suffira pas à désaltérer cette vieille, toute seule ? Elle aurait dû faire plutôt un chien de chasse, son nez a du flair.

LÉÉNA : Dites donc, quelle est cette voix que j'entends, là, tout près ?

PHÉDROME : Je crois que c'est le moment d'interpeller la vieille. J'y vais. *(À la vieille.)* Reviens ; regarde-moi, Lééna.

LÉÉNA : Qui est-ce qui me donne des ordres ?

PHÉDROME : Le maître de vendange, le gentil Bacchus, qui te voyant la salive épaisse, la bouche sèche, dans ton demi-sommeil t'apporte à boire et vient calmer ta soif.

LÉÉNA : Est-il loin de moi ?

PHÉDROME : Regarde cette lumière.

LÉÉNA : Avance un peu plus vite vers moi, je t'en supplie.

PHÉDROME : Bonjour !

LÉÉNA : Comment le jour peut-il m'être bon, quand je sèche de soif !

PHÉDROME : Là, tu vas boire.

LÉÉNA : C'est bien long !

PHÉDROME : Tiens, gentille vieille.

LÉÉNA : Bonjour, ô le plus charmant des mortels.

PALINURE : Allons, verse tout cela dans ton gouffre, dépêche-toi de laver ton égout.

PHÉDROME : Tais-toi, je ne veux pas qu'on l'insulte.

PALINURE : Eh bien, soit, je la battrai.

LÉÉNA : Vénus, sur ce peu que j'ai je te donnerai un peu, et bien à contre-cœur. À toi, les amoureux, quand ils boivent à la santé de leur belle, te donnent tous du vin ; mais moi je n'ai pas souvent la chance de pareilles aubaines.

PALINURE : Regarde comme cette femme dégoûtante ingurgite avidement le vin pur à plein gosier.

PHÉDROME, *sans l'écouter :* Par Hercule, je suis perdu ; je ne sais que lui dire d'abord.

PALINURE : Eh bien, ce que tu viens de me dire.

PHÉDROME : Et quoi donc ?

PALINURE : Dis-lui que tu es perdu.

PHÉDROME : Que les dieux te maudissent !

PALINURE : Dis-lui cela à elle.

LÉÉNA, *qui reprend son souffle entre deux gorgées :* Ah !

PALINURE : Alors ? Ça te fait plaisir ?

LÉÉNA : Oh oui !

PALINURE, *à part :* Et moi, j'aurais plaisir à te piquer les côtes avec un aiguillon.

PHÉDROME : Tais-toi. Je te défends...

PALINURE : Je me tais. *(Désignant la vieille qui se renverse en arrière pour boire.)* Tiens, regarde, voilà l'arc-en-ciel qui boit; il pleuvra, aujourd'hui, m'est avis, par Hercule.

PHÉDROME : Je vais lui dire maintenant ?

PALINURE : Lui dire quoi ?

PHÉDROME : Que je suis perdu.

PALINURE :. Vas-y, dis-lui.

PHÉDROME : Vieille, écoute. Je veux que tu saches quelque chose : que je suis perdu, malheureux que je suis.

LÉÉNA : Et moi, par Pollux, je suis bel et bien ressuscitée. Mais qu'est-ce qui te donne la fantaisie de dire que tu es perdu ?

PHÉDROME : Parce que je n'ai pas ce que j'aime.

LÉÉNA : Mon petit Phédrome, ne pleure pas, je t'en prie; toi, veille à ce que je n'aie pas soif; moi, je t'amènerai ici l'objet de tes amours.

PHÉDROME : Ah, si tu me tiens parole, je t'élèverai non pas une statue d'or, mais une statue en bois de vigne, pour perpétuer le souvenir de ton gosier. *(La vieille rentre dans la maison.)* Y aura-t-il sur la terre quelqu'un de plus heureux que moi, si mon aimée vient vers moi! Palinure ?

PALINURE : Par Pollux, si l'on aime et qu'on n'ait pas le sou, on est dans une bien triste situation!

PHÉDROME : Oui, mais ce n'est pas le cas; je suis sûr que mon parasite, aujourd'hui, va revenir en m'apportant de l'argent.

PALINURE : Tu n'es pas au bout, si tu attends quelque chose que l'on ne trouve nulle part.

PHÉDROME, *comme la vieille tarde à revenir :* Et si je m'approchais de la porte et si je lui chantais une chanson magique ?

PALINURE : Si cela te dit, moi, je ne veux ni t'en empêcher ni te le conseiller, car je vois bien, maître, que tu as changé de manières et de caractère.

PHÉDROME, *s'approchant de la porte et se mettant à chanter :*

*Verrous, petits verrous, je vous salue de tout mon cœur,*
*vous mes amours, vous mon désir, je vous supplie, je vous [implore,*

*soyez gentils pour moi car je suis amoureux, ô mes*
*Imitez pour me plaire les danseurs d'Italie, [mignons!*
*sautez, je vous en prie, laissez sortir ma belle*
*qui a bu tout mon sang de malheureux amant.*
*Regarde-les dormir, ces verrous de malheur,*
*Je le vois bien, vous ne voulez rien faire pour me plaire.*
*Mais chut, chut !*

PALINURE : Mais je ne dis rien, par Hercule.

PHÉDROME : J'entends du bruit. Ah, enfin, par Pollux, les verrous font ce que je leur ai demandé.

## SCÈNE III

LÉÉNA, PLANÉSIE, PHÉDROME, PALINURE

LÉÉNA, *sortant de la maison :* Sors doucement, empêche la porte de faire du bruit et les gonds de grincer, pour que le maître n'entende pas ce que nous faisons ici, ma petite Planésie. Attends, que je verse un peu d'eau[1].

PALINURE : Tu vois comme cette vieille tremblotante pratique la médecine ? Elle sait très bien elle-même boire le vin pur; mais à la porte, elle donne à boire de l'eau.

PLANÉSIE : Où es-tu, toi qui m'as envoyé une assignation d'amour ? Je comparais, à ta requête, et je t'invite à comparaître, toi aussi, à la mienne.

PHÉDROME : Je suis là; si je faisais défaut, je me laisserais volontiers condamner, mon doux miel.

PLANÉSIE : Ô ma vie, ce n'est pas normal qu'un amoureux soit loin de sa belle!

PHÉDROME : Palinure, Palinure!

PALINURE : Dis donc, pourquoi appelles-tu Palinure ?

PHÉDROME : Comme elle est gentille.

PALINURE : Bien trop gentille.

PHÉDROME : Je suis dieu!

PALINURE : Dis plutôt un vaurien!

PHÉDROME : As-tu jamais vu, verras-tu jamais rien qui ressemble plus aux dieux!

PALINURE : Ce que je vois c'est que tu es malade, et cela me chagrine.

PHÉDROME : Tu ne cherches qu'à me contrarier; tais-toi.

PALINURE : On se met soi-même au supplice quand on voit ce qu'on aime et qu'on n'en profite pas, quand on le peut.

PHÉDROME : Il a raison de me gronder; d'ailleurs, il n'y a rien que j'aie autant désiré, aussi longtemps.

PLANÉSIE : Alors, garde-moi, prends-moi dans tes bras.

PHÉDROME : C'est bien là la seule raison qui me donne envie de vivre; puisque ton maître te sépare de moi, tu es à moi en secret.

PLANÉSIE : Nous séparer ? Mais il ne peut nous séparer, il ne nous séparera pas, à moins que la mort n'éloigne mon âme de la tienne.

PALINURE, *à part :* Oui, mais, après tout, je ne peux m'empêcher de blâmer mon maître. C'est une bonne chose, je veux bien, d'aimer un peu, mais aimer comme un fou, ce n'est pas une bonne chose; aimer de tout son être, c'est être en plein délire, et c'est ce que fait mon maître.

PHÉDROME, *de son côté, tout à son amour :* Que les rois gardent leurs royaumes, et les riches leurs richesses, foin des honneurs, des vertus, des batailles, des combats! Pourvu que l'on ne soit pas jaloux de moi, que chacun garde ce qu'il a !

PALINURE, *à Phédrome :* Dis donc, tu as fait vœu de faire la veillée de Vénus[1], Phédrome ? Par Pollux, il ne va pas tarder à faire jour.

PHÉDROME : Tais-toi.

PALINURE : Pourquoi me taire ? Viens plutôt dormir.

PHÉDROME : Je dors; ne m'éveille pas par tes cris.

PALINURE : Mais tu es éveillé!

PHÉDROME : Non, je dors à ma façon; c'est cela, mon sommeil.

PALINURE : Dis, la belle, maltraiter quelqu'un qui ne le mérite pas, ce n'est pas bien.

PLANÉSIE : Tu te mettrais en colère si, quand tu manges, il t'enlevait la nourriture.

PALINURE : Et voilà! Je vois qu'ils sont tous deux aussi follement amoureux; tous deux ont perdu la raison. Tu vois tous les efforts désespérés qu'ils font ? Ils ne peuvent assez s'étreindre. *(Il s'interpose.)* Oui ou non, vous vous séparez ?

PLANÉSIE : Aucun mortel ne peut avoir du plaisir sans

arrêt; voici qu'au plaisir que j'ai, vient se mêler cet individu odieux.

PALINURE : Qu'est-ce que tu dis, éhontée ? C'est toi, avec tes yeux de chouette, qui m'appelles « individu odieux », petit masque effronté, petite rien du tout!

PHÉDROME : Tu oses insulter ma Vénus ? Un esclave, promis aux verges, élève la voix devant moi ? Par Hercule, pour ce que tu dis là il t'en cuira drôlement! *(Il le bat.)* Tiens, voilà pour tes paroles, pour t'apprendre à tenir ta langue.

PALINURE, *feignant d'appeler Planésie à son secours :* Au secours, Vénus des nuits blanches!

PHÉDROME : Tu continues, vaurien ?

PLANÉSIE : Je t'en supplie, ne tape pas sur une pierre, tu t'abîmerais la main.

PALINURE : Quelle honte, quel scandale tu commets, Phédrome; l'homme qui te donne de bons conseils reçoit tes coups de poings, et tu es amoureux de cette fille, une petite rien du tout. Se peut-il que tu te conduises avec aussi peu de raison ?

PHÉDROME : Je te donnerai de l'or, si tu me montres un amoureux raisonnable.

PALINURE : Je te donnerai de l'orichalque[1] si tu me montres un maître raisonnable que je puisse servir.

PLANÉSIE, *à Phédrome :* Adieu, mon précieux ami, j'entends grincer et claquer les portes; c'est le gardien qui ouvre le temple. Jusqu'à quand, dis-moi, devrons-nous nous contenter de nous aimer ainsi à la dérobée ?

PHÉDROME : Pas longtemps; j'ai envoyé, il y a trois jours, mon parasite en Carie chercher de l'argent; il doit être ici aujourd'hui.

PLANÉSIE : Tu es bien long à agir!

PHÉDROME : Que Vénus me protège, je ne te laisserai plus trois jours dans la maison où tu es, avant de faire de toi une femme libre, toi qui en as le cœur.

PLANÉSIE : Va, n'oublie pas ce que tu viens de dire; et, avant que je m'en aille, voici encore un baiser. *(Elle l'embrasse.)*

PHÉDROME : Ah, par Hercule, si l'on me donnait un royaume, jamais je ne le préférerais à ce baiser! Quand te reverrai-je ?

PLANÉSIE : Eh bien, à toi de me donner la réponse; si tu m'aimes, achète-moi; ne me pose plus de question, trouve le moyen, avec ton argent, d'emporter le marché. Adieu.

*Elle rentre chez elle.*

PHÉDROME : Et me voici tout seul! Je suis bien mort, Palinure.

PALINURE : Et moi, donc, qui meurs de coups et de sommeil!

PHÉDROME : Suis-moi.

*Ils rentrent chez eux.*

# ACTE II

## *SCÈNE PREMIÈRE*

CAPPADOX, PALINURE

CAPPADOX, *sortant du temple d'Esculape :* Je quitte le temple, c'est décidé maintenant, puisque je comprends l'opinion d'Esculape à mon égard : il se moque de moi et ne veut pas me guérir. Ma santé va de mal en pire, mes douleurs de plus en plus fort. Maintenant ma rate est comme une ceinture qui m'enserre; on dirait que j'ai deux jumeaux dans le ventre. Je ne crains rien tant que de crever par le milieu; ah, je suis bien malheureux!

PALINURE, *sortant de la maison de Phédrome, et sans voir Cappadox :* Si tu voulais bien faire, Phédrome, tu m'écouterais, et tu chasserais de ton âme le chagrin que tu as. Tu trembles, parce que ton parasite n'est pas revenu de Carie; il rapporte l'argent, c'est sûr; s'il ne le rapportait pas, un grappin de fer ne l'empêcherait pas de revenir ici pour manger, à sa crèche habituelle.

CAPPADOX, *se retournant :* Qui est-ce qui parle ici ?

PALINURE : À qui est la voix que j'entends ?

CAPPADOX : N'est-ce point Palinure, l'esclave de Phédrome ?

PALINURE : Quel est cet individu, avec son ventre de citrouille et ses yeux couleur d'épinards ? L'allure m'est familière, mais le teint, je ne le reconnais pas. Si, si, ça y est! C'est Cappadox, le marchand de filles. Je vais l'aborder.

CAPPADOX : Bonjour, Palinure.

PALINURE : Ô vieille crapule, bonjour, que fais-tu ?

CAPPADOX : Je vis...

PALINURE : Comme tu le mérites, naturellement. Mais qu'eſt-ce que tu as ?

CAPPADOX : Ma rate me tue, mes reins me torturent, mes poumons se disloquent, mon foie eſt au supplice, les racines de mon cœur ne valent plus rien, et j'ai tous les boyaux douloureux.

PALINURE : Alors la maladie dont tu souffres eſt un mal... hépatique !

CAPPADOX : Ma rate eſt en morceaux !

PALINURE : Marche ; c'eſt le meilleur pour la rate.

CAPPADOX : C'eſt facile, de se moquer d'un malheureux.

PALINURE : Attends encore quelques jours, jusqu'à ce que tes inteſtins achèvent de pourrir. Pour l'inſtant, la salaison eſt encore bonne. Si tu attends, tes boyaux vaudront plus cher que toute ta personne.

CAPPADOX : Laisse, je t'en prie, et réponds à ma queſtion : pourrais-tu interpréter, si je te racontais le rêve que j'ai fait cette nuit ?

PALINURE : Et comment ! Je suis l'individu le plus savant sur les choses divines. Les devins viennent me demander conseil ; les réponses que je leur donne sont pour eux la vérité même.

## *SCÈNE II*

### LE CUISINIER, PALINURE, CAPPADOX

LE CUISINIER, *sortant de chez Phédrome :* Palinure, qu'eſt-ce que tu attends ? Tu ferais mieux de me sortir tout ce dont j'ai besoin, pour que le repas du parasite soit prêt quand il viendra.

PALINURE : Attends un peu, je te prie, pendant que j'explique à celui-ci son rêve.

LE CUISINIER : Mais toi-même, quand tu as rêvé quelque chose, tu viens me le raconter.

PALINURE : C'eſt vrai.

LE CUISINIER : Va chercher ce qu'il faut.

PALINURE, *à Cappadox :* Toi, pendant ce temps-là, raconte-lui ton rêve. Je te donne à ma place quelqu'un de plus habile que moi. Ce que je sais, c'est lui qui me l'a tout appris.

CAPPADOX : Qu'il m'écoute donc.

PALINURE : Il t'écoutera.

CAPPADOX, *tandis que Palinure s'en va :* Il n'y en a pas beaucoup comme lui ; il est déférent envers celui qui l'a instruit. Écoute-moi donc.

LE CUISINIER : Je ne te connais pas, mais je t'écouterai[1].

CAPPADOX : Cette nuit, en dormant, j'ai cru voir Esculape, qui était assis loin de moi, et il n'a pas daigné s'approcher de moi ni m'accorder la moindre attention.

LE CUISINIER : Sache que les autres dieux en feront autant ; car ils s'entendent tous merveilleusement. Rien d'étonnant à ce que tu n'ailles pas mieux. Tu aurais dû plutôt aller coucher dans le temple de Jupiter, qui t'a si souvent servi de témoin pour tes serments.

CAPPADOX : Si tous ceux qui ont prononcé de faux serments voulaient coucher dans le temple, il n'y aurait pas assez de place au Capitole !

LE CUISINIER : Écoute-moi bien : concilie-toi Esculape, pour éviter que ne t'arrive le grand malheur qui t'a été présagé dans ton sommeil.

CAPPADOX : Tu as raison. Je vais aller le prier.

*Il entre dans le temple.*

LE CUISINIER, *seul :* Grand mal t'en fasse !

*Il rentre dans la maison.*

PALINURE, *ressortant de la maison :* Oh, dieux immortels, qui vois-je ? qui est là-bas ? N'est-ce pas le parasite que l'on a envoyé en Carie ? Hé, Phédrome, viens, viens, viens, te dis-je, plus vite que ça !

PHÉDROME, *sortant de chez lui :* Pourquoi pousses-tu ces cris ?

PALINURE : Ton parasite ! Je le vois qui court là-bas, au bout de la grand-rue. Mettons-nous là pour écouter ce qu'il dit.

PHÉDROME : Bon, faisons-le.

## *SCÈNE III*

### Charançon, Phédrome, Palinure

CHARANÇON, *arrivant en courant et gesticulant, et sans les voir :* Place, faites-moi place, connus et inconnus, car je suis en mission. Allez-vous-en, tous, partez, ôtez-vous de mon chemin, pour qu'en courant je ne heurte personne, de la tête, du coude, de la poitrine, ou du genou. L'affaire qui vient de me tomber dessus exige que je me presse, que je me hâte. Et il n'y a personne au monde d'assez haut placé pour m'arrêter en chemin : ni préfet ni tyran que ce soit[1], ni inspecteur des marchés, ni chef de canton ni chef de village, ni personne assez glorieux pour que je ne le retire du trottoir et ne le plante sur la tête, au milieu de la route. Et puis ces Grecs en manteau court, qui se promènent la tête couverte, qui vont, bourrés comme boudins, de livres, de paniers, qui s'arrêtent, et font la conversation ensemble, ces esclaves en rupture de ban, qui se mettent dans vos jambes, vous barrent la route, et se promènent avec leurs belles phrases, que l'on peut voir toujours en train de boire dans les tavernes; quand ils ont chipé quelque chose, ils boivent chaud, la tête couverte, puis s'en vont, sombres, et un peu soûls; si je les rencontre sur mon chemin, à tous, autant qu'ils sont, je tirerai un pet de boulanger[2]. Et les valets de nos élégants, qui jouent à qui mieux mieux dans la rue, lanceurs de balles et attrapeurs, je les écrase tous sur le sol. Aussi, qu'ils restent chez eux, pour éviter un mauvais coup.

PHÉDROME, *à part à Palinure :* Il sait ce qui est à faire, s'il avait le pouvoir. Eh oui, ce sont bien les façons d'aujourd'hui, c'est comme cela que sont les esclaves; en vérité, on ne peut trouver le moyen de les tenir.

CHARANÇON, *à la cantonade :* Y a-t-il quelqu'un qui puisse me montrer Phédrome, mon bon génie ? L'affaire est tellement urgente; il faut que je le rencontre au plus tôt.

PALINURE, *à Phédrome :* C'est toi qu'il cherche.

PHÉDROME : Si nous l'abordions. Eh, Charançon, viens un peu!

CHARANÇON : Qui m'appelle ? Qui prononce mon nom ?

PHÉDROME : Quelqu'un qui veut te voir!

CHARANÇON, *l'apercevant enfin :* Tu ne le souhaites pas plus que moi je ne souhaite te voir.

PHÉDROME : Ô, ma bonne chance, Charançon tant souhaité, bonjour!

CHARANÇON : Bonjour.

PHÉDROME : Je suis heureux de te voir revenu sain et sauf; donne-moi la main. Où sont mes espérances ? Dis-le-moi, je t'en supplie, par Hercule.

CHARANÇON : Dis-moi, je t'en supplie, où sont les miennes ?

PHÉDROME : Qu'est-ce que tu as ?

CHARANÇON : J'ai un voile sur les yeux, mes genoux, de faiblesse, se dérobent sous moi.

PHÉDROME : C'est la fatigue, je crois bien, par Hercule.

CHARANÇON : Soutiens-moi, je t'en prie, soutiens-moi.

PHÉDROME : Tu as vu comme il a pâli soudain ? Donnez-lui un siège pour le faire asseoir, vite, et une cruche, avec de l'eau. Allons, un peu vite!

CHARANÇON : Je défaille!

PALINURE : Tu veux de l'eau ?

CHARANÇON : S'il y a de la viande avec, donne, je t'en prie, que je l'avale.

PALINURE : Maudit sois-tu.

CHARANÇON : Je vous en prie, faites qu'un bon vent m'accueille!

PALINURE : Tout de suite.

CHARANÇON : Que faites-vous donc ?

PALINURE : On t'évente!

CHARANÇON : Mais je ne veux pas que l'on m'évente!

PHÉDROME : Alors, que veux-tu ?

CHARANÇON : Manger, pour que ce soit un bon vent qui m'ait apporté[1].

PALINURE : Que Jupiter et les dieux te confondent!

CHARANÇON : Je suis mort; je vois à peine, j'ai les dents pleines de sanie, la gorge enflammée tant j'ai faim. À force d'être vide de nourriture, j'ai les boyaux épuisés!

PHÉDROME : Tu vas manger quelque chose.

CHARANÇON : Non, par Hercule, pas « quelque chose »; j'aime mieux une chose certaine que « quelque chose ».

PHÉDROME : Mais si tu savais ce que nous avons dans le garde-manger...

CHARANÇON : Ce dont j'ai envie plus que tout, c'est

de savoir où c'eſt; mes dents ont grand besoin de le rencontrer.

PHÉDROME : Un jambon, un ventre de porc, des tétines, des côtes, des ris de porc.

CHARANÇON : Vraiment, tout cela ? Tu veux dire, dans le saloir ?

PHÉDROME : Non pas, sur les plats. Tout cela eſt préparé pour toi, depuis que nous avons appris ton prochain retour.

CHARANÇON : Surtout, ne te moque pas de moi.

PHÉDROME : Puisse m'aimer celle que j'aime, aussi vrai que je ne mens pas. Mais sur la mission dont je t'ai chargé je ne sais toujours rien.

CHARANÇON : Je ne rapporte rien.

PHÉDROME : C'eſt le dernier coup!

CHARANÇON : Mais je puis trouver ce qu'il faut, si vous m'aidez. Après être parti, à ta demande, je suis arrivé en Carie; là je vois ton camarade et je le prie de me procurer de l'argent. Ah, il tient à ton amitié; il n'a pas voulu chercher des échappatoires, mais, comme un ami doit le faire pour un ami, il était décidé à nous rendre service; il me répondit, tout droit et sans ambages, qu'il était dans la même situation que toi, qu'il était en grande pénurie d'argent.

PHÉDROME : Ah, ce que tu me dis me fait mourir!

CHARANÇON : Non, je te sauve, je veux te sauver. Ayant reçu cette réponse, je le quitte et m'en reviens triſtement au forum, me disant que j'avais fait tout ce voyage pour rien. Là, voici que j'aperçois un soldat[1]; je vais vers lui et je l'aborde en le saluant : « Bonjour », me dit-il, il me prend la main droite, me tire à part et me demande pourquoi je me trouve en Carie. Je dis que je suis venu pour me promener. Sur quoi il me pose des queſtions : eſt-ce que je connais, par hasard, un certain Lycon, banquier à Épidaure ? Je dis que je le connais. « Et le marchand de filles Cappadox ? » Je fais signe que oui : « Je suis allé chez lui, dis-je; mais que lui veux-tu ? — C'eſt que je lui ai acheté une jeune fille trentes mines, plus le trousseau et les bijoux; et pour ces articles, il faut compter dix mines en sus. — Tu lui as versé l'argent, dis-je ? — Non, cet argent eſt déposé chez le banquier dont je t'ai parlé, Lycon, et je lui ai donné pour consigne, lorsque quelqu'un lui apporterait un message scellé de mon anneau, de faire en sorte que mon messager puisse retirer de chez le marchand de filles la demoiselle, avec les bijoux et le trousseau. » Quand il eut fini de me raconter cela, je le quittai. Mais lui il me rappelle aussitôt, il m'invite à dîner. En conscience, je ne crus pas pouvoir lui refuser. « Si nous allions tout de suite nous mettre à table ? » dit-il. Je trouve le projet excellent; il ne faut pas faire durer le jour plus que de droit ni faire tort à la nuit. Tout est déjà préparé, et nous, pour qui sont ces apprêts, nous arrivons. Après que nous eûmes bien mangé et bien bu, il fait apporter les dés et me propose une partie. Je mets en jeu mon manteau; lui, il met son anneau et invoque Planésie.

PHÉDROME : Celle que j'aime ?

CHARANÇON : Tais-toi un peu! Il amène quatre vautours. Je saisis les dés, j'invoque ma bonne nourrice Hercule; j'amène le coup du roi. Je lui tends, pour boire à ma santé, une grande coupe. Il la boit jusqu'au fond, penche la tête et s'endort. Alors, moi, je lui retire doucement son anneau. Je descends du lit en douceur, pour que le soldat ne s'en aperçoive pas. Les esclaves me demandent où je vais. Je dis que je vais où l'on va quand on a bien bu. Dès que j'aperçois la porte, aussitôt je me tire!

PHÉDROME : Bravo!

CHARANÇON : Tu diras bravo quand j'aurai obtenu ce que tu désires. Entrons donc maintenant pour écrire et sceller la lettre.

PHÉDROME : Je t'en empêche, peut-être ?

CHARANÇON : Mais d'abord, fourrons-nous quelque chose dans la panse, un jambon, des tétines, un ris de porc; voilà qui leste bien l'estomac; du pain, un rôti de bœuf, une vaste coupe, une grande marmite, pour nous donner des idées. Toi, rédige la lettre; Palinure servira; moi, je mangerai. Je dirai en quel sens il faut la composer. Suis-moi dans la maison.

PHÉDROME : Je te suis.

*Ils entrent chez Phédrome.*

# ACTE III

## SCÈNE PREMIÈRE

LYCON, CHARANÇON, CAPPADOX

LYCON, *il est seul sur la scène :* J'ai l'air prospère. Je viens de faire mes petits comptes pour savoir combien je possède, combien j'ai à autrui. Si je restitue ce que je dois à mes créanciers, le passif l'emporte. Mais, par Hercule, lorsque j'y réfléchis bien, si l'on me presse trop, j'irai devant le préteur[1]. C'est ce que font la plupart des banquiers : réclamer aux autres, si quelqu'un demande un peu trop fort. Qui a gagné tôt de l'argent, s'il ne l'épargne tôt, sera tôt sur la paille[2]...

CHARANÇON, *sortant de la maison de Phédrome et parlant à celui-ci qui est invisible :* Pas besoin de me donner d'instruction, quand j'ai bien mangé; je me souviens, je sais ce que j'ai à faire. Je vais régler ton affaire joliment; pas un mot ! *(À part.)* Par Pollux, je me suis bien rempli la panse, dans cette maison; mais j'ai laissé dans mon ventre une petite case vide où je pourrais loger ce qui restera des restes. *(Il aperçoit Lycon.)* Quel est cet homme qui, la tête couverte, fait ses dévotions à Esculape ? Tut, tut, c'est l'homme que je cherchais. *(À son esclave.)* Suis-moi. Je vais faire semblant de ne pas le connaître. Hé là, toi, un mot!

LYCON : N'a-qu'un-œil, bonjour!

CHARANÇON : Dis donc, tu te moques de moi ?

LYCON : M'est avis que tu es de la race des Cyclopes; eux aussi, ils n'ont qu'un œil.

CHARANÇON : C'est une catapulte qui m'a blessé à Sicyone.

LYCON : Qu'est-ce que ça me fait, si c'est une marmite fêlée pleine de cendre qui t'a crevé l'œil ?

CHARANÇON, *à part :* Il a un don, celui-là; ce qu'il dit est vrai; ce sont des catapultes de ce genre qui me menacent le plus souvent. *(À Lycon.)* Jeune homme, c'est au service de la République que m'est advenu ce que je cache là-dessous *(il montre le bandeau qu'il a sur l'œil);* je t'en prie, ne me prends pas pour un autre!

LYCON : Peut-on te... prendre, à défaut de te prendre pour un autre ?

CHARANÇON : Tu ne me prendras pas, et je n'aime pas du tout ni tes prises ni tes passes[1] ! Mais si tu peux m'indiquer où est l'homme que je cherche, tu en auras de moi grande et solide reconnaissance. Je cherche le banquier Lycon.

LYCON : Dis-moi, pourquoi le cherches-tu ? Et de la part de qui ?

CHARANÇON : Je vais te le dire; de la part du soldat Thérapontigonus Platagidorus.

LYCON : Par Pollux, c'est un nom que je connais bien, car, en l'écrivant, j'ai empli quatre tablettes entières. Mais pourquoi cherches-tu Lycon ?

CHARANÇON : J'ai mission de lui apporter ces tablettes.

LYCON : Qui es-tu toi-même ?

CHARANÇON : Son affranchi, que tout le monde appelle l'Arroseur.

LYCON : L'Arroseur, salut ! Mais pourquoi es-tu l'Arroseur ? Explique-moi.

CHARANÇON : Parce que j'arrose les couvertures, quand je m'endors après boire; c'est pour cela que tout le monde m'appelle l'Arroseur.

LYCON : Tu feras bien d'aller chercher un logement ailleurs; chez moi, il n'y a absolument pas de place pour un Arroseur. Mais l'homme que tu cherches, c'est moi !

CHARANÇON : Alors, c'est toi le banquier Lycon ?

LYCON : C'est moi.

CHARANÇON : Thérapontigonus m'a dit de bien te saluer et m'a chargé de te remettre des tablettes.

LYCON : À moi ?

CHARANÇON : Oui. Prends-les. Reconnais le sceau. Tu le connais ?

LYCON : Comment ne le reconnaîtrais-je pas ! Un homme avec un bouclier en train de fendre en deux un éléphant d'un coup de glaive.

CHARANÇON : Il m'a demandé de te prier de faire exactement ce qui est écrit là-dedans, si tu veux lui être agréable.

LYCON : Permets que je regarde ce qui est écrit.

CHARANÇON : Avec plaisir. Fais à ton aise, pourvu que je reparte avec ce que je te demande.

LYCON, *lisant :* « Le soldat Thérapontigonus Platagidorus à Lycon, son hôte d'Épidaure, salut. »

CHARANÇON, *à part :* Il est à moi, il mord à l'hameçon.

LYCON, *continuant à lire :* « Je te demande et je te prie de faire remettre à l'homme qui t'apportera ces tablettes la jeune fille que j'ai achetée à Épidaure, comme cela a été conclu en ta présence et par ton entremise, avec les bijoux et le trousseau. Tu sais ce qui est convenu : donne l'argent au marchand de filles, et à mon représentant la jeune fille. » *(À Charançon.)* Où est-il lui-même ? Pourquoi ne vient-il pas ?

CHARANÇON : Je vais te le dire. C'est parce qu'il y a trois jours seulement que nous sommes arrivés en Carie, au retour de l'Inde. Il veut s'y faire élever une statue d'or massif, en or de philippes[1], de sept pieds de haut, pour commémorer ses exploits.

LYCON : Et pourquoi cela ?

CHARANÇON : Je vais te le dire : parce que les Perses, les Paphlagoniens, les Sinopiens, les Arabes, les Cariens, les Crétois, les Syriens, Rhodes et la Lycie, la Mangeaillerie et la Biberonnerie, la Centauromachie et la Flotte des Unimamelles[2], et tout le rivage de Libye, et tout le pays de Casse-Tête, la moitié de toutes les nations du monde ont été soumises par lui en moins de vingt jours.

LYCON : Bah!

CHARANÇON : Qu'est-ce qui t'étonne ?

LYCON : C'est que si tous ces peuples étaient enfermés dans une cage, comme des poulets, on ne pourrait pas en faire le tour en un an. Je suis sûr, par Hercule, que tu viens de sa part, tant tu racontes de balivernes.

CHARANÇON : Je peux encore t'en raconter d'autres, si tu le veux.

LYCON : Non, merci. Viens avec moi; je vais te remettre ce que tu es venu chercher. *(Cappadox sort du Temple.)* Précisément, voici l'homme en question. Marchand de filles, bonjour!

CAPPADOX : Que les dieux te protègent!

LYCON : Tu sais pourquoi je viens te voir ?

CAPPADOX : Dis-moi ce que tu veux.

LYCON : Te remettre de l'argent, et que tu laisses aller la jeune fille avec l'homme que voici.

CAPPADOX : Et le serment que j'ai prêté ?

LYCON : Qu'est-ce que cela te fait, pourvu que tu reçoives l'argent ?

CAPPADOX : Un bon conseil vaut une aide. Suivez-moi.

CHARANÇON : Marchand, prends garde de me faire attendre !

*Ils entrent dans la maison de Cappadox.*

# ACTE IV

## *SCÈNE PREMIÈRE*

L'IMPRESARIO, *seul en scène.*

Par Pollux, le gentil plaisant qu'a gentiment trouvé là Phédrome ! Halophante ou sycophante[1], je ne sais quel nom lui convient le mieux. Je crains de ne jamais récupérer les vêtements que j'ai loués. J'ai beau ne pas avoir affaire à lui (j'ai traité avec Phédrome), je prendrai tout de même mes précautions. Mais, jusqu'à ce qu'il ressorte, je vais vous indiquer en quel endroit vous trouverez facilement chaque sorte d'individus, pour vous éviter trop de travail si vous voulez en rencontrer un, vicieux ou sans vice, honnête ou malhonnête. Si l'on veut trouver un parjure, il faut aller au Comitium[2]. Un menteur, un vantard ? Au temple de Cloacine[3]. De riches maris dépensiers, cherchez-en près de la basilique. Là il y aura aussi les vieilles putains hors d'âge et les intermédiaires en affaires. Les organisateurs de banquets, près du marché au poisson. Au bas du forum, se promènent les gens honnêtes et riches. Au milieu du forum, près du canal, rien que des m'as-tu-vu. Au-dessus du Lac[4], des hâbleurs, des bavards, des médisants, qui n'hésitent pas à dire pis que pendre d'autrui, à propos de rien, alors qu'eux-mêmes fourniraient largement de quoi se faire critiquer à juste titre. Près des Boutiques Vieilles, se trouvent ceux qui donnent et reçoivent à usure. Derrière le temple de Castor il y a les gens à qui l'on ne doit pas accorder tout de suite sa confiance. Dans la rue Étrusque, là se trouvent des individus qui font leur réclame eux-mêmes[5]... Au Vélabre, un boulanger, un boucher, un aruspice et les revendeurs ou ceux qui fournissent la marchandise aux revendeurs. Les riches maris dépensiers près de la Leucadienne de l'Oppius[1]. Mais pendant ce temps la porte a grincé : il me faut tenir ma langue.

## *SCÈNE II*

### Charançon, Cappadox, Lycon, Planésie

CHARANÇON, *sortant de sa maison :* Marche devant, jeune fille; je ne puis surveiller ce qui est derrière moi. *(À Cappadox.)* Les bijoux, tout le trousseau qu'elle possède, il m'a dit que tout était à lui.

CAPPADOX : Personne ne dit le contraire.

CHARANÇON : Il vaut tout de même mieux le préciser.

LYCON, *à Cappadox :* Souviens-toi que tu as promis que, si quelqu'un la revendiquait comme libre, tu me rendrais tout l'argent, à savoir trente mines ?

CAPPADOX : Je m'en souviendrai, sois tranquille sur ce point. Je prends le même engagement encore maintenant.

CHARANÇON : Je désire que tu t'en souviennes le moment venu.

CAPPADOX : Je m'en souviens, et je te la donne en propriété garantie.

CHARANÇON : Moi, que d'un marchand de filles, j'accepte quoi que ce soit sous garantie ? Des gens qui ne possèdent en propre que leur langue, pour nier sous serment le dépôt qu'on leur a fait ? Ceux que vous vendez ne sont pas à vous, ni ceux que vous affranchissez, ni ceux à qui vous donnez des ordres. Personne ne peut être votre caution, et vous-mêmes vous n'êtes la caution de personne. Il en va de la race des marchands de filles, parmi les humains, à mon sens, comme des mouches, des moustiques, des punaises, des poux et des puces : haïs, détestés, désagréables, vous ne servez à rien à personne et pas un honnête homme n'ose s'arrêter avec vous au forum. Quiconque s'arrête est blâmé, montré du doigt, honni; on dit qu'il ruine sa maison et son crédit, même s'il n'a rien fait.

LYCON : Par Pollux, le borgne, tu connais joliment bien, ce me semble, les marchands de filles!

CHARANÇON, *à Lycon :* Vous, par Hercule, je vous mets dans le même sac; vous êtes exactement pareils à eux. Eux, du moins, ils mettent leur marchandise en vente dans des endroits dissimulés; vous, en plein forum; vous recourez à l'usure, eux aux mauvais conseils, à la débauche, pour ruiner les gens. Des textes de loi sans nombre ont été votés par le peuple à votre sujet. Une fois qu'ils sont adoptés, vous les violez; vous trouvez toujours une fissure. Pour vous les lois, c'est comme de l'eau bouillante; elles se refroidissent.

LYCON, *à part :* Si seulement j'avais choisi de me taire!

CAPPADOX : Tu t'y connais assez bien pour dire du mal des gens!

CHARANÇON : Dire du mal de qui ne le mérite pas, je considère que c'est mal parler; mais dire du mal de qui le mérite, à mon sens, c'est parler bien. Mais je n'ai pas besoin de ta caution, ni à toi ni de celle d'aucun autre marchand de filles. Lycon, je peux m'en aller ?

LYCON : Au revoir. Porte-toi bien.

CHARANÇON : Au revoir.

CAPPADOX : Eh, un instant, je veux te dire quelque chose.

CHARANÇON : Parle, que veux-tu ?

CAPPADOX : Je te demande d'avoir bien soin d'elle; je l'ai bien élevée dans ma maison, d'une façon honorable.

CHARANÇON : Si tu as pitié d'elle, pourquoi ne lui donnes-tu pas de quoi l'établir convenablement ?

CAPPADOX : Va au diable !

CHARANÇON : C'est toi qui devrais profiter du conseil!

CAPPADOX, *à Planésie :* Pourquoi pleures-tu, sotte ? Ne crains rien; par Hercule, je t'ai bien vendue. Sois seulement honnête et sage; suis cet homme, gentiment, ma gentille.

LYCON : L'Arroseur, tu n'as plus besoin de moi ?

CHARANÇON : Au revoir, et porte-toi bien. Car tu n'as épargné ni ta peine ni ton argent !

LYCON : Bien le bonjour à ton patron, de ma part.

CHARANÇON : Je ferai la commission.

*Il sort avec Planésie.*

LYCON : Je puis faire quelque chose pour toi, marchand?

CAPPADOX : Les dix mines dont nous avons parlé, et qui doivent servir à me soigner, jusqu'à ce que j'aille mieux, peux-tu me les donner[1] ?

LYCON : On te les donnera. Envoie-les chercher demain.

*Il sort.*

CAPPADOX, *resté seul :* Cette bonne affaire une fois terminée, je veux aller remercier le dieu ici, dans le temple. J'ai acheté autrefois cette jeune fille pour dix mines, alors qu'elle était toute petite, mais je n'ai jamais revu ensuite l'homme qui me l'avait vendue. Je crois qu'il est mort. Mais quelle importance pour moi ? J'ai l'argent. Quand un homme a les dieux pour lui, ils ne manquent pas de lui faire faire des bénéfices. Maintenant, je vais m'occuper du sacrifice; je suis décidé à bien me traiter[1].

*Il entre dans le temple.*

## SCÈNE III

THÉRAPONTIGONUS, LYCON

THÉRAPONTIGONUS, *entrant par la droite, venant du port :* Ah, ce n'est pas une colère vulgaire que celle qui m'anime aujourd'hui, c'est celle qui m'enseigne à ravager des villes. Si toi tu ne te disposes pas, sans délai, à me rendre les trente mines que j'ai déposées chez toi, dispose-toi à perdre la vie!

LYCON : Par Pollux, ce n'est pas une rossée vulgaire que je vais t'appliquer, mais celle que j'applique à ceux à qui je ne dois rien.

THÉRAPONTIGONUS : Ne prends pas tes grands airs avec moi, ni croire que je vais m'humilier!

LYCON : Ni toi que tu me contraindras à rendre ce que je t'ai déjà rendu. Je ne te donnerai rien.

THÉRAPONTIGONUS : Ah, je le savais bien, lorsque je t'ai confié cet argent, que tu ne m'en rendrais pas un sou!

LYCON : Alors, pourquoi me le demandes-tu ?

THÉRAPONTIGONUS : Je veux savoir à qui tu l'as rendu.

LYCON : Au borgne, ton affranchi. Il m'a dit qu'il s'appelait l'Arroseur; je lui ai rendu l'argent, il m'a apporté des tablettes scellées que tu m'avais...

THÉRAPONTIGONUS : Qu'est-ce que c'est que cette histoire d'affranchis borgnes, et d'Arroseur ? D'abord, je n'ai pas d'affranchi.

LYCON : Tu es en cela plus sage que bien des marchands de filles, qui ont des affranchis et qui les abandonnent[2].

THÉRAPONTIGONUS : Qu'as-tu fait ?

LYCON : Ce que tu me demandais de faire; par égard pour toi, pour ne pas éconduire un messager, qui m'apportait un message scellé de ton sceau.

THÉRAPONTIGONUS : Il fallait être plus bête que nature pour ajouter foi à ces tablettes.

LYCON : Ce qui sert à traiter les affaires publiques et privées, que je n'y ajoute pas foi ? Bon, je m'en vais, tu as été bien et dûment payé. Guerrier, porte-toi bien !

THÉRAPONTIGONUS : Comment, porte-toi bien ?

LYCON : Porte-toi mal, si tu préfères, et, en ce qui me concerne, jusqu'à la fin de tes jours.

*Il sort.*

THÉRAPONTIGONUS : Que puis-je faire maintenant ? À quoi me sert d'avoir fait obéir des rois, si aujourd'hui ce rond-de-cuir se moque de moi ?

## *SCÈNE IV*

CAPPADOX, THÉRAPONTIGONUS

CAPPADOX, *sortant du temple :* Quiconque a les dieux pour lui, ne les a pas, m'est avis, contre lui. Après avoir offert le sacrifice, il m'est venu l'idée, au cas où le banquier quitterait le pays, d'aller lui demander l'argent, afin que ce soit moi qui le mange plutôt que lui.

THÉRAPONTIGONUS, *à Cappadox qui ne le voit pas :* Rebonjour !

CAPPADOX : Thérapontigonus Platagidorus, bonjour; puisque tu es arrivé sain et sauf en Épidaure, aujourd'hui, chez moi... tu ne croqueras pas un grain de sel.

THÉRAPONTIGONUS : Merci de ton invitation; mais je me suis déjà engagé... à te causer des ennuis. Mais que devient, chez toi, celle que j'ai achetée ?

CAPPADOX : Elle n'est pas chez moi. Inutile d'appeler des témoins, je ne te dois rien du tout.

THÉRAPONTIGONUS : Comment cela ?

CAPPADOX : J'ai exécuté le contrat que j'avais juré.

THÉRAPONTIGONUS : Est-ce que tu me donnes, oui ou non, la jeune fille, avant que je ne te fasse hacher par mon sabre, gibier de fouet ?

CAPPADOX : Va te faire rosser, et copieusement; ne

cherche pas à me faire peur. On l'a emmenée; mais c'est toi que l'on emmènera d'ici, sur une civière, si tu continues à être insolent avec moi, toi à qui je ne dois qu'une correction.

THÉRAPONTIGONUS : C'est moi que tu menaces d'une correction ?

CAPPADOX : Et par Pollux, ce ne sera pas qu'une menace, mais une réalité, si tu continues à m'ennuyer.

THÉRAPONTIGONUS : Un marchand de filles me menace, et voici mes combats et mes batailles, innombrables, foulés au pied ! Que mon sabre et mon bouclier me protègent, mes fidèles auxiliaires sur le champ de bataille; si on ne me rend pas la petite, je ferai si bien que les fourmis t'emporteront d'ici en morceaux.

CAPPADOX : Que me protègent mes pinces à épiler, mon peigne, mon miroir, mon fer à friser, et mes ciseaux, et ma serviette à essuyer, aussi vrai que je ne fais pas plus de cas de tes grands mots et de tes grandes menaces que de la servante qui nettoie mes cabinets ! J'ai remis la jeune fille à celui qui m'a apporté l'argent.

THÉRAPONTIGONUS : Et quel est cet individu ?

CAPPADOX : Ton affranchi; il disait s'appeler l'Arroseur.

THÉRAPONTIGONUS : Mon affranchi ? Tiens, tiens, c'est Charançon qui m'a joué ce tour, quand j'y réfléchis. C'est lui qui m'a dérobé mon anneau.

CAPPADOX : Tu as perdu ton anneau ? *(À part.)* Le soldat est bel et bien versé à la compagnie des réformés !

THÉRAPONTIGONUS : Où puis-je maintenant trouver Charançon ?

CAPPADOX : Dans le blé, évidemment. Je t'en trouverai cinq cents pour un. Bon, je m'en vais. Au revoir; porte-toi bien.

THÉRAPONTIGONUS : Porte-toi mal; puisse-t-il t'arriver malheur ! *(Il reste seul.)* Que puis-je faire ? Rester ou m'en aller ? M'être fait mettre dedans de la sorte ! Je suis prêt à donner une récompense à celui qui me le ferait trouver !

# ACTE V

## *SCÈNE PREMIÈRE*

CHARANÇON, *sortant de chez Phédrome.*

J'ai entendu réciter ce mot d'un vieux poète, dans une tragédie, que deux femmes sont pires qu'une seule; et c'est bien vrai. Mais de femme pire que l'amie de Phédrome, je n'en ai jamais vu, jamais entendu parler, on n'en peut citer ni imaginer une qui soit plus mauvaise. Dès qu'elle s'est aperçue que je portais cet anneau, elle me demande où je l'ai pris. « Pourquoi me poses-tu cette question ? — Parce que j'ai besoin de la poser. » Je refuse de le lui dire. Alors, pour m'enlever l'anneau, elle me prend la main et me la mord; j'ai eu grand-peine à me sauver hors de la maison. La peste de cette petite chienne.

## *SCÈNE II*

PLANÉSIE, PHÉDROME, CHARANÇON, THÉRAPONTIGONUS

PLANÉSIE, *sortant en courant de chez Phédrome :* Phédrome, viens vite!

PHÉDROME : Pourquoi vite ?

PLANÉSIE : Pour ne pas laisser s'échapper le parasite; c'est une affaire sérieuse.

CHARANÇON : Mes affaires à moi, elles n'existent plus; celles que j'avais, je les ai mangées rapidement[1].

PHÉDROME : Je le tiens. De quoi s'agit-il ?

PLANÉSIE : Demande-lui où il a pris cet anneau. Mon père l'a eu longtemps au doigt.

CHARANÇON : Et moi, c'est ma tante.

PLANÉSIE : Ma mère le lui avait donné.

CHARANÇON : Et ton père, à son tour, me l'a donné!

PLANÉSIE : Tu dis des bêtises.

CHARANÇON : C'est mon habitude; c'est ce qui me permet de vivre plus agréablement. Et après ?

PLANÉSIE : Je t'en prie, ne m'empêche pas de retrouver mes parents.

CHARANÇON : Qu'est-ce que j'y peux ? Est-ce que je tiens, sous le chaton, enfermés ton père et ta mère ?

PLANÉSIE : Je suis née libre.

CHARANÇON : Comme beaucoup d'autres, qui sont maintenant esclaves.

PHÉDROME : Maintenant, je me fâche !

CHARANÇON : Mais je te l'ai dit, comment il était venu en ma possession. Combien de fois faudra-t-il le répéter ? Je l'ai gagné sur le soldat, te dis-je, aux dés.

THÉRAPONTIGONUS, *qui est entré sans être aperçu :* Bravo ! Voici l'homme que je cherchais. Comment vas-tu, l'homme de bien ?

CHARANÇON : J'entends. À ta disposition : ta chlamyde en trois coups !

THÉRAPONTIGONUS : Va te faire pendre, avec tes coups et tes oignons[1]. Rends-moi ou l'argent ou la fille.

CHARANÇON : Quel argent ? Quelles sottises me racontes-tu ? Quelle fille me réclames-tu ?

THÉRAPONTIGONUS : Celle que tu as prise chez le marchand aujourd'hui, crapule.

CHARANÇON : Je n'en ai prise aucune.

THÉRAPONTIGONUS : Mais la voici, elle est là !

PHÉDROME : Cette jeune fille est libre.

THÉRAPONTIGONUS : Comment ma servante peut-elle être libre, alors que je ne l'ai jamais affranchie ?

PHÉDROME : Qui t'en garantit la propriété, où l'as-tu achetée ? Je voudrais le savoir ?

THÉRAPONTIGONUS : Mais j'ai acquitté son prix par l'intermédiaire du banquier; je vous forcerai, toi et le marchand, à m'en donner le quadruple !

PHÉDROME : Toi qui sais acheter des filles libres volées, viens devant le juge.

THÉRAPONTIGONUS : Je refuse.

PHÉDROME, *à Charançon :* Tu veux bien être mon témoin[2] ?

THÉRAPONTIGONUS : C'est illégal !

PHÉDROME : Que Jupiter te confonde; puisses-tu vivre sans... témoins[3]. *(À Charançon.)* Je te demande, à toi qui en as le droit, d'être mon témoin; allons, viens ici !

THÉRAPONTIGONUS : Prendre un esclave comme témoin ? Attention !

CHARANÇON, *frappant le soldat :* Tiens, pour t'apprendre que je suis un homme libre. Allons, au tribunal !

THÉRAPONTIGONUS, *le frappant à son tour :* Tiens, voilà pour toi.

CHARANÇON : Citoyens, citoyens !

THÉRAPONTIGONUS : Pourquoi cries-tu ?

PHÉDROME : Qu'est-ce que c'est que cette façon de le frapper ?

THÉRAPONTIGONUS : Parce que cela me plaît.

PHÉDROME, *à Charançon :* Approche, toi ; je vais te le livrer ; ne dis rien.

CHARANÇON : Phédrome, je t'en prie, sauve-moi !

PHÉDROME : Comme moi-même et mon génie ! Soldat, réponds-moi : dis-moi d'où tu tiens cet anneau, que le parasite t'a dérobé ?

PLANÉSIE : À deux genoux, je t'en supplie, dis-nous la vérité !

THÉRAPONTIGONUS : En quoi cela vous regarde-t-il ? Demandez-moi d'où je tiens cette chlamyde et ce sabre.

CHARANÇON : Quel orgueil, ce vantard !

THÉRAPONTIGONUS, *désignant Charançon :* Ne t'occupe pas de cet individu, je vais tout te dire.

CHARANÇON : Tout ? Rien, tu veux dire !

PLANÉSIE : Dis-moi la vérité, je t'en supplie.

THÉRAPONTIGONUS : Je vais te la dire ; relève-toi. Écoutez-moi bien, et donnez-moi votre attention. Il appartenait à mon père Périphane.

PLANÉSIE : Périphane ?

THÉRAPONTIGONUS : Avant de mourir, il me l'a remis, comme il est naturel, puisque j'étais son fils.

PLANÉSIE : Oh, Jupiter !

THÉRAPONTIGONUS : Et il m'en a fait l'héritier.

PLANÉSIE : Ô, Piété, sauve-moi, moi qui t'ai toujours observée. Mon frère, salut !

THÉRAPONTIGONUS : Comment te croirais-je ? Tiens, si tu dis vrai, comment s'appelait ta mère ?

PLANÉSIE : Cléoboulé.

THÉRAPONTIGONUS : Et ta nourrice ?

PLANÉSIE : Archéstrata. Elle m'avait emmenée au théâtre, pendant les Dionysies. À peine y étions-nous arrivées, et elle venait de m'installer, quand un fort ouragan s'éleva ; les gradins s'effondrent. Moi, j'ai très peur. Alors, quelqu'un, je ne sais qui, me saisit, morte de peur comme j'étais, plus morte que vive, et je ne saurais dire comment il m'emporta.

THÉRAPONTIGONUS : Je me souviens de l'incident. Mais, dis-moi, où est l'homme qui t'a enlevée ?

PLANÉSIE : Je l'ignore; mais j'ai toujours conservé avec moi un anneau, que j'avais lorsque je fus enlevée.

THÉRAPONTIGONUS : Donne-le-moi, que je le regarde. *(Planésie le lui remet.)*

CHARANÇON : Tu n'es pas folle de le lui confier ?

PLANÉSIE : Laisse-moi faire.

THÉRAPONTIGONUS : Par Jupiter, c'est celui que je t'ai donné pour ton anniversaire; je le connais comme moi-même. Salut, ma sœur!

PLANÉSIE : Mon frère, salut!

PHÉDROME : Les dieux veuillent que ce jour soit heureux pour vous!

CHARANÇON : Et moi je dis, heureux pour nous tous. Toi, pour ton arrivée, aujourd'hui, tu nous donneras un dîner en l'honneur de ta sœur; et lui *(il désigne Phédrome)*, il nous donnera demain un dîner de noces. Nous y serons!

PHÉDROME : Toi, tais-toi.

CHARANÇON : Je ne me tairai point, quand tout va si bien. Toi, soldat, accorde-lui la main de ta sœur; moi, je donnerai la dot.

THÉRAPONTIGONUS : Et quelle dot ?

CHARANÇON : Moi ? L'honneur, aussi longtemps qu'elle vivra, de me nourrir.

THÉRAPONTIGONUS : Eh bien, par Hercule, je le déclare : j'y consens de tout cœur. Et le marchand de filles nous doit trente mines.

PHÉDROME : Pourquoi donc ?

THÉRAPONTIGONUS : Parce qu'il s'est engagé dans le contrat de vente, au cas où quelqu'un la réclamerait comme libre, à rendre tout l'argent, sans contestation. Allons maintenant trouver le marchand.

CHARANÇON : Bravo!

PHÉDROME : Mais je veux d'abord régler ce qui me concerne.

THÉRAPONTIGONUS : De quoi s'agit-il ?

PHÉDROME : Que tu me la donnes en mariage.

CHARANÇON : Hésites-tu, soldat, à la lui donner pour épouse ?

THÉRAPONTIGONUS : Si elle le souhaite.

PLANÉSIE : Mon frère, je le souhaite.

THÉRAPONTIGONUS : Alors, oui.

CHARANÇON : Tu as raison.

PHÉDROME : T'engages-tu, soldat, à me donner cette jeune fille pour épouse ?

THÉRAPONTIGONUS : Je m'y engage.

CHARANÇON : Et j'en fais autant : je m'engage!

THÉRAPONTIGONUS : C'est très gentil! Mais voici le marchand de filles qui arrive, mon coffre-fort!

## *SCÈNE III*

CAPPADOX, THÉRAPONTIGONUS, PHÉDROME, PLANÉSIE

CAPPADOX, *entrant sans voir les autres :* Ceux qui disent que l'on a tort de placer l'argent chez un banquier disent des sottises; selon moi, il n'est ni bien ni mal placé. Je viens précisément d'en faire l'expérience aujourd'hui même. Il n'est pas mal placé, puisqu'ils ne le rendent jamais, il est tout simplement perdu. Ainsi, lorsque Lycon a dû payer les dix mines, il a fait le tour de tous les comptoirs. Et lorsque je ne vis rien venir, je me mis à faire du tapage; alors, il me cite en justice. J'eus bien peur qu'il ne voulût régler sa dette devant le préteur[1]. Mais ses amis lui forcèrent la main; il a rendu l'argent sur sa propre caisse. Maintenant, je rentre chez moi, j'y suis résolu.

THÉRAPONTIGONUS : Hep, toi, le marchand de filles, j'ai un mot à te dire!

PHÉDROME : Et moi aussi.

CAPPADOX : Mais moi, je n'ai rien à vous dire ni à l'un ni à l'autre.

THÉRAPONTIGONUS : Arrête toi, je te prie, immédiatement.

PHÉDROME : Et prépare-toi à cracher l'argent sans délai!

CAPPADOX, *à Phédrome :* Qu'est-ce que j'ai à faire avec toi ? *(au soldat)* ou avec toi ?

THÉRAPONTIGONUS : Je te transformerai aujourd'hui en flèche de catapulte et je te ferai passer au tourniquet, comme les catapultes.

PHÉDROME : Mon mignon, je te ferai coucher aujourd'hui avec un petit chien, mais un chien de fer[2].

CAPPADOX : Et moi je vous enfermerai dans un solide cachot, jusqu'à ce que mort s'ensuive.

THÉRAPONTIGONUS, *à un esclave* : Serre-lui le cou, emmène-le à la potence.

PHÉDROME : De toute façon, il ira d'abord de lui-même.

CAPPADOX, *tandis qu'on l'emmène* : Au nom des dieux et des hommes, c'est comme cela que l'on m'enlève, sans que j'aie été condamné, sans qu'on ait appelé des témoins ? Je vous en supplie, Planésie, et Phédrome, venez à mon secours.

PLANÉSIE : Mon frère, je t'en supplie, ne le fais pas périr sans qu'il soit jugé. Il m'a bien traitée, et selon l'honneur, dans sa maison.

THÉRAPONTIGONUS : Cela n'a pas tenu qu'à lui. Remercie plutôt Esculape, que voici, d'être restée pure; s'il l'avait pu, il y a longtemps qu'il t'aurait placée n'importe où !

PHÉDROME : Écoutez-moi; voyons si je ne puis régler votre affaire. *(À l'esclave du soldat.)* Lâche-le. Viens ici, marchand. Je vais rendre ma sentence, si toutefois vous voulez bien vous en tenir à ce que j'aurai décidé.

THÉRAPONTIGONUS : Nous nous y engageons !

CAPPADOX : Oui, à condition que tu ne décides pas que l'on m'enlève mon argent !

THÉRAPONTIGONUS : L'argent que tu as promis ?

CAPPADOX : Comment promis ?

PHÉDROME : Oui, avec ta langue.

CAPPADOX : Eh bien, avec la même langue, je m'en dédie ! Si on me l'a donnée, c'est pour parler, non pas pour me ruiner !

THÉRAPONTIGONUS : Il ne veut rien savoir. *(À l'esclave.)* Serre-lui le cou.

CAPPADOX, *à moitié étouffé* : Oui, oui, je ferai tout ce que vous voudrez !

THÉRAPONTIGONUS : Puisque tu es raisonnable, réponds à ma question.

CAPPADOX : Demande-moi ce que tu voudras.

THÉRAPONTIGONUS : As-tu promis que, si quelqu'un réclamait cette fille comme libre, tu rendrais tout l'argent ?

CAPPADOX : Je ne me rappelle pas l'avoir dit.

THÉRAPONTIGONUS : Quoi ? tu le nies ?

CAPPADOX : Non, certes, je ne dis pas le contraire! Mais en présence de qui, et où ?

CHARANÇON : En ma présence, et en celle du banquier Lycon.

CAPPADOX : Tu ne vas pas te taire ?

CHARANÇON : Non, je ne me tais pas; je me moque pas mal de toi. Ne cherche pas à me faire peur. La chose s'est passée devant moi et devant Lycon.

PHÉDROME : Je te crois. Et maintenant, voici ma sentence, marchand : cette jeune fille est de condition libre; *(montrant le soldat)* cet homme est son frère, et elle est sa sœur. Elle m'épouse; et toi, rends l'argent. Voilà ma sentence.

THÉRAPONTIGONUS, *à Cappadox :* Quant à toi, tu seras mis aux fers si l'argent ne m'est pas rendu.

CAPPADOX : Par Hercule, Phédrome, c'est un jugement de mauvaise foi! Tu t'en repentiras; et toi, soldat, que les dieux et les déesses te confondent! Suis-moi.

THÉRAPONTIGONUS : Que je te suive où ?

CAPPADOX : Chez mon banquier, chez le préteur; c'est là que je paie mes dettes à tous mes créanciers.

THÉRAPONTIGONUS : Et moi je vais t'emmener au cachot! Et non pas chez le préteur, si tu ne me rends pas mon argent.

CAPPADOX : Et moi, je souhaite cordialement que tu meures, si tu veux le savoir!

THÉRAPONTIGONUS, *ironiquement :* Vraiment ?

CAPPADOX : Oui, par Hercule, vraiment.

THÉRAPONTIGONUS, *montrant ses poings :* Voilà deux poings que je connais bien.

CAPPADOX : Et après ?

THÉRAPONTIGONUS : Tu demandes « et après » ? Eh bien! si tu me mets en colère, ils me serviront à te rendre obéissant.

CAPPADOX : Soit, allons; je vais te payer tout de suite.

THÉRAPONTIGONUS : Tant mieux!

PHÉDROME : Toi, soldat, tu dîneras chez moi; c'est aujourd'hui qu'aura lieu la noce.

THÉRAPONTIGONUS : Que cela nous porte bonheur, à vous et moi!... Spectateurs, applaudissez.

# ÉPIDICUS

*(Epidicus)*

# NOTICE

*L'Athénien Stratippoclès, fils du vieux Périphane, est parti en guerre, escorté de son valet Thesprion. Il a participé au siège et à la prise de Thèbes, une affaire qui n'a pas pris longtemps. Sa propre conduite sur le champ de bataille ne semble pas avoir été bien brillante. Quoi qu'il en soit, il a remarqué, parmi les habitants de la ville faits prisonniers et vendus comme esclaves, une jeune fille dont il est aussitôt tombé éperdument amoureux. Il a décidé de l'acheter et, comme il n'a pas d'argent, il en a emprunté, moyennant un intérêt exorbitant, à un usurier de la ville. Après quoi, suivi par l'usurier, qui garde la jeune fille en sa possession, il a pris le chemin d'Athènes, avec le reste du contingent athénien qui regagne ses foyers.*

*La jeune captive a fait oublier à Stratippoclès la joueuse de lyre qui était sa maîtresse au moment où il est parti en campagne. Cependant, il avait chargé Épidicus, son esclave favori, de l'acheter, et celui-ci a accompli sa mission. Comme il n'avait pas d'argent, il a monté toute une machination ; il a fait croire à Périphane, son maître, le père de Stratippoclès, qu'il avait trouvé en esclavage la fille que celui-ci avait eue autrefois, et lui a soutiré de l'argent pour la racheter. C'est ainsi qu'il a ramené à la maison la joueuse de lyre Acropolistis et qu'elle y demeure, acceptée par le vieux Périphane qui la croit sa fille. Le retour de Stratippoclès, sa nouvelle passion bouleversent les plans d'Épidicus. Que va-t-il faire d'Acropolistis ? Elle ne peut pas rester indéfiniment chez Périphane en passant pour sa fille. En outre, il faut trouver à tout prix quarante mines pour rembourser l'usurier et prendre possession de la belle captive. Épidicus, à qui Stratippoclès a recours une fois de plus, va monter une nouvelle machination. Et c'est là le sujet de la pièce.*

*Épidicus poursuit un double but : se débarrasser d'Acropolistis et se procurer les quarante mines indispensables, que lui réclame Stratippoclès. Il imagine de raconter à Périphane — ce qui est presque la vérité — que Stratippoclès, à son retour, a l'intention d'acheter sa joueuse de lyre, Acropolistis (que Périphane n'a jamais vue, dont il ne sait rien), pour l'affranchir. Périphane, qui souhaite marier son fils au plus tôt, se laisse séduire par l'idée d'acheter lui-même Acropolistis et de la revendre à quelqu'un qui l'emmènera au loin. Précisément, Épidicus connaît un client tout trouvé, un soldat, qui ne demandera pas mieux. Périphane accepte l'affaire ; Épidicus se chargera d'acheter Acropolistis, sous la surveillance d'Apécide, le vieux camarade de Périphane, un homme fort averti des lois et qui ne se laisse pas tromper !*

*Une fois en possession des quarante mines, Épidicus les remet à Stratippoclès. Lui-même feint d'acheter Acropolistis et ramène, en la faisant passer pour celle-ci, une autre joueuse de lyre, qu'il a louée pour un denier et qui ne demande pas mieux que d'aider à tromper un bourgeois. Tout irait bien si le soldat qui doit emmener Acropolistis ne se présentait trop tôt ; quand Périphane lui montre celle qu'il prend pour la jeune fille, le soldat se moque de lui et lui révèle que l'esclave l'a berné. Mais ce n'est pas la fin des épreuves du vieillard. Bientôt après survient la mère de sa fille, une femme nommée Philippa, à laquelle il a autrefois fait violence à Épidaure et qui cherche leur fille, enlevée lors de la prise de Thèbes. Périphane la reconnaît, est reconnu d'elle, et veut la rassurer. Cette fille qu'elle cherche, elle est en sûreté chez lui. Philippa respire mais, quand Périphane fait venir la prétendue fille, Philippa refuse de la reconnaître. Ce n'est pas sa fille. Ce n'est pas Télestis ! Périphane doit se rendre à l'évidence : Épidicus l'a trompé deux fois de suite. Ni lui ni Apécide n'ont su voir clair. Mais Épidicus sera puni, clame Périphane. Déjà il achète des courroies, des cordes, et les deux vieux courent à travers toute la ville pour le trouver.*

*Épidicus, qui voit venir la catastrophe, revient la tête basse vers la maison. Il ne pourra pas éviter le châtiment. Pourtant, au moment où il arrive devant la maison de Périphane, voici Stratippoclès qui s'entretient avec l'usurier. La jeune fille est là. Et Épidicus, stupéfait, reconnaît en elle la fille de Périphane, cette Télestis que l'on cherche partout. Il s'en fait reconnaître. Elle est la sœur de Stratippoclès. Le mariage n'est pas possible, mais, après tout, le jeune homme dispose encore de ses anciennes amours, d'Acropolistis, et Épidicus est sûr de ne pas être puni. Au contraire, il joue des avantages que lui donnent la surprise et la joie de Périphane avec une si grande habileté que non seulement il reçoit son pardon, mais que le vieillard le comble de présents et l'affranchit. Conclusion joyeuse, mais totalement immorale, ce qui fait gronder le chef de la troupe venu saluer le public.*

*Telle est cette comédie, à l'intrigue complexe et assez maladroitement menée. Il est parfois difficile d'y voir clair, sans un argument. L'absence d'une scène d'exposition satisfaisante s'explique sans doute par le fait que l'original grec comportait un prologue explicatif, comme c'était l'usage (probablement situé entre le premier et le second acte), omis par Plaute. Cette suppression est la cause de certaines obscurités. Mais le mouvement de la comédie est très vif et le spectateur n'a pas le temps de réfléchir. C'est Épidicus qui mène le jeu ; il fait de son jeune maître comme des deux vieillards ce qu'il lui plaît. Périphane est le mieux dessiné des deux vieux ; il a un passé glorieux et aussi un peu orageux, il est conscient de ce qu'il a été et comprend son fils. Apécide au contraire n'est qu'un vieil imbécile pompeux. Ici, la satire touche la réalité romaine ; Plaute infléchit vers Rome des traits de l'original grec. Apécide parle en sénateur romain, et la malice des spectateurs ne pouvait s'y tromper. Les traits satiriques prêtés à Thesprion, dans la première scène, le portrait d'un Stratippoclès peu courageux sur le champ de bataille proviennent certainement de l'original grec et s'expliquent vraisemblablement par les circonstances politiques dans lesquelles celui-ci a dû être composé.*

*De cet original nous ne savons rien directement. Mais une indication peut, croyons-nous, être tirée du texte. L'action se passe en un moment où des troupes athéniennes participent à un siège de Thèbes. Et, naturellement, nous sommes après le temps d'Alexandre. Or, un seul moment convient à cette situation militaire : entre 293 et 290, lorsque Thèbes fut assiégée deux fois en quelques années par Démétrios Poliorcète, alors maître d'Athènes, et qui, sans aucun doute, avait enrôlé dans son armée des troupes athéniennes. Le premier des deux sièges, le moins long, celui qui se termina par une surprise (le départ inattendu du chef de l'armée assiégée), est, le plus probablement, celui dont il s'agit ici. Si cela est exact, le modèle de Plaute peut avoir été l'une des dernières comédies de Ménandre, mort en 292.*

*Nous ignorons à quelle date Plaute peut avoir composé son adaptation.*

## PERSONNAGES

ÉPIDICUS, esclave de Stratippoclès.
THESPRION, esclave de Stratippoclès.
STRATIPPOCLÈS, jeune homme, fils de Périphane.
CHÉRIBULE, jeune homme, ami de Stratippoclès.
APÉCIDE, vieillard, ami de Périphane.
PÉRIPHANE, vieillard, père de Stratippoclès.
UN ESCLAVE.
UNE JOUEUSE DE LYRE.
UN SOLDAT.
PHILIPPA, vieille femme, autrefois aimée de Périphane.
ACROPOLISTIS, joueuse de lyre.
UN USURIER.
TÉLESTIS, fille de Périphane.
LE CHEF DE LA TROUPE.

*La scène est à Athènes.*

## ARGUMENT

Un vieillard, conseillé par un esclave, achète une joueuse de lyre, croyant que c'est sa fille, puis cet esclave loue une autre joueuse de lyre et la fait passer auprès du vieillard pour l'amie du fils de celui-ci. Il donne au fils du maître l'argent de l'achat, avec lequel le jeune homme, à son insu, achète sa propre sœur. Le vieillard, grâce à la femme qu'il a séduite et à un soldat, comprend qu'on s'est joué de lui. Le soldat cherchait son amie, la femme sa fille. Mais comme le vieux a retrouvé sa fille, il affranchit l'esclave.

# ÉPIDICUS

*La scène représente une place publique, sur laquelle s'ouvrent deux maisons particulières : celle de Périphane et celle où habite le jeune Chéribule, camarade de Stratippoclès.*

## ACTE PREMIER

### *SCÈNE PREMIÈRE*

ÉPIDICUS, THESPRION

ÉPIDICUS, *courant après Thesprion :* Hé, jeune homme!

THESPRION : Qu'est-ce qui me tire par le manteau, quand je suis pressé ?

ÉPIDICUS : Un ami intime!

THESPRION : Ça, oui, d'une intimité assommante!

ÉPIDICUS : Voyons, retourne-toi, Thesprion!

THESPRION : Oh! n'est-ce pas Épidicus que je vois ?

ÉPIDICUS : Tu ne te sers pas mal de tes yeux.

THESPRION : Bonjour!

ÉPIDICUS : Que les dieux t'accordent ce que tu souhaites. Je suis heureux de te voir ici en bonne santé.

THESPRION : Et puis... ?

ÉPIDICUS : Eh bien, ce que l'on dit d'ordinaire après cela. On t'invitera à dîner.

THESPRION : Je te promets...

ÉPIDICUS : Quoi ?

THESPRION : Que j'accepterai, si tu m'invites.

ÉPIDICUS : Qu'est-ce que tu deviens ? Comment vas-tu ?

THESPRION : Tu peux en juger, je crois, par la vue!

ÉPIDICUS : Bravo ! tu as l'air d'être plus en chair, plus fort.

THESPRION, *montrant sa main :* Grâce à celle-ci !

ÉPIDICUS : Ah, tu aurais dû la perdre depuis longtemps !

THESPRION : Je suis moins filou qu'autrefois.

ÉPIDICUS : Comment cela ?

THESPRION : Je ne me cache plus pour voler.

ÉPIDICUS : Que les dieux immortels te confondent ! Comme tu marches à grands pas ! Dès que je t'ai aperçu, au port, je me suis mis à courir après toi ; et je viens seulement de pouvoir te rattraper.

THESPRION : Petit-maître, va !

ÉPIDICUS : Oui, je sais que toi, tu es un vieux soldat !

THESPRION : Çà, tu ne te trompes pas.

ÉPIDICUS : Que fais-tu ? Ta santé a toujours été au beau fixe ?

THESPRION : Avec quelques bigarrures[1].

ÉPIDICUS : Les santés à bigarrures, les gens chèvres ou les gens panthères, tout cela ne me plaît pas.

THESPRION : Que veux-tu que je te dise d'autre, que la vérité ?

ÉPIDICUS : Comment vont les affaires [lacune][2].

THESPRION : Fort bien.

ÉPIDICUS : Et le fils de notre maître ?

THESPRION : Une santé de boxeur et d'athlète.

ÉPIDICUS : Tu m'apportes, là en arrivant, une bien agréable nouvelle, Thesprion. Mais où est-il lui-même ?

THESPRION : Il est arrivé avec moi.

ÉPIDICUS : Où est-il donc ? À moins que tu ne l'apportes dans ta valise ou encore dans ton sac ?

THESPRION : Que les dieux te confondent !

ÉPIDICUS : C'est toi... que je voudrais interroger. Écoute-moi ; on t'écoutera toi-même.

THESPRION : Tu parles comme un juge.

ÉPIDICUS : Cela me va bien.

THESPRION : Te voilà donc devenu notre préteur ?

ÉPIDICUS : Et qui vois-tu dans Athènes aujourd'hui qui en soit plus digne ?

THESPRION : Pourtant, il manque une chose à ta préture, Épidicus.

ÉPIDICUS : Et laquelle ?

THESPRION : Tu vas le savoir : deux licteurs, avec chacun deux paquets de branches d'ormeau.

ÉPIDICUS : Maudit sois-tu ! Mais, voyons, dis-moi.

THESPRION : Qu'est-ce que tu veux savoir ?

ÉPIDICUS : Où sont les armes de Stratippoclès ?

THESPRION : Celles-là ? Elles sont passées à l'ennemi.

ÉPIDICUS : Ses armes ?

THESPRION : Eh oui, et même un peu vite !

ÉPIDICUS : Tu parles sérieusement ?

THESPRION : Mais oui, sérieusement, les ennemis les ont.

ÉPIDICUS : Par Pollux, quel scandale !

THESPRION : Mais il y en a eu d'autres, avant lui, qui ont fait pareil. Et il en tirera de la gloire.

ÉPIDICUS : Comment ?

THESPRION : Parce que c'est arrivé à d'autres avant. C'est Vulcain, je crois bien, qui avait fabriqué les armes de Stratippoclès ; elles se sont envolées jusque dans les rangs ennemis.

ÉPIDICUS : C'est un fils de Thétis ; aucune importance qu'il les perde ; les filles de Nérée lui en apporteront d'autres[1]. La seule précaution à prendre, c'est que les fabricants de boucliers aient assez de matière première, si, à chaque campagne, il laisse des dépouilles aux mains de l'ennemi.

THESPRION : Ne parle plus de cela, je te prie.

ÉPIDICUS : Cesse toi-même d'en parler quand tu voudras !

THESPRION : Ne continue pas à me questionner.

ÉPIDICUS : Alors, parle de toi-même. Où est Stratippoclès ?

THESPRION : Il y a une raison qui l'a empêché de venir avec moi.

ÉPIDICUS : Et quelle est-elle ?

THESPRION : Il ne veut pas que son père le voie encore.

ÉPIDICUS : Et pourquoi donc ?

THESPRION : Tu vas le savoir. Parce qu'il a acheté à la vente du butin une jeune fille prisonnière, aussi jolie que distinguée.

ÉPIDICUS : Qu'est-ce que j'entends ?

THESPRION : Exactement ce que je dis.

ÉPIDICUS : Pourquoi l'a-t-il achetée ?

THESPRION : Pour obéir à son cœur.

ÉPIDICUS : Combien de cœurs cet individu possède-t-il ? Car, pour sûr, avant de partir pour l'armée il m'a chargé d'acheter pour lui chez un marchand de filles une joueuse de lyre dont il était amoureux. Et j'ai rempli ma mission.

THESPRION : Quand on est arrivé en pleine mer, Épidicus, on change d'amures!

ÉPIDICUS : Ah là là, pauvre de moi! Il m'a complètement perdu!

THESPRION : Qu'est-ce que tu as ? Qu'y a-t-il donc ?

ÉPIDICUS : Qu'y a-t-il ? Cette fille, qu'il a achetée, combien lui a-t-elle coûté ?

THESPRION, *prudemment :* Pas cher.

ÉPIDICUS : Ce n'est pas ce que je te demande.

THESPRION : Alors, que veux-tu ?

ÉPIDICUS : Combien de mines ?

THESPRION, *avec un geste des doigts :* Juste cela; quarante mines. Il a emprunté l'argent à un usurier de Thèbes, avec un intérêt d'un écu par jour et par mine.

ÉPIDICUS : Fichtre!

THESPRION : Et l'usurier est arrivé avec lui et vient chercher son argent.

ÉPIDICUS : Dieux immortels! Je suis perdu, royalement!

THESPRION : Qu'est-ce qu'il y a donc ? Qu'as-tu, Épidicus ?

ÉPIDICUS : Il m'a perdu.

THESPRION : Qui ?

ÉPIDICUS : Le même qui a perdu ses armes.

THESPRION : Comment cela ?

ÉPIDICUS : Parce que chaque jour, de l'armée, il m'envoyait des lettres.... Mais le mieux c'est de me taire; il vaut mieux savoir plus et parler moins, quand on est esclave. C'est la sagesse!

THESPRION : Je ne sais, par Pollux, pourquoi tu as l'air aussi apeuré; tu trembles, Épidicus, et je crois lire sur ton visage que tu t'es attiré, en mon absence, je ne sais quelle mauvaise histoire!

ÉPIDICUS : Pourrais-tu cesser de m'ennuyer ?

THESPRION : Je m'en vais.

ÉPIDICUS, *le retenant :* Reste! Je ne te laisserai pas partir.

THESPRION : Pourquoi me retiens-tu maintenant ?

ÉPIDICUS : Est-ce qu'il aime la fille qu'il a achetée sur le butin ?

THESPRION : Quelle question! Il en est amoureux fou.

ÉPIDICUS : Mon dos va y perdre la peau!

THESPRION : Il l'aime plus qu'il ne t'a jamais aimé.

ÉPIDICUS : Que Jupiter te confonde!

THESPRION : Laisse cela! Il m'a interdit de rentrer à la maison; il m'a donné l'ordre d'aller ici, chez Chéribule, et m'a dit d'y rester, il doit y venir lui aussi.

ÉPIDICUS : Et pourquoi cela ?

THESPRION : Je vais te le dire; parce qu'il ne veut pas rencontrer son père ni en être vu avant que n'ait été payée la somme qu'il doit pour l'achat de la fille.

ÉPIDICUS : Par Pollux, voilà une affaire embrouillée!

THESPRION : Laisse-moi partir; il faut que je m'en aille tout de suite.

ÉPIDICUS : Quand le vieux saura cela, ma barque n'aura plus qu'à sombrer, bel et bien.

THESPRION : Qu'est-ce que cela peut bien me faire, la manière dont tu périras ?

ÉPIDICUS : Parce que je ne veux point périr seul. Je désire que tu périsses avec moi, comme un bon ami, avec un bon ami.

THESPRION : Va te faire pendre au plus vite, sans moi, avec ton souhait!

ÉPIDICUS : Eh bien, va-t'en, si tu es si pressé.

THESPRION, *entrant chez Chéribule :* Jamais je n'ai rencontré un individu que j'aie plus de plaisir à quitter.

ÉPIDICUS, *resté seul :* Le voilà parti; maintenant, je suis seul. Tu vois quelle est la situation, Épidicus; si tu ne trouves pas en toi-même quelque secours, tu es un homme fini. Quelles tuiles risquent de te tomber sur la tête! Si tu ne mets pas des étais solides, tu ne pourras pas résister; ce sont des montagnes de catastrophes qui t'attendent! Mais la manière de me dépêtrer de ce maudit pétrin ne m'apparaît pas encore. J'ai fait croire, pauvre de moi, par mes ruses, à notre vieillard qu'il achetait sa fille; et il a acheté pour son fils la joueuse de lyre dont celui-ci est amoureux, celle que celui-ci m'a chargé d'acheter quand il est parti. S'il en a amené une autre avec lui de l'armée, pour suivre son cœur, c'en est fait de ma peau. Dès que le vieux s'apercevra qu'on l'a roulé, il m'écorchera le dos à coups de verges. Oui, et toi, pare le coup! Mais...; non, ça ne va pas. Ta tête évidemment ne va pas bien. Tu es un vaurien? Épidicus. — Qu'est-ce qui te prend de t'injurier? — Parce que tu te laisses dans le pétrin. — Que puis-je faire ? — C'est à moi que tu le demandes ? Toi qui, autrefois, avais coutume de donner des conseils aux autres. Il faut trouver quelque chose, d'une façon ou d'une autre. Mais pourquoi tarder à aller au-devant du jeune homme, pour savoir de quoi il retourne ? D'ailleurs, le voici. Il a l'air sombre; il marche à côté de Chéribule, son camarade. Mettons-nous ici, à l'écart, je pourrai y suivre tranquillement leur conversation.

## *SCÈNE II*

STRATIPPOCLÈS, CHÉRIBULE, ÉPIDICUS, *caché*.

STRATIPPOCLÈS : Je t'ai raconté toute l'affaire, Chéribule, je t'ai fait l'exposé complet de mes chagrins et de mes amours.

CHÉRIBULE : Tu es, Stratippoclès, d'une sottise que ne permettent ni ton âge ni ta vaillance. Tu as honte d'avoir acheté à la vente du butin une captive issue d'une bonne famille ? Qui pourra t'en faire le reproche ?

STRATIPPOCLÈS : Ceux qui me jalousent se sont donné le mot, je l'ai constaté, pour blâmer mon action. Pourtant je n'ai jamais tenté de lui faire violence ni de la déshonorer.

CHÉRIBULE : Tu n'en es que plus estimable, à mon sens, de savoir modérer ta passion.

STRATIPPOCLÈS : C'est ne rien faire que de donner seulement de bonnes paroles à un homme dans l'embarras. Le véritable ami est celui qui, dans une mauvaise passe, aide matériellement, quand il s'agit de difficultés matérielles.

CHÉRIBULE : Qu'attends-tu de moi ?

STRATIPPOCLÈS : Que tu me donnes quarante mines pour payer l'usurier à qui j'ai emprunté à intérêt.

CHÉRIBULE : Par Hercule, si je les avais!

STRATIPPOCLÈS : À quoi me sert ta sympathie en paroles, si, quand il faut passer aux actes, elle défaille ?

CHÉRIBULE : Mais, par Pollux, je suis moi-même en butte aux cris, aux réclamations de mes créanciers.

STRATIPPOCLÈS : J'aimerais mieux voir des amis comme toi... enfoncés dans la tombe plutôt que dans les dettes! Mais il me faut maintenant acheter le concours d'Épidicus à n'importe quel prix; lui, je pourrai l'assaisonner de coups et l'envoyer chez le meunier[1] si, aujourd'hui, il ne m'a pas trouvé quarante mines, avant même que j'aie fini de prononcer la dernière syllabe du mot argent!

ÉPIDICUS, *à part :* Tout va bien! Voilà une belle promesse. Et je suis sûr qu'il tiendra parole. Voilà, sans que cela me coûte rien, une gentille partie fine pour mes épaules! Mais je vais l'aborder. *(Haut.)* À son maître Stratippoclès, revenant de l'étranger, son esclave Épidicus présente ses devoirs!

STRATIPPOCLÈS, *se retournant :* Et où est-il ?

ÉPIDICUS : Il est là. De te voir revenu sain et sauf...

STRATIPPOCLÈS : Je t'en dispense, cela va sans dire!

ÉPIDICUS : Tu t'es bien porté tout le temps ?

STRATIPPOCLÈS : Mon corps s'est bien porté; mais c'est mon cœur qui a été malade.

ÉPIDICUS : Dans la mesure où cela dépendait de moi, j'ai essayé de te guérir. Ce que tu m'as demandé de faire, je l'ai fait. On a acheté l'esclave dont tu ne cessais de me parler dans tes lettres

STRATIPPOCLÈS : Peine totalement perdue.

ÉPIDICUS : Comment cela, peine perdue ?

STRATIPPOCLÈS : Parce qu'elle n'est plus chère à mon cœur; je ne l'aime plus.

ÉPIDICUS : Pourquoi, alors, me répéter si souvent tes ordres et m'envoyer tant de lettres ?

STRATIPPOCLÈS : C'est qu'en ce temps-là je l'aimais; mais maintenant un autre objet occupe mon cœur!

ÉPIDICUS : Par Hercule, il est malheureux de ne pas recueillir le fruit des services que l'on a rendus à quelqu'un! Ce que j'ai fait est mal fait, parce que son amour a changé d'objet!

STRATIPPOCLÈS : Je n'étais pas dans mon bon sens, lorsque je t'écrivais ces choses.

ÉPIDICUS : Et c'est moi qui dois porter la peine de ta folie, et mon dos qui sera le bouc émissaire de cette folie ?

STRATIPPOCLÈS : Pourquoi tant parler ? L'homme que tu vois a besoin de quarante mines, comptant, et tout de suite, pour payer un usurier, sans délai.

ÉPIDICUS : Dis-moi seulement : où veux-tu que je les prenne ? À quel banquier dois-je les demander ?

STRATIPPOCLÈS : Où il te plaira. Si je ne les ai pas avant le coucher du soleil [lacune] inutile de rentrer à la maison. Tu peux aller droit au moulin [lacune].

ÉPIDICUS : Il t'eſt facile à toi, sans risque, et sans souci, le cœur en repos, de parler ainsi! Mais moi je connais nos gens : c'eſt moi qui ai mal, quand je reçois les coups!

STRATIPPOCLÈS : Dis-moi, tu accepterais, maintenant, que je me donne la mort ?

ÉPIDICUS : Garde-t'en bien! Je préfère plutôt m'exposer au danger et payer d'audace.

STRATIPPOCLÈS : Bravo ! j'aime te voir ainsi.

ÉPIDICUS : J'endurerai tout ce qu'il te plaira.

STRATIPPOCLÈS : Qu'eſt-ce que l'on fera donc de la joueuse de lyre ?

ÉPIDICUS : On trouvera bien quelque chose; je t'en débarrasserai par quelque moyen, j'imaginerai quelque aſtuce...

STRATIPPOCLÈS : Tu es plein de ressources. Je te connais!

ÉPIDICUS : Il y a un soldat de l'Eubée, riche, cousu d'or; dès qu'il saura que tu as acheté cette fille, et que tu en as amené une autre, aussitôt il viendra de lui-même te prier de lui céder la première. Mais où eſt la fille que tu as amenée avec toi ?

STRATIPPOCLÈS : Je vais la faire venir.

CHÉRIBULE : Qu'eſt-ce que nous faisons ici, maintenant ?

STRATIPPOCLÈS : Entrons chez toi, pour terminer aujourd'hui joyeusement la journée.

*Ils entrent chez Chéribule.*

ÉPIDICUS : Rentrez. Pour la queſtion d'argent, je vais convoquer dans ma tête le sénat de mes pensées, pour décider à qui déclarer de préférence la guerre, et où aller prendre l'argent. Épidicus, attention à ce que tu fais! Voilà une affaire qui t'eſt tombée bien vite sur les bras. Ce n'eſt pas le moment de dormir ni de temporiser. Il faut marcher! Je suis résolu à attaquer le vieux! Entrons et disons au jeune homme, le fils de notre maître, de ne pas mettre le pied dehors et de ne pas risquer de rencontrer le vieux!

*Il entre chez Chéribule.*

# ACTE II

## *SCÈNE PREMIÈRE*

APÉCIDE, PÉRIPHANE

APÉCIDE : La plupart des gens ont des scrupules quand ce n'est pas le moment, mais quand il faut en avoir, alors, les scrupules les abandonnent. Tu es bien comme ces gens. Quel scrupule dois-tu avoir à épouser une fille pauvre, mais de bonne famille, surtout quand tu en as eu, comme tu le dis, la fille qui est maintenant chez toi ?

PÉRIPHANE : Cela me gêne à cause de mon fils.

APÉCIDE : Et moi qui croyais, par Pollux, que c'était à cause de la mémoire de ta défunte femme; chaque fois que tu vois son tombeau, tu offres aussitôt un sacrifice à Orcus — et d'ailleurs tu as bien raison, puisque tu as eu la grâce de vivre plus longtemps qu'elle.

PÉRIPHANE : Oh, tant qu'elle a vécu, j'étais un autre Hercule. Le sixième travail d'Hercule n'était pas plus pénible[1] que celui qu'elle m'imposait.

APÉCIDE : C'est beau, par Pollux, une belle dot!

PÉRIPHANE : Oui, par Pollux, si pour cela il ne fallait pas se marier!

## *SCÈNE II*

ÉPIDICUS, PÉRIPHANE, APÉCIDE

ÉPIDICUS, *sortant de la maison de Chéribule et parlant aux jeunes gens qui sont à l'intérieur :* Chut! pas un mot, et ayez bon courage! Je sors sous d'heureux auspices, un oiseau du bon côté! J'ai un couteau bien aiguisé, pour étriper la bourse du vieux. Mais je le vois lui-même devant la maison d'Apécide [lacune]. J'ai les deux vieillards où je les veux. Je vais me transformer en sangsue et leur sucer le sang, à ces piliers du sénat, comme on dit!

[Lacune.]

*[C'est l'un des vieux qui parle :]* ... de manière à le marier sans délai.

PÉRIPHANE : Un conseil que j'approuve! Car j'ai entendu dire qu'il était amoureux de je ne sais quelle joueuse de lyre, et cela me tourmente.

ÉPIDICUS : Par Hercule, tous les dieux me viennent en aide, me favorisent, me chérissent! Ces deux-là me fournissent un moyen pour leur soutirer de l'argent. Allons, mets-toi en tenue, Épidicus, relève ton manteau sur ton cou et fais semblant d'avoir cherché ton homme à travers toute la ville. Allons, au travail! *(Il joue le personnage de l'esclave qui court.)* Dieux immortels! Puissé-je trouver Périphane à la maison! Je suis épuisé à le chercher à travers toute la ville, chez les médecins, chez les barbiers, au gymnase, et sur la place, chez les parfumeurs et les bouchers, et à travers tous les comptoirs des banquiers[1]. À force de le demander je me suis enroué et il s'en faut de peu que je ne me sois effondré en courant.

PÉRIPHANE : Épidicus!

ÉPIDICUS : Qui appelle Épidicus ?

PÉRIPHANE : C'est moi, Périphane.

APÉCIDE : Et moi, je suis Apécide.

ÉPIDICUS : Et moi je suis Épidicus; mais, c'est une chance pour moi, maître, de vous rencontrer tous les deux.

PÉRIPHANE : De quoi s'agit-il ?

ÉPIDICUS : Attends; laisse-moi reprendre mon souffle, je te prie.

PÉRIPHANE : Repose-toi!

ÉPIDICUS : Je défaille!

APÉCIDE : Reprends ta respiration.

PÉRIPHANE : Doucement, calme-toi.

ÉPIDICUS : Écoutez-moi : tous les soldats quittent l'armée et reviennent de Thèbes chez eux.

APÉCIDE : Vrai[2] ?

ÉPIDICUS : [Lacune] Je vous dis que c'est vrai.

PÉRIPHANE : Tu le sais vraiment ?

ÉPIDICUS : Je le sais.

PÉRIPHANE : Comment le sais-tu ?

ÉPIDICUS : Parce que j'ai vu des soldats plein les rues. Ils rapportent les armes et conduisent les attelages.

PÉRIPHANE : Je suis bien content!

ÉPIDICUS : Et qu'est-ce qu'ils ramènent avec eux comme prisonniers! Des jeunes garçons, des jeunes filles, deux, trois chacun, quelques-uns même cinq. Il y a foule dans les rues; chacun cherche à voir son fils.

PÉRIPHANE : Par Hercule, la belle victoire!

ÉPIDICUS : Et puis tout ce que la ville compte comme courtisanes accourait, en grande toilette, chacune au-devant de son amant. Elles les guettaient. Et un détail que j'ai expressément remarqué : la plupart, sous leurs vêtements, portaient des filets d'oiseleur. Donc en arrivant à la porte de la ville, je vois la fille en question qui attendait, et avec elle quatre joueuses de flûte.

PÉRIPHANE : De qui veux-tu parler, Épidicus ?

ÉPIDICUS : De la fille que ton fils aime depuis des années, celle pour qui il perd la tête, pour qui il perd, aussi vite qu'il le peut, son crédit, sa fortune, lui et toi avec. Elle l'attendait devant la porte de la ville.

PÉRIPHANE : Tu vois, l'empoisonneuse ?

ÉPIDICUS : Et avec des vêtements, des bijoux, une parure d'une élégance, d'un chic, et à la mode!

PÉRIPHANE : Comment était-elle habillée ? Une tunique à la royale ou à la mendiante[1] ?

ÉPIDICUS : À l'impluvium, pour employer les mots dont elles se servent pour désigner leurs vêtements[2]!

PÉRIPHANE : Elle avait mis un impluvium ?

ÉPIDICUS : Qu'est-ce qu'il y a là de si étonnant ? Comme si beaucoup d'entre elles n'allaient point par les rues, parées de propriétés — et quand il faut payer le tribut, on affirme ne pas pouvoir le faire. Mais pour elles, qui exigent un tribut autrement lourd, on peut toujours le leur payer. Et les noms nouveaux qu'elles inventent chaque année pour appeler leurs vêtements! Une tunique fine, une tunique lourde, du linon à franges, une chemisette, une tunique brodée, une tunique couleur souci, une autre dite safranée, un « en-dessous », ou un « en-trop », un bandeau, une royale, une étrangère, une robe à vagues ou à plumail, une « serine » ou une « miellée » — à en avoir la jaunisse! Voici même qu'elles ont pris son nom à un chien!

PÉRIPHANE : Comment cela ?

ÉPIDICUS : Elles appelent un vêtement « à la Laconnienne »[3]. Et ce sont tous ces noms qui contraignent les hommes à mettre leurs biens en vente aux enchères.

APÉCIDE : Et si tu continuais le récit que tu as commencé!

ÉPIDICUS : Deux autres filles derrière moi se mirent à bavarder entre elles. Moi je m'écartai, à dessein, quelque peu. Je voulais ne pas avoir l'air d'écouter ce qu'elles disaient. Je n'entendais pas complètement, mais je pouvais néanmoins suivre le fil de leurs propos.

PÉRIPHANE : Je voudrais bien savoir...

ÉPIDICUS : L'une d'elles dit alors à celle qui l'accompagnait...

PÉRIPHANE : Quoi ?

ÉPIDICUS : Tais-toi donc, si tu veux le savoir. Quand elles virent celle pour qui ton fils meurt d'amour : « Elle n'a pas eu grand mal, mais quelle chance, je te demande un peu ! Son amoureux veut l'affranchir. — Qui est son amoureux ? » dit la seconde à la première. Celle-ci alors nomme Stratippoclès, le fils de Périphane.

PÉRIPHANE : Je suis perdu, par Hercule. Qu'est-ce que tu me racontes là ?

ÉPIDICUS : Ce qui s'est passé. Lorsque j'eus entendu de quoi elles parlaient, je me mis à faire marche arrière et à me rapprocher d'elles peu à peu, comme si la foule me forçait à reculer malgré moi.

PÉRIPHANE : Je comprends !

ÉPIDICUS : Sur quoi la seconde demande à la première : « Comment le sais-tu ? Qui te l'a dit ? — Tiens, aujourd'hui, on lui a apporté une lettre de Stratippoclès, lui disant qu'il avait emprunté l'argent à un usurier de Thèbes; que c'était réglé et qu'il l'apportait dans ce but. »

PÉRIPHANE : À ce coup, je suis mort !

ÉPIDICUS : Elle disait qu'elle avait appris cela de la fille elle-même et qu'elle avait vu la lettre.

PÉRIPHANE : Que puis-je faire maintenant ? Donne-moi un conseil, Apécide, je t'en prie.

APÉCIDE : Trouvons tout chaud quelque conseil opportun.... Car ton fils ou bien va bientôt arriver ou, ce crois-je, se trouve déjà là !

ÉPIDICUS : Si vous ne voyez pas d'inconvénient à ce que j'aie plus de sagesse que vous, je pourrais vous donner un conseil habile, que vous pourrez approuver, je crois, l'un et l'autre...

PÉRIPHANE : Quel est-il donc, Épidicus ?

ÉPIDICUS : Et tout à fait convenable à la circonstance.

APÉCIDE : Qu'est-ce que tu attends pour nous le dire ?

ÉPIDICUS : C'est à vous de parler d'abord, à moi de parler ensuite; vous êtes plus sages que moi.

PÉRIPHANE : Allons donc! Parle!

ÉPIDICUS : Mais vous vous moquerez de moi.

APÉCIDE : Certes non!

ÉPIDICUS : Eh bien, si l'idée vous semble bonne, vous l'utiliserez; si elle vous paraît mauvaise, vous en trouverez une meilleure. Ce n'est pas pour mon compte que se font ici les semailles ni la moisson; tout ce que je veux, c'est ce que tu souhaites.

PÉRIPHANE : Je t'en remercie. Fais-nous participer à ta sagesse.

ÉPIDICUS : Sans délai, il faut donner une épouse à ton fils et faire en sorte que la joueuse de lyre qu'il veut affranchir et qui le débauche soit punie, et que l'on veille à ce qu'elle demeure esclave toute sa vie.

APÉCIDE : C'est ce qu'il faut faire.

PÉRIPHANE : Je suis prêt à faire n'importe quoi pour parvenir à ce résultat.

ÉPIDICUS : Eh bien, c'est maintenant le moment d'agir, avant que ton fils ne soit revenu en ville, car il sera là demain; aujourd'hui, il n'est pas encore arrivé.

PÉRIPHANE : Comment le sais-tu ?

ÉPIDICUS : Je le sais parce que l'on m'a dit, quelqu'un qui vient de là-bas, qu'il serait ici demain.

PÉRIPHANE : Voyons, parle : que devrons-nous faire ?

ÉPIDICUS : Voilà ce qu'à mon avis il faut faire : avoir l'air de vouloir affranchir la joueuse de lyre, pour ton propre compte, comme si tu en étais toi-même éperdument amoureux.

PÉRIPHANE : Quel rapport cela a-t-il avec notre affaire ?

ÉPIDICUS : Tu me le demandes ? C'est pour que tu l'achètes comptant, avant l'arrivée de ton fils, et que tu dises que tu l'achètes pour l'affranchir.

PÉRIPHANE : Je comprends.

ÉPIDICUS : Dès que tu l'auras achetée, tu pourras l'éloigner de la ville, à moins que tu n'aies une autre intention.

PÉRIPHANE : Pas du tout. C'est très habile.

ÉPIDICUS : Qu'en penses-tu, Apécide ?

APÉCIDE : Que veux-tu que j'en pense, sinon que je vois bien que tu as tout fort habilement arrangé.

ÉPIDICUS : Ainsi, il ne pourra plus être question pour lui de ce mariage, ni de contrarier tes volontés.

PÉRIPHANE : C'est la sagesse même. J'approuve !

ÉPIDICUS : Alors, de ton côté, ne laisse pas refroidir le coup en le jouant

PÉRIPHANE : Tu as grandement raison, par Hercule !

ÉPIDICUS : Et j'ai trouvé le moyen d'écarter de toi tout soupçon.

PÉRIPHANE : Apprends-le-moi, je te prie.

ÉPIDICUS : Tu vas le savoir, écoute.

APÉCIDE : Il est sage à pleine cervelle, ce garçon.

ÉPIDICUS : Il faut quelqu'un qui aille verser l'argent pour acheter la joueuse de lyre. Je ne veux pas que ce soit toi, et tu ne dois pas le faire.

PÉRIPHANE : Pourquoi donc ?

ÉPIDICUS : Pour qu'elle ne puisse penser que tu agis ainsi à cause de ton fils...

PÉRIPHANE : Très juste !

ÉPIDICUS : Avec l'intention de l'éloigner d'elle, et que ce soupçon qu'elle aurait ne fasse surgir quelque difficulté.

PÉRIPHANE : Qui pourrons-nous trouver pour remplir cette tâche ?

ÉPIDICUS, *désignant Apécide :* En voilà un qui fera très bien l'affaire. Il pourra s'entourer de toutes les garanties possibles, car il connaît le droit et les lois.

PÉRIPHANE, *à Apécide :* Dis merci à Épidicus !

ÉPIDICUS : Bon, de mon côté, je ne perdrai pas de temps. J'irai trouver le propriétaire de la fille et je te l'amènerai ici ; et puis, accompagné d'Apécide, je lui apporterai l'argent.

PÉRIPHANE : Combien crois-tu qu'on peut l'acheter, au plus juste ?

ÉPIDICUS : Elle ? Dans les quarante mines, je crois, probablement, au plus juste ; mais si tu donnes trop, je te le rapporterai. C'est une affaire sans attrape. D'ailleurs, cet argent ne restera pas immobilisé plus de dix jours.

PÉRIPHANE : Comment cela ?

ÉPIDICUS : Parce qu'un autre garçon est amoureux fou de la fille en question, un homme cousu d'or, un soldat célèbre, un Rhodien, grand faiseur de butin, et magnifique ; il te la rachètera et te donnera de l'or sans rechigner. Engage seulement l'affaire; tu y gagneras gros!

PÉRIPHANE : Que les dieux t'entendent!

ÉPIDICUS : Ils sont avec toi!

APÉCIDE, *à Périphane :* Maintenant, rentre et va prendre l'argent pour le lui donner. Moi, je vais jeter un coup d'œil au forum. Épidicus, tu viendras m'y rejoindre.

ÉPIDICUS : Ne t'en va pas avant que je ne sois venu te rejoindre.

APÉCIDE : Je t'attendrai tant qu'il faudra.

PÉRIPHANE, *à Épidicus :* Allons, suis-moi dans la maison.

ÉPIDICUS : Va compter l'argent; ce n'est pas moi qui te retarderai.

### *SCÈNE III*

ÉPIDICUS, *resté seul.*

Je ne crois pas qu'il y ait, dans toute l'Attique, un champ qui rapporte davantage que notre maître Périphane. Il a beau tenir son coffre fermé et scellé, j'en extirpe toujours autant d'argent qu'il me plaît. Mais ce que je crains, par Pollux, c'est que le vieux, s'il vient à tout apprendre, ne fasse prospérer à mes frais des verges d'ormeau, qui m'ôteront jusqu'au dernier poil. Mais il y a un détail, un seul, qui m'ennuie, c'est de trouver une joueuse de lyre à louer et la montrer à Apécide. Mais, ça aussi, c'est réglé! Ce matin le vieux m'a chargé de louer une joueuse de lyre et de la faire venir chez nous pour qu'elle joue pendant un sacrifice qu'il veut offrir. On la louera, on lui apprendra d'avance comment elle devra s'y prendre pour tromper le vieux. Entrons, et recevons l'argent de ce vieillard généreux!

## ACTE III

### *SCÈNE PREMIÈRE*

STRATIPPOCLÈS, CHÉRIBULE

STRATIPPOCLÈS : À force d'attendre, je suis rongé, dévoré jusqu'aux moelles, pauvre de moi, pour savoir l'effet que produiront pour moi les belles paroles d'Épidicus. Je me consume depuis trop longtemps : quelque chose ou rien, je veux savoir!

CHÉRIBULE : Si tu n'as que ce secours-là, tu peux t'adresser ailleurs pour en trouver; j'en étais sûr tout de suite, dès le début, je savais que tu n'aurais aucun secours de lui.

STRATIPPOCLÈS : Alors, par Hercule, moi, je suis mort!

CHÉRIBULE : Tu es ridicule de te tourmenter ainsi; par Hercule, si moi je l'attrape, je ne le laisserai plus se moquer de nous impunément, cet espèce d'esclave!

STRATIPPOCLÈS : Eh, qu'est-ce que tu veux qu'il fasse pour nous, alors que toi qui as tant de richesses chez toi, tu n'as pas un sou d'argent liquide, et tu ne peux venir en aide à ton camarade!

CHÉRIBULE : Par Hercule, si j'en avais, je serais heureux de... promettre; mais tu peux avoir quelque espoir, que quelque aubaine, de quelque manière, de la part de quelqu'un finisse par m'arriver.

STRATIPPOCLÈS : Maudit sois-tu, espèce de bon à rien[1].

CHÉRIBULE : Qu'est-ce qui te prend de m'injurier ?

STRATIPPOCLÈS : Et toi qui ne sais que me bafouiller quelque chose, de quelque façon, de quelque part, et de quelqu'un, qui n'existent pas! Je ne t'écoute même pas, et tu ne m'apportes pas plus d'aide que quelqu'un qui est encore à naître!

## SCÈNE II

### ÉPIDICUS, STRATIPPOCLÈS, CHÉRIBULE

ÉPIDICUS, *sortant de la maison et parlant à Périphane, invisible :* Tu as fait ce qu'on attendait de toi; maintenant, c'est à moi de faire ce que l'on attend de moi. Puisque je m'occupe de l'affaire, tu peux être tranquille... *(Changeant de ton et la porte refermée.)* c'est de l'argent déjà perdu. N'espère pas en revoir jamais rien; il est d'ores et déjà enterré! Fais-moi seulement confiance! C'est comme cela que je suis; et que l'on a toujours été chez moi. Ah! dieux immortels, quel beau jour vous m'avez donné aujourd'hui, un jour où tout va bien, où l'on a tout ce que l'on veut! Mais au lieu de m'en aller, je m'attarde ici, alors que je devrais emporter dans ma colonie ce convoi de bon augure[1] ! C'est contre mon propre intérêt de rester ici... *(Il aperçoit les jeunes gens.)* Mais qu'est-ce que je vois ? Devant chez nous, les deux camarades, le maître et Chéribule. Que faites-vous ici ? *(Il lance le sac à Stratippoclès.)* Tiens, prends ceci, s'il te plaît.

STRATIPPOCLÈS : Combien y a-t-il ?

ÉPIDICUS : Suffisamment, et plus que suffisamment, plus que ce qu'il faut; j'ai apporté dix mines de plus que ce que tu dois à l'usurier. Pourvu que je te sois agréable et que tu aies ce que tu veux, je me moque pas mal de mes épaules.

STRATIPPOCLÈS : Comment cela ?

ÉPIDICUS : Parce que je ferai de ton père un parenticide !

STRATIPPOCLÈS : Quelle sorte de mot est-ce là ?

ÉPIDICUS : Je n'ai que faire des vieux mots, ceux de tout le monde. On dit « mettre dedans », moi, c'est dans un sac tout entier que je le fourrerai[2]. Le marchand de filles a encaissé tout l'argent pour payer la joueuse de lyre; c'est moi qui l'ai payé; c'est de mes propres mains que j'ai versé les deniers pour celle que ton père prend pour sa fille[3]. Maintenant, une fois encore, j'ai trouvé le moyen de tromper ton père et de te venir en aide. J'ai persuadé le vieux, je lui ai dit les raisons pour lesquelles, quand tu reviendrais, il ne fallait pas te la laisser.

STRATIPPOCLÈS : Bravo !

ÉPIDICUS : Elle est maintenant chez lui, comme sa fille.

STRATIPPOCLÈS : Je comprends.

ÉPIDICUS : Il m'a donné, pour me chaperonner dans cette affaire, Apécide, — en ce moment, il m'attend au forum — qui doit veiller à ce que tout marche bien[4].

STRATIPPOCLÈS : Joli !

ÉPIDICUS : Le surveillant est dès maintenant dedans lui aussi. Ton père, de ses mains, a mis le sac sur mon dos. Il se dispose à te marier dès que tu seras rentré chez nous.

STRATIPPOCLÈS : Il ne pourra me persuader qu'à une condition : si celle qui est venue avec moi est enlevée d'abord par Orcus[5].

ÉPIDICUS : Et moi voici le stratagème que j'ai imaginé. Je vais aller d'abord seul chez le marchand de filles, et je lui ferai la leçon; si quelqu'un vient le trouver, qu'il dise qu'on lui a donné l'argent, qu'il a encaissé, pour la joueuse de lyre, cinquante mines; et c'est bien moi qui, avant-hier, de mes propres mains, les lui ai comptées pour cette ancienne maîtresse à toi, que ton père croit être sa propre fille. Aussi le marchand, à son insu, jurera sur sa tête de crapule, comme si c'était pour la fille que tu as maintenant amenée avec toi qu'il avait reçu l'argent.

STRATIPPOCLÈS : Tu te tournes et retournes mieux que la roue d'un potier.

ÉPIDICUS : Je vais maintenant me procurer quelque joueuse de lyre astucieuse à louer pour un denier; elle fera semblant d'avoir été achetée et bernera savamment les deux vieux. Apécide l'emmènera avec lui chez ton père.

STRATIPPOCLÈS : Comme tu n'oublies rien!

ÉPIDICUS : Je l'enverrai bien endoctrinée de mes ruses et chargée de mes inventions. Mais je parle trop longtemps; vous m'avez retenu. Vous savez désormais comment les choses vont se passer. Je m'en vais.

STRATIPPOCLÈS : Bonne route!

CHÉRIBULE : C'est vraiment un maître, pour mal faire.

STRATIPPOCLÈS : En tout cas, il m'a sauvé la vie, avec ses inventions.

CHÉRIBULE : Entrons chez moi.

STRATIPPOCLÈS : Oui, et de meilleur cœur que je n'en suis sorti. Grâce à la vaillance et aux auspices d'Épidicus, je rentre au camp chargé de butin.

*Ils entrent chez Chéribule.*

## *SCÈNE III*

PÉRIPHANE, APÉCIDE,
UNE JOUEUSE DE LYRE, UN ESCLAVE

PÉRIPHANE, *seul :* Ce n'est pas seulement pour y mirer leur visage que les hommes devraient avoir un miroir, ils devraient en avoir un où ils pourraient voir leur esprit et prendre la mesure de leur sagesse; quand ils y auraient regardé, ils réfléchiraient, ensuite, à la vie qu'ils ont menée autrefois dans leur jeunesse. Et cela leur rendrait grand service, du moins je le pense. Tenez, moi-même, depuis l'autre jour je me suis mis à me faire du mauvais sang à propos de mon fils, comme s'il avait commis un crime envers moi, et comme si je n'avais pas moi aussi fait de belles sottises dans ma jeunesse. Sans mentir, on perd son bon sens de temps en temps, quand on est vieux. Mais voici mon camarade Apécide qui revient avec son butin. *(À Apécide.)* Salut à notre acheteur! je suis heureux de te voir revenu sain et sauf! Comment ça va ?

APÉCIDE : Que les dieux et les déesses te protègent!

PÉRIPHANE : J'en accepte l'augure.

APÉCIDE : Le présage heureux est déjà accompli. Mais fais conduire cette jeune personne à la maison.

PÉRIPHANE : Hé, que quelqu'un sorte! *(À un esclave qui sort.)* Conduis cette fille à l'intérieur. *(Comme l'esclave fait mine d'entraîner la fille.)* Écoute encore!

L'ESCLAVE : Que veux-tu ?

PÉRIPHANE : Prends bien garde qu'elle ne soit pas en rapport avec ma fille, qu'elle ne la voie pas. Tu comprends ? Je veux qu'on l'enferme dans la petite pièce séparée; une vierge et une louve comme celle-ci[1] ne vont pas ensemble.

APÉCIDE : Tu parles d'or. On ne peut jamais trop veiller sur la vertu de sa fille. Par Pollux, il était grandement temps d'acheter la petite pour couper l'herbe sous le pied à ton fils!

PÉRIPHANE : Comment cela ?

APÉCIDE : Quelqu'un m'a dit qu'il avait vu ton fils en ville il y a déjà quelque temps. Il se préparait à faire son coup, par Pollux!

PÉRIPHANE : Tu as sûrement raison, par Hercule!

APÉCIDE : Ah, tu as un esclave modèle inestimable, et qui vaut son pesant d'or. Comme il a trouvé le moyen de faire que la joueuse de lyre ignore qu'on l'achetait pour toi! Aussi elle riait et plaisantait quand il l'a amenée avec lui!

PÉRIPHANE : C'est étonnant. Comment a-t-il pu le faire ?

APÉCIDE : Il a dit que tu voulais offrir un sacrifice chez toi en l'honneur de ton fils, parce qu'il est revenu de Thèbes sain et sauf.

PÉRIPHANE : C'était la bonne méthode!

APÉDICE : Oui, et puis il lui a dit qu'il la louait pour t'assister pendant le sacrifice[2]. Et moi, pendant ce temps, je faisais l'imbécile, je jouais les idiots.

PÉRIPHANE : Oui, c'eſt tout à fait ça.

APÉCIDE, *prenant congé :* L'un de mes amis eſt en train de plaider une affaire importante au forum; je veux aller l'assiſter.

PÉRIPHANE : Je t'en prie, dès que tu en auras le loisir, reviens près de moi sans tarder.

APÉCIDE : Je serai de retour aussitôt.

*Il sort.*

PÉRIPHANE, *seul :* Rien n'eſt plus agréable qu'un ami obligeant! Sans avoir rien à faire, on obtient ce que l'on souhaite. Si j'avais chargé de l'affaire un homme moins habile, moins habitué à ces sortes de choses, on nous aurait bernés et mon fils rirait de moi à gorge déployée; et il aurait bien raison[1]... Mais quel eſt cet individu que je vois arriver là-bas, et qui fait onduler sa chlamyde en roulant les épaules ?

## *SCÈNE IV*

### Le Soldat, Périphane, l'Esclave

LE SOLDAT, *parlant à son esclave :* Ne passe surtout devant aucune porte sans demander où habite le vieux Périphane de Platées. Et gare à toi si tu reviens chez moi sans avoir trouvé!

PÉRIPHANE : Jeune homme, si je t'indique où se trouve l'homme que tu cherches, m'en sauras-tu gré ?

LE SOLDAT : Ma vaillance, sur les champs de bataille, m'ont valu de mériter la reconnaissance de tous les humains!

PÉRIPHANE : Tu n'as pas trouvé, jeune homme, le bon endroit pour y vanter ta vaillance tranquillement, comme tu voudrais le faire. Si un brave raconte ses combats devant plus brave que lui, ce qu'il dit pâlit auprès de ce que peut lui dire l'autre. Bref, ce Périphane de Platées que tu cherches, c'eſt moi. À ton service.

LE SOLDAT : C'eſt bien toi qui, dans ta jeunesse, dit-on, as servi dans les armées des rois et, par ton habileté à la guerre, as gagné une grande fortune ?

PÉRIPHANE : Oui, et si tu entendais le récit de mes batailles, tu prendrais tes jambes à ton cou pour t'enfuir chez toi.

LE SOLDAT : Par Pollux, c'est moi qui cherche quelqu'un à qui raconter mes batailles et non pas quelqu'un qui me racontera les siennes!

PÉRIPHANE : Alors, tu t'es trompé d'adresse; aussi, va chercher ailleurs quelqu'un pour placer ta marchandise. *(À part.)* Mais j'ai bien tort de lui reprocher ce que j'ai fait moi-même dans ma jeunesse, quand j'étais soldat; à force de raconter mes batailles, j'écorchais les oreilles des gens, lorsque j'étais sur ce terrain[1].

LE SOLDAT : Écoute-moi, que je t'explique la raison pour laquelle je viens te voir. J'ai appris que tu avais acheté ma maîtresse.

PÉRIPHANE, *à part :* Tut tut! je sais enfin qui il est; c'est le soldat dont m'a parlé l'autre fois Épidicus. *(Haut, au soldat.)* Jeune homme, tu as raison; je l'ai achetée.

LE SOLDAT : Je voudrais te dire deux mots, si cela ne te dérange pas.

PÉRIPHANE : Par Pollux, je ne sais pas si cela me dérange ou non, si tu ne me dis pas ce que tu veux.

LE SOLDAT : Je voudrais que tu me la cèdes, contre argent comptant; j'ai de quoi. Pourquoi ne serais-je pas franc avec toi? Je veux aujourd'hui en faire mon affranchie pour qu'elle vive avec moi.

PÉRIPHANE : Je puis régler l'affaire en deux mots. J'ai acheté la fille cinquante mines; si l'on me compte soixante mines, je ne verrai aucun inconvénient à faire que la dame occupe tes loisirs, mais à la condition expresse que tu en débarrasses ce pays.

LE SOLDAT : Elle est à moi à ces conditions?

PÉRIPHANE : Si tu veux; elle est à toi. Tu as fait une bonne affaire. *(Se tournant vers la maison.)* Holà! Amenez dehors la joueuse de lyre que vous avez fait entrer tout à l'heure. Et je te donnerai même la lyre qu'elle avait avec elle, et cela par-dessus le marché, pour rien.

*On amène la jeune fille.*

## *SCÈNE V*

### PÉRIPHANE, LE SOLDAT, LA JOUEUSE DE LYRE

PÉRIPHANE, *au soldat :* Tiens, prends-la, veux-tu?

LE SOLDAT : Mais quel mal te possède? Quelle

sombre machination montes-tu contre moi ? Pourquoi ne donnes-tu pas aux gens, là-dedans, l'ordre de faire venir la joueuse de lyre ?

PÉRIPHANE : Mais la joueuse de lyre, c'est elle. Chez moi, il n'y en a pas d'autre.

LE SOLDAT : Tu ne pourras pas m'en faire accroire. Pourquoi ne dis-tu pas que l'on amène Acropolistis, la joueuse de lyre ?

PÉRIPHANE : Mais c'est celle-ci, te dis-je !

LE SOLDAT : Ce n'est pas elle, te dis-je; tu crois que je ne sais pas reconnaître ma maîtresse ?

PÉRIPHANE : Je te dis que c'est pour cette joueuse de lyre que mon fils mourait d'amour.

LE SOLDAT : Non, ce n'est pas elle.

PÉRIPHANE : Quoi ? Ce n'est pas elle ?

LE SOLDAT : Ce n'est pas elle.

PÉRIPHANE : Alors d'où sort donc celle-ci ? Par Hercule, j'ai bien donné mon argent pour acheter celle-ci !

LE SOLDAT : Tu l'as donné sottement, m'est avis, tu t'es trompé dans les grandes largeurs.

PÉRIPHANE : Mais non, c'est bien elle. J'ai envoyé mon esclave, celui qui accompagne toujours mon fils; c'est lui-même qui a acheté cette joueuse de lyre.

LE SOLDAT : Eh bien, c'est cet individu qui t'a réduit en bouillie, mon vieux, c'est ton esclave.

PÉRIPHANE : Comment, mis en bouillie ?

LE SOLDAT : Cela m'en a tout l'air; au lieu et place de la joueuse de lyre, on t'a substitué cette biche[1]. Mon vieux, on t'a bel et bien barbouillé le museau. Quant à moi, je vais chercher où se trouve la mienne, où quelle soit. Guerrier, adieu !

*Il sort.*

PÉRIPHANE : Bravo, bravo, Épidicus, tu es un brave homme; tu t'es bien battu, et c'est toi l'individu qui m'a mouché, moi un morveux qui ne vaut guère ! *(Se tournant vers la joueuse de lyre.)* Apécide t'a achetée aujourd'hui au marchand de filles ?

LA JOUEUSE DE LYRE : C'est la première fois aujourd'hui que j'entends prononcer le nom de cette personne, et nul n'aurait pu m'acheter, à n'importe quelque prix que ce fût, car il y a plus de cinq ans que je suis libre.

PÉRIPHANE : Alors, qu'est-ce que tu as à faire chez moi ?

LA JOUEUSE DE LYRE : Je vais te le dire ; j'ai été louée pour venir jouer de la lyre et accompagner un vieillard pendant qu'il offrirait un sacrifice.

PÉRIPHANE : J'avoue que de tous les habitants d'Athènes dans l'Attique, je suis le plus grand sot. Mais connais-tu, toi, la joueuse de lyre Acropolistis ?

LA JOUEUSE DE LYRE : Comme moi-même.

PÉRIPHANE : Où demeure-t-elle ?

LA JOUEUSE DE LYRE : Depuis qu'elle est libre, je ne puis te dire exactement où elle habite.

PÉRIPHANE : Ah, ah ! Alors elle est libre ? Qui l'a affranchie, je voudrais bien le savoir, si tu le sais.

LA JOUEUSE DE LYRE : Je vais te dire ce que j'ai entendu dire ; on raconte que c'est Stratippoclès, le fils de Périphane, qui, en son absence, l'a fait affranchir.

PÉRIPHANE : Je suis mort, par Hercule, si ce que tu me dis est vrai, et bien mort ! Épidicus a éventré ma bourse !

LA JOUEUSE DE LYRE : C'est ce que j'ai entendu dire. Tu as encore besoin de moi ?

PÉRIPHANE : Je veux que tu périsses de male mort, et que tu t'en ailles au plus vite.

LA JOUEUSE DE LYRE : Tu ne me rends pas ma lyre ?

PÉRIPHANE : Ni ta lyre, ni tes flûtes. Dépêche-toi de disparaître d'ici, si les dieux te protègent.

LA JOUEUSE DE LYRE : Je m'en vais ; mais tu seras bien forcé de me la rendre plus tard, et ça fera du bruit !

*Elle sort.*

PÉRIPHANE, *resté seul* : Et maintenant ? Moi qui ai contribué à tant de décisions importantes[1], m'être laissé moquer de moi, en face, ouvertement ! Et encore pour moi c'est moins grave que pour l'individu qui se fait appeler le grand barbouilleur, le grand assaisonneur de lois ! Et il ose se prétendre un habile homme : j'ai vu des marteaux cassés qui avaient plus de tête que lui !

# ACTE IV

## *SCÈNE PREMIÈRE*

### Philippa, Périphane

PHILIPPA : S'il eſt misère au monde qui puisse rendre un humain misérable jusqu'au fond de son âme, je l'éprouve maintenant, moi sur qui s'abattent à la fois tant de maux, pour me briser le cœur. Mille tourments me harcèlent : la pauvreté, la peur frappent de terreur mon esprit, je ne vois nulle part aucun lieu où je puisse abriter mes espérances. Car ma fille, mon enfant, eſt tombée au pouvoir des ennemis et maintenant je ne sais où elle se trouve.

PÉRIPHANE, *à part :* Quelle eſt cette femme au cœur tremblant qui vient de l'étranger et qui se lamente sur son sort ?

PHILIPPA, *sans le voir :* On m'a dit qu'ici habitait Périphane.

PÉRIPHANE, *à part :* Elle prononce mon nom! Je crois qu'elle a besoin qu'on lui donne l'hospitalité.

PHILIPPA, *toujours sans le voir :* Ah! que je donnerai volontiers une récompense à qui me ferait rencontrer cet homme ou me dirait où il habite.

PÉRIPHANE, *la regardant à la dérobée :* Je cherche à la reconnaître; il me semble l'avoir déjà vue, je ne sais où. Eſt-ce celle que je pense, ou n'eſt-ce pas elle ?

PHILIPPA, *apercevant Périphane :* Dieux bons! j'ai vu déjà cet homme quelque part [lacune][1].

PÉRIPHANE, *à part :* Oui, c'eſt bien elle; celle dont à Épidaure, la pauvre petite, j'ai autrefois abusé.

PHILIPPA : Aucun doute : voici celui qui, autrefois, à Épidaure, m'a ravi ma virginité.

PÉRIPHANE : De mon étreinte, elle a conçu une fille, que j'ai maintenant chez moi. Si je l'abordais ?

PHILIPPA, *de son côté, à part aussi :* Je ferais peut-être bien d'aller vers lui...

PÉRIPHANE : Si c'eſt bien elle...

PHILIPPA : Mais eſt-ce bien lui; tant d'années me font hésiter.

PÉRIPHANE : Le temps qui s'est écoulé rend ma mémoire incertaine. Au cas où c'est celle que je pense, sans en être sûr, je vais l'aborder adroitement.

PHILIPPA : Il me faut avoir recours maintenant à la ruse féminine!

PÉRIPHANE : Je vais l'aborder.

PHILIPPA : Je vais mobiliser l'astuce de ma langue!

PÉRIPHANE, *à Philippa, et l'abordant :* Salut!

PHILIPPA : J'en accepte l'augure pour moi et les miens.

PÉRIPHANE : Et quoi d'autre ?

PHILIPPA : Salut! Je te rends ce que tu m'as donné.

PÉRIPHANE : Je ne doute pas de ton honnêteté! Est-ce que je te connais ?

PHILIPPA : Si moi je te connais, je prendrai sur moi de croire que tu me connais.

PÉRIPHANE : Où t'ai-je vue ?

PHILIPPA : Ce n'est pas juste, tu me fais tort!

PÉRIPHANE : Et en quoi ?

PHILIPPA : Parce que tu crois que je dois servir de guide à ta mémoire.

PÉRIPHANE : Tu l'as dit!

PHILIPPA : Ce que tu dis m'étonne...

PÉRIPHANE : Tiens, il vaut mieux cela encore... Te souviens-tu... ?

PHILIPPA : Je me souviens... de ce dont je me souviens.

PÉRIPHANE : Mais, à Épidaure...

PHILIPPA : Ah, tu as versé une goutte d'eau sur mon cœur brûlant!

PÉRIPHANE : ... que j'ai soulagé ta pauvreté, quand tu étais une toute jeune fille, et celle de ta mère ?

PHILIPPA : C'est donc bien toi celui qui, pour ton plaisir, a semé en moi le lourd fardeau du malheur ?

PÉRIPHANE : C'est bien moi; salut!

PHILIPPA : Je suis sauvée, puisque je vois que toi, tu es sain et sauf.

PÉRIPHANE : Donne-moi la main.

PHILIPPA : Tiens, c'est une femme malheureuse et pleine de maux que tu as devant toi.

PÉRIPHANE : Quel est le souci qui obscurcit ton visage ?

PHILIPPA : La fille que j'ai eue de toi...

PÉRIPHANE : Qu'est-ce qui lui est arrivé ?

PHILIPPA : Je l'ai perdue, une fois élevée. Les ennemis s'en sont emparés.

PÉRIPHANE : Rassure-toi, sois tranquille; ne gémis plus. Elle est chez moi, saine et sauve. Dès que j'eus appris par un esclave à moi qu'elle était prisonnière, j'ai aussitôt donné de l'argent pour qu'on la rachetât. Il s'est acquitté de cette mission avec zèle et honnêteté, comme... comme, en d'autres circonstances, il se montre un fieffé filou!

PHILIPPA : Montre-la-moi, si tu veux que je vive!

PÉRIPHANE, *se retournant vers sa maison et criant :* Hé, là-dedans! Canthara, dis à ma fille Télestis de sortir, devant la maison, pour voir sa mère.

PHILIPPA : Ah! la vie me revient enfin!

## *SCÈNE II*

### ACROPOLISTIS, PÉRIPHANE, PHILIPPA

ACROPOLISTIS : Pourquoi, mon père, m'as-tu fait venir devant la maison ?

PÉRIPHANE : Pour voir ta mère, pour que tu la rencontres, que tu la salues et l'embrasses à son arrivée.

ACROPOLISTIS : Qui, ma mère ?

PÉRIPHANE : Celle qui, morte d'angoisse, cherche partout pour te voir!

PHILIPPA, *qui ne reconnaît pas Acropolistis :* Quelle est cette fille, à qui tu dis de m'embrasser ?

PÉRIPHANE : Ta fille.

PHILIPPA : Celle-ci ?

PÉRIPHANE : Oui.

PHILIPPA : Que je l'embrasse ?

PÉRIPHANE : Pourquoi non, puisqu'elle est ta fille ?

PHILIPPA : Toi, mon cher, tu es fou!

PÉRIPHANE : Moi ?

PHILIPPA : Oui, toi.

PÉRIPHANE : Pourquoi ?

PHILIPPA : Parce que, moi, je ne sais qui est cette femme, je ne la connais point; mes yeux ne l'ont jamais vue jusqu'à aujourd'hui.

PÉRIPHANE : Je sais pourquoi tu te trompes : c'est qu'elle a changé de vêtements et de parure [lacune].

PHILIPPA : [Lacune] Non, l'odeur des chiens n'est pas celle des sangliers. Sérieusement, je t'assure que je ne connais pas cette fille!

PÉRIPHANE : Que les dieux et les hommes m'entendent! Suis-je devenu marchand de filles pour avoir chez moi des femmes qui ne me sont rien et pour gaspiller ainsi mon argent de tous les côtés ? *(À Acropolistis.)* Dis donc, toi, qui m'appelles ton père et qui m'embrasses, qu'as-tu à rester là bouche bée, sans dire un mot ?

ACROPOLISTIS : Qu'est-ce que tu veux que je dise ?

PÉRIPHANE : Cette femme dit qu'elle n'est pas ta mère ?

ACROPOLISTIS : Qu'elle ne le soit pas si elle ne le veut pas; en tout cas, qu'elle le veuille ou non, je serai toujours la fille de ma mère. Mais je ne peux pas forcer cette femme à être ma mère, si elle refuse.

PÉRIPHANE : Alors, pourquoi m'appelais-tu ton père ?

ACROPOLISTIS : C'est de ta faute, et non de la mienne. Pourquoi ne t'appellerais-je pas mon père, du moment que toi, tu m'appelles ta fille ? Cette femme aussi, si elle m'appelle sa fille, je l'appellerai ma mère! Elle déclare que je ne suis pas sa fille, donc elle n'est pas ma mère. Après tout, ce n'est pas ma faute à moi; c'est ce qu'on m'a appris que j'ai répété. Épidicus m'a fait la leçon.

PÉRIPHANE : Je suis mort. Ma charrette a versé[1]!

ACROPOLISTIS : Ai-je dans cette affaire commis une faute, mon père ?

PÉRIPHANE : Par Hercule, si je t'entends encore une fois m'appeler ton père, je t'arracherai la vie!

ACROPOLISTIS : Je ne le dirai plus. Quand tu voudras être mon père, sois-le; quand tu ne le voudras pas, ne le sois pas.

PHILIPPA : Dis-moi, si tu l'as achetée parce que tu croyais qu'elle était ta fille, à quels signes la reconnaissais-tu ?

PÉRIPHANE : À aucun.

PHILIPPA : Alors, pourquoi as-tu cru qu'elle était notre fille ?

PÉRIPHANE : C'est mon esclave Épidicus qui me l'avait dit.

PHILIPPA : Mais si ton esclave n'a pas dit vrai, ne pouvais-tu, toi, la reconnaître, dis-moi ?

PÉRIPHANE : Et comment cela ? Je ne l'ai vue qu'une fois, et pas du tout par la suite.

PHILIPPA : Malheureuse, je suis morte!

PÉRIPHANE : Ne pleure pas, femme; entre chez moi, reprends courage. Je vais la retrouver.

PHILIPPA : C'est un homme de l'Attique, un citoyen d'Athènes, qui l'a achetée. On m'a dit que c'était un jeune homme l'acheteur.

PÉRIPHANE : Je la retrouverai. Ne dis rien. Entre seulement chez moi et garde bien cette Circé, cette fille du Soleil[1]. Moi, toute affaire cessante, je vais m'occuper de trouver Épidicus. Si je le trouve, je ferai en sorte que ce jour voie sa perte!

# ACTE V

## *SCÈNE PREMIÈRE*

STRATIPPOCLÈS, ÉPIDICUS, L'USURIER, TÉLESTIS

STRATIPPOCLÈS : Il est bien contrariant, cet usurier, qui ne vient pas chercher son argent et ne m'amène pas celle que j'ai achetée sur le butin. Mais voici Épidicus qui arrive. Qu'est-ce qu'il a qui ride ainsi son front et lui donne l'air soucieux ?

ÉPIDICUS : Quand bien même Jupiter amènerait avec lui les onze dieux[2], à eux tous ils ne pourraient sauver Épidicus du supplice. J'ai vu Périphane acheter des courroies; il y avait avec lui Apécide. Et maintenant je crois que tous les deux ils me cherchent. Ils ont compris, ils savent que je les ai bernés.

STRATIPPOCLÈS, *sans l'entendre :* Comment vas-tu, mon sauveur ?

ÉPIDICUS : Comme un infortuné!

STRATIPPOCLÈS : Qu'est-ce que tu as ?

ÉPIDICUS : Tu ferais mieux de me donner de l'argent pour que je puisse m'enfuir avant que je ne meure! Car, dans toute la ville, deux vieillards déplumés me cherchent; ils portent dans leurs mains, avec eux, des liens.

STRATIPPOCLÈS : Reprends courage!

ÉPIDICUS : Sans doute parce que ma liberté est désormais assurée ?

STRATIPPOCLÈS : Moi, je te mettrai en sûreté!

ÉPIDICUS : Les autres s'en chargeront mieux encore, s'ils m'attrapent. Mais quelle est cette jeune femme qui vient, avec ce vieux bancal ?

STRATIPPOCLÈS : Lui, c'est l'usurier, et elle, c'est celle que j'ai achetée sur le butin.

ÉPIDICUS : C'est elle ?

STRATIPPOCLÈS : Oui, c'est elle; n'est-elle pas telle que je te l'ai décrite ? Regarde, examine-la, Épidicus. Depuis le bout des ongles jusqu'à la pointe des cheveux, c'est un régal. En la voyant, n'est-ce pas exactement comme si l'on regardait un tableau joliment peint ?

ÉPIDICUS : Pour parler comme toi, tu peux dire que ma peau sera aussi un beau tableau, qu'Apelle et Zeuxis[1] se mettront à deux pour peindre avec des couleurs d'ormeau[2] !

STRATIPPOCLÈS, *à l'usurier :* Dieux immortels ! Si tu avais eu des sandales de plomb, comme on dit, tu aurais mis moins de temps pour venir jusqu'ici que tu n'en as mis[3].

L'USURIER : Par Pollux, c'est elle qui m'a retardé.

STRATIPPOCLÈS : Alors, si c'est à cause d'elle que tu as été retardé, et parce qu'elle l'a voulu, alors tu es arrivé encore trop tôt !

L'USURIER : Allons, allons, paie-moi, compte l'argent, pour que je ne fasse pas attendre mes compagnons[4].

STRATIPPOCLÈS : Il est compté et recompté.

L'USURIER : Prends cette bourse; verse l'argent dedans.

STRATIPPOCLÈS : Tu es un homme de précaution. Attends, pendant que je vais te chercher l'argent.

L'USURIER : Ne traîne pas !

STRATIPPOCLÈS : Il est chez moi.

*Il entre chez Chéribule.*

ÉPIDICUS, *examinant la jeune fille :* Est-ce que mes yeux me rendent bien leur service accoutumé, ou non ? N'est-ce pas toi que je vois, Télestis, fille de Périphane, toi qui as pour mère Philippa; tu es née à Thèbes mais tu as été conçue à Épidaure ?

TÉLESTIS : Qui es-tu toi-même, toi qui dis ainsi le nom de mes parents et le mien ?

ÉPIDICUS : Tu ne me reconnais pas ?

TÉLESTIS : Non, je n'ai pour l'instant aucun souvenir.

ÉPIDICUS : Tu ne te rappelles pas que je t'ai apporté

pour l'anniversaire de ta naissance, une petite lune d'or et un anneau d'or aussi pour ton doigt ?

TÉLESTIS : Je me souviens, mon cher! C'est donc toi ?

ÉPIDICUS : Moi-même; et celui-ci est ton frère qui t'a achetée [lacune]. Il est né d'une autre mère, mais du même père que toi.

TÉLESTIS : Et mon père, est-il vivant ?

ÉPIDICUS : Sois sans souci ni crainte; ne gémis pas.

TÉLESTIS : Les dieux me rendent la vie, si tu dis vrai.

ÉPIDICUS : Je n'ai aucune raison de te raconter des histoires.

STRATIPPOCLÈS, *revenant avec un sac :* Prends cet argent, usurier; il y a là quarante mines. Si quelque pièce n'est pas de bon aloi, je la changerai.

L'USURIER, *après avoir compté l'argent :* C'est bien. Porte-toi bien.

*Il sort.*

STRATIPPOCLÈS, *à Télestis :* Et maintenant tu es à moi!

TÉLESTIS : Oui, comme une sœur, apprends-le à ton tour. Salut, mon frère!

STRATIPPOCLÈS, *à Épidicus :* Elle a tout son bon sens ?

ÉPIDICUS : Bien sûr, puisqu'elle s'adresse à son frère!

STRATIPPOCLÈS : Quoi ? [Lacune] Je suis devenu son frère comme cela, le temps d'aller dans la maison et d'en sortir ?

ÉPIDICUS : Quand il t'arrive quelque chose de bon, accepte-le sans rien dire, en dedans de toi, et sois heureux!

STRATIPPOCLÈS : Tu as causé ma perte, en me retrouvant, ma sœur!

ÉPIDICUS : Sot, ne gémis pas. Tu as une maîtresse toute trouvée à la maison — la joueuse de lyre — grâce à moi; et c'est encore moi à qui ta sœur doit la liberté.

STRATIPPOCLÈS : Épidicus, je t'avoue...

ÉPIDICUS : Rentre à la maison et dis qu'on chauffe un bain pour elle. Je t'instruirai de tout par la suite, quand nous aurons le temps.

STRATIPPOCLÈS : Viens avec moi, ma sœur, par ici.

ÉPIDICUS : Et moi, je vais dire à Thesprion d'aller vous rejoindre. Mais souviens-toi, si le vieux se fâche par trop, de venir à mon secours, ainsi que ta sœur.

STRATIPPOCLÈS : Je n'y manquerai pas.

*Avec sa sœur, ils entrent chez Périphane*

ÉPIDICUS, *appelant Thesprion qui se trouve chez Chéribule :* Thesprion, sors de là; passe par le jardin[1]; viens à la maison m'aider. L'affaire est d'importance. *(S'avançant vers le devant de la scène.)* Je me soucie beaucoup moins maintenant des vieillards. Je vais rentrer, pour bien recevoir les hôtes qui arrivent. En même temps j'apprendrai à Stratippoclès ce que je sais. Je ne veux plus m'enfuir; je suis décidé à rester à la maison, et le vieux ne m'accusera pas de l'avoir défié à la course. Entrons; je perds du temps à bavarder!

## SCÈNE II

PÉRIPHANE, APÉCIDE, *puis* ÉPIDICUS

PÉRIPHANE : S'est-il assez joué de nous, le drôle, de nous deux, pauvres vieux décrépits!

APÉCIDE : C'est plutôt toi, par Pollux, qui me tourmentes de toutes les façons!

PÉRIPHANE : Ne gémis pas, je t'en prie; laisse-moi seulement apercevoir l'individu en question!

APÉCIDE : Et moi, je te dis, pour que tu ne l'oublies pas, que tu ferais mieux de chercher quelqu'un d'autre que moi pour t'accompagner; car, à force de te suivre, je suis si fatigué que mes pauvres genoux sont tout enflés!

PÉRIPHANE : De combien de façons cet individu s'est-il moqué de toi et de moi aujourd'hui! Comme il a extrait jusqu'aux moelles tout l'argent que j'avais!

APÉCIDE : Pas de lui près de moi! C'est le fils d'un Vulcain en colère! Tout ce qu'il touche, il le brûle. Si on l'approche, sa chaleur vous rôtit.

ÉPIDICUS, *sortant de la maison de Périphane :* Douze dieux, en plus de tous les immortels qui se trouvent dans le ciel, sont maintenant là pour me défendre et luttent à mes côtés. Malgré tous mes méfaits, j'ai des alliés et des renforts à la maison. Et j'envoie paître tous ceux qui me veulent du mal!

PÉRIPHANE, *sans voir Épidicus :* Où puis-je bien aller le chercher ?

APÉCIDE : Pourvu que tu le cherches sans moi, tu peux, sans que cela me gêne, le chercher même au milieu de la mer.

ÉPIDICUS, *se montrant à Périphane :* Pourquoi me cherches-tu ? Pourquoi te donner tout ce mal ? Pourquoi tourmenter ton compagnon ? Me voici. Ai-je cherché à fuir ? Ne suis-je pas à la maison ? Ai-je évité tes regards ? [Lacune] Et note bien que je ne viens pas en suppliant ! Tu veux m'enchaîner ? Tiens, voici mes mains. Tu as des courroies, je t'ai vu les acheter. Qu'est-ce que tu attends maintenant ? Attache-moi.

PÉRIPHANE : Par exemple ! C'est lui qui prend l'initiative de m'assigner ?

ÉPIDICUS : Pourquoi ne m'attaches-tu pas ?

APÉCIDE : Par Pollux, quel effronté d'esclave !

ÉPIDICUS : Toi, Apécide, je ne te demande pas d'intercéder pour moi.

APÉCIDE : C'est une prière que je t'accorde aisément, Épidicus.

ÉPIDICUS : Qu'est-ce que tu veux faire ?

PÉRIPHANE : Ce que tu souhaites, peut-être ?

ÉPIDICUS : Certes, ce que je souhaite, et non ce que tu désires. Il te faut m'attacher les mains tout de suite.

PÉRIPHANE : Mais je ne le veux point ; je ne t'attacherai pas.

APÉCIDE : Il se dispose à tirer contre toi quelque projectile lourd ; il prépare je ne sais quelle machine !

ÉPIDICUS : Tu perds du temps, en me laissant ainsi sans liens. Allons, te dis-je, attache-moi.

PÉRIPHANE : Mais à moi, il me plaît davantage de te laisser sans lien tandis que je t'interroge.

ÉPIDICUS : Eh bien, tu ne sauras rien.

PÉRIPHANE, *à Apécide :* Que dois-je faire ?

APÉCIDE : Que dois-tu faire ? Obéis-lui !

ÉPIDICUS : Tu es un brave homme, Apécide.

PÉRIPHANE : Eh bien, donne-moi tes mains.

ÉPIDICUS : Tout de suite ; et serre fort ! N'aie pas peur de faire mal.

PÉRIPHANE : Tu en jugeras quand ce sera fait.

*Il l'attache.*

ÉPIDICUS : Bravo ! Et maintenant, interroge-moi, demande-moi ce que tu voudras.

PÉRIPHANE : Sur quoi t'appuyais-tu d'abord pour dire que la femme que tu as achetée avant-hier était ma fille ?

ÉPIDICUS : Une idée, comme cela ; voilà sur quoi je me suis appuyé.

PÉRIPHANE : Comment dis-tu ? Une idée comme cela... ?

ÉPIDICUS : Eh oui, je te parie qu'elle est ta fille.

PÉRIPHANE : Mais sa mère affirme qu'elle ne la connaît pas ?

ÉPIDICUS : Elle est bien la fille de sa mère; je te parie un denier contre un talent.

PÉRIPHANE : Ah, voilà comment tu veux m'attraper! Sérieusement, quelle est cette femme ?

ÉPIDICUS : La maîtresse de ton fils, pour tout te dire.

PÉRIPHANE : Ne t'ai-je pas donné trente mines pour acheter ma fille ?

ÉPIDICUS : Oui, tu me les as données, je le reconnais, et aussi qu'avec cet argent j'ai acheté la maîtresse de ton fils, la joueuse de lyre, en la faisant passer pour ta fille; je t'ai fait pour cela cracher trente mines.

PÉRIPHANE : Et la façon dont tu t'es moqué de moi avec cette joueuse de lyre prise en location ?

ÉPIDICUS : Je l'ai fait, par Hercule, et j'ai eu raison, à mon avis.

PÉRIPHANE : Et l'argent que je t'ai donné en dernier lieu, qu'en as-tu fait ?

ÉPIDICUS : Je vais te le dire. Je l'ai donné à quelqu'un qui ne te veut ni bien ni mal[1], à ton fils Stratippoclès.

PÉRIPHANE : Pourquoi as-tu eu l'audace de le lui donner ?

ÉPIDICUS : Parce que cela m'a plu.

PÉRIPHANE : Quelle est cette insolence, canaille!

ÉPIDICUS : Et voilà, on me crie après, comme à un esclave!

PÉRIPHANE : Te voilà donc libre, compliments!

ÉPIDICUS : J'ai mérité de l'être.

PÉRIPHANE : Toi, tu l'as mérité ?

ÉPIDICUS : Entre chez toi, je t'assure que tu verras que c'est vrai.

PÉRIPHANE : Qu'est-ce que cette histoire ?

ÉPIDICUS : Les faits parleront pour moi. Tu n'as qu'à entrer.

PÉRIPHANE : Eh bien, ce n'est sans doute pas pour rien qu'il parle. Surveille-le, Apécide!

*Il rentre chez lui.*

APÉCIDE : De quoi retourne-t-il, Épidicus ?

ÉPIDICUS : C'est une grande injustice de me laisser ici, attaché, moi grâce à qui sa fille a été retrouvée aujourd'hui.

APÉCIDE : Tu dis bien que tu as retrouvé sa fille ?

ÉPIDICUS : Je l'ai retrouvée, et elle est chez lui. Mais il est bien pénible de récolter, pour un bienfait, une moisson de maux !

APÉCIDE : Celle que nous nous sommes éreintés lui et moi à chercher aujourd'hui dans la ville ?

ÉPIDICUS : Moi je me suis éreinté à trouver, et vous à chercher.

PÉRIPHANE, *sortant de la maison et parlant à ceux qui s'y trouvent :* Pourquoi me priez-vous autant ? Je vois bien qu'il a mérité d'être traité d'après son mérite ! Allons, toi, tes mains, que je les détache !

ÉPIDICUS : Ne me touche pas !

PÉRIPHANE : Tends-les-moi donc !

ÉPIDICUS : Non !

PÉRIPHANE : Tu n'es pas raisonnable !

ÉPIDICUS : Jamais aujourd'hui, si tu ne me donnes satisfaction, je ne me laisserai délier.

PÉRIPHANE : Tu as raison, il est fort juste que tu me demandes quelque chose ; je te donnerai des chaussures, une tunique, un manteau.

ÉPIDICUS : Et puis quoi encore ?

PÉRIPHANE : La liberté.

ÉPIDICUS : Et quoi avec ? Un nouvel affranchi a besoin d'avoir de quoi téter.

PÉRIPHANE : Tu en auras ; je te nourrirai.

ÉPIDICUS : Jamais, aujourd'hui, par Hercule, tu ne me détacheras si tu ne m'en pries pas.

PÉRIPHANE : Je te prie, Épidicus ; pardonne-moi si, sans le savoir, j'ai commis quelque faute envers toi. Et, pour cela, sois libre !

ÉPIDICUS : C'est contre mon gré que je t'accorde ce pardon, mais je ne puis faire autrement. Détache-moi donc, si cela te fait plaisir.

LE CHEF DE LA TROUPE

Voilà un individu qui a gagné la liberté grâce à ses mauvais tours. Applaudissez et adieu ! redressez vos reins et debout !

# LES MÉNECHMES

*(Menaechmi)*

# NOTICE

*Cette comédie de Plaute, fondée sur une ressemblance extraordinaire entre deux jumeaux, est formée par une série de tableaux : après l'exposé d'une situation assez banale en soi (le jeune mari, amoureux d'une courtisane, vole à sa femme légitime des bijoux, des vêtements, pour les donner à sa maîtresse), tout se complique par l'arrivée dans la même ville du frère jumeau à la recherche du frère qu'il a perdu, et qui n'est autre que le jeune mari en question. On fera alors défiler le frère nouveau venu devant toutes les personnes qui touchent de près à l'autre : sa femme, son beau-père, sa maîtresse ; puis, inversement, on mettra le jumeau installé depuis longtemps dans la ville en présence des amis de celui qui arrive. Enfin, on fera rentrer, au gré de la fantaisie, successivement, et alternativement, l'un et l'autre frère, interrompant ainsi la continuité du personnage, créant des états d'incompréhension mutuelle qui en viennent à troubler l'esprit de tout le monde. Enfin, la reconnaissance a lieu, et tout s'arrange. Les parents du jumeau retrouvé, celui qui vivait dans sa ville, avec femme et beau-père, ne figurent pas au dénouement ; on règle leur sort allégrement en un vers ou deux : de même que l'on vendra tout, on procédera, par-dessus le marché, à l'adjudication de la femme, et ce sera tout un grand morceau du passé sur lequel on pourra tirer un trait.*

*Les personnages n'ont pas grande consistance ; ils n'existent que pour créer les situations comiques ; leur moralité est plus qu'incertaine, l'un et l'autre jumeau se montrent prêts à profiter des quiproquos pour rafler de l'argent ou des objets qui ne leur appartiennent pas. Le personnage de Messénion, l'esclave fidèle, qui tient une si édifiante profession de foi, peu avant le dénouement, n'apparaît pas, aux yeux de son maître, comme le si bon sujet qu'il prétend être. La femme légitime, le beau-père sont des silhouettes vivantes, certes, mais bien conventionnelles. De* même, le médecin, pédant et ignare, annonce le rôle traditionnel qui survivra jusqu'à notre siècle.

Cette comédie est l'une des plus vives du théâtre conservé de Plaute ; elle comporte de nombreuses parties lyriques, et tout son mérite devait apparaître à la représentation. On peut supposer que le poète latin a ajouté de son cru des développements, des « cascades », probablement plus discrètes dans le modèle grec : du moins est-il probable que celui-ci n'escamotait pas le dénouement avec autant de désinvolture, et, selon la coutume, se préoccupait du sort de chaque acteur avant d'achever la pièce. Plaute a probablement aussi supprimé le prologue divin attendu, et comme, malgré cela, la pièce atteint une longueur normale, il faut bien que Plaute ait ajouté de nombreux passages.

Il est sans doute intéressant de se demander la date de l'original grec adapté ici par Plaute. Quelques indices sont contenus dans la comédie latine. Nous voyons par exemple que Ménechme II (le jumeau resté à Syracuse) parcourt toutes les mers à la recherche de son frère ; on le voit dans l'Adriatique, en Italie du Sud, sur les côtes d'Espagne et de Gaule, mais nous ne le trouvons pas en Afrique, ce qui est singulier. On pensera qu'au moment où la pièce fut écrite pour la première fois, sous sa forme grecque, les pays grecs de Sicile étaient coupés des pays africains, dominés par Carthage. Un second élément chronologique est fourni par les vers 407 et suivants[1] : la comédie fut certainement écrite sous le règne d'Hiéron II, c'est-à-dire entre 270 et 215. Au cours de cette période, la Sicile grecque se trouva coupée des pays puniques pendant la première guerre entre Rome et Carthage. La comédie ne saurait donc être antérieure à l'été de 264, lorsque les Romains s'installèrent en Sicile orientale.

Cette chronologie, imposée par les allusions discernables dans le texte de Plaute, et qui remontent certainement au modèle, suggère que celui-ci fut écrit non point par l'un des grands poètes de la comédie nouvelle, mais par Poseidippos, à qui Plaute emprunta aussi, croyons-nous, son Charançon[2] et aussi le modèle des Prisonniers[3]. Dans la carrière de Poseidippos, Les Ménechmes auraient marqué son passage en Sicile, à la cour d'Hiéron II, comme Charançon remonte au temps où le poète avait trouvé refuge dans les pays de la Ligue achéenne.

Quant à la date de la pièce de Plaute elle-même, l'embarras est

1. Voir la note 1 de la page 442.
2. Voir ci-dessus, p. 341.
3. Voir ci-dessus, p. 209.

*plus grand encore. Diverses solutions ont été proposées. La plus vraisemblable lui assigne l'année 206 ou les environs : date postérieure aux innovations tactiques concernant les vélites (211 av. J.-C.*[1]*), et, nous l'ajouterons aux arguments traditionnels, date postérieure aussi au traité d'alliance avec les Étoliens (également en 211) — si du moins l'on veut faire honneur à Plaute de l'allusion à Porthaon, héros mythique de ce peuple*[2]*. Ajoutons qu'en 206 les Étoliens appartenaient à l'actualité; ils venaient d'être contraints par le roi Philippe V à signer avec lui une paix séparée. Mais tous ces indices sont fort incertains. On retiendra que la grande virtuosité dont témoigne ici Plaute dans la versification et l'emploi des rythmes plaide en faveur d'une date relativement basse dans sa carrière.*

1. Voir le vers 778, p. 457.
2. Voir la note 1 de la page 456.

## PERSONNAGES

PÉNICULUS (c'est-à-dire La Brosse), parasite de Ménechme I.
MÉNECHME I, enlevé dans son enfance et habitant Épidamne.
MÉNECHME II (ou Sosiclès), son frère jumeau.
ÉROTIE, courtisane.
CYLINDRE, cuisinier d'Érotie.
MESSÉNION, esclave de Ménechme II.
UNE SERVANTE.
UNE DAME, femme de Ménechme I.
UN VIEILLARD, beau-père de Ménechme I.
UN MÉDECIN.
ESCLAVES du vieillard.

*La scène est à Épidamne, en Épire.*

## ARGUMENT

Un marchand sicilien, qui avait deux fils jumeaux, perdit l'un d'entre eux, qui fut enlevé, et mourut peu après. Le nom de l'enfant disparu fut donné par le grand-père paternel à celui des deux qui était resté à la maison; de Sosiclès, l'enfant prit le nom de Ménechme. Et, devenu grand, il est à la recherche de son frère, sur tous les rivages. Il débarque à Épidamne. C'est là qu'avait été élevé son frère disparu. Tous les habitants croient que l'étranger est Ménechme et c'est le nom que lui donnent, en l'abordant, une courtisane, sa femme, son beau-père. Finalement, les deux frères se reconnaissent.

# LES MÉNECHMES

## PROLOGUE

Que le dieu Salut vous soit, dès ce début, propice, à vous et à moi, spectateurs! Je vous apporte Plaute, sur ma langue, sinon sur ma main; je vous demande de l'accueillir d'une oreille favorable. Et maintenant, écoutez le sujet de la pièce, et donnez-moi votre attention. Je vous l'exposerai en aussi peu de mots que possible!

Les poètes, dans les comédies, agissent toujours ainsi : ils assurent que toute l'action se passe à Athènes, pour que la pièce vous semble plus grecque. Moi, je vous dirai qu'elle s'est passée à l'endroit où elle s'est réellement passée. Or, le sujet est grécisant, mais non pas atticisant, en fait il est sicilisant[1]. Voilà ce que j'avais à dire avant de vous conter le sujet; maintenant, je vais vous bailler le sujet, non pas au boisseau, ni même au triple boisseau, mais à plein grenier, tant je suis généreux quand il s'agit d'exposer un sujet!

Il y avait à Syracuse un vieux marchand. Il eut deux fils jumeaux, qui se ressemblaient tellement que leur propre mère ne pouvait les distinguer, je veux dire celle qui leur donnait le sein, pas plus d'ailleurs que leur mère, celle qui les avait mis au monde[2], à ce que m'a dit, du moins, quelqu'un qui avait vu ces enfants. Moi, je ne les ai pas vus, n'allez pas l'imaginer. Une fois que les enfants eurent sept ans, leur père chargea de marchandises nombreuses un grand navire. Il s'embarqua avec l'un des enfants, et l'emmena avec lui à Tarente, où l'appelaient ses affaires; il laissa l'autre à la maison, avec la mère. Or, il se trouvait que l'on célébrait des jeux, à

Tarente, lorsqu'ils y arrivèrent[1]; une grande foule s'y était rassemblée, comme toujours aux jeux. Dans la foule, l'enfant se trouva séparé de son père. Là était certain marchand d'Épidamne[2], qui enleva l'enfant et l'emmena à Épidamne avec lui. Le père, quand il n'eut plus son enfant, tomba dans le désespoir et, de chagrin, mourut, à Tarente, peu de temps plus tard.

Lorsque l'on apporta à Syracuse la nouvelle de l'aventure au grand-père des enfants, que l'un de ceux-ci avait été enlevé, et que le père du petit était mort à Tarente, le grand-père changea le nom de l'autre jumeau. Il avait tant d'affection pour celui des deux qui avait été enlevé qu'il donna son nom à celui qui était resté à la maison. Il l'appela Ménechme, comme celui qui avait disparu. C'était d'ailleurs le nom que portait aussi le grand-père[3]. Et il m'est d'autant plus facile de me le rappeler que j'étais présent lorsqu'on cherchait l'enfant en l'appelant partout.

Ne vous y trompez pas; je vous avertis que les deux frères portent le même nom. Et maintenant, il me faut retourner, de ce pas, à Épidamne, pour vous exposer cette histoire dans les règles. S'il y a l'un d'entre vous qui souhaite que je lui fasse une commission à Épidamne, qu'il n'hésite pas à me le dire et à m'en charger; mais qu'il y ajoute quelque chose pour la commission; car si l'on ne me donne pas d'argent, c'est comme si l'on chantait; et si l'on m'en donne, on chantera encore plus fort! Mais je reviens à l'endroit d'où je suis parti et j'y reste sans bouger.

L'homme d'Épidamne, dont je vous ai parlé tout à l'heure, celui qui avait enlevé l'un des deux jumeaux, n'avait pas d'enfant et ne possédait que ses richesses. Il adopte l'enfant enlevé, en fait son fils, et lui donne une épouse bien dotée, puis il le fit hériter, lorsqu'il mourut lui-même. Il était allé à la campagne, et il avait beaucoup plu; il voulut traverser une rivière, pas très loin de la ville, et le courant violent fit perdre pied au voleur d'enfant et l'entraîna au diable! C'est ainsi que l'enfant devint l'héritier d'une très grosse fortune; le jumeau enlevé habite maintenant là-bas. Or, il se trouve que l'autre jumeau, celui qui habite Syracuse, est venu aujourd'hui à Épidamne avec son esclave, pour essayer de retrouver son frère.

La ville où nous sommes est Épidamne, tout le temps de la représentation ; quand on représentera une autre pièce, ce sera une autre ville. De même, les acteurs changeront, eux aussi, de nom. Tantôt, celui-ci joue le rôle d'un marchand de filles, tantôt celui d'un jeune homme, tantôt d'un vieillard, d'un pauvre, d'un mendiant, d'un roi, d'un parasite, d'un devin[1]...

[Lacune.]

# ACTE PREMIER

## *SCÈNE PREMIÈRE*

PÉNICULUS, *seul.*

La jeunesse m'a appelé La Brosse, parce que, quand je dîne, je nettoie entièrement la table. Enchaîner des prisonniers avec des chaînes, mettre des entraves aux pieds des esclaves fugitifs, c'est là une grande sottise, à mon sens. Si l'on ajoute une souffrance à un homme qui souffre déjà, il n'en aura qu'une plus grande envie de s'enfuir et de se mal conduire. On trouve toujours le moyen d'enlever ces chaînes ; ceux qui ont des entraves usent l'anneau avec une lime, ou font sauter le rivet avec une pierre : plaisanterie que tout cela ! Si tu veux garder quelqu'un, sans qu'il se sauve, tu n'as qu'à l'enchaîner en lui donnant à manger et à boire ; devant une table chargée, l'homme se trouvera le bec attaché. Pourvu qu'on donne à quelqu'un de quoi manger et de quoi boire à satiété, comme il le voudra, tous les jours, jamais il ne s'enfuira, par Pollux, même s'il est sous le coup d'une condamnation capitale. Tu le conserveras aisément, aussi longtemps que tu l'attacheras de cette façon, tant ces liens de bouche sont vraiment élastiques : plus on les tend, plus ils serrent fort. Ainsi, moi, je vais chez Ménechme, à la maison de qui je suis attaché[2] depuis longtemps : j'y vais de moi-même, pour qu'il m'enchaîne. Car cet homme-là ne se contente pas de nourrir les hommes, il les engraisse, il les transforme ; pas de meilleur médecin que lui ! Tel est ce jeune homme ; gros mangeur lui-même, il donne des banquets de Cérès[3], tant il charge les tables, tant il sait arranger des piles de plats entassés ! Il faut monter debout sur le lit, pour prendre quelque chose en haut de la pile. Mais voici quelques jours que je ne suis pas allé chez lui; je suis resté chez moi avec tout ce qui m'est cher. Car tout ce que je mange et ce que j'achète est ce qu'il y a de plus cher. Et encore ceci : les plats chers que l'on me sert commencent à me manquer. Alors, je retourne chez lui. Mais on ouvre la porte. Je vois venir Ménechme lui-même; il est en train de sortir.

## *SCÈNE II*

### MÉNECHME I, PÉNICULUS

MÉNECHME I, *parlant à sa femme, restée à l'intérieur :* Si tu n'étais pas une méchante, une sotte, intraitable, incapable de te contenir, tu détesterais toi-même ce que tu vois que ton mari déteste. Désormais, si tu te conduis avec moi de cette façon-là, je veillerai à ce que tu t'en ailles, sans mari, et que tu retournes chez ton père. Car, chaque fois que je veux sortir, tu cherches à me retenir, tu me rappelles, tu me demandes où je vais, ce que je fais, ce que je veux, ce que j'emporte, ce que j'ai fait dehors. J'ai épousé un douanier[1], tant je me vois dans l'obligation de tout te raconter, ce que j'ai fait et ce que je suis en train de faire. Je t'ai trop gâtée. Mais voici ce que je vais faire maintenant. Puisque je te fournis bien en servantes, en nourriture, en laine, en bijoux, en vêtements, en pourpre, et que tu ne manques de rien, garde-toi de t'attirer une fâcheuse affaire, si tu es sage; cesse d'espionner ton mari. Et précisément, pour que tu ne m'espionnes pas en vain, pour récompenser ton zèle, je vais aujourd'hui aller prendre une fille, et m'inviter quelque part à dîner, en ville.

PÉNICULUS, *à part :* Cet homme a l'air de gronder sa femme, mais c'est moi qui prends. Car, s'il dîne en ville, c'est assurément moi qui serai puni, et non pas sa femme.

MÉNECHME I : Bravo! à force de crier, j'ai fini tout de même par chasser ma femme de la porte. Où sont-ils, ces maris qui courent les filles ? Pourquoi ne s'empressent-ils pas de me couvrir de décorations et de félicitations, parce que j'ai combattu avec courage ? *(Il montre aux spectateurs un manteau de femme.)* Je viens de dérober, chez moi, ce manteau à ma femme; je l'apporte à ma maîtresse. C'est ainsi qu'il convient de rouler spirituellement une gardienne rusée. Voilà un joli tour, un bon tour, un tour habile, un chef-d'œuvre de compagnon! C'est à mes propres frais que j'ai dérobé cela à ma méchante femme, pour le porter à celle qui est ma ruine! J'ai prélevé ce butin sur nos ennemis, pour le plus grand bien de nos alliés!

PÉNICULUS : Dis-moi, jeune homme, n'y a-t-il pas une part pour moi, dans ce butin?

MÉNECHME I, *qui ne le voit pas :* Je suis mort! Je suis tombé dans un piège.

PÉNICULUS : Non, sur une patrouille alliée; n'aie pas peur.

MÉNECHME I : Qui est là?

PÉNICULUS : C'est moi!

MÉNECHME I : Ô mon bonheur, ô ma chance, salut!

PÉNICULUS : Salut!

MÉNECHME I : Comment vas-tu?

PÉNICULUS : Je tiens mon propre génie de ma main droite[1].

MÉNECHME I : Tu ne pouvais m'arriver plus à propos que tu n'arrives.

PÉNICULUS : Je suis toujours comme cela; je connais tous les détails de l'art d'être à propos!

MÉNECHME I : Veux-tu voir une action mémorable?

PÉNICULUS : Quel est le cuisinier qui l'a préparée? Je saurai bien, s'il a commis quelque erreur, rien qu'à voir les restes!

MÉNECHME I : Dis-moi, est-ce que tu as vu, quelquefois, un tableau sur un mur, représentant un aigle enlevant Ganymède ou Vénus enlevant Adonis[2]?

PÉNICULUS : Souvent. Mais qu'est-ce que ces peintures ont à faire avec moi?

MÉNECHME I : Tiens, regarde-moi. *(Il écarte son manteau.)* Est-ce que je ne leur ressemble pas trait pour trait?

PÉNICULUS : Comment es-tu habillé?

MÉNECHME I : Avoue que je suis le plus spirituel des mortels!

PÉNICULUS : Où devons-nous manger?

MÉNECHME I : Dis-moi seulement ce que je veux que tu me dises.

PÉNICULUS : Je te le dis; homme très spirituel!

MÉNECHME I : Tu n'as rien ajouter de toi-même ?

PÉNICULUS : Et le plus joyeux !

MÉNECHME I : Continue.

PÉNICULUS : Je ne continue point, par Hercule, si je ne sais pas dans quel but. Tu viens de te disputer avec ta femme ; raison de plus pour que je me méfie d'autant plus de toi.

MÉNECHME I : Où finir la journée et l'enterrer dignement, sans ma femme...

PÉNICULUS : Allons, puisque, cette fois, tu dis ce qu'il faut, quand dois-je allumer le bûcher ? Car le jour est déjà mort jusqu'au nombril.

MÉNECHME I : Tu te retardes toi-même, en me coupant la parole.

PÉNICULUS : Crève-moi l'œil et arrache-le-moi, Ménechme, si je dis désormais un seul mot sans que tu m'y invites.

MÉNECHME I : Éloigne-toi de cette porte, viens.

PÉNICULUS : Soit !

MÉNECHME I : Encore un peu par ici.

PÉNICULUS : D'accord !

MÉNECHME I : Davantage, n'hésite pas ; éloigne-toi de l'antre de la lionne !

PÉNICULUS : Par Pollux, tu aurais fait un bon cocher de cirque !

MÉNECHME I : Comment cela ?

PÉNICULUS : Pour voir si ta femme ne te suit pas, tu ne cesses de regarder derrière toi.

MÉNECHME I : Mais, dis donc !

PÉNICULUS : Moi ? Je dirai ce que tu voudras, oui ou non, à ton choix.

MÉNECHME I : Pourrais-tu, rien qu'à l'odeur, si tu sens quelque chose [lacune].

PÉNICULUS : [Lacune.]

MÉNECHME I : Allons, sens la mante que j'ai sur moi ; que sent-elle ? Tu ne veux pas sentir ?

PÉNICULUS : Dans un vêtement de femme, c'est le haut qu'il faut sentir ; de ce côté-ci, on a le nez souillé d'une puanteur tenace !

MÉNECHME I : Sens donc de ce côté, Péniculus. Quel délicat dégoûté !

PÉNICULUS : J'ai bien le droit !

MÉNECHME I : Eh bien, que sent-il ? Réponds-moi.

PÉNICULUS : Le larcin, la fille, et le dîner!

MÉNECHME I : Que les dieux [lacune] tu l'as dit [lacune]. Maintenant, on va l'apporter chez la courtisane Érotie, que j'aime. Je vais nous faire préparer, pour moi, pour toi et pour elle, de quoi dîner.

PÉNICULUS : Bravo!

MÉNECHME I : Après quoi, jusqu'à la dernière étoile, demain, nous pourrons...

PÉNICULUS : Bravo! Tu as parlé clairement! Je frappe à la porte ?

MÉNECHME I : Frappe. Non, attends encore un peu.

PÉNICULUS : Tu fais reculer le canthare d'un mille[1].

MÉNECHME I : Frappe doucement.

PÉNICULUS : Tu crains, j'imagine, que la porte ne soit en terre de Samos[2]... ? [Lacune.]

MÉNECHME I : Attends, attends, je t'en prie, par Hercule; la voici elle-même qui sort; oh, regarde comme le soleil lui-même est complètement éclipsé par l'éclat de ce corps!

## *SCÈNE III*

### ÉROTIE, PÉNICULUS, MÉNECHME I

ÉROTIE : Ma petite âme, mon cher Ménechme, salut!

PÉNICULUS : Et moi ?

ÉROTIE : Toi, tu es par-dessus le marché!

PÉNICULUS : C'est tout comme les surnuméraires, sur les listes des légions[3].

MÉNECHME I : J'ai donné ordre que l'on fasse chez toi, aujourd'hui, préparer un combat!

ÉROTIE : Entendu pour aujourd'hui!

MÉNECHME I : Dans ce combat, lui et moi, nous boirons. Celui des deux qui te semblera le meilleur combattant au canthare, ce sera ton homme; choisis celui de nous deux avec qui tu passeras la nuit. Comme, dès que je te vois, ma chérie, je trouve ma femme odieuse!

ÉROTIE : Et pendant ce temps-là, il faut que tu portes sur toi quelque chose qui est à elle! Qu'est-ce que c'est que cela ?

MÉNECHME I : Des dépouilles pour toi, et prises sur elle, ma rose!

ÉROTIE : Tu réussis facilement à te mettre au-dessus de tous ceux qui obtiennent mes faveurs.

PÉNICULUS : Une courtisane est caressante aussi longtemps qu'elle voit quelque butin à rafler. Si tu l'aimais, tu aurais dû depuis longtemps lui arracher le nez à coups de dents!

MÉNECHME I, *tendant son manteau à Péniculus :* Tiens-moi cela, Péniculus; je veux enlever les dépouilles que j'ai fait vœu d'offrir!

PÉNICULUS : Donne! Mais, par Hercule, je t'en prie, danse-nous quelque chose, comme tu es là!

MÉNECHME I : Moi, que je danse ? Tu es fou, par Hercule ?

PÉNICULUS : Qui l'est davantage, toi ou moi ? Si tu ne danses pas, enlève cette mante[1].

MÉNECHME I : J'ai risqué gros, aujourd'hui, en prenant cette mante. Je crois bien qu'en dérobant sa ceinture à Hippolyte[2], Hercule n'a point couru un tel danger. Tiens, prends-la, puisque toi seule tu te montres gentille avec moi. N'est-ce pas ainsi que devraient se montrer les véritables amoureux ?

PÉNICULUS, *à part :* Oui, ceux qui ont envie de se réduire au plus vite à la misère!

MÉNECHME I : Je l'ai achetée quatre mines, il y a un an, pour ma femme[3].

PÉNICULUS : Les quatres mines sont totalement perdues, si on fait le compte.

MÉNECHME I : Tu sais ce que je souhaite que tu prépares ?

ÉROTIE : Je le sais, je ferai préparer ce que tu désires.

MÉNECHME I : Fais donc préparer chez toi un dîner pour nous trois, et acheter quelques bonnes choses au marché : un ris de porc, de la noix de jambon, ou de la tête de porc, ou quelque chose comme cela[4], des plats qui, bien préparés, me donnent, quand on les met sur la table, une faim de milan! Et hâte-toi!

ÉROTIE : Mais oui, par Castor.

MÉNECHME I : Nous, nous allons jusqu'au forum; nous ne tarderons pas à revenir. Et tandis que l'on fera la cuisine, nous boirons.

ÉROTIE : Viens quand tu voudras; tout sera prêt.

MÉNECHME I : Dépêche-toi, seulement. *(À Péniculus.)* Toi, suis-moi.

PÉNICULUS : Certes, par Hercule, je resterai avec toi, et je te suivrai, et je ne voudrais pas te perdre, aujourd'hui, pour toutes les richesses des dieux!

ÉROTIE, *à ses esclaves :* Allez à la maison et appelez-moi ici, tout de suite, mon cuisinier Cylindre.

### SCÈNE IV

### ÉROTIE, CYLINDRE

ÉROTIE : Prends un panier et de l'argent; tiens, voilà trois écus.

CYLINDRE : Merci.

ÉROTIE : Va faire des provisions. Achète ce qu'il faut pour trois; qu'il n'y ait rien de moins ni rien de trop.

CYLINDRE : Quelle sorte de convives y aura-t-il ?

ÉROTIE : Moi, Ménechme et son parasite.

CYLINDRE : Ces gens-là en valent dix, car le parasite tient à lui seul la place de huit, facilement.

ÉROTIE : Je t'ai dit qui était invité; le reste te regarde.

CYLINDRE : Bien. C'est déjà cuit; tu peux faire passer à table!

ÉROTIE : Reviens vite.

CYLINDRE : Je serai bientôt de retour.

## ACTE II

### SCÈNE PREMIÈRE

### MÉNECHME II, MESSÉNION

MÉNECHME II, *ils entrent par la droite :* Il n'est pas de plus grande joie pour les marins, Messénion, j'en suis sûr, qu'au moment où, de la pleine mer, ils aperçoivent la terre au loin.

MESSÉNION : Il en est une plus grande, pour ne pas te mentir, c'est lorsqu'on aperçoit, en revenant, la terre de sa patrie. Mais, s'il te plaît, pourquoi venons-nous maintenant à Épidamne ? Allons-nous donc faire, comme la mer, le tour de toutes les îles ?

MÉNECHME II : Je viens chercher mon frère jumeau.

MESSÉNION : Mais quel terme y aura-t-il à cette recherche ? Voici la sixième année depuis que nous nous consacrons tout entiers à cette tâche. Histriens, Espagnols, Marseillais, Illyriens, toute l'Adriatique, colonies grecques d'Italie, et tous les rivages italiens, partout où arrive la mer, nous avons fait le tour de tout! Si tu cherchais une aiguille, j'en suis sûr, tu l'aurais trouvée depuis longtemps, si elle y était! Mais c'est un mort, que nous cherchons parmi les vivants; il y a beau jour que nous l'aurions trouvé, s'il était de ce monde!

MÉNECHME II : Eh bien, je cherche quelqu'un qui me l'assure avec certitude, qui dise qu'il sait qu'il est bien mort; alors, je ne poursuivrais pas plus avant mes recherches. Mais, à part cela, de mon vivant, je ne cesserai jamais de le chercher. Je suis seul à savoir comme il est cher à mon cœur.

MESSÉNION : Tu cherches un nœud dans un jonc[1]. Pourquoi ne rentrons-nous pas directement chez nous, à moins que nous ne voulions écrire l'histoire de nos voyages[2] ?

MÉNECHME II : Fais ce qu'on te dit, mange ce qu'on te donne, garde-toi de la rossée. Ne m'ennuie pas; ce n'est pas toi qui me dicteras ma conduite!

MESSÉNION : Eh bien! voilà un mot qui me rappelle que je suis esclave. On ne saurait en dire davantage, aussi clairement, en si peu de mots. Mais je ne puis, malgré cela, m'empêcher de parler. Tu m'entends, Ménechme? Lorsque je regarde le dedans de notre bourse, en matière de viatique, nous sommes des plus légers. Par Hercule, je t'assure que, si tu ne reviens pas à la maison, lorsque tu seras complètement dépourvu, à force de chercher ton jumeau, tu auras de quoi gémir! Les gens de ce pays sont de cette sorte : parmi les habitants d'Épidamne, se trouvent les plus grands jouisseurs, les plus grands buveurs du monde; de plus, un très grand nombre d'escrocs et de coupeurs de bourse habitent dans cette ville; et puis, les courtisanes ont la réputation, comme nulle part ailleurs, de savoir vous enjôler. C'est la raison pour laquelle on a donné à cette ville le nom d'Épidamne, parce qu'on s'y damne toujours, quand on y vient.[3]

MÉNECHME II : Je ferai attention! Mais donne-moi donc la bourse.

MESSÉNION : Que veux-tu en faire?

MÉNECHME II : Tes paroles m'ont fait douter de toi.

MESSÉNION : Que crains-tu?

MÉNECHME II : Que ce soit toi qui me fasses damner à

Épidamne. Car tu es grand amateur de femmes, Messénion, et moi je suis d'un naturel emporté, d'un tempérament violent; je me trouverai ainsi, quand j'aurai l'argent, avoir pris double précaution, éviter que tu ne commettes quelque faute, et moi ne pas avoir à me mettre en colère contre toi.

MESSÉNION : Prends-la, et garde-la ; tu me feras plaisir.

## *SCÈNE II*

### CYLINDRE, MÉNECHME II, MESSÉNION

CYLINDRE, *entrant par la gauche :* J'ai fait de bonnes emplettes, et comme je les souhaitais; je servirai aux convives un bon dîner. Mais c'est Ménechme que je vois. Malheur à mon dos! Les convives sont déjà à faire les cent pas devant la porte avant que je ne revienne du marché. Je vais aller leur dire un mot. Ménechme, salut!

MÉNECHME II : Les dieux te bénissent, qui que tu sois!

CYLINDRE : Qui que je sois ? Mais tu ne sais pas qui je suis[1] ?

MESSÉNION : Non, certes, par Hercule.

CYLINDRE : Où sont les autres convives ?

MÉNECHME II : De quels convives parles-tu ?

CYLINDRE : De ton parasite.

MÉNECHME II : Mon parasite ? Assurément, cet homme est fou.

MESSÉNION, *bas, à Ménechme :* Ne t'ai-je pas dit qu'il y avait ici beaucoup d'escrocs ?

CYLINDRE : [Lacune.]

MÉNECHME II : Quel est-ce ce mien parasite que tu cherches, jeune homme ?

CYLINDRE : Péniculus, Labrosse!

MESSÉNION : La brosse ? Elle est avec moi, en sûreté, dans ma valise.

CYLINDRE : Ménechme, tu arrives bien tôt pour dîner! Je reviens juste du marché.

MÉNECHME II : Réponds-moi, jeune homme : combien coûtent ici les porcs de sacrifice, sans défaut ?

CYLINDRE : Une pièce d'argent.

MÉNECHME II : Tiens, voilà une pièce d'argent; fais-toi purifier, à mes frais, car je suis bien certain que tu as perdu la raison[1], toi qui viens m'ennuyer de la sorte, alors que tu ne me connais pas, qui que tu sois.

CYLINDRE : Je suis Cylindre; tu ne connais pas mon nom ?

MÉNECHME II : Que tu sois Cylindre ou Coriandre, puisses-tu crever. Je ne te connais pas et qui plus est je ne veux pas te connaître.

CYLINDRE : Tu t'appelles bien Ménechme ?

MÉNECHME II : Autant que je sache, oui. Tu parles d'une manière sensée, quand tu m'appelles par mon nom. Mais où m'as-tu connu ?

CYLINDRE : Où je t'ai connu ? Alors que tu as comme amie ma maîtresse, Érotie, qui habite ici ?

MÉNECHME II : Non, par Hercule, elle n'est point mon amie, et je ne sais pas davantage qui tu es, l'homme.

CYLINDRE : Tu ne sais pas qui je suis, moi qui te verse si souvent à boire, chez nous, lorsque tu y fais la fête !

MESSÉNION, *à part :* Pauvre de moi, qui n'ai rien pour lui casser la tête, à cet individu !

MÉNECHME II : Ainsi, il t'arrive souvent de me verser à boire, alors que je n'avais jamais encore vu Épidamne avant aujourd'hui, et qui n'y suis jamais venu !

CYLINDRE : Tu nies ?

MÉNECHME II : Oui, je nie, par Hercule !

CYLINDRE : Et tu n'habites pas dans cette maison ?

MÉNECHME II : Que les dieux confondent ceux qui y habitent !

CYLINDRE, *à part :* Il est fou, assurément, pour se maudire lui-même ! *(Haut.)* Écoute, Ménechme !

MÉNECHME II : Que veux-tu ?

CYLINDRE : Si tu veux mon avis, cette pièce d'argent, que tout à l'heure tu m'as promise — non, par Hercule, tu n'es assurément pas dans ton bon sens, Ménechme, toi qui te maudis toi-même —, tu te ferais apporter un porc pour toi-même, si tu es sage.

MÉNECHME II : Par Hercule, l'individu collant et odieux !

CYLINDRE, *à part :* Il aime souvent à plaisanter avec moi de cette façon, c'est un fameux plaisantin, lorsque sa femme n'est pas là. *(À Ménechme.)* Eh, dis donc ? Dis-moi, te dis-je ! Y en a-t-il assez, avec ce que tu vois là, pour vous trois, comme provisions ? Ou dois-je en acheter d'autres, pour toi, ton parasite, et la femme ?

MÉNECHME II : De quelle femme, de quel parasite parles-tu ?

MESSÉNION, *intervenant :* Quelle fièvre te tient, de l'ennuyer ainsi ?

CYLINDRE : De quoi te mêles-tu ? Je ne te connais pas ; c'est à l'homme que je connais que je parle.

MESSÉNION : Non, tu n'as pas tout ton bon sens, c'est évident.

CYLINDRE : Eh bien, je vais faire cuire tout cela ; ce ne sera pas long. Aussi, ne t'éloigne pas trop de la maison. Je peux partir ?

MÉNECHME II : Va te faire pendre à tous les diables !

CYLINDRE : Tu ferais mieux, par Hercule, d'aller te mettre à table, pendant que j'expose tout ceci à l'ardeur de Vulcain[1]. Je rentre, et je vais dire à Érotie que tu es là, pour qu'elle vienne te chercher, et ne te laisse pas ainsi dehors.

*Il rentre.*

MÉNECHME II : Ah, le voilà parti ? Il est parti ! Par Pollux, je m'aperçois que tu ne me racontais pas de mensonges !

MESSÉNION : Fais bien attention ; c'est là-bas, je crois, qu'habite cette courtisane, à ce qu'a dit cette espèce de fou, qui vient de partir.

MÉNECHME II : Mais je me demande comment il a pu connaître mon nom !

MESSÉNION : Rien d'étonnant, certes ; c'est une coutume des courtisanes ; elles envoient au port de petits esclaves, de petites servantes. Si quelque bateau étranger entre, elles demandent de quel pays il vient, quel est son propriétaire ; après quoi aussitôt elles se collent à lui, ne le lâchent pas. Et si elles réussissent à l'attirer, quand elles le laissent aller, il est ruiné. Maintenant, un bateau pirate est embossé dans ce port, et je suis d'avis qu'il faut prendre toutes les précautions contre lui.

MÉNECHME II : Tu me donnes un excellent conseil.

MESSÉNION : Je saurai si mon conseil est bon, si tu réussis à te garder.

MÉNECHME II : Tais-toi un peu ; la porte a grincé. Voyons qui sort.

MESSÉNION : En attendant, je vais me débarrasser de

ceci. *(Il donne sa valise aux marins qui sont avec eux.)* Faites bien attention à ceci, vous, les matelots!

## SCÈNE III

### ÉROTIE, MÉNECHME II, MESSÉNION

ÉROTIE, *s'adressant à Cylindre, dans la maison :* Laisse la porte comme cela, va, je ne veux pas qu'on la ferme. Prépare tout, règle tout, aie l'œil à tout. Qu'on fasse tout ce qu'il faut. Mettez les couvertures sur les lits[1], allumez les brûle-parfums; ces raffinements excitent le désir des amants. Un amoureux a toujours à perdre au luxe, et nous, nous avons à gagner. *(Elle parcourt la place du regard.)* Mais où est-il ? Le cuisinier m'assure qu'il est devant la maison. Tiens, le voici, l'homme qui m'est si utile et me rend tant de services! Et moi, de mon côté, je fais que, comme il le mérite bien, il soit toujours, entre tous, le bienvenu chez moi. Mais je vais vers lui; je vais lui parler la première. Ma petite âme, je suis bien étonnée que tu restes ici dehors, alors que pour toi les portes sont ouvertes plus que celles de ta propre maison, puisque cette maison est la tienne. Tout est prêt [lacune] comme tu l'as demandé, et souhaité; et on ne te fera pas attendre; le repas que tu as commandé est préparé; dès que tu voudras, tu peux te mettre à table.

MÉNECHME II : À qui parle cette femme ?

ÉROTIE : Mais à toi!

MÉNECHME II : Qu'est-ce que j'ai eu jamais à faire avec toi, et qu'ai-je à faire maintenant ?

ÉROTIE : Parce que, par Pollux, Vénus t'a choisi entre tous pour que je te réserve mes faveurs, et tu le mérites bien. Par Castor, à toi seul, tu me combles de tes cadeaux et tu me rends riche.

MÉNECHME II : Assurément, cette femme est ou folle ou ivre, Messénion, elle qui m'interpelle aussi familièrement, alors qu'elle ne me connaît pas.

MESSÉNION : Je t'avais bien dit que c'était la mode ici! Ce sont des feuilles qui tombent maintenant, au prix de ce que sera, quand nous serons restés trois jours ici; alors, ce seront des arbres qui te tomberont dessus. C'est ainsi que sont les courtisanes dans ce pays; toutes sont maîtresses dans l'art de tirer les sous. Mais permets que je lui parle. Hé, la femme, c'est à toi que je parle.

ÉROTIE : Qu'y a-t-il ?

MESSÉNION : Où as-tu connu cet homme ?

ÉROTIE : Ici même, où il m'a connu lui-même, il y a longtemps, à Épidamne.

MESSÉNION : À Épidamne ? Alors qu'ici, dans cette ville, avant aujourd'hui, il n'avait jamais mis les pieds ?

ÉROTIE : Hé bien, tu veux plaisanter ! Mon cher Ménechme, tu ne veux pas entrer, s'il te plaît ? Tu seras mieux chez moi.

MÉNECHME II : En tout cas, elle m'appelle de mon vrai nom. Je me demande bien ce que c'est que cette histoire.

MESSÉNION, *bas, à Ménechme :* Elle a senti l'odeur de la bourse que tu as.

MÉNECHME II, *même jeu :* Par Pollux, tu as raison de m'avertir. Tiens, prends-la ; je saurai bien alors si c'est moi qu'elle aime davantage, ou la bourse.

ÉROTIE : Entrons dîner.

MÉNECHME II : Je te remercie de ton invitation ; je t'en suis très reconnaissant.

ÉROTIE : Alors, pourquoi m'as-tu demandé tout à l'heure de te faire préparer à dîner ?

MÉNECHME II : Moi, je t'ai demandé de faire cuire un dîner ?

ÉROTIE : Sans aucun doute, pour toi et pour ton parasite.

MÉNECHME II : Mais pour quel parasite, bon Dieu ! Assurément, cette femme n'a pas tout son bon sens.

ÉROTIE : Pour Péniculus, pour Labrosse.

MÉNECHME II : Qu'est-ce que c'est que cette brosse ? Pour se nettoyer les souliers ?

ÉROTIE : Mais tu sais bien, celui qui est venu avec toi tout à l'heure, lorsque tu m'as apporté la mante que tu as dérobée à ta femme.

MÉNECHME II : Quoi ? Je t'ai donné une mante que j'ai dérobée à ma femme ? Tu as toute ta tête ? Assurément, cette femme fait comme les chevaux hongres, elle rêve debout !

ÉROTIE : Pourquoi te plais-tu à te moquer de moi et à me nier ce qui s'est passé ?

MÉNECHME II : Dis-moi, qu'est-ce que je nie avoir fait aujourd'hui ?

ÉROTIE : Que tu m'as donné aujourd'hui une mante de ta femme.

MÉNECHME II : Mais je le nie encore. Car je n'ai jamais eu de femme, je n'en ai pas, et jamais, depuis que je suis au monde, je n'ai franchi la porte de cette ville. J'ai déjeûné à bord de mon bateau ; de là, j'ai débarqué pour venir ici ; et je t'ai rencontrée.

ÉROTIE : Ça y est ! Je suis perdue, malheureuse ! Qu'est-ce que c'est que ce bateau dont tu me parles ?

MÉNECHME II : Un bateau de bois, qui a reçu bien des chocs, qui a été souvent recloué, souvent frappé à coups de maillet. C'est comme un établi de pelletier, une cheville touche l'autre.

ÉROTIE : Allons, je t'en prie, cesse de plaisanter et entre avec moi.

MÉNECHME II : Tu cherches quelqu'un d'autre, ma belle, et pas moi.

ÉROTIE : Je ne te connais pas ? Je ne sais pas que tu es Ménechme, que tu as pour père Moschus, que tu es né, de notoriété publique, à Syracuse en Sicile, où régna le roi Agathocle, qui eut pour successeurs Phintias, puis Liparo, lequel, en mourant, remit le royaume à Hiéron, et c'est maintenant Hiéron qui règne[1] ?

MÉNECHME II : Ce que tu dis n'est pas faux, ma belle.

MESSÉNION : Par Jupiter, est-ce que cette femme vient de là-bas, pour te connaître aussi parfaitement ?

MÉNECHME II : Par Hercule, je crois bien que je ne puis continuer à dire non.

MESSÉNION : Garde-t'en bien. Tu es mort, si tu franchis son seuil.

MÉNECHME II : Toi, tais-toi. *(À part.)* L'affaire se présente bien. Je dirai oui à cette femme, de quoi qu'il s'agisse, de la sorte je pourrais me faire inviter. *(Haut.)* Oui, depuis tout à l'heure, ma belle, j'avais mes raisons pour te contredire ; je craignais que cet individu n'aille tout raconter à ma femme, au sujet de la mante et du dîner. Maintenant, quand tu le voudras, entrons.

ÉROTIE : Tu n'attends pas ton parasite ?

MÉNECHME II : Non, je ne l'attends pas, et je me moque bien de lui, et, s'il vient, je défends qu'on le fasse entrer.

ÉROTIE : Par Castor, je le ferai bien volontiers. Mais sais-tu ce que j'aimerais que tu fasses ?

MÉNECHME II : Tu n'as qu'à commander.

ÉROTIE : Cette mante, que tu m'as donnée tout à l'heure, porte-la chez le brodeur, pour la mettre à ma taille et y faire ajouter les ornements que je souhaite.

MÉNECHME II : Par Hercule, tu as raison; on ne la reconnaîtra pas, et ma femme ne s'apercevra pas que tu la portes, si elle te rencontre dans la rue.

ÉROTIE : Eh bien, emporte-la avec toi, lorsque tu t'en iras.

MÉNECHME II : Entendu.

ÉROTIE : Entrons.

MÉNECHME II : Je vais te suivre tout de suite, mais je veux dire deux mots à celui-ci. Eh, Messénion, approche!

MESSÉNION : De quoi s'agit-il ? [Lacune] À quoi bon cela ?

MÉNECHME II : C'est nécessaire. Je sais ce que tu vas dire de moi.

MESSÉNION : Tu es d'autant moins excusable.

MÉNECHME II : J'ai déjà du butin; je me mets à une drôle de tâche! Va, aussi vite que possible, emmène tes gens à l'auberge, immédiatement. Et arrange-toi pour venir à ma rencontre avant le coucher du soleil.

MESSÉNION : Tu ne connais pas ces femmes-là, maître.

MÉNECHME II : Tais-toi, te dis-je. C'est moi qui en souffrirai, et non pas toi, si je commets quelque sottise. Cette femme est stupide et naïve; autant que j'ai pu en juger tout à l'heure, elle est une proie pour nous.

MESSÉNION : Je suis perdu! Tu t'en vas maintenant ? *(Il reste seul.)* Il est tout à fait perdu; notre barque est entraînée à sa ruine, à la remorque d'un bateau pirate. Mais je suis bien sot de prétendre régler la conduite de mon maître : il m'a acheté pour lui obéir, et non le commander. Suivez-moi, vous autres, pour venir à la rencontre du maître assez à temps, comme il me l'a ordonné.

# ACTE III

## *SCÈNE PREMIÈRE*

PÉNICULUS, *seul.*

Voici plus de trente ans que je suis né et, depuis lors, au grand jamais, je n'ai commis d'acte plus désastreux, plus criminel qu'aujourd'hui, en me plongeant, malheureux, au milieu de l'assemblée. Tandis que j'étais là, bouche bée, Ménechme m'a filé entre les doigts. Il est allé chez son amie, je suppose, et n'a pas voulu que je vienne avec lui. Que tous les dieux confondent celui qui, le premier, a inventé de tenir des assemblées, pour donner de l'occupation à des gens qui en ont déjà! N'aurait-il pas mieux valu choisir pour les tenir des hommes oisifs : s'ils n'avaient pas répondu à la convocation, on aurait aussitôt saisi leurs biens [lacune]. On en trouve à foison des gens qui ne font qu'un repas par jour, qui n'ont rien à faire, qui n'invitent pas à dîner, et ne sont jamais invités. Ce sont eux qui devraient s'occuper des assemblées et des comices[1]. S'il en était ainsi, je n'aurais pas, aujourd'hui, perdu un dîner; et pourtant, ce dîner, on souhaitait bien me le donner, autant que me voir vivant! J'y vais; encore maintenant, l'espoir de quelque reste me remplit l'âme d'aise. Mais que vois-je ? C'est Ménechme qui sort, une couronne sur la tête[2]. Le repas est fini; par Pollux, j'arrive à temps pour aller à sa rencontre! Je vais d'abord observer ce qu'il fait; puis je l'aborderai et lui dirai deux mots.

## *SCÈNE II*

MÉNECHME II, PÉNICULUS

MÉNECHME II, *à Érotie, qui est dans la maison :* Tu peux être tranquille, je vais te faire arranger gentiment cette mante aujourd'hui, et te la rapporter immédiatement. Je ferai si bien que tu ne la reconnaîtras plus; ainsi, on ne saura pas que c'est elle.

PÉNICULUS, *à part :* Il porte la mante chez le brodeur, une fois le repas terminé, le vin bu, le parasite resté à la porte. Par Hercule, je ne suis plus l'homme que je suis, si je ne venge cette injure, et moi-même, d'une belle façon. Attendez ce que je vais lui faire !

MÉNECHME II, *se croyant seul :* Ô, dieux immortels, à quel humain, en un seul jour, avez-vous jamais envoyé tant de biens, plus inespérés ? J'ai dîné, j'ai bu, j'ai couché avec une fille ; j'ai emporté cette mante, qui ne fera plus partie de son patrimoine à partir d'aujourd'hui !

PÉNICULUS, *à part :* Je ne puis entendre ce qu'il dit, sans me révéler. Rassasié, parle-t-il maintenant de moi et de ma part ?

MÉNECHME II : Elle prétend que je lui ai donné cette mante, après l'avoir dérobée à ma femme. Quand j'eus compris qu'elle se trompait, aussitôt, je me suis mis à dire comme elle, à faire comme si nous étions de connivence : tout ce que disait la femme, je disais comme elle. Bref, je n'ai jamais été aussi bien traité à moins de frais.

PÉNICULUS, *à part :* Je vais l'aborder, j'ai une furieuse envie de le secouer un peu !

MÉNECHME II : Quel est cet individu, qui se dirige vers moi ?

PÉNICULUS : Eh bien, que dis-tu, personnage plus léger que plume, individu exécrable, vaurien, être scandaleux, hypocrite, bon à rien ? Que t'ai-je fait pour que tu me ruines ainsi ? Comme tu m'as laissé tomber, tout à l'heure, au forum ! Tu as fait un sort au dîner sans moi ? Pourquoi as-tu eu l'audace d'agir ainsi, alors que, moi aussi, j'avais part à l'héritage ?

MÉNECHME II : Jeune homme, je t'en prie, qu'ai-je à faire avec toi ? Pourquoi viens-tu insulter sans raison un homme que tu ne connais pas ? Veux-tu que l'on te fasse payer en mauvais coups le prix de tes mauvaises paroles ?

PÉNICULUS : Par Pollux, le mauvais coup, je vois bien que tu l'as déjà commis.

MÉNECHME II : Réponds-moi, s'il te plaît ; jeune homme, comment t'appelles-tu ?

PÉNICULUS : Et par-dessus le marché, tu te moques de moi, comme si tu ne savais pas mon nom ?

MÉNECHME II : Non, par Pollux, que je sache, avant aujourd'hui, je ne t'ai jamais vu, jamais connu ; mais, en tout cas, qui que tu sois, si tu veux te conduire comme il faut, ne viens pas m'ennuyer.

PÉNICULUS : Ménechme, éveille-toi !

MÉNECHME II : Je suis éveillé, par Hercule, que je sache.

PÉNICULUS : Tu ne me connais pas ?

MÉNECHME II : Je ne le nierais pas, si je te connaissais.

PÉNICULUS : Tu ne connais pas ton parasite ?

MÉNECHME II : Tu n'as pas la tête normale, jeune homme, il me semble ?

PÉNICULUS : Réponds-moi : tu as dérobé à ta femme, aujourd'hui, cette mante, et tu l'as donnée à Érotie ?

MÉNECHME II : Par Hercule, je n'ai point de femme, je n'ai rien donné à Érotie, et je n'ai pas dérobé de mante. As-tu tout ton bon sens ?

PÉNICULUS : C'est bien fini ! Ne t'ai-je pas vu sortir de chez toi vêtu de cette mante ?

MÉNECHME II : Malheur de ta vie ! Tu crois que tout le monde est un débauché comme toi[1]. Tu prétends que je me suis vêtu d'une mante ?

PÉNICULUS : Eh oui, par Hercule !

MÉNECHME II : Veux-tu bien aller où tu mérites d'aller ? Ou te faire purifier, individu archifou !

PÉNICULUS : Par Pollux, personne ne pourra m'empêcher d'aller raconter toute l'histoire, telle qu'elle s'est passée, à ta femme. Toutes tes insultes retomberont sur toi, et je ferai en sorte que tu le paies cher, le dîner que tu as mangé.

MÉNECHME II, *resté seul :* Qu'est-ce que c'est que cela ? Tous les gens que je vois se moquent-ils suffisamment de moi ? Mais la porte a grincé.

## *SCÈNE III*

### UNE SERVANTE, MÉNECHME II

LA SERVANTE : Ménechme, Érotie dit que tu serais bien gentil si, en même temps, tu portais ceci chez l'orfèvre, en lui demandant de bien vouloir y ajouter une once d'or et de remettre son bracelet à neuf.

MÉNECHME II : Entendu, et toute autre commission qu'elle me donnera, je la ferai, dis-le-lui.

LA SERVANTE : Tu ne sais pas ce que c'est que ce bracelet ?

MÉNECHME II : Non, sinon qu'il est en or.

LA SERVANTE : C'est celui que, naguère, tu nous as dit avoir dérobé subrepticement dans l'armoire de ta femme.

MÉNECHME II : Jamais, par Hercule, je n'ai fait cela!

LA SERVANTE : Tu ne t'en souviens pas, malheur! Rends-moi le bracelet, si tu as mauvaise mémoire.

MÉNECHME II : Attends; si, je m'en souviens; oui, c'est bien celui que je lui ai donné.

LA SERVANTE : C'est lui.

MÉNECHME II : Et où sont les grands bracelets que je lui ai donnés en même temps ?

LA SERVANTE : Mais tu ne lui en as pas donné.

MÉNECHME II : Mais si, je les lui ai donnés avec celui-ci.

LA SERVANTE : Je puis dire que tu feras la commission ?

MÉNECHME II : Tu peux le dire; on la fera. Je rapporterai la mante et le bracelet en même temps.

LA SERVANTE : S'il te plaît, mon petit Ménechme, donne-moi des boucles d'oreille, avec des pendants de deux drachmes, pour que j'aie plaisir à te voir, lorsque tu viendras chez nous.

MÉNECHME II : Soit. Donne l'or; je paierai le travail.

LA SERVANTE : Avance-le-moi, s'il te plaît; je te le rendrai.

MÉNECHME II : Non, fournis-le toi-même, je te rendrai le double.

LA SERVANTE : Je n'ai pas un sou.

MÉNECHME II : Eh bien, quand tu en auras, tu me le donneras.

LA SERVANTE : Je peux m'en aller ?

MÉNECHME II : Dis que je ferai la commission... *(À part.)* Oui, de vendre tout, le plus vite possible, et à bon prix! Elle est partie maintenant ? Elle est partie, elle a fermé la porte [lacune]. Tous les dieux me viennent en aide, me favorisent, me chérissent. Mais pourquoi tarder, alors que j'en ai l'occasion et que c'est le moment, pourquoi tarder à quitter ces endroits de tentation! Hâte-toi, Ménechme, en avant, marche! Quittons cette couronne et jetons-la vers la gauche, de telle sorte que, si l'on veut me suivre, on croie que je suis parti par là. Je vais aller rejoindre mon esclave, si je le puis, pour qu'il sache les présents que les dieux me font!

# ACTE IV

## *SCÈNE PREMIÈRE*

LA FEMME DE MÉNECHME I, PÉNICULUS

LA FEMME DE MÉNECHME I : Et je tolérerais d'être ainsi comptée pour rien dans mon ménage, tandis que mon mari pillerait en cachette tout ce que nous avons à la maison et le porterait à sa maîtresse ?

PÉNICULUS : Veux-tu te taire ? Je m'arrangerai pour que tu le prennes en flagrant délit. Viens avec moi, seulement. Il était en train de porter, ivre, une couronne sur la tête, ta mante chez le brodeur, la mante qu'il t'a volée aujourd'hui. Mais voici la couronne qu'il portait. Est-ce que je mens ? Tiens, il est parti par là, si tu veux le suivre à la trace. Mais, par Pollux, le voici qui revient bien à propos. Mais il n'a pas la mante.

LA FEMME DE MÉNECHME I : Comment dois-je le traiter ?

PÉNICULUS : Comme toujours, traite-le mal : voilà mon avis. Mais mettons-nous à l'écart, et, de notre cachette, guettons-le.

## *SCÈNE II*

MÉNECHME I, LA FEMME DE MÉNECHME I, PÉNICULUS

MÉNECHME I, *entre, et se croyant seul :* Quelle détestable et stupide façon nous avons, nous, les gens influents ! Nous voulons tous avoir des clients en grand nombre. Qu'ils soient honnêtes ou non, on ne s'en préoccupe pas ; on s'intéresse plus à la fortune du client qu'à sa loyauté. S'il est pauvre et, en même temps, un brave homme, on le juge comme moins que rien ; s'il est riche, et malhonnête, on le tient pour un excellent client. Et ces gens qui ne respectent ni les lois ni la morale donnent du souci à leurs patrons. Ils nient les dépôts qu'on leur a confiés, toujours en procès, des êtres avides, fourbes, qui ont acquis tous leurs sous par l'usure ou les faux serments. Ils ne songent qu'à la chicane[1] [lacune]. Quand on les cite au tribunal, on cite en même temps leur patron, pour qu'ils les défendent, et tentent d'excuser leurs malhonnêtetés; l'affaire est traitée ou devant le peuple, ou devant le préteur, ou devant un arbitre[1]. Par exemple, aujourd'hui, un client m'a harcelé et je n'ai pas pu faire ce que je voulais, absolument impossible! tant il s'est attaché à moi et m'a retenu. J'ai plaidé sa cause devant les édiles, pour répondre d'innombrables canailleries; j'ai offert des arrangements tortueux, périlleux. J'avais dit plus ou moins ce qu'il fallait pour régler le litige par un accord privé. Mais qu'arrivera-t-il à celui qui a fourni la caution[2]? Jamais je n'ai vu un individu plus évidemment convaincu de fraude; il y avait là, pour dénoncer ses canailleries, trois témoins acharnés. Que tous les dieux le confondent, tant il m'a gâché aujourd'hui ma journée! Et moi aussi, qui suis allé jeter un œil au forum. J'ai gâché une journée excellente; j'ai fait préparer un dîner; ma maîtresse m'attend, je le sais. Dès que cela me fut possible, je me suis hâté de quitter le forum; et maintenant, elle est en colère, je suppose, contre moi; mais elle s'apaisera à la pensée de la mante que je lui ai donnée, que j'ai dérobée aujourd'hui à ma femme et apportée à Érotie.

PÉNICULUS, *qui a tout entendu, à part à la femme de Ménechme I :* Qu'en dis-tu ?

LA FEMME DE MÉNECHME I : Que je suis mal mariée, à un mauvais homme.

PÉNICULUS : As-tu bien entendu ce qu'il a dit ?

LA FEMME DE MÉNECHME I : Parfaitement.

MÉNECHME I : Ce serait une bonne idée d'entrer chez elle, et de passer un moment agréable!

PÉNICULUS : Arrête; tu vas avoir un moment désagréable, au contraire.

LA FEMME DE MÉNECHME I : Par Castor, tu vas me le payer cher, d'avoir volé ma mante!

PÉNICULUS : Et voilà!

LA FEMME DE MÉNECHME I : Tu croyais que tu pouvais faire toutes tes saletés sans que personne le sache ?

MÉNECHME I : De quoi veux-tu parler, ma femme ?

LA FEMME DE MÉNECHME I : Tu me le demandes ?

MÉNECHME I, *d'un air caressant :* C'est à lui que tu veux que je le demande ?

LA FEMME DE MÉNECHME I : Non, pas de caresses!

PÉNICULUS, *à la femme de Ménechme I :* Tiens bon, toi!

MÉNECHME I : Pourquoi es-tu si maussade avec moi ?

LA FEMME DE MÉNECHME I : Tu dois le savoir.

PÉNICULUS : Il le sait, mais il fait semblant de l'ignorer, le drôle !

MÉNECHME I : De quoi s'agit-il ?

LA FEMME DE MÉNECHME I : La mante...

MÉNECHME I : La mante ?

LA FEMME DE MÉNECHME I : Oui, ma mante... qu'as-tu à avoir peur ?

MÉNECHME I : Je n'ai pas peur... seulement, la mante me démonte[1] !

PÉNICULUS, *à part, à Ménechme I :* Tu n'avais pas besoin de manger le dîner sans moi ! *(Haut, à la femme de Ménechme I.)* Allons, attaque ton mari !

MÉNECHME I : Tu veux te taire !

PÉNICULUS : Non, par Hercule, je ne veux pas me taire. *(À la femme de Ménechme I.)* Il me fait signe de me taire.

MÉNECHME I : Ce n'est pas vrai, par Hercule ; je ne lui fais signe ni de la tête ni de l'œil.

PÉNICULUS : Je n'ai rien vu de plus impudent ; quoi, il nie ce que l'on a vu de ses propres yeux !

MÉNECHME I : Au nom de Jupiter et de tous les dieux, je t'assure — ce serment ne te suffit-il pas ? — que je ne lui ai fait aucun signe !

PÉNICULUS : Elle te croit, elle te croit. Reviens au fait.

MÉNECHME I : Où veux-tu que je revienne ?

PÉNICULUS : Chez le brodeur, je crois ; va et ramène la mante.

MÉNECHME I : Qu'est-ce que c'est que cette mante dont tu parles ?

PÉNICULUS : Je me tais, désormais, puisqu'elle ne s'occupe pas de cette affaire, qui est la sienne !

LA FEMME DE MÉNECHME I : Ah, par Castor, que je suis une femme malheureuse !

MÉNECHME I : Pourquoi es-tu malheureuse, dis-moi ? Est-ce qu'un des esclaves t'a manqué ? Est-ce que les servantes ou les esclaves sont insolents avec toi ? Dis-le-moi ; il leur en cuira.

LA FEMME DE MÉNECHME I : Tu parles pour ne rien dire.

MÉNECHME I : Elle a l'air sinistre. Cela ne me plaît pas du tout...

LA FEMME DE MÉNECHME I : Tu parles pour ne rien dire.

MÉNECHME I : Assurément, elle est en colère contre quelqu'un de la maison.

LA FEMME DE MÉNECHME I : Tu parles pour ne rien dire.

MÉNECHME I : Est-ce que par hasard tu serais en colère contre moi ?

LA FEMME DE MÉNECHME I : Maintenant, tu ne parles pas pour ne rien dire !

MÉNECHME I : Mais, par Pollux, je n'ai commis aucune faute.

LA FEMME DE MÉNECHME I : Hem, de nouveau, tu parles pour ne rien dire.

MÉNECHME I : Dis-moi, ma femme, qu'est-ce qui te chagrine ?

PÉNICULUS : Ce galant te fait la cour !

MÉNECHME I : Pourrais-tu cesser de te montrer odieux avec moi ? Est-ce que je te parle ?

LA FEMME DE MÉNECHME I : Ôte ta main !

PÉNICULUS : Et voilà ! Hâte-toi encore de manger le dîner sans moi ! Et après, devant la maison, une couronne sur la tête, pris de vin, tu te moqueras de moi !

MÉNECHME I : Mais je n'ai pas dîné, par Pollux, et de toute la journée je n'ai pas mis le pied dans cette maison.

PÉNICULUS : Tu le nies ?

MÉNECHME I : Oui, je le nie, certes !

PÉNICULUS : Il n'y a pas plus impudent que cet homme ! Je ne t'ai pas vu, debout, tout à l'heure, devant cette maison, une couronne de fleurs sur la tête ? Tu disais que je n'avais pas ma tête à moi, tu disais que tu ne me connaissais pas, tu prétendais être un étranger ?

MÉNECHME I : Mais, depuis que je t'ai quitté, c'est maintenant seulement que je reviens à la maison !

PÉNICULUS : Je te connais ! Tu ne pensais pas que j'avais de quoi me venger ; par Hercule, j'ai tout révélé à ta femme.

MÉNECHME I : Que lui as-tu révélé ?

PÉNICULUS : Je ne sais pas ; demande-le-lui à elle !

MÉNECHME I : De quoi s'agit-il, ma femme ? Qu'a-t-il bien pu te raconter ? Qu'est-ce que cela ? Pourquoi ne dis-tu rien ? Veux-tu bien me dire de quoi il retourne ?

LA FEMME DE MÉNECHME I : Comme si tu ne le savais pas. On m'a volé une mante chez nous.

MÉNECHME I : On t'a volé une mante ?

LA FEMME DE MÉNECHME I : C'est à moi que tu le demandes ?

MÉNECHME I : Par Pollux, je ne te le demanderais pas, si je le savais.

PÉNICULUS : Ô le triste sire, comme il ment ! Tu ne peux dire le contraire ; elle est au courant de tout, je lui ai tout raconté, par Hercule.

MÉNECHME I : Mais quoi donc ?

LA FEMME DE MÉNECHME I : Puisque tu n'as honte de rien, et que tu ne veux pas avouer de toi-même, écoute, et fais bien attention. Je vais t'apprendre et pourquoi je suis si maussade, et ce qu'il m'a raconté. On m'a volé une mante à la maison !

MÉNECHME I : On m'a volé une mante, à moi ?

PÉNICULUS : Vois-tu comme ce vaurien cherche à t'attraper ? C'est à elle qu'on l'a dérobée, non à toi ; car, certes, si c'était à toi qu'on l'avait dérobée, elle serait maintenant bel et bien perdue[1].

MÉNECHME I : Je ne te parle pas à toi. Mais *(à sa femme)*, toi, que dis-tu ?

LA FEMME DE MÉNECHME I : Une mante a disparu de la maison.

MÉNECHME I : Qui l'a dérobée ?

LA FEMME DE MÉNECHME I : Par Pollux, il sait, lui, qui l'a dérobée.

MÉNECHME I : Et qui est-ce ?

LA FEMME DE MÉNECHME I : Un certain Ménechme.

MÉNECHME I : Par Pollux, c'est un grand coquin. Mais qui est ce Ménechme ?

LA FEMME DE MÉNECHME I : C'est toi, te dis-je.

MÉNECHME I : Moi ?

LA FEMME DE MÉNECHME I : Toi.

MÉNECHME I : Qui m'accuse ?

LA FEMME DE MÉNECHME I : Moi.

PÉNICULUS : Et moi aussi. Et tu l'as portée à ta maîtresse Érotie, qui habite là.

MÉNECHME I : Moi, je la lui ai donnée ?

LA FEMME DE MÉNECHME I : Toi, toi, que voici, te dis-je !

PÉNICULUS : Tu veux qu'on apporte un corbeau

pour te dire « toi, toi » sans arrêt[1] ? Nous, nous en sommes las !

MÉNECHME I : Au nom de Jupiter et de tous les dieux, je te jure, ma femme — cela te suffit-il ? — que je ne la lui ai pas donnée.

PÉNICULUS : Et moi, en leur nom à tous, je jure que nous ne mentons pas.

MÉNECHME I : Non, je ne la lui ai pas donnée, je la lui ai prêtée !

LA FEMME DE MÉNECHME I : Eh bien moi, par Castor, je ne prête jamais en dehors de la maison ni une chlamyde à toi, ni un manteau, à personne. C'est la femme qui doit, seule, prêter un vêtement de femme, et un homme un vêtement d'homme. Tu vas me rapporter cette mante à la maison !

MÉNECHME I : Je vais te la faire rapporter.

LA FEMME DE MÉNECHME I : Tu feras bien, je crois, dans ton intérêt. Car tu ne remettras plus les pieds à la maison, si tu ne reviens avec ma mante. Je rentre !

PÉNICULUS : Et à moi, qu'est-ce que j'aurai, pour t'avoir rendu service ?

LA FEMME DE MÉNECHME I : On te rendra le même service, lorsqu'on t'aura volé quelque chose chez toi.

PÉNICULUS : Cela n'arrivera certainement jamais. Car je n'ai rien à perdre, chez moi. Mari, femme, que les dieux vous confondent. Je vais vite au forum, car, dans cette maison, je vois bien que je n'y ai plus ma place.

MÉNECHME I : Ma femme croit m'avoir bien puni, en me mettant à la porte ; comme si je n'avais pas un endroit beaucoup plus agréable où aller. Si je ne te plais pas, je m'y résignerai bien ; mais je plairai à Érotie, dans cette maison-ci. Elle ne me mettra pas à la porte, elle la fermera plutôt sur moi chez elle. Sur ce, j'y vais ; je vais lui demander de me rendre la mante que je lui ai donnée tout à l'heure ; je lui en achèterai une plus belle. Eh là, y a-t-il un portier, ici ? Ouvrez et que quelqu'un m'appelle Érotie, qu'elle vienne à la porte.

## *SCÈNE III*

### Érotie, Ménechme I

ÉROTIE : Qui m'appelle ?

MÉNECHME I : Quelqu'un qui se veut du mal à lui-même, et ne t'en veut pas du tout à toi !

ÉROTIE : Mon cher Ménechme, pourquoi restes-tu ainsi devant la porte ? Suis-moi à l'intérieur.

MÉNECHME I : Attends. Tu ne sais pas la raison qui m'amène ici ?

ÉROTIE : Si : pour prendre ton plaisir avec moi.

MÉNECHME I : Non, il s'agit de la mante, s'il te plaît, que je t'ai donnée tout à l'heure ; veux-tu me la rendre ? Ma femme a appris toute la chose, telle qu'elle s'est passée, de a jusqu'à z ! Et moi je t'achèterai une autre mante, qui vaudra deux fois plus, celle que tu voudras.

ÉROTIE : Mais je te l'ai donnée, pour que tu la portes chez le brodeur, tout à l'heure, et aussi le bracelet, pour que tu le portes à l'orfèvre, afin qu'il le remette à neuf.

MÉNECHME I : À moi, tu m'as donné la mante et le bracelet ? Absolument impossible ! Car, depuis que je te l'ai donnée, tantôt, et que je suis parti au forum, je reviens seulement maintenant, et c'est maintenant pour la première fois que je te revois.

ÉROTIE : Je vois ton jeu : tu cherches à me prendre ce que je t'ai confié, voilà le but que tu poursuis.

MÉNECHME I : Non, ce n'est pas pour te dépouiller, que je réclame la mante. Je te dis que ma femme a tout appris.

ÉROTIE : Ce n'est pas moi qui t'ai demandé de me la donner ; c'est toi, de toi-même, qui me l'as apportée. Tu m'en as fait cadeau ; tu la réclames maintenant, je veux bien ; garde-la, emporte-la, sers-t'en, toi ou ta femme, mettez-la dans un coffre-fort ; mais toi, tu ne remettras plus les pieds ici à partir d'aujourd'hui, prends-y bien garde ! Puisque, en dépit de toutes les bontés que j'ai pour toi, tu me traites avec un tel mépris, si tu ne m'apportes pas de l'argent, tu pourras te fouiller ! Tu ne pourras pas m'avoir. Trouves-en une autre désormais, que tu pourras rouler !

*Elle rentre.*

MÉNECHME I : Tu te mets trop vite en colère! Eh, dis-moi, reste! Reviens. Veux-tu t'arrêter ? Tu ne veux pas revenir pour me faire plaisir ? — Elle est rentrée, elle a fermé la porte. Et maintenant, je suis le plus fermé dehors qui soit; ni chez moi ni chez ma maîtresse on ne me croit. Je vais aller consulter mes amis, leur demander ce qu'ils pensent que je dois faire[1].

## ACTE V

### *SCÈNE PREMIÈRE*

MÉNECHME II, LA FEMME DE MÉNECHME I

MÉNECHME II : J'ai été vraiment trop bête, tout à l'heure, de confier à Messénion la bourse avec l'argent. Il est allé se plonger, je pense, dans quelque bouge!

LA FEMME DE MÉNECHME I : Je veux aller voir quand mon mari va revenir à la maison. Mais je l'aperçois. Je suis sauvée, il rapporte la mante!

MÉNECHME II : Je me demande bien où est allé maintenant se promener Messénion.

LA FEMME DE MÉNECHME I : Je vais l'aborder et l'accueillir comme il le mérite. *(À Ménechme II.)* Tu n'as pas honte de te présenter à ma vue, individu scandaleux, dans la tenue que tu as ?

MÉNECHME II : Quoi ? Qu'est-ce qui te prend, femme ?

LA FEMME DE MÉNECHME I : Et par-dessus le marché, éhonté, tu oses dire un mot et m'adresser la parole ?

MÉNECHME II : Mais enfin, qu'ai-je donc fait, pour ne pas pouvoir t'adresser la parole ?

LA FEMME DE MÉNECHME I : Tu me le demandes ? Voyez l'impudence de cet individu éhonté!

MÉNECHME II : Ne sais-tu pas, femme, pourquoi les Grecs disaient qu'Hécube était une chienne ?

LA FEMME DE MÉNECHME I : Non, je ne le sais pas.

MÉNECHME II : Parce qu'Hécube faisait ce que tu fais maintenant. Elle accablait d'injures tous ceux qu'elle rencontrait. Aussi mérita-t-elle d'être appelée la Chienne[2].

LA FEMME DE MÉNECHME I : Non, je ne puis supporter des propos aussi outrageants que ceux-là; j'aimerais mieux passer toute ma vie sans mari plutôt que de souffrir tes scandales.

MÉNECHME II : Qu'eſt-ce que cela me fait, que tu puisses supporter d'être mariée, ou que tu quittes ton mari ? Eſt-ce donc la coutume, ici, de raconter toutes ces hiſtoires aux étrangers qui arrivent ?

LA FEMME DE MÉNECHME I : Quelles hiſtoires ? Non, ma patience eſt à bout, te dis-je, j'aime mieux vivre seule plutôt que de supporter tes manières.

MÉNECHME II : Par Hercule, si c'eſt pour moi, vis seule, aussi longtemps que régnera Jupiter !

LA FEMME DE MÉNECHME I : Tout à l'heure, tu me disais que tu n'avais pas pris la mante, et maintenant tu la tiens, là, devant mes yeux ; tu n'as pas honte ?

MÉNECHME II : Eh bien, par Hercule, femme, tu ne manques pas d'audace, et tu es une coquine. Tu oses dire que cette mante t'a été dérobée, alors que c'eſt une autre femme qui me l'a donnée, pour que je la donne à arranger ?

LA FEMME DE MÉNECHME I : Ah, par Caſtor ! je vais faire venir mon père, et je lui raconterai toutes les saletés que tu fais ! — Va, Décion, va chercher mon père, et qu'il vienne ici avec toi ; dis-lui que c'eſt nécessaire. Et je vais lui raconter toutes tes saletés !

MÉNECHME II : Tu as ton bon sens ? Quelles saletés de ma part ?

LA FEMME DE MÉNECHME I : Tu dérobes chez moi mes manteaux, mes bijoux, tu les voles à moi, ta femme, et tu les portes chez ta maîtresse. Eſt-ce vrai, ou non, ce que je dis ?

MÉNECHME II : Je t'en prie, femme, si tu le peux, dis-moi ce que je dois boire pour supporter ton insolence. Qui crois-tu que je suis, je l'ignore ; moi, je te connais autant que Porthaon[1].

LA FEMME DE MÉNECHME I : Si tu te moques de moi, tu ne pourras, du moins, te moquer de mon père, qui arrive ici. Retourne-toi donc ? Tu ne le connais pas, lui ?

MÉNECHME II : Je le connais autant que Calchas[2]. Je l'ai vu le lendemain du jour où je t'ai vue toi-même !

LA FEMME DE MÉNECHME I : Tu dis que tu ne me connais pas ? Tu renies mon père ?

MÉNECHME II : J'en dirais autant, par Hercule, si tu veux convoquer ton grand-père !

LA FEMME DE MÉNECHME I : Par Castor, tu ne te montres pas ici différent de ce que tu es toujours.

## *SCÈNE II*

LE VIEILLARD, LA FEMME DE MÉNECHME I, MÉNECHME II

LE VIEILLARD : Étant donné mon âge, et vu les nécessités de la circonstance, j'allongerai le pas, je presserai mon allure. Mais que la chose me soit facile, je ne me fais pas d'illusions; l'agilité m'abandonne; je suis accablé de vieillesse; tout mon corps est perclus, les forces m'ont abandonné. C'est un mauvais âge, et une mauvaise affaire que le temps. Il apporte, en venant, bien de mauvaises choses, et si je voulais toutes les énumérer, ce serait un bien long discours! Mais ce que j'ai sur le cœur, et qui me donne du souci, c'est ce que peut bien être la raison pour laquelle ma fille me demande si soudainement d'aller la trouver, sans me faire savoir ce qu'elle veut. Pourquoi m'a-t-elle appelé ? Mais je sais à peu près de quoi il peut s'agir; je crois bien qu'elle a eu quelque dispute avec son mari. C'est leur habitude, à ces femmes qui exigent que leurs maris soient à leur service, fières de leur dot, orgueilleuses. Quant aux maris, eux non plus ils ne sont pas toujours blancs! Et puis, il y a tout de même une limite à ce que peut supporter une femme; d'ailleurs une fille n'a jamais fait venir son père s'il n'y a pas quelque action ou quelque querelle qui le justifient. Mais, quoi que ce soit, je vais bientôt le savoir. Ah, la voici elle-même devant la maison, et je vois son mari, l'air sombre. C'est bien ce que je soupçonnais. Je vais lui adresser la parole à elle.

LA FEMME DE MÉNECHME I : Je vais à sa rencontre. Bien le bonjour, mon père!

LE VIEILLARD : Bonjour à toi! J'arrive à temps ? Tu m'as bien demandé de venir ? Pourquoi cet air sombre ? Et pourquoi, lui, se tient-il ainsi loin de toi, l'air en colère? Vous avez engagé je ne sais quel combat de vélites entre vous deux! Parle; lequel est le coupable ? Sois brève, pas de longs discours!

LA FEMME DE MÉNECHME I : Je n'ai commis aucune

faute; je puis te rassurer sur ce point, mon père. Mais je ne puis plus vivre ici, ni continuer à endurer cela, en aucune façon. Aussi, il faut que tu m'emmènes avec toi.

LE VIEILLARD : De quoi parles-tu au juste ?

LA FEMME DE MÉNECHME I : On se moque de moi, mon père.

LE VIEILLARD : Qui donc ?

LA FEMME DE MÉNECHME I : L'homme à qui tu m'as confiée, mon mari.

LE VIEILLARD : Ah, voilà une querelle! Que de fois t'ai-je dit de ne pas venir, l'un ou l'autre, me trouver pour vous plaindre ?

LA FEMME DE MÉNECHME I : Mais comment pouvais-je ne pas le faire, mon père ?

LE VIEILLARD : Tu me le demandes ? Tu n'as qu'à ne pas le vouloir. Que de fois je t'ai recommandé d'être obéissante avec ton mari, de ne pas espionner ce qu'il fait, où il va, de quoi il s'occupe!

LA FEMME DE MÉNECHME I : Mais il a comme maîtresse une courtisane qui habite ici, à côté.

LE VIEILLARD : Il a raison, et tu feras tant et si bien, par tes façons, qu'il l'aimera encore davantage.

LA FEMME DE MÉNECHME I : Mais il va y boire!

LE VIEILLARD : Alors, à cause de toi, il ne boira point, soit là soit ailleurs, comme il lui plaira ? Quelle impudence est-ce là, que diantre! Du même coup, tu voudrais l'empêcher d'accepter une invitation à dîner, ou de recevoir quelqu'un chez lui ? Tu voudrais que les maris soient des esclaves ? Tu voudrais, aussi, du même coup, leur donner une tâche à filer, les faire asseoir parmi les servantes et leur faire carder la laine ?

LA FEMME DE MÉNECHME I : Je vois que ce n'est pas pour me défendre que je t'ai fait venir, mon père, mais pour être l'avocat de mon mari. Tu es de mon côté, et c'est pour l'autre partie que tu plaides.

LE VIEILLARD : S'il a commis quelque faute, je l'accuserai d'autant plus sévèrement que je t'ai accusée plus sévèrement toi-même. Puisqu'il te donne en abondance bijoux, vêtements et servantes, et qu'il tient le garde-manger bien ravitaillé, tu ferais mieux, femme, de te faire une raison!

LA FEMME DE MÉNECHME I : Mais il me dérobe mes bijoux et mes mantes, dans le coffre, à la maison! Il me dépouille et porte en cachette ce que j'ai de beau à des filles.

LE VIEILLARD : Il a tort, s'il agit comme tu le dis ; s'il ne le fait pas, c'est toi qui as tort, d'accuser un innocent.

LA FEMME DE MÉNECHME I : Mais, il a maintenant la mante, mon père, et le bracelet qu'il avait donnés à cette fille ; et comme j'ai tout appris, il me les rapporte.

LE VIEILLARD : Je veux lui demander ce qu'il en est ; je vais aller le trouver et lui parler. Dis-moi donc, Ménechme, pourquoi vous disputez-vous ? Je veux le savoir. Pourquoi as-tu l'air si sombre ? Pourquoi ta femme est-elle en colère et se tient-elle loin de toi ?

MÉNECHME II : Qui que tu sois, quel que soit ton nom, vieillard, j'en atteste le grand Jupiter et tous les dieux...

LE VIEILLARD : Mais de quoi s'agit-il, et qu'est-ce donc là ?

MÉNECHME II : Que je n'ai fait aucun tort à cette femme, qui m'accuse d'avoir volé cette mante chez elle ; elle est folle ! Si jamais je suis entré dans la maison où elle habite, je consens à devenir le plus malheureux parmi les plus malheureux des mortels.

LE VIEILLARD : Mais tu sais ce que tu dis, lorsque tu fais un tel souhait, et que tu prétends que tu n'as jamais mis le pied dans la maison où elle habite, ô le plus fou des hommes ?

MÉNECHME II : Tu prétends, vieillard, que j'habite dans cette maison ?

LE VIEILLARD : Tu dis le contraire ?

MÉNECHME II : Je l'affirme, par Hercule.

LE VIEILLARD : Tu as bien tort de l'affirmer, à moins que tu n'aies déménagé pendant la nuit. Toi, ma fille, viens par ici. Que dis-tu ? A-t-il déménagé ?

LA FEMME DE MÉNECHME I : Pour aller où, et pourquoi, s'il te plaît ?

LE VIEILLARD : Ma foi, je ne le sais pas.

LA FEMME DE MÉNECHME I : Assurément, il se moque de toi. Tu ne le comprends pas ?

LE VIEILLARD : Maintenant, Ménechme, assez plaisanté ; parle sérieusement.

MÉNECHME II : Je t'en prie, qu'ai-je à faire avec toi ? Et d'où viens-tu, qui es-tu ? Que t'ai-je fait, à toi, à elle, pour qu'elle me poursuive de toutes les façons ?

LA FEMME DE MÉNECHME I : Regarde comme ses yeux deviennent verts[1], comme son teint verdit, depuis ses tempes et son front, comme ses yeux étincellent, regarde !

MÉNECHME II, *à part* : Qu'ai-je de mieux à faire, puisqu'ils disent que je suis fou, sinon de simuler la folie, pour leur faire peur et les éloigner de moi ?

LA FEMME DE MÉNECHME I : Comme il s'étire, et comme il bâille ! Que dois-je faire, maintenant, mon père ?

LE VIEILLARD : Viens de ce côté, ma fille, éloigne-toi de lui autant que tu le pourras.

MÉNECHME II : Évohé, évohé, Bacchus, où m'appelles-tu à la chasse dans les forêts ? Je t'entends, mais je ne puis quitter ces lieux, tant cette chienne enragée à gauche me retient ; et derrière j'ai ce vieux bouc hirsute, qui, souvent, en son temps, a causé par de faux témoignages la perte d'un citoyen innocent !

LE VIEILLARD : Malheur à toi !

MÉNECHME II : Voici qu'Apollon prophétise pour moi et m'ordonne de lui brûler les yeux avec des torches ardentes.

LA FEMME DE MÉNECHME I : Je suis morte, mon père ; il menace de me brûler les yeux !

MÉNECHME II, *à part* : Hélas, ils disent que je suis fou, et ce sont eux qui perdent la raison !

LE VIEILLARD : Ma fille, hélas !

LA FEMME DE MÉNECHME I : Eh bien, que faisons-nous ?

LE VIEILLARD : Et si j'appelais des esclaves ? Je vais aller chercher des hommes pour l'emmener d'ici et l'attacher à la maison, avant qu'il ne fasse plus de dégâts !

MÉNECHME II, *à part* : Eh bien, je suis pris ! Si je ne trouve quelque stratagème, ils vont m'emmener dans leur maison. *(Haut.)* Tu souhaites que je l'arrange avec mes poings d'une belle façon, si elle ne disparaît de mes yeux et aille se faire pendre à tous les diables ? Je ferai ce que tu m'ordonnes, Apollon[2].

LE VIEILLARD : Rentre à la maison, aussi vite que tu le pourras, pour qu'il ne t'assomme pas.

LA FEMME DE MÉNECHME I : Je m'en vais. Mais, s'il te plaît, surveille-le, mon père, qu'il ne s'en aille pas. Ne suis-je pas malheureuse, d'entendre de telles choses ?

MÉNECHME II, *à part :* Je ne me suis pas mal arrangé pour l'éloigner; maintenant, à ce vieil ignoble, barbu, tremblant, ce Tithon, fils de Cycnos[1] : tu m'ordonnes de lui briser le corps, et les os, et les membres, avec le bâton qu'il tient lui-même ?

LE VIEILLARD : Il t'arrivera malheur, si tu me touches, ou si tu t'approches trop de moi!

MÉNECHME II : Je vais t'obéir; je vais prendre une hache à deux tranchants et je vais raboter ce vieux jusqu'à l'os, pour en faire du pâté.

LE VIEILLARD : Mais, c'est qu'il me faut prendre des précautions et me tenir sur mes gardes. J'ai très grand-peur, d'après ses menaces, qu'il ne me fasse mal!

MÉNECHME II : Tu me donnes beaucoup d'ordres, Apollon. Maintenant tu m'ordonnes de prendre un attelage de chevaux indomptés, fougueux, et de monter sur le char pour écraser ce lion vieilli, puant, édenté. Me voici sur le char, je tiens les rênes, je tiens l'aiguillon, il est dans ma main. Allons, chevaux, faites entendre le son de vos sabots; dans votre course rapide, montrez la souplesse et la rapidité de vos jambes.

LE VIEILLARD : Tu me menaces de ton attelage ?

MÉNECHME II : Voilà, Apollon! Tu me donnes à nouveau l'ordre de me jeter sur lui, qui est là debout, et de le tuer ? Mais qui donc me prend par les cheveux et m'arrache de mon char ? Il annule ton ordre, Apollon, et ton commandement.

LE VIEILLARD : Par Hercule, quelle maladie violente, impitoyable [lacune]. Dieux, je vous implore! L'homme qui est fou, maintenant, qu'il était naguère en bonne santé! Et voici qu'il a été pris d'un tel mal! Je vais aller chercher le médecin, aussi vite que je le pourrai.

## *SCÈNE III*

### MÉNECHME II, *seul.*

Sont-ils partis, maintenant, je vous prie, ont-ils disparu, ces gens qui me forcent, en bonne santé, à jouer le fou ? Mais hâtons-nous de regagner le bateau, tant que je le puis sans risque. Quant à vous tous, je vous demande, si le vieillard revient, de ne pas lui révéler par quelle rue je me suis sauvé.

## SCÈNE IV

LE VIEILLARD, *entrant du côté opposé, par la gauche.*

J'ai mal aux reins, à force de rester assis, aux yeux, à force de regarder, d'attendre que le médecin revienne de ses visites. Cet individu odieux a tout de même fini par quitter ses malades. Il prétend qu'il a raccommodé une jambe cassée à Esculape, et à Apollon un bras[1]. Mais je me demande si c'est un médecin ou un ouvrier que je ramène[2]. Tiens, le voici qui s'avance. Allonge un peu ce pas de fourmi !

## SCÈNE V

LE MÉDECIN, LE VIEILLARD

LE MÉDECIN : Quelle maladie a-t-il, disais-tu ? Dis-moi tout, vieillard. Est-il possédé ou ensorcelé ? Je dois le savoir. Est-ce la maladie du sommeil ou de l'eau dans l'intérieur qui le rendent malade ?

LE VIEILLARD : Mais, si je te fais venir, c'est pour que tu me l'apprennes, et que tu le guérisses.

LE MÉDECIN : Cela, c'est très facile. Il sera guéri, je te le promets sur ma parole.

LE VIEILLARD : Je veux que tu le soignes avec le plus grand soin.

LE MÉDECIN : Je lui ferai plus de cent fumigations par jour[3]; je te le soignerai avec le plus grand soin.

LE VIEILLARD : Tiens, voilà l'homme. Observons ce qu'il fait.

## SCÈNE VI

MÉNECHME I, LE VIEILLARD, LE MÉDECIN

MÉNECHME I : Par Pollux, cette journée s'est déroulée tout de travers, et ne m'a apporté que contrariétés. Ce que je pensais conserver secret, a été révélé par mon parasite, qui m'a couvert de honte et rempli de crainte, cet Ulysse, qui a fait tant de mal à son patron[4]. Mais cet individu, si je vis, je lui arracherai la vie ! Mais je suis bien sot, de lui donner la propriété d'une vie qui m'appartient! C'est ma nourriture, c'est mon argent, qui l'ont fait vivre. Je lui ôterai l'âme! Et l'autre, la courtisane, n'a pas agi mieux que lui, elle s'est bien conduite en courtisane; parce que je lui demande qu'elle me rende la mante, afin que je la rapporte à ma femme, elle prétend me l'avoir donnée. Ah, par Pollux, je suis un homme bien malheureux!

LE VIEILLARD, *à part, au médecin :* Tu entends ce qu'il dit?

LE MÉDECIN : Il prétend qu'il est malheureux.

LE VIEILLARD : Va vers lui, s'il te plaît.

LE MÉDECIN, *à Ménechme I :* Salut, Ménechme! Mais, s'il te plaît, pourquoi découvres-tu ton bras ? Tu ne sais pas comme tu aggraves ainsi ton mal ?

MÉNECHME I : Va te faire pendre!

LE VIEILLARD : Tu y comprends quelque chose ?

LE MÉDECIN : Si je comprends ? On ne pourra pas le guérir à moins d'un arpent d'ellébore. Mais, dis-moi, Ménechme ?

MÉNECHME I : Que veux-tu ?

LE MÉDECIN : Réponds à ma question. Bois-tu du vin blanc ou du vin rouge ?

MÉNECHME I : Va donc te faire pendre!

LE MÉDECIN : Le voici qui est repris par le début de son accès.

MÉNECHME I : Pourquoi ne me demandes-tu pas si je mange du pain pourpre, ou violet, ou jaune, si je mange des oiseaux à écailles ou des poissons ailés ?

LE VIEILLARD : Oh là! Tu entends les folies qu'il débite. Hâte-toi de lui donner quelque potion avant que sa crise de folie ne s'empare de lui!

LE MÉDECIN : Attends un peu; je veux encore lui poser quelques questions.

LE VIEILLARD : Tu me tues, à parler tant!

LE MÉDECIN : Dis-moi, est-ce que tes yeux deviennent durs, par moments ?

MÉNECHME I : Quoi ? Tu me prends pour une sauterelle, individu stupide ?

LE MÉDECIN : Dis-moi, est-ce que tes entrailles deviennent bruyantes, les as-tu entendues ?

MÉNECHME I : Quand je suis rassasié, elles sont silencieuses; quand j'ai faim, alors, elles font du bruit.

LE MÉDECIN : Cette réponse, par Pollux, n'est pas celle

d'un fou. Est-ce que tu dors jusqu'au jour ? As-tu du mal à t'endormir, quand tu te couches ?

MÉNECHME I : Je dors parfaitement, lorsque j'ai payé ce que je dois... Mais que Jupiter et tous les dieux te confondent, poseur de questions !

LE MÉDECIN : Voilà qu'il commence à délirer. Gare à ce qu'il va dire !

LE VIEILLARD : C'est un Nestor, maintenant, dans son langage, à côté de ce que c'était tout à l'heure ! Il y a un instant, il disait que sa femme était une chienne enragée.

MÉNECHME I : Qu'est-ce que j'ai dit ?

LE VIEILLARD : Quand tu étais fou, dis-je...

MÉNECHME I : Moi ?

LE VIEILLARD : Oui, toi, qui as été jusqu'à me menacer de m'écraser avec ton quadrige. Voilà ce que je t'ai vu faire, voilà ce dont je t'accuse.

MÉNECHME I : Et moi, je sais que tu as dérobé la couronne sacrée de Jupiter, et je sais que, pour cette raison, on t'a mis en prison, et je sais qu'après t'en avoir tiré on t'a fouetté et mis au carcan ; et je sais que tu as tué ton père et vendu ta mère. Est-ce que je ne suis pas suffisamment dans mon bon sens pour répondre par l'injure à tes injures ?

LE VIEILLARD : Je t'en prie, médecin, fais vite ce que tu dois faire. Ne vois-tu pas qu'il est fou ?

LE MÉDECIN : Sais-tu ce qui serait le mieux ? Ce serait que tu le fasses porter chez moi.

LE VIEILLARD : Tu le crois vraiment ?

LE MÉDECIN : Absolument. Là-bas, je pourrai le soigner comme je voudrai.

LE VIEILLARD : Eh bien, comme tu voudras.

LE MÉDECIN : Je lui ferai boire de l'ellébore pendant environ vingt jours.

MÉNECHME I : Et moi, je te ferai pendre et je te donnerai des coups d'aiguillon pendant trente !

LE MÉDECIN : Va chercher des hommes pour l'emmener chez moi.

LE VIEILLARD : Combien en faudra-t-il ?

LE MÉDECIN : Dans l'état de crise où je le vois, il en faudra quatre, pas un de moins.

LE VIEILLARD : Ils seront là tout de suite. Reste avec lui, médecin.

LE MÉDECIN : Non, je vais rentrer chez moi, pour faire

préparer tout le nécessaire. Dis à tes esclaves de l'apporter dans ma maison.

LE VIEILLARD : J'y veillerai.

LE MÉDECIN : Je m'en vais.

LE VIEILLARD : Adieu.

*Ils sortent.*

MÉNECHME I, *seul :* Le beau-père est parti, le médecin est parti; je suis seul. Par Jupiter, qu'est-ce que c'est que cette manie que l'on a ici de dire que je suis fou ? Car, depuis ma naissance, je n'ai pas été malade un seul jour; je ne suis pas fou, je ne me bats, je ne me dispute avec personne. J'ai tout mon bon sens, je pense que les autres sont de même, je reconnais les gens, je leur parle. Mais peut-être ce sont ceux qui m'accusent d'être fou, alors que je ne le suis pas, qui sont fous eux-mêmes ? Que puis-je faire ? J'ai envie de rentrer chez moi; ma femme m'en empêche; et ici *(il montre la maison d'Érotie)* personne ne m'ouvrira. C'est vraiment une mauvaise aventure! Je vais rester ici; à la nuit au moins, je pense, on me laissera rentrer chez moi.

## *SCÈNE VII*

### MESSÉNION, MÉNECHME I

MESSÉNION, *se croyant seul :* Le type même du bon esclave, c'est celui qui veille sur le bien de son maître, a l'œil à tout, dispose tout, pense à tout, qui, en l'absence de son maître, lui conserve son bien avec autant de zèle que lorsqu'il est là, davantage peut-être. Il faut qu'il préfère son dos à son gosier, ses jambes à son ventre, s'il a le cœur placé au bon endroit. Il se souviendra de quel prix les maîtres paient les esclaves vauriens, les paresseux, les serviteurs malhonnêtes : fouets, chaînes, meules, immense fatigue, faim, froid impitoyable; voilà le salaire de la paresse. Moi, j'ai grand-peur des châtiments; aussi ai-je résolu d'être un bon esclave, et non pas un mauvais. Car il m'est beaucoup plus facile d'accepter les ordres, je déteste les coups, et j'ai bien plus de plaisir à manger mon blé moulu qu'à le moudre. Aussi suis-je obéissant aux ordres de mon maître, je le sers bien, avec zèle. Et je m'en trouve bien. Que les autres agissent comme ils croient devoir le faire; moi, je serai ce que je dois être. Je ne serai jamais tout à fait sans crainte, je me garderai de toute faute, pour être toujours, en tout lieu, au service de mon maître. Ce sont les esclaves qui redoutent toujours quelque chose, même lorsqu'ils n'ont commis aucune faute, qui rendent service à leurs maîtres. Ceux qui ne les craignent pas, les craignent après avoir commis quelque méfait. Je n'ai plus longtemps à craindre : le temps va bientôt venir où le maître me récompensera des services que je lui rends. Quant à moi, je le sers de la manière que je crois la plus utile pour mon dos. Après avoir déposé à l'auberge les bagages et nos serviteurs, comme il l'avait ordonné, je viens maintenant à sa rencontre. Sur ce, je vais frapper à la porte, pour qu'il sache que je suis là. Et tâchons de le retirer de cet abîme d'iniquité. Mais je crains de venir bien tard, après la bataille!

## *SCÈNE VIII*

Le Vieillard, Ménechme I, Esclaves, Messénion

LE VIEILLARD : Au nom des dieux et des hommes, je vous avertis d'exécuter correctement mes ordres, que je vous ai donnés et que je vous renouvelle. Arrangez-vous pour prendre cet homme sur vos épaules et pour l'emmener chez le médecin, à moins que vous ne vous souciiez pas de vos jambes et de vos flancs. Et gardez-vous d'attacher la moindre importance aux menaces qu'il vous fera. Eh bien, vous restez là? Vous hésitez ? Vous auriez déjà dû le prendre et l'emmener! Moi, je vais chez le médecin; je serai là-bas, lorsque vous arriverez.

MÉNECHME I : Je suis mort! Qu'est-ce que c'est que cela ? Pourquoi ces hommes courent-ils sur moi, je vous prie ? Que voulez-vous ? Que prétendez-vous ? Pourquoi m'entourez-vous ? Où m'entraînez-vous ? Où me portez-vous ? Je vous en supplie, citoyens d'Épidamne, au secours! Lâchez-moi donc!

MESSÉNION : Dieux immortels, je vous en prie, que vois-je, de mes yeux! Mon maître que des individus, je ne sais lesquels, enlèvent sur leurs épaules.

MÉNECHME I : Personne n'aura le courage de me venir en aide ?

MESSÉNION : Si, maître, moi, de toutes mes forces. Ô forfait indigne, cruel, citoyens d'Épidamne, que mon maître, ici, en pleine paix, en plein jour, soit enlevé dans la rue, alors que c'est un homme libre qui est arrivé dans votre pays ! Lâchez-le !

MÉNECHME I : Je t'en supplie, qui que tu sois, viens à mon secours, et ne permets pas que l'on me traite d'une façon aussi indigne !

MESSÉNION : Oui, je vais à ton secours, je te défendrai, je t'aiderai de mon mieux. Jamais je ne te laisserai périr ; j'aimerais mieux périr moi-même. Arrache l'œil à celui-ci, maître, je t'en prie, à celui qui te tient par l'épaule. Quant aux autres, je vais leur semer une bonne volée de coups de poings sur la figure. Par Hercule, vous vous en repentirez d'emmener cet homme, aujourd'hui ; lâchez-le.

MÉNECHME I : Je tiens l'œil de cet individu !

MESSÉNION : Fais en sorte qu'on n'en voie plus que la place dans sa tête. Bandits, voleurs, brigands !

LES ESCLAVES : Nous sommes morts ! Grâce, par Hercule !

MESSÉNION : Lâchez-le donc !

MÉNECHME I : Pourquoi portez-vous la main sur moi ? Colle-leur une bonne dégelée !

MESSÉNION : Allez-vous-en, allez-vous-en ! Allez vous faire pendre. Tiens, toi, voilà encore pour toi ! Tu t'en vas le dernier, voilà ce que cela va te rapporter. *(Il reste maître du champ de bataille.)* J'ai bien calculé le moment, et, à mon sens, par Pollux, maître, il était temps que j'arrive pour te défendre.

MÉNECHME I : Que les dieux, jeune homme, qui que tu sois, te bénissent à jamais ! Sans toi, jamais je n'aurais vécu jusqu'au soir de ce jour !

MESSÉNION : Alors, par Pollux, maître, en bonne justice, tu dois m'affranchir.

MÉNECHME I : Que je fasse de toi un homme libre ?

MESSÉNION : Eh oui, puisque, maître, je t'ai sauvé la vie.

MÉNECHME I : Mais, que dis-tu, jeune homme ? Tu te trompes.

MESSÉNION : Quoi, je me trompe ?

MÉNECHME I : Par Jupiter vénérable, je jure que je ne suis point ton maître.

MESSÉNION : Veux-tu te taire ?

MÉNECHME I : Je ne mens pas ; d'ailleurs jamais un de

mes esclaves ne m'a rendu un service aussi grand que celui que tu viens de me rendre.

MESSÉNION : Alors, puisque tu assures que je ne suis pas ton esclave, laisse-moi partir en liberté !

MÉNECHME I : En ce qui me concerne, par Hercule, sois libre, et va à ta guise.

MESSÉNION : J'ai ta permission ?

MÉNECHME I : Tu as ma permission, si j'ai le droit de te commander.

MESSÉNION : Salut, mon cher patron[1]. — Te voir libre, Messénion, me fait grand plaisir. — J'en suis sûr, par ma foi ! — Mais, patron, je t'en prie, continue à me donner des ordres, tout comme lorsque j'étais ton esclave. Je demeurerai chez toi et, lorsque tu t'en iras, emmène-moi avec toi chez nous.

MÉNECHME I, *à part :* Pas du tout !

MESSÉNION : Maintenant, je reviens à l'auberge; et je vais te rapporter les bagages et l'argent. La bourse est dûment scellée, dans la valise, avec l'argent du voyage. Je vais te les apporter tout de suite.

MÉNECHME I : Apporte-les sans retard.

MESSÉNION : Je te la rendrai intacte, comme tu me l'as confiée; attends-moi ici.

*Il sort.*

MÉNECHME I : Ce sont de bien étranges aventures qui me sont arrivées aujourd'hui, et d'étrange façon. Les uns prétendent que je ne suis point celui que je suis et me mettent à la porte. Et même cet individu assurait qu'il était mon esclave, et je viens de l'affranchir ! Il dit qu'il va m'apporter une bourse avec de l'argent. S'il l'apporte, je lui dirai de s'en aller où il voudra, afin que, s'il retrouve la raison, il ne vienne pas me réclamer l'argent. Mon beau-père et le médecin assuraient que j'étais fou. Je me demande de quoi il retourne. Tout cela me fait l'effet d'un songe. Sur ce, je vais entrer chez la fille, bien qu'elle soit en colère contre moi, voir si je puis obtenir, en l'en priant, qu'elle me rende la mante, afin que je la rapporte à la maison.

## SCÈNE IX

### MÉNECHME II, MESSÉNION

MÉNECHME II : Tu as l'audace de prétendre, impudent, que tu m'as déjà rencontré aujourd'hui, depuis que je t'ai ordonné de venir à ma rencontre ici ?

MESSÉNION : Mais, je viens, tout à l'heure, de t'arracher à quatre hommes qui t'emportaient sur leurs épaules, ici, devant cette maison. Tu invoquais les dieux et tous les humains, lorsque je suis venu en courant, et je t'ai enlevé à eux de force, en me battant ! Et pour cette raison, parce que je t'avais sauvé, tu m'as affranchi. Et lorsque je t'ai dit que j'allais chercher l'argent et les bagages, toi, tu t'es empressé de courir pour te trouver sur mon chemin, afin de renier ce que tu as fait !

MÉNECHME II : Je t'ai affranchi, moi ?

MESSÉNION : Certes.

MÉNECHME II : Dis plutôt que je suis absolument décidé à devenir esclave moi-même plutôt que de faire de toi un homme libre !

## SCÈNE X

### MÉNECHME I, MESSÉNION, MÉNECHME II

MÉNECHME I, *sortant de la maison d'Érotie :* Même si vous jurez par vos yeux, vous ne ferez pas qu'aujourd'hui j'aie volé chez vous la mante et le bracelet, abominables coquines !

MESSÉNION, *voyant Ménechme I :* Dieux immortels, que vois-je ?

MÉNECHME II : Que vois-tu ?

MESSÉNION : Toi-même dans un miroir.

MÉNECHME II : Qu'est-ce que tu veux dire ?

MESSÉNION : Ta propre image ; la ressemblance est aussi totale qu'il se peut !

MÉNECHME II, *regardant Ménechme I :* Par Pollux, c'est certain, il n'est pas sans me ressembler, quand je me rappelle mes traits.

MÉNECHME I, *à Messénion :* Jeune homme, salut, toi qui m'as sauvé, qui que tu sois.

MESSÉNION : Jeune homme, je t'en prie, par Hercule, dis-moi ton nom, si cela ne t'ennuie pas.

MÉNECHME I : Après le service que tu m'as rendu, je ne peux te refuser ce que tu me demandes. Je m'appelle Ménechme.

MÉNECHME II : Mais non, par Pollux, Ménechme, c'est moi !

MÉNECHME I : Je suis sicilien, de Syracuse.

MÉNECHME II : Mais c'est mon pays, c'est ma patrie.

MÉNECHME I : Que dis-tu là ?

MÉNECHME II : La vérité.

MESSÉNION : Celui que je connais, c'est celui-ci ; c'est mon maître. Et moi je suis son esclave, alors que je croyais l'être de celui-là. Je croyais qu'il était toi ; à l'autre, j'ai donné pas mal de fil à retordre. Aussi, je te demande de m'excuser, si j'ai parlé sottement, sans savoir au juste ce que je disais.

MÉNECHME II : Je crois que tu es fou. Tu ne te rappelles pas que nous avons débarqué ensemble aujourd'hui ?

MESSÉNION : Mais oui, tu as raison ; c'est toi, mon maître ; *(à l'autre Ménechme)* quant à toi, cherche-toi un esclave. *(À Ménechme II.)* Bonjour ! *(À Ménechme I.)* Toi, adieu ! *(À Ménechme II.)* Je déclare que c'est celui-ci, Ménechme.

MÉNECHME I : Et moi, je dis que c'est moi.

MÉNECHME II : Qu'est-ce que c'est que cette comédie ? Tu es Ménechme, toi ?

MÉNECHME I : Oui, c'est moi, je l'affirme, fils de Moschus.

MÉNECHME II : Tu es le fils de mon père ?

MÉNECHME I : Dis plutôt, jeune homme, fils du mien ! Le tien, je ne veux pas te le voler ni m'en emparer !

MESSÉNION : Dieux immortels, accordez-moi la réalisation de l'espérance inespérée que je commence à entrevoir. Si je ne me trompe, ce sont là les deux frères jumeaux. Ils donnent le nom d'une patrie commune, et celui d'un même père, qu'ils ont eus tous les deux, à les en croire. Je vais prendre mon maître à part. Ménechme !

MÉNECHME I et II : Que veux-tu ?

MESSÉNION : Je ne vous veux pas tous les deux. Lequel de vous deux est arrivé avec moi dans le bateau ?

MÉNECHME I : Ce n'est pas moi !

MÉNECHME II : C'est moi.

MESSÉNION : C'est toi que je veux, par conséquent ; viens à l'écart avec moi.

MÉNECHME II : Voilà. Que veux-tu ?

MESSÉNION : Cet homme, là-bas, est ou bien un grand fripon, ou c'est ton frère jumeau. Car je n'ai jamais vu deux personnes se ressembler davantage, l'eau n'est pas plus semblable à l'eau, le lait au lait, tu peux m'en croire, que vous ne l'êtes l'un à l'autre. Et puis, il donne la même patrie, et le même père ! Le mieux, c'est d'aller le trouver et de lui poser la question.

MÉNECHME II : Par Hercule, tu me donnes un bon conseil, et je t'en remercie. Continue à m'aider, je t'en supplie, par Hercule. Tu seras libre, si tu découvres que cet homme est mon frère.

MESSÉNION : Je l'espère.

MÉNECHME II : Et moi je l'espère aussi.

MESSÉNION : Dis-moi donc ! Tu viens de dire que tu t'appelais Ménechme ?

MÉNECHME I : C'est vrai.

MESSÉNION : Et l'homme que voici s'appelle aussi Ménechme. Tu as dit que tu étais né en Sicile, à Syracuse ; c'est là qu'il est né. Tu as dit que ton père était Moschus ; lui aussi. Maintenant, vous pouvez m'aider, tous les deux, et vous vous aiderez vous-mêmes en même temps.

MÉNECHME I : Tu m'as rendu de tels services que tu ne peux rien me demander que je ne t'accorde. C'est comme si tu m'avais acheté à prix d'argent ; je suis libre, mais ton esclave !

MESSÉNION : J'espère que vous allez trouver chacun votre frère jumeau, nés de la même mère et du même père le même jour.

MÉNECHME I : Quelle histoire étonnante ! Si seulement tu pouvais tenir ce que tu promets !

MESSÉNION : Je le puis. Mais maintenant, allons, répondez chacun à mes questions.

MÉNECHME I : Demande-moi ce que tu voudras ; je te répondrai, je ne tairai rien de ce que je sais.

MESSÉNION : Tu t'appelles Ménechme ?

MÉNECHME I : Oui.

MESSÉNION : Et toi aussi ?

MÉNECHME II : Moi aussi.

MESSÉNION : Tu déclares que ton père était Moschus ?

MÉNECHME I : Oui, certes.

MÉNECHME II : Et moi aussi.

MESSÉNION : Tu es de Syracuse ?

MÉNECHME I : Certes.

MESSÉNION : Et toi ?

MÉNECHME II : Assurément.

MESSÉNION : Jusqu'à présent, les indices concordent parfaitement. Maintenant, écoutez-moi. Quel est le plus ancien souvenir que tu aies conservé de ta patrie, dis-moi ?

MÉNECHME I : Quand je partis avec mon père au marché à Tarente; après cela, quand je m'égarais, dans la foule, loin de mon père, et que l'on m'emmena.

MÉNECHME II : Tout-puissant Jupiter, sauve-moi !

MESSÉNION : Qu'as-tu à crier ? Tais-toi donc ! Quel âge avais-tu, lorsque ton père t'emmena loin de ta patrie ?

MÉNECHME I : J'avais sept ans; les dents commençaient juste à me tomber. Et, après ce jour, je n'ai plus revu mon père.

MESSÉNION : Dis-moi, combien votre père avait-il de fils ?

MÉNECHME I : Autant que je me rappelle, il en avait deux.

MESSÉNION : Lequel des deux était l'aîné, toi ou lui ?

MÉNECHME I : Nous avions le même âge.

MESSÉNION : Comment est-ce possible ?

MÉNECHME I : Nous étions jumeaux.

MÉNECHME II : Les dieux veulent mon salut !

MESSÉNION : Si tu m'interromps, moi je me tairai.

MÉNECHME II : Non, c'est moi qui préfère me taire.

MESSÉNION : Dis-moi : vous portiez le même nom ?

MÉNECHME I : Pas du tout; moi, je portais le nom que j'ai maintenant, Ménechme; mon frère, on l'appelait Sosiclès.

MÉNECHME II : Tous les indices concordent ! Je ne puis plus m'empêcher de l'embrasser. Mon frère, mon frère jumeau, salut ! Je suis Sosiclès.

MÉNECHME I : Mais comment, alors, ton nom est-il ensuite devenu Ménechme ?

MÉNECHME II : Lorsqu'on nous eut annoncé [lacune] et que notre père était mort, notre grand-père a changé mon nom; le nom que tu portais, il me l'a donné.

MÉNECHME I : Oui, je suis sûr que cela s'est passé comme tu le dis. Mais réponds à cette question.

MÉNECHME II : Laquelle ?

MÉNECHME I : Comment s'appelait notre mère ?

MÉNECHME II : Teuximarque !

MÉNECHME I : C'est exact ! Salut, mon frère que je n'espérais plus, et que je revois après tant d'années !

MÉNECHME II : Et toi aussi, mon frère, que j'ai cherché jusqu'à présent avec tant de peines, tant d'efforts, et que je me réjouis d'avoir trouvé !

MESSÉNION : C'est pour cela que la courtisane, là-bas, t'appelait du nom de ton frère ! Elle te prenait pour lui, assurément, lorsqu'elle t'invitait à dîner.

MÉNECHME I : Eh oui, par Pollux, je lui avais demandé de me faire préparer à dîner, à l'insu de ma femme, à qui j'ai volé, tout à l'heure, cette mante ; une mante que je lui ai donnée à elle !

MÉNECHME II : Tu veux parler, mon frère, de cette mante que j'ai ?

MÉNECHME I : C'est bien elle. Comment l'as-tu eue ?

MÉNECHME II : La belle, qui m'a emmené dîner, assurait que je la lui avais donnée. J'ai fort bien dîné, j'ai bu, j'avais une fille à côté de moi ; et j'ai emporté non seulement la mante mais un bijou.

MÉNECHME I : Je suis bien aise qu'à cause de moi tu aies été bien traité ! Lorsqu'elle t'invitait, elle croyait que c'était moi.

MESSÉNION : Vois-tu un obstacle à ce que je devienne libre, comme tu l'avais dit ?

MÉNECHME I : Demande légitime, et bien juste, mon frère ; fais-le pour me faire plaisir.

MÉNECHME II, *à Messénion :* Sois libre !

MÉNECHME I : Te voici libre, et je m'en réjouis, Messénion.

MESSÉNION : Mais il me faut de meilleurs auspices, pour être libre à jamais !

MÉNECHME II : Puisque tout cela s'est passé, mon frère, comme nous le souhaitions, revenons tous deux dans notre patrie.

MÉNECHME I : Mon frère, je ferai comme tu le veux ; je vais tout mettre en vente ici, je vendrai tout ce que je possède. En attendant, entrons, mon frère !

MÉNECHME II : Soit.

MESSÉNION : Savez-vous ce que j'ai à vous demander ?

MÉNECHME I : Quoi ?

MESSÉNION : De me confier l'office de crieur public.

MÉNECHME I : Entendu.

MESSÉNION : Alors, voulez-vous que j'annonce la vente ?

MÉNECHME I : Pour dans sept jours.

MESSÉNION : La vente de Ménechme aura lieu dans sept jours, le matin. On vendra les esclaves, le mobilier, les terres, la maison ; tout ce qui aura été adjugé sera réglé comptant. On vendra aussi sa femme, si l'on trouve quelque acquéreur. Mais je pense que, de toute l'adjudication, il ne retirera que cinquante sous ! Maintenant, spectateurs, adieu, et applaudissez-nous bien fort !

# LE MARCHAND

*(Mercator)*

# NOTICE

L'original de cette pièce est une comédie de Philémon, qui portait le titre d'Emporos, c'est-à-dire le « Marchand ». Un « emporos » était un négociant qui armait un bateau à ses frais et allait vendre les marchandises qu'il y entassait, selon les variations des cours, dans les différentes villes du monde égéen. Le marchand en question ici est un jeune homme, dont le père avait exercé le même métier, et qui est chargé d'aller à son tour courir les mers. Ce Charinus est, comme son père Démiphon, un amoureux né. Si Démiphon l'a contraint à quitter Athènes pour aller faire du commerce au loin, c'est qu'à peine sorti de l'éphébie, à vingt ans, il était devenu amoureux d'une courtisane dont le maître se montrait fort exigeant et faisait payer toujours plus cher les faveurs de la belle. C'est pourquoi Charinus était parti pour Rhodes, où il était resté deux ans. Rhodes était alors le plus grand centre commercial du monde égéen, et Charinus avait fait de très gros bénéfices, qui lui avaient permis d'acheter, sur sa part, une jeune esclave qu'il avait rencontrée chez un hôte, un soir de grande réception, et qui, ce soir-là, sur l'ordre du maître de maison, avait partagé son lit. La comédie commence au retour de Charinus. Le jeune homme est revenu en ville, mais il a laissé la jeune femme à bord, sous la garde d'Acanthion, son mentor, et autrefois son pédagogue. Et Démiphon, curieux de revoir son bateau, est venu au Pirée en l'absence de Charinus. Il a vu la jeune femme, en est tombé amoureux au premier regard et a demandé qui elle était. « Oh, lui a répondu Acanthion, une esclave que Charinus a ramenée pour la donner comme servante à sa mère. » Et Démiphon se contente de cette réponse invraisemblable. Mais peu lui importe, il veut la jeune femme pour lui et s'inquiète peu du reste.

Le sujet de la comédie est la lutte que les deux rivaux, le père et le fils, vont soutenir à leur insu pour la possession de cette

*Pasicompsa. Démiphon commence par déclarer à Charinus qu'une telle servante ne convient pas dans leur maison : elle est trop belle, on jaserait. Mais il peut la vendre en en tirant un bon prix, et alors commence entre les deux hommes une véritable scène d'enchères, chacun d'eux prétendant agir pour le compte d'un tiers — Démiphon pour un vieillard amoureux, Charinus pour un jeune homme qui ne l'est pas moins. Les enchères montent et Démiphon finit par l'emporter. Il charge son vieil ami et voisin Lysimaque de conclure l'affaire, et Lysimaque la règle en l'absence de Charinus ; il revient du Pirée en compagnie de la belle, désolée, docile à son nouveau maître, mais dissimulant dans son cœur l'amour qu'elle porte à son bel et jeune amant, dont elle est séparée pour une raison mystérieuse.*

*Charinus, lorsqu'il apprend qu'un vieillard inconnu a enlevé celle qu'il aime, est lui aussi dans le désespoir. Eutychus, son camarade, qui devait empêcher la vente de la fille, et qui n'a pas réussi, est maudit par lui. Charinus décide de partir en exil. Il va revoir une dernière fois sa maison, ses parents, mais sans rien dire de sa résolution ; puis il part. Mais entre-temps les choses ont évolué. Lysimaque, qui devait prêter sa maison à Démiphon, en l'absence de sa propre femme, ne peut plus le faire : la maîtresse de maison, qui s'ennuyait à la campagne, est revenue et, en entrant chez elle, elle a vu la jeune esclave, qu'elle a prise, naturellement, pour une concubine que Lysimaque chercherait à lui imposer. Elle est confirmée dans son erreur par un quiproquo ; comme elle sort demander à Lysimaque des explications sur la présence de la fille, voici que survient un cuisinier et ses aides, portant tout ce qu'il faut pour préparer un bon dîner, et ce cuisinier a été engagé par Lysimaque, et Lysimaque a fait semblant que ce soit pour lui, il a fait quelques confidences au cuisinier, se vantant d'avoir trouvé une maîtresse, et ajoutant qu'il déteste sa femme. Le cuisinier, perfidement, raconte tout cela devant celle-ci, et Lysimaque est mis en déroute. Sa femme décide de se séparer de lui et fait appel à son père pour rompre ce triste mariage. Eutychus, fils de Lysimaque, apprend toute l'affaire et découvre que la belle fille, qui cause tant de scandale dans la maison, n'est autre que l'amie de Charinus. Il lui est dès lors facile de consoler celui-ci, de le réconcilier avec sa patrie et avec la vie, et la comédie se termine par la promulgation d'une loi burlesque : tout vieillard qui, à l'âge de plus de soixante ans, courra les filles, sera considéré comme un imbécile, et en revanche tout jeune homme aura droit à se donner du bon temps sans que son père puisse lui en faire reproche.*

*L'intrigue est bien ménagée et vivement menée. On soupçonne toutefois que Plaute a abrégé son modèle ; à la fin, il évite de construire un dénouement en règle, pour faire plus court (il le dit lui-même, au vers 1007), et très probablement aussi il a supprimé des scènes qui justifieraient les confidences faites par Lysimaque au cuisinier, ces confidences dont on ne nous dit rien avant que le cuisinier ne les révèle à l'épouse outragée et qui sont, en soi, peu vraisemblables. Philémon était connu pour le soin scrupuleux avec lequel il respectait la vraisemblance. Plaute, comme à son habitude, a été séduit par le mouvement, la vivacité des sentiments, chez le vieillard et chez le fils, il a développé les scènes de querelle et sans doute réduit ou supprimé les scènes qui avaient pour but de justifier les péripéties.*

*Nous aimerions savoir à quel moment de la longue carrière de Philémon (qui vécut cent ans) se place la rédaction de l'*Emporos. *Les critiques disent « avoir l'impression » que cette pièce remonte aux débuts du poète. On peut sans doute apporter à cette impression un début de justification. Lorsque, dans son désespoir, Charinus énumère tous les endroits où il veut s'exiler, il cite, globalement, la Béotie, mais omet le nom de Thèbes. On peut en déduire qu'à cette époque Thèbes n'existait plus ; or, on sait que la ville fut détruite par Alexandre, et ne recommença d'exister qu'après 316, grâce au roi Cassandre.* L'Emporos *daterait donc de la période comprise entre les débuts de Philémon (328 av. J.-C.) et l'année 316. De cette période, il convient sans doute d'éliminer le temps de la guerre lamiaque — nous sommes dans une cité de paix, où le commerce s'exerce librement, où les jeunes gens ne sont point « mobilisés ». En revanche, on se préoccupe de morale, on tente de régler les mauvaises mœurs, tout en reconnaissant que la nature a des exigences et des droits. Tout cela indique le début du gouvernement de Démétrios de Phalère, qui commença en 317. La marge de temps possible se réduit donc environ à une année, et nous admettrons que l'Athènes évoquée dans cette pièce est celle de 317-316.*

*Quant à la date de la comédie de Plaute, la situation est moins claire. Le petit nombre des parties lyriques semble indiquer qu'elle remonte au début de la carrière du poète. La manière de Plaute est, dans* Le Marchand, *proche de celle que l'on trouve dans* La Comédie des ânes, *qui fut, probablement, représentée en 212 avant Jésus-Christ. Les problèmes moraux traités dans la comédie — nécessité pour les hommes de se conduire comme le comporte leur âge — ne se réfèrent pas à une situation politique ou morale déterminée ; on peut seulement penser que le ton relativement détendu, l'absence d'austérité de cette pièce conviennent assez bien à l'euphorie qui avait envahi* Rome *après la bataille du Métaure, en 207, une fois que la menace constituée par* Hannibal *et son frère avait été définitivement détournée.*

## PERSONNAGES

CHARINUS, jeune homme.
ACANTHION, esclave de Charinus.
DÉMIPHON, vieillard, père de Charinus.
LYSIMAQUE, vieillard, ami de Démiphon, père d'Eutychus.
UN ESCLAVE.
EUTYCHUS, fils de Lysimaque, ami de Charinus.
PASICOMPSA, courtisane.
DORIPPA, femme de Lysimaque.
SYRA, servante de Dorippa.
CUISINIER.

*La scène est à Athènes.*

## ARGUMENT

Un jeune homme envoyé par son père pour commercer, achète et ramène dans sa patrie une fille d'une grande beauté. Le père, dès qu'il l'a vue, demande qui elle est. L'esclave imagine une histoire, dit que c'est une servante achetée pour la mère. Le vieillard en tombe amoureux et, faisant semblant de la vendre, la confie à un voisin. La femme de celui-ci croit que c'est une courtisane qu'il a installée chez elle. Après quoi l'un de ses camarades empêche Charinus de s'exiler, en lui retrouvant celle qu'il aime.

## AUTRE ARGUMENT

Un fils se débauchait, son père l'envoie au loin faire du commerce; là, le jeune homme achète une servante de son hôte, dont il est amoureux. À son retour, il débarque; le père accourt, il voit la servante et en tombe amoureux. Il demande à qui elle appartient; l'esclave dit que c'est une servante, achetée par le jeune homme pour sa mère. Le vieillard, pour parvenir à ses fins, insiste pour qu'on la vende à un sien ami; le fils, pour qu'on la vende à un ami à lui. Le jeune homme gagne à sa cause le fils du voisin; le père, le voisin lui-même. Le vieux est le premier, il achète la servante. La femme du voisin en question la surprend chez elle, croit que c'est une courtisane, et s'en prend à son mari. Le jeune marchand, désespéré, s'apprête à quitter sa patrie; mais il en est empêché par son camarade qui, aidé de son propre père, supplie le père de laisser la fille au fils.

# LE MARCHAND

## ACTE PREMIER

### *SCÈNE PREMIÈRE*

CHARINUS, *seul.*

Je suis décidé aujourd'hui à faire deux choses, à vous parler et du sujet de la pièce et de mes amours. Je ne ferai point ce que j'ai vu faire à d'autres amoureux dans les comédies, qui vont raconter leurs malheurs à la Nuit, ou au Jour, ou au Soleil, ou à la Lune, qui, j'imagine, par Pollux, ne s'inquiètent pas tellement des plaintes des hommes, ni de savoir ce qu'ils veulent ou ne veulent pas; c'est à vous plutôt que je vais raconter maintenant mes malheurs.

En grec, cette comédie s'appelle l'*Emporos,* elle est de Philémon; en latin, elle s'appelle *Le Marchand,* et a pour auteur Titus Maccius. Mon père m'a envoyé d'ici à Rhodes pour y faire du commerce; il y a déjà deux ans que j'ai quitté ma patrie. Là-bas, je devins amoureux d'une femme d'une beauté remarquable. À quel point j'en suis coiffé, vous le saurez si vos oreilles le veulent bien et si vous êtes assez bons pour me donner votre attention. Mais voici que je ne me conforme pas à la tradition, j'ai commencé à vous parler de moi avant de vous en demander la permission[1]. L'amour est suivi de tant de défauts : souci, chagrin, trop de recherche dans sa mise — mais sur ce point, il n'y a pas que les amoureux, tous ceux qui sont atteints de ce mal en pâtissent dur et ferme! Il n'y a certes absolument personne qui n'ait eu à se repentir grandement d'avoir recherché l'élégance, plus que ne le comportait sa fortune — mais l'amour entraîne encore bien des choses dont je n'ai pas parlé : insomnie, torture, erreurs, terreur et fuite, sottise, stupidité aussi et puis étourderie, irréflexion et déraison, perte de toute mesure, insolence et passion, malveillance ! Et puis il y a aussi le désir de l'argent, l'oisiveté, la violence, la pauvreté, les injures et le gaspillage, trop de paroles, ou pas assez : et cela vient de ce que l'amoureux dit tant de choses qui ne riment à rien, et ne servent à rien, et souvent au mauvais moment ! Et si je dis qu'il ne parle pas assez, c'est qu'il n'est nulle part aucun amoureux qui sache s'exprimer habilement, et soit capable de dire ce qui arrange ses affaires. Quant à vous, il ne faut pas vous fâcher si je parle tant ; Vénus m'a affligé de ce mal, le même jour où elle m'a rendu amoureux. Mais je reviens au sujet et je vais vous exposer ce que j'ai commencé à vous dire.

Dès que, l'âge venant, je fus sorti de la classe des éphèbes[1], et que j'eus cessé de m'intéresser aux jeux de l'enfance, je tombai amoureux, ici, d'une courtisane. Aussitôt, tout le bien de mon père se mit à prendre secrètement le chemin de chez elle. Un marchand de filles impitoyable, le patron de la femme en question, me forçait, tant qu'il pouvait, à lui donner ce que j'avais. Mon père m'en faisait reproche nuit et jour ; il insistait sur la déloyauté, la malhonnêteté des marchands de filles, disant que je gaspillais le patrimoine, pour augmenter celui du marchand. Et tout cela en criant très fort ; parfois, il bougonnait tout bas, hochait la tête, et faisait signe que je n'étais plus son fils. Il allait dire à tous les échos, dans toute la ville, et proclamer que personne n'eût à me faire crédit, si je cherchais à emprunter, que l'amour avait entraîné bien des gens à de grandes dépenses ; que j'étais incapable de me maîtriser, de garder la mesure, un mauvais sujet qui raflait tout, qui emportait de chez lui ce qu'il pouvait ; que c'était une honte de voir que toutes les bonnes choses qu'il avait acquises lui-même par un travail acharné, je les jetais par les fenêtres, je les gaspillais, poussé par l'amour, qu'il nourrissait depuis tant d'années à son foyer un scandale vivant. Si je ne rougissais pas, alors que je renonce à vivre ; lui, dès qu'il était sorti de la classe des éphèbes, il n'avait pas, comme moi, donné tout son temps à l'amour, à la paresse, à l'oisiveté ; d'ailleurs, il ne l'aurait pas pu, tant il avait été tenu de près par son père. On l'avait occupé à tous les plus rudes travaux de la campagne ; il ne venait d'habitude à la ville que tous les quatre ans et ensuite, dès qu'il avait vu le voile de la déesse[1], son père le renvoyait tout droit aux champs. Là-bas, il travaillait bien plus que tous les domestiques, et son père lui répétait : « C'est pour toi que tu laboures, pour toi que tu herses, pour toi que tu sèmes ; et c'est pour toi que tu récolteras, c'est à toi, finalement, que tout ce travail apportera l'abondance et la joie. » Une fois que son père eut rendu l'âme, il avait vendu la terre et, avec l'argent, acheté un bateau jaugeant trois cents tonneaux, qui lui servit à porter partout de la marchandise, jusqu'à ce qu'il eut acquis tout le bien qu'il avait maintenant. Voilà ce que je devrais faire, si j'étais l'homme que j'aurais dû être ! Lorsque je compris que mon père m'était hostile, et que j'étais détesté de celui qui aurait dû m'aimer, alors, désespéré et amoureux, je prends tout de même ma résolution : je lui dis que, s'il le souhaite, j'irai faire du commerce à l'étranger, que je renonce à l'amour, pour lui obéir. Il me remercie et me loue de mes bons sentiments, mais il s'empresse de me faire tenir mes promesses. Il fait construire une felouque[2] et achète de la marchandise ; le navire armé, il le charge ; de plus, il me compte de sa propre main un talent d'argent, et il me donne comme compagnon un esclave qui, lorsque j'étais petit, m'avait servi de pédagogue, et qui devait maintenant veiller sur moi. Tout cela ainsi réglé, nous levons l'ancre. Nous allâmes à Rhodes, où je vendis comme je le voulus toutes les marchandises que j'avais apportées. Je réalisai un immense bénéfice, bien supérieur au prix auquel mon père avait estimé les marchandises qu'il m'avait confiées, si bien que je me fis un joli pécule. Mais, un jour que je me promenais là-bas, sur le port, voici qu'un hôte de la famille me reconnut, et m'invita à dîner. J'y vais, je me mets à table, la réception est joyeuse, la chère généreuse. La nuit venue, nous allâmes nous coucher, et voici que je vis venir vers moi une femme plus belle qu'aucune autre au monde. Cette nuit-là, elle la passa avec moi, sur l'ordre de notre hôte. Voyez à quel point elle me plut : le lendemain j'allais trouver l'hôte et le priai de me la vendre; je lui dis que je lui serais reconnaissant et son obligé pour un si grand bienfait. Bref, j'achetai la fille et je l'ai amenée ici hier. Mais je ne veux pas que mon père apprenne que je l'ai fait venir; je l'ai laissée tout à l'heure au port, à bord du bateau, avec mon esclave. Mais je vois mon esclave qui arrive en courant du côté du port, alors que je lui avais interdit de quitter le bateau ? Je me demande avec anxiété ce qui se passe.

## *SCÈNE II*

### ACANTHION, CHARINUS

ACANTHION, *sans voir son maître :* Vas-y de toutes tes forces, tant que tu peux, allons, tâche de sauver ton jeune maître. Courage, Acanthion, n'écoute pas ta fatigue, et que la paresse ne te détourne pas. Je perds le souffle à en mourir, je puis à peine reprendre ma respiration. Et puis, en même temps, écarte les gens qui encombrent le trottoir, bouscule-les, fais-les ranger sur la chaussée. Ah, les gens d'ici ont une sale habitude : quelqu'un court et se hâte, mais personne ne daigne lui céder la place. Il faut faire trois choses à la fois, alors qu'on s'occupe déjà d'une : courir, se battre et se quereller, tout en poursuivant son chemin.

CHARINUS, *à part :* Pour quelle raison veut-il qu'on lui débarrasse ainsi le chemin ? Je suis inquiet de savoir ce qui arrive, et la nouvelle qu'il m'apporte.

ACANTHION : Mais je m'attarde; plus j'attends, plus le péril grandit.

CHARINUS, *à part :* Il vient m'annoncer je ne sais quel malheur.

ACANTHION : Mes genoux se dérobent, je ne puis plus courir. Je suis mort; ma rate entre en rébellion et occupe toute ma poitrine. Je suis mort; je ne puis plus reprendre mon souffle; je ne ferais pas un bon flûtiste!

CHARINUS, *à part :* Toi, il ne te reste qu'à prendre le pan de ton manteau et à essuyer ta sueur.

ACANTHION : Non, par Pollux, jamais tous les bains du monde ne viendraient à bout de ma fatigue. Mais Charinus est-il à la maison, ou dehors ?

CHARINUS, *à part :* Et moi, je suis dans l'angoisse. J'ai

envie de lui demander ce qu'il y a, mais j'ai peur de l'apprendre[1].

ACANTHION : Mais je suis encore ici, debout ? Je n'ai pas encore fait voler cette porte en éclats ? Allons, ouvrez, quelqu'un. Où est Charinus mon maître, à la maison, ou est-il sorti ? Est-ce que quelqu'un daigne venir jusqu'à la porte ?

CHARINUS : Me voici, moi, Acanthion, moi que tu cherches.

ACANTHION : Nulle part ailleurs les gens ne sont si mal stylés.

CHARINUS : Quel est le malheur qui te trouble ainsi ?

ACANTHION : Un grand malheur, maître, pour toi et pour moi.

CHARINUS : Mais de quoi s'agit-il ?

ACANTHION : Nous sommes morts.

CHARINUS : Réserve cet exorde pour ceux que tu n'aimes pas !

ACANTHION : Mais c'est à toi que le sort a donné la chose !

CHARINUS : Mais dis-moi ce qu'il y a !

ACANTHION : Doucement; je veux me remettre un peu. À cause de toi, je me suis fait éclater les poumons, et déjà je crache le sang.

CHARINUS : Prends de la résine d'Égypte avec du miel; cela te guérira[2].

ACANTHION : Et toi, bois de la poix bouillante; tu seras vite délivré de ton chagrin.

CHARINUS : Je n'ai jamais vu un individu plus colérique que toi.

ACANTHION : Et moi, je n'ai jamais vu quelqu'un d'aussi insolent que toi.

CHARINUS : Même si je te conseille un remède qui doit te faire du bien ?

ACANTHION : Pas de ces remèdes qui commencent par vous mettre au supplice !

CHARINUS : Dis-moi, existe-t-il quelque part une chose dont on puisse user sans qu'il s'y mêle rien de mal, et sans que l'on en éprouve quelque désagrément, lorsqu'on veut en jouir ?

ACANTHION : Je l'ignore; je n'ai jamais appris à philosopher, je ne sais pas le faire. Mais un bien qui entraîne un mal n'est pas un cadeau qui me plaise !

CHARINUS : Allons, donne-moi la main droite; allons, Acanthion ?

ACANTHION : Tiens, on te la donne; prends.

CHARINUS : Tu veux bien être un bon serviteur, ou tu ne veux pas ?

ACANTHION : Tu peux le savoir, puisque je me suis fait crever, pour ton service, afin de t'apprendre au plus vite ce que je sais moi-même.

CHARINUS : Je ferai de toi un homme libre d'ici quelques mois.

ACANTHION : Ah, tu veux me peloter!

CHARINUS : Quoi, j'aurais l'audace de te promettre quelque chose que je ne tiendrais pas ? Avant même que j'ouvre la bouche, tu sais si je veux dire un mensonge.

ACANTHION : Ah, par Hercule, tout ce que tu me dis ajoute encore à ma fatigue; tu me tues!

CHARINUS : C'est ainsi que tu me sers ?

ACANTHION : Que veux-tu que je fasse ?

CHARINUS : Toi ? Ce que je veux.

ACANTHION : Mais qu'est-ce que tu veux donc ?

CHARINUS : Je vais te le dire.

ACANTHION : Dis-le.

CHARINUS : Mais je veux le dire calmement.

ACANTHION : Tu as peur de réveiller les spectateurs qui dorment ?

CHARINUS : Malheur à toi!

ACANTHION : C'est justement ce que je t'apporte ici du port!

CHARINUS : Qu'apportes-tu ? Dis-le-moi.

ACANTHION : Violence, crainte, supplice, souci, querelle et misère!

CHARINUS : Je suis mort, c'est tout un chargement de malheurs que tu m'apportes! Je n'existe plus.

ACANTHION : Non, tu es...

CHARINUS : Je sais, tu vas dire que je suis malheureux.

ACANTHION : Tu l'as dit; moi, je ne dis plus rien.

CHARINUS : Quel est ce malheur dont tu parles ?

ACANTHION : Ne me le demande pas; c'est le pire de tous les maux.

CHARINUS : S'il te plaît, tire-moi de l'incertitude; il y a trop longtemps que je suis dans l'angoisse.

ACANTHION : Du calme! Je veux te poser bien des questions, avant d'être battu.

CHARINUS : Par Hercule, tu seras battu, si tu ne parles immédiatement, ou si tu ne disparais d'ici.

ACANTHION : Voyez, je vous prie, comme il sait bien peloter les gens ! Personne, une fois qu'il a commencé, qui soit plus charmant !

CHARINUS : Je t'en supplie, par Hercule, je te le demande, dis-moi tout de suite de quoi il s'agit, puisque je vois bien qu'il me faut supplier mon propre esclave.

ACANTHION : Mais je t'en semble si indigne ?

CHARINUS : Mais non, très digne, au contraire.

ACANTHION : J'ai toujours été de cet avis.

CHARINUS : S'il te plaît, le navire a coulé ?

ACANTHION : Le navire se porte bien, n'aie pas peur.

CHARINUS : Et les agrès ?

ACANTHION : En bon état, intacts.

CHARINUS : Alors, dis-moi vite la raison pour laquelle tu courais par la ville en me cherchant, tout à l'heure ?

ACANTHION : Mais tu me coupes toujours la parole.

CHARINUS : Je me tais.

ACANTHION : Tais-toi. Je suis bien sûr que, si je venais t'annoncer un bonheur, tu insisterais avec une belle impatience, alors que maintenant, où il te faut t'attendre à apprendre un malheur, tu me supplies de parler.

CHARINUS : Je t'en prie, par Hercule, fais-moi savoir quel est ce malheur.

ACANTHION : Je vais le faire, puisque tu m'en pries; ton père...

CHARINUS : Quoi, mon père ?

ACANTHION : Celle que tu aimes...

CHARINUS : Quel rapport ?

ACANTHION : Il l'a vue.

CHARINUS : Il l'a vue ? Ah, malheur de moi ? Comment a-t-il pu la voir ?

ACANTHION : Avec ses yeux.

CHARINUS : Mais comment ?

ACANTHION : En les ouvrant !

CHARINUS : Va te faire pendre ! Tu plaisantes, alors qu'il s'agit de ma vie !

ACANTHION : Comment, je plaisante ? Mais je ne fais que répondre à ce que tu demandes.

CHARINUS : Réponds seulement aux questions que je te pose.

ACANTHION : Eh bien, pose-moi les questions que tu voudras.

CHARINUS : C'est sûr qu'il l'a vue ?

ACANTHION : Aussi sûr que je te vois et que toi tu me vois.

CHARINUS : Où l'a-t-il vue ?

ACANTHION : À bord, dans le navire; il s'est approché et a parlé avec elle.

CHARINUS : Oh mon père, tu as causé ma mort ! Eh mais, toi, vaurien, pourquoi n'as-tu pas empêché qu'il ne la voie ? Pourquoi, pendard, ne la cachais-tu pas, ne la dissimulais-tu pas aux yeux de mon père ?

ACANTHION : Parce que nous étions tous occupés à nos affaires; on pliait les agrès, on les rangeait, et cela nous demandait toute notre attention. Pendant ce temps, ton père arrive, dans une toute petite barque, personne ne le vit venir, jusqu'au moment où il prit pied sur le navire.

CHARINUS : C'est donc en vain, ô mer, que j'ai échappé à tes tempêtes. Et je pensais être en sûreté, sur la terre; mais je vois bien que j'ai été drossé sur des récifs par les flots cruels ! Mais dis-moi après ce qui est arrivé !

ACANTHION : Dès qu'il a vu la fille, il a commencé à demander à qui elle était.

CHARINUS : Qu'a-t-elle répondu ?

ACANTHION : Aussitôt, je me suis hâté d'intervenir et de dire que tu l'avais achetée pour être la servante de ta mère.

CHARINUS : Il a eu l'air de te croire ?

ACANTHION : Tu ne le penses pas ? Mais le vieux dégoûtant s'est mis à la peloter.

CHARINUS : Quoi, elle ?

ACANTHION : Tu trouves étonnant que ce ne soit pas moi qu'il ait peloté ?

CHARINUS : Par Pollux, mon pauvre cœur se fond peu à peu, comme du sel que l'on met dans l'eau. Je suis mort.

ACANTHION : Voilà le seul mot vrai que tu aies dit. Tu es d'une sottise !

CHARINUS : Que puis-je faire ? Je suis sûr que mon père ne me croira pas, si je dis que je l'ai achetée pour ma mère. Et puis, c'est une mauvaise action que de mentir à son père. D'ailleurs, il ne le croira pas, et il n'est pas croyable que j'ai acheté une femme si belle pour être la servante de ma mère.

ACANTHION : Tu vas te taire, triple idiot ? Il te croira, par Hercule; déjà il me croyait, moi.

CHARINUS : J'ai grand-peur, pauvre de moi, que mon père n'ait quelque soupçon sur la vérité de cette affaire. Mais réponds à ma question, s'il te plaît.

ACANTHION : Que veux-tu ?

CHARINUS : A-t-il eu l'air de soupçonner qu'elle était ma maîtresse ?

ACANTHION : Il n'en a pas eu l'air. Au contraire, il croyait tout ce que je lui disais.

CHARINUS : Oui, à ce qu'il t'a semblé à toi.

ACANTHION : Non, il le croyait vraiment.

CHARINUS : Ah, que je suis malheureux; je n'existe plus. Mais pourquoi me miner ici à me lamenter ? Allons au navire. Viens avec moi.

ACANTHION : Si tu passes par là, tu ne vas pas tarder à rencontrer ton père; et dès qu'il t'aura vu aussi affolé et à demi mort, il s'empressera de te retenir, il te demandera où tu l'as achetée, et combien tu l'as achetée; plus tu auras peur, plus il te posera des questions embarrassantes.

CHARINUS : Bien, j'irai donc de ce côté-ci. Tu crois que mon père a déjà quitté le port ?

ACANTHION : Oui, c'est pour cela que j'ai couru, pour le devancer, afin qu'il ne te surprît pas sans que tu sois averti et qu'il ne pût te faire dire la vérité.

CHARINUS : Parfait.

## ACTE II

### *SCÈNE PREMIÈRE*

DÉMIPHON, *seul.*

Les dieux ont une étrange manière de se jouer des hommes, et ils leur envoient dans leur sommeil des songes bien étranges. Ainsi, moi, au cours de la dernière nuit, j'ai été fort agité dans mes rêves, et je n'ai pas été épargné. Il me sembla que j'achetais une chèvre magnifique. Pour qu'elle ne fît point de mal à la chèvre que j'avais déjà chez moi, pour qu'il n'y eût pas de discorde entre elles, si elles se trouvaient ensemble, après l'avoir achetée, il me sembla que je la donnai à garder à un singe. Le singe en question, tout de suite après, vient me trouver, m'accable d'injures et me querelle; il m'assure que, par la faute de la chèvre, et de sa venue chez lui, il s'est trouvé couvert de honte et a subi de grands dommages; il dit que la chèvre que je lui avais donnée à garder avait complètement dévoré la dot de sa femme. À moi, cela me paraît étrange, que cette chèvre, à elle seule, ait dévoré la dot de la femme d'un singe. Le singe soutient que si et finalement il me déclare que si je ne me dépêchais pas d'emmener la chèvre de chez lui, il la conduirait dans ma propre maison, auprès de ma femme. Quant à moi, par Hercule, je me sentais plein de tendresse pour la chèvre, mais je n'avais personne à qui la confier. Ce qui me désolait d'autant plus que je ne savais que faire, et cela augmentait mon souci. Sur quoi, il me sembla voir approcher un bouc. Il me déclare qu'il a emmené la chèvre de chez le singe et il se met à se moquer de moi. Et moi de mener grand deuil et de me désoler parce qu'on me l'a enlevée.

Que signifie ce rêve, je ne puis l'imaginer; toutefois, il me semble bien avoir découvert quelle est cette chèvre, et ce qu'elle signifie. Je suis parti d'ici ce matin, au jour, et je suis allé au port. Après avoir réglé les affaires que j'y avais, voici que j'aperçois le bateau qui a ramené hier mon fils de Rhodes. J'ai eu soudain, je ne sais comment, envie de le visiter. Je monte dans une barque et me fais porter au bateau; et là je vois une femme d'une beauté extraordinaire, que mon fils a rapportée pour être servante de sa mère. Dès que je l'eus aperçue, j'en tombe amoureux, non pas comme un homme raisonnable, mais à la façon des fous. J'ai été amoureux, par Hercule, autrefois, dans ma jeunesse; mais comme cela, comme j'en perds la tête aujourd'hui, jamais. Ce que je sais, en tout cas, par Hercule, c'est que je suis perdu. Voyez vous-mêmes ce que je vaux! Mais ce qui est bien sûr, de toute façon, c'est qu'elle est la chèvre. Quant au singe et au bouc, ils m'annoncent du malheur, mais je ne saurais dire qui ils sont. Mais taisons-nous, car voici le voisin qui sort.

## SCÈNE II

LYSIMAQUE, DÉMIPHON, UN ESCLAVE

LYSIMAQUE, *sortant de chez lui et parlant à la cantonade :* Assurément, je veux faire châtrer ce bouc qui nous donne tant de fil à retordre à la ferme!

DÉMIPHON, *à part :* Voilà un présage et un augure qui ne me plaisent point! J'ai peur que ma femme ne me fasse comme le bouc, et ne me châtre. Et je crains qu'elle ne joue le rôle du singe.

LYSIMAQUE, *à son esclave :* Toi, va à la ferme, et aie soin de remettre ces râteaux à l'intendant Pistos, en mains propres. Fais savoir à ma femme que j'ai affaire en ville, et qu'elle ne m'attende pas; dis-lui que j'ai aujourd'hui trois procès à juger[1]. Va, et n'oublie pas de le lui dire.

L'ESCLAVE : C'est tout ?

LYSIMAQUE : C'est tout.

DÉMIPHON : Lysimaque, salut!

LYSIMAQUE : Tiens, Démiphon, salut! Que fais-tu ? Comment vas-tu ?

DÉMIPHON : Comme un malheureux!

LYSIMAQUE : Les dieux t'en gardent!

DÉMIPHON : Ce sont pourtant les dieux qui m'ont fait ainsi!

LYSIMAQUE : Que dis-tu ?

DÉMIPHON : Je te le dirais, si je savais que tu as le temps et l'envie de le savoir.

LYSIMAQUE : Certes, j'ai à faire, mais, si tu le souhaites, Démiphon, je ne suis pas occupé au point de ne pas pouvoir écouter un ami.

DÉMIPHON : Je connais ton amabilité, par expérience. À ton avis, quel âge crois-tu que j'ai ?

LYSIMAQUE : Bon pour l'Achéron, tu es un vieux, tout décrépit.

DÉMIPHON : Tu vois de travers. Je suis un enfant, Lysimaque, j'ai sept ans.

LYSIMAQUE : Tu n'es pas fou, de dire que tu es un enfant ?

DÉMIPHON : Je dis la vérité.

LYSIMAQUE : Par Hercule, je comprends ce que tu

veux dire; dès qu'on est devenu un vieillard, on n'a plus de raison ni de sens, et, comme disent les gens, on retombe en enfance.

DÉMIPHON : Pourtant, je suis deux fois plus vigoureux qu'autrefois!

LYSIMAQUE : Bravo, par Hercule, je m'en réjouis.

DÉMIPHON : Et, si tu savais, mes yeux aussi voient bien mieux qu'avant.

LYSIMAQUE : Parfait.

DÉMIPHON : Mais c'est pour mon malheur.

LYSIMAQUE : Ah, cela, ce n'est pas parfait!

DÉMIPHON : Mais oserai-je te parler en confiance ?

LYSIMAQUE : Vas-y !

DÉMIPHON : Écoute-moi.

LYSIMAQUE : On t'écoute attentivement!

DÉMIPHON : Aujourd'hui, j'ai commencé d'aller à l'école, Lysimaque, et je sais déjà trois lettres.

LYSIMAQUE : Quoi, trois lettres ?

DÉMIPHON : A, M, O : j'aime!

LYSIMAQUE : Toi, avec tes cheveux blancs, tu es amoureux, vieillard scandaleux!

DÉMIPHON : Que mes cheveux soient blancs, qu'ils soient rouges, qu'ils soient noirs, je suis amoureux.

LYSIMAQUE : Tu te moques de moi, je pense, Démiphon ?

DÉMIPHON : Coupe-moi le cou, sur place, si je mens. Ou bien, pour que tu saches que je suis amoureux, prends un couteau et coupe-moi le doigt ou l'oreille ou le nez ou les lèvres. Si je bouge, si je sens que l'on me coupe, Lysimaque, je t'autorise à me faire l'amour jusqu'à me tuer!

LYSIMAQUE : Si jamais vous avez vu un amoureux en peinture, en voici un. Car, à mon sens, un petit vieux, un vieillard décrépit, cela vaut tout juste autant qu'une image peinte sur un mur.

DÉMIPHON : Mais je crois, ma parole, que tu songes à me faire la morale ?

LYSIMAQUE : Te faire la morale, moi ?

DÉMIPHON : Tu n'as aucune raison de te fâcher contre moi; il y en a d'autres qui en ont fait autant, et de grands personnages. C'est humain que d'aimer, et cela arrive parce que les dieux le veulent. Ne me gronde pas, s'il te plaît; ce n'est pas ma volonté qui m'y a contraint!

LYSIMAQUE : Mais je ne te gronde pas.

DÉMIPHON : Mais ne me juge pas durement non plus, pour cela.

LYSIMAQUE : Moi ? Ah, les dieux m'en préservent !

DÉMIPHON : Mais regardes-y à deux fois, pourtant.

LYSIMAQUE : C'est tout vu.

DÉMIPHON : Certain ?

LYSIMAQUE : Tu me fais mourir. *(À part.)* L'amour lui a fait perdre la raison. *(À Démiphon.)* Tu désires quelque chose ?

DÉMIPHON : Adieu.

LYSIMAQUE : Je me hâte d'aller au port ; j'y ai à faire.

DÉMIPHON : Bonne route !

LYSIMAQUE : Porte-toi bien !

*Il sort.*

DÉMIPHON : Toi aussi. *(Démiphon reste seul.)* Eh bien, moi aussi, j'ai affaire au port ; je vais y aller. Mais voici, fort à propos, que j'aperçois mon fils. Je vais l'attendre. J'ai besoin de le voir, et de trouver le moyen de le persuader, pour obtenir qu'il me vende cette fille, et ne la donne pas à sa mère. Car on m'a dit qu'il l'avait amenée pour lui en faire cadeau. Mais il faut faire attention, qu'il ne s'aperçoive pas que j'ai jeté mon dévolu sur cette fille.

## *SCÈNE III*

### CHARINUS, DÉMIPHON

CHARINUS, *se croyant seul :* Il n'est personne, je pense, qui soit plus malheureux que moi, et qui rencontre toujours plus d'obstacles sur mon chemin. Quoi que j'entreprenne, je ne pourrai donc jamais parvenir à mes fins. Toujours je me heurte à quelque difficulté, qui empêche d'aboutir mon projet le plus cher. Pauvre de moi, je me suis acheté la femme que j'aime ; pour satisfaire ma passion, je l'emmenai contre argent comptant, espérant pouvoir la garder à l'insu de mon père ; mais il l'a appris, il l'a vue, et a causé ma perte. S'il m'interroge, je ne sais pas que répondre tant mille projets se partagent mon esprit incertain. Et je ne sais quelle conduite adopter maintenant, si grand est le trouble qui s'est emparé de mon cœur. Tantôt l'idée de mon esclave me semble la meilleure, tantôt elle me semble mauvaise et il ne me paraît pas possible de faire croire à mon père que j'ai acheté cette fille pour en faire une servante de ma mère. D'autre part, si je lui dis toute la chose, telle qu'elle est, et que j'ai acheté la fille pour moi-même, quelle opinion aura-t-il de moi ? Et puis, il me la prendrait, il l'enverrait vendre au-delà de la mer. Je sais comme il peut être cruel, je le sais à mes dépens. Ainsi, c'est cela, être amoureux ? J'aimerais mieux être au labour qu'à de telles amours[1] ! Naguère, il m'a déjà chassé, malgré moi, de la maison, il m'a envoyé faire du commerce, et là-bas, j'y ai trouvé ce malheur. Lorsque le chagrin surpasse le plaisir, quel agrément peut-on trouver ? C'est pour rien que je l'ai cachée, que je l'ai dissimulée, que je la tenais enfermée. Mon père est comme une mouche ; on ne peut rien conserver qu'il ne sache, rien de si sacré, de si profane qu'il n'accoure aussitôt. Je n'ai personne à qui me confier et mon cœur est désormais sans espoir.

DÉMIPHON, *à part :* Qu'est-ce que mon fils peut avoir à se raconter tout seul à lui-même ? Il me paraît tourmenté par je ne sais quoi.

CHARINUS, *à part :* Tiens, tiens, c'est mon père que je vois ! Je vais lui parler. *(Haut.)* Comment cela va-t-il, mon père ?

DÉMIPHON : D'où viens-tu ? Pourquoi es-tu si pressé, mon fils ?

CHARINUS : Tout va bien, mon père.

DÉMIPHON : C'est ce que je souhaite, mais qu'as-tu, que tu changes de couleur ? Souffres-tu ?

CHARINUS : Je me sens je ne sais quel malaise, mon père. De plus, la nuit dernière, je n'ai pas dormi autant que je l'aurais voulu.

DÉMIPHON : C'est parce que tu as voyagé sur la mer, et tes yeux sont déshabitués de la terre.

CHARINUS : Je pense plutôt...

DÉMIPHON : Mais non, c'est cela, sûrement ; mais cela sera vite passé. Par Pollux, tu es tout pâle ! Si tu m'en crois, tu iras te reposer à la maison.

CHARINUS : Je n'en ai pas le temps ; je veux d'abord faire les commissions que l'on m'a confiées.

DÉMIPHON : Occupe-t'en demain ; occupe-t'en après-demain !

CHARINUS : Je t'ai souvent entendu dire, mon père, qu'un homme sage devait toujours faire passer en premier lieu ce dont il était chargé!

DÉMIPHON : Eh bien, fais-le; je ne veux pas te contrarier dans ce que tu as décidé.

CHARINUS, *à part :* Je suis sauvé, si tu t'en tiens fermement, et sans défaillance, à ce que tu viens de dire.

DÉMIPHON, *à part :* Qu'est-ce qu'il a, à s'écarter ainsi, et à délibérer avec lui-même, sans moi ? Je ne puis craindre qu'il ait appris que j'étais amoureux de la fille en question; d'ailleurs je n'ai encore fait aucune de ces sottises que font toujours les amoureux.

CHARINUS, *à part :* Jusqu'à présent, par Hercule, les choses vont bien; je suis persuadé qu'il ne sait rien de ce qui concerne ma liaison. S'il le savait, il tiendrait d'autres discours!

DÉMIPHON, *à part :* Pourquoi ne pas lui parler de la fille ?

CHARINUS, *à part :* Pourquoi ne pas me sauver d'ici ? *(Haut.)* Je vais, en ami fidèle, remettre à mes amis ce que l'on m'a confié.

DÉMIPHON : Non, attends! J'ai encore quelques questions à te poser.

CHARINUS : À ton gré.

DÉMIPHON : Tu as toujours été en bonne santé ?

CHARINUS : Parfaitement, aussi longtemps que je suis resté là-bas. Mais, depuis que je suis arrivé au port, ici, je souffre de je ne sais quoi, je suis mal à l'aise.

DÉMIPHON : Je suis persuadé que c'est le mal de mer; mais cela sera vite passé. Mais, dis-moi, tu as apporté de Rhodes une servante pour ta mère ?

CHARINUS : Oui.

DÉMIPHON : Eh bien, quel genre de fille te semble-t-elle ?

CHARINUS : Pas mal du tout.

DÉMIPHON : Et son caractère ?

CHARINUS : Je n'en ai jamais vu de meilleur, à mon avis.

DÉMIPHON : C'est bien l'impression que j'ai eue aussi, en la voyant.

CHARINUS : Hein, tu l'as vue, mon père ?

DÉMIPHON : Je l'ai vue. Mais elle ne peut faire l'affaire, pour nous, et ne me convient pas.

CHARINUS : Comment cela ?

DÉMIPHON : Parce que sa beauté ne serait pas à sa place chez nous. La servante dont nous avons besoin, c'est une fille qui puisse tisser, moudre, fendre du bois, filer sa tâche, balayer la maison, recevoir une rossée, qui puisse faire chaque jour la cuisine pour tout le monde. De tout cela, elle ne pourra rien faire.

CHARINUS : Mais si. C'est précisément la raison pour laquelle je l'ai achetée, dans l'intention de la donner à ma mère.

DÉMIPHON : Ne la lui donne pas, et ne dis pas que tu l'as ramenée.

CHARINUS, *à part* : Les dieux sont avec moi.

DÉMIPHON, *à part* : Je gagne du terrain! *(Haut.)* Mais, un point que j'ai oublié de te dire, elle ne saurait non plus décemment accompagner ta mère comme suivante; je ne le permettrais pas.

CHARINUS : Et pourquoi ?

DÉMIPHON : Parce que si une telle beauté suivait une dame, cela provoquerait un scandale, lorsqu'elles passeraient dans les rues. Tout le monde la regarderait, n'aurait d'yeux que pour elle, on lui ferait des signes, des clins d'œil, on sifflerait, on la pincerait, on l'appellerait, on ne la lâcherait pas, on viendrait faire la sérénade à notre porte; nos battants seraient barbouillés au charbon d'inscriptions en vers[1]. Et, médisants comme on est aujourd'hui, on nous reprocherait, à ma femme et à moi, de faire commerce de filles. Qu'avons-nous besoin de tout cela!

CHARINUS : Par Hercule, tu as raison, et je suis de ton avis. Mais qu'en fera-t-on maintenant ?

DÉMIPHON : Tout ira bien. J'achèterai pour ta mère une servante taillée en garçon, une bonne fille, pas jolie, comme il convient dans l'entourage d'une dame, une Syrienne ou une Égyptienne. Elle moudra, fera la cuisine, filera sa tâche, recevra le fouet, et jamais à cause d'elle nous n'aurons de scandale à notre porte.

CHARINUS : Et si on rendait l'autre à celui qui me l'a vendue ?

DÉMIPHON : Pas le moins du monde.

CHARINUS : Il m'a dit qu'il était prêt à la reprendre, si elle ne nous plaisait pas.

DÉMIPHON : C'est inutile; je ne veux absolument pas

de chicane, ni que ta bonne foi puisse être mise en doute. Je préfère de beaucoup, par Pollux, si besoin est, subir une perte, plutôt que d'apporter, à cause d'une histoire de femme, les reproches ou la honte dans notre maison. Mais je pense que je pourrai te la vendre un bon prix.

CHARINUS : Pourvu, mon père, que tu ne la vendes pas moins cher que je ne l'ai achetée...

DÉMIPHON : Ne dis rien; il y a certain vieillard qui m'a chargé d'acheter une femme à peu près comme celle-ci.

CHARINUS : Mais il y a un jeune homme, mon père, qui m'a chargé de lui en acheter une qui ressemble à peu près à celle-ci.

DÉMIPHON : Je pense pouvoir la vendre vingt mines[1].

CHARINUS : Et moi, si je le veux, on m'en donnera vingt-sept mines.

DÉMIPHON : Et moi...

CHARINUS : Non, moi, te dis-je...

DÉMIPHON : Ah, tu ne sais pas ce que je vais dire; tais-toi; je puis encore ajouter trois mines, pour faire trente.

CHARINUS : Vers qui te tournes-tu ?

DÉMIPHON : Vers mon acheteur.

CHARINUS : Mais où donc est-il ?

DÉMIPHON : Je le vois, là-bas; il me demande d'ajouter encore cinq mines.

CHARINUS : Par Hercule, que les dieux le confondent, quel qu'il soit!

DÉMIPHON : Et voici encore qu'il me fait un signe; j'ajouterai six mines.

CHARINUS : Sept de mon côté...

DÉMIPHON : Par Pollux, il ne l'emportera pas sur moi, aujourd'hui.

CHARINUS : Sept mines comptant, mon père.

DÉMIPHON : Enchère inutile; c'est moi qui l'aurai.

CHARINUS : Mais l'autre a mis le premier l'enchère.

DÉMIPHON : Je m'en moque.

CHARINUS : Il offre cinquante mines.

DÉMIPHON : On en refuse cent. Pourrais-tu avoir l'obligeance de ne pas enchérir contre ma volonté ? Tu feras, par Hercule, un joli bénéfice; le vieillard pour qui on l'achète est comme cela; il a perdu la tête par amour pour elle; tu obtiendras le prix que tu demanderas.

CHARINUS : Mais, par Pollux, le jeune homme pour le compte de qui j'achète est fou d'amour pour elle, il en meurt!

DÉMIPHON : Et le vieillard en question bien plus encore, si tu savais!

CHARINUS : Non, jamais il n'y eut ni ne sera vieillard plus fou d'amour que le jeune homme pour le compte de qui je veux acheter la fille, mon père.

DÉMIPHON : Reste tranquille, te dis-je; je m'occuperai de cette affaire pour le mieux.

CHARINUS : Mais, dis-moi...

DÉMIPHON : Quoi ?

CHARINUS : Je ne l'ai pas acquise en toute propriété[1].

DÉMIPHON : Mais, lui, il la prendra comme cela; laisse faire.

CHARINUS : Mais toi, tu n'as pas le droit légal de la vendre.

DÉMIPHON : Je trouverai un moyen.

CHARINUS : Et puis, je la possède en commun avec un autre. Comment puis-je savoir quelles sont ses intentions, s'il souhaite la vendre, ou s'il refuse ?

DÉMIPHON : Moi, je suis sûr qu'il le veut bien.

CHARINUS : Mais, par Pollux, je crois bien qu'il est homme à refuser.

DÉMIPHON : Qu'est-ce que cela me fait ?

CHARINUS : Mais, il est juste qu'il ait la libre disposition de son bien.

DÉMIPHON : Que dis-tu ?

CHARINUS : Elle est notre propriété commune à lui et à moi; et, pour l'instant, il n'est pas là.

DÉMIPHON : Tu me réponds avant que je ne t'aie posé la question.

CHARINUS : Et toi, mon père, tu achètes avant que je ne sois vendeur. J'ignore, te dis-je, s'il veut ou non qu'elle cesse d'être sa propriété.

DÉMIPHON : Comment ? Si on la vend à l'homme qui t'a chargé de l'acheter, il consent; si c'est moi qui l'achète pour l'homme qui m'en a chargé, il refusera ? C'est absurde. Jamais, par Pollux, personne ne l'obtiendra, sinon l'homme à qui je veux la procurer.

CHARINUS : C'est décidé ?

DÉMIPHON : Tu peux dire que c'est décidé! Tiens, je vais de ce pas au bateau; c'est là qu'on fera la vente.

CHARINUS : Veux-tu que je vienne avec toi ?

DÉMIPHON : Non.

CHARINUS : Tu ne me fais pas plaisir.

DÉMIPHON : Il vaut mieux que tu t'acquittes d'abord des commissions que l'on t'a données.

CHARINUS : Mais c'est toi qui m'en empêches !

DÉMIPHON : Eh bien, rends-moi responsable; dis que toi, tu as fait de ton mieux. Mais ne va pas au port, je te le répète.

CHARINUS : On obéira.

DÉMIPHON, *à part :* Je vais au port. Il faut faire attention, pour qu'il ignore tout; je ne l'achèterai pas moi-même, mais j'en chargerai mon ami Lysimaque; il m'a dit tout à l'heure qu'il allait au port. Je perds mon temps, à rester ici.

*Il sort.*

CHARINUS, *seul :* Je n'existe plus, je suis mort !

## *SCÈNE IV*

CHARINUS, EUTYCHUS

CHARINUS : On raconte que les Bacchantes ont mis Penthée en pièces[1]; c'était une plaisanterie, je pense, en comparaison de la manière dont je suis maintenant déchiré. Pourquoi suis-je vivant ? Pourquoi ne suis-je pas mort ? Qu'est-ce que la vie me réserve de bon ? C'est décidé, je vais chez un médecin et là je me suiciderai par le poison, puisqu'on m'enlève le seul objet qui me donne le désir de vivre.

EUTYCHUS : Arrête, arrête, je t'en prie, Charinus.

CHARINUS : Qui m'appelle ?

EUTYCHUS : Eutychus, ton ami, ton camarade, ton plus proche voisin.

CHARINUS : Tu ne sais pas quel est le poids des maux qui m'accablent !

EUTYCHUS : Si, j'ai tout entendu, derrière cette porte; je suis au courant de tout.

CHARINUS : Qu'est-ce que tu sais ?

EUTYCHUS : Que ton père veut vendre...

CHARINUS : Tu sais tout.

EUTYCHUS : Celle que tu aimes...

CHARINUS : Tu en sais trop !

EUTYCHUS : Malgré toi.

CHARINUS : Tu en sais vraiment beaucoup. Mais comment sais-tu qu'elle est ma maîtresse ?

EUTYCHUS : C'est toi-même qui me l'a raconté hier.

CHARINUS : J'ai donc oublié que je te l'avais raconté ?

EUTYCHUS : Rien d'étonnant à cela.

CHARINUS : Je te demande conseil, maintenant. Réponds-moi ; quel genre de mort crois-tu que je doive choisir, entre tous ?

EUTYCHUS : Veux-tu te taire ? Ne dis pas des choses comme cela.

CHARINUS : Que veux-tu donc que je te dise ?

EUTYCHUS : Veux-tu que je joue un bon tour à ton père ?

CHARINUS : Bien sûr que je le veux.

EUTYCHUS : Veux-tu que j'aille au port ?

CHARINUS : Je voudrais que tu y voles !

EUTYCHUS : Et que j'enlève la fille contre argent comptant ?

CHARINUS : Je voudrais que tu la paies au poids de l'or !

EUTYCHUS : Où trouver l'argent ?

CHARINUS : Je prierai Achille de me donner l'or qui a payé la rançon d'Hector.

EUTYCHUS : Tu n'es pas fou ?

CHARINUS : Si je ne l'étais pas, je n'irai pas te chercher comme médecin.

EUTYCHUS : Veux-tu que je l'achète au prix qu'il offrira lui-même ?

CHARINUS : Ajoute une enchère au besoin de mille écus de plus que le prix qu'il offrira.

EUTYCHUS : Ne dis plus rien. Mais, voyons, où trouverons-nous l'argent, lorsque ton père le réclamera ?

CHARINUS : On le trouvera, on le cherchera ; on fera quelque chose, tu me tues !

EUTYCHUS : Ton « on fera quelque chose » me fait peur.

CHARINUS : Veux-tu te taire ?

EUTYCHUS : Muet, à tes ordres !

CHARINUS : Tu as bien compris ta mission ?

EUTYCHUS : Ne peux-tu penser à autre chose ?

CHARINUS : Impossible !

EUTYCHUS : Porte-toi bien.

CHARINUS : Je ne le puis, avant que tu sois revenu.

EUTYCHUS : Tu ferais mieux de te reprendre un peu.

CHARINUS : Adieu, remporte la victoire, et sauve-moi.

EUTYCHUS : Certes. Attends-moi chez toi.

CHARINUS : Eh bien, tâche de revenir le plus vite possible, avec ton butin.

# ACTE III

## *SCÈNE PREMIÈRE*

### LYSIMAQUE, PASICOMPSA

LYSIMAQUE *entre, venant du port, tenant la jeune femme par la main :* J'ai rendu à un ami un service amical; comme me l'avait demandé le voisin, j'ai acheté l'objet que voici. Tu m'appartiens, toi; suis-moi, allons. Ne pleure pas. Tu fais vraiment la sotte; tu abîmes tes jolis yeux. D'ailleurs, tu as plutôt sujet de rire que de gémir.

PASICOMPSA : S'il te plaît, bon vieillard, explique-moi...

LYSIMAQUE : Demande-moi ce que tu voudras.

PASICOMPSA : Pourquoi m'achètes-tu ?

LYSIMAQUE : Moi ? Pour que tu fasses ce qu'on te commandera, et aussi pour que je fasse moi-même ce que tu me commanderas.

PASICOMPSA : Je suis bien décidée, en tout ce que je pourrai et je saurai, à faire ce que je penserai que tu veux!

LYSIMAQUE : Je ne t'imposerai aucune tâche pénible.

PASICOMPSA : C'est que, par Pollux, bon vieillard, je n'ai pas appris à porter des charges, ni à garder les troupeaux aux champs ni à nourrir les enfants.

LYSIMAQUE : Si tu veux être docile, tu t'en trouveras bien.

PASICOMPSA : Alors, par Pollux, je suis morte, pauvre de moi!

LYSIMAQUE : Pourquoi ?

PASICOMPSA : Parce que, dans le pays d'où je viens, ce sont les méchantes filles qui sont toujours le mieux traitées.

LYSIMAQUE : C'est pour dire qu'il n'y a aucune femme docile ?

PASICOMPSA : Je ne dis pas cela, et je n'ai pas l'habitude de dire ce que je suis sûre que tout le monde sait.

LYSIMAQUE, *à part :* Ses paroles, par Pollux, valent le prix qu'on l'a payée. *(Haut.)* Je veux te demander une chose.

PASICOMPSA : Demande, je te répondrai.

LYSIMAQUE : Dis-moi, comment t'appelles-tu ?

PASICOMPSA : Pasicompsa.

LYSIMAQUE : C'est ta beauté qui t'a valu ce nom[1]. Mais, dis donc, Pasicompsa, es-tu capable, si besoin est, de filer un fil ténu ?

PASICOMPSA : Certes.

LYSIMAQUE : Si tu sais filer un fil ténu, je gage que tu peux filer plus gros.

PASICOMPSA : Pour les ouvrages de laine, je ne crains personne de mon âge !

LYSIMAQUE : Par Hercule, je suis sûr que tu es une bonne et vaillante fille, et juste à l'âge qu'il faut, puisque tu sais déjà ton métier, femme.

PASICOMPSA : J'ai étudié pour le savoir; et je ne permettrai pas que l'on critique mon travail.

LYSIMAQUE : Eh bien, c'est juste ce qui convient. Il y a là une brebis que je vais te confier, elle a quelque soixante ans, ce sera ton bien à toi.

PASICOMPSA : Bon vieillard, une brebis si vieille ?

LYSIMAQUE : Elle est de race grecque; si tu en as soin, elle est très docile; on la tond fort bien.

PASICOMPSA : Par égard pour toi, tout ce que tu me donneras me fera plaisir.

LYSIMAQUE : Et maintenant, ma fille, je ne veux pas te mentir, ce n'est pas à moi que tu appartiens, ne te l'imagine pas.

PASICOMPSA : Dis-moi, alors, à qui suis-je ?

LYSIMAQUE : Tu viens d'être rachetée pour ton maître. Moi, je t'ai achetée pour lui, il m'en avait prié.

PASICOMPSA : Je reprends vie, s'il me garde sa foi.

LYSIMAQUE : Sois tranquille, il t'affranchira, tant il est fou de toi; et c'est aujourd'hui pour la première fois qu'il t'a vue.

PASICOMPSA : Par Castor, il y a maintenant deux années

qu'il est avec moi. Puisque je sais que tu es son ami, je puis te le révéler.

LYSIMAQUE : Que dis-tu ? Il y a déjà deux ans que vous êtes ensemble ?

PASICOMPSA : Assurément. Et nous avons juré tous les deux, lui à moi et moi à lui, de ne jamais mettre, dans l'amour, notre visage contre un autre, lui d'une femme, et moi d'un homme, sinon lui avec moi et moi avec lui.

LYSIMAQUE : Dieux immortels, il ne couchera pas même avec sa femme ?

PASICOMPSA : Dis-moi, il est marié ? Il ne l'est pas, et ne le sera jamais.

LYSIMAQUE : Je le voudrais bien; mais, par Hercule, il a prononcé un faux serment.

PASICOMPSA : Il n'est aucun jeune homme que j'aime davantage.

LYSIMAQUE : Dis plutôt un petit, enfant sotte; car il n'y a pas longtemps qu'il a perdu ses dents.

PASICOMPSA : Quoi, ses dents ?

LYSIMAQUE : Rien. Suis-moi. Il m'a prié de t'héberger aujourd'hui, pour un jour seulement, parce que ma femme est à la campagne.

## *SCÈNE II*

DÉMIPHON, *seul.*

Enfin, j'ai réussi à avoir ce qu'il me faut pour me débaucher; j'ai acheté une maîtresse, à l'insu de ma femme et à celui de mon fils. C'est décidé; je reprendrai les vieilles habitudes, et me donnerai du bon temps. Il ne me reste pas bien longtemps à vivre; aussi, le plaisir, le vin et l'amour charmeront ces années. Car c'est à l'âge où je suis qu'il convient mieux qu'à un autre de se bien traiter. Quand on est jeune, lorsque le sang est dans toute sa force, il convient de travailler à amasser de l'argent. Et puis, finalement, une fois qu'on est déjà vieux, alors il faut se donner du loisir, et, aussi longtemps qu'on le peut, faire l'amour. C'est déjà un bénéfice que de vivre[1]. Et ce que je dis, je le ferai. Sur ce, je vais aller faire un tour à la maison; ma femme m'y attend, le ventre creux, déjà depuis longtemps. Elle va m'assassiner de ses cris, si je rentre. Pourtant, par Hercule, finalement, quoi qu'il arrive... non, je n'irai pas, j'irai d'abord trouver le voisin, avant de revenir chez moi. Je veux qu'il loue pour moi une maison où puisse habiter cette fille. Mais le voici qui sort.

## *SCÈNE III*

LYSIMAQUE, DÉMIPHON

LYSIMAQUE, *à Pasicompsa, invisible :* Je vais te l'amener tout de suite, si je le rencontre.

DÉMIPHON, *à part :* C'est de moi qu'il parle.

LYSIMAQUE : Eh bien, Démiphon ?

DÉMIPHON : La dame est chez toi ?

LYSIMAQUE : Que veux-tu faire ?

DÉMIPHON : Dis donc, si j'allais la voir ?

LYSIMAQUE : Pourquoi cette hâte. Attends !

DÉMIPHON : Que faire ?

LYSIMAQUE : Réfléchis à ce que tu as à faire.

DÉMIPHON : Pourquoi réfléchir ? À mon avis, il n'y a rien d'autre à faire, par Hercule, que d'entrer là-bas.

LYSIMAQUE : Ainsi donc, espèce d'animal, tu veux entrer ?

DÉMIPHON : Que puis-je faire d'autre ?

LYSIMAQUE : Commence par m'écouter, et comprendre ce que je te dis ; il y a d'abord quelque chose qu'à mon sens tu devrais faire. Car si tu pénètres dans la maison où elle est, tu voudras la prendre dans tes bras, lui raconter des histoires, lui donner des baisers.

DÉMIPHON : Toi, tu lis dans mon cœur ; tu sais ce que je veux faire.

LYSIMAQUE : Tu as tort.

DÉMIPHON : D'être amoureux ?

LYSIMAQUE : Tu as tort d'autant plus ; le ventre vide, l'haleine empestée, toi, un vieillard hirsute, tu voudrais embrasser cette fille ? Tu veux donc, dès l'arrivée, la faire vomir ?

DÉMIPHON : Je suis certain, par Pollux, que tu es amoureux, à en juger par les conseils que tu me donnes. Eh bien alors, si je faisais préparer un dîner ? Si tu es de cet avis, tâchons de trouver un cuisinier pour faire cuire le repas, chez toi, et qu'il ait du travail jusqu'à ce soir.

LYSIMAQUE : Eh bien, je suis de cet avis. Maintenant tu parles en sage, et non pas en amoureux[1].

DÉMIPHON : Qu'attendons-nous ? Allons plutôt nous occuper d'acheter ce qu'il faut pour manger, et nous bien traiter !

LYSIMAQUE : Eh bien, je vais avec toi. Et puis, par Hercule, tu trouveras un logement pour elle, si tu es raisonnable; car elle ne restera pas un jour de plus qu'aujourd'hui chez moi. Je redoute que ma femme, si elle revient demain de la campagne, ne la trouve à la maison.

DÉMIPHON : C'est déjà fait; viens avec moi.

## *SCÈNE IV*

### CHARINUS, EUTYCHUS

CHARINUS, *seul :* Ne suis-je pas un malheureux, de ne pouvoir nulle part trouver le repos ? Si je suis à la maison, mon esprit est dehors; si je suis dehors, mon esprit est à la maison; tant l'amour a allumé l'incendie dans ma poitrine et dans mon cœur. Si les larmes de mes yeux ne la protégeaient, ma tête, je crois bien, serait déjà toute en flammes. J'ai encore l'espoir, j'ai perdu ce qui me fait vivre; reviendra-t-elle ou non, je l'ignore. Si mon père enlève l'affaire, comme il l'a dit, ma vie est bel et bien partie ! Si au contraire mon camarade fait ce qu'il a promis, mon salut est retrouvé. Mais, en supposant même qu'Eutychus eût les jambes malades de la goutte, il aurait pu déjà être revenu du port. C'est là son plus grand défaut; il est trop lent, au gré de mes souhaits. Mais n'est-ce pas lui que je vois, en train de courir ? C'est bien lui. Je vais à sa rencontre. — Ô, toi qui donnes l'espoir aux dieux et aux hommes, et qui est maîtresse des humains, toi qui m'as procuré cette espérance espérée, je te rends grâce[2]. — Mais pourquoi s'arrête-t-il ? Hélas, je suis perdu ! L'expression de son visage ne me dit rien de bon. Il s'avance d'un air abattu. Mon cœur est en feu; je ne puis bouger. Il hoche la tête. Eutychus !

EUTYCHUS : Hé bien, Charinus ?

CHARINUS : Avant de reprendre ton souffle, dis-moi un seul mot : où en suis-je ? Sur cette terre, ou chez les morts ?

EUTYCHUS : Tu n'es ni chez les morts ni sur la terre.

CHARINUS : Je suis sauvé! On m'a donné l'immortalité. Il l'a achetée; il a drôlement bien roulé mon père. Il n'y a personne de plus adroit au monde! Dis-moi, je te prie : si je ne suis ni sur cette terre ni sur les bords de l'Achéron, où suis-je ?

EUTYCHUS : Nulle part au monde.

CHARINUS : Je suis perdu; ton discours m'a achevé. Quelle manière odieuse de parler, quand on veut des faits, que ces discours interminables! Quoi que ce soit, viens à l'essentiel.

EUTYCHUS : Avant tout, nous sommes morts.

CHARINUS : Pourquoi ne m'annonces-tu pas plutôt quelque chose que je ne sais pas ?

EUTYCHUS : La fille t'a été enlevée.

CHARINUS : Eutychus, tu commets là un crime!

EUTYCHUS : Comment ?

CHARINUS : En assassinant un garçon de ton âge, un camarade, un citoyen libre!

EUTYCHUS : Les dieux m'en préservent!

CHARINUS : Tu m'as enfoncé l'épée dans la gorge; je vais bientôt tomber.

EUTYCHUS : Je t'en prie, par Hercule, ne perds pas courage.

CHARINUS : Je n'en ai plus à perdre; continue à me dire tout mon malheur; qui l'a achetée ?

EUTYCHUS : Je ne sais; elle était déjà adjugée et emmenée lorsque je suis arrivé au port.

CHARINUS : Malheur à moi! Tu accumules sur moi des montagnes ardentes de douleur; continue, torture-moi, bourreau, puisque tu as commencé.

EUTYCHUS : Cela ne peut pas te causer plus de mal que cela ne m'en a fait aujourd'hui.

CHARINUS : Dis-moi, qui l'a achetée ?

EUTYCHUS : Je l'ignore, par Hercule.

CHARINUS : Eh bien, est-ce cela, chercher à rendre service en bon camarade ?

EUTYCHUS : Que veux-tu que je fasse ?

CHARINUS : Ce que tu me vois faire à moi : que tu meures. Pourquoi n'as-tu pas demandé à quoi ressemblait l'homme qui l'achetait, pour tenter ainsi de rechercher la fille ? Que je suis donc malheureux!

EUTYCHUS : Cesse de pleurer, comme tu le fais maintenant. Qu'ai-je donc fait ?

CHARINUS : Tu m'as perdu, et perdu aussi ma confiance en toi.

EUTYCHUS : Les dieux savent que ce n'est point de ma faute.

CHARINUS : Bravo, dis-moi ! tu invoques le témoignage des dieux, qui ne sont pas là; comment puis-je te croire ?

EUTYCHUS : Parce qu'il dépend de toi de croire ce que tu veux, et moi il dépend de moi de dire ce que je veux.

CHARINUS : Ah, sur ce point, tu es malin, pour répondre du tac au tac; mais quand il s'agit d'une mission à remplir, tu es boiteux, aveugle, muet, manchot, infirme. Tu me promettais de rouler mon père; et moi je croyais remettre l'affaire à quelqu'un d'habile, alors que je la confiais à une grande bûche.

EUTYCHUS : Que pouvais-je faire ?

CHARINUS : Ce que tu pouvais faire ? Tu me le demandes ? Que tu t'informes, que tu demandes qui c'était, d'où il venait, de quelle maison, si c'était un citoyen ou un étranger.

EUTYCHUS : On disait que c'était un citoyen d'Athènes.

CHARINUS : Tu aurais pu au moins trouver son domicile, si tu ne pouvais savoir son nom.

EUTYCHUS : Personne ne le connaissait.

CHARINUS : Tu pouvais au moins demander comment il était fait.

EUTYCHUS : Je l'ai fait !

CHARINUS : Et comment était-il donc ?

EUTICHUS : Je vais te le dire : cheveux blancs, genoux cagneux, du ventre, visage joufflu, plutôt petit, les yeux sombres, les mâchoires allongées, et les pieds quelque peu plats.

CHARINUS : Ce n'est pas un être humain que tu me décris, mais je ne sais quel résumé de tous les maux. Tu ne peux rien dire d'autre sur lui ?

EUTYCHUS : C'est tout ce que je sais.

CHARINUS : Par Pollux, avec ses longues mâchoires, il m'a bien mordu. Je ne puis plus y tenir; je suis décidé à partir en exil. Mais quelle cité choisir, entre toutes, je me le demande : Mégare, Érétrie, Corinthe, Chalcis, la Crète, Chypre, Sicyone, Cnide, Zacynthe, Lesbos, la Béotie ?

EUTYCHUS : Pourquoi veux-tu prendre ce parti ?

CHARINUS : Parce que l'amour me mine.

EUTYCHUS : Mais, dis-moi, lorsque tu seras arrivé dans la ville où tu te disposes à aller, si par hasard, là-bas, tu deviens amoureux, et que tu n'y aies pas plus de succès, où t'enfuiras-tu donc alors ? Et puis, encore, si la même chose t'arrive, de l'endroit où tu seras ? Quel terme y aura-t-il finalement à ton exil ? Quelle borne à ta fuite ? Quelle patrie, quelle demeure stables pourras-tu trouver ? Dis-moi ! Allons, si tu quittes cette ville-ci, crois-tu que tu y laisseras ton amour ? Si tu es suffisamment persuadé en toi-même qu'il en sera ainsi, si tu en es certain, il vaudrait mieux te retirer quelque part à la campagne, y demeurer, y vivre, jusqu'à ce que ta passion pour elle et ton amour te rendent ta liberté ?

CHARINUS : Tu as fini de parler ?

EUTYCHUS : Oui.

CHARINUS : Tu as parlé pour rien : je suis tout à fait décidé. Je vais à la maison, saluer mon père et ma mère; puis, sans que mon père le sache, je quitterai ma patrie, ou prendrai quelque autre parti.

*Il s'en va.*

EUTYCHUS : Comme il est parti vite, comme il a disparu ! Je suis bien malheureux. S'il s'en va, tout le monde dira que c'est la faute à mon incapacité. J'ai l'intention de faire louer tout ce qu'il y a comme crieurs publics pour chercher la fille, et la trouver. Après quoi, j'irai immédiatement chez le préteur[1], je lui demanderai de mettre à ma disposition des agents pour examiner toutes les maisons une à une. Je vois bien que c'est tout ce qui me reste à faire.

## ACTE IV

### *SCÈNE PREMIÈRE*

DORIPPA, SYRA

DORIPPA : Comme mon mari m'a fait dire, à la campagne, qu'il ne viendrait pas là-bas, j'ai pris ma décision à ma guise; je suis revenue, pour rejoindre celui qui me fuit. Mais je vois que notre vieille Syra ne me suit pas.

Ah, la voici enfin qui arrive. Tu ne peux pas aller plus vite ?

SYRA : Impossible, par Castor; ce que je porte est si lourd !

DORIPPA : Qu'est-ce que tu portes ?

SYRA : Quatre-vingt-quatre années; et puis, en plus, l'esclavage, la sueur, la soif. Tout ce que je porte là m'accable.

DORIPPA : Donne-moi quelque chose pour orner l'autel de notre voisin[1]. Donne-moi donc cette branche de laurier. Toi, rentre.

SYRA : Je rentre.

DORIPPA : Apollon, je t'en prie, sois-nous favorable et bienveillant, donne salut et santé à notre maison, protège mon fils de ta faveur et de ta grâce.

SYRA, *sortant en courant de la maison :* Je suis morte ! Je suis perdue, malheureuse ! Que j'ai de malheur !

DORIPPA : Syra, tu perds la tête, s'il te plaît ? Pourquoi hurles-tu ?

SYRA : Dorippa, ma bonne Dorippa !

DORIPPA : Pourquoi cries-tu, je te prie ?

SYRA : Il y a une femme, je ne sais qui, dans notre maison.

DORIPPA : Quoi, une femme ?

SYRA : Une courtisane.

DORIPPA : Vrai, sérieusement ?

SYRA : Tu as vraiment le nez creux de ne pas être restée à la campagne. La plus naïve pourrait s'apercevoir que cette fille [lacune] est la maîtresse de ton galantin de mari.

DORIPPA : C'est certain, par Castor.

SYRA : Viens avec moi, viens voir ton Alcmène, ta rivale, ma Junon.

DORIPPA : Par Castor, j'y vais aussi vite que je peux.

## SCÈNE II

LYSIMAQUE, *seul.*

Ce n'est pas assez d'un malheur pour Démiphon que d'être amoureux, il faut aussi qu'il se mette à faire le prodigue ! Même s'il avait invité à dîner dix grands personnages, il a acheté trop de choses. Et puis il faisait des recommandations aux cuisiniers, comme un chef de nage, en pleine mer, à ses rameurs. C'est moi qui ai loué le cuisinier. Je suis étonné de ne pas le voir venir, comme je le lui avais dit. Mais qui sort de chez nous ? La porte s'ouvre.

## *SCÈNE III*

### DORIPPA, LYSIMAQUE, SYRA

DORIPPA, *sans voir Lysimaque :* Il n'y aura jamais, il n'y a jamais eu femme plus malheureuse que moi, d'avoir épousé un tel mari. Que j'ai de malheur! Voilà l'homme à qui l'on se remet soi-même, et l'on remet tout ce que l'on possède, voilà l'homme à qui j'ai apporté dix talents de dot, pour être témoin de cela, et pour subir toutes ces avanies.

LYSIMAQUE, *à part :* Je suis mort, par Hercule! Voici que ma femme est déjà revenue de la campagne. Je suis sûr qu'elle a vu la fille dans la maison. Mais je ne puis entendre d'ici ce qu'elle dit. Approchons!

DORIPPA : Que j'ai de malheur!

LYSIMAQUE, *à part :* Et moi, alors!

DORIPPA : Je suis morte!

LYSIMAQUE, *à part :* C'est moi, par Hercule, qui suis perdu, pauvre de moi! Elle a vu la fille. Que tous les dieux, Démiphon, te confondent!

DORIPPA : Par Pollux, voilà la raison pour laquelle mon mari a refusé d'aller à la campagne.

LYSIMAQUE : Que faire, sinon aller vers elle et lui parler ? — Son mari donne le salut à sa femme aimée. *(Elle ne répond pas.)* Les gens de la ville prennent les manières des rustres ?

DORIPPA : Ils se conduisent mieux que ceux qui n'imitent pas les rustres.

LYSIMAQUE : Les rustres se conduisent-ils mal ?

DORIPPA : Par Castor, moins mal que les citadins, et ils ne se préparent pas de méchante affaire.

LYSIMAQUE : Quel mal ont donc fait les citadins ? Dis-le-moi. J'ai envie de le savoir.

DORIPPA : Tu le sais, mais tu veux me mettre en défaut. Quelle est cette femme, dans la maison ?

LYSIMAQUE : Tu l'as vue ?

DORIPPA : Je l'ai vue.

LYSIMAQUE : Et tu demandes à qui elle est ?

DORIPPA : Je le saurai bien un jour.

LYSIMAQUE : Tu veux que je te dise à qui elle appartient ? Elle — malheur — elle... Je ne sais que dire.

DORIPPA : Tu es pris.

LYSIMAQUE : On ne saurait l'être davantage !

DORIPPA : Eh bien, parle !

LYSIMAQUE : Avec ta permission...

DORIPPA : Ce devrait être fait.

LYSIMAQUE : Je ne puis, tu me coupes la parole, tu me harcèles comme un coupable.

DORIPPA : Je sais, tu es innocent.

LYSIMAQUE : Tu peux le dire sans hésitation.

DORIPPA : Alors, parle.

LYSIMAQUE : Que je parle ?

DORIPPA : De toute façon, il te faudra bien parler.

LYSIMAQUE : Elle est... tu veux aussi que je te dise son nom ?

DORIPPA : Tu n'arriveras à rien ; je t'ai pris en flagrant délit.

LYSIMAQUE : Quel délit ? Cette femme, c'est...

DORIPPA : Qui est-elle ?

LYSIMAQUE : Elle...

DORIPPA : Oui, tiens !

LYSIMAQUE : Si je n'y étais contraint, je ne te le dirais pas.

DORIPPA : Tu ne sais pas qui elle est ?

LYSIMAQUE : Si, je le sais ; on m'a pris pour arbitre à son sujet.

DORIPPA : Comme arbitre ? Je vois ; et maintenant tu viens de l'appeler à siéger en ton conseil.

LYSIMAQUE : C'est plutôt qu'on me l'a confiée comme séquestre[1].

DORIPPA : Je comprends.

LYSIMAQUE : Ce n'est pas du tout ce que tu crois, par Hercule.

DORIPPA : Tu es prompt à trouver une excuse.

LYSIMAQUE, *à part :* Je me suis mis dans une vilaine affaire. Et je ne sais plus comment m'en tirer.

## SCÈNE IV

LE CUISINIER, LYSIMAQUE, DORIPPA, SYRA

LE CUISINIER, *à ses aides :* Allons, hâtez-vous; je dois préparer un repas pour un vieillard amoureux. Et, quand j'y réfléchis, c'est pour nous qu'il faut le préparer, et non pour celui qui nous a loués. Car l'amoureux, s'il a l'objet de son amour, ce qui lui tient lieu de nourriture, c'est de le voir, de le tenir dans les bras, de l'embrasser, de lui parler. Nous, je suis sûr que nous rentrerons à la maison bien lestés. Allez, par ici! Mais voici le vieillard qui nous a engagés.

LYSIMAQUE : Ah, je suis mort! Le cuisinier arrive!

LE CUISINIER : Nous voici.

LYSIMAQUE : Va-t'en.

LE CUISINIER : Quoi, que je m'en aille ?

LYSIMAQUE : Chut, va-t'en.

LE CUISINIER : M'en aller ?

LYSIMAQUE : Va-t'en.

LE CUISINIER : Vous n'allez pas dîner ?

LYSIMAQUE : Nous n'avons plus faim! *(À part.)* Je suis perdu!

DORIPPA : Dis-moi ? Cela aussi, ce sont les gens qui t'ont pris comme arbitre qui te le font apporter ?

LE CUISINIER, *montrant Dorippa :* C'est ta maîtresse, celle dont tu me disais tout à l'heure que tu étais amoureux, et avec laquelle tu voulais dîner ?

LYSIMAQUE : Veux-tu te taire!

LE CUISINIER : C'est un beau brin de femme, mais, par Hercule, elle commence à vieillir.

LYSIMAQUE : Va te faire pendre!

LE CUISINIER : Elle n'est pas déplaisante.

LYSIMAQUE : C'est toi qui es déplaisant.

LE CUISINIER : Ce doit être une bonne compagne, au lit, par Hercule.

LYSIMAQUE : Veux-tu t'en aller ? Ce n'est pas moi qui t'ai engagé tout à l'heure.

LE CUISINIER : Quoi ? Mais si, par Hercule, c'est toi, toi-même!

LYSIMAQUE : Malheur à moi!

LE CUISINIER : Mais si, ta femme est à la campagne, et

tu me disais que tu la détestais autant qu'un serpent.

LYSIMAQUE : Moi, je t'ai dit cela ?

LE CUISINIER : Oui, tu me l'as dit, par Hercule.

LYSIMAQUE : Que Jupiter me protège, ma femme, aussi vrai que je ne lui ai jamais dit cela !

DORIPPA : Et par-dessus le marché, tu le nies ? Tes paroles montrent bien que je te suis odieuse.

LYSIMAQUE : Mais non, ce n'est pas vrai !

LE CUISINIER : Non, ce n'est pas toi qu'il disait lui être odieuse, mais sa femme : et il ajoutait que sa femme était à la campagne.

LYSIMAQUE : C'est elle. Pourquoi m'ennuies-tu de la sorte ?

LE CUISINIER : Parce que tu affirmes que tu ne me connais pas. Mais peut-être tu as peur d'elle...

LYSIMAQUE : Je ne suis pas fou; pour moi, il n'y a qu'elle !

LE CUISINIER : Tu ne veux pas faire l'expérience de mon talent ?

LYSIMAQUE : Non.

LE CUISINIER : Alors, donne-moi ce que tu me dois.

LYSIMAQUE : Viens le chercher demain; on te paiera; maintenant, va-t'en.

DORIPPA : Que j'ai de malheur !

LYSIMAQUE : Ah, j'éprouve maintenant ce qu'a de vrai le vieux proverbe, que c'est un grand mal qu'un mauvais voisin !

LE CUISINIER, *à ses aides :* À quoi bon rester ici plantés ? Allons-nous-en ! *(À Lysimaque.)* Si tu as quelque ennui, ce n'est point de ma faute.

LYSIMAQUE : Mais si, tu es ma perte, tu m'assassines !

LE CUISINIER : Je sais maintenant ce que tu veux : tu veux que je m'en aille d'ici.

LYSIMAQUE : Certes oui, je le veux !

LE CUISINIER : On partira; donne-moi une drachme.

LYSIMAQUE : On te la donnera.

LE CUISINIER : Fais-la-moi donner, je t'en prie; on peut me payer, tandis que ceux-ci posent leurs paniers.

LYSIMAQUE : Veux-tu t'en aller ? Veux-tu cesser de me tourmenter ?

LE CUISINIER, *à ses aides :* Allons, déposez ces provisions là-bas, devant les pieds de ce vieillard. Quant aux récipients, je les ferai prendre tout à l'heure, ou demain. Venez avec moi.

LYSIMAQUE : Tu te demandes peut-être pourquoi ce cuisinier était là et pourquoi il a apporté tout cela. Je vais t'expliquer.

DORIPPA : Je ne me demande rien, en te voyant te ruiner et te conduire scandaleusement; mais, par Pollux, je ne supporterai pas d'être aussi mal mariée ni que l'on introduise dans ma propre maison des filles des rues. Syra, va prier, en mon nom, mon père de venir immédiatement me trouver avec toi.

SYRA : J'y vais.

LYSIMAQUE : Tu ne sais pas de quoi il s'agit, ma femme, s'il te plaît. Je te jure solennellement que jamais, avec elle... Syra est déjà partie ? Je suis mort, par Hercule! Et la voici aussi qui s'en va. Que je suis malheureux! Ah, toi, le voisin, que les dieux et les déesses te confondent, avec ta maîtresse et tes amours! Il m'a couvert des soupçons les plus ignobles; il met la guerre chez moi; ma femme est complètement enragée. Je vais aller au forum et dire tout cela à Démiphon, que je vais prendre la fille par les cheveux et la traîner dans la rue, s'il ne l'emmène pas où il voudra, mais hors de chez moi. Ma femme, eh, ma femme! Tu as beau être en colère contre moi, tu ferais bien de faire rentrer tout cela; nous pourrons ainsi mieux dîner!

## *SCÈNE V*

SYRA, EUTYCHUS

SYRA : Ma maîtresse m'a envoyé chez son père, mais il n'est pas chez lui; on m'a dit qu'il était à la campagne. Maintenant, je viens lui en dire la nouvelle à la maison.

EUTYCHUS : Je suis épuisé à mener cette chasse à travers toute la ville; et je ne réussis à rien découvrir au sujet de cette fille. *(Il voit Syra)*. Mais ma mère est revenue de la campagne; je vois Syra debout devant la maison. Syra!

SYRA : Qui m'appelle ?

EUTYCHUS : C'est moi, ton maître, et ton petit enfant!

SYRA : Salut, mon petit.

EUTYCHUS : Ma mère est déjà rentrée de la campagne ? Réponds-moi.

SYRA : Oui, et pour le plus grand bien de toute la maisonnée.

EUTYCHUS : Qu'est-ce que tu veux dire ?

SYRA : Ton galantin de père a amené une fille dans la maison !

EUTYCHUS : Comment cela ?

SYRA : À son retour de la campagne, ta mère l'a trouvée chez elle.

EUTYCHUS : Par Pollux, je ne croyais pas mon père capable de cela. La fille est encore chez nous ?

SYRA : Oui.

EUTYCHUS : Viens avec moi !

### *SCÈNE VI*

SYRA, *seule.*

Par Castor, la condition des femmes est dure, et beaucoup moins favorable, les pauvres, que celle des hommes. Si un mari a pris une maîtresse à l'insu de sa femme, et si la femme l'apprend, le mari ne risque rien. Si une femme sort de chez elle à l'insu de son mari, le mari a un bon prétexte et elle est mise à la porte[1]. Ah, si seulement la loi était la même pour la femme et pour l'homme. Car une épouse, si elle est honnête, se contente d'un seul homme; pourquoi un homme ne se contenterait-il pas d'une seule femme ? Par Castor, m'est avis que si l'on punissait les maris qui fréquentent une fille à l'insu de leurs femmes, de la même façon qu'on répudie les femmes qui commettent quelque faute, il y aurait plus de maris sans femmes qu'il n'y a maintenant de femmes sans maris !

## ACTE V

### *SCÈNE PREMIÈRE*

CHARINUS, *seul, sortant de la maison de son père.*

Pierre du seuil, linteau de cette porte, salut, et en même temps adieu ! C'est pour la dernière fois aujourd'hui que je mets le pied hors de la maison de mon père.

Tout ce que cette demeure était pour moi, son usage, l'habitude, la vie de chaque jour, tout cela est mort, anéanti, ce n'est plus à moi. C'en est fait de moi! Dieux pénates de mes parents, Lare puissant de la maisonnée, je vous demande de bien protéger la fortune de mon père et de ma mère. Quant à moi, je vais chercher d'autres pénates, un autre Lare, une autre ville, une autre cité; j'ai l'Attique en horreur. Un endroit où les mauvaises mœurs croissent de jour en jour, où l'on ne peut discerner quels sont les amis fidèles et ceux qui ne le sont pas, où l'on vous arrache ce qui vous tient le plus à cœur, cet endroit-là, même si on vous y faisait roi, il n'est souhaitable d'en être citoyen!

## *SCÈNE II*

### EUTYCHUS, CHARINUS

EUTYCHUS, *sortant de chez lui :* Ô toi qui donnes l'espoir aux dieux et aux hommes, et qui es maîtresse des humains, toi qui m'as procuré cette espérance tant espérée, je te rends grâce[1]. Existe-t-il un dieu qui puisse être heureux d'une joie comme la mienne ? Celle que je cherchais était chez moi. J'y ai trouvé six compagnons : la vie, l'amitié, la patrie, la joie, les jeux, les plaisanteries. En les trouvant, j'ai du même coup anéanti des monstres abominables : colère, hostilité, chagrin, larmes, exil, pauvreté, solitude, sottise, ruine, entêtement. Faites, je vous en supplie, divinités, que je puisse le rencontrer au plus vite!

CHARINUS, *sans voir son ami :* Me voilà prêt, comme vous le voyez. Pour moi, pas d'équipage superbe. Je suis à moi-même compagnon, domestique, cheval, valet d'écurie, écuyer[2]; je suis pour moi mon seul commandant, et c'est moi aussi qui m'obéis à moi-même; et c'est moi qui porte moi-même tout ce qu'il me faut. Ô Amour, quel grand dieu tu es! Tu remplis aisément de confiance n'importe qui, par ta grâce, et tu lui enlèves bien vite sa confiance, pour le plonger dans le désespoir, à nouveau.

EUTYCHUS, *sans le voir :* Je me demande où je pourrais bien courir pour le chercher!

CHARINUS, *même jeu :* J'y suis décidé, je vais la chercher, où qu'elle ait été emmenée, n'importe où au monde. Je ne me laisserai arrêter ni par les fleuves ni les monts ni même par la mer; je ne redoute ni chaleur, ni froid, ni vent, ni grêle; je supporterai la pluie, j'endurerai la fatigue, le soleil, la soif; je ne m'arrêterai ni ne me reposerai, ni nuit ni jour, avant d'avoir trouvé ou mon amie ou la mort!

EUTYCHUS : Je ne sais quelle voix a volé jusqu'à mes oreilles.

CHARINUS : Je vous invoque, Lares du voyageur, protégez-moi bien.

EUTYCHUS : Jupiter, n'est-ce point Charinus ?

CHARINUS : Citoyens, adieu!

EUTYCHUS : Charinus, arrête, tout de suite.

CHARINUS : Qui cherche à me retenir ?

EUTYCHUS : L'espoir, le salut, la victoire.

CHARINUS : Que me voulez-vous ?

EUTYCHUS : Aller avec toi!

CHARINUS : Cherchez un autre compagnon. Je ne peux me débarrasser des compagnons qui me tiennent!

EUTYCHUS : Qui sont-ils ?

CHARINUS : Souci, malheur, chagrin, larmes, gémissements.

EUTYCHUS : Renvoie ces compagnons-là, regarde vers nous et reviens.

CHARINUS : Si tu veux parler avec moi, suis-moi.

EUTYCHUS : Arrête-toi tout de suite!

CHARINUS : Tu as tort d'essayer de me retenir, alors que je me presse; le soleil s'en va.

EUTYCHUS : Si tu allais dans ma direction aussi vite que tu vas dans la tienne, tu y aurais plus d'avantages! Dans ma direction, le vent est maintenant favorable; tu n'as qu'à virer de bord. Ici c'est un Zéphyr serein, de ton côté un vent d'orage; ici il apporte le calme, là-bas il soulève toutes les vagues. Mets le cap sur la terre, Charinus, vers moi; ne vois-tu pas, de l'autre côté, à l'opposé de l'endroit où je suis, un nuage noir et un ouragan qui s'apprêtent ? Regarde à ta gauche, comme le ciel est resplendissant!

CHARINUS : Il m'inspire des scrupules[1]; je vais aller de ce côté-là.

EUTYCHUS : Tu es sage! Ô Charinus, dirige-toi aussi vers moi, viens à ma rencontre, tends-moi la main!

CHARINUS : Prends-la. Tu la tiens ?

EUTYCHUS : Je la tiens.

CHARINUS : Tiens-la.

EUTYCHUS : Où allais-tu, tout à l'heure ?

CHARINUS : En exil.

EUTYCHUS : Et quoi faire, là-bas ?

CHARINUS : Ce que fait un malheureux.

EUTYCHUS : N'aie pas peur; je vais faire en sorte de te rendre la joie que tu avais naguère. La nouvelle que tu désires le plus apprendre, tu vas l'apprendre, et cela te réjouira. Arrête-toi tout de suite; moi, ton ami, je viens à toi, plein de bon vouloir. Celle que tu aimes...

CHARINUS : Eh bien ?

EUTYCHUS : Moi, je sais où elle est.

CHARINUS : Toi, s'il te plaît ?

EUTYCHUS : Saine et sauve.

CHARINUS : Où cela, en sûreté ?

EUTYCHUS : Je le sais.

CHARINUS : J'aimerais mieux que ce soit moi.

EUTYCHUS : Ne peux-tu te calmer un peu ?

CHARINUS : Comment veux-tu ? Mon âme est agitée par la tempête !

EUTYCHUS : Moi, je te la mettrai en mer calme, sur des eaux tranquilles, n'aie pas peur !

CHARINUS : Je t'en prie, dis-moi, où est-elle, où l'as-tu vue ? Pourquoi ne dis-tu rien ? Parle; tu m'assassines, tu me fais souffrir, par ton silence.

EUTYCHUS : Elle n'est pas loin de nous.

CHARINUS : Montre-la-moi donc, si tu la vois !

EUTYCHUS : Je ne la vois pas en ce moment, mais je viens de la voir.

CHARINUS : Alors, pourquoi ne fais-tu pas en sorte que je la voie ?

EUTYCHUS : Je le ferai.

CHARINUS : C'est long, quand on aime !

EUTYCHUS : Tu as encore peur ? Je t'expliquerai tout. Celui qui la possède est l'homme qui m'aime le plus au monde, et celui à qui je dois être le plus attaché.

CHARINUS : Lui, peu m'importe; c'est d'elle que je suis en peine.

EUTYCHUS : Aussi est-ce d'elle que je te parle. Précisément, je n'ai pas eu la présence d'esprit, tout à l'heure [lacune]...

CHARINUS : Dis-le-moi, alors; où est-elle ?

EUTYCHUS : Dans notre maison.

CHARINUS : L'admirable maison! Si tu dis vrai, je la trouverai la plus belle du monde. Mais comment puis-je te croire ? Tu l'as vue, ou c'est par ouï-dire que tu me l'annonces ?

EUTYCHUS : Je l'ai vue, de mes yeux.

CHARINUS : Qui l'a amenée chez vous ?

EUTYCHUS : Question défendue!

CHARINUS : Tu dis la vérité ?

EUTYCHUS : Charinus, tu n'as donc aucune pudeur ? Que t'importe qui l'a amenée, pourvu qu'elle soit là-bas ? Et elle y est!

CHARINUS : Pour cette bonne nouvelle, demande-moi ce que tu voudras.

EUTYCHUS : Et ce que j'aurai demandé ?

CHARINUS : Eh bien, prie les dieux qu'ils te l'accordent !

EUTYCHUS : Tu te moques de moi.

CHARINUS : Je ne serai tiré d'affaire que lorsque je l'aurai vue. Mais pourquoi ne pas me débarrasser de tout ce bagage ? Eh, quelqu'un, sortez, tout de suite, apportez-moi un manteau.

EUTYCHUS : Là, maintenant, tu es selon mon cœur.

CHARINUS, *à un esclave qui sort de la maison :* Tu arrives à point, garçon, prends cette chlamyde[1] et reste ici sans bouger, pour que, si la nouvelle n'est pas vraie, je poursuive le voyage que j'ai commencé.

EUTYCHUS : Tu n'as pas confiance en moi ?

CHARINUS : Je te crois pour tout ce que tu me dis; mais pourquoi ne me fais-tu pas entrer, que je la voie ?

EUTYCHUS : Attends un peu.

CHARINUS : Quoi, que j'attende ?

EUTYCHUS : Ce n'est pas le moment d'entrer.

CHARINUS : Tu m'assassines.

EUTYCHUS : Il ne convient pas, te dis-je, que tu entres maintenant.

CHARINUS : Réponds-moi; pour quelle raison ?

EUTYCHUS : Cela ne convient pas.

CHARINUS : Pourquoi ?

EUTYCHUS : Parce qu'elle n'y est pas disposée.

CHARINUS : Vraiment ? Elle n'y est pas disposée, elle qui m'aime, et à qui je rends son amour ? Il se moque de moi, par Hercule, de toutes les façons. Et moi, je suis trop sot, de le croire; il ne fait que me retarder. Je vais remettre ma chlamyde.

EUTYCHUS : Attends un peu, et écoute ceci.

CHARINUS : Prends ce manteau, s'il te plaît, garçon.

EUTYCHUS : Ma mère eſt très en colère contre mon père, parce que, dit-elle, il lui a amené, sous ses yeux, à la maison, une fille de rien, tandis qu'elle était à la campagne; elle s'imagine que c'eſt une maîtresse qu'il a.

CHARINUS, *sans l'écouter :* J'ai remis ma ceinture.

EUTYCHUS : Elle fait son enquête sur l'affaire, chez nous.

CHARINUS : Mon épée eſt dans ma main.

EUTYCHUS : Si je te faisais entrer maintenant...

CHARINUS : Je prends ma fiole d'huile et je m'en vais.

EUTYCHUS : Attends, attends, Charinus!

CHARINUS : Tu te fais des illusions, tu ne peux pas me tromper.

EUTYCHUS : Je n'en ai pas non plus l'intention, par Pollux.

CHARINUS : Eh bien, laisse-moi plutôt poursuivre mon voyage!

EUTYCHUS : Je ne le permettrai pas.

CHARINUS : C'eſt moi qui me retarde! Toi, garçon, rentre dans la maison, et un peu vite. Je suis déjà monté sur mon char, j'ai déjà les rênes en main.

EUTYCHUS : Tu perds la tête.

CHARINUS : Allons, mes pieds, prenez votre course vers Chypre, tout droit, puisque mon père me deſtine à l'exil[1].

EUTYCHUS : Tu es fou; ne parle pas ainsi, je te prie.

CHARINUS : Je suis décidé à la chercher, à mettre tout en œuvre pour découvrir où elle se trouve.

EUTYCHUS : Mais, elle eſt chez nous!

CHARINUS : Ce qu'il a dit, ce n'eſt que mensonge.

EUTYCHUS : Mais je t'ai dit la vérité!

CHARINUS : Je suis déjà arrivé à Chypre.

EUTYCHUS : Suis-moi plutôt, pour voir celle que tu cherches.

CHARINUS : En dépit de mes queſtions, je ne l'ai pas trouvée.

EUTYCHUS : Tant pis, maintenant, pour la colère de ma mère.

CHARINUS : Je continue à la chercher. Me voici arrivé

à Chalcis. Je trouve là un hôte de Zacynthe; je lui dis pourquoi je suis ici; je lui demande qui l'a emmenée, quel est son maître, au cas où il aurait appris quelque chose.

EUTYCHUS : Allons, laisse toutes ces sottises et entre avec moi.

CHARINUS : L'hôte m'a répondu que les figues de Zacynthe n'étaient pas mauvaises.

EUTYCHUS : Il n'a pas menti.

CHARINUS : Quant à mon amie, il prétend avoir entendu dire qu'elle est ici, à Athènes.

EUTYCHUS : C'est un Calchas[1] que cet homme de Zacynthe.

CHARINUS : Je m'embarque, je pars aussitôt; me voici dans ma patrie. Je suis revenu d'exil. Salut, mon camarade Eutychus. Tu t'es bien porté ? Et mes parents ? Comment se portent mon père et ma mère ? Tu m'invites, c'est gentil. Demain chez toi, aujourd'hui chez nous. C'est ce qui convient, c'est ce qu'il faut faire.

EUTYCHUS : Eh bien, qu'est-ce que c'est que ces rêves ? Cet homme n'a pas toute sa raison.

CHARINUS : Hâte-toi donc de me soigner, si tu es mon ami.

EUTYCHUS : Viens avec moi, s'il te plaît.

CHARINUS : Je te suis.

EUTYCHUS : Doucement, s'il te plaît; tu m'écorches les talons. Écoute-moi!

CHARINUS : Il y a longtemps que je t'écoute.

EUTYCHUS : Je veux que l'on fasse la paix, entre mon père et ma mère; pour l'instant, elle est en colère...

CHARINUS : En avant, donc!

EUTYCHUS : À cause de cette fille.

CHARINUS : En avant, te dis-je!

EUTYCHUS : Veilles-y.

CHARINUS : Allons, en avant, en avant! Je te la rendrai aussi gentille avec lui que Junon l'est avec Jupiter, lorsqu'elle l'est!

### *SCÈNE III*

DÉMIPHON, LYSIMAQUE

DÉMIPHON : Comme si tu n'avais jamais rien fait qui ressemble à cela!

LYSIMAQUE : Par Pollux, jamais; je me suis gardé de le faire. C'eſt à peine si je suis vivant, pauvre de moi; ma femme, à cause de cette fille, eſt toute en ébullition.

DÉMIPHON : Mais je t'innocenterai, pour qu'elle ne soit plus en colère contre toi.

LYSIMAQUE : Suis-moi. Mais je vois mon fils qui sort.

## *SCÈNE IV*

EUTYCHUS, LYSIMAQUE, DÉMIPHON

EUTYCHUS : Je vais trouver mon père, pour qu'il sache que la colère de ma mère contre lui eſt calmée. Je reviens tout de suite!

LYSIMAQUE : Ce début me plaît! Comment vas-tu ? Que fais-tu, Eutychus ?

EUTYCHUS : C'eſt un heureux hasard qui vous amène là tous les deux.

LYSIMAQUE : Qu'y a-t-il ?

EUTYCHUS : Ta femme eſt calmée, elle ne t'en veut plus. Serrez-vous la main, à présent.

LYSIMAQUE : Les dieux me gardent!

EUTYCHUS, *à Démiphon :* Et moi, je t'annonce que tu n'as plus de maîtresse.

DÉMIPHON : Que les dieux te confondent! Mais qu'eſt-ce que tu veux dire par là, s'il te plaît ?

EUTYCHUS : Je vais vous le dire. Écoutez-moi bien, tous les deux.

LYSIMAQUE : Nous te donnons toute notre attention.

EUTYCHUS : Les hommes issus d'une bonne origine, s'ils ont un mauvais naturel, compromettent leur race par leur faute, et ils démentent leur origine par leur naturel.

DÉMIPHON : Il a raison.

LYSIMAQUE : C'eſt pour toi qu'il parle!

EUTYCHUS : C'eſt d'autant plus vrai dans ton cas. Non, tu n'aurais pas dû, à l'âge que tu as, enlever à ton jeune fils, qui en était amoureux, celle qui l'aimait et qu'il avait achetée de ses deniers.

DÉMIPHON : Que dis-tu ? Elle eſt l'amie de Charinus ?

EUTYCHUS : Comme il feint de ne rien savoir, le vaurien!

DÉMIPHON : Il m'avait dit que c'était une servante, qu'il avait achetée pour sa mère.

EUTYCHUS : Et c'est pour cela que tu l'as achetée, toi, amoureux novice, enfant vieilli!

LYSIMAQUE : Bravo, par Hercule; continue; moi, je soutiendrai ton attaque sur l'autre flanc. Accablons-le sous les reproches qu'il mérite d'entendre!

DÉMIPHON : Je suis perdu!

EUTYCHUS : Jouer un aussi vilain tour à son propre fils, qui n'avait rien fait! Et je l'ai ramené à la maison, par Hercule, alors qu'il se préparait à partir en exil. Car il partait en exil!

DÉMIPHON : Est-il parti ?

EUTYCHUS : Et il te faut encore parler, masque! Tu devrais, à l'âge que tu as, changer de conduite!

DÉMIPHON : Je l'avoue, je suis dans mon tort.

EUTYCHUS : Tu parles encore, masque ? Tu n'aurais pas dû commettre de telles fautes, à ton âge[1]. De même que chaque saison a ses occupations, de même chaque âge a les siennes. Car si tu admets que la vieillesse a le droit de courir après les filles, où en est notre cité ?

DÉMIPHON : Las, je suis mort, pauvre de moi!

LYSIMAQUE : Ce sont les jeunes gens qui doivent plutôt se mêler de cela!

DÉMIPHON : Eh bien, s'il vous plaît, gardez tout, le porc et la corbeille[2].

EUTYCHUS : Rends-la à ton fils, qu'il la retrouve.

DÉMIPHON : S'il ne tient qu'à moi, qu'il la garde, comme il le souhaite.

EUTYCHUS : Il est temps, par Pollux; d'ailleurs, tu ne pourrais plus faire autrement.

DÉMIPHON : Qu'il exige, comme réparation, pour cette injure, tout ce qu'il voudra. Je te demande seulement de faire la paix entre nous, pour qu'il ne soit pas irrité contre moi. Si j'avais su, par Hercule, si même il m'avait dit, en plaisantant, qu'il était amoureux d'elle, je ne lui aurais jamais enlevé cette fille, qu'il aimait. Eutychus, je t'en prie — tu es son camarade — sauve-moi, viens à mon secours. Accepte-moi, tout vieux que je suis, comme client, tu verras que je saurai me souvenir de ce que tu auras fait pour moi.

LYSIMAQUE : Prie-le de te pardonner tes fautes, qui sont celles de la jeunesse!

DÉMIPHON : Tu continues, toi? Holà, attaque sans pitié! J'espère bien, moi aussi, qu'il viendra un temps où je te rendrai la pareille.

LYSIMAQUE : Depuis longtemps, j'ai dit adieu à ces sortes d'activités...

DÉMIPHON : Et moi aussi, à partir d'aujourd'hui.

LYSIMAQUE : Inutile, l'habitude t'y ramènera.

DÉMIPHON : Je vous en prie, cela ne vous suffit-il pas? Faites-moi fouetter, par-dessus le marché, si cela vous chante!

LYSIMAQUE : Tu as raison; mais ta femme s'en chargera, quand elle apprendra l'affaire.

DÉMIPHON : Elle n'a pas besoin de l'apprendre.

EUTYCHUS : Que dis-tu? Elle ne l'apprendra pas; n'aie pas peur. Entrons; ici, ce n'est pas l'endroit, car tandis que nous parlons de tes exploits, les passants peuvent entendre ce que nous disons.

DÉMIPHON : Par Hercule, tu as tout à fait raison. Et du même coup, aussi, la comédie sera plus courte. Allons.

EUTYCHUS : Ton fils est dedans, chez nous.

DÉMYPHON : Très bien. Nous rentrerons chez nous en faisant le tour par le jardin.

LYSIMAQUE : Eutychus, il y a une chose que je veux faire avant de remettre le pied chez moi.

EUTYCHUS : Laquelle?

LYSIMAQUE : Chacun pense à ses propres affaires. Réponds-moi : tu es tout à fait certain que ta mère n'est plus fâchée contre moi?

EUTYCHUS : Certain!

LYSIMAQUE : Réfléchis!

EUTYCHUS : Ma parole!

LYSIMAQUE : Cela me suffit. Mais, je t'en prie, par Hercule, réfléchis encore une fois.

EUTYCHUS : Tu n'as pas confiance en moi?

LYSIMAQUE : Si, je te crois; mais, malgré tout, je suis malheureux et j'ai peur.

DÉMIPHON : Entrons.

EUTYCHUS : Je suis d'avis, plutôt, d'imposer aux vieillards, avant de nous en aller, une loi qui les retienne et les oblige. Quiconque aura atteint l'âge de soixante ans, si nous apprenons qu'il court les filles, étant marié, ou même, par Hercule, aussi bien, célibataire, nous le poursuivrons en vertu de la loi suivante : nous le déclarerons imbécile, et, en ce qui nous concerne, il pourra se trouver dans l'indigence, après avoir gaspillé son bien. Et que personne désormais n'interdise à son fils, s'il est jeune, d'être amoureux et de prendre des filles, pourvu que ce soit avec mesure et décence. S'il l'interdit, il lui en coûtera plus que s'il avait donné franchement. Et que les termes de cette loi s'appliquent aux vieillards à partir d'aujourd'hui même.

*(Aux spectateurs.)* Portez-vous bien, et, jeunes gens, si notre loi vous plaît, il est juste que, pour remercier les vieillards de ce qu'ils ont fait, vous applaudissiez bien fort.

*Notes*

## AMPHITRYON

*Page 14.*

1. Jupiter, dieu suprême, est l'origine de tous les bienfaits que les dieux inférieurs, chacun dans son domaine particulier, répandent sur l'humanité. Plaute dit que Jupiter est l' « architecte » de ces bienfaits, c'est-à-dire l'instigateur, la source première. Nous avons là, semble-t-il, une conception romaine : Jupiter règne sur les dieux, et les autres ne sont que ses exécutants.

*Page 15.*

1. À cette époque, les théâtres sont temporaires, ils consistent en gradins portés par des échafaudages, et les sièges sont constitués par des bancs de bois mobiles.

2. Ce passage constitue la parodie d'un texte de loi, avec son style typiquement juridique, embarrassé, le rédacteur s'efforçant de prévoir tous les cas possibles et de ne laisser aucune échappatoire à un éventuel fraudeur ni à la mauvaise foi.

3. Allusion à une pièce au cours de laquelle Jupiter était intervenu, pour tirer le héros de quelque mauvais pas : c'est le *deus ex machina,* qui apparaissait dans le haut du mur de fond, par une ouverture, et descendait sur la scène, porté par une « machine ».

4. La légende d'Amphitryon, dont le lieu est Thèbes, en Béotie, met en scène un héros originaire d'Argos. Cette anomalie était expliquée par les conteurs, qui avaient imaginé qu'Amphitryon, obligé de quitter Argos, s'était réfugié à Thèbes, en exil, et s'était mis au service du roi Créon. Il semble que cette situation soit issue des contradictions existant dans la légende d'Héraclès, qui était considéré comme un héros argien, mais que revendiquaient aussi les Thébains.

*Page 16.*

1. Les Téléboens sont un peuple mythique, dont la situation géographique est des plus vagues. À un certain moment, on les identifiait avec les habitants de l'île de Taphos, au large des côtes de l'Acarnanie.

2. Mercure porte le costume de l'esclave de comédie, avec un masque et une perruque, sans doute rousse, car Sosie est considéré comme un esclave « vaurien », et les cheveux roux indiquaient, par convention, sur la scène comique, un naturel pervers.

*Page 17.*

1. Le trait est aussi bien grec que romain : les jeunes gens, après dîner, à la nuit close, se répandaient à travers la ville, en chantant, cherchant les aventures, et parfois attaquant les passants. Il était prudent de ne sortir qu'en compagnie de serviteurs vigoureux. Encore au temps de Néron, l'empereur se livrera, parfois, à ces excès, jusqu'au jour où, s'en prenant à plus fort que lui, il fut proprement rossé.

2. Les « triumvirs capitaux », trois magistrats, chargés de réprimer les atteintes à l'ordre public, ayant à leur service des esclaves « agents de ville », forment une institution romaine. Ils président aussi aux exécutions capitales. Il existait, dans les cités grecques, des magistratures analogues.

*Page 18.*

1. Notation typiquement romaine : l'*imperator*, chargé du commandement d'une armée, est aussi le prêtre de la religion militaire; c'est lui qui consulte les dieux et, notamment, prend les présages, au moment du départ, et avant les combats. Il a le « droit d'auspices », et l'armée combat « sous ses auspices » — d'autant mieux qu'elle a une foi plus complète dans la « chance » de son chef *(felicitas)*.

2. Cette interprétation de la légende, qui fait d'Amphitryon un « condottiere » au service d'un roi étranger, n'est pas primitive; elle est certainement née soit à l'époque hellénistique, soit même à Rome, où l'on connaissait depuis longtemps ces bandes de mercenaires, dont beaucoup étaient recrutées en Italie, surtout dans le Sud.

*Page 19.*

1. Dans la légende la plus ancienne, les Téléboens s'étaient rendus coupables de rapt de bœufs aux dépens des Argiens (cf. la note 1 de la page 16); mais ici Plaute admet que ce sont les Thébains eux-mêmes qui ont été les victimes, et qu'Amphitryon a été chargé par le roi Créon (Créon est un nom porté

traditionnellement par les tyrans de Thèbes, dans la légende) d'en tirer vengeance.

2. Ces Argiens sont les soldats d'Amphitryon (cf. la note 2 de la page 18).

3. Cette formule eſt celle de la reddition sans condition, dans l'usage romain. Le peuple qui se rendait à un général romain lui livrait sans réserve la possession pleine et entière de tout ce qui conſtituait son avoir, et jusqu'à sa personnalité, humaine et divine : les dieux deviennent, eux aussi, « captifs ».

*Page 20.*

1. C'eſt une croyance qui apparaît dès les poèmes homériques, que les divinités étaient présentes sur les champs de bataille. À Rome même, elle n'était pas inconnue, et l'on assurait, par exemple, que les Gémeaux, Caſtor et Pollux, avaient combattu pour les Romains, contre les Latins, à la bataille du lac Régille, au début du v^e siècle.

2. Ce sont les insignes des suppliants; ces bandelettes sont sans doute des symboles de consécration : les suppliants sont sous la protection des dieux. On mettait ainsi des bandelettes sur le cou des victimes que l'on menait à l'autel pour y être sacrifiées.

3. Le Dieu *Nocturnus* eſt l'un des innombrables « démons » romains qui président aux différents phénomènes, de la nature, de la vie, etc. Le dieu n'eſt pas honoré comme une divinité « officielle », ce n'eſt guère qu'un adjectif subſtantivé, une « expression divine » commode.

*Page 21.*

1. Cette métaphore était immédiatement claire aux Romains, qui avaient coutume de voir des tisserands au travail dans leurs échoppes, ouvertes sur la rue; on sait que le tisserand, après avoir introduit le fil de trame, le frappe pour l'obliger à prendre sa place dans le tissu qui se forme.

2. Parce qu'elles se sentent menacées; les parties du corps passaient pour douées de dons divinatoires.

*Page 22.*

1. Ces quatre malheureux sont quatre passants que Mercure eſt censé avoir dépouillés de leurs vêtements, après les avoir assommés. C'était là un risque que l'on courait dans les rues des villes antiques (cf. la note 1 de la page 17).

2. Quintus signifie : « Cinquième » — c'était un prénom souvent donné aux enfants. La plaisanterie eſt romaine, elle n'a pas son équivalent en grec.

3. La tunique, qui descendait jusqu'aux genoux, était

retenue à la taille par une ceinture; lorsqu'on se préparait à une action violente, ou à un travail physique, on remontait la tunique dans la ceinture pour être plus à l'aise. Nous disons « retrousser ses manches ».

*Page 23.*

1. Expression proverbiale : « sur son propre cheval », sans que personne le pousse.

2. Vulcain est le nom « divin » du feu. Les lanternes romaines consistaient parfois en une lampe à huile entourée d'un « manchon » de corne, qui protégeait la flamme du vent et laissait passer, dans une certaine mesure, la lumière!

*Page 24.*

1. Plaisanterie de mots. Mercure vient de prononcer le mot *verbero* qui, si on le prend pour un nom, signifie « rossard », si on en fait un verbe, veut dire « je frappe ». Le dieu entendait le mot au premier sens. Sosie feint de le prendre au second.

2. Jeu de mots, le verbe employé par Mercure signifiant « comprimer », et pouvant s'entendre (comme le fait le dieu) au sens de « réprimer », mais, en même temps, à celui de « violenter ».

*Page 25.*

1. Fils de Dave : l'expression est pleine d'une forfanterie comique. Un bourgeois, un citoyen, un noble, portent, en Grèce, un nom qu'ils font suivre de celui de leur père, pour indiquer leur origine honorable, ou glorieuse; un usage analogue existe à Rome. Or, un esclave n'a pas de père légal... Dave est le nom porté par de nombreux esclaves.

*Page 27.*

1. Ce port existait; c'était celui où, sur les rives de l'Eubée, la flotte perse avait relâché au temps des guerres médiques. Mais Thèbes est située à l'intérieur des terres.

*Page 29.*

1. Usage typiquement romain : lorsqu'un grand personnage mourait, ses proches prenaient, avec de la cire, un moulage de son visage; ce masque funéraire était soigneusement conservé dans le sanctuaire familial. Mais seules les grandes familles possédaient le « droit d'images ». Sosie se sent flatté de trouver ainsi sa propre image de son vivant!

2. Cette formule volontairement énigmatique signifie simplement que le fils de Jupiter (le père le plus « grand ») a été

conçu le second, tandis que celui d'Amphitryon (moins grand que Jupiter) est l'aîné (le plus grand).

*Page 30.*

1. La porte d'une maison, alors, grinçait sur ses gonds — du moins est-ce là une convention de la comédie, l'expression est destinée à préparer un changement de scène, l'arrivée d'un personnage qui sort d'une des maisons figurées par le décor.

2. Selon l'usage romain, c'est le père qui, à la naissance, décide s'il reconnaît l'enfant comme légitime, et s'il convient de l'élever. Pour cela, l'enfant est posé à terre devant lui, et s'il le prend dans ses bras et l'élève au-dessus du sol, c'est qu'il l'accepte ; s'il n'y touche pas, l'enfant est exposé dans la rue, où les chiens, le froid, les marchands d'esclaves décident de son sort.

3. « Celle qui est là-haut » est Junon, l'épouse légitime, et fort jalouse. Si elle était au courant, elle ferait payer cher à son mari cette infidélité.

*Page 31.*

1. Le parasite est l'officieux, citoyen pauvre, affranchi, etc., qui accompagne un homme riche et lui rend des services, plus ou moins bienvenus. En retour, il reçoit sa nourriture. Sur ce type comique, voir Térence, *L'Eunuque.* À l'origine, la coutume est grecque, mais elle existe aussi à Rome au temps de Plaute.

*Page 35.*

1. Il est possible que les deux dernières répliques de la scène aient été ajoutées, au cours des siècles, par quelque interpolateur. Du moins les éditeurs l'assurent-ils.

*Page 36.*

1. Sosie a une « camarade » : le mariage entre esclaves n'existait pas, mais des ménages de fait s'établissaient entre valets et servantes dans les grandes maisons. Ces unions, précaires, ne duraient qu'aussi longtemps que le maître les permettait. Mais il avait intérêt à les rendre durables, l'esclave se trouvant ainsi attaché à la maison, et les enfants qui en naissaient constituaient un véritable revenu pour le patrimoine (cf. la note 1 de la page 267).

*Page 38.*

1. Les deux dernières phrases, qui disent à peu près la même chose, représentent sans doute une rédaction double.

2. Nous avons vu ce qu'étaient les auspices (cf. la note 1 de la page 18). Le général les prend chaque fois qu'il sort de l'enceinte religieuse que forme la ville, sans quoi son activité en campagne n'est pas valable, le fait qu'il soit rentré dans la ville annule les auspices précédents. Après avoir quitté sa femme, Amphitryon a dû procéder à une nouvelle consultation des présages, ce qui peut demander un certain temps, d'où la question d'Alcmène. Tout cela est typiquement romain.

3. Les bacchantes sont, on le sait, des dévotes de Bacchus, possédées par le dieu, qui leur inspire un délire violent. Elles errent dans les rues de la ville et dans la campagne, frappant de leur thyrse (long bâton orné d'une guirlande de lierre) les passants qu'elles rencontrent. Thèbes était la cite par excellence du culte de Bacchus. Mais, jusqu'en 186 avant Jésus-Christ, donc à l'époque où, selon toute vraisemblance, a été composée cette pièce, les « bacchanales » avaient lieu à Rome même et dans toute l'Italie.

*Page 39.*

1. Toutes ces marques de tendresse sont considérées comme la manifestation la plus extrême de l'amour porté par une épouse à son mari; elles sont exceptionnelles. On sait que Caton n'embrassait sa femme que les jours d'orage, et parce qu'elle avait peur du tonnerre. Il existe une grande retenue dans les manifestations de l'amour conjugal.

2. Le mauvais présage est constitué par le mot prononcé par Sosie : le mot attire la chose.

3. La réplique de Sosie contient un intraduisible jeu de mots. Le terme employé (ce que mérite la femme) signifie à la fois une « rossée » et une « pomme ».

*Page 40.*

1. Cette offrande faite d'une bouillie de farine avec quelques grains de sel est la *mola salsa,* l'offrande rituelle dans le culte domestique.

2. Sosie se plaît à lancer à sa maîtresse des reparties à double sens — un sens apparemment convenable, et un autre qui est une insolence (cf. la note 3 de la page 39).

*Page 42.*

1. Il s'agit d'Alcmène; si elle est au courant de tout ce qui s'est passé sans que personne le lui ait dit, il faut qu'elle soit sorcière, qu'elle soit un être plus qu'humain.

*Page 43.*

1. Ordinairement, lorsqu'il y avait des invités, les conve-

nances interdisaient à l'épouse de prendre place, avec les convives masculins, sur les lits de table. Les femmes mangeaient alors assises, et à part. Mais, dans l'intimité, et surtout pour un repas de « retrouvailles », les deux époux s'allongeaient l'un près de l'autre pour prendre le repas. Chacun de ces détails est calculé pour mettre la jalousie d'Amphitryon au supplice.

*Page 44.*

1. Le texte est suspect. La répétition (comme plus haut, cf. la note 1 de la page 38) est peut-être la trace d'un remaniement postérieur à Plaute.

*Page 45.*

1. L'adultère est, à Rome, à l'époque de Plaute, le principal motif de répudiation.

*Page 46.*

1. C'est-à-dire l'appartement qui est censé se trouver à l'étage supérieur du décor (cf. la note 3 de la page 15).

*Page 48.*

1. Ces mots constituent la formule sacramentelle du divorce. On voit que la femme peut, aussi bien que le mari, rompre, par sa volonté, le mariage qui a cessé de lui plaire. Tous ces traits de mœurs sont purement romains.

2. Une femme de la bonne société, pas plus en Grèce qu'à Rome, ne pouvait sortir seule dans la rue. Pendant quelques années même, à Athènes, une loi punissait celles qui se montraient en public sans escorte.

3. Les mots prononcés par le faux Amphitryon constituent une formule usuelle de serment. Ici, ils prennent une valeur comique, étant donné la situation.

*Page 50.*

1. Cf. la note 1 de la page 31.

2. On mettait une couronne sur la tête en diverses occasions, lorsque l'on célébrait un sacrifice, mais, le plus souvent, simplement pour participer à un banquet. Les jeunes gens qui couraient les rues après boire (cf. la note 1 de la page 17) étaient ainsi couronnés de fleurs. Mercure va faire semblant d'avoir trop bien dîné.

*Page 51.*

1. L'évocation concerne une ville hellénistique typique; mais la présence d'un port empêche qu'il s'agisse de Thèbes; à Rome, il y avait bien un port fluvial, mais Plaute pense

plutôt à l'une des innombrables cités maritimes, de Naples à Syracuse, familières aux spectateurs qui avaient parcouru l'Italie.

2. Mercure feint de croire qu'Amphitryon est fou, pour frapper ainsi à une porte, et la folie a pour origine la malédiction des dieux.

*Page 52.*

1. Les ormeaux fournissaient les verges dont on frappait les esclaves.

*Page 55.*

1. L'*impluvium* est, on le sait, l'ouverture ménagée dans le toit recouvrant l'*atrium*, la pièce centrale de la maison romaine. Les deux monstres sont des dragons, des serpents volants. L'évocation de l'*atrium*, à ciel ouvert, est une image romaine.

*Page 56.*

1. Tirésias est le devin thébain rendu célèbre par la légende d'Œdipe. C'est l'une des figures familières du monde héroïque, avec Calchas.

## LA COMÉDIE DES ÂNES

*Page 65.*

1. Ce nom de Maccus, que Plaute se donne ici à lui-même, alors qu'ailleurs, dans *Les Trois écus* par exemple (cf. p. 939), il s'appelle Plautus, a donné lieu à une hypothèse fort invraisemblable, selon laquelle *La Comédie des ânes* ne serait pas l'œuvre de Plaute, mais d'un imitateur postérieur, dont la pièce se serait introduite dans le recueil des comédies plautiniennes. En réalité, il semble bien que Maccus, nom de « masque » du théâtre populaire, ait été le nom pris par Plaute au début de sa carrière; ce nom fut latinisé ensuite en Maccius. Ce qui confirme l'hypothèse que *La Comédie des ânes* serait l'une des plus anciennes composées par le poète (cf. la notice, p. 61). La « langue barbare » dont il s'agit est naturellement le latin.

*Page 66.*

1. *Dius Fidius* est le dieu de la lumière du jour, considéré comme garant de la bonne foi (la nuit, tous les mensonges, toutes les tromperies...); on faisait jurer les témoins, au tribunal, ou dans les débats privés, par *Dius Fidius*, qui n'était autre que Jupiter lui-même.

2. Allusion volontairement voilée au moulin qui, alors, se composait de deux meules, l'une conique, fixe, l'autre semblable à une bobine creuse, formait entonnoir et tournait autour de la première; le grain passait entre les deux et était écrasé. La machine tournait grâce à des bêtes de somme ou, parfois, elle était mue par des esclaves, que l'on punissait de la sorte (voir Apulée, *Les Métamorphoses,* IX, 11, p. 306 et suiv., *Romans grecs et latins,* Bibl. de la Pléiade).

3. Les manuscrits ajoutent ici un autre vers, dont le sens est : « Je ne puis comprendre de quoi tu parles ni où se trouve l'endroit que tu dis »; trace évidente de double rédaction ou de remaniement.

4. Description pittoresque et horrifique du moulin (voir la note 2 précédente), où les esclaves travaillaient enchaînés, sous la menace perpétuelle du fouet (en peau de bœuf).

5. On connaît la coutume qui consiste à cracher pour détourner le mauvais sort. Ici, on en voit l'une des origines probables : le mot de mauvais augure est considéré comme entraînant une souillure matérielle, nuisible en elle-même, et dont il faut se purifier la bouche.

*Page 67.*

1. Nous sommes en pays grec; le « négociant » (armateur, qui accompagne lui-même le navire sur lequel il a embarqué de la marchandise, parfois en s'associant avec des amis) est un type familier à la comédie, et aussi à la tragédie (voir *Philoctète* de Sophocle, par exemple). Il a un costume particulier, un « blouson » (chlamyde, tenue du soldat) et, surtout, fort caractéristique, un chapeau souple à larges bords, le pétase, qui est aussi l'un des attributs d'Hermès, le dieu voyageur.

*Page 69.*

1. À Athènes, comme à Rome, les banquiers avaient des boutiques le long de la place publique *(agora, forum)*, boutiques légères, sous des auvents d'osier, devant lesquelles se trouvait le comptoir, où l'on pesait les monnaies (cf. la note 1 de la page 82).

2. Vers dont le sens est probablement double : un bâton se dit, en latin, *scipio,* et c'est aussi le surnom d'une branche célèbre de la gens *Cornelia* (les *Cornelii Scipiones*), qui ont joué un très grand rôle politique au temps où vivait Plaute. On en conclut que le poète désigne ici, plaisamment, le magistrat qui donnait les jeux, et qui aurait été un Scipion (cf. la notice, p. 62).

3. Les *triumviri capitales,* les magistrats de police dont nous avons rappelé les fonctions, ci-dessus (cf. la note 2 de la page 17).

*Page 70.*

1. Les philippes sont une monnaie d'or, frappée par Philippe de Macédoine, le père d'Alexandre; leur aloi était si bon qu'ils étaient considérés comme le type même de la monnaie d'échange; leur circulation se poursuivit longtemps.

*Page 72.*

1. Littéralement : « avec un crédit grec »; expression proverbiale qui désigne l'absence de tout crédit, de toute confiance dans la solvabilité du client.

2. Littéralement : « La rentrée d'argent étant sans valeur... ». Nous ignorons la fin de cette expression, apparemment proverbiale.

*Page 73.*

1. Vingt mines, prix autour duquel se situe la valeur des filles esclaves, dans le théâtre de Plaute; une mine équivaut à 100 drachmes attiques, c'est-à-dire 100 francs-or environ. Ce prix, apparemment très élevé, répond pourtant, sans doute, à la réalité.

*Page 74.*

1. Ici un vers, supprimé par les éditeurs : « Ainsi pour imaginer quelque tromperie afin de trouver de l'argent. »

2. Liban prend ici l'attitude d'un *imperator,* un général qui, avant de partir en campagne, prenait les auspices et consultait les présages fournis par les oiseaux.

*Page 75.*

1. L'autre, qui s'est montré négligent, est l'*ostiarius,* le portier, à qui avait été confiée la garde de la demeure qui aurait été pillée par Léonidas. *L'ostiarius* était un esclave, souvent attaché par une chaîne à sa loge, pour qu'il ne pût abandonner sa surveillance.

2. Le quadrige blanc est le privilège des grands dieux, à Rome de Jupiter; les chevaux blancs sont des symboles de la lumière du ciel. Certains triomphateurs, comme Camille, ont osé atteler leur char de quatre chevaux blancs, mais cela était mal vu du public, qui considérait cette audace comme sacrilège.

3. Liban veut dire que Léonidas, en sueur pour avoir couru, tremble de ne pas le rencontrer; il est donc dans l'état d'un homme atteint d'un accès de fièvre, ce qui est évidemment mauvais signe!

*Page 76.*

1. Équivoque obscène sur l'expression *comprimere linguam* qui signifie à la fois « faire taire » et « éteindre ».

*Page 77.*

1. L'Arcadie était le pays par excellence des ânes, et il y avait assurément des marchands à Pella, en Macédoine. Le rapprochement des deux noms suggère cependant une intention de l'auteur de la pièce grecque, Pella étant la capitale des rois de Macédoine (cf. la notice, p. 62).

*Page 79.*

1. Il s'agit du petit esclave, comme chaque Grec en traînait toujours un ou deux avec soi, pour les menues commissions.

*Page 80.*

1. Le costume traditionnel des esclaves, à la scène, comportait une perruque rousse (cf. la note 2 de la page 16).

2. Le descendant d'Éaque est Achille, le héros colérique et vaillant par excellence.

*Page 82.*

1. Les transactions commerciales pouvaient avoir lieu selon plusieurs méthodes; le versement en espèces n'était pas la plus fréquente; souvent, on procédait par un virement sur un compte bancaire, sur la même place, ou d'une place à l'autre, les banquiers ayant des correspondants dans les principales cités du monde grec et barbare. Mais, si le versement avait lieu en espèces, il était prudent de faire contrôler par un changeur (c'est-à-dire encore un banquier) le poids et l'authenticité de chaque pièce.

2. Dromon est un esclave (nom typique : « celui qui court »); il est apparemment loué à quelque particulier qui emploie ses services pour un travail déterminé; légalement, son salaire appartient au maître. Il y avait ainsi des entrepreneurs spécialisés qui louaient de la main-d'œuvre.

*Page 84.*

1. En fait, il est impossible d'assigner en justice un esclave; seul, le maître de l'esclave est responsable judiciairement pour les méfaits de celui-ci. Mais le marchand veut dire qu'il assigne Léonidas devant son juge, c'est-à-dire son maître, qui possède tous les droits sur lui.

*Page 85.*

1. En principe, seuls les hommes libres, à Rome, portaient

des vêtements blancs. Les esclaves, souvent aussi les petites gens, par économie, portaient des vêtements de bure, sombres.

*Page 87.*

1. Nous traduisons littéralement un texte, évidemment corrompu et, de plus, qui présente deux lacunes; la phrase ne se laisse pas construire normalement.

2. Liban tient, ici encore, le langage d'un *imperator* victorieux, qui raconte une campagne où il est intervenu pour aider son collègue, l'autre consul. On a pensé à l'exemple le plus célèbre d'une telle collaboration, et estimé que Plaute faisait ainsi allusion à la victoire du Métaure, obtenue par l'action combinée des deux armées consulaires (207 av. J.-C.). Mais l'histoire antérieure (et aussi postérieure) ne manque pas de tels épisodes.

*Page 89.*

1. Ce trait ne saurait appartenir à Plaute; il ne peut remonter qu'à la comédie grecque qui est la source de celle-ci, et, sans doute, au temps où Démétrios de Phalère s'efforçait, à Athènes, par une législation somptuaire, de corriger les mœurs jugées dissolues de ses compatriotes (cf. la notice, p. 62).

2. *Orcus* est le nom latin de Pluton, le dieu des morts. Argyrippe menace de se tuer.

*Page 90.*

1. Patron est le nom que prenait l'ancien maître de l'esclave après l'affranchissement de celui-ci; juridiquement, il était considéré comme son « père », puisque c'était par lui que l'esclave avait accédé à la citoyenneté.

*Page 93.*

1. Comme le font, dans la basilique, les gens importants, qui vont de long en large, entourés de leurs amis, et attendant qu'on les aborde.

*Page 96.*

1. Texte très incertain.

2. Beaucoup de tableaux étaient peints sur bois avec de la cire colorée. Le tableau venant à se brouiller, les couleurs à se mélanger, la cire demeurait, et pouvait recevoir l'écriture.

*Page 97.*

1. Allusion à des superstitions de table : quand on buvait à la même place qu'un autre, on lisait dans ses pensées. Manœuvres de coquetterie amoureuse.

*Page 98.*

1. Peut-être des « chansons de funérailles », c'est-à-dire des couplets entonnés à la gloire du mort, et où les éloges étaient souvent assez exagérés, parfois imaginaires.

2. La coutume voulait qu'on ne se mît à table et que l'on ne commençât à boire qu'à la nuit tombée; commencer à festoyer alors qu'il faisait encore jour était signe de débauche.

*Page 99.*

1. On sait que, à Rome, les convives s'installaient, couchés, sur des lits de table, disposés en un rectangle ouvert, ou bien en demi-cercle; on apportait devant les dîneurs de petites tables toutes servies.

*Page 102.*

1. Le « lit du haut » est le lit de droite; la place du maître de maison, et la plus honorable, est sur le lit du milieu. C'est là qu'est installé Déménète.

2. Grande importance de la dot dans les relations entre maris et femmes, à Athènes aussi bien qu'à Rome. Une femme richement dotée avait, naturellement, une situation plus forte qu'une femme entrée dans la maison sans rien apporter. À Rome, de plus, en cas de répudiation par le mari, celui-ci était tenu de restituer la dot; or, au bout d'un certain nombre d'années de vie commune, cette dot a été investie dans le patrimoine de telle sorte que, pour la restituer, il faut réaliser à perte, et bien des maris hésitent à se débarrasser d'une épouse dont ils ont pourtant assez!

3. Les *tali* sont des osselets, que l'on lance sur la table, pour connaître l'avenir, en formulant des souhaits. Le coup de Vénus est le plus avantageux, celui qui l'emporte sur tous les autres.

*Page 104.*

1. Assimilation de la situation de Déménète à celle d'un débiteur insolvable, reconnu tel par décision judiciaire, et, en conséquence, adjugé comme esclave à son créancier.

## LA COMÉDIE DE LA MARMITE

*Page 115.*

1. Le dieu Lare est le génie protecteur de la maison romaine. Il n'a pas d'équivalent exact dans le monde grec, bien que la religion hellénique connaisse des « démons » bienfaisants

(δαίμωνες), protecteurs d'un site ou d'un lieu particulier. Plaute a donc ou bien inventé ce monologue d'exposition, ou bien, plutôt, a transposé celui qu'il trouvait dans son modèle. Le plus souvent, il existe deux dieux Lares, formant un couple; mais le singulier est attesté aussi, pour l'époque ancienne.

2. C'est-à-dire aussi pauvre qu'il était né; sans avoir eu connaissance du trésor.

*Page 116.*

1. Ce trait est purement grec; les historiens de la religion romaine s'accordent à penser que Cérès, la déesse romaine du blé, n'était pas célébrée au cours de fêtes nocturnes, par les femmes. En revanche, la déesse Déméter, à qui Cérès avait été de bonne heure assimilée, connaissait de telles fêtes qui avaient lieu chaque année à Athènes.

2. L'aiguillon, bâton armé d'une pointe acérée, est l'un des instruments utilisés pour châtier les esclaves.

*Page 118.*

1. Philippe et Darius, les deux rois dont le monnayage était resté particulièrement célèbre (cf. la note 1 de la page 70).

2. En ce temps-là, on s'ingéniait à ne pas laisser s'éteindre le feu du foyer; on conservait toujours quelque tison sous la cendre, comme cela se pratiquait naguère dans les campagnes.

3. Le latin dit : la Bonne Fortune, parce que la Fortune, en elle-même, peut être favorable ou nuisible. Le français ne l'entend pas ainsi.

4. Sur le théâtre, dans le décor habituel des comédies, figurait souvent un sanctuaire, dont la mention est habituelle, chez Ménandre par exemple.

5. La curie est une circonscription religieuse romaine, groupant le peuple autour d'un culte commun; primitivement, la curie était aussi une circonscription politique; mais, après la généralisation des assemblées centuriates, qui avaient substitué à la curie des classes de type militaire, la curie était restée le cadre des distributions d'argent, des banquets offerts par les magistrats élus, etc.

*Page 119.*

1. Le latin dit plus simplement : une sœur germaine (du même père et de la même mère).

*Page 120.*

1. Prière solennelle; la sœur de Mégadore est sentencieuse. Mais l'obligation d'avoir des enfants, pour continuer le culte familial, était, elle aussi, religieuse.

2. *Postumus* : littéralement « le dernier »; nom donné à l'enfant qui naissait après la mort de son père. Le trait est typiquement romain.

*Page 122.*

1. Mot « philosophique » : la véritable richesse consiste dans la modération des désirs, leur adaptation aux moyens réels possédés.

2. Comme on faisait pour assommer un chien errant, l'une des calamités des villes antiques, où des bandes de chiens opéraient le nettoyage des rues, mais parfois se révélaient dangereuses pour les passants.

*Page 123.*

1. Allusion à une fable perdue, mais dont on peut reconstituer le sens : les alliances entre personnes de rang inégal ne sont profitables à personne, surtout pas au plus faible des deux!

*Page 124.*

1. Le latin dit : je ne puis payer des jeux; c'était là une obligation des magistrats, notamment des édiles, qui, pour remercier le peuple, prenaient à leurs frais la célébration des jeux publics. Ils s'y endettaient souvent d'une manière très lourde.

*Page 127.*

1. Un « talent d'or » (grand talent) vaut 600 mines; c'est une somme extravagante, sans proportion avec le prix réel d'un esclave cuisinier (cf. la note 1 de la page 73).

2. On sait qu'un citoyen, à Rome, lorsqu'il s'estimait lésé, et voulait intenter une action en justice, devait d'abord se présenter devant le préteur, qui décidait s'il y avait lieu, ou non, à procès.

3. Les cuisiniers que l'on voit dans les comédies sont le plus souvent des artisans libres, qui se louaient pour des « extras »; ils avaient la réputation de prendre volontiers tout ce qu'ils trouvaient à leur portée dans les maisons où ils s'introduisaient ainsi.

4. Tous les neuf jours, à Rome, avait lieu un marché, où se rassemblaient les gens de la campagne; véritable foire, à l'occasion de laquelle se tenaient des assemblées politiques, etc., ce marché attirait toutes sortes de marchands ambulants, notamment des cuisiniers en plein vent, qui vendaient leur marchandise aux paysans venus de loin.

5. C'est-à-dire « voleur ».

*Page 128.*

1. La citerne est, dans la maison grecque aussi bien que romaine, une cellule étanche ménagée sous la cour intérieure (ou, à Rome, l'atrium); n'ayant d'autre issue que la trappe par laquelle on puise l'eau, elle constitue un cachot particulièrement sûr.

*Page 129.*

1. Nous connaissons assez mal ces « Noces de Cérès » qui sont souvent identifiées par les historiens de la religion romaine aux Noces de Pluton (ou d'Orcus, cf. la note 2 de la page 89), rite authentique de la religion romaine. En réalité, Plaute fait seulement ici allusion à l'interdiction du vin dans les fêtes de Cérès de rite grec (Le Bonniec, *Le Culte de Cérès à Rome,* Paris, 1958, p. 438 et suiv.). Il est possible que ce trait vienne de l'original grec de la pièce.

2. Plaisanterie sur le double sens des mots *Superi* (ceux d'en haut, mais aussi, les dieux du ciel) et *Inferi* (ceux d'en bas, mais aussi, les dieux des morts, ou les morts eux-mêmes).

*Page 130.*

1. Les pains étaient alors des sortes de galettes rondes, telles qu'on en voit au Musée de Naples, et qui proviennent de Pompéi. Le pain, au moins les jours de fête, était cuit à la maison. Il était vulgaire de l'acheter chez le boulanger.

*Page 131.*

1. Le bacchanal est ici le lieu où se célèbrent les rites mystérieux et violents de Bacchus. Nous sommes au temps où le culte de Bacchus s'était introduit à Rome et donna lieu à un grand scandale (186 av. J.-C.).

2. Les triumvirs sont ces magistrats de police dont il a été déjà question (cf. la note 2 de la page 17).

*Page 132.*

1. Jeu de mots; le latin dit « si ta tête a de la sagesse » et « si ta tête éprouve une sensation » (c'est-à-dire : ressent la douleur des coups qu'elle a reçus). En latin, le terme *sentire* a les deux acceptions.

2. *Laverna* est le nom de la déesse que les voleurs considéraient comme leur protectrice.

3. Le *pipulum* consiste en cris que vient pousser devant la porte de celui qui l'a offensé l'homme qui se prétend victime d'une injustice.

*Page 133.*

1. Les troupes d'esclaves conduits au marché pour être

vendus, par un marchand d'esclaves, étaient considérées comme formées d'individus dangereux, nous dirions des « repris de justice ».

*Page 135.*

1. Les magistrats désignés ici sont les *gynaeconomes,* contrôleurs institués à Athènes sous le gouvernement de Démétrios de Phalère, à la fin du IV^e siècle avant Jésus-Christ; ils avaient pour fonction de surveiller l'application des lois somptuaires (toilette des femmes, mais aussi réceptions données par les particuliers, et qui ne devaient pas comprendre plus d'un certain nombre de convives, ni coûter plus d'une somme déterminée).

2. Nous ne savons pas au juste à quel impôt, athénien ou romain, fait ici allusion le texte, apparemment une somme destinée à faire face aux charges militaires de la cité, et directement perçue par des soldats. L'hypothèse la plus vraisemblable est qu'il s'agit du « trésor militaire » *(stratiotica),* en vigueur à Athènes au IV^e siècle et un moment, semble-t-il, aboli, pendant le gouvernement de Démétrios de Phalère, mais remis en vigueur à la chute de celui-ci, c'est-à-dire à partir de 307.

*Page 136.*

1. Le latin dit : « Pourquoi te convoques-tu tout seul à part du sénat ? »

2. Géryon est le monstre, vaincu et tué par Hercule, qui possédait trois têtes et trois corps, et qui vivait dans l'extrême Occident, où il gardait les troupeaux du dieu des morts, Hadès.

3. Argus est le monstre aux cent yeux qui fut chargé par Héra (Junon) de garder Io, que la déesse savait être la maîtresse de Zeus (Jupiter) et que celui-ci avait transformée en génisse, pour dérouter les soupçons de son épouse. Argus, veilleur infatigable, fut malgré cela endormi par Hermès (Mercure), et mis à mort.

*Page 137.*

1. Jeu de mots : *curio,* terme qui désigne le président d'une curie (cf. la note 5 de la page 118), évoque, par sa forme, le mot *cura,* qui signifie « souci ».

2. Nous ne sommes pas très renseignés sur ces lanternes puniques; il semble que ce soient des lanternes formées de peaux translucides, tendues sur une armature de baguettes légères, et éclairées à l'intérieur par une lampe à huile.

3. Rituellement, il convenait de n'offrir un sacrifice qu'après s'être purifié tout le corps. Le mariage est célébré, à Rome comme en Grèce, au cours d'une cérémonie où l'on offre un

sacrifice aux dieux qui doivent rendre l'union heureuse et féconde.

4. Ce Strobile n'est pas le même personnage que l'esclave de Mégadore, que nous avons déjà vu à la scène IV de l'acte II. Il y a là un petit problème (cf. la notice, p. 110).

*Page 140.*

1. On portait plusieurs tuniques superposées, en plus ou moins grand nombre selon la saison.

*Page 142.*

1. *Extra murum*, dit le texte; ce qui permet de faire sortir le personnage par la droite, dans la direction qui est, traditionnellement, celle « du port ».

2. Junon Lucine est la protectrice des femmes en couches. C'est elle qui amène au jour *(lux)* l'enfant jusque-là dans le sein de sa mère.

*Page 143.*

1. Les griffons sont des oiseaux mythiques; ils passaient pour vivre dans les pays riches en mines de métaux précieux, qu'ils gardaient contre les entreprises des hommes.

2. Le roi Philippe, le roi riche (cf. la note 1 de la page 70).

3. Le génie *(genius)* de tout homme est le démon, qui symbolise (ou incarne ?) la puissance vitale de cet homme; c'est le génie qui se plaît aux nourritures et aux boissons généreuses, à tout ce qui « fait plaisir » à l'homme, exalte sa vitalité.

*Page 147.*

1. Cf. la note 1 de la page 116.

2. « Au dixième mois », dit le latin, se référant à la vieille division de l'année en mois lunaires de vingt-huit jours.

*Page 148.*

1. Jeu d'enfant, d'ailleurs inconnu; on déduit de ce texte que les enfants cherchaient dans la fève le germe, ou quelque malformation dont ils tiraient un présage. Tout cela est fort incertain.

## LES BACCHIS

*Page 158.*

1. Nous ne possédons pas d'argument pour cette comédie, tout le début ayant disparu dans les manuscrits. Quelques

fragments, eux-mêmes lacunaires, figurent dans des citations de grammairiens ; ils ne fournissent pas un sens cohérent.

*Page 159.*

1. La numérotation des vers tient compte de fragments isolés, connus par des citations de grammairiens anciens, et qui se rapportent à la partie perdue de la pièce. Ces fragments laissent entrevoir au moins deux scènes d'exposition, l'une où Bacchis I parle d'un jeune homme « plus malheureux qu'Ulysse », qui « erre à l'intérieur des murs de sa propre patrie ». D'autre part, nous avons des bribes de propos tenus par un esclave, en train, apparemment, de balayer le seuil de la maison. Il était aussi question, dans ces scènes, d'un mercenaire — le soldat qui joue un rôle dans la pièce —, un fanfaron dont Plaute fait dire à un personnage qu'il devait être originaire de Préneste, tant il était fier. La ville de Préneste (Palestrina), à une trentaine de kilomètres de Rome, était déjà une cité prospère alors que Rome était encore dans l'enfance. Mais ces fragments sont très morcelés ; nous avons jugé inutile de les traduire.

*Page 160.*

1. Sur le bacchanal (cf. la note 1 de la page 131).
2. Nous empruntons cet à-peu-près, qui rend un jeu de mots analogue, dans le texte, à la traduction de A. Ernout.
3. Dans la partie perdue, on apprenait, apparemment, que Mnésiloque et Pistoclère étaient deux camarades d'éphébie, et nous avons vu (cf. la note 1 de la page 159) que le personnage du soldat était présenté.

*Page 161.*

1. La « palestre » est la demeure des deux courtisanes ; normalement, les jeunes gens, au cours de leur année d'éphébie, fréquentaient la palestre, à la fois école et lieu d'entraînement sportif (cf. le discours de Lydus, p. 174).
2. Le mot désigne les organes virils, par un à-peu-près du langage populaire.
3. Le ceste, on le sait, est une bande de cuir que l'on assujetissait autour de la main des « boxeurs », l'équivalent de notre moderne gant de boxe, mais sans le rembourrage intérieur. L'anse du canthare (grande coupe à boire) est assimilée au ceste ; elle aussi entoure la main qui la tient.
4. Le mot employé par Plaute, terme grec, désigne l'ustensile traditionnellement destiné aux ablutions intimes des femmes.
5. Sur la pratique du jeu d'osselets au cours des beuveries, *symposia* (en latin *commissationes*), qui suivaient les banquets, cf. la note 3 de la page 102.

*Page 162.*

1. Le poisson était considéré comme la nourriture délicate par excellence; nous sommes à Athènes, où les pêcheurs du Pirée venaient vendre leurs prises aux riches gourmets de la ville.

*Page 163.*

1. Pistoclère, pour se rendre chez Bacchis, a pris le costume des dîneurs, de ceux qui vont faire la fête; essentiellement, une couronne de fleurs sur la tête.
2. Lycurgue, le législateur de Sparte, était d'une austérité légendaire; les lois qu'il avait données à la ville en gardaient la marque.
3. Cette « procession » est constituée par les membres du *comos,* le cortège de fête, qui accompagne Lysitélès chez Bacchis : esclaves portant les emplettes faites au marché, probablement joueuse de flûte, etc.
4. Thalès de Milet, philosophe, astronome, mathématicien, et l'un des sept sages. Le vieil esclave précepteur, Lydus, est, comme son nom l'indique, originaire de Lydie, en Asie mineure, un pays qui n'est pas fort loin de Milet.
5. Jeu de mots entre *Lydus* et *ludus* (« école »); le *y* et le *u* pouvaient recevoir une prononciation à peu près semblable.

*Page 164.*

1. Hercule avait pour maître le musicien Linus, qui lui enseignait l'art de la lyre; un jour, Linus, ayant frappé Hercule, qui se montrait maladroit, fut assommé par son redoutable élève.
2. Phénix (ou Phœnix) est l'un des compagnons d'Achille; Pélée, le père de celui-ci, lui avait confié son fils, lorsqu'ils partirent, ensemble, à la guerre de Troie. Phénix joua, auprès du héros, le rôle de conseiller, et il apparaît dans *L'Iliade.* Après la mort d'Achille, c'est lui qui alla annoncer la nouvelle à Pélée.

*Page 165.*

1. Allusion au traditionnel sanctuaire, qui fait toujours partie du décor de la comédie (cf. la note 4 de la page 118).
2. Métaphores empruntées au langage juridique romain, et évidemment introduites par Plaute. Ce sont deux modes de contrainte : la contrainte par caution et, naturellement, la contrainte matérielle.

*Page 166.*

1. Allusion aux politesses d'usage, lorsque l'on rencontrait un ami revenant de l'étranger; voir par exemple ci-des-

sous, p. 178. Chrysale tient Pistoclère quitte de ces formalités banales.

2. Les vases de Samos sont une vaisselle bon marché, répandue surtout dans le monde romain; on pense que l'expression désigne en fait des produits fabriqués en Italie, à l'imitation des vases importés d'Orient. Les premières mentions qui en soient faites sont chez Plaute et, une ou deux générations plus tard, chez Lucilius.

*Page 167.*

1. On voit que Plaute cite ici une pièce qu'il a fait représenter, *Epidicus* (cf. p. 387), et qui semble avoir été écrite vers 194 avant Jésus-Christ (cf. la notice, p. 156); cela implique que *Les Bacchis* soient postérieures à cette date.

2. Sur la monnaie d'or appelée philippe, cf. la note 1 de la page 70.

*Page 168.*

1. Jeu de mots entre le nom de Chrysale et celui de l'or (χρυσός), le second ayant servi à former le premier, ou du moins s'y retrouvant.

2. Le bélier de Phrixos est un animal légendaire, un bélier couvert d'une toison d'or, donné par Hermès, ou Zeus, au roi Athamas (ou à sa femme Néphélé); cet animal pouvait voler; c'est sur son dos que s'enfuirent Phrixos et Hellé, les deux enfants d'Athamas, que leur marâtre Ino voulait tuer. Hellé tomba dans la mer appelée depuis lors Hellespont (Dardanelles), mais Phrixos parvint en Colchide (région du Caucase, sur la mer Noire) et le bélier fut sacrifié à Arès, mais sa toison conservée dans le temple du dieu. C'est là que viendra la chercher Jason, un peu plus tard.

*Page 169.*

1. Les récupérateurs sont des juges chargés de faire rentrer ou restituer des fonds; ils sont désignés par le préteur dans des affaires comportant de telles actions. Naturellement, l'usage est purement romain; le poète latin transpose un usage grec.

2. Autolycos est le fourbe par excellence; héros mythique, il est fils d'Hermès (le dieu rusé) et, par sa fille Anticlée, il est le grand-père d'Ulysse. Il a le don de pouvoir voler sans être jamais pris. Les auteurs avaient dressé la liste de ses larcins les plus célèbres. Il figure parmi les Argonautes.

3. Jeu sur une étymologie supposée du nom d'Archidémide (qui signifie, en fait, descendant d'Archidamas), où Plaute feint de retrouver le mot latin *damnum*, perte, vol, joint au préfixe *archi*, à valeur augmentative; ce qui revient

à comprendre que le nom signifie « archivoleur », ou « voleur en chef ». On sait que les Romains tiraient volontiers des présages du nom des personnes qu'ils rencontraient ou qui intervenaient dans une affaire.

4. L'expression dont se sert Plaute (*turbare ratem*) est peu claire; elle peut signifier : « donner une allure désordonnée à leur barque », et nous avons essayé d'interpréter, d'après le sens général.

*Page 170.*

1. Le temple de Diane, à Éphèse, servait, en vertu d'une longue tradition, de lieu de dépôt; cet usage est encore attesté par César, de son temps. Ce temple formait une sorte d'État dans l'État : inviolabilité, droit d'asile, rôle politique des grands prêtres, etc.

*Page 173.*

1. Ici, un demi-vers probablement hors de place : « mais je le vois qui arrive »; tout ce monologue, qui constitue un *canticum*, présente des traces de désordre, qui tiennent peut-être à des remaniements de la pièce, au cours de reprises successives.

2. Le latin emploie une expression fort ramassée, disant à peu près : « Je vais voir si toi, vinaigre, tu as un cœur acide dans la poitrine. »

*Page 175.*

1. Cf. la note 2 de la page 137, à propos de la « lanterne punique ».

*Page 178.*

1. Les manuscrits présentent ici trois vers probablement interpolés, dont le sens est : « Oui, plutôt que de jamais l'enrichir d'un fétu par mes largesses, je préférerais mourir dans les tourments de la misère. »

*Page 180.*

1. Les pains étaient ronds (cf. la note 1 de la page 130).

*Page 181.*

1. Élatée est l'un des postes avancés d'Athènes, qui furent occupés par les rois de Macédoine, qui y installèrent une garnison; c'était le « verrou » de l'Attique. Ici, le soldat est l'un des mercenaires au service d'un roi de Macédoine, et nous voyons que cette comédie se réfère à une période où les rois de Pella étaient maîtres à Athènes — puisque les

communications sont libres entre leur place d'Élatée et la ville (cf. la notice, p. 155).

*Page 184.*

1. La coutume voulait que l'on offrît à Hercule la dîme des dépouilles (butin de guerre, bénéfice commercial); cette coutume est non seulement grecque, mais romaine et même carthaginoise.

*Page 185.*

1. Allusion au rapport déjà établi (cf. la note 1 de la page 168) entre le nom de Chrysale et le mot signifiant « or ».

*Page 186.*

1. La métaphore employée par Chrysale consiste à assimiler le vieillard à une forteresse; l'idée à laquelle se réfère Chrysale est un dispositif caractéristique de l'époque hellénistique, et développé plus tard à Rome : les portes flanquées d'une tour et protégées par deux ouvrages avancés, entre lesquels était ménagé le passage donnant accès à la ville.

*Page 187.*

1. « Mener la vie grecque », c'est mener une vie de plaisir; les mœurs romaines étaient restées plus austères.

*Page 188.*

1. Des pois chiches grillés (comme aujourd'hui des grains de maïs) étaient considérés comme une friandise; on en vendait dans la rue, au théâtre, etc.

*Page 189.*

1. Pour le travail du moulin, comme châtiment pour les esclaves, cf. la note 2 de la page 66.

*Page 190.*

1. Bellérophon est un personnage de la légende grecque; il est d'origine corinthienne; son grand-père est Sisyphe. Il dut s'exiler, dans sa jeunesse, et se retira auprès du roi de Tirynthe, Prœtos. La femme de celui-ci, Sthénébée, devint amoureuse de lui; mais il refusa ses avances; alors elle le calomnia auprès de son mari qui, n'osant tuer un hôte, l'envoya chez son beau-père Iobatès, roi de Lycie, en lui donnant un message cacheté, dans lequel il demandait à Iobatès de tuer le porteur. C'est ainsi que Bellérophon, sur l'ordre d'Iobatès, combattit la Chimère, qu'il vainquit, et s'illustra grandement.

2. Allusion à la façon dont on vendait les esclaves. On les exposait, sur une estrade, ou une pierre, et on vantait leurs qualités, souvent précisées sur une pancarte fixée à leur poitrine.

3. Ce vers est traduit de Ménandre. C'est d'ailleurs, en Grèce, un lieu commun, qui se trouve déjà chez Hérodote.

4. Autre vers traduit de Ménandre, et dont nous avons conservé le souvenir.

*Page 193.*

1. Cette liste des dieux est complexe; nous ne pouvons savoir si Plaute l'a transposée telle quelle de l'original grec, mais cela est peu probable; il a sans doute suivi la religion romaine. L'un de ces dieux, Summanus, est un Jupiter de l'orage, typiquement romain. Toutefois, la mention du Soleil, divinité du monde hellénistique, ne semble pas appartenir à la tradition romaine, où le Soleil divinisé n'apparaît qu'assez tardivement. Espérance *(Spes)*, Abondance *(Ops)* et Vertu *(Virtus*, à laquelle s'ajoute souvent *Honos)* sont l'objet d'un culte très vivant à la fin du IIIe siècle avant Jésus-Christ et au début du IIe, dans la Rome des guerres puniques.

2. Le temple d'Athéna, sur l'Acropole, est naturellement le Parthénon. On peut penser que ce temple, fermé le soir, était ouvert chaque matin, et Chrysale ferait allusion à ce fait. C'est du moins, parmi les hypothèses possibles, celle qui semble ici la plus probable.

*Page 194.*

1. Clinias et Démétrios sont, sans aucun doute, des personnages réels; le second est Démétrios de Phalère, qui gouverna Athènes de 317 à 307, et qui imposa des lois somptuaires (cf. la note 1 de la page 135). Clinias fut, pense-t-on, un célèbre parasite de ces mêmes années, l'un de ceux qui avaient poussé fort loin le luxe de la table, avec Chéréphon, et c'est contre des gens comme lui que Démétrios imagina ses lois.

*Page 195.*

1. Cet Épius est Épéios, le constructeur du cheval de bois, la machine de guerre qui servit aux Grecs à prendre Troie. Il recevait un culte dans la ville de Pise, en Italie, dont il passait pour avoir été le fondateur.

2. Sinon est un espion, laissé par les Grecs à Troie, tandis qu'ils faisaient mine de se retirer, et s'embossaient derrière Ténédos. Sinon avait mission de persuader aux Troyens de faire entrer dans leur ville le cheval de bois.

3. Alexandre est le nom porté souvent par Pâris, fils de Priam, ravisseur d'Hélène, et cause de la guerre de Troie.

4. Allusion à un épisode du siège de Troie, qui ne figure pas dans *L'Iliade,* mais dans les poèmes dits « cycliques », qui racontaient les différents événements de la guerre. Ulysse se serait fait mutiler à coups de fouet, pour se rendre méconnaissable, puis, déguisé en mendiant, se serait introduit dans la ville de Troie; il alla ainsi trouver Hélène, et lui promit la vie sauve si elle consentait à trahir les Troyens. On dit qu'Hélène avait prévenu Hécube, mais qu'Ulysse, par ses prières, avait touché le cœur de la reine, qui lui avait promis le secret.

5. Cette statue est l'image de Pallas, appelée Palladion : statue de type très archaïque (« statue-bloc », le bas du corps engagé dans un morceau de bois, où la partie supérieure du corps avait été seule représentée), ce Palladion passait pour être tombé du ciel; on le conservait à Troie, dans le temple d'Athéna, et l'on pensait que le salut de la ville était lié à sa conservation. Il fut enlevé par Ulysse et, finalement, on le montrait à Rome, aux temps historiques.

6. Troïlus est le plus jeune des fils de Priam. Un oracle disait que la ville ne pourrait être prise si Troïlus parvenait à l'âge de vingt ans. Il fut tué par Achille dès le début de la guerre.

7. Pour faire entrer dans la ville le cheval de bois, qui était de dimensions colossales, il était nécessaire d'éventrer la porte de la ville — la porte Scée, appelée ici porte Phrygienne. La cité demeurait ainsi sans défense.

*Page 197.*

1. Plaisanterie, Chrysale recourant à des mots ambigus, pouvant signifier « je te le dis à toi » ou « c'est à toi que je dis qu'il faut une bonne rossée ».

*Page 200.*

1. Coutume romaine; le butin fait par les soldats, et même les généraux, au cours d'une guerre, devait être remis au questeur, magistrat chargé de l'administration financière, qui procédait à son adjudication publique. Les sommes ainsi obtenues étaient versées au trésor. Une part en était donnée aux soldats, une autre au chef, mais tout devait se passer régulièrement.

*Page 204.*

1. Le texte met ici deux mots grecs signifiant « oui-da » (Ναὶ γάρ); l'emploi du grec appartient à la langue familière.

*Page 207.*

1. L'expression employée par Plaute est celle qui s'applique aux débiteurs insolvables, « adjugés » au créancier, qui en fait ses esclaves.

## LES PRISONNIERS

*Page 215.*

1. Trait de mœurs romaines. Seuls les citoyens possédant une fortune suffisante étaient recensés par les censeurs; ceux qui ne possédaient rien figuraient, collectivement, dans la classe la plus basse, celle des *capite censi* (recensés seulement pour leur personne).

*Page 217.*

1. Jeu de mots sur *invocatus* qui présente un double sens : « invoqué » et « non invité ». Comme l'explique Plaute un peu plus loin, le joueur de dés, pour obtenir un coup favorable, « invoquait » le nom de celle qu'il aimait. On sait que le coup le meilleur portait le nom de « coup de Vénus ».

*Page 218.*

1. Porte située, à Rome, au pied de l'Aventin, non loin du port. C'était, semble-t-il, le rendez-vous des « clochards ».
2. Le protecteur attitré du parasite, assimilé au « patron », usage seulement romain, était le jeune Philopolème, qui vient d'être fait prisonnier.

*Page 219.*

1. L'esclave fugitif était mis aux fers, si l'on parvenait à le rattraper. On peut penser aussi au supplice de la croix, au cours duquel il arrivait que l'on rompît les jambes du condamné.

*Page 221.*

1. Formule juridique romaine. Les « amis » de l'acheteur forment son conseil, et leur avis figure explicitement dans l'acte.
2. Les délicats préféraient à toutes les nourritures les coquillages (fruits de mer) et les poissons (cf. la note 1 de la page 162).

*Page 222.*

1. Les cris des deux prisonniers rappellent les hurlements rituels des pleureuses se lamentant sur un mort.

*Page 225.*

1. Orcus, le dieu des morts, sait seul qui entre dans son royaume.

2. Le texte dit Thensaurochrysonicochrysidès, mot plaisamment formé, dans lequel on discerne deux fois le nom de l'or, une fois celui qui désigne un trésor et une fois celui de l'âne. Le sens peut être : « L'âne doré portant un trésor formé d'or. »

3. C'est-à-dire « Celui qui protège les présents du dieu ».

4. Le sacrifice au Génie (la part de divin présente en chaque être humain) appartient à la religion domestique des Romains.

5. C'est-à-dire de la vaisselle commune, en terre cuite. Pour les actes du culte, on utilisait le plus souvent des vases précieux, en argent, ou du moins en bronze.

*Page 229.*

1. Le texte est probablement corrompu. Si on l'accepte, il signifie : de tout mon cœur, de toute mon intelligence, de toutes mes oreilles. Une correction simple permet de parvenir au sens que nous donnons : de toutes mes forces.

*Page 231.*

1. Le terme de *praetor,* dont se sert Plaute, est la traduction traditionnelle de celui de *strategos* (« général »), qui désigne le plus haut magistrat de la Ligue étolienne.

*Page 232.*

1. L'usage voulait que les parasites mangent assis sur des tabourets. La réputation des Spartiates, qui se contentaient d'un régime extrêmement frugal, est bien connue.

*Page 233.*

1. Quartier de Rome, situé entre le Palatin et le Capitole; c'est là que les producteurs d'huile venaient offrir leur marchandise. Apparemment, ils formaient une sorte de « syndicat » qui tenait les cours.

2. La loi romaine.

*Page 234.*

1. La divinité romaine du Salut. Elle avait son temple à Rome sur le Quirinal.

2. Le texte des manuscrits est très incertain. On peut

dégager, de ces débris, un autre sens : « Je ne fais que trouver des sottises, rien de sérieux. »

*Page 235.*

1. L'épilepsie. On croyait que le malade qui en était atteint était possédé par un « démon », et le crachat était censé exorciser celui-ci.

*Page 236.*

1. Trois personnages de la légende, célèbres pour leur folie.
2. L'esclave n'est qu'une chose; il n'a pas de père légal, ni d'épouse, ni d'enfants légitimes.
3. Jeu de mots. *Liber* signifie à la fois « libre » et *Liber Pater* (nom romain du dieu Bacchus). Tyndare dit donc : « Je ne suis pas Bacchus, je suis seulement Philocrate. »

*Page 238.*

1. Le grand Ajax, devenu fou, s'arma de son épée pour faire un grand carnage de moutons, qu'il avait pris pour des Grecs, et dont il voulait tirer vengeance.
2. Le latin dit : « entre la pierre et l'autel ». Le sacrifiant abattait la victime en la frappant avec une hache de silex, reste des rites de l'époque préhistorique.

*Page 239.*

1. Ce nom a déjà été donné comme le nom véritable du père de Philocrate (cf. p. 225, v. 288); l'autre n'était présenté que comme un surnom. Il n'y a dans la « révélation » d'Aristophonte rien qui doive déconcerter particulièrement Tyndare. Sans doute avons-nous trace ici d'une « suture », d'une maladresse d'adaptation. On a supposé aussi que le vers 288, qui mettait les choses au point, est une addition des copistes; mais cela n'est pas certain.
2. Cette description correspond au masque traditionnel de l'esclave malfaisant : cheveux roux, etc.

*Page 240.*

1. Deux de ces noms d'esclave, au moins, suggèrent des châtiments : *Colaphos* signifie « coup de poing » ou « soufflet »; *Corax* (corbeau) évoque les oiseaux de proie qui déchirent les cadavres des esclaves morts sur la croix. Le nom de *Cordalion* peut être rattaché au nom grec de la corde (*chorda*).

*Page 241.*

1. Le vers est incomplet; il manque un ou deux mots à la fin.

*Page 242.*

1. C'est-à-dire : on te donnera six cents coups de fouet.

2. Tyndare se livre ici à une profession de foi épicurienne et nie, curieusement, pour un homme de sa condition, les croyances traditionnelles.

*Page 243.*

1. Plaute emploie ici, en latin, des expressions de la langue religieuse; il compare les chaînes à une enceinte consacrée possédant ses propres auspices, son propre système de présages; analogie avec le magistrat sortant de la ville pour accomplir une mission officielle.

2. Jupiter, sur le Capitole, était le dieu des « dépouilles opimes », offertes par un chef romain ayant tué de sa main un chef ennemi. C'est en 222, donc assez peu de temps avant l'époque où fut, sans doute, écrite cette comédie, qu'eut lieu la dernière en date de ces consécrations, après la victoire de Claudius Marcellus sur le chef insubre Viridomar.

*Page 244.*

1. Expression traditionnelle du droit romain. Un héritage comportait, à côté des legs positifs, un certain nombre d'obligations à remplir, notamment des cérémonies religieuses à célébrer en l'honneur du défunt. Un héritage « sans obligations religieuses » (*sine sacris*) était donc tout bénéfice.

*Page 245.*

1. Comme celui que publiait chaque magistrat à son entrée en charge, et qui définissait les règles qu'il comptait suivre dans son administration. Coutume romaine.

2. Les boulangers, à Rome, étaient en même temps des meuniers; ils se trouvaient donc en possession d'une grande quantité de son, dont ils se servaient, apparemment, pour engraisser des porcs, au grand ennui du voisinage. Ce problème de police urbaine est strictement romain.

3. Jeu de mots intraduisible, le même vocable désignant à la fois le son et les pellicules de la tête.

*Page 247.*

1. C'est-à-dire possédant les caractères rituels exigés par les dieux.

2. Jeu de mots. Hégion dit : « Tu m'as l'air d'avoir

faim »; Ergasile fait semblant de comprendre : « Tu as l'air d'avoir faim pour moi. » Aussi répond-il : « C'est pour moi, non pour toi, que j'ai faim. »

*Page 248.*

1. Équivoque inconvenante. Ergasile suggère qu'Hégion a toujours été depuis l'enfance, l'homme de toutes les complaisances.

2. Philopolème a été toujours, pour Ergasile, un protecteur efficace, sans défaillance, comme le Génie protège l'homme (cf. la note 2 de la page 218).

3. Ici, Ergasile jure en grec; et toute la suite de ses répliques, jusqu'au vers 885, est aussi en grec. Cela afin d'introduire une ambiguïté, entre *Cora,* nom dorien de la déesse Perséphone, et la ville italienne de Cora.

4. Ergasile jure par toute une suite de cités du Latium et du voisinage, dont le caractère commun est d'être toutes juchées sur une colline escarpée, d'où le mot plaisant : ces villes sont aussi rudes que le menu promis.

*Page 249.*

1. Les Boïens sont un peuple gaulois établi en Cisalpine; ils s'étaient révoltés vers l'époque probable où Plaute composa cette comédie. Le jeu de mots consiste dans l'homonymie entre *Boia* (une femme boïenne) et le mot *boia,* qui désigne un carcan.

2. Les tétines de truie étaient considérées comme un mets particulièrement délicieux.

*Page 250.*

1. Le texte est très lacunaire. Il manque sans doute une phrase.

*Page 253.*

1. Diminutif affectueux signifiant : « le mignon petit » ou « le joujou ».

## CASINA OU LES TIREURS DE SORT

*Page 265.*

1. Le contenu de ce prologue montre qu'il fut composé pour une reprise de la pièce, en un temps où le théâtre de Plaute appartenait déjà au passé. Il est probable qu'il rem-

place un prologue « divin » (confié à la Bonne Foi ?), dans la pièce primitive.

2. Les sept jours qui précèdent et qui suivent le solstice d'été, et qui sont ceux où l'alcyon couve, passaient pour être toujours calmes : grâce accordée par Zeus à l'oiseau.

3. Expression ambiguë, le même mot *(ratio)* désignant à la fois la raison et le calcul.

*Page 266.*

1. En grec, *Clerouménoi ;* en latin, *Sortientes,* dit le texte.

2. Le texte dit « au nom aboyeur ». Plautus désigne en effet une sorte de chiens à longues oreilles.

3. Les soldats, à l'époque hellénistique, étaient suivis d'un ou plusieurs valets, l'un d'eux servait d'écuyer, portant le bouclier pendant les marches. C'était l'ordonnance du mercenaire.

4. C'est-à-dire que Plaute a modifié le dénouement de la pièce de Diphile, comme le prouvent également les derniers vers de la comédie latine, où on nous annonce que Casina est reconnue comme une fille de naissance libre, et qu'elle épouse le fils de la maison où elle a été élevée.

*Page 267.*

1. Ce passage de Plaute a donné lieu à bien des recherches, certains historiens soutenant que Plaute invente de toutes pièces ces mariages d'esclaves, d'autres tendant à accepter l'idée que certaines cités avaient légalisé les unions serviles (cf. la note 1 de la page 36). Le problème est fort obscur!

2. On peut déduire de ce passage que l'acteur qui parle, dans cette reprise de la pièce, est originaire d'Apulie, c'est-à-dire de la région de Tarente, où il existait une vie théâtrale très profondément enracinée et active.

3. Au cours de la cérémonie du mariage romain, on commençait par prendre les auspices, afin de s'assurer que la cérémonie qui allait s'accomplir avait bien l'approbation des dieux.

*Page 268.*

1. Dans le cortège du mariage, on portait, devant les fiancés, une torche en bois d'aubépine, qui avait une valeur rituelle — symbole de pureté et de fécondité, semble-t-il.

2. Le sens de la phrase, telle qu'elle a été transmise, s'établit mal; il est probable que nous sommes en présence d'une lacune.

*Page 270.*

1. Une femme « comme il faut » ne pouvait paraître seule

dans la rue; elle devait être accompagnée. Ce trait doit provenir de l'original grec : l'une des lois de Démétrios de Phalère (cf. la note 1 de la page 135) enjoignait aux femmes de ne pas sortir seules, sans escortes, et les *gynaeconomoi* étaient chargés d'y veiller. Cette loi fut abolie en 308, pense-t-on.

*Page 271.*

1. C'est là une idée romaine, le mari étant seul propriétaire, en principe, des biens de la femme, mais n'en devant pas moins des comptes sur l'utilisation de la dot. En dehors de ce capital, et des menues possessions nécessaires à la vie quotidienne, la femme ne pouvait acquérir.

2. C'est la formule rituelle de répudiation, à Rome : « Sors, femme, et prends tes affaires ! » Les maris possédaient le droit de répudier leurs femmes, mais pour des motifs graves, et en vertu d'une décision prise dans le « conseil des amis ».

*Page 274.*

1. Cette réplique semble bien indiquer, comme on le soutient souvent, que, du temps de Plaute (et aussi au moment de la reprise de la pièce, une cinquantaine d'années plus tard), les acteurs de la comédie jouaient sans masque. À moins que l'on n'estime que le vieillard a mis ici un masque de vieillard irrité.

*Page 276.*

1. Équivoque obscène.

*Page 277.*

1. Le texte dit l' « épée retournée »; sans doute allusion à la seconde phase du combat d'infanterie : après le jet du *pilum*, le corps à corps commençait et on tirait l'épée.

2. À Rome, les bûchers funèbres, pour incinérer les morts (ce qui était le rite funèbre le plus habituel), étaient allumés hors les murs. On sait qu'il en était de même à Athènes.

*Page 278.*

1. Au sens érotique.

*Page 279.*

1. La piété, c'est-à-dire le respect des valeurs morales et religieuses, attirait la bénédiction des dieux.

2. La fourche est celle dans laquelle on engage le cou d'un condamné, pour le promener à travers la ville, tandis qu'on le fouette.

3. On appelle de ce nom non seulement l'esclave qui est en rupture de ban, mais aussi celui qui a fui déjà une fois; il est marqué, à vie.

*Page 280.*

1. Allusion à l'histoire du retour des Héraclides, c'est-à-dire des descendants d'Héraclès en Péloponnèse, longtemps après la mort du héros. L'un des Héraclides, Cresphontès, avait pour frères Téménos et Aristodème, et, après avoir conquis le Péloponnèse, tous trois décidèrent de se partager le pays : le premier lot était formé par Argos, le second par Lacédémone, le troisième par la Messénie. Chaque frère déposa un sort dans un seau d'eau, et les lots devaient être attribués dans l'ordre où sortiraient les sorts; Cresphontès, qui souhaitait obtenir la Messénie, mit, en guise de sort, une motte de terre, qui se désagrégea, dans le seau d'eau. Naturellement, les deux autres sorts sortirent les premiers... L'emblème des Messéniens était un renard!

*Page 282.*

1. Sur la fourche, cf. la note 2 de la page 279. Les charbonniers, qui fabriquaient le charbon de bois dans les forêts de la montagne, revenaient en ville en portant leur marchandise au bout d'une fourche.

2. C'est le costume du jeune marié, au matin de ses noces; le blanc est un « porte-bonheur » (c'est pourquoi les candidats aux magistratures sont, eux aussi, habillés de blanc).

*Page 283.*

1. Littéralement : les barbus. En Grèce, les amoureux poursuivaient surtout les éphèbes, jusqu'au temps de la première barbe.

*Page 284.*

1. Les « fromentelets », mot forgé sur le terme d'orgelet, qui dénommait une espèce de coquillages; mais le froment est meilleur que l'orge!

2. *Soleas,* dit le texte, mot qui peut désigner à la fois les soles et une sorte de sandales légères.

3. Terme qui, dans le sud-ouest de la France, désigne une sorte de petites soles; le latin dit des « langues », et cela désigne sans doute des limandes.

*Page 285.*

1. Au temps du dictateur Camille, au début du IV^e siècle avant Jésus-Christ, il fallut reconquérir Rome sur les troupes

gauloises qui l'occupaient. Le dictateur rassembla les débris de l'armée romaine, dispersés dans la campagne, et leur communiqua l'ordre de se réunir, un jour dit, dans la ville de Sutrium, chacun apportant ses vivres. Cet épisode, prélude à la reconquête de Rome, avait donné lieu à une chanson, que l'on sifflait dans le peuple, et que l'on apprenait aux merles.

2. Jeu de mots en latin, le texte disant : « pas de décret qui soit plus astucieux », le même terme se retrouvant dans *scitum*, « décret » (cf. plébiscite), et dans l'adjectif *scite*, « habilement »; cf. la note 1 de la page 812.

3. Jeu de mots entre deux verbes, *vaco* (« être vide ») et *voco* (« appeler »).

*Page 287.*

1 L'une des principales occupations des Romains semble avoir été d'aller assister (comme *advocati*, littéralement « convoqués »), au forum, leurs parents et amis dans les procès que ceux-ci intentaient ou qui leur étaient intentés.

*Page 289.*

1. La maison romaine comporte ordinairement une entrée sur la rue et, par derrière, une petite porte, donnant sur le jardin *(posticum)*; cf. la note 1 de la page 417.

*Page 290.*

1. Trait emprunté directement à l'original : la παιδεία attique, faite de réserve, de mesure, de respect des convenances, était un sujet d'orgueil pour les Athéniens.

*Page 293.*

1. Olympion revient avec des cuisiniers, des joueurs de flûte, et aussi des porteurs, qui sont chargés des provisions achetées au marché. Les esclaves qui jouent un rôle important dans la maison du maître ne portent pas eux-mêmes les paquets ou les paniers.

2. Allusion à la réputation des cuisiniers (cf. la note 3 de la page 127).

3. Lacune d'un vers.

4. L'échange, très vif, des propos entre Olympion et son maître est parsemé de mots grecs (par exemple : « je te donnerai μέγα κακόν, crois-moi, si tu ne restes pas ici »); le grec était la langue des rapports entre maîtres et esclaves, dans bien des maisons romaines.

*Page 294.*

1. À la mode barbare, c'est-à-dire « à la romaine » (cf. la note 1 de la page 65).

*Page 296.*

1. Rite du mariage : le cortège nuptial chantant un refrain où est invoqué le dieu (grec) Hymen, divinité du mariage. C'est un emprunt très ancien de Rome à la Grèce. Il semble que, primitivement, le cri rituel, dans le mariage romain, fût *Talassio,* mot inexpliqué, et, plus tard, remplacé par l'invocation grecque.

*Page 297.*

1. Rite romain : on soulevait la fiancée, lorsqu'elle franchissait le seuil de sa maison, pour éviter qu'elle ne trébuchât contre la pierre, ce qui eût été de très mauvais augure. On racontait que ce geste rappelait le souvenir de l'enlèvement des filles sabines.

*Page 302.*

1. Cette réputation faite aux gens de Marseille est attestée aussi par Athénée, qui dit que les Marseillais passaient alors pour particulièrement efféminés, en raison sans doute du costume qu'ils portaient, et qui comportait une longue robe. Mais les habitants de Massilia étaient le plus souvent considérés comme austères, conservateurs, attachés aux anciennes lois.

*Page 303.*

1. Comme la victime que l'on va sacrifier. Le vieux rite consistait à assommer la victime avec une pierre, souvent une hache préhistorique, l'une de ces « pierres de foudre » que l'on croyait tombées du ciel. L'expression de Plaute est proverbiale.

2. Le dicton disait qu'entre deux maux, chien d'un côté, loup de l'autre, le choix était difficile!

3. Pour les bacchantes, cf. la note 3 de la page 38. On voit, par ce qui suit, que les bacchanales viennent d'être interdites, ce qui date la pièce (cf. la notice, p. 261).

## LA COMÉDIE DE LA CORBEILLE

*Page 316.*

1. Les Dionysies les plus célèbres étaient les fêtes de Dionysos, à Athènes; elles comportaient des processions et des représentations théâtrales, et aussi étaient l'occasion de nombreux désordres. La scène de cette comédie étant située à Sicyone, on ne peut penser aux fêtes athéniennes; mais

nous savons que le culte de Dionysos était célébré aussi à Sicyone, selon des rites fort semblables à ceux d'Athènes.

*Page 317.*

1. Le terme de manteau désigne ici le grand vêtement de dessus des femmes grecques, une ample mante que l'on voit, par exemple, aux statuettes de Tanagra.

*Page 318.*

1. La partie du texte (les vers 125-132) entre les deux séries de points de suspension ne fait pas partie du texte original, c'est probablement un fragment d'une seconde rédaction (lors d'une reprise, comme ci-dessus, p. 265, n. 1).

2. L'expression latine est obscure; elle peut prendre plusieurs sens : que les femmes « cherchent à se faire mal », ou qu'elles « cherchent à se faire rosser ».

*Page 319.*

1. Sur les dix « mois » de la grossesse, cf. la note 2 de la page 147.

*Page 320.*

1. À Rome, les courtisanes portaient un costume spécial; elles étaient vêtues de la toge; on les reconnaissait de loin. Mais il ne semble pas qu'il en ait été de même en Grèce.

2. La même pensée se retrouvera dans *Le Soldat fanfaron*, v. 101, p. 540.

3. Ces mots, adressés à un public romain, font allusion à une situation dans laquelle se trouve Rome. On les utilise pour établir la date à laquelle fut composée la comédie par Plaute (cf. la notice, p. 310).

4. Les « auxiliaires » sont les troupes fournies à Rome par les alliés. Le problème du recrutement des auxiliaires se posa d'une façon aiguë au cours de l'année 204 avant Jésus-Christ, ainsi que l'a très justement signalé Mommsen, à propos de ce passage (cf. la notice, p. 311).

*Page 321.*

1. Tout ce passage est transmis d'une façon très lacunaire par tous les manuscrits. On évalue à cent dix vers la partie perdue ici.

2. Cette réplique a été reconstituée par un éditeur moderne; elle se réduit, dans le manuscrit, à quelques mots inintelligibles.

*Page 322.*

1. Quelques vers se laissent partiellement déchiffrer dans

un manuscrit, mais ils sont si fragmentaires qu'on ne peut les traduire utilement.

2. Sur la « fourche », instrument de supplice, cf. la note 2 de la page 279.

3. Tout ce qui apparaît sur le palimpseste, c'est, outre quelques mots sans suite, l'indication d'une scène entre Gymnasie et Alcésimarque, mais rien n'a subsisté du dialogue.

4. Les vélites sont des soldats armés légèrement, qui servaient dans l'armée, à côté des légions, plus pesantes. Leur rôle fut très important dans la seconde guerre punique.

*Page 323.*

1. Le texte latin dit : « Tu es magicien si tu es là tout en n'étant pas là », jouant sur le double sens du verbe *adsum* (être présent de corps et d'esprit).

*Page 324.*

1. Les « épiphanies » (apparitions) des divinités, en particulier des déesses, étaient nombreuses en pays grec. Dans le roman de Chariton d'Aphrodise, on en trouvera un exemple, au moins imaginé (cf. *Romans grecs et latins,* Bibl. de la Pléiade, p. 408).

2. Il existait toute une hiérarchie des courtisanes, celles qui figurent ici appartiennent à la catégorie la plus élevée. Les plus vulgaires se contentaient de demeurer offertes à tout venant.

*Page 325.*

1. Ce fragment, riche en mots rares, a été transmis par des citations de grammairiens, qui le considéraient comme une véritable curiosité de vocabulaire. Sa place dans l'ensemble de la comédie est assez incertaine.

*Page 327.*

1. Littéralement : « un pot-pourri » ou, plus exactement, une sauce où l'on met de tout.

*Page 328.*

1. Littéralement : « Tu as brisé le tesson » (le tesson, signe d'hospitalité, véritable « carte d'identité » que l'hôte conservait en souvenir et comme moyen de se faire reconnaître).

2. Ces « dieux de la région intermédiaire » sont probablement les « démons » qui, dans le système religieux hellénique, se trouvent entre les humains et les grands dieux. On se tromperait sans doute si on cherchait à en faire une catégorie particulière de divinités de la religion romaine.

3. Cette fille de Jupiter est Minerve (la Pallas Athéna grecque).

4. La généalogie « canonique » des dieux et des déesses est quelque peu brouillée par Alcésimarque, dans son trouble; mais les rectifications de Mélénis ne sont pas beaucoup plus sûres. Saturne est le Cronos grec, il est le père des Olympiens, en particulier de Zeus (Jupiter) et d'Héra (Junon). À Rome, on lui donne comme « femme » (parèdre) Ops, ou Opis, l'Abondance, qui est identifiée avec la Rhéa hellénique. Ops-Rhéa est donc la mère de Junon et de Jupiter, mais Saturne n'est l'oncle de personne, sinon dans la mesure où Rhéa est, comme lui, fille d'Ouranos (le Ciel), si bien que ses enfants sont en même temps ses neveux et nièces. Il y avait bien de quoi s'y perdre!

*Page 329.*

1. Les « dieux patellaires », ceux à qui l'on offre des libations devant le foyer, avec la *patella,* le bol d'usage quotidien. On désignait ainsi, probablement, les dieux Lares (cf. la note 1 de la page 115).

*Page 330.*

1. Cette mention de l'hippodrome a de quoi surprendre. Nous avions appris, plus haut, que la scène s'était déroulée dans la ruelle (cf. p. 318). Inadvertance de Plaute, ou inconséquence apparente seulement, que la partie perdue de la pièce expliquait ?

2. On voit que, au cours de la lacune, Lampadion devait expliquer comment il avait adressé ses exhortations non plus à Syra, mère de Gymnasie, mais à Gymnasie elle-même, qu'il prend pour la fille de Phanostrate.

3. Sur la valeur du talent, cf. la note 1 de la page 127.

4. Une vieille tradition, déjà attestée par Hérodote, voulait que les mères, chez les Étrusques, prostituent leurs filles. Il est certain que les femmes, en pays étrusque, possédaient une grande liberté et n'hésitaient pas à dîner et à se montrer en la compagnie des hommes, ce qui n'était pas le cas dans la société romaine.

*Page 333.*

1. Halisca, qui ne nous a pas encore été présentée, est la suivante; personnage muet, apparemment, jusqu'ici, elle va jouer, dans le dénouement de la pièce, un rôle considérable.

2. *Salus* (le mot est féminin en latin) est en réalité une déesse, qui recevait un culte régulier et ancien à Rome.

*Page 336.*

1. Termes du rituel : les augures, avant d'observer le vol des oiseaux dans le ciel, commençaient par fixer, sur le sol, des repères délimitant l'espace au-dessus duquel le passage des oiseaux, dans le ciel, acquerrait valeur de présage.

*Page 337.*

1. Sur ces troupes d'esclaves à vendre, cf. la note 2 de la page 190.

## CHARANÇON

*Page 348.*

1. Le texte contient une plaisanterie que l'on essaie en vain de rendre en français. Le sens littéral est en effet : « veille toujours à ne pas perdre ton droit à témoigner » *(ne sis intestabilis)* ; mais *intestabilis* contient le mot *testis* qui désigne non seulement un « témoin » mais un « testicule ». Ce mot, précédé du préfixe privatif *in-*, suggère la catastrophe qui peut arriver à un amant surpris en flagrant délit d'adultère.

2. Même plaisanterie que plus haut. Littéralement : « aime toujours en présence de témoins » *(testibus praesentis)*. Mais l'autre sens de *testis* (cf. la note 1) est évidemment suggéré.

*Page 349.*

1. La plaisanterie traduit tant bien que mal : « Tu as compris. Je n'aurai ainsi pas peur qu'il se sauve », ce qui n'a pas, en soi, grand sens, et n'en prend un que si l'on se souvient que *teneo* signifie à la fois « avoir compris » et « tenir ».

*Page 350.*

1. Le célèbre temple d'Esculape, à Épidaure, était fréquenté par de nombreux malades, qui y venaient en pèlerinage et passaient dans le sanctuaire une ou plusieurs nuits. Dans leur sommeil, le dieu leur envoyait des songes, que les prêtres interprétaient et d'où ils tiraient l'indication d'un remède ou d'un régime.

2. La mine attique est de 100 drachmes, le talent de 60 mines. Les prix demandés par le marchand varient donc du simple au double, selon son humeur. Même 30 mines est une somme très forte. Mais, quoi qu'on en ait dit, elle n'est pas absolument, grossièrement invraisemblable. On a fait observer que 30 mines est à peu près le gain total annuel d'une

courtisane louée à des clients de passage. Le « capital » qu'elle représente serait ainsi fixé, environ, à une année de « travail ».

*Page 354.*

1. Les portes antiques pivotent sur des axes de métal (bronze ou fer) logés dans une cavité du seuil et du linteau. Quand on les ouvre, elles grincent. Un peu d'huile, au besoin une goutte d'eau assurent leur discrétion.

*Page 355.*

1. Chaque année on célébrait une fête, dite Veillée de Vénus *(pervigilium Veneris)*, au cours de laquelle les fidèles (notamment les femmes) passaient la nuit en chantant les louanges de la déesse.

*Page 356.*

1. L'orichalque est un alliage, apparemment très précieux, mais dont la composition nous demeure mystérieuse.

*Page 359.*

1. Phrase à double sens. On peut entendre à volonté : « Bien que je ne te connaisse pas » et « Bien que je n'y connaisse rien ».

*Page 360.*

1. Le *stratège* est, dans le monde hellénistique, une sorte de « préfet », représentant le roi dans une cité. Certaines villes étaient gouvernées par des tyrans, installés souvent par les rois, notamment par Antigone Gonatas en Péloponnèse, à l'époque où se situe cette comédie.
2. Littéralement : « un pet de mangeur de *polenta* ».

*Page 361.*

1. La réponse de Charançon comporte deux sens : « pour que j'aie à me féliciter d'être venu » *(ventum gaudeam)* et (à peu près) « que je prenne plaisir à du vent ».

*Page 362.*

1. C'est-à-dire un capitaine de mercenaires, un officier professionnel, comme il en existait tant dans le monde hellénistique.

*Page 364.*

1. En d'autres termes : « je me déclarerai insolvable ».

2. Locution proverbiale, rendue expressive par les rapprochements de sons.

*Page 365.*

1. Série d'équivoques obscènes, que la traduction suggère approximativement.

*Page 366.*

1. Les monnaies frappées par Philippe II (le père d'Alexandre de Macédoine) étaient considérées comme celles qui avaient le meilleur aloi du monde (cf. la note 1 de la page 70).

2. Des Amazones. Cette énumération parodique de peuples est destinée sans doute à ridiculiser les inscriptions officielles que le roi Ptolémée III avait fait graver un peu partout pour commémorer son expédition en Asie (cf. la notice, p. 343).

*Page 367.*

1. Les sycophantes (délateurs, à Athènes) sont bien connus. Les « halophantes » sont sans doute une invention de Plaute, ou de son modèle; mais le sens du mot nous échappe.

2. L'espace, consacré à certaines réunions publiques, qui s'étendait devant la Curie, au nord du Forum romain.

3. Petit sanctuaire dédié à Vénus Purificatrice, devant la basilique Aemilia, au Forum romain.

4. Le *Lacus Curtius,* ancien fond de marais desséché, à quelques pas de la basilique Aemilia, mais plus près du centre de la place.

5. Au *Vicus Tuscus* (rue Étrusque) se trouvaient les tréteaux où l'on exposait les esclaves à vendre, le plus souvent fort peu vêtus, pour que leurs qualités (et leurs défauts) fussent visibles à tous.

*Page 368.*

1. Les vers (depuis : Au Vélabre) sont souvent considérés comme une interpolation. Leur sens est loin d'être clair. La « Leucadienne de l'Oppius » est peut-être un surnom donné au sanctuaire de Junon Lucine, qui s'élevait entre le mont Cispius et le mont Oppius, à l'est de Rome. Tout cela est conjectural. Si notre interprétation est correcte, et si ces vers sont authentiques, la pièce de Plaute daterait de l'année 197 environ, année où une flotte romaine se trouvait à Leucade, et où le sanctuaire d'Héra dans cette île était précisément d'actualité.

*Page 369.*

1. Les dix mines que représentent la valeur du trousseau ? L'allusion n'est pas entièrement claire.

*Page 370.*

1. Les sacrifices étaient l'occasion de repas où l'on mangeait de la viande (celle de la victime) et où l'on buvait du vin.

2. Allusion obscure, probablement politique, provenant de l'original grec. On peut penser que les « marchands de filles » désignent les rois (qui ne se privaient pas d'utiliser leurs filles à des fins politiques, en les mariant selon leurs intérêts). Les « affranchis » pourraient alors être les agents de ces rois, soutenus un moment, puis abandonnés — ce qui fut le cas pour ceux qui travaillaient pour Ptolémée III et aussi pour Antigone.

*Page 373.*

1. Jeu de mots sur le double sens de *res* : « affaires » et « fortune ».

*Page 374.*

1. Jeu de mots peu compréhensible, rapprochant *bolis* (« coups de dés ») et *bulbis* (« oignons »), pour des raisons qui dépassent sans doute la simple ressemblance des sons.

2. Pratique juridique romaine. Quiconque voulait prendre quelqu'un comme témoin d'une injustice, etc., dont il croyait avoir à souffrir, devait toucher son oreille en lui disant : « Je puis te retenir comme témoin ? » L'autre était alors tenu de comparaître devant le tribunal et dire ce qu'il savait.

3. Le début de la réplique de Phédrome est probablement interpolé. On y trouve le même calembour que ci-dessus, p. 348 (cf. les notes 1 et 2 de cette même page).

*Page 377.*

1. Cf. la note 1 de la page 364.

2. « Je t'enchaînerai. » Le « tourniquet », au vers précédent, est un instrument de torture servant à distendre le corps du patient. Les catapultes étaient manœuvrées à l'aide d'un treuil analogue. Ce vocabulaire militaire convient au soldat!

## ÉPIDICUS

*Page 388.*

1. Jeu de mots. Thesprion suggère qu'il lui est arrivé d'être fustigé et d'en porter les marques sur le dos.

2. Texte mutilé et corrompu.

*Page 389.*

1. Allusion à un épisode célèbre de *L'Iliade*. Les armes d'Achille, qu'il avait prêtées à Patrocle, ont été prises par Hector une fois qu'il eut tué celui-ci. Thétis, la Néréide, mère d'Achille, en fait alors fabriquer d'autres par Héphaïstos (Vulcain) et les apporte à son fils.

*Page 392.*

1. Tel est le châtiment traditionnel infligé à l'esclave rétif (cf. la note 2 de la page 66). Chez le meunier, le travail consiste à faire tourner la meule, ce qui demande un effort constant et extrêmement pénible. Généralement, on attelait à la meule des bêtes de somme (cf. *Romans grecs et latins*, Bibl. de la Pléiade, p. 306).

*Page 395.*

1. Ce sixième travail est sans doute la lutte contre Antée, le géant fils de la Terre, dont les forces renaissaient chaque fois qu'il reprenait contact avec sa mère. Périphane veut dire sans doute que la vie conjugale avec sa femme ne fut qu'une longue lutte, un combat singulier et sans fin.

*Page 396.*

1. Il y avait effectivement, sur le Forum romain au nord, des boutiques de bouchers et des tables de changeurs. Les parfumeurs sont sans doute à chercher du côté sud, à l'endroit où s'élèvera plus tard la basilique Julia.

2. Le texte porte ici deux mots signifiant : « il sait que c'est vrai », mots probablement corrompus.

*Page 397.*

1. Plaisanterie. Seule la « tunique à la royale » répond à une réalité; encore cette interprétation donnée au nom du vêtement *(tunica regilla)* n'est-elle qu'un jeu de mots, une fausse étymologie. La *regilla* était un vêtement tissé de bandes alternativement jaunes et blanches. Elle était de rigueur dans le costume rituel des épousées le jour de leurs noces.

2. Rare témoignage, encore que caricatural, sur le vocabulaire de la mode. S'agit-il d'une tunique au « décolleté en carré» ? L'*impluvium*, on le sait, est le bassin qui, au centre de l'*atrium*, dans la maison, recueille la pluie qui pénètre par l'ouverture du toit *(compluvium)* (cf. la note 1 de la page 55).

3. Une tunique très courte, ne descendant qu'à mi-cuisse, comme celle que portaient les femmes à Sparte. Mais la Laconie était aussi renommée pour ses chiens de chasse (des lévriers).

*Page 402.*

1. Littéralement : « tueur de souris ». Matamore qui ne fait pas grand-chose.

*Page 403.*

1. Texte incertain. La « colonie » dont il s'agit est la maison de Chéribule, où est momentanément installé Stratippoclès.

2. Les parricides (désignés ici plaisamment par le mot forgé de *parenticides*) étaient cousus dans un sac de cuir, avec plusieurs animaux vivants, et jetés dans le Tibre. Ici, c'est dans un sac destiné à recevoir l'argent qu'Épidicus va (métaphoriquement) enfermer Périphane.

3. Ce vers est parfois rejeté comme interpolé par les éditeurs. En fait, le rappel par Épidicus de son premier exploit rend son discours quelque peu embarrassé, mais cette maladresse dans le rappel (un peu tardif) de ce qui aurait dû figurer dans l'exposition, et que l'on n'a pas encore explicitement appris, peut être le fait soit du modèle de Plaute, soit de celui-ci.

4. Texte corrompu. Les mots transmis par les manuscrits paraissent signifier : « comme une amoureuse », ce qui ne convient guère !

5. Orcus est l'Hadès grec, le dieu de la Mort. On sait qu'il avait enlevé Perséphone, jeune fille, alors qu'elle cueillait des fleurs.

*Page 405.*

1. « Louve » est le nom traditionnellement donné par les Romains aux courtisanes. La louve amoureuse court par les bois et attaque tout ce qu'elle trouve.

2. Le rituel, en Grèce et aussi parfois à Rome, voulait que l'offrande d'un sacrifice fût effectuée au son d'une musique, dans laquelle l'instrument principal était la flûte droite (flûte à anche).

*Page 406.*

1. Les manuscrits, ici, donnent quatre vers (431-434), évidemment hors de place, et qu'il vaut mieux insérer plus loin (au vers 457).

*Page 407.*

1. L'*a parte* de Périphane est formé par les quatre vers transposés de 431 (cf. la note précédente).

*Page 408.*

1. Comme lors du célèbre sacrifice offert par Agamemnon, dans lequel Artémis substitua à la jeune Iphigénie, une biche.

*Page 409.*

1. Périphane est assimilé à un sénateur romain; homme important, influent, il est souvent désigné comme arbitre pour régler des affaires délicates, et son arrêt (« sentence ») a force de loi. Nous connaissons ainsi, entre autres, la sentence rendue en 117 avant Jésus-Christ par les frères Minucii (C.I.L., $1^2$, 584) sur une controverse opposant les gens de Gênes et des voisins. — Ici se placent trois vers, dont le sens est : « La laisserai-je impunie ? Non, même si je dois y perdre autant que la première fois, je le perdrai plutôt que de permettre que l'on se soit moqué de moi impunément, que l'on m'ait ainsi dépouillé. » Vers qui interrompent le cours de la scène telle que nous la lisons aujourd'hui. Proviennent-ils d'une rédaction différente ?

*Page 410.*

1. Le texte présente ici de brèves lacunes. Mais le sens général se devine.

*Page 413.*

1. Expression proverbiale, empruntée à la langue des paysans.

*Page 414.*

1. Circé, fille du Soleil, est sœur d'Æétès, le roi de Colchide, et de Pasiphaé. Elle est le type de la magicienne dangereuse.

2. Jupiter présidait le conseil formé de douze dieux (lui-même inclus) qui, dans la tradition étrusque, décidait des affaires du monde. Ce « conseil » est semblable à celui qui, dans la religion homérique, siège sur l'Olympe.

*Page 415.*

1. Les deux grands peintres dont les noms sont traditionnellement associés.

2. Les verges d'orme laisseront sur la peau des marques livides.

3. Texte incertain, reconstitué tant bien que mal.

4. L'usurier veut rentrer à Thèbes, où il demeure. Comme c'est alors la coutume, il voyage en groupe. Les routes sont

peu sûres, surtout pour qui transporte une forte somme d'argent.

*Page 417.*

1. Dans la maison romaine existait une porte de service (porte de derrière, *posticum*) ouvrant sur une ruelle et donnant sur le jardin potager qui s'étendait derrière la maison proprement dite. C'est un moyen de sortir sans être vu (cf. la note 1 de la page 289).

*Page 419.*

1. Texte incertain. Probablement corrompu.

## LES MÉNECHMES

*Page 427.*

1. C'est-à-dire que la comédie a pour acteurs principaux des Siciliens; ce sont les deux Ménechmes; il est possible aussi que Plaute veuille dire que la pièce fut d'abord composée pour un public syracusain, comme ce serait le cas si l'on accepte l'hypothèse que nous proposons sur l'original suivi par Plaute (cf. la notice, p. 424).

2. Le latin distingue mal entre la mère nourricière *(mater nutrix)* et la mère selon le sang *(mater)* ; les jeunes mères, dans l'antiquité, ne nourrissaient que fort rarement elles-mêmes leurs enfants; dans la bourgeoisie, l'habitude était de recourir à des nourrices, le plus souvent esclaves.

*Page 428.*

1. Tarente était célèbre pour ses jeux, et surtout ses représentations théâtrales.

2. Épidamne est la ville que les Romains appelèrent Dyrrachium, et qui est aujourd'hui Durazzo. On assure que le nom de la ville fut changé parce que, en latin, il évoquait des idées fâcheuses, *damnum* signifiant « perte ».

3. La coutume voulait que le petit-fils prît le même nom que le grand-père; ainsi, les noms sautaient une génération, et cette reprise du nom symbolisait la continuité de la famille.

*Page 429.*

1. Il est probable que le prologue se continuait encore quelque temps, mais cette fin a disparu dans nos manuscrits.

2. Le mot latin *judicatus* est celui que l'on emploie pour désigner les débiteurs qu'une décision de justice a rendus esclaves dans la maison de leur créancier.

3. Les fêtes de Cérès comportaient des banquets, au cours desquels l'abondance était de rigueur; la déesse n'était-elle pas associée à Ops, divinité précisément de l'Abondance ?

*Page 430.*

1. Sur le rôle des douaniers, qui vérifient la correspondance introduite au Pirée, cf. la note 1 de la page 974.

*Page 431.*

1. C'est-à-dire : je suis en pleine chance. Le génie est le protecteur de chacun, la main droite est la main « heureuse » par excellence. Tenir son génie de la main droite, c'est donc être comblé par la fortune.

2. Ganymède est le jeune prince de la maison royale troyenne, qui fut enlevé par l'aigle de Zeus (Jupiter) et qui devint échanson des dieux; il était représenté avec les vêtements asiatiques, c'est-à-dire une longue robe. De même Adonis, jeune héros syrien, aimé d'Aphrodite (Vénus), portait des vêtements semblables.

*Page 433.*

1. Sur le canthare, vaste coupe à deux anses, cf. la note 3 de la page 161.

2. Sur la fragilité de la vaisselle en terre de Samos, cf. la note 2 de la page 166.

3. Les *adscriptivi* étaient les « remplaçants » inscrits, sur la liste, lors des levées de légions, à la suite des soldats effectivement incorporés. Le trait est purement romain.

*Page 434.*

1. Les spectacles de mime (spectacles dansés) comportaient des rôles féminins, tenus par des femmes.

2. Hippolyte, reine des Amazones, possédait une ceinture qui avait été convoitée par Admété, la fille d'Eurysthée, pour le compte de qui Héraclès accomplissait ses célèbres travaux. Cette ceinture, don d'Arès, symbolisait le pouvoir de la reine sur son peuple. Héraclès alla la lui demander, et la reine y consentit, mais les Amazones attaquèrent le héros, qui dut les vaincre avant de rapporter l'objet demandé par Admété.

3. Sur la valeur de la mine, cf. la note 2 de la page 350.

4. On comparera cette description culinaire à celle que l'on trouve dans *Charançon* (cf. ci-dessus, p. 362), pièce dont le modèle grec nous a semblé être du même auteur que celui des *Ménechmes*.

*Page 436.*

1. Expression proverbiale : la tige du jonc ne comporte pas de nœud. Nous disons : « midi à quatorze heures ».

2. Au temps d'Alexandre, et pendant l'époque hellénistique, la mode était aux récits de voyages, les *Périples*.

3. Cet à-peu-près essaie de rendre le rapprochement entre le nom de la ville, *Épidamnum*, et le mot signifiant « dommage » (cf. ci-dessus, p. 428, n. 2).

*Page 437.*

1. Légère lacune dans le texte.

*Page 438.*

1. La folie passait pour être souvent due à la possession d'un homme par un « démon », une « Érynie », qui punissait ainsi quelque crime, dont il fallait purifier le patient, pour lui rendre son bon sens.

*Page 439.*

1. Vulcain est tout simplement le feu.

*Page 440.*

1. Les lits de table sont recouverts de tapis ou de couvertures précieux pour un grand dîner.

*Page 442.*

1. Cette liste, fantastique, des rois de Syracuse, a été souvent l'objet de commentaires et de tentatives d'explication. Il nous a semblé qu'elle remonte à l'original syracusain de la comédie. Agathocle et Hiéron sont les deux seuls rois authentiques. Phintias est un tyran d'Agrigente, qui fut l'ennemi des Syracusains; quant à Liparo, il n'a certainement jamais existé. Il est possible que Plaute ait commis un contresens sur le texte grec, qui aurait signifié à peu près ceci : « Agathocle, en mourant, livra la ville à la merci de Phinthias, puis elle devint la possession des grands, après quoi ce fut l'avènement d'Hiéron. » Plaute a traduit rapidement sans se soucier de l'exactitude historique. Hiéron régna de 270 à 215 avant Jésus-Christ et ce vers date de son règne la composition du modèle de Plaute (cf. la notice, p. 424).

*Page 444.*

1. Le latin distingue, selon l'usage romain, les *contiones*, assemblées populaires sans pouvoir légal, convoquées et tenues par des magistrats (souvent les tribuns), et les comices *(comitia)*, assemblées du peuple dans ses cadres administra-

tifs (curies, centuries, tribus), et qui avaient le pouvoir d'élire les magistrats, de voter les lois, de rendre des sentences judiciaires.

2. Sur la couronne des dîneurs, cf. la note 2 de la page 50.

*Page 446.*

1. Le terme de débauché désigne ici, en fait, les invertis, les prostitués masculins.

*Page 448.*

1. Le texte présente ici une lacune; le sens est rétabli à peu près.

*Page 449.*

1. Distinction romaine : le plaignant se présente d'abord devant le préteur, qui décide s'il y a lieu ou non à procès (affaire *in iure*); selon la nature de la cause, elle est renvoyée devant un arbitre (juge, pour une affaire privée) ou devant les comices (cf. la note 1 de la page 444).

2. Le texte est fort obscur, et probablement corrompu. On ne cherchera pas à serrer le sens de trop près.

*Page 450.*

1. Cet à-peu-près, qui recouvre un jeu semblable en latin, nous est suggéré par la traduction de A. Ernout.

*Page 452.*

1. Le texte est fort obscur; nous lisons : *salva non foret,* avec les manuscrits; les éditeurs corrigent souvent en *nunc foret,* qui donne le sens opposé.

*Page 453.*

1. Le latin dit *tu, tu,* ce qui est proche du hululement de la chouette. On suggère de remplacer la chouette par un corbeau, dont le croassement est plus proche du « toi, toi », imposé par le sens au traducteur.

*Page 455.*

1. Sur les amis, que l'on consulte lors de chaque difficulté, cf. la note 2 de la page 271.

2. Hécube, femme de Priam, capturée par les Grecs après la chute de Troie, accablée d'infortunes, fut, dit-on, transformée en chienne, tant elle avait pris l'habitude de pousser les cris de lamentation que justifiaient ses nombreux deuils. Pour les uns, cette transformation eut lieu après lapidation de la reine; pour les autres, comme ici, cette légende n'était que la dramatisation de ce qui ne fut, en réalité, qu'un surnom.

*Page 456.*

1. Porthaon est un héros de la plus ancienne légende étolienne; il est le père du roi Œnée, et, par conséquent, le grand-père de Déjanire. Les Romains, au temps où Plaute composa sa comédie, avaient des relations diplomatiques suivies avec les Étoliens, qui dominaient en Grèce continentale.

2. Calchas, le héros homérique, devin des Achéens devant Troie, semble avoir été assez populaire dans le légendaire étrusque et, par conséquent, dans la tradition romaine.

*Page 460.*

1. Le vert est la couleur de la folie : on croyait que celle-ci était causée, souvent, par un excès de bile, qui colorait les tissus.

2. De telles scènes de folie sont fréquentes dans la tragédie (par exemple l'*Héraclès furieux* d'Euripide); nous avons affaire ici à une parodie.

*Page 461.*

1. Tithon, qui fut aimé de la déesse de l'Aurore, vécut fort vieux, mais il n'était pas dieu, et la vieillesse ne l'épargna pas. L'Aurore n'en continua pas moins à l'aimer fort longtemps.

*Page 462.*

1. Esculape est le dieu de la médecine, comme son père Apollon. Soigner de tels dieux est un exploit remarquable.

2. Le vieillard se demande si le médecin n'a pas, en réalité, réparé des statues représentant les dieux en question.

3. Nous traduisons ainsi un mot probablement corrompu dans le texte latin; le sens réel nous échappe.

4. Nouvelle allusion aux légendes homériques. Ulysse était le conseiller de son « roi » Agamemnon. À notre connaissance, il agit toujours dans l'intérêt des Grecs, mais il procédait par la ruse et le mensonge. À Rome, on appelait souvent « roi » le grand personnage qui protégeait un client, ou, comme ici, un parasite.

*Page 468.*

1. Le « patron » était l'ancien maître d'un esclave affranchi; il lui tenait lieu de père (l'esclave prenait son nom gentilice, par exemple) et il conservait à son égard certains droits, au point même que l'affranchi ingrat envers son patron pouvait, dans des conditions déterminées, perdre le bénéfice de son affranchissement. Ici, Messénion mime la scène de l'affranchissement, avec les compliments des amis.

## LE MARCHAND

*Page 483.*

1. Ce passage est corrompu, et le sens donné ici est conjectural.

*Page 484.*

1. À l'époque où fut composée la comédie de Philémon, modèle de celle-ci, le temps de l'éphébie constituait un service militaire, qui durait deux années. Le jeune homme devenait éphèbe à dix-huit ans et était libéré à vingt ans, après avoir accompli une année (la seconde de l'éphébie) dans une place extérieure à Athènes, en garnison.

*Page 485.*

1. Tous les quatre ans avait lieu la fête des Panathénées : on offrait alors, en procession solennelle, un voile brodé à la déesse Athéna, dans son temple de l'Acropole. Les broderies du voile, exécutées par les jeunes filles libres de la cité, représentaient traditionnellement le combat d'Athéna contre les Géants.

2. Le nom du bateau nous demeure obscur. Le terme de felouque n'est qu'un équivalent très approximatif.

*Page 487.*

1. Le texte est corrompu, et le sens donné ici est conjectural.

2. On utilisait la résine du pin pour guérir les maux de gorge et aussi les crachements de sang, le miel étant destiné à « adoucir » et à rendre le remède buvable. La recette est encore chez Pline l'Ancien.

*Page 493.*

1. À Athènes comme à Rome existait la pratique de l'arbitrage, aussi bien privé qu'officiel (cf. la note 1 de la page 449).

*Page 496.*

1. En latin, les deux mots signifiant « labourer » et « aimer » ne diffèrent que par une lettre *(arare* et *amare)*.

*Page 498.*

1. Ce sont les ancêtres de l'*élégie* amoureuse, qui trouvera son développement à Rome; on inscrivait, sur les portes, sur les murs des maisons où habitait une femme aimée ou

une femme dont on savait qu'elle était facile, des épigrammes en « distique élégiaque », insolents ou amoureux.

*Page 499.*

1. Ce qui est une somme relativement faible, étant donné le cours habituel des courtisanes (cf. la note 2 de la page 350). Démiphon commence par vouloir faire une bonne affaire. Il sera vite entraîné bien au-dessus du prix normal.

*Page 500.*

1. Il y avait, pour l'achat des esclaves, dans le monde grec comme dans le monde romain, des règles juridiques assez strictes, destinées à assurer la protection des personnes libres et éviter les enlèvements, les séquestrations abusives, etc. Le vendeur devait garantir que la personne qu'il vendait était bien esclave. Charinus semble dire que, cette garantie ne lui ayant pas été fournie, il ne possède la fille qu'à titre précaire, sans engagement de la part de son vendeur.

*Page 501.*

1. Penthée est le roi de Thèbes qui, ayant tenté de s'opposer à l'introduction du culte de Bacchus, fut mis en pièces par sa propre mère et les femmes de Thèbes, possédées par le dieu.

*Page 504.*

1. Ce nom signifie, en grec, « celle qui est toute élégance ».

*Page 505.*

1. Cette formule sera reprise, bien plus tard, par Horace : chaque jour qui nous est donné est un présent dont nous devons rendre grâces à la Fortune. L'inspiration de ce monologue de Démiphon est, déjà, « épicurienne ».

*Page 507.*

1. Opposition entre le « philosophe », qui agit conformément à la raison (ici, la philosophie est celle du plaisir), et l'amoureux, qui est soumis à la passion et à la déraison.

2. La partie du texte entre tirets est un morceau détaché, qui provient sans doute des vers 842-843, transportés ici par quelque accident de copie.

*Page 510.*

1. Non pas le magistrat romain de ce nom, mais le *stratège,* magistrat athénien, chargé de la police. Le mot « préteur » sert en effet à Plaute pour traduire ce titre grec.

*Page 511.*

1. Sur les autels dont la présence est obligatoire sur la scène, cf. la note 4 de la page 118.

*Page 513.*

1. Le séquestre, on le sait, est la personne à qui est confié, par mesure conservatoire, un bien contesté.

*Page 517.*

1. Ces conditions sont grecques, non romaines. Les règles du divorce romain sont plus strictes : tentative d'empoisonnement, avortement, adultère et stérilité, du moins à l'époque de Plaute. Le divorce, dans la Rome de ce temps, est encore considéré comme une chose grave, à laquelle on ne se résoud pas sans le conseil des amis.

*Page 518.*

1. Mêmes vers que ci-dessus (cf. la note 2 de la page 507).
2. Sur les écuyers des soldats grecs, cf. *Casina ou les Tireurs de sort*, p. 266, n. 3.

*Page 519.*

1. En énumérant des présages (d'ailleurs imaginaires et purement symboliques), Eutychus finit par créer chez son camarade un état d'angoisse sacrée, une crainte religieuse, qu'exprime le terme de *religio*, traduit ici par « scrupules ».

*Page 521.*

1. La chlamyde que porte Charinus est le vêtement du voyageur; il est aussi celui du soldat; le manteau qu'il demande à l'esclave, le *pallium*, est le manteau du temps de paix.

*Page 522.*

1. Le choix de Chypre s'explique par une allusion littéraire : dans la légende, et la tragédie, le héros Teucer, chassé de sa patrie par son père, se rend à Chypre, où il fondera la ville de Salamine de Chypre.

*Page 523.*

1. Calchas est le devin des temps homériques (cf. la note 2 de la page 456).

*Page 525.*

1. Ce passage, avec ses répétitions maladroites, témoigne sans doute de remaniements du texte à l'occasion des reprises de la pièce.

2. Expression familière, proverbiale, de la langue des paysans. Se dit d'un marché où l'on cède tout à l'acheteur, la marchandise et ce qui la contient, sans rien retenir.

L'ANTIQUITÉ
DANS *FOLIO*

APULÉE. L'ÂNE D'OR ou LES MÉTAMORPHOSES. *Préface de Jean-Louis Bory. Traduction de Pierre Grimal.*

ARISTOPHANE. THÉÂTRE COMPLET (2 volumes). *Préface et traduction de Victor-Henry Debidour.*

Tome I : LES ACHARNIENS. LES CAVALIERS. LES NUÉES. LES GUÊPES. LA PAIX.

Tome II : LES OISEAUX. LYSISTRATA. LES THESMOPHORIES. LES GRENOUILLES. L'ASSEMBLÉE DES FEMMES. PLUTUS.

SAINT-AUGUSTIN. CONFESSIONS. *Préface de Philippe Sellier. Traduction d'Arnauld d'Andilly.*

JULES CÉSAR. GUERRE DES GAULES. *Préface de Paul-Marie Duval. Traduction de L.-A. Constans.*

ESCHYLE. TRAGÉDIES : LES SUPPLIANTES. LES PERSES. LES SEPT CONTRE THÈBES. PROMÉTHÉE ENCHAÎNÉ. ORESTIE. *Préface de Pierre Vidal-Naquet. Traduction de Paul Mazon.*

EURIPIDE. TRAGÉDIES COMPLÈTES (2 volumes). *Préface et traduction de Marie Delcourt-Curvers.*

Tome I : LE CYCLOPE. ALCESTE. MÉDÉE. HIPPOLYTE. LES HÉRACLIDES. ANDROMAQUE. HÉCUBE. LA FOLIE D'HÉRACLÈS. LES SUPPLIANTES. ION.

Tome II : LES TROYENNES. IPHIGÉNIE ET TAURIDE, ÉLECTRE. HÉLÈNE. LES PHÉNICIENNES. ORESTE, LES BACCHANTES. IPHIGÉNIE À AULIS. RHÉSOS.

HÉRODOTE. L'ENQUÊTE (2 volumes). *Préface et traduction d'Andrée Barguet.*

Tome I : Livres I à IV.

Tome II : Livres V à IX.

HOMÈRE. ODYSSÉE. *Préface de Paul Claudel. Traduction de Victor Bérard.*

HOMÈRE. ILIADE. *Préface de Pierre Vidal-Naquet. Traduction de Paul Mazon.*

LONGUS. DAPHNIS ET CHLOÉ, suivi d'HISTOIRE VÉRITABLE de LUCIEN. *Préface de Kostas Papaïoannou. Traduction de Pierre Grimal.*

OVIDE. L'ART D'AIMER, suivi des REMÈDES À L'AMOUR et des PRODUITS DE BEAUTÉ POUR LE VISAGE DE LA FEMME. *Préface d'Hubert Juin. Traduction d'Henri Bornecque.*

OVIDE. LES MÉTAMORPHOSES. *Préface et notes de Jean-Pierre Néraudau. Traduction de Georges Lafaye.*

PÉTRONE. LE SATIRICON. *Préface d'Henry de Montherlant. Traduction de Pierre Grimal.*

PLAUTE. THÉÂTRE COMPLET (2 volumes). *Préface et traduction de Pierre Grimal.*

Tome I : AMPHITRYON. LA COMÉDIE DES ÂNES. LA COMÉDIE DE LA MARMITE. LES BACCHIS. LES PRISONNIERS. CASINA OU LES TIREURS DE SORT. LA COMÉDIE DE LA CORBEILLE. CHARANÇON. ÉPIDICUS. LES MÉNECHMES. LE MARCHAND.

Tome II : LE SOLDAT FANFARON. LA COMÉDIE DU FANTÔME. LE PERSE. LE CARTHAGINOIS. L'IMPOSTEUR. LE CORDAGE. STICHUS. LES TROIS ÉCUS. LE BRUTAL.

SOPHOCLE. TRAGÉDIES : LES TRACHINIENNES. ANTIGONE. AJAX. ŒDIPE ROI. ÉLECTRE. PHILOCTÈTE. ŒDIPE À COLONE. *Préface de Pierre Vidal-Naquet. Traduction de Paul Mazon.*

SUÉTONE. VIES DES DOUZE CÉSARS. *Préface de Marcel Benabou. Traduction d'Henri Aillaud.*

TACITE. HISTOIRES. *Préface d'Emmanuel Berl. Postface de Pierre Grimal. Traduction d'Henri Goelzer.*

TACITE. ANNALES. *Préface et traduction de Pierre Grimal.*

TÉRENCE, THÉÂTRE COMPLET. *Préface et traduction de Pierre Grimal.*

VIRGILE. ÉNÉIDE. *Préface et traduction de Jacques Perret.*

*Impression Société Nouvelle Firmin-Didot.*
*le 21 octobre 1996.*
*Dépôt légal : octobre 1996.*
*1$^{er}$ dépôt légal dans la collection : octobre 1991.*
*Numéro d'imprimeur : 36238.*

ISBN 2-07-038433-0/Imprimé en France.

79711